U0867649

乌龙山剿匪记

水运宪 著

北 京 出 版 集 团
北京十月文艺出版社

再版感言

二十六年前，我的老领导满怀期望地嘱咐我去写一部叫作《湘西剿匪记》的作品。他是一名部队转业的高级干部，湘西历代匪患就是被他的部队彻底剿除的。他特别感慨那段悲壮辉煌的岁月，多少年来一直梦想着为自己的部队树碑立传。我很敬重这样的领导，便义无反顾地去了湘西大山。

七个多月之后，我结束了漫长的体验和采访，专程到老领导家里报告心得。老人家为我泡茶的时候手有点发抖，似乎有点担心我会畏难而退。其实我已经被那几个月的体验深深打动，希望借助这部作品表现自己更多的人生感悟。

“怎么样？”老领导恳切地望着我，“湘西剿匪已经是三十多年前的事情了，采访很困难吧？”

我便告诉他，困难有，决心也有。我会写好这部作品，但是最好改个书名，别叫“湘西剿匪记”，行吗?

老领导愣了一下，“为什么？”

“虽然过去了三十多年，当年的剿匪部队二十多岁的人现在才五十多岁。当地土匪到现在还活着的人也遍地都是。”

“这有关系吗？”老领导似乎明白了我的意思，“你是担心他们说不像？”

“连您都会说不像。”我认真地望着他那一缕白眉，“而且我不可能写得很像，所以我心里很不踏实。写出来也不会好看的。”

沉吟了一段时间，老人家体谅我的想法，“那，改个什么名字呢？”

我看得出来，他说这句话是很不情愿的。这是个机会，我必须马上说个名字让他确认，茶一凉就不好办了。

书桌上放着一只茶叶罐，那是一盒中国台湾出产的“冻顶乌龙”。

“乌龙山，怎么样？”我忽然受到了启发，顺口说了一个无中生有的地名，“就叫‘乌龙山剿匪记’，您老的意见呢？”

没想到老领导回答得很快，“好。这个名字上口，那就这么定了。”

我这才意识到，老人家其实更担心我在找理由不接受这个使命。

没过太多年，老领导患病去世了。好在他生前原原本本地读过了我的小说，而且无数次看过改编的电视连续剧。

我却在那以后调离了原单位，再也没有机会过去看望他。听那边的朋友说，这位老领导早就把《乌龙山剿匪记》当成了自己的杰作，“这不是我写的，可这就是我的作品呢。”既然心愿已了，至于到底是湘西还是乌龙山，老人家很早就不去较那个真了，“知道乌龙山是哪儿吗？那就是湘西啊。”

不仅是这一位老领导。多少年后，湘西那边的父老乡亲都豪气地称自己是乌龙山的人。我听说过一个故事，湘西某县的一位县委书记带领有关部门赴沿海招商，在新闻发布会上，有外地记者问：“你们那个县在哪儿啊？”县委书记想都没想便反问：“各位看过《乌龙山剿匪记》吗？”下面纷纷回答看过。“那就好回答了。我们那儿就是乌龙山。”于是满座哗然，记者们的眼睛都发亮了。

世上很多事情都是始料未及的。当年我要改个名字的初衷，只是为自己争取一个相对广阔的创作空间。偶然得到“乌龙山”三个字之后，我还认真地查阅了很多地理资料，以我能检索到的地名，没有发现重复之处，于是彻底释然。作品也写得极其恣肆无羁。殊不知没过多久，随着电视连续剧的反复热播，“乌龙山”这个莫须有的地名居然不胫而走，名扬天下。据我所知，湘西的龙山县因为有两个字与此相同，那边的朋友便自诩是道中正脉。县里有个很长的峡谷，原地名叫“皮渡河”，早些年索性公开挂牌改成了“乌龙山大峡谷”。二十多年来，湘西老乡十分看好这个虚假地名，当地烟厂出品过乌龙山牌香烟，酒厂也生产过乌龙山牌苞谷酒。有一家颇有特色的餐饮企业，取名“乌龙山寨”，若干连锁店开到了省城。门厅正中堂而皇之地刻着一方“乌龙山剿匪记”屏风，把电视剧里的故事当作文化品牌，生意居然还做得红红火火。

文艺作品中的种种人物，本是艺术创造，久而久之，一个个落入凡尘，并且衍生出有鼻有眼、有根有基的若干佐证。对于我本人来说，虽然觉得啼笑皆非，内心深处时不时也颇感得意。有一次我陪远方过来的亲戚去张家界的天子山游览，一名二十出头的导游妹指着路边一个并不奇诡的小山洞说：“你们一定看过《乌龙山剿匪记》吧？那我就告诉你们，榜爷就是在这个洞子里被抓获的。”

有一位参加拍摄《乌龙山剿匪记》的剧组人员，二十多年后到美丽的湘西古城去旅游。当时剧组就住在县武装部招待所，那个招待所依然还在，只是改了个名字，叫作“乌龙山宾馆”。更加令人忍俊不禁的是演员申军谊当年住过的房间，门口赫然挂着一块招牌——钻山豹旧居。

我还亲历了一件颇为荒诞的事情。那年到湘西某县参加一个会议，县委书记、宣传部部长陪着我们一行参观旅游景点。当地旅游局长点了一名熟悉情况的导游小姐沿途讲解，果然十分生动。穿过一个山洞出来时，导游小姐指着对面的悬崖，认真地告诉我们说：“上头有几间木屋子，那就是榜爷的故居。湘西剿匪之前，钻山豹、四丫头他们经常聚集在那里开会。那里面摆放的全是实物，珍贵得很呢，一般是不对外开放的。”县委领导都知道我，一听她这么说，不免有些尴尬，赶紧打断她说：“莫乱讲，那些人物都是作家编出来的。哪里有什么榜爷嘛。”没想到那位导游小姐非常执着，反驳领导说：“这您就不知道了。那个作家小时候也是从我们这里读书出去的。他们家的祖屋紧挨着榜爷，三代以前跟榜爷家还有血缘关系呢。”同行的朋友们居然没有发笑，一双双怀疑的眼睛紧紧地盯着我。不夸张地说，那阵子我还真有点头皮发麻的感觉。

《乌龙山剿匪记》这部作品改编成电视剧之后，从1987年热播开始，持续播放了二十多年。本人目睹过为之“万城空巷”的景象，无数次听到过人们津津乐道。很多单位都有某个老同志被冠以“榜爷”的外号，连名牌大学都有人把某个帅哥称作“钻山豹”，把某某妩媚的女生唤作“四丫头”。

二十多年当中，我走过无数地方，问过各色男女老少，几乎无人不知道这部作品。于我来说这应该是一件大好事，却一度让我困惑不堪。其实我还发表过很多部文学作品，平心而论，那些作品的文学质量都在这部作品之上，但是没有任何办法，我的其他作品都被“乌龙山”和那帮土匪屏蔽掉了，所谓作茧自缚。好多次到高校或者其他地方出席文学集会，主持人介绍的时候，列举了我的一些曾经获国家大奖的文学作品，听众反应平平。接下来举出了《乌龙山剿匪记》，居然满堂轰动，掌声不绝。这种场景真的令我陷入一种迷失状态。

新时期以来，搞文学的人很容易迷失自己。文学的潮流时刻都在变化，学术界几乎每隔三五年就捏出一些新概念，造出一股新思潮，仿佛非把人弄过时不可。很多在读者和观众心目中有影响的作品，往往被贬损为大俗浅陋之作。大众文化的作品似乎永远不如小众化的东西有品位，登不了大雅之堂。

时至今日，天地轮回，搞小众文化的先生们终于把自己也挤到了文化边缘，便坐在冷板凳上开始了反思。我也从二十多年的迷雾中走了出来，再度审视了这部大俗之作。无论如何，一部作品能够持续热播那么多年，一个虚拟的地名能够这样被人熟记，一群塑造出来的人物多少年后还能让人耳熟能详、如数家珍，都做到这个地步了，孰俗孰雅还重要吗？

于是我坦然地将这部作品付梓再版，但愿能获得新老读者的认可。

目　录

上　卷

下　卷

上卷

也有老母亲，
也有心上人。
也有生死情，
也有离别恨。

引　子

半年前，刘玉堂实实在在地死了一回。死得相当惨烈。

这条高大的北方汉子曾经跃马扬刀跟日本鬼子血拼三年，后来又跟随大部队参加过三大战役，大大小小经历过上百次战斗。虽然不能说毫发无损，还真没有正儿八经地受过伤挂过彩。他的确有勇有谋，让对手闻风丧胆，所以他很早就博得了一个“东北虎”的英名。

大风大浪都过来了，偏偏在乌龙山这条阴沟里，刘玉堂彻底翻了船。

他是七天之后才苏醒过来的。战友们在山崖脚下的刺茅丛中找到了他，那会儿他只剩下了半口游气。经过两个多月的治疗，刘玉堂才走出野战医院。老院长掏出一个小布包送给他作纪念，那里面有九颗从他身体里取出来的子弹头。给他操刀做手术的医生摇着头说，这只是留在身体里的，还有穿过皮肉飞得不知去向的子弹，那数量恐怕比这还要多。“东北虎啊，没见过你这样命大的人呢。”

刘玉堂来不及庆幸。他望着差点要了他性命的那包铁疙瘩，耻辱感像火红的烙铁一样烫在了心头。不是说虎落平阳才被犬欺吗？乌龙山还真不是平阳之地，怎么就结结实实地撂倒了我这只东北虎呢？

刘玉堂毕竟是一名正规部队的团级指挥员，有多年的战斗经历，也有丰富的侦察经验。住院的日子里，他无数次咀嚼过那一幕幕的情景，反复地拷问过自己。那天的每个细节都记忆犹新，他的确是谨慎了又谨慎，防备了再防备，结果还是吃了暗算。这个可耻的跟头，到底是怎样栽下去的?

其实刘玉堂已经想明白了。原因很简单，轻敌。当然也不是他一个人轻敌，整个剿匪部队都以为面对的只是几股山野流寇。小分队的惨痛教训警醒了部队，刘玉堂更是痛定思痛。世上哪有不咬人的蛇啊?既然敢于欺侮东北虎，那绝非只是几条野犬。这帮悍匪靠山吃山，手段高强，是一群呼风唤雨的恶魔。

他记死了带领队伍进山的那名瘦高个子的“向导”。那家伙肤色白白嫩嫩，两只眼睛水光灵亮，当时刘玉堂就产生过怀疑，觉得他不像个老实巴交的山民。可那小子不卑不亢还不服不帖，动不动就想打退堂鼓，怎么看也不像是怀着鬼胎的土匪奸细。刘玉堂有点不敢回想，怎么会犯那样的错呢?明明心里有疑问了，一边怀疑还一边听从他的指引，把几十号人马带进了陷阱。后来听当地老百姓说，那家伙外号叫“钻山豹”，虽然不满三十岁，却没有想不出的诡计，没有下不了的毒手。乌龙山这一带的大小匪首，无人不让他三分。

再就是那个看上去风都吹得倒的老匪首。在医院休养的时候，刘玉堂弄清楚了他的名字叫田大榜，远近各路土匪都叫他“榜爷”。据说这个“榜爷”祖辈八代为匪，势力曾经大到独掌乌龙山一方天下。后来慢慢衰落了，余威仍然健在。部队进山那天，哨兵从六名残匪的枪口下救回来一名老太太，刘玉堂亲自察看过，居然没有发现那就是化了装的“榜爷”。师政委到医院来看望的时候安慰他说：“人要老到了七八十岁，男的女的都一个样了。怪不得。”刘玉堂苦笑了一下没有作声。怪不得还得怪啊。不仅没看出是男是女，还把他留在队部治伤，警惕性完全没有了。没过多久，远处一响枪，那“老太太”突然蹦起来，从脑袋上的布包头里抽出两条“勃朗宁”小手枪疯狂地射击。刘玉堂清楚地记得，自己身上那九颗弹头，至少有三颗是这名老匪首留下的。

最让刘玉堂不堪回首的是另外一名匪首。小分队救回“老太太”的同时还救回来了她的“孙女”。那名眉清目秀多少还带着几分稚气的苗族女孩子，怎么看也就二十来岁，她竟然是国民党安插过来的中统特工。据说还是个“副站长”。她的名字目前还没有被剿匪部队掌握，土匪都称呼她“四丫头”。不知道她真有本事还是靠了中统的背景，在她面前，连“钻山豹”这种天不怕地不怕的角色，言语上都不敢对她有半点冲撞。

那天的处境实在窝囊。部队露在明处，土匪藏在暗处，要是不主动出击一下，就只剩下挨枪子的份了。加上已经看清楚了只有六名残匪，刘玉堂就下了决心。他用手势加土语动员那“老太太”让她孙女带路，当时那“孙女”一副吓得不得了的样子。幸亏“老太太”鼓励她，部队便出发了。一个加强排几乎是倾巢出动，刘玉堂身边只留下了一个战士和一名给“老太太”治伤的卫生员。

那个四丫头是绝不可小看的。出击的队伍被她带到一个山洞前，里面还真有土匪，队伍便冲了进去。一声巨响，那洞口突然塌方，出路给堵死了。然后就有土匪从山洞的天窗口扔茅草，接着又扔点燃了的火把。茅草里面拌了药料，毒烟子夺走了部队几十条性命。

几乎就在同一个时间，留守在寨子里的刘玉堂遭到了榜爷的暗算。他挣扎着抢出屋子外，迎面扑过来那名“不像土匪奸细”的钻山豹，举着手枪朝他射击。钻山豹的身后还跟着一名黑得像一只煤球的土匪，端着一挺机关枪。好在刘玉堂将手中的驳壳枪猛砸过去，打瞎了他的左眼，那挺机关枪才没有打响。要不然，刘玉堂这条命恐怕永远都捡不回来了。

出院之前，刘玉堂好多次走出医院，到溪水边散心。山里的夜晚凉风沁骨，他望着四周黑黢黢的一座座山峰，觉得俨然是一群蛰伏在阴霾之中的猛兽。乌龙山方圆数万里，要是拉着大部队进山去漫天清剿，那绝对是件费力不讨好的事情。稍有疏忽，还得吃大亏。于是他琢磨出一个方案，将部队分解成若干小分队渗透进去，灵活机动，目标隐蔽。一旦掌握了土匪的动向，大部队就可以随时调动，逐片围歼。

刘玉堂出院的时候，师首长同意了他的方案。

其实刘玉堂心里还有一个死结，他下决心要亲手解开它。你六名土匪就可以让我九死一生，那好，我也带六个人进山，看我怎么来剿灭你吧。

不过刘玉堂没有仓促行事。死的味道尝过了，他无论如何都不愿意再去领受同样的耻辱。经过深思熟虑，刘玉堂嘱咐部下悄悄地弄了一条船，装扮成游乡串镇的商人模样，沿着乌龙河朝大山深处划了进去。

第一章

乌龙山脉横跨三省边界。莽莽苍苍、气势雄浑的崇山峻岭之中，流淌着一条小河。这小河，千回百转，丝带一般缠绕着乌龙山的身躯。

这便是乌龙河。

乌龙河是山区与外界沟通的唯一交通要道。乌龙山里的老百姓，祖祖辈辈都靠这乌龙河养育着。

乌龙山区大大小小的土匪杆子，世世代代都在扼守着这条乌龙河，就像守着一个聚宝盆。

河水的颜色十分奇特，蓝幽幽地透出一些暗红色。那种色调让人看得心里沉甸甸的，堵得慌。

乌龙河上撑过来一条木划子船。这种小船很常见，舱板上搭着竹子编的斗篷，山里人把它叫作“斗壳子”。斗壳子走的是上水，逆水行舟，船走得很慢。

船帮上坐着四名山里人打扮的粗壮男子。他们一个个人高马大，目光明亮。望着河两岸的山岭，谁都没有说话。

船老大站在船尾掌着舵。一名叫作石头的年轻后生在船帮上撑着一条竹篙。上游的水并不深。河底下面尽是圆溜溜的卵石，竹篙子点到河底，磕得篙子尖“哗哗”作响。

石头看上去年龄不大，撑篙却很在行。篙子点稳后，他身子躬下去，用肩头顶着篙尾，双脚有力地蹬着船帮子。每蹬一步，船就行进一步。平平稳稳，协调极了。

不知道是有意还是无意，有一次，石头手中的竹篙子在一名大汉的腰上蹭了一下，竟然“当”的一响，像是碰上了铁器。

那汉子不惊慌，也没生气。他抬起头来，朝石头笑了笑，“后生伢子，别毛手毛脚。这可不能乱碰啊。”他将身体朝前凑了凑，望着那名掌舵的船老大，“老大，什么年纪了？”

船老大便回答说：“六十不止，七十不到。”

那汉子笑了笑，“好家伙，这年纪，驾船闯滩，还奈得何（当地土话，吃得消的意思）？”

“哪有奈不何的？小菜一碟呢。”船老大望着他，“几位老板，到山里来做什么生意？”

“硝狗皮。”那汉子随意地说了句，“这年头狗皮走俏。”

船老大心里早就在怀疑了。这几个人口音不像山里人，样子也不像生意人，却又不像是土匪。

“老板啊，”他笑盈盈地看着那汉子，“驾船的人嘴闷。多问几句，莫怪啊。这种日子，山里没有狗皮可硝哟。”

“是么？”

“虎皮狼皮，你们硝不硝？”

“哈，”那汉子笑了，“当然。硝虎皮狼皮，我们更加里手在行呢。”

“看得出来，看得出来。”船老大目光犀利地打量着他，“虎皮狼皮，山里倒是多。只是，还要现抓现剥呢。这个，你们也在行？”

那掌柜模样的汉子没有回答，却盯住船老大，反问了一句：“依你看呢？”

船老大跺了一下船底，喊道："石头，歇口气。前头到乌龙滩了。"

石头顺过竹篙，将水淋淋的竹篙从船头的一个圆孔点了下去。铁尖在卵石头滑了一下，终于点住了斗壳子船。

船老大跨前一步，站在船帮上，认认真真地看了那汉子一眼。"老板，话莫收起讲。你们是进山来打土匪的。我没看错吧？"

"哈，老大，你真有胆子。"那几名汉子爽朗地笑了，"我们要是土匪，你这一问，还不把性命问掉了？"

"不会的。眼睛是杆秤。"船老大异常自信，"任哪个往我面前一站，我都称得出斤两来。不会错的。"

"好眼力。你猜中了。"

船老大很高兴，吆喝了声："石头，先不忙走。弄点下酒的东西，我给这几位英雄壮行。"

石头从前面走了过来，问船老大："三爹，烧两只水鸭子下酒，行不？"

"那当然好。"船老大回头看着那几名汉子，"北方人能吃水鸭子么？"

"行啊。"那汉子朝船上看了看，"哪儿有呢？"

石头便指了指远处的水面，"看那边。"

船的前方一百多米远的水面上，两只水鸭子正稳稳地浮在水里。

那汉子也看见了水鸭子，"怎么弄来呢？我可不敢随便响枪啊。"

石头不屑地哼了一声，口气比天还大，"响枪，不算本事。"

"哦？"

石头一把便甩掉身上的罩衫，往舱里一扔，一个猛子就扎入水中。入水时，没有溅起水花来。也听不见水有多大响声。

水面很快又恢复了平静。这里是一个深潭，绿幽幽的河水深不见底。那名叫"石头"的后生子，已潜入水底，不知潜到哪里去了。

船老大笑盈盈地看着那几名汉子，目光中含着十分得意的神色。

"这小子贪耍。撑船撑吃亏了，要下河去游游水哩。嘿嘿，莫怪。"

“是你的儿子？”掌柜的问船老大。

船老大摇摇头，“他爹过去同我一道驾船。运了一辈子山货。田大榜见他爹有一身好水性，几次逼他踩湾，他死也不肯。踩湾，你们懂得不？”

那汉子摇摇头。

“就是入土匪的伙呀。”船老大愤愤地骂了声，“田大榜这个老骚鬼，早就盯上了石头他娘。石头的爹不肯踩湾，被田大榜一枪就打爆了。他娘受不了田大榜的糟践，也投了乌龙河。”

那汉子狠狠地啐了一口，“又是田大榜。老大，田大榜的日子已经不多了。让石头跟我进山吧。”

“那才好哩。这伢子，早就想进山报仇了。我不肯放他走，是看见土匪的气数未尽。如今，是时候了。”

“老大说得好。土匪的气数到头了。”那汉子点了点头，眼睛在水面搜索了一阵，不觉有点担心，“嗯？石头呢？潜到哪里去了？”

“看！那边！”一名汉子指着前方叫了起来。

远处水面上，那两只水鸭子仍在悠闲自得地戏着水。忽地，水鸭子旁边冒出一个水淋淋的人头来。两只水鸭子受了惊，展开翅膀刚想飞走，就被从水里潜出来的石头一手一只给抓住了。

斗壳子船上的人，看得着了迷，掌柜的更是从心里喜爱那个小伙子了。石头很顽皮，抓住水鸭子后，踩着水，露出了多半个身子，还扬起双手，向这边挥舞着。一只手抓住一只水鸭子，一边挥动，一边咯咯地笑。

小船靠在潭旁边，船老大喜滋滋地淘米做饭。他已经对石头讲了，要他参加这个小队伍进山去打土匪。

“要跟，我只跟东北虎。”石头晃了晃脑袋，“其他人，我懒得跟。”

那几名硝狗皮的汉子相互看了一眼，问田石头：“你认识东北虎？”

田石头一边给水鸭子拔毛，一边说：“不认识，反正得跟有本事的。

上一次，你们队伍上的人到惹迷寨，让田大榜六个人吃个精光。要是我跟上那个带队的，怕是连尸都收不回哩。”

“我就是那个带队的。”那名领头的汉子平静地说。

石头一愣，抬起头来细细地看着他的脸。连正在淘米的船老大，也直起腰，认真地看着这名汉子。

“喂，小伙子，”一名硝狗皮的汉子走了过来，对石头说，“不认识吧？你说的东北虎，就是他呢。”

“是么？……鬼扯脚，”石头根本不敢相信，“是你么？”

“我叫刘玉堂。”那汉子坦诚地笑了笑，“你说的那个带队的，还有东北虎，都是我。”

石头打量着他，像个孩子一样笑了起来。“嘿，你好大的命哟，嘿嘿。”

船老大急忙走了过来，把刘玉堂仔细端详了一会儿。“你这个人气魄粗大，不比一般。你死不了的，菩萨保佑你。”

刘玉堂微笑着看着石头，“怎么样？我有菩萨保佑呢。跟我走么？”

“行啊，险滩不翻二回船。我跟你去，给我爹报仇。”

“这话说得好。赶紧吃饭吧。”

吃饭的时候，刘玉堂问船老大：“老大，从这里到惹迷寨，还有多远？”

田石头抢先说：“不远了。上岸走三四里路，翻过山就是。”

刘玉堂点点头，又问：“那儿有个叫田秀姑的，你们认得么？”

“那是个土匪婆子呢。我认得。”田石头不屑地回答了句。

“石头，莫乱讲话。”船老大有点不高兴了，“后生伢子晓得什么嘛。”

石头不说话了。

刘玉堂便问船老大：“这么说，老大知道她的情况？”

船老大迟疑了一下，“反正她很苦的。”他不愿意多说，举起了手中的米酒，“来，喝酒。马到成功！”

惹迷寨离交通线很远，是个偏僻的小山寨。剿匪部队向山里推进以后，土匪的胆子小了些。一般的时候不敢公开活动，惹迷寨也平静了些，但没有什么太平气氛。毕竟处在老山深处，土匪说来就来。这里仍然是田大榜的半个天下。

这一次，刘玉堂从另一条小路接近惹迷寨。

田石头和田富贵在前面领路，远远地走在小分队前头。石头机警过人，那双圆溜溜的眼珠子，忽左忽右，忽上忽下，前后左右的每一点疑点，每一点动静，都逃不过他的耳目。

相比之下，田富贵就显得笨拙了一些。这个土家族战士性子憨厚，不多说话。手艺人，聪明之处全表现在一把篾刀上。他想出了一个主意，用篾刀砍下一根拇指粗的小竹子，削成两寸来长的一根根小竹管。小竹管削得很齐，一头是尖的，一头是平的，“尖的这一头，朝前指路。行么？”他问刘玉堂。刘玉堂对这个路标非常满意，“行，好极了。嗬，篾刀可真有用啊。”

刚刚翻上一个石壁，田石头一下便扑倒下去。

“石头，你跌翻了？”田富贵吃了一惊，上前问道。

“卧倒！”田石头压低声音，“快报告队长，有土匪！”

刘玉堂拨开面前的蒲草，向前望去。

惹迷寨左侧山坡上果然出现了十几名土匪。刘玉堂看得很清楚，走在前面的，是半年前被自己打瞎了一只眼睛的“旗五哥”。

寨子前面那株栗子树上，悬吊着一名女子。她的脚底下，堆起了一些柴草。独眼龙走到那女子面前，朝她狠狠地踹了一脚，嘴里不知道骂了些什么。

刘玉堂心中暗暗一惊，本能地联想起了田秀姑。这妇女，莫不是她？

独眼龙的骂声隐隐约约传过来，勉强听得清楚了些。

“臭婆娘，还想给东北虎带路？榜爷说了，趁早杀了你！”他朝土匪喝了声，“还看着干什么？动手！”

土匪便扑上前去，准备点燃女子脚底下那堆柴草。

刘玉堂已经认定了，这名女子就是田秀姑。

“刘喜。”

“到。”

“这么远，枪弹打得准么？”

刘喜目测了一下，“没问题。”他卧倒在草地上，手脚麻利地从身后取出那条步枪，“打那个独眼龙？”

“先打断绳索。”刘玉堂下了命令，“射击。”

刘喜稳稳一扣扳机，没料到枪膛内那颗子弹是“臭子”，枪没有响。等他弄出那颗臭弹时，那堆柴草已经被土匪点燃了。

“怎么搞的？快！”刘玉堂急了。

“叭！”焦脆的枪声及时地打响了。子弹一丝也没有偏，正击在栗树杈子那根绳子上。绳子立即断开了，吊在树上的那名妇女，一下便跌了下来。整个身体跌到独眼龙的背上，砸得独眼龙当时就趴倒在地。

土匪们慌了。这些土匪平时受够了惊吓，反应比兔子还要快，一听见枪响，首先想到的是逃。

几名土匪逃出寨子，迎面遇见田富贵和田石头。田富贵使的是二十响快慢机，施展起来十分方便。他胳膊一扬，甩过手就是一梭子。挤出门来的土匪，当即倒下了两三个，其余的很快便缩回了寨子里。

刘玉堂、刘喜随后也冲了过来。田富贵和田石头举着枪，正要冲进寨子，刘玉堂一把拉住了他们。

“不要进去。赶紧救人，马上撤离。”

“我来背她。”刘喜抢先俯下身去，扶起了那昏厥着的妇女。

刘玉堂将手枪递到左手，右手帮着刘喜，将那妇女托了一把。刘喜身子一挺稳稳地背起了那名妇女。

“快走！撤到山上去！”

小分队行动敏捷，很快地撤走了。

刘玉堂完全没有料到，寨子里那座女儿楼上，早就架着一挺机关枪。刘玉堂和他的小分队，全都在那挺机枪的火力范围之内。

“猴四。”一个女子用望远镜看着寨子外面，喊了一声。

“在，四小姐，”猴四一听叫唤，赶快托起了机枪，“就、就打么？”

“胡来！谁说要打了？”

猴四便回过头去，看见四丫头脸上尽是得意神色。她取出一个小本，撕下一页纸，写下了一行字。

“你把这个送上山去，交给榜爷。”

猴四没有马上出发，而是怯怯地问：“四、四小姐，还有什么话要对榜爷说？”

四丫头一声冷笑，“告诉他，东北虎上钩了。”

“晓得了。我这就去。”

第二章

离惹迷寨十来里路的山脚下有一条小溪。这小溪的溪底，全是紫红色的岩石片子。当地人叫这小溪是“岩板溪”。

岩板溪从乌龙山的一处胳肢窝里渗出来，咿咿呀呀地流到低谷处，居然有一个很陡的落差，形成了一个不大不小的瀑布。不知道哪一年，山里人在这瀑布旁建了一幢木头房子。聪明人利用水的落差，在房子旁边立起了一个巨大的水车。山里人碾米的时候倒很少，却有人经常在这水磨房做些粉丝。收油菜籽的季节里，水车轮又带动起木榨，榨些菜油卖钱。

眼下不是雨季，岩板溪也没有多少溪水了。那水车轮早已不能转动，死沉沉地僵在水磨房旁边，一丝儿生气也没有。

刘玉堂的剿匪小分队从惹迷寨救出那名妇女，连夜撤上山，顺着岩板溪到了这处地方，已经住了两天。

这地方其实并不隐秘，要说地形地势，也是十分不利的。刘喜提醒过刘玉堂。刘玉堂听完他的意见，到屋前屋后察看了好几遍，最后还是住了进来。

“问题不大。”刘玉堂解释说，“这地方进可攻退可守，不怕。”

住下来后，小分队的行动规律一切正常。白天除了留人做饭，大家都到周围的山上去转悠，熟悉周围的地形，顺便打了不少柴草。刘玉堂还让田富贵砍了些竹子，把水磨房修整了一番。

第三天清早，小分队的人天一见亮又纷纷上了山。水磨房内，单独留下那名从惹迷寨救出来的妇女。

这妇女身上的伤不太重，却受了惊吓，差不多昏迷了一整天。刘玉堂观察过她，发现她的身体很结实。她的脸庞并不宽大，倒有几分俊秀，脸面上根本见不到几条皱纹；嘴唇有些发乌，形状却很好看，像一只小山桃。只是面色蜡黄，显然是生活清苦，缺少营养的缘故。

因为她处于昏迷状态，刘玉堂无法询问她什么。他把小分队的队员们召集在门外，打算派一名队员负责照料这名妇女。小分队的队员们匪情观念很强，没有谁愿意主动领下这个任务。

末了，田富贵抬起头来。他看了看其他队员，终于鼓足勇气说："这个事，要不，就交给我来做吧。"

田石头是个毛头毛脑的后生子。他不但自己不肯照料那女子，还对田富贵主动承担这件事非常不满。

"你不是篾匠么？不是还要到山上砍竹子劈篾么？"

田富贵看了刘玉堂一眼，"那就，请队长决定吧。"

"我看可以。"刘玉堂同意了，"大家对这个妇女的身份有怀疑，这是对的。也别神经过敏，大家都看见了，她是我们从土匪嘴里救出来的啊。进山打土匪，不依靠当地老乡，那还是不行的。明白了么？"

前天晚上，那妇女清醒过来了。她默默地打量着屋内的五个男人，既不感到惊奇，也没有恐惧。

"老乡，你叫什么名字？"刘玉堂坐在原地，轻轻地问。

妇女一动未动。她根本不想回答任何问题。

田富贵便用他纯正的本地方言对那女子说："大嫂子，莫怕，我们是解放军。晓得么？是进山来打土匪的哩。喏，你看他，"田富贵指着刘玉堂，"他是我们的队长，他就是东北虎哩。你听讲过么？"

妇女听明白了。她盯着刘玉堂，看了一会儿，终于开口了，“我姓田。寨里，都喊我田秀姑。”

刘玉堂满意地点了点头，“好。我猜你就是田秀姑。”他不再多问，站了起来，“先歇着吧。你受了伤，安心把伤养好，其他的，我们以后再谈。”

往下这两天，田秀姑已经完全恢复过来了，刘玉堂却一直没有找她谈话。小分队和其他队员谁都没有单独跟她说过话，田秀姑便感到很不自在了。

她感到很闷，便走出了水磨房。刚刚出门，迎面看见田富贵抱着一捆竹子走了过来。田秀姑便上前去接他那捆竹子，“给我吧。”

田富贵憨厚老实，单独遇上田秀姑，耳根子都红了。“谢、谢谢田嫂。”

“谢什么啰。”田秀姑看着他，“你也是本地人？”

“是。前、前山那边的。”田富贵眼皮都不敢往上抬。

“你屋里，有堂客么？”

田富贵更加慌乱了，一句话也说不出。

“是不是也遭了土匪？”她关切地看着田富贵，语气中充满了同情。

田富贵点了点头，“她被土匪掳上了山。”话触到痛恨处，田富贵坦然了些，“拜堂的那天晚上，钻山豹把我堂客抢走了。至今也不晓得是死是活。”

田秀姑连连摇头感叹，“唉，她那是跟我一样的命呢。”她略微迟疑了一下，“兄弟，替我给队长说，好么？”

“说什么？”田富贵抬起头来，看见她眼里全是仇恨。

“我认得路，带你们上山去，抄了田大榜。”

“哦，”田富贵不知怎么回答她，便点点头，“我替你给队长讲。”

田秀姑顿了顿，好像有点不放心。“哎，你们，就来这么几个人？”

“怎么呢？”田富贵没明白她的意思。

“我是讲，捉田大榜，要多些人才好。”田嫂说出了自己的担忧，

“那个老东西本事不小。”

“不怕的。”田富贵安慰了一句，“你就安心养伤。别的事，你就莫操那么多的心了。”

田秀姑有点不高兴了，“我晓得，看我作外人哩。当我不晓得？这些天，你们总在防着我。特别是那个叫石头的小兄弟。”

“哪里话呢？田嫂，没有的事。”

“那就不讲了。”她叹了口气，“真是怪事。又要把我救出来，又拿我看作外人。早晓得这样，还不如让土匪把我打死了清净。”

田富贵口舌笨拙，想来想去，到底没想出一句安慰她的话来。

田秀姑不想再说什么了，抬脚便朝山上走去。

田富贵赶快问了声：“田嫂，你要去哪里？”

“头有点儿晕。屋里闷久了，想出去走走。”

“哦。”田富贵收好篾刀站了起来，“那我陪你去吧？”

“怕我逃了？”田嫂一脸不高兴的神色。

“不是。怕山上，有土匪哩。”

“我走不远，不怕的。”

刚走几步，迎面碰见了田石头。石头从山上回来，背着一只背篓，一见田嫂，石头的眼里就出现了警觉的神色。

“咦？你怎么出来了？”

“出来不得么？”田嫂分明很不喜欢这个毛头后生子。

“你要去哪里？”石头盯着她问道。

“有事。”

“有事？么事呢？”

田嫂斜了石头一眼，这后生比她还矮半个头。田嫂忽地不客气了。“么事？女人的事，堂客们的事。你懂得？一个毛头伢子，追问这个，不羞？”

田石头虽然很机灵，却对这些“堂客们的事”毫无办法。睁着眼，让她教训得说不出一句话来。

田嫂再没理他，一个人慢慢向山上走去。

田石头闷了一肚子气，回到水磨房里。他看见田富贵也在房里，不觉有点着恼。“田篾匠，你是负责照看她的。她要去哪里，你也不问一声？”

田富贵回了一句：“你不是问过了么？”

“我是问过了。可这堂客，她不肯讲。”

“是啊。不肯跟你讲，怎么肯跟我讲？”田富贵开始去劈那捆竹子，“石头，堂客们的事，你一个伢秧子，追在后头问些什么？自找骂。”

石头把背篓重重地往门后头一放，“还帮她说话，当我不晓得？”

“你晓得什么？”田富贵笑了笑，“人都没长熟呢。”

田石头便脱口刺激了他一句：“你长熟了。我晓得，长熟了的男人就是见不得堂客们。不是么？”

田富贵突然来了火，将篾刀一扔，一把就揪住了田石头。做篾匠的人，手头的力气特别大。揪住石头，石头怎么犟也犟不脱。

“你给我讲个明白！我见不得堂客们？你晓得我的堂客么？你、你这不是拿刀子划我的心么？”

田富贵的脸突然变成了那种样子，田石头心里忽地害怕了。田富贵的脸上除了愤怒，还尽是些痛苦。

“哦，富贵哥，对不起。”石头的口气顿时软了，“是我要不得，不该讲那些。算了，再也不讲了，好么？”

田富贵便松开手，“石头，你给我记住，我田富贵是有堂客的人。我的堂客，是天底下最好的女人。我出来参军，就是要进山找她。她要是还活着，我就救她回去过日子。要是死了，我就拼掉这条命，给她报仇。你懂了吧？”

“富贵哥，我真的不晓得这件事。莫怪我，好不？”田石头真诚地看着他，“我田石头虽然人小，为你富贵哥这事，死活我都跟着。真的。”

田富贵意识到自己的火发得过分了。“算了。石头，参了军，也不只是自己报仇。我也不好，你莫见我的气。进山剿匪，枪子里钻来钻去，性命本来就险，自己还伤和气，就要不得了。”

田石头年龄虽小，人情是懂得的。听完田富贵这几句朴朴实实的道歉话，很受感动。他也不会说很动情的话，便用劲地点了几下头。

田富贵抬头看了看天，忽地，他目光落到对面山坡上，不动了。

远处山坡上，田秀姑的身影在一人多高的蒿草蓬里忽隐忽现。她一会儿拨开蒿草寻着什么，一会儿又俯下身去，找着什么，还时刻回头看看四周。那样子，十分惹人生疑。

田富贵立即警觉起来。他从腰上拔出驳壳枪，喝了声：“石头，我往左边，你往右边。赶快走！”

田石头也看见了田秀姑。他拖过背篓，飞快地从背篓里面拽出一条驳壳枪，提在手上，急急地奔了出去。

蒿草、艾叶，都是可以入药的植物。有些嫩秧子、草梢子，还可以入食。在乌龙山里，却有一种形状酷似蒿草的植物，含有剧毒。这种植物叶片儿背面有几丝赤红色的茎，它同蒿草的区别就在这里。山里人，信口把这种有红茎的植物叫作“血蒿”。

田石头提着枪，追到山坡上，抬头一看，这坡上尽是一色的血蒿。血蒿的繁殖力特别强，石缝里长，树杈里也长。踩倒了，踏枯了，一场雨过后，又生了出来。而且，长得密，躲得住麂子。生得高，遮得住人头。等石头赶过来时，早已不见了田嫂的踪影。

石头在心里回想了一下，从自己在水磨房看到田嫂的位置，做了一番搜查。血蒿草蓬中，并没有什么可疑的地方。

他看见一条小径，往后山通了过去。这小径其实不很明显，只不过蒿草稀疏一点。再细细一看，小径旁的蒿草斜向两侧。显然有人从这里走了过去。

顺着小径没走多远，又是一片密密的蒿草，小径却不见了。石头原地看了一圈，又回头看了看来路。奇怪的是来路也找不见了。石头退后两步，再找那小径时，一下便踏了个空。幸亏他身子轻，没有摔下去。

石头的心“怦怦”地跳着，回过身，拨开那蓬蒿草往下看时，不由得出了一身麻麻汗。蒿草后面，原来是十丈多深的一处悬崖。悬崖下面就是那条岩板溪。溪水在这里蓄住了，蓄成了一个漆漆黑的羊角形深水塘。这一切，不拨开蒿草，是根本看不见的。好险。

石头刚要缩回头来，忽然好像听得有水响。他将头再伸出去些，往下看时，果然，那塘里有人。他看见一个人舞着两只手臂，使劲地拍打着塘水。这人没有水性，一会儿沉了下去，一会儿又浮了起来。嘴里“呼哧”地喷着水，要喊，又被水呛了，喊不出声来。

是田富贵。石头看清了。

石头不敢耽搁了，将驳壳枪往后腰一插，立起身子，“嗖”地一蹿，便从十多丈高的崖顶，向塘里跃了下去。

田富贵灌了一肚子水。亏了田石头赶得及时，才救了他一条命。石头把富贵拽到岸边，富贵一脸灰色，嘴唇都乌青了。

“石、石头，亏了你。好、好兄弟。”

石头看他那样子，却只想笑。“怎么啦？富贵哥，这水，够不够味道？哈，你这篾匠，没事跳到水里玩什么嘛？”

“我在那崖上，云里雾里就踏空了。跌得我晕沉沉的。”田富贵抬头看了看崖顶，不禁后怕起来，“看看，这么高，真是万幸呢。”

石头赶忙问道：“富贵哥，那田嫂，你没跟上？”

田富贵也很感奇怪。自言自语地说：“啊，真的，是有些不对头。我明明看见了她，才跟过来的。一到蒿草蓬，又寻不见人影了。”

“我也没有看见她的影子呢。蒿子崖这么怪，摔了你，还差点摔了我。怎么单不摔下她来呢？怪！”

这一句话把田富贵说得紧张了。“石头，不得出差错吧？”

“难讲。我看，这事不对头。”田石头也顾不得弄弄身上的水，站了起来，“富贵哥，应该赶紧报告队长去。”

“是么？”田富贵也站了起来，“那，这就去吧。”

田富贵和石头湿淋淋跑回水磨房时，意外地看见刘玉堂站在水磨房门外头。这些天，小分队是分散行动，天不黑，刘玉堂是不会回这里来的。

“队长，正要找你哩。”田石头跑得上气不接下气。

田富贵也急成了一团，十分内疚地说：“怪我。队长，是我的过失。”

刘玉堂显得很冷静。“不要急，什么事，讲清楚。”

“有情况，队长，”田富贵缓了一口气，“她跑了。”

“谁？”刘玉堂没反应过来。

“就是田、田……”田富贵的话说了一半，忽然怔住了。

屋子内，那位田嫂正做饭。她揭开锅盖，蒸气腾了起来。她用嘴吹开蒸气，伸出手，在锅里摆着什么。锅里很烫，田嫂不住地缩回手，对着嘴吹着气。

这实在是件让他们想不明白的事。明明看见她在山那边，怎么回到屋子里了？队长又是从哪里钻回来的？莫非他一直在水磨房周围？

刘玉堂也不多说，将他们领进了屋子内。

田秀姑看见他们那个样子，倒是有些莫名其妙。

“呀！怎么弄成这样子？糊汤带水的？”

“嘿嘿，”石头笑了笑，“天热，我们到溪里洗澡哩。”

“洗澡，也不脱衣裳？”

“吔？”田石头抓话头回了她一句，“有堂客在，好脱衣么？”

田嫂并没在意他这句话，“那，赶紧换下来，我帮你们洗了晒。”

这顿早饭完全是田嫂做的。女人家做出来的饭，往桌上一摆，总是很像那么回事。其实又没有什么新鲜花样，经她一调理，就与以往大不一样了。

“我给你们做了些蒿叶粑粑，不晓得你们喜不喜欢吃。尝尝吧。不好吃，下顿我再改个别的品色。”

她从锅里捡出一瓦罐蒿叶粑粑放到桌子上。一阵热烘烘的带着山里某种特别植物清香的气味扑进鼻孔。

“嗬！这可是一门手艺啊。”刘玉堂满意地称赞了一句，伸手便抓过来一块蒿叶粑粑。

田石头从一开始便紧紧盯着那罐蒿叶粑粑，机警地判断着。他在山里长大，驾船行路，经常吃蒿叶粑粑充饥。那碎米拌和着蒿叶蒸成的米粑，几乎是山里人的主食。但是石头对田嫂深深地怀着戒备心。他猛然想起田嫂一大早独自上了一趟蒿草崖。那山崖蒿草可是生有剧毒的血蒿啊。这堂客的男人是土匪，难道她会对打土匪的人安好心？

石头分不出那粑粑里面是不是血蒿。草叶这类的东西一煮熟，便黑乎乎的难以辨认了。石头心里带着疑，越看越觉得那里面确实是血蒿叶儿。

他偷偷地看了刘玉堂一眼。这位队长是北方人，肯定不认识血蒿草，还一个劲地夸奖田嫂的办法多。田富贵看来也有点缺心眼，居然一点也不生疑。小分队其他队员更加不明白，已经团团坐在小饭桌旁，准备美美地吃饭了。

当刘玉堂拿过蒿叶粑粑要往嘴里送的时候，田石头再也忍不住了。

“队长！”

刘玉堂停住了手，“什么？”他有些奇怪地看着田石头。

田石头脱口喊了一声，不仅喊住了刘玉堂，也惊得田富贵把头抬起来望着他。田嫂刚刚准备坐下来，听得石头喊，便站在那里望着他。

“这东西，”石头不便明说，担心惊动了她，“队长啊，这粑粑，又苦又粗，不是好吃的东西哩。”他向刘玉堂使了个眼色。

“是么？”刘玉堂好像没有注意他的眼色，把米粑翻过来看了一眼，“我倒是没吃过。看上去挺不错嘛。”

田嫂看了看刘玉堂，叹口气，“唉。山里人没有讲究，吃惯了，都讲蒿叶粑粑好吃。有钱的人也常吃这个呢。”

她显然对田石头的挑剔有些不满。说完之后，带着委屈坐了下来。

石头那机灵的眼珠子转动了两下，竟笑嘻嘻地抓起一个蒿叶粑粑，递到田嫂面前。

“田嫂，你莫见气。蒿叶粑粑我吃得多，哪里嫌这个哩？我们队长不是山里人，怕他吃不习惯。你忙了一早，辛苦哩。我敬你一个。”

“要你敬什么？又不是喝酒。”田秀姑望着他，“你是不相信我？”

石头嬉笑着说：“田嫂，山里的规矩，喝酒先敬脚板神，吃饭先让堂客们。你不吃，我们是不得吃的。”他看了田富贵一眼，“对么，富贵哥？”

田富贵想了想，实心实意地帮石头劝了田嫂一句：“是哩，田嫂。我们前山也有这讲法。要不，你就先吃吧。石头兄弟也是好心。”

田嫂显得十分固执，坚持不肯接那蒿叶粑粑。“我不饿，你们先吃吧。”她站了起来，“我还要去招呼灶里的火。”

“田嫂，你这就看不起人了。”田石头也站了起来，“敬你，你也不接一下？这粑粑是你自己做的，又不是我石头做的。还怕我下了闹药么？”

“石头，瞎说些什么？”刘玉堂严肃地喝了一句，“坐下。吃完饭，同我一起上山。”

田嫂已经听出了田石头话里的骨刺，正委屈地想说句什么，听得刘玉堂气愤地训了石头，心里的气稍稍地消了一些。

“这伢子讲话真没高低。由你吧。怕吃了闹药，你的饭你自己做就是。”

田富贵便将蒿叶米粑咬了一大口在嘴里嚼着，“嗯，好吃。”他对刘玉堂说，“米浆打得好，不软不硬。队长，你尝尝。”

刘玉堂也很有兴致地吃起蒿叶米粑来。

田石头傻头傻脑地看着刘玉堂，心里还没有转过弯来。田嫂也不计较石头那些话，回身去灶门边添柴火。

“石头，快吃。这东西做得好。”刘玉堂边吃边说。

石头迟疑了半天，终于拿起一只米粑，在手上翻来覆去看着。见刘玉堂他们已吃下了好几个米粑，料想不会有事，便狠狠心咬了一口。

米粑确实做得很不错。他的舌尖上，品到了一种苦中带甜的诱人味道。

半夜的时候，田石头躺在铺板上，眼睛瞪得大大的，望着木窗外面漆黑的天空。犬牙一般的山影背后，渐渐升起了一轮残月。

终于，石头感到肚子里有些不对头了。好像有一些汤汤水水在腹腔中翻滚了几下，接着隐隐开始发痛。他紧张地体会一下，这种感觉似乎又不明显了。再躺一会儿，肚子那种不适的感觉似乎加重了。

他侧头看了看身边的田富贵。他平静地闭着双眼，睡得很香甜。有一阵子，田石头忽然产生了一种骇人的错觉，以为他已经死过去了。

“富贵……”石头轻轻地叫了一句。

田富贵其实没有睡着。听见石头呼唤，便睁开眼，小声问道：“石头，你怎么啦？这半天，翻来翻去总睡不着？”

“我想问你一句话。”

“什么话？”

“你吃了几个蒿叶米粑？”

“我么？四个。哦，五个吧？怎么啦？”

“怪，你怎么肚子就不痛呢？”

“哦？”田富贵关切地将身子侧翻过来，“石头，你肚子痛？”

石头将手抚着自己的肚皮，又认真品味了一阵子。

“……好像，又不疼了。”

田富贵其实知道他的心思，“石头，还在乱想一气么？睡吧。要是放了闹药，还等到这夜里么？早蹬腿了。”

“……奇怪。”

“又怎么啦？”

“队长的心眼是实呢还是不实？他就一点也不疑心？”

“石头，你没在队伍上待过，也难怪。我们队伍上的首长，想事情想得远。不比我们这些人呢。”

“想得远？他又怎么中了田大榜的计呢？”

“咦？石头，他中过计，心里就更明白了。要有值得疑心的，早就生疑了。”田富贵觉得自己讲得很好，“石头，就是这个道理。你就放心吧。”

田石头也服这个理，但是他想来想去却总放不下心。

“不管怎么讲，她是个土匪婆哩。”

“又乱讲！”田富贵有点生气了，“白天，你怪我不疑心她，我也有些不放心。追出去，结果一点事也没有。人家也是受苦人，要不是我们赶去救下来，还不让土匪一把火烧作炭棍了？忍心冤枉她么？”

“好好。不讲了。”田石头想起早上田富贵那生气的样子。知道很难讲得进油盐去，便翻了个身，将背脊对着田富贵，嘟哝了一句：“我晓得，你喜爱你的堂客，就不喜欢听人讲堂客们的坏话。”

田富贵重重地叹了一口气，望着天上那轮残月，悒郁地说：“石头兄弟，我那老婆，凡人比得了么？前山那一带，都讲她生得比仙女还好看。真是的，五岁就在山里点苞谷种红薯，晒太阳晒到十八岁，那脸面却白得跟个玉盘子一样。她只知道默默地做事，默默地吃苦。你知道么？我的老娘是个瞎子，可她说她也看得见这个贤惠的媳妇。天天烧香，天天敬谢菩萨。她说是菩萨开了眼，让我娶了一个天底下最好的女子。”

“是么？”田石头听得心里敬重起来，“富贵哥，我不知道你的事情，伤了你的心。莫怪我啊！”

田富贵望着天上那一轮残月，再也不说话了。

天亮以后，田石头发现田嫂不在屋里。他学得乖巧了些，没有咋呼，也没有对田富贵说。他带好武器，溜出水磨房，朝山上望去。天色很好，阳光隔在云雾的后面，不很强烈，却散出漫山遍野金黄色的炫目的光。几只白雀子从檐下掠过去，落在岩板溪旁，发出铃儿般的叫啼声。它们那白色的毛变得黄灿灿的，深蓝色的尾毛在橙黄的阳光下也染成了翠绿色。山里完全是一派活跃与轻松的气息。

田石头想再次溜上蒿叶崖，去寻寻那里到底有些什么蹊径。昨天差点从那里跌下岩板溪，而田嫂却在那里神秘地失了踪影，想来那地方必有些名堂。

刚走几步，田石头忽然看见刘玉堂和刘喜从对面走了过来。他们的裤腿上带着一些露水，看来是从悬崖上走下来的。

“石头，去哪儿？”刘玉堂问。

田石头不知该不该继续怀疑田嫂的行踪，怕刘玉堂说自己多管闲事，便支吾了一句：“田嫂不知去哪儿了。我怕她遇见了土匪什么的，想去找找她。”

刘玉堂点了点头，“石头，你很机警。这几天，一直保持着警惕性。很好。”他表扬了石头几句，“但是你太冒失了些。有的时候要沉得住气，把疑心埋在心里就是。你在乌龙河边长大，不是钓过鱼么？”

“钓鱼啊？”田石头心里明白了，“嘿嘿，队长，你怎么不早说哩？早晓得你是钓鱼，我这心里就踏实了。”

“好。快起钩了，要多长个心眼，知道么？”

“知道的，队长。”田石头脸上红扑扑的，显得格外兴奋。

“带上武器，跟我去一趟垭口。”

垭口离水磨房十来里路，是岩板溪流出山谷的地方。这一带比较平坦，遍山生着一簇簇牛耳蓬草。这种草的叶子又宽又直，有一人多高。叶子边上密密地生出一些尖刺，扎在人身上立刻就红肿，很疼，奇痒难忍。

刘玉堂带着刘喜和田石头来到垭口，察看了一下周围的环境，回身交代说：“找个地方隐蔽起来。刘喜看左边，石头，你留神右边。”

“好的。”石头刚要往右边走，忽然听见了什么，“队长，有土匪！”

刘喜赶快拉了他一把，压低声音说：“石头，隐蔽起来。快。”

石头没有听错。刘玉堂他们刚刚隐蔽下来，前方弯道处果然闪现出两条机灵的身影。那两个人端着枪，走路像山猫一样轻巧。

田石头顿时紧张了。他分明看见弯道那边又走出来三个身影。一共五个人。四名持枪的土匪，押着一名被绳索捆绑着的男人，朝这边走了过来。他们走得非常警觉，仿佛随时准备冲出包围圈。

真刀真枪面对面地打土匪，对于田石头来说还是第一次。土匪越来越近，石头心跳得越来越厉害。刘玉堂隐蔽的地方一点动静也没有，石头心里便踏实了不少。他知道刘玉堂此刻正潜伏在牛耳蓬草后面。

前面开路的两名土匪不再前进。他们握着步枪，疾速朝小路两边闪开。后面那两名土匪观察了一下，也拖着那名捆绑着的男子隐蔽起来。

石头正不知道该怎么办，忽然听见从前方传来了竹鸡的叫声。

“咕咕——咕咕——”

很奇怪。一名土匪听见竹鸡的叫声，竟然站了出来，用手圈着嘴唇，学着竹鸡的声音叫了起来。

“咕咕——咕咕——”

田石头忽然看见刘玉堂从隐蔽的地方走了出来，将驳壳枪收回枪套，迎着那几名“土匪”走了过去。

田石头立即明白了。那几名“土匪”原来是自己部队的人化装的。接着，他看见那名被捆绑的男子抖动了一下双臂，身上的绳索忽然像魔术一般松散开去。他笑嘻嘻地走到刘玉堂面前，双脚一并，立正敬礼，“首长辛苦了。”

“啊？是你？”刘玉堂认出了他，不禁有点意外。

“是我。侦察排长何山。”那男子有几分得意，“首长刚才没认出来吧？”

“这个办法不错。”刘玉堂随意地表扬了一句，接着便用一道命令冲淡了表扬的成色，“注意警戒，这里是匪区。”

战士们分开之后，刘玉堂和何山走到牛耳蓬草后面，迅速地交谈起来。

“副团长，农会主席被土匪杀害了。是在他家里被杀害的。”

“哦？”刘玉堂吃了一惊，“什么时候？”

“你们出发的头天晚上。”何山补充了一句，“就是您和政委找他问田秀姑身世的那个晚上。估计土匪当时就隐蔽在农会主席的屋子里。”

刘玉堂心里豁然明白了那个“田嫂”的真实身份。幸亏调整了方案，没有造成什么被动。眼下正好可以利用这“田嫂”，实施下一步的方案。

“还有什么情况？”刘玉堂问。

何山便压低声音告诉他说：“部队接到上级命令，除留下少部分人继续剿匪，主力部队要立即开赴重庆，参加解放川东战役。”

他掏出一封信，交给了刘玉堂。

刘玉堂看完信，感到非常突然。他想了想，也从身上掏出一封信，对何山说：“你赶快回团部，把这封信交给政委。”

“是。”何山收好信，望着刘玉堂，“对了，政委还说了一件事儿。”

“什么事儿？”

何山迟疑了一下，“他希望您考虑一下，把我留在你们小分队。”

刘玉堂笑了笑，“何山，咱们是出了名的英雄团，解放川东你得争取立大功。啊？我等待着你的好消息。”

何山也笑了，笑得很不自在，“副团长，我还有机会么？”

“什么机会？”

“留在小分队的事儿。”

刘玉堂想了想，望着他说：“何山，部队开拔之前，我请政委赶过来会餐。到时候看你的表现吧。”

何山没有听明白，“会餐？什么意思啊？”

刘玉堂没有告诉他，“赶快回团部吧。政委会告诉你的。”

何山也就不好再往下问了。

田大榜的午饭吃得很简单。一碟笋干，一碗泡饭，不加一滴荤油。饭菜尽管简单至极，他却吃得很慢。他的假牙常常松动，吃慢一点，既可以不磨痛牙床，又可以嚼得烂烂的，胃肠消化起来也方便些。

这几天，他把队伍带到山腰，集中住在几个洞子里。他自己住的那个洞子在最高处，与其他几个洞都不相通。太阳把山洞外面晒得暖融融的，他来了兴致，让匪徒们把他的饭菜摆在外面的石头上。他悠闲自得地坐在石头旁边，不急不忙地咀嚼着那份缺油少盐的饭菜。

不一会儿，四丫头带着一名女土匪从后山拐过来。她穿着那套米黄色的美式军装，身材显得很迷人。田大榜斜了她一眼，心里痒痒的，却故意不正眼看她，仍然不紧不慢地吃他的饭。

“你的那位绿姐，还没有让东北虎识破？”田大榜慢吞吞地问了句。

“没有。东北虎一点也不怀疑她。”

“那是装出来的。”田大榜老谋深算，“东北虎在水磨房设了钓饵，想引我去吞钩。这只虎还没有修成仙，他的法术，瞒不过我。”

四丫头冷冷地看了田大榜一眼，“他要撤兵了。你敢下山么？”

“嗯？”田大榜抬起头来，“撤兵？有这种事？”

“刚刚从电台收到的情报，乌龙山的大部队要往四川开。”

“当真么？”田大榜的精神提了起来，“电台里还讲了什么？”

“要我们想办法拖住他们。”

“拖住？这么轻巧？我们才几个人？拖得住他们？”

“你不是又拉起了二百多人么？”

“那也不够填他们牙缝。”田大榜看了四丫头一眼，心里很不满，“我拉起这二百多号人容易么？你又不是不晓得。”

四丫头没有同他争下去：“你那宝贝独眼龙，有什么情报送上来么？”

“他在盯着山外的大部队哩。”田大榜被提醒了，想了想，“真是，这个崽，几天没有消息上来了。”

“很快就有消息的。大部队一开动，水磨房那只东北虎也要缩回去。这是个好机会，布他一个网，怎么样？”

田大榜没有说什么，继续吃着饭。只是嚼得更慢了。

四丫头知道他心里已经开始盘算，便也不再同他说什么。

她还真猜中了。田大榜还没吃完饭，独眼龙果然匆匆赶上了山。

“榜爷！榜爷！”他一见到田大榜，放开喉咙就喊开了，“好消息啊。东北虎他们要滚蛋了！”

空气中飘过一阵清炖土鸡的香味。猴四用盘子托着一罐鸡汤，喜颠颠地来到一个小山洞前。那个洞口很低矮，有一名土匪在洞口边警戒着。

“喂，伙计，”猴四走到洞口前，对那名土匪说，“你莫把枪口总对着洞子，不怕走火伤人么？”

“嘻，猴爷，你怕我伤了你的堂客？她在里头，活鲜鲜的哩。还要谢我一句才是。若是跑了，看你上哪里寻去。”

“走开些，我要进去了。”猴四将盘子换了只手托着，另一只手拨开土匪的身体就要往洞里钻。

“哎呀呀，好孝心，又给堂客送好吃的了？嗬！这鸡炖得好香。”土匪嘻嘻地取笑他，“可惜你堂客不领你的情，费这心，没用的。嘻！”

“你懂得个屁！快把石头移开。”

那土匪便移开挡门石，“猴爷，进去以后，招架一点。你堂客有拳脚，留心扇你的耳巴哟。”

洞内光线很暗，猴四进来以后，定了半天神才适应过来。他弓着腰，生怕洞顶那倒悬着的钟乳石碰伤了他的头。又怕脚下遭了石头的绊，泼了盘子里的鸡。摸索着走进去十几丈远，便再也不敢贸然前进了。

前面便是这个山洞的最深处。在那个角落里，席地侧卧着一名二十五六岁的妇女，她便是猴四的堂客田秀姑。说来也怪，这妇女并不高大，也不是多么结实，单单瘦瘦的显得那么虚弱无力，猴四却在离她还有几步远的地方站住了，仿佛地上躺的不是他的堂客，而是一只睡狮。

“秀、秀姑，”猴四小心翼翼地唤了一声，“你醒着么？秀姑？”

那女人一动未动，躺在那里，像是一块僵冷的卧石。

“秀姑，你莫、莫见气。其实，榜爷派人把你接上山来，是一番好意。他得了情报，那东北虎要把你抢到队伍上去。他们那些兵，馋女人馋得要命哩。你要是被抢去，还不生生地遭大罪？多亏四丫头计策高明，先把你接上山来，再派了个女人顶替你。要不，恐怕现在你已经……”

猴四说了一通话，见秀姑仍然没有动弹，胆子便大了些。他猴手猴脚地朝前走了几步，蹲在了秀姑的身边。

“榜爷发话说，把你接上山，是成全我们夫妻团圆。嘿嘿，我们还没有好好地团圆过哩。今后就好了。嘿嘿。”他把那罐鸡汤放在地上，“今天一见亮，我就下山了。跑了两个寨子才搞回一只鸡婆。嘿嘿，你好歹吃下些。我晓得你恨我……嘿嘿，没得法，谁叫你是我的堂客呢？”

说着说着，猴四忘了形，竟伸出手去在那女人的肩头上捏了一把。

秀姑像是被蛇咬了一口，身子猛地一收缩，从地上弹起。她的动作出奇的敏捷，刚刚坐起身子，小臂便扫了过去。动作不大，却出手稳健，手掌正好砍在猴四的领子上，立刻便把猴四打倒在地。

猴四是个精灵得要命的角色，虽然没躲过秀姑那一掌，但他倒地倒得及时。他夸张地“哎哟”了一声，几个滚打得离秀姑远远的，并且顺势蹲起了身。

“你、你还发我的气？嘿嘿，那好，我走了。”他不敢在洞里多停留，“你还是把那鸡汤吃、吃了。啊？我走了。”

猴四很快地朝洞口方向退了去。

秀姑却在这个时候喝了一声，把猴四吓得不敢走了。

“回来！”

“啊？”猴四停住脚，狐疑地望着她，“还、还有事么？”

“你刚才讲的话，有几句是真的？”

“句句都是真的呢。”猴四的样子很诚恳，“把你接上山不久，东北虎就到了惹迷寨，抢去了绿姐。”

“绿姐是谁？”

“四丫头的随从。嘿，东北虎上当了。他一进山，榜爷就盯上了他。他想把榜爷诱下山去，榜爷明白哩。他斗不过榜爷。”

秀姑凝思了一下，忽然问道：“那你为什么还要害死我？”

“咦？”猴四急了，“秀姑，你这、这是哪里的话？”

“这鸡里头有气味，当我不晓得？”秀姑指了指盘子里的鸡，“下了闹药，想闹死我么？”

“是么？有、有气味？”猴四想了想，说得十分肯定，“那不可能。

这鸡，是我一手弄熟的哩。我一直守在锅边，哪里有闹药？”

“那好，你先吃几口给我看看！”秀姑弯腰端起那只盘子，“我还真的饿了。没有闹药，我就吃。”

猴四眨巴了几下眼睛，仿佛有点受宠若惊，“嘿呀，这不是抬举我么？好，我先帮你把鸡皮啃下来，你、你吃鸡肉……”

他回身走到秀姑身旁，刚刚伸手去接盘子，秀姑忽地扬起手臂，将盘子使劲地朝他砸了过去。

猴四其实是有防备的，他只略略一偏身子，便躲过了那只瓷盘。但是他见秀姑动作来得猛，心里忽然慌得要命。

“秀、秀姑，莫、莫动手啊。”

嘴里这么劝说，他的脚却一刻也不敢停留，急急地便朝洞外蹿。秀姑的动作比他更迅速，似乎早已料到他要逃走，已经伸出了自己的脚，正正地钩住了猴四的脚腕。猴四一抬脚便被绊倒了，重心猛一后倾，摔倒在地上。

秀姑下一秒就到了猴四身边，用膝盖顶住了猴四的后腰。猴四被她压住了软腰，伏在地上，一点反抗的力气也使不出来。很快，秀姑解下他的腰带，牢牢地将他的双手反剪着捆了个结实。还在他的嘴里塞了一块破布。

洞口外面那名站岗的土匪，听得洞内“扑通扑通”地打了起来，以为是他们夫妻打闹，便抿着嘴笑了笑，没去理会。后来听见猴四哼哼地叫不出声来，还阴阴地朝洞内取笑了一声：“猴爷，晓得厉害了？你那三根豆角筋，不是对手吧？哈！”

接着，他听得洞内的响声不大对头，便端起枪回过身来。他看见田秀姑已经站在洞口边，将头探出了洞口。于是他紧张了。

“你、你做什么？”

洞口外面比洞子里面高，土匪哨兵的枪口正好顶在秀姑的眉心处。秀姑面色平静地笑了一笑，伸出一只手，向哨兵递过来半只鸡。

“不吃点么？站半天了，不饿？”

土匪哨兵显然很想吃，但是他很警惕，喝了句：“进洞子去！莫找死！”

“人家一番好意呢。赶快接了，我这就进去。”秀姑说。

哨兵想了想，将步枪的枪管伸得离秀姑近了些，用枪口拨了一下那半只鸡，“松手！”

田秀姑便松了手。哨兵用枪口挑过鸡肉的一刹那，她手疾眼快地抓住了哨兵的枪管。还没等哨兵反应过来，秀姑双手将枪管往洞里一拖，哨兵立即被带过去，一头栽到了洞子里面。田秀姑将身子一让，回过身一拳结结实实地打在哨兵的左耳根子处。哨兵哼了一声，白眼珠子翻了几下便不能动弹了。

田秀姑忙爬出洞口，撒开腿便要向山下跑。这时候，那名土匪哨兵突然翻身而起，扑到洞口，双手往外一搂，拖住了田秀姑的双脚。田秀姑一步没迈开，身子直挺挺地向前倒了下去。

就在她倒地的那一瞬间，她双手往地面一撑，抽出右脚，狠狠地朝下一蹬，脚后跟不偏不歪地蹬在了土匪哨兵的脸上。那哨兵一声惨叫，松开手，捂着脸朝后倒下去。

田秀姑抓住这个机会，使出全身力气朝山下狂奔。

土匪哨兵也还经打，被秀姑蹬翻以后，很快又爬了起来。他知道秀姑逃走了对他意味着什么，便顾不得伤痛，撑起身子爬到洞口，端着枪，巡视着田秀姑的身影。

他看见了田秀姑。秀姑正在往一个陡壁上奔跑着，路很陡，她跑得并不快。哨兵便“哗”地将子弹推进了枪膛。

“莫跑，崽！给你个花生米吃！”

猴四被捆在地上，看见哨兵卧在洞口朝外瞄准，忽地慌了。他知道这哨兵的枪打得好，想喊住他，嘴里塞了破布；想拉住他，又被捆住了手脚。急切之中，他窝着身子就地打了几个滚，就在土匪哨兵瞄得准准的要扣扳机的一瞬间，猴四的身体撞中了哨兵的双腿。

子弹飞上了天空。山谷中回荡着七九式步枪那破裂而低闷的枪声。

这声枪响，把田大榜吓了一跳。他忽地站了起来，“这枪响得好近！”

四丫头已经跨上了洞口侧面一块半圆石块，朝着枪声响的方向瞭望。

“跑、跑了！”一名土匪气喘吁吁地奔上来报告了一句。

“哪个跑了？”田大榜问。

“猴四他、他的堂客。”

四丫头吃了一惊，“往哪边跑了？”

“崖口。”

四丫头没有再问，带着她的贴身女警卫向山坡上急急地走了去。田大榜想了想，抽出一条驳壳枪，也跟了上去。

田秀姑已经奔到了崖口。那地方离土匪窝不算太远，却因为中间隔着一个低谷，追是追不上了。崖口处尽是墨黑的大青石，笔陡地插在崖溪的一汪深潭中。上了崖顶之后，她便可以利用青石的掩护，逃下山去。

四丫头接过一支美式卡宾枪，托在肩头，将面颊贴在枪托上，微微闭上一只眼瞄着前方。

田大榜赶过来的时候，正好卡宾枪击发了。清脆的枪声让田大榜吃了一惊，他急忙朝崖口望了过去。

四丫头的枪法果然是第一流的。枪响之后，崖口对面的田秀姑身子突然直直地挺立起来。子弹显然击中了她的后背，她的双手猛地捂紧胸口，向前趔趄了一步，不肯倒下去。她似乎还想回过身子，看清楚是什么人在射杀她，大概是流血太多，身子只扭回了一半，便往下栽了去，跌进了崖下的深潭。

“唉。”田大榜叹了口气，“这枪法，也太准了些。”

四丫头将枪还给女警卫，并不朝田大榜看一眼。她并不稀罕田大榜的称赞，也不在乎田大榜的话里有没有别的意思，只是漫不经心地掏出丝手绢，擦了擦握过枪的那双白皙的小手。

“太阳真大，”她抱怨了一句，“照得人睁不开眼睛。讨厌。”

她恢复了那副懒懒散散的神态，朝山洞那边走了过去。

四丫头和田大榜都过于自信了。他们走回山洞没多久，崖口那个深潭中的涟漪还没有完全平息下来，崖脚下，突然静静地冒出了一颗水淋淋的头。

田秀姑跌入水中，直接潜入潭底最深外，摸到崖脚边，轻轻地浮出了水面。从山洞里逃出来，剧烈地奔走了一阵，她感到十分疲惫。因此，她在水中潜不了太长时间。

崖顶那边已经安静下来了。田秀姑悄悄地爬上岸，活动了一下双臂，没有感到疼痛，身上也没有什么受了伤的感觉。她仔细看了看全身，发现右臂胳肢窝里的衣服被子弹穿了一个洞。

田秀姑情不自禁得意地笑了。那一刻，她听得身后的枪响，便做出一个被击中的动作。那个动作完全是下意识的，只是借助着那个动作跌到深潭里去，逃脱土匪的追杀。当时的反应极其自然真实，让四丫头和田大榜都受了欺骗。

田秀姑来不及庆幸自己的运气，甩了甩头发上的水珠，灵巧地将身体闪到岩石后面，又继续向山外奔了出去。

独眼龙是从垭口赶回来的。赶得很急，罩衣已经被汗水浸透了。

田大榜和四丫头刚刚回到洞中，独眼龙赶快起身，急切地说："榜爷，他们开走了。全都走了。"

四丫头朝田大榜斜了一眼。这个情况她已经知道了，并且告诉过田大榜。

田大榜却不敢大意，盯着独眼龙问了句："你亲眼看见了？"

"是。我亲眼看见的。他们大部队紧急集合，呼啦啦就开走了。千把号人马，走了个干净。"

"没有诈？"

"应该没诈。"独眼龙想了想，"突然来的命令，走得好急。"

田大榜不再询问。他在决定一个行动之前，总是疑三疑四，不肯轻易决断，哪怕四丫头用一种嘲笑的眼光看着他，他在这一点上是不迁就别人的。

“你先歇一歇。”他慢吞吞地说，“莫性急，我有主意。”

四丫头忽然说了句：“还不性急？东北虎要跑了。”

“谁说的？”田大榜望着她，“你那位绿姐送了消息上来？”

“今天后半夜，他们要离开水磨房。”

“后半夜么？”田大榜琢磨了一阵，点了点头，“是哩。只有后半夜才走得安稳。这只东北虎学刁了，心里虚了。”

“赶快下决心，不能再犹豫。”四丫头这一次的语气异常强硬，“拖延他们的进川部署，这是上面发下来的指令。”

田大榜站起来，走了几步，终于下了决心。

“好。留一半人马在山上，其余的拉下山去。”

“留一半干什么？全部拉下去。”

“不用。东北虎好对付。不记得么？上次我才六个人，也吃了他哩。”田大榜笑了笑，并没有同意四丫头的意见。

四丫头也不再坚持，“你带多少人下去我不管。只是有一条，今天晚上一定要活捉东北虎。”

“这也不难。”田大榜谨慎地吩咐道，“你通知绿姐，我从岩板溪下游摸过去。水磨房下去不远，有一个回水窝。我的人马伏在那水窝子边上，要是东北虎没有防备，就让她往岩板溪里放一截竹筒子下来。”

“嗬，胆子真够大的。一百多号人马，还怕他那几个人有防备？”

“不是怕。我这一百多号人马拉得不容易，小心没大误。”

这天晚上的月亮很古怪，在鱼鳞瓣状的云缝中，月亮只剩下细细一个弯钩。云朵很容易便挡住了它，山里早早地已经漆黑漆黑了。

刘玉堂让战士们赶在天黑之前就收拾好了所有的行装。睡觉也睡得早，以便能蓄点精神应付后半夜的行军。

睡觉之前，刘玉堂把所有的人都召集在水磨房门外，反复地交代了行军的路线和注意事项。那田嫂坐在门口，心不在焉地旁听着。

后来，刘玉堂从身上取出一颗木柄手榴弹，走到她的面前说：“田嫂，你没有武器，带上这个吧，路上万一遇到情况，也能应付一下。”

田嫂看了一眼，说：“不用。我带柴刀走。”

刘玉堂笑了，“这是手榴弹，比柴刀有用多了。”

“我不晓得用哩。”

“这容易，我一教你就会。”刘玉堂旋开手榴弹的盖子，“遇上土匪，你就这样打开盖，再拉断这根小绳儿，然后赶快朝土匪扔。”

田嫂便将那颗手榴弹揣在了身上。

夜里很静。岩板溪里的泉水哗哗地往下游流淌着，声音很均匀。听惯了，仿佛更增添了山谷中的那种静谧。刘玉堂让刘喜在外面放哨，其他人和着衣服躺在了铺板上。白天忙了一整天，睡下之后，很快便响起了鼻鼾声。

田石头年纪最轻，但是他怎么也睡不着。今天晚上要打仗了，他很兴奋。人一兴奋就很难入睡，而且他还担心得要命。他怎么都不理解，队长为什么到这种时候还送一颗手榴弹给那个叫“田嫂”的土匪坐探呢？是为了不让她生疑？这也太冒险了。田石头的任务是监视田嫂，他在心里设想了很多制服那个女人的方案。首先要压住她的一双手，千万不能让她把手榴弹扔了出来。这女人骨架子不小，一定有几把蛮劲。实在不行，先打昏她再说。

想着想着，田石头居然睡着了。不知过了多长时间，他猛然惊醒，发现屋内的鼾声没有了。他悄悄朝阁楼上看了一眼，还好，那田嫂仍然睡在上面。

石头松了口气，料想她即使没有睡着，暂时也不会有什么动作。他知道小分队的战友都没睡着，那鼾声是装出来的。问题是屋内的鼾声怎么全消失了呢？难道他们已经溜出去，进入了战斗岗位？

正猜想着，石头忽听得有人走进了水磨房。他侧目望去，黑魆魆的水磨房内果然走进来一个身影。那人脚步极轻，竟一直朝石头的铺前走了过来。

“石头。”那人压低声音叫了他一声，“你睡着了？”

石头猛地坐了起来。他惊讶地张开了嘴，半天合不拢来。叫他的人是田富贵。怎么回事？富贵明明在床铺上睡着了嘛。

石头赶紧掀开身边床上的被子。他看得明明白白，被子下面是一堆窝成人形的稻草。石头吃了一惊，闪身下床，奔到阁楼旁，拉开了田嫂的印花床单。田嫂也早不见了人影，她的铺板上，也是一堆稻草。

“呀，富贵哥，这是怎么回事？”石头顿时慌得要命。

“嘘！”田富贵急忙制止田石头的话，“她早溜出去了。”

“那、那你们怎么不叫我？”

“来不及叫你。她一直藏在外面听屋里的动静。要是发现我们有防备，就引不来土匪了。”

“啊？”田石头十分懊恼，觉得让那女人从眼皮底下溜走，无论怎么说都是一件被人瞧不起的事，“现在呢？她在哪里？”

“跟我来！”

田富贵引着田石头，低着腰，像夜行猫似的溜出了水磨房。

刘玉堂早已在水磨房外面的山坎埋伏好了。田石头发现在他的身边多了几个不认识的人，还高高地架着一挺粗大的重机关枪。

“队长，”田石头心情很沉重，“对不起，我让那个女土匪溜走了。”

“没关系，她知道是你在监视她。你没发现，反而更好一些。”刘玉堂这才告诉他，“我早已经派刘喜在门外监视住她了。”

田石头放心了些，却总是驱赶不散心中的惭愧。

不久，夜空中传来了竹鸡子那“咕咕——咕咕——”的叫唤声。刘玉堂随即给对面回过去了暗号。

很快，有一个人影闪了过来。田石头认出来了，那是侦察排长何山。

“土匪下山了么？”刘玉堂问。

“下山了。从下游过来的。”何山回答道。

“政委那边准备好了？”

“是的。田大榜还没有进口袋，到回水窝边上停下来了。政委让我告诉你，等他们进了口袋再打。”

刘玉堂点了点头，“知道了。”

何山眼里很是笃定，“副团长，田大榜那家伙在下面等信号呢。”

“说得对。”刘玉堂赞赏地看了何山一眼，从身上掏出一截小竹筒，“石头，你马上到溪边去，把这个竹筒放到溪水里，让它往下漂。知道了么？”

“知道了。”

田石头接过小竹筒，飞快地向溪边跑了过去。

“田富贵！”刘玉堂又唤了声。

“到。”

“通知刘喜，把假田嫂扣起来。要安静，别让她给土匪通了气。”

“是！”

田石头飞快地奔到溪水房，蹲下身去，拿过小竹筒子就要往水里放。

猛然间，石头听见脸面前忽地扫过一阵风，紧接着手腕子一阵剧疼。有人飞起一脚，踢中了他的手腕。那截竹筒子从他手上飞了出去，落到他身后。

田石头感到整个右臂顿时一阵酥麻，一点力气都没有了。他恨恨地一转身，看清楚了那个人的脸。正是他痛恨的田嫂！

田嫂轻蔑地骂了一句：“小杂种，过来啊。我教你几手。”

田石头气愤至极，一个箭步扑了过去。

田嫂身子极灵活，略微躲闪，田石头便扑了个空。她也不同石头搏斗，后撤一步，转身朝山那边跑远了。

田石头拔脚就追。田嫂跑得很快，石头使劲追也难得追上她。而她又不跑太快，似乎不想甩脱石头的追赶。石头忽然明白了，她是想把自己从溪边引开。那截竹筒子不漂下去，田大榜是不会上钩的。

“这个滑头。”石头在心里狠狠地骂了声，“我等一下再来收拾你！”

他折回身，向溪边奔了回去。

田嫂跑着跑着，感到身后没有人追赶了，回头一看，田石头已返回溪边，正在急急忙忙地寻找那截小竹筒子。

她转身跑来阻止，田富贵、刘喜、何山他们端着枪已经赶到了溪边。

没料到这个毛头后生也有了心计，平时她认为石头是最好对付的。她有点气急败坏。

刚跑下去没几步，迎面一条黑影挡住了她。这黑影来得很突然，像是从地面上忽地耸起了一块石碑。田嫂收不住脚，同那黑影撞了个满怀。那黑影立得很稳，一丝儿也没有被撞动，田嫂反倒被撞得弹向了一边。她一惊，顾不得看清对面是谁，侧过身子便往后方逃。然而，她还没来得及迈脚，后面又一个身影拦住了她。不容她再做任何动作，那身影闪电一般扣住了她，双臂紧紧地钳住了她的咽喉。

挡住她前进的那条黑影也扑了上来，用胳膊往下一挽，立即将她的双脚拖得腾了空。她的整个身体便实实地被摔倒在地上了。

田嫂是受过一些专业训练的，她身体宽大，力气也不亏。倒在地上后，她用脚撑住地面，猛一翻滚，又从那两个人的胳臂下挣脱出来。但是那两条汉子分明比她有力气，没有容她起身，旋即又按住了她。

田石头终于找到了那截竹筒子，并且迅速地将竹筒子抛入了水中，还盯着看了几眼。溪水流得飞快，那截小竹筒子十分迅速地漂了下去。这时候，田石头才完全放下心来。

刘喜和田富贵正在努力制服田嫂，石头听见了他们的撕扭声。放完竹筒，石头才猛然想到那女人还揣着一颗手榴弹。他飞快地赶到岸上，却看见刘喜和田富贵正同田嫂滚作一团。石头站在边上，正想上前帮着捉住她的脚，却看见最让人担心的事发生了。

田嫂一面在地上挣扎，一面腾出手来，抽出了那颗手榴弹。

田石头吓出了一身冷汗。他知道，万一她拉响了这颗手榴弹，下游处的田大榜听得见的，炸死了人事小，坏了队长“钓鱼”的部署，让田大榜逃走，这事可就大了。

他真真切切地看准了那女人握着手榴弹的手，飞身扑上去，用双手掐住了那条手腕。这时候，他更加紧张了。这女人早已将手榴弹的铁盖拧开，掏出手榴弹之后，很方便地将手指套进了拉火索的那只小环内。现在的情况万分紧迫，即使夺下了手榴弹，她只要一抽手，仍然可以拉开导火索。

田石头下意识地紧紧掐住她的手腕，除此之外，他想不出更好的办法来。他很担心刘喜或者田富贵在这个时候不下力气按住田嫂，尤其担心田富贵，害怕他在关键时刻手软。

可怕的事石头阻止不了。那女人果然瞅了个空子，拼尽全身力气挺起了身，然后猛地往下一闪，一头撞开了田石头。田石头失去重心躺倒在地的时候，手上已经夺到了那颗手榴弹，他低头一看，大惊失色：手榴弹的导火索被拉开了，木柄尾处，正冒出来一股呛人的白烟……

“快……！快躲开！”石头喊了起来。

田富贵和刘喜听得他喊，赶紧松开那女人站了起来。而那女人比田富贵和刘喜更明白将要发生什么事，爬起来的速度更快，像一只受了惊的山兔，拔脚就往旁边逃去……

田石头恨得牙齿根发痒，一扬手，将手榴弹狠命地向她头上砸了过去。手榴弹不偏不倚击中了她的太阳穴，发出一声铁锤砸在石块上那种响声。田嫂喉管内粗粗地“啊”了一声，硬挺挺地倒下来。

手榴弹落在她的脚下不远处，导火索的白烟还在往外冒。石头卧在地面上，好大一阵子还没有听见爆炸声。他不禁奇怪地抬起头来，却看见刘喜已经走过去拾起了那枚手榴弹，竟无一点害怕的样子。

“石头，起来吧。没事儿。”刘喜轻松地招呼他。

田石头站起来，走到刘喜身边，“咦？这东西……不炸？”他心悸未平地问。

“里面装的是黄沙，没火药。”刘喜将手榴弹的木柄磕了磕，果然磕出来很多黄沙，“这是队长特意改装好了蒙她的。”

“啊……我的个娘！”石头这才松了气，“快把这个土匪婆捆起来吧。”

田富贵从田嫂身边站了起来，“石头，还捆个屁！让你给砸死了！”

石头吓了一跳，“啊？……这么不经砸？就……就死了么？”

“你发昏哩！”田富贵气冲冲地训了他一句，“捉活的，你不晓得么？还可以问问土匪那边的情况。哪个让你这么狠的劲？”

“捉得住么？你们两个人，滚了半天也捆不上她，还怪我？”

“那也得活捉嘛，都快到手了的。要弄死她，也不等你了。你这细伢子，唉！”

田石头还不服气，想抢白几句重话，又怕伤了他的心，正下不得台，刘喜圆了场，“死了算了。快，到队长那里去。田大榜要进口袋了。”

田大榜在回水窝边上潜伏了好长一段时间，感到身上有几分凉意。他的眼睛一直盯着汩汩流淌着的溪水，盼望那水面上漂下来一截小竹筒。他知道不盯着水面也不要紧，溪水在回水窝那个半圆的弯道处总是减慢了速度，回旋一个大圈才缓缓向下流。水面上的漂浮物到了回水窝便停下来，再也不会流走。他选定这个地方，就是想利用回水窝的特点等待接头暗号。

对今晚的突袭行动，田大榜心里并不很踏实。要说会有什么意外，倒看不出任何迹象。他只是不想在这个时候损失人马。剿匪的大队伍要开走了，往后，乌龙山的地盘要靠实力才能巩固。他曾经几次在乌龙山众多的杆子中称雄一时，就是靠了手底下的几百号人马。现在他预感到那种日子又要到来了。

有一阵子，田大榜想把队伍撤上山去。溪水里没看见竹筒子，四丫头要埋怨也没有什么好说的。把东北虎留下来让别人打去吧，何况他现在只有几个人，还掀得翻乌龙山？

这个想法只在脑子里闪了一下，他并没有撤兵。四丫头是有大靠山的。他们有意留下这个女子，是想让她扶助自己长期占据乌龙山。田大榜知道，现在要想长期站稳脚，也只能依靠四丫头和她背后那些大靠山。去年，四丫头只发了个电报去，居然夜晚飞进来一架鹞鹰般的大飞机，朝山上投下了几百条卡宾枪哩。

田大榜脑子里转来转去地想了很久，思想一直集中不起来。后来，他觉得等的时间长了些，便本能地产生了警觉感。凭经验，他知道快到午夜了。会不会出现意想不到的事呢？

他怀着最后的希望看了看岩板溪的水面。如果再没有竹筒子漂下来，这一仗就打不得了。不管那头有没有防备，也不能冒冒失失撞进去。最多在这里放一阵空枪，惊一惊东北虎就可以往山上撤了。

溪水只管汩汩地朝这边流着，却不见竹筒子漂浮下来。田大榜失去了耐心，正准备下令放枪往山上撤，忽然看见在那个回水窝子处，不知什么时候已经有一只小竹筒停在水面上了。他心中一阵惊喜，知道自己刚才思想不集中，没有注意竹筒已经漂了下来。担心的事太多了些，看来东北虎只不过是瓮缸里的一只鳖，伸手便可抓到的。何不捡一捡这个便宜呢？这大约是天意，合该着东北虎撞到自己网里来啊。半年前让他捡了条性命，这里风水好，他又寻来找坟坑了。

“听好！”田大榜拔出手枪，向他的队伍喝道，“拉成三堆，围住水磨房。莫让他们走脱了一个。快，脚板轻些踏。快。”

他留了个心眼。把队伍催走之后，他竟然不想尾随土匪们去水磨房。他没有对任何人说，便一个人悄悄地留在了回水窝。队伍前头有他的一个心腹带着队，一百多号人去打他们三五个人，本也用不着他亲自出马。

他的队伍走得很快，也很轻巧，不一会儿便向前插得看不见影了。田大榜忽然很欣赏自己的机灵。回水窝是进出水磨房的必由之地，在这里歇一歇，等着队伍打完仗回山时，再去迎接他们吧。

他将手枪掖在腰间，走到溪水边，用手捧起溪水洗了一把脸。洗完之后，他感到身上长了很多精神。

又等了一阵，估计队伍应该接近水磨房了，他想起半年前在惹迷寨吃掉东北虎的情形，心中不禁扬扬自得起来。这一次，四丫头交代说要抓活的，刚刚却忘了对心腹吩咐一句。算了，管他死的活的，对自己来说，都没有太大的关系。

正想着，他忽然感到身边某一个地方仿佛有动静。他几乎是凭鼻子嗅到了这种动静。细细一打量，又似乎没发现可疑之处。他后悔没有留两个人在身边，万一有危险，连个替身也没有了。他顺手抽出手枪，扳开了保险机头。

就在这个时候，田大榜看见地面上的草像燃烧一样发出了通红的光。他吃惊地抬头一望，水磨房方向的天空中，升起了一个火红的光球。一发信号弹，拖着弧形尾光划过夜空，将峡谷映得仿佛着了山火一般。

紧接着便传来了爆豆子似的枪声。那枪声的密集程度是很少能听到的，田大榜觉得心肺都震得发痛了。他迅速地意识到自己的队伍中了埋伏，对方投入的兵力，足以在眨眼之间把他的人马消灭得一干二净。

眼下，除了立即回头逃走之外，是一点办法也没有了。他绝望地站了起来，顾不上心痛，回头便走。

这一回头，差点没把他的苦胆吓破。不知什么时候，在他身后站了一个高高大大的壮汉子。那人身上的军装整洁利索，小腿肚子上扎着绑腿，透出一股骇人的力量。他平端着驳壳枪，枪口虎虎地指着田大榜那干枯的胸膛。

“老实待着！别动！”侦察排长何山稳稳地端着枪，喝了一声，“我还以为田大榜是个多么了不起的东西呢！据说你是祖传第二十四代土匪，弄了半天，原来是一根朽木头桩子啊。哈，老东西，你活到头了！”

“是……是咧，我的个菩萨爷。”田大榜在枪口下，瑟瑟地抖个不停，“我田大榜，活……活到头了哩。不、不劳您菩萨爷动手，我也没……没得几天活日子了哩……”他突然成了一个虚弱的糟老头子，似乎稍微捏他一把就能把他的骨头捏断。

“行了！这种熊样子我见得多！”何山不耐烦地皱了皱眉头，“把枪扔过来，快一点！”

“哦哟，是、是哩。”田大榜不敢迟疑，赶快扔下了手中的枪。

何山捡那条枪的时候并没有弯腰。他只是用脚尖将田大榜扔到地上的枪挑得翻了个面，翻到自己的脚背上，然后一抬脚，便用右手接住了。他知道田大榜很奸猾，因此一点也不放松警惕。

“回过头去，跟我走。”

“是哩，走……”田大榜没有回身，却颤颤地问道，“走，走哪里去？”

“别怕，让你去见一个老熟人。”

“熟……熟人么？”

“是啊。你不是来会东北虎的么？”何山笑了一声，“嘿，他也想尽快地见见你呢。走吧！”

田大榜连连点头，“是，是哩。走起。”

他老态龙钟地转过身，脚步显得一点力气也没有。何山知道乌龙山这个地方种大烟，他想，田大榜的精气神大概全泄了，不抽几口大烟，立即就会倒下去。押着这个大烟鬼走路，看来还是一个负担呢。

万万没想到田大榜刚刚转过身子，竟像出膛的枪弹一样一抬步便蹿得没了踪影。何山惊讶得不相信自己的眼睛了。他急忙屏住气，回过神来才发现田大榜突然改了方向，向左边山上狂奔了去，已经跑了一百多步远。

何山想开枪打他，一来有点不甘心，想活捉他交给刘玉堂；二来那老土匪跑得很灵巧，不断地扭换着方向，不好瞄准。一个七八十岁的老土匪，居然从自己的枪口下逃了？何山顿时气愤得不能自已。

他发了狠，抬起右臂，将枪口朝着天，大喝了一声，甩开双腿朝田大榜的背影追了过去……

第三章

乌龙山脉层峦叠嶂，无边无际，不知延伸了多远。山里的乡亲们完全相信，从古到今，没有一个人走遍过乌龙山。他们还说，人世间一年之内有四季，乌龙山这块地方，一天之中就有四季。

更有神奇之处，在乌龙山纵深的一个叫野猪坳的地方，每天清晨都可以见到“黑白罩”的演变过程。所谓“黑罩”，是指黎明之前那段最黑时辰。这倒没什么奇妙的。天色见亮之时，黑罩便渐渐被拉上天消失了，这个时候的野猪坳却见不到树，见不到山，连眼面前两三尺远的东西都难得看见。漫山遍野，弥漫着浓密的晨雾。这晨雾像棉花一样白，像米汤一样稠。人浸泡在白雾之中，头晕目眩，会感到一种不可言状的恐怖。这就是“白罩”。

白罩也不久久赖在山里。它也像黑罩一样，不歇脚地往天上拉去。不久，这层白罩便升上了头顶。这个时候看野猪坳，立刻让人感到毛骨悚然。满目的山峰黑沉沉的，像各种怪兽并立在身旁。那山峰并不混沌，却幽暗地透着寒气。白罩悬在山的上方，像是一堆堆又脏又厚的破棉絮，密集地簇成广袤的天棚罩，严严实实地挡住了天上的阳光。整个野猪坳布满了森严岑寂的气氛，俨然是鬼域阴间。

这一带的植物也是那么阴森可怖。冷杉树高矗着，却只在背风的一面生长着枝丫和树叶，另一面完全是光溜的树干，仿佛一条汉子被劈去了半边身躯，痛苦地支撑在山坡上。低矮处，则是一蓬连接着一蓬的刺灌木丛。野兽们对那尖利的刺也避之不及，唯有生着厚厚一层粗皮的野猪才能在那刺蓬中出没自如。猎人们经常到这里来猎野猪，总是十拿九稳。他们便送这地方一个美名——野猪坳。

野猪坳自然是一个人烟罕见的去处。天下不太平，上山来猎野猪的人也没几个了。他们害怕土匪的劫掠。就连山林惯匪，近些时候也极少到野猪坳来。这里没有油水，绑不成票，也吊不到羊（土匪黑话，指把无辜的人抓上山，让他们的亲人交钱来赎回）。

清晨，黑罩子拉上了天，白罩子还有一些尾须没有拉去的时候，从一簇嫣红的山榴树叶丛中，冒出来了一张警惕而又充满俊秀气的鹅蛋形脸盘。她便是从四丫头枪口下巧妙脱身的田秀姑。

山榴树是乌龙山区的独特植物。那圆润的果实据说可以入药，是滋阴补肾的上乘物品，然而却苦不堪言。山榴树从土里的根到枝丫上的叶，全都饱含着苦汁——这正如田秀姑的身世一般，苦了不知多少代。她的父亲是惹迷寨的土家猎户，小时候就练就了一身好拳脚，习出了一手好枪法。只是生不逢时，刚刚十八岁便被裹挟着踩了湾。他心地善良，看不惯土匪打家劫舍的行径，便从山上逃了出来。田大榜知道他的本事，怕他落到别家杆子手里，便布下耳目满山捉拿他。传下话说，拿不到活的，打死也有赏。秀姑的父亲只好隐在深山密林里，野人一般地躲了七八年。惹迷寨后山有个建在岩壁上的苗寨，那里一般人是上不去的。他潜进苗寨，得到寨子里一位长者的帮助，养好了身上的伤。当时田大榜被官府剿得紧，躲到后山去了，这才有了两年的安稳。田秀姑的父亲便娶了那苗寨长者的孙女，生下了田秀姑。

几年以后，田大榜忽地在乌龙山做了各路杆子的首领。他又传下了话，要收田秀姑的父亲到他手下去做镖手。还说，不去也可以，却要他在惹迷寨用麂子的蹄筋请田大榜的客。然后，收了他的猎枪，放他出山外驾船。田秀姑的父亲已有了妻小，躲不脱田大榜的纠缠，只好用二十只麂子的蹄筋请田大榜吃了一餐，忍痛舍下妻小，驾船到山外做盐巴生意去了。不料他头天刚走，田大榜就把他的堂客弄到山上糟蹋死了。当时田秀姑还不满六岁，寨子里的人见她无依无靠，便轮流着接济她一碗干薯丝充饥。苦到十四岁时，田大榜发觉了她。

田大榜懂得按穴，有天夜里，他找到秀姑，只在她的左胳膊弯处掐了一指，秀姑就昏厥过去了……不知过了多久，她醒过来，却发现身上的衣服被剥了个干净，躺在露水里，一身的骨头仿佛全散了架，再也无法动弹……

伤透了心的田秀姑决心以一死来逃脱苦难的折磨。却也怪，每次都没有死成。她跳了一次崖，却被青藤缠住了身子。在崖壁上悬了一天，让一个敏捷得像一只猿猴的男人攀着崖壁把她救了下来。那个男人仿佛很注意她。在另一个清晨，他又踢开了她的房门，再一次救下了悬梁自尽还剩下一丝游气的田秀姑。

那时候，秀姑的父亲按不住对田大榜的深仇大恨，在乌龙河上拉起了几条枪，同田大榜做起了死对头。田大榜势力虽然强大，却极害怕遇上田秀姑的父亲。打又打不着，防又防他不及。他山里水里全去得，抓空子打田大榜一家伙，又不知去向了。有一次，田大榜刚刚从一个大户人家屋里走出来，树杈上突然飞下一个身影。田大榜急忙一歪身子，后腰处早已吃了一匕首。他的卫兵掏出枪来拿凶手时，那人却趁着混乱不见了踪影。田大榜知道遇见了对头。他心里最大的隐患就是那个神出鬼没的冤家对头。有一阵子，他都紧张得不敢轻易伸头了。当然，田大榜这个世袭匪首也是很厉害的，他不伸头，只是在暗中策划着更毒辣的报复计划。

田秀姑被那个男人再一次救下性命之后，也不打算去寻死了。那个男人是惹迷寨上的人，无依无靠，从小也是个孤儿。他告诉田秀姑说，她的父亲在乌龙山拉了个队伍，专门打田大榜。他劝秀姑去找父亲，报仇要紧。

经过一段时间的筹划，一天夜里，秀姑同那个救她性命的男子，背了一包袱玉米叶粑粑，出山找她父亲去了。

她的父亲以为女儿早已被田大榜糟蹋死了，见到田秀姑时，又是喜又是怜。后来，秀姑便跟着父亲行船走江，攀山爬壁，吃着大苦学武艺，冒死同田大榜拼斗起来。

那名救秀姑性命的男人，深得她父亲的感激。他又生得机灵，还吃得苦。不到两年，秀姑的父亲便做主把秀姑许给了那个男人。

那男人就是猴四。他其实是受了田大榜的指使，通过田秀姑潜伏到了秀姑父亲身边。这个猴四本来也没那么辣的心，到秀姑的父亲身边后，渐渐也有点敬畏他的本事。后来又娶了秀姑，女子的容貌和身体，也多少使他在良心上动摇了不少。

四丫头带着指令来到乌龙山扎脚之后，田大榜的势力更大了。他先后火并了山里好几路不听他指派的杆子头，又收了不少零星喽啰，手下掌管了两千多条枪。那气势，跺跺脚乌龙山也要发颤。秀姑的父亲势单力薄，只得退到乌龙河口一带。那里离一个叫石城的地方很近，是钻山豹的地盘，前后都有土匪夹击，很难立住脚跟。

有一天，猴四告诉秀姑的父亲说，他亲眼看见田大榜带了三名土匪潜到一个猎户家去了。说那猎户家中有一个女人，田大榜打了主意。秀姑的父亲受尽了憋，一听这消息，便带了几个人进了山。

秀姑那天留在船上给父亲做棉衣准备过冬，没有跟着去。不料从那以后，她便再也没有见到父亲了。后来秀姑才听说父亲中了田大榜的毒计。猴四把他引到山里，四处都是田大榜的人。她的父亲没有防备，落到了田大榜手中，田大榜亲自动手凶残地杀害了他。

田秀姑悲愤地潜逃到山外，一个人凄苦地生活着。她以前想死，后来便只想活下来。她发誓要活下来报这血海深仇。在山外面，她流浪了好几年，一直寻不到机会。后来听说有一支大队伍开进了乌龙山，是专门打土匪的，还听说这支队伍不怕吃苦，不惜生命，下决心要把乌龙山的土匪剿干净。田秀姑心里亮堂了，她又回到了乌龙山。

田大榜的两千人马，一碰上这支队伍，便被打垮了架子。田秀姑进山的时候，听说田大榜只剩下六七个人，可怜巴巴地逃到惹迷寨一带去了。秀姑便日夜往惹迷寨赶了去。

但是当她赶到惹迷寨时，又听说部队的人中了毒计，让田大榜得了手，那土匪又拉起了百多号人，养复了元气。秀姑恨得直咬牙，却没办法可想。她日夜盼望有队伍再次来惹迷寨，盼了半年多，没有盼到队伍来，却突然被独眼龙抓获，送进了土匪窝。

她终于逃了出来。不知凭什么，她相信田大榜的气数快要绝了。现在大山里的老百姓都在说，到山里的队伍，他们打土匪那股狠劲，绝不是过去官府比得上的。

田秀姑昨晚潜到野猪坳时，实在又困又乏，走不动了，便在牛栏洞歇了一夜。她打算等天亮之后去寻些食物，然后再往山外潜出去。睡到半夜，忽然听见远远地传来了激烈的枪声。那枪声在空寂的山谷那边响了不长一段时间，她判断离野猪坳少说也有十几里路远。她还听出这种打法不是山里的土匪惯常的打法。她心中一阵狂喜，知道是有队伍又打进山里来了。

她记牢了枪响的方向，急切地望着天亮。

野猪坳的白罩终于拉上了山顶，山坳中又是阴幽的色调。田秀姑不敢大意，在山榴树后面观察了一下周围的动静，才闪出身子，踏上了阴刺丛中的一条小径。

她知道白罩子要在中午时分才能散去。那时候，阳光便可以把野猪坳晒上整整一个下午。也只有在那时候，野猪坳才会有几个生命活动一下，或者是过坳的行人，或者是觅食的野猪。现在虽然没有危险，田秀姑却不敢松懈警惕。她料想昨夜岩板溪打了一仗之后，也可能有几个漏网的土匪窜过来。田秀姑赤手空拳，连把柴刀也没有，如果能碰上一两个土匪，弄条枪就好了。

田秀姑翻上一个陡坡，突然停住了脚步。凭她的感觉，她发觉陡崖下面可能有情况。她弯下腰身，轻轻地走到陡崖边沿，往下俯视了一眼。这时候，她看见了田大榜。

崖下约十几丈深的地方，有一条石阶悬在崖壁上。那石阶只有一尺多宽，生满了岩藓。石阶的右边，又是笔陡的崖沟。沟底有一条细细的、石灰色的小溪，因为长期没下雨，溪底干涸。田大榜在那一尺来宽的石阶小路上吃力地奔走着。他像一只壁虎，尽管很疲乏，却能熟练地攀登着岩壁，不会跌到山洞底下去。

田秀姑顿时明白昨夜的枪声是部队打中了田大榜的匪群，但是却让这个老匪头逃脱了。他逃得那么狼狈，看来屁股后面一定有人在咬着追赶他。

田秀姑急忙往后望去，半天才见到有一个提着枪的男子朝这边追了过来。那人生得高大，却行不惯山路，只是拼着一股蛮劲在后面紧追不舍。他的意志也够顽强的，追了半夜也没让田大榜甩掉。和田大榜一样，这男人身上的劲儿也耗得差不多了，掉在后面，远远地就是无法追上田大榜。

一眨眼，田秀姑发现田大榜不见了。她刚才只是朝远处那提枪的男子多看了一眼，竟再也找不见田大榜。石阶小路并不宽，他藏在什么地方去了呢？

追赶田大榜的那名男子也爬上了石阶。他没有停留，提着枪，继续向小路追了过去。田秀姑不禁替他捏了一把汗。小路太窄，侧面就是悬崖。这男子脚步下得武烈，又乏了力气，她担心他一步不慎跌下悬崖。

她还没有想出该怎样下去帮帮那男子，就听见石阶下方发出一声沙哑而干枯的怪叫。田秀姑眼睁睁地看见田大榜从石阶上方的一个岩缝中闪出身来，用脚蹬翻了一块百多斤重的岩石。他藏在比那男人高半个头的石缝中，岩石蹬翻之后，直直地朝那男人砸了过去。男人猝然不及防备，慌乱中一闪身子，脚下立即踩了个空。他没处可躲，到底让那岩石砸着了肩膀，手上的枪便跌入了山涧。更吓人的是他已经悬了空，紧跟着，整个身子也像那条驳壳枪一样，沉重地向悬崖下方坠去。

田大榜这才灵活地从石缝中钻出来，站在台阶上，朝悬崖下面望了一眼。他很得意自己的成功，料想那人跌下悬崖之后是没命了的，至少再也无法来追赶他了。于是，他朝崖下吐了一口唾沫。

田秀姑目睹这一切后，最初也被田大榜的狠毒吓得目瞪口呆。转瞬之间，又对田大榜恨得咬牙切齿。她想找一块大石头，劈头向田大榜砸下去，但是她身边全是光秃秃的岩石。而且，她藏身的位置虽然很高，却离那台阶太远，也不成直线，要砸中田大榜也是不可能的。她紧急地思考了一下，看了看田大榜的路线，心中突然有了主意。

她屏住气，悄悄地离开崖边，一闪身隐到阴刺丛后面，向山上那几株冷杉树奔了过去。

田大榜奔跑了大半夜，精神上又极度紧张，干完这一切之后，也疲惫不堪了。他退了几步，在石阶的岩壁上靠着喘了一会儿气，顺便把周围观察了一遍。野猪坳这一带曾经是他发迹的地方，他知道这里很偏远，不会再有人来，心里便轻松了不少。

他想尽快地回到山上去。四丫头一句话，竟使他轻易丢失了一大半人马，他忽然怀疑这是不是她的阴谋。这个年轻的女人奉她上司的指令，要她扶助田大榜长期占据乌龙山，为的是以乌龙山为一方根据地，同共产党周旋，不让他们顺利地建立新政权。四丫头大概看透了田大榜已经老朽，对他没有太多的信心了。她多次流露出对钻山豹的敬羡，是不是想乘机带着人去扶助钻山豹呢？那个孽种外甥，一肚子的机谋，一身的武艺，人又生得端正，四丫头对他不会不动心的。她只要拢住一支武装占着乌龙山就行了，又何必死守着自己这个枯老头子呢？田大榜是尝尽了各种女人的，知道四丫头平时在自己手下那么冷僻，一副不恋春色的样子，其实都是装出来的。她骨子里才风骚哩！

田大榜暗自着起急来。他判断了一下方位，起身活动了一下腿脚，感到虽然腹中饥饿，却还有足够的力气。于是，他攀上崖顶，顺着阴刺丛中那条野猪踏出来的小道，向山顶爬了上去。山顶处矗立着几棵冷杉，冷杉树后面便有一条石路伸向山下。顺着那石路走不多远，右侧的山头就是他的队伍控制着的地盘了。

阴刺丛中的小路很难行走。刺杆横七竖八地挡在路上，不是挂着了裤脚便是钩着了衣服。田大榜停下来，从头上摘下那条黑布包头巾，劈中撕作两半，紧紧地扎住了裤腿。即便这样，他也不敢甩开步子乱走。这山上到处都有深大的陷阱。猎户们过去常常利用这些石坑来陷野猪。那陷阱的口子都经过了多年的伪装，长着与路上一般无二的各种植物草木，稍不留神，就会跌进陷坑之中。他知道那些陷坑的厉害，人跌进去，没有外面帮忙是无法爬出来的。

他一边辨认着，一边向前走。猎户们有约定，为了使行人不误入陷阱，他们在陷阱的地方做了些记号。一般是将路旁的太阳草绾个结子，行人很容易辨认出来。

快走到山顶那石路上时，田大榜忽地生了疑心。他看见在几棵冷杉树之间，有一绺太阳草的形状十分可疑。太阳草一般是直直地朝天生长的，而那绺草却弯扭着横在路边。他立即明白了，这些草本来是被人打了结，而现在这个结又被人匆匆解散了。草的边上肯定有个大陷阱，有人想把他诱着跌入陷阱里去！

田大榜及时止住了脚步，身上毛孔直奓。他赶快回过头去看周围的动静，却感到那冷杉树上有一团黑乎乎的东西朝自己压了过来。

他大惊失色。那黑乎乎的东西，其实是一个人吊着冷杉树上的青藤条，飞速朝他荡了过来。他慌忙避后一步，却躲不过那人从天而降的速度。他甚至还没来得及叫喊一声，那人便荡到了他的眼前。顺着身体荡过来的重量，那人双脚猛地蹬了下来，劈头蹬中了田大榜的脸面。顿时，他只觉得鼻梁处仿佛被人迎面砍了一开山斧，眼前一团漆黑，人也站立不稳，朝后踉跄了好几步。

接着，他感到脚底下踏中了一块翻板。那翻板往下一闪，田大榜的整个身体突然向下沉下去。不久，他便重重地跌到了陷阱的底部，尾脊骨实实地跌坐在石头上，一阵断裂一般的疼痛，几乎要把他跌得昏了过去。

他很快便清醒过来，知道自己终于被人打入了猎野猪的陷阱之中。他忍住疼痛，抬头往陷阱口望了一眼，却见那木翻板立刻被人关闭得严丝合缝了。木翻板上面还紧接着“咚咚”地响了好几声，那是有人在翻板上压上了几块大石头。田大榜知道压石头是多余的。翻板离洞底两丈多高，猎物不可能爬上去顶那木翻板的。再说，那翻板是有机关的。除非猎人在外面打进机关，洞里的猎物无论有多大的力气也是顶不开翻板的。

田大榜这才感到身上的力气全耗尽了。他心中很是不服气。眼看一条性命就要葬在这里了，却连是谁来埋葬自己也没有看清，这就是他的结局么？

他绝望地往陷阱底部倒了下去……

四丫头在中午时分带着山上留下来的人马赶到了岩板溪边上的水磨房。

半夜那排山倒海般的枪声，惊得山上所有的土匪都说不出话来。四丫头知道田大榜中了埋伏。本来她想派独眼龙带人赶去接应一下田大榜，但是路程远，来不及了。根据枪声的密集程度分析，她知道再派人去也只不过是往菜板上送肉。

天亮之后，田大榜带下山的那一百几十号人，竟没有一个活着回来报信的。四丫头不敢轻举妄动，一直到派下山的耳目回来报告说解放军的队伍已经撤出山外，朝东边开拔了，她才下山赶到水磨房，看到的是满山谷的土匪尸体。

在岩板溪边，四丫头发现了绿姐。这女人侧卧在地上，太阳穴上裂了个洞，乌红的血浆凝在洞口处，脸是青色的。她蹲了下去，掏出自己的白色丝手绢，轻轻地盖住了绿姐的脸。一阵风吹来，吹走了那条丝手绢。四丫头看了一眼，也没有去捡丝手绢。她感到恶心了。

独眼龙带着几名土匪，走到了四丫头的身边。

“我找了个遍，没有找见榜爷的尸体。”他推测说，“莫不是让他们捉去了？”

“他们抓不到这个老家伙的。”

“是么？哼。”独眼龙走到绿姐的尸体旁，用脚尖拨了拨她的脸，“也难得讲哩，老家伙平时总说他情报准确，如何呢？一夜就失了百多号兄弟。嘿，他也有上当的时候哩。”

四丫头冷冷地看了他一眼，“这也得多谢你昨天送上山的情报啊。你不是说，他们的大部队全开走了么？”

独眼龙急了，“四小姐，这可是真的。老子亲眼看见的。哪个会晓得他们又折了回来哩？”他讨好地看了四丫头一眼，“也只怪老家伙年纪太大，耳朵不灵便。这里有埋伏，他就一点也不摸风？昨天要是让您四小姐带队，说不定就……”

“哼，说不定我也就像绿姐一样死在这里了。是么？”四丫头没好气地顶了他一句。她心里有一股说不出的火，不知朝谁发才好。

独眼龙咽了口唾沫，望着四丫头那竖得高高的柳叶眉，安慰她说：“算了，四小姐。老家伙早晚要比你我先死。他胆子吓麻了，也难成气候了。回山吧，往后……”他笑了笑，“嘿，这队伍，就由你我两人来领了。你为头，我独眼龙舍一条命保你！”

“胡说！”四丫头狠狠地瞪了他一眼，“榜爷死不了，他命大着呢。还不赶快分头去把他找回来？”

“还……还找他么？”

“找！乌龙山这块地盘，只要他还活着，谁也别想称王。我谁也不认，只认田大榜。”四丫头托了托肩上的卡宾枪，又加重了语气，“今后，不管是谁，要有个三心二意，我四小姐的枪子儿绝不是吃素的！”

她说完，头也不回地向山上走去。

独眼龙愣了一下，不敢多说什么。心中默了默神，也悻悻地跟了过去……

牛栏洞坐落在野猪坳的一个悬崖脚下。说是崖脚，其实并不在崖底，不过在洞口有一处比较宽敞的空坪。

据说以前山里的人家去山外卖牛，进了野猪坳，一天是走不出去的。他们便在日落之前把牛赶到这个洞里过上一夜。到第二天白罩子拉净之后再继续赶路。年长日久，“牛栏洞”便喊出了名。卖牛的人要把牛赶进洞里很费力的。洞外并没有成形的道路，因为石头缝很狭窄，把牛赶过来时，牛不肯向前走。赶急了，又怕牛跌到山涧下面去，只好由一人赶着，另一人割把青草在前头引牛。洞子里，到现在还有一些拴牛的木桩。只是好多年都没有人再到山外去卖牛了。

天色完全黑下来之后，野猪坳安静得像一片巨大的坟山堆。山沟野岭，在夜里显得更加诡秘和深幽，这个时候的野猪便开始活跃起来，阴刺蓬里，时不时发出“沙沙”的声响。生着一张花狸面孔的猫头鹰也常常从冷杉树上张开宽大的翅膀无声无息地俯冲下来，在草地上捕捉着小山鼠之类的猎物。远处，也有些叫不出名字的畜生偶尔凶戾地嚎上几声。

这个时候，牛栏洞里却透出了一些光亮。田秀姑在洞子深处架起一堆枯枝，想法子生着了火。她已经稳稳地把田大榜陷在那陷阱里了，心里便安定下来。

加了几把柴棍之后，她朝洞子角上望了一眼。那里昏昏迷迷地躺着一个男人。秀姑陷了田大榜，一刻也没有停留，顺着崖坡疾速地往崖底滑溜下去。她没费太大的劲儿就找到了何山。

何山摔到山涧下的一个斜坡上，早已失去了知觉。他脸上尽是污血，看上去很吓人。田秀姑查看了他的全身，发现他竟没有伤到要害。这个男人气性好，命也好，换一个人，早见阎王了。

把何山往回背的时候，秀姑觉得他结实得像一头公牛。当时她心里突然怦怦地跳得厉害。她觉得只有今天才看见了一个真男人。

她把何山背进牛栏洞，寻了些血三七根，磨了半碗水，细细致致地洗去了他脸上的血迹。再一看时，秀姑惊得差点要叫了起来。这男人英武的脸庞仿佛在放光，看得她脸上发烧，心里发慌。伸手去给他探脉的时候，秀姑不禁有点羞怯。其实何山一直昏迷未醒。

秀姑整个下午都坐立不稳。她做了很多事。先是又下到山涧去，寻回了何山跌落的那条驳壳枪。何山还在昏迷着，她又上坳去寻了些虫壳，采了不少草药。她忙忙碌碌地干着这一切事情，其间，还给何山喂了几次汤药。天黑之前，她探到何山的脉已经有些暗劲了。一刻不停地，她又生起了一堆篝火。她将驳壳枪放在脚下，往火堆里塞进去了几块野山芋，便坐了下来。

火光烁烁地闪在何山的脸上，映得他那方正的脸盘红通通的。秀姑忽然在心里想道，他们队伍派来追田大榜的人怎么就他一人呢？这里面不会有鬼么？她又想到当时田大榜蹬下石块，把他砸下山涧的情景。不，这个人不会有鬼，他差点把性命也丢了哩！

乱想了一会儿，她又往何山望一眼。忽地，她以为自己眼花了。她看见何山平躺在地面上，已经将头扭了过来，正睁着明亮的眼睛，警惕而又平静地望着自己。

不知出于一种什么样的心理，秀姑本能地往后一哆嗦，竟伸手去摸脚下那条驳壳枪。她大概有一种防卫的本能，无论受了什么意外惊吓，第一反应是想保护自己。

她抓枪的举动立即使何山全身紧张起来。他脑子里的反应非常迅速，但是他的身体并不服从指挥。他想赶紧弹起身来，去夺那条枪，不料身上的伤痛也因此被突然牵动了。脚刚刚一动弹，眉头立刻便痛苦地缩作一团，终于只能无力地瘫软在原地，呼呼地吐着粗气。

秀姑这才觉得自己做了件傻事。她赶快把驳壳枪又放回地上，还用一种做了错事的抱歉眼光朝何山望了过去。她慌张地看着何山痉挛着的身子，直到他渐渐缓过劲来，不感到太疼痛了，才暗暗松了一口气。

何山也注意到了她的面部表情。他苏醒过来后，对这个山洞观察了一下，觉得这里不像匪窟。火堆后面那女子，虽然衣衫褴褛，却没有一点“匪气”。他想不明白自己落到了什么人手里。看那女子抓枪的动作，她显然不是一般的山民百姓。因此，尽管秀姑后来扔下了枪，还用那充满同情和负疚的目光朝他看，他却不敢有半点大意。

隔了一会儿，何山突然问了一句话。

“你是什么人？”

秀姑的目光中闪现了一丝光亮。但她立刻又警觉地抹去了那光亮。她沉默着，没有回答何山的问话。

“这里……是什么地方？”何山又问了句。

秀姑怔怔地盯着何山，还是没有回答。

何山提高了嗓门，“你是聋子还是哑巴？我问你话呢？”

秀姑默默地站了起来，冷冷地问：“……你是做什么的？”

“我？……”何山踌躇了一下，“我是过路的。”

“来得远么？”

“不……不很远。”

“你不是山里人的口音。”

何山迟疑了一下：“我是做皮毛生意的，到处跑。”

“做生意的，还带枪？”

“山里有狼，得防备点。”

“你也打过狼么？”

“……你到底是什么人？”何山不愿意同她兜圈子了。

秀姑却说：“带枪的，只有两种人。一种是土匪。”她停顿了。

“还有一种呢？”何山问。

“还有一种是打土匪的人。”

何山宽慰地舒了口气。不过，马上他又警惕起来。

“哦，这两种人，我都不是。跟你说过，我是做生意的。”

“我看见了。”田秀姑说，“我看见了你是怎样做生意的。”她信任地看了看何山，“不是这样，我也不会去救你的。”

秀姑从身上取出一个布包，解开面上的布，取出一颗雀儿蛋一般大小的黄丸子，递了过来。

“吃了吧，这是伤丸。我再给你倒半碗汤药，先吃后喝。”

何山望了望那“伤丸”，眼中充满了狐疑的神色：“不……”

“你没醒过来的时候，我已经给你喝过两次了。”秀姑轻轻一笑，“莫要怕。要是想害死你，早把你害了。还等到这时候？”

何山想想觉得也有道理，便硬挺着身子，靠着洞壁坐起了些。他再次打量了一下周围的环境，问道：“这儿……只有你一个人？”他的语气比刚才平静了很多。

秀姑却回答得很轻："我总是一个人，惯了。"她把汤药倾倒到一只破碗里，送到了何山面前，"你肩上的伤不要紧的。吃了伤丸，喝这一次汤药，我想明天清早就不大疼了。这方子从来是很灵的。"

她的态度和语气，终于使何山放下心来。他伸出手，慢慢地接过了伤丸。

"……那好，我试试看。"

秀姑看着他吃完药，然后用一条小木棍伸到火堆里扒了扒。火堆里的野山芋已经烧熟了，发出一种独特的香味。她拣了一只大的，扔到何山的面前，"吃吧。还不饿么？"

何山不知那是什么东西，也不知道该怎么吃，只好怔怔地望着她。"这，这是什么玩意儿？"

秀姑没有回答他，自己也拣起一只野山芋，吹了吹灰，然后，撕开烤焦了的皮，大口大口地吃了起来。

望着她那么香甜地吃着野山芋，何山顿时便感到饿了。他也学着秀姑的样子，拿起烤山芋，撕开了皮。野山芋的芯黄澄澄地冒着热气，何山迫不及待地咬了一口。那东西甜沁沁，软绵绵的，格外好吃。

两人都在吃着野山芋根，双方的戒备心都放松了些。于是，何山显得很随意地打听起她的事来。

"我……叫你'大嫂'，你们山里人习惯听这个称呼么？"

秀姑略略感到有点难堪。"寨子里的人叫我……秀姑。"

"你家里是种田的还是驾船的？"

"你看呢？"

何山没有朝她看。他咬了一大口野山芋，在嘴里滚了滚便吞下去了，"我看都不像，你男人是个猎户吧？"

"不。他是个土匪。"

何山蓦地一惊："是么？"

"是。"秀姑平静地说，"他种过田，也驾过船。后来踩了田大榜的湾。我瞎了眼，没有看出他来。他的心比豺狗还毒，把我爹……”

“……哦。”何山点了点头，“我知道了。”

“你知道什么？”

“他们害了你父亲。”

“他们把我爹关进一个大木甑，搬来半屋子松木柴火，把我爹活活地……蒸死了。”

何山惊骇地看了秀姑一眼。他看见秀姑的眼中没有泪花。篝火的红光在她清澈的眼眸中闪烁着，映出了她一腔怒火。何山想安慰她一句，但是又想不出一句可以安慰她的话来。他知道这女人的深仇大恨是不能够靠语言去抚平的。他只好沉默着，什么也没说。

隔了一会儿，秀姑抬起头来，突然问道：“你为什么不开枪？”

“开枪？开什么枪？”何山没有明白她的意思。

“你应该开枪打死他。”

“……打谁？”

“田大榜啊。”秀姑狠狠地说，“你追了他那么久，早该开枪的。你的枪打不准么？”

何山笑了笑。“谁说我打不准？”他解释着说，“我想抓活的。”

“为什么要活的？乌龙山让田大榜害死了多少人，你们晓得么？”

何山再次打量了一下面前这个妇女，终于认定她是可以信赖的穷苦女子，便认真地同她谈了起来。

“……哎，秀姑大嫂啊，”他这样称呼了一句，还感到有些不习惯。“你救了我的性命，我很感谢你。你也很诚实，我是相信你的。虽然你男人当了土匪，但是你同他有不共戴天的仇恨。现在我也不瞒你了，我们是解放军，这一次开到乌龙山，是专门来剿土匪的。”

田秀姑点了点头，“我看出来了。真的。”

“那就好。你放心，不把乌龙山的土匪剿干净，我们是不会收兵的。知道么？我为什么不开枪打死田大榜呢？我是想把这个土匪根子揪住，交给乌龙山的父老乡亲们，让人民来审判他。你懂么？”

田秀姑不懂得审判的意思，困惑地摇了摇头。

“就是说……让山里那些受过田大榜残害的老乡们来治他，报仇啊。这你是知道的，你有那么深的仇，不亲自参加处治田大榜，你心里的恨平得了么？”

“哦……”田秀姑听懂了，“这么说，现在还不能让他死了？”

“……他娘的，”何山忽然狠狠地骂了一句，“可惜让他跑了。这老狐狸！”

“他么？……”秀姑冷笑了一声，“他跑不了的。”

“对，迟早老子要逮住他。”何山有点疲乏。他的身体还没恢复过来，撑着说话感到累了，便又慢慢地躺平了身子。

秀姑本来还想把田大榜的事告诉他，见他那样困倦，便打消了这个念头。她知道田大榜落在那陷阱内是绝对逃不出去的，索性明天等何山能活动了再去把他弄出来。只是从何山刚才说的话里，秀姑感到有点不放心。那老土匪关在陷阱里，不会半夜里闷死过去吧？她知道猎人们在陷阱盖上留了气孔，一般的人都不愿意要没经放血就闷死掉的野物。但是她在那木翻板上压了好几块大石头，会不会挡住了气孔呢？再说，田大榜一天没吃一口东西，可别让他饿死过去才好啊。

她想了一阵，便从火堆里扒出了两只烤山芋，拿在手里。然后，站了起来。

“你歇吧。”她对何山说，“我到外头去打个转身。”

何山看了她一眼，不解地问：“这么晚了，还到外面去？”

“……有事哩。”

秀姑站在那里，犹豫了片刻。她不知道怎样处理那条枪才好，“这枪……留在你身边么？”

“不，你带上吧。”何山说，“外面黑，不安全。”

秀姑很感激地点了点头，拿着枪，走出了牛栏洞。

她的身影刚刚消失在洞子外面，何山忽地后悔得要命。他发现刚才自己的脑子几乎要废掉了，没有一点思考能力了。怎么能让这女人把枪带走呢？对于一个战士来说，枪是他的第二生命啊！

这个叫“秀姑”的女子到底是什么人，已经判断准了么？凭什么？就凭她自己的述说？不错，这个女人身上透着直率与热情，有很多说不清但又可以信得过的东西。何山对自己的感受是自信的，当他觉得不必怀疑时，事实总是证明他是对的。但是他又觉得自己失去了一些分寸，显得太大意了些。就算秀姑不值得怀疑吧，可她拿着两只野山芋，这么晚了还出去，又是怎么回事呢？莫非外面还藏着人？

当她问到枪的时候，何山当时简直连想都没想就让她带走了。回想起来，那会儿完全是一种自然流露出来的对她的关心和爱护。见鬼！怎么在不知不觉当中，对她有了那样的好感呢？何山想到自己十七岁参军，打了六年仗，从来没同女人们在一起相处过。是不是到了这个年龄，男人都扛不住女人呢？这个秀姑长得不算怎么迷人，但是何山感到自己从心底里对她有些好意。他偷空子也看过她几眼，觉得她是很耐看的。有一瞬间，他面颊处还发热了。这算怎么回事？

何山想得有点害怕。他知道刘玉堂上次带一个排到惹迷寨吃了那么大个亏，完全是受了化装土匪的蒙骗。如果这个秀姑也是化装土匪，那可就糟糕透顶了。刘玉堂可不是没有经验的指挥员，连他也上了当，可见土匪的化装是相当高明的，除了表面化装之外，他们还有很多办法骗取信任。自己对这个叫“秀姑”的女人不是已经信任得过了头么？

心里一急，身上的伤痛都忘记了。何山硬撑起上身，竟扶着洞壁站了起来。他身上到底有伤，动起来很不灵便。他借着篝火的余光迅速地朝洞子深处望了一眼，这个洞子并不深，后面和两侧都没有出口。何山更加紧张起来。万一让人堵住了洞口，那可就插翅难逃了。

他扶着洞壁上突兀出来的岩石，速疾而又艰难地向洞口摸了去……

天上没有月亮，野猪坳四周墨黑一片，连方向都难得辨认出来。

田秀姑是走惯了夜路的。天再黑，她也记得那个陷阱的方位。那地方好记，周围有几株高高耸立着的冷杉树。山里的夜晚有一种穿山风，扫得冷杉树从高处发来“飒飒”的声响。顺着这声响，往前走不多远便可以看见那几株冷杉树的影子了。

快摸到那冷杉树旁，田秀姑倏地看见身前不远的一蓬刺丛抖动了一下。一路上她走得机警，任何小的异常现象都逃不过她的眼睛。但是这蓬刺丛的抖动却未引起她的高度紧张。她觉得那种抖动太明目张胆了，倒并不像土匪的活动迹象。

谨慎起见，她还是将身体往路旁歪斜了一下，端起了手上的枪。她扳开枪上的机头时，发出了轻微但又清脆的金属的咔嚓声。

刺丛中那弄得枝条儿抖动的东西受了惊，从里面钻了出来，飞快地钻进另一蓬刺丛里，一连串地拱得刺丛乱动，显出了那东西逃遁的方向。后来便平静下来了。田秀姑听见那东西闷闷地嚎哼了几声，知道是一头野猪。她暗暗庆幸这头野猪没有扑上来撕咬自己。大概它已经吃饱了。一般情况下，野猪是很凶猛的，见了人，它们总要主动扑上来。

田秀姑走到陷阱边上，这才明白了野猪怎么会来到这里。她看见木翻板上压着的三块大石头竟然被野猪拱开了一块。野猪拱石块，大约是发现那陷阱中有东西可吃吧？它想下去吃田大榜的肉？幸亏来得及时，要不然，这老匪就会被野猪嚼了去填它们的肚子哩。田秀姑接着又想到，说不定野猪并不知道陷阱里陷住的是人。那畜生的鼻子不灵。它也许以为坑里陷的是它的同类，因此想拱翻石头搭救它一条命？野猪倒想得不错，陷阱内那家伙，确实不是人，是它们的同类，是畜生、野兽。

秀姑没有急于搬开另外两块石头。野猪拱翻了一块石头，多少让她有些担心。她俯下身子，将耳朵凑近翻板的边沿，仔细地听了一阵。还好，她听见陷阱内仍然有一丝喘息声，很微弱，看来田大榜已经饿得奄奄一息了。

她搬开盖板上的两块石头，扭动机关，小心地将盖板揭开了一条缝。

“我、我……我个崽，”田大榜在下面听见了揭盖板的声音，便上气不接下气地骂了起来，“还不……还不把老子弄、弄上去？快、快没命了……”

秀姑鄙夷地笑了声，对那缝隙说：“急了么？还早，还不到要你命的时候。老畜生，等着吧！”

陷阱内没有声音了。隔了一会儿，田大榜突然在下面告起饶来。

“菩萨，观、观世音，你饶了我。日后，给你享不尽的福哩。救、救命菩萨……”

秀姑忽地感到要作呕。她再也不愿意多待下去，便掏出那两只野山芋，胡乱地从缝隙中塞了下去。然后，急急地盖上翻板，扭牢了机关。

她站起来，又从旁边寻来了两块更大的石块。连同原先三块大石头，一起牢牢地压在了翻板盖上。她搬来的石块很重，压石块时又没歇一口气，干完这些之后，额头上已经开始往下滴汗珠了。她满意地看了看陷阱，知道已经干得十分稳妥。野猪再也不可能拱翻那交错叠在一起的大石头。

往牛栏洞返回的时候，田秀姑感到很轻松。她只想赶快回到牛栏洞去，队伍上那位男人说不定在挂念自己呢。这人真好，眼光中尽是对自己的关切。她觉得自己还很少被人真正关切地打量过。

快到牛栏洞时，田秀姑心中涌上来一阵惶惑的感觉。她怀疑自己走错了路。牛栏洞明明在前面那个空坪后面，现在怎么不见了呢?

她凝聚双眸，仔细地看了一会儿，终于看见了那个黑森森的洞口。怪！不是烧了堆篝火么？怎么灭了？难怪以为走错路了哩。

秀姑心里有点着急。是柴棍燃完了，那男人动不得身，不能往火堆上加柴？……哦，他又晕过去了？或者，是遭了野物？他本来就有伤，若是遭到袭击，那还不吃大亏么?

她再也不敢多想，脚底下一使劲，风一般地赶到牛栏洞里。

洞内果然没有人影了。那堆火已经燃过了头，正阴阴地熄灭着。秀姑慌忙中朝四处看了一眼，但是没有发现有野物撕咬或者是人搏斗过的迹象。洞子里堂面不大，也没有多少可以藏身的旮旯。

秀姑心里呼呼乱蹦。她知道那男人肯定不在洞子里了，便焦急地朝外走去。

刚拐出洞口，田秀姑突然被一个人从身后抱住了。那人一只手准确地捏住了她提枪的那只手腕，另一只手臂从前面套过来，狠狠地箍住了她的脖子。

秀姑大吃一惊。她被那人箍得太紧，一时动弹不得。但是她很快便镇定下来。她将左手往前面屈起，猛地，用胳膊肘向身后捣了过去。胳膊肘的力量是相当大的，捣过去的速度又快得出奇，正好击中了后面那人的腹部，发出了“咚”的一声响，像是用脚踢中了一扇门板。

身后那人没有防备她有这一手解围的绝招。胳膊肘捣在肚子上，捣得他五脏六腑都要裂开了。他不由得倒退了好几步，像一口袋熟红薯，软塌塌地仰天倒下去。

秀姑借着胳膊肘往后捣的力，在那一刻快速地将身子弹正过来往后望去。她十分惊愕，没想到从身后袭击她的，竟是那名被她从山涧里救上来的男人。他怎么经得住这一臂肘的捣撞呢？再健壮的男人怕也经受不住，而他身上还有那么多伤哩！秀姑忽然慌乱得手足无措了。

“你……怎么是你？”她急忙朝他走过去，“又、又伤了么？”

“不要动！再走我就开枪了！”何山低声喝道。

田秀姑这才发现他刚才虽然被自己一臂肘击倒了，却顺势从自己手里夺去了那条驳壳枪。真是怪事，他的手本是捏住了自己的手腕，往后倒去时没松开么？一条枪被他从手中夺了过去，竟然也没有察觉到？这男人，身上的功夫看来是极好的，虽然有些伤。

“好，我不走。”秀姑站住了，“这山里响不得枪，土匪离得不远哩。”

“算了！这一套我见过。”何山威严的口气使秀姑很害怕，“当然啰，你装得很像。但是你也许瞒得过别人，却瞒不过我。”

“你……你是拿我当成土匪么？”秀姑惶惶地问。

“这只有你自己心里最清楚。”

何山忍住伤疼，摇晃着站起身来。他的枪口一直指着田秀姑，没有偏移一下。

“也是。”秀姑替他想了想，理解地说，“我凭什么让你相信呢？这也难怪的。”

“还有谁和你在一起？”何山追问道。

“只有我一个人。”秀姑说，“我一个人，从山上逃下来的。”

“行了！刚才我还看见了一个呢。说吧，”何山晃了晃枪管，“一共有几个人？”

秀姑疑惑了，“刚才？你刚才，当真看见了？”

“是的。你一离开这里我就跟了出来。我亲眼看见有一条黑影子离你不远。”

“哦？”秀姑想了一会儿，“莫不是……你看花了眼？这山上，野物不少哩。”

“是么？”何山冷笑了一声，“你拿出去那些吃的，也是去喂野兽的么？”

“不。我喂的不是野兽。”

“是什么？说！”

“是活阎王！你晓得么？”田秀姑忍不住提高了嗓门，“他是乌龙山的活阎王！杀了几百人哩！你晓得？”

何山对她的回答感到有点不明白了，“你小声点！好好地说，你到底干什么去了？”

“好，我告诉你吧。”田秀姑平静下来，忽然问道，“你既然是队伍上的解放军，我问你，你晓得东北虎这个人么？”

“你问他干什么？”

“我要找到他。”

“你怎么知道他的？嗯？”

“土匪们恨他。我晓得他是田大榜的对头。”

“我也是。”何山英气勃勃地望着她，“我们是一切土匪的死对头。知道么？”

“你么？”田秀姑看了何山一眼，轻轻地摇了摇头，“你不行。拿田大榜不住。”

“胡说！”何山一下便恼了，“你怎么知道我不行？我们南征北战，打了日本打老蒋，什么敌人没有战胜过？几个土匪算什么？一群山蚂蚁！”

“那……”田秀姑蓦地问了句，“我把田大榜交给你，行么？”

“……谁？你说把谁交给我？”

“田大榜，我交给你一个活的。”

“什么？”何山的眼睛瞪得圆圆的，严肃地说，“你少来点名堂！我没工夫陪着你开玩笑！”

“不。是真的哩。”秀姑比他还严肃，“我把田大榜陷住了。真的，刚才我是给他送点吃的，怕他饿死了。你不是讲，要活的么？”

何山听得呆了。隔了一会儿，才半信半疑地问道：“你是怎么陷住他的？”

田秀姑便把经过详细地对何山述说了一遍。

“……刚才我去看过了，他还活着。”她最后告诉何山说，“我又加了两块大石头，他断断跑不出来的。那陷阱，从没跑过野猪。靠得住哩。”

何山一边听，一边分析她的话。他觉得事情虽然有些神奇，却也不能完全不相信。万一真是这么回事，那简直太好了。他昨晚上追击田大榜之前，其实是违反了纪律的。他想到回水窝去侦察一下田大榜的动静，却潜得离田大榜太近，意外地发现了田大榜独自一人留在回水窝。他喜出望外。他知道刘玉堂对他不太满意，几次不同意让他参加小分队。如果这一次单枪匹马抓住了田大榜，刘玉堂便不能不对他刮目相看了。

没料到当时稍稍大意了一点，竟让那老土匪从枪口下逃了性命。在这种情况下，他本应该设法报告一下部队，但是一方面来不及，另一方面，何山也是气冲牛斗，只想凭自己的力量抓回田大榜。他追田大榜的行动并没有任何人知道，属于擅自决定，说不定刘玉堂对此更加生气呢。

如果能押回去一个活生生的田大榜，这一切便另当别论了。至少可以省些口舌去解释当时的情况。抓住了田大榜，这可是件了不起的事，挨几句批评也没什么关系，说不定批评过后还会记上一功。不过，这一功可不能记在自己身上，完全是田秀姑的功劳啊。

何山悟觉到自己想得天真了些。秀姑说的话可靠么？

“你说的那个陷阱，离这里有多远？”他问秀姑。

“不远。”秀姑在心里估量了一下，“最多三里路。”

“那，带我看看去。”

“你去得么？”秀姑怀疑地打量了他一眼。

“为什么不能去？”

“我是讲，你走得动么？”

“什么话！”何山挺了挺身子，“我负过五次伤了，哪一次都没有趴下去。走吧，你在前面带路。”

秀姑还是有些犹豫。

“你刚才讲，看见我身边有一个人……是真的？”

何山想了想，也拿不准，“不管他，是真的也不怕。”他有了枪，胆子更壮了。

“……刚才，我走到那陷阱边，好像也有动静。”秀姑一时也怀疑起来，“我以为是野猪，莫非……”

“你这样说，是不是不想带我去？”何山并没重视她的话，“你说陷住了田大榜，看来又是瞎编的？想蒙我？”

秀姑听他这样说，不禁气愤起来，“你这人，怎么讲这样伤人的话？”她的眉尖都竖起来，“我长这么大，哄过别人么？我相信你，你却这样不相信我，心眼比我们女人还小么？”

“那好，带我去看看吧。”何山说，“假的真不了，真的假不了。相不相信，不看怎么会知道呢？”

秀姑想了想，说：“好，我带你去看。”她又不放心地交代了一句，“我头里走，你莫急，走慢点。身上有伤，当心闪了脚。”

“放心，你甩不掉我。”何山话里带话地回答着她，“随你怎么走，我就在你身后跟着。知道么？”

秀姑听出了他的意思，突然委屈得要命。但是她也不再同何山解释什么，回过头，向山上那几棵冷杉树走了去。

四丫头在一盏桐油灯下写好了一封信。她感到田大榜这帮人现在待在这个位置已经没多大作用了，应该往前山拉出去。她派了几个人到处打听田大榜的下落，准备找到田大榜之后，动员他往前山运动。形势变了，应该出去扩大地盘，趁解放军的主力不在乌龙山，搅乱他们的后方。

她这封信是写给石城麻老大的。石城其实只是一个小镇子，大约在明代时，苗民们从山上采来乌黑的方石块，团团地在那里垒了个城堡。后来，石城便成了历代苗王们屯兵的地方。苗王们把石城当作他们的皇宫，每天在那里操练兵马，商图大事。他们抗过官府，打过冤家，也干过打家劫舍、拦路抢财的勾当。

麻老大，是当今在位的苗王。他其实是田大榜的大外甥，钻山豹便是他的老幺弟弟——最小的弟弟，称为“老幺”。麻老大虽是苗王，却还有些苗族山民的本分气。他今年也有六十出头了，当了三十几年苗王，每日只是修筑石城，并不主张出兵打冤家，也不喜欢出去同土家汉家们争什么地盘。石城的人说麻老大有时候还很仁义，经常派一队苗兵去护送马帮或者是商船，很有些为苗民造福的味道。当然，在一般情况下他不招惹别人，可别人也千万不可撩拨他。有一年，麻老大在前山开的一个盐铺被县里派来征税的人封了。这个盐铺离石城六十几里路远，是石城的各种生活物资的一个中转站。被人查封，意味着石城将要陷入困境。麻老大当即派了几个苗兵，拿着自己的红帖，给县长送去了一封天麻，两对鹿茸，要求县长做主为盐铺启封。那位县长到乌龙山不久，仗着城里驻了一营步兵，竟撕了麻老大的红帖，扣住了送礼的苗兵。他口口声声骂麻老大是“苗匪”，声称不出来投降便要烧了石城。

麻老大第二天便到县城来“拜会”县长大人了。他一人也没带，徒步走到县衙门，通报了姓名。县长虽然气焰很高，看不起山里的土匪，但他知道土匪心狠手毒，不敢大意，便在县衙门布了一个排的枪兵。麻老大眼皮也不眨一下，走进了衙门内。

“你讲，要烧了我的石城？”他开门见山地问县长。

“那就得看你交枪不交枪，”县长板着脸说，“交了枪，可以留一条性命。”

“交了枪还有命？用什么打野物？不打野物，石城的人吃什么？岩板上不生谷子哩。”麻老大耐心地解释道，“再说，山里杆子多，没有枪，过得稳日子么？”

“什么杆子？一群土匪！”县长骂了起来，“少废话，限你明天把枪交到县城里来。明天天黑之前不交，本县可不讲客气了。”

麻老大性子刚烈，挨了他的骂，也火了起来，“我们石城，几十年没有乱过了。你无缘无故要断我们的活路，还说要烧石城。到底哪个是土匪？”

县长火冒三丈，一拍案板，大声喝道：“好个刁苗子！给你抓起来！”

麻老大在那公堂上，一点也不惊慌。没等枪兵们走近，他唰地抽出了枪。县长的嘴还没来得及闭上，一颗子弹便击中了他的门牙。紧接着公堂上又响起了第二枪，县长的眉心正中间立即被穿了个黄豆大的小洞。枪兵们看得呆了，想上前去抓凶手，却见四面墙头上到处都伸出了黑油油的枪管。衙门外面，围满了头上扎着硕大包头巾的苗族乡民。

后来麻老大在公堂里留下一壁告示：“下任县长大人须知，石城苗王不与你作对，奉劝你切莫滋扰石城毛发。两下相安。”

那告示是一名阴阳先生用笔蘸着前任县长的血写在墙上的，字迹丑陋，文句也不通顺，却把后来派下来的县长给镇住了。石城的事情，县里再也不敢多问，一概听之任之。麻老大也只求这样就行，本土不受外来的干扰，他也就只在石城一带养兵，再也没主动去惊扰县城。他一心只经营石城那一方小镇，统管着石城后面几座苗山。并不想到外面去当“标王”。

但是他对苗民的统治是残酷的，也有不少血债。县长惹他不起，奈他不何，便睁只眼闭只眼，只当那是苗寨内部的事情。苗民们也不反抗麻老大。他们比来比去，天下的豺狼都吃人，相比之下麻老大还不常吃，不乱吃。

四丫头随着她的上司到乌龙山招编土匪时，跑遍了山里的大小匪窝。在她的印象中，石城那块地方是最理想的基地。那里坐落着重重石山，关隘很多，不容易被打破。毕竟建起来有五六百年历史了，生活上比山林要方便得多。他见过麻老大和麻老二兄弟，觉得那两个人都可以成气候。麻老二是一头名副其实的钻山豹，本事高强，心眼儿很多。麻老大却比他的老幺弟弟还能沉得住气一些。只是这两个角色都不受羁绊，不愿意依附别人的意志。田大榜是他们的老舅，又是乌龙山最有根基的老杆子，他们却是唯一敢于公开对田大榜不恭敬的人。田大榜统治乌龙山的法宝就是毫不犹豫地派出他的“红旗五哥”去刺杀敢对他不恭敬的人。但是对麻家二兄弟，田大榜却不敢轻易下手。他倒不是念舅甥情义，麻家二兄弟可不是好制服的。弄不好，不知什么时候就可以掏了田大榜的炉灶。几十年来，田大榜只是对麻家兄弟取安抚的态度。还得时时刻刻防备着那两个辣肚子的外甥。

麻老大倒安分，并不想给田大榜造成威胁。他只求田大榜莫打石城的主意，莫挤苗山的地盘。为了这个不高的要求，他甚至愿意时时接济一点物资给田大榜。久而久之，田大榜对麻老大倒是放心了。但是麻老二可不那么安分。那小冤孽，拉起队伍之后，在乌龙山里满天飞。他想干什么就干什么，不但不听田大榜的召唤，还常常给田大榜施加压力，暗示当老舅的要识相一点，多让让他。

田大榜被封为“龙头”，各路杆子约定个日子为他大肆庆贺了一次。那一天，田大榜印堂发亮，抖够了威风。却不料晚上喝酒的时候，钻山豹借酒撒泼，把他的威风几乎扫了个干净。

酒宴摆在半山腰，几千支火把照红了半边天。大小杆子头儿们放开肚皮，大口喝酒，大块吃肉。他们吃的东西很粗，把猪杀了之后，剁成瓦块大小，白生生地用水煮一下，毛腥气还没有除尽，便用大盆端上桌，抓起来送到嘴里去啃。肉丝还很坚硬，比啃干蔗还费力。他们却很喜欢这种饮食，说是“有嚼头”。嚼得满嘴满脸冒白油。

四丫头虽然从小在军统内长大，见识过不少粗俗的男人，经历过各种野蛮的场面，却对土匪们的那种茹毛饮血般的习性感到一阵阵恶心。田大榜那天有点忘形了，喝了几碗米酒之后，竟把那张腥气烘烘的老脸往四丫头面前凑了过来。四丫头正想着法子避开他，就见得一条修长的汉子出现在田大榜面前。钻山豹不知什么时候窥见了田大榜那张涎脸，及时地赶过来拉开了他。

“老舅，大鱼大肉不好吃么？来，幺外甥敬你三大碗！”他重手重脚地把田大榜按回到太师椅上，倒把田大榜按得清醒了些。

“幺佬，这么推你老舅么？坐回去，老舅上年纪了，不喝你的酒。”田大榜扫兴地挥了挥手，再也不好朝四丫头面前凑了。

钻山豹也不看四丫头一眼。尽管四丫头在用一种与看别人不大一样的眼光看着他，他却装作没看见，雄赳赳地坐了回去。田大榜却正好看见了四丫头对钻山豹的倾慕眼光，心里更加气恼。

剿匪的部队不久便开进了乌龙山。他们虽然一开始人地生疏，吃了一些暗亏，但是到底是有经验的正规部队。不久，便把交通线一带的杆子们打得七零八落了。钻山豹到底年轻了些，让部队打了个猝不及防，三百多人只逃出了二十几条命去。这样，对田大榜他便再也无法形成威胁了。其实田大榜面临的是更大的威胁，在剿匪部队面前，田大榜几乎遇上了灭顶之灾。几次战斗之后，居然只剩下六个人，惶恐地逃到了惹迷寨一带。这半年多，他好不容易才重新收集了二百多号人马。水磨房一战，又好比黄瓜打锣，响一响，立刻便折去了大半截。

四丫头之所以要给石城的麻老大写信，是因为麻老大这个人稳重得多。剿匪部队开进山来的时候，他早早地把人马疏散到苗山上去了。他们的苗兵奉命不同剿匪队伍正面开仗，只是藏埋好枪支，做成普通苗民的样子。石城一带的男子们几乎都是苗兵，又都是苗民。没有一个人漏风，也就没有折失什么人马。剿匪部队到石城扎了两天便撤走了，他们没有找到麻老大，剿不到对头。

现在，部队的主力开到了四川，剩在乌龙山的人马不到四分之一。四丫头估计麻老大又回到了石城。这个机会正好发动各路杆子大补元气，她便想把石城作为她的基地。土匪们也许在前一阵被剿破了胆子，不敢轻举妄动了。因此，四丫头想把田大榜找到。只要那老家伙活着在乌龙山露了面，其他土匪的胆子便又会粗壮起来的。

她封好信，站起身向洞外走了出去。

四丫头问了好几个人，才知道独眼龙是睡在田大榜住的那个山洞里。她暗自感到好笑。这帮家伙，平时还恭恭敬敬有个人样儿，一到某个人遭了难，他们便互相争夺起来。还那么迫不及待呢！

她带着女警卫，走进了田大榜住的那个不太大的山洞。

独眼龙正舒适地躺在干草上做他的美梦。四丫头走过去，用足尖踢了踢他的耳根子，把他从梦中踢醒过来。

"……啊！四、四姑娘？"独眼龙一见四丫头这么晚了竟亲自来找他，立刻受宠若惊，身上的骨头都有点酥散了，"你……你可真是难得……嘻，我的娘……"

四丫头往前走了几步，站在离他不远的地方，盯着他看了一会儿。这对独眼龙来说，简直是一种从未想到过的恩惠。

"睡足了么？"四丫头倨傲地说。

"啊？……啊啊。"独眼龙都不知道该怎么回答了，"您、您说吧，四小姐。"

"有劲么？"

"我的娘！"独眼龙的心里乱成了一盘散饭粒，"别的没、没有。身大力不亏。我的劲足、足哩……"

"去一趟石城。"四丫头突然斩钉截铁地说，"马上去！"

"什、什么？"独眼龙心里霎时凉了半边，"去石城，做、做什么？"

"送信。"

"送信么？"独眼龙想了想，推托说，"指派一个弟兄去，不行么？"

"不行。这件事很重要，非你去不可。"

“是么？”独眼龙听她这么说，又有点高兴了，“非、非我去？”

“你要亲自把这封信交到苗王手里。不能出一点差错。知道么？”

“麻老大？嘿，哪得错哩？”独眼龙站起身来，“我看这不蛮好么？榜爷死了，这山上，你四丫头就是头一号了。是么？”

四丫头被他的话提醒了，“胡说什么？”她郑重地交代独眼龙说，“麻老大要问起来，你可不准说田大榜不见了。更不准说他死了。知道么？就说这封信是榜爷让你送去的。”

“四姑娘，这我就不明白了。”独眼龙望了她一眼，“您何必对那老家伙那样上心呢？他还能……”

“他还没死，知道么？”四丫头打断了他的话。

“你晓得？”

“独眼龙，听着。”四丫头懒得同他啰唆了，“你不要有二心。田大榜要是真死了，咱们再说以后的事。告诉你，以后的事，我说了才算数。现在，你去送信吧。就照我说的做。懂么？”

独眼龙感到有了希望，“怎么？以后的事，我……娘个崽，我懂了，四小姐。”

他收拾好驳壳枪，正要出门，却见一名土匪从洞外寻了进来。

“四、四小姐，有消息了。”

四丫头回头一看，那是她派下去寻找田大榜的人。她赶快问道：“找到榜爷了？”

“是的。找、找到了。”

独眼龙一听这话，赶忙凑过来，抓住了那名土匪的衣领。

“老家伙还活着？”

“没……没……”土匪结巴了一下，“没死哩。”

“鬼扯脚！”独眼龙低声骂了句，“他现在在哪里？”

四丫头走了过来，对独眼龙说：“你该走了。听见没有？”

“我，我想问问榜爷的事哩。”

“你要想一想怎样才能尽快把信送到石城，别的不用你想。”四丫头瞪了他一眼，“快去！还用我生气么？”

独眼龙知道四丫头的脾气，见她发了急，便不敢多说什么，提着枪，悻悻地离开了洞子口。

但是独眼龙也并不是个完全没有心眼的人。他为田大榜鞍前马后干了十几年，半年前在惹迷寨还被东北虎刘玉堂打瞎了一只眼睛，他心里是很委屈的。近些日子，他渐渐有了些野心。他觉得田大榜老了，靠不住了。他想多捞些东西，想在田大榜那位置上坐一坐。自从四丫头在乌龙山落脚之后，独眼龙知道她眼高得上了天，却禁不住总在打她的主意。他知道四丫头是想在山里掌握一部分势力，借以控制其他的杆子。田大榜根子深，势力大，四丫头便靠住了他。独眼龙想到现在是个绝好的机会，如果田大榜死了，能掌握这支队伍的人便当然只有他了。这样一来，四丫头也不能不对自己另眼相看。她一个山外人，又是个妇道女子，能带这伙蛮子么？

美梦刚刚开头，不料田大榜却没有死掉。独眼龙气恼之下，忽然起了歹心。

那名上山来报信的土匪，在洞子里向四丫头报告完情况之后，从山洞里走了出来。刚刚拐过洞口不远，黑暗中忽地闪出来一个人。

“喂！”那人一把扯住了报信的土匪，“别作声！过来一下。”

报信的土匪脚跟还没有站稳，便像一只被鹰叼住了的小鸡，让那人提了过去。他惊惶地看了一眼，那人原来是杀人不眨眼的独眼龙。

“红、红旗五哥，有、有事么？”

报信的土匪战战兢兢地问了句。

“崽！过来一步说话！”独眼龙把他扯到了一个暗处，“老家伙现在在哪个地方？也对我讲讲看。”

“……这、这个……”报信的土匪为难了，“我不是不想告诉你。可……五哥，这件事我可……”

“快讲！又没得哪个卡你的喉咙！”

“是、是。可……四小姐有话，这件事，不能对任何人讲的……”

“也不能对我讲？”

“四、四小姐说，特别莫、莫让你晓得哩。”

独眼龙恨得心里发烫，狠狠地骂道：“鬼扯脚！我看你是活得不耐烦了！不晓得我红旗五哥是管哪门子事的么？你个崽！”他唰地抽出一把匕首来，晃了晃，寒光闪闪，“讲！省得老子动手！”

“是、是。五、五哥……”那土匪再也不敢瞒他，“榜爷他、他掉进坑里去了。”

“什么坑？”

“套、套野猪的坑。那坑有三四丈深，爬不出来哩。”土匪补了句，“好像有人推了他。”

“当真么？”独眼龙想了想，不相信，“你怎么没把他救回来？”

“我本是想救，可、可我……”土匪压低了声音，有点害怕地说，“我后来，看见猴老四的堂客了。她还提条盒子枪哩。”

“在什么地方？”

土匪不敢往下说了。“五、五哥，要让四小姐知道了，我可……”

“听好！崽！”独眼龙低声威胁他说，“你告诉我了，你我两个不作声，没得人会晓得的。这是你的活路。若不是这样，告诉你，四丫头心狠，我独眼龙比她还辣，立刻就送你去见阎王老子！”

“不敢不敢，五哥，猴老四的堂客，现在在牛栏洞。我亲眼见她提枪从洞里走出来的哩。”

“嗯……”独眼龙更关心另外的事，“那，榜爷陷在哪个洞子里？”

“野猪坳那冷杉树下头。”土匪想了想，“那翻板上，还压了岩块子呢。”

独眼龙听得很高兴，“好。崽！走吧？记好了，这件事莫要作声，日后有你的好。”

“不敢不敢，放心吧五哥。”

独眼龙一刻也不耽误，拔脚便向黑夜中蹿了过去。

他却做梦也没有想到，四丫头已经潜在洞口边，听见了他在打探这些消息。四丫头是听完报信土匪的报告之后，紧跟着走出洞子的。正好瞥见独眼龙把那土匪向暗处拉。独眼龙终是毛躁了些，如果能耐心一点，是不会被四丫头发现的。

从冷杉树那处陷阱旁回到牛栏洞时，何山对田秀姑已经完全消除了顾虑。他感到又兴奋又疲倦，身上的伤又开始疼痛起来。

他确切知道田大榜已被陷在了坑内。他本来想把田大榜弄出来，押回牛栏洞的，田秀姑却觉得那样反而不好。何山身上的伤还没养复过来，田大榜万一反抗，黑天黑地的怕那老狐狸逃了。再说，把田大榜关在牛栏洞，还不如让他陷在陷阱里保险。索性过一夜，等天亮之后，把他弄出来便可以往山外带走。何山觉得秀姑的想法有道理。检查好洞口的封闭情况之后，便和秀姑一道回了牛栏洞。

田秀姑进洞之后，又把那堆篝火生着了。红红的火苗从柴缝中欢快地蹿了上来，映得秀姑的脸盘子红润润的有了一层光辉。

她其实生得很秀美。个头并不高大，也不觉得矮小；看上去有点单薄，却结结实实地挺着胸，显得有一种令人神往的健旺。她低下头去吹那堆篝火时，何山看见了她的脖颈窝。她是在乌龙山长大的，肤色却那样洁白，莫非山里的水土与山外不同么？何山还看见秀姑有一双含着哀愁、灵巧而又沉稳的上眼皮。扑闪时，仿佛会说话。眼睫毛天生那么长，那么密。这样一个俊秀的女子，竟有那么多仇怨，受了那么多苦。世道太不公了，她竟让那土匪娶了去。

火燃得旺起来了，秀姑才直起身来，往对面的洞壁上靠了靠，沉重地坐了下去。

“伤还疼么？”她问了声。何山看见她问这话时用手掌挡了挡嘴唇，蹙着眉头强压住了一个呵欠。她显然也很累了。

“好多了。”何山说，“你的药很灵啊。”

“还没到时候哩。明天早上，伤就不再疼了的。”秀姑倦怠地说，“这不得错。山里人，有些好药方。”

“是么？”何山有点心神不定了。

“歇了吧？”秀姑问。

“……什么？”

“你困觉，莫熬了。好么？”

“哦！……”何山很犯难，“那你怎么办？”

“我么？你讲什么？”秀姑不明白地看了何山一眼，“我……怎么办？”

“我是说……”何山有点脸红，终于说出了那句话，“你怎么休息呢？”

“我也困觉。有事你喊我一句，不行么？”秀姑征求意见般地看着何山。她的眼睛中有点红丝，确实困极了。

“当然。可……可你睡在哪儿呢？”

“我就这样歇啊……”秀姑忽然明白了何山的顾虑所在，霎时间也有点窘，“我是不是……不合你们的规矩？”

“这个啊……”何山不知该怎么回答才好，“要不，我到外面去休息，你就在这里睡吧。”“蠢哩。”田秀姑不高兴了，“外头露水那样重，困得觉？要出去，我去就是了。”

她说完便站了起来。

“不不，这怎么行？”何山很着急。他是不忍心让秀姑这样一个女子躺到露水里去的。女人总是弱者，让她一再去吃苦，何山的自尊心忍受不了。但是他知道秀姑又绝不会同意让他睡到外面去。一时之间，他感到实在有些为难了。

“那……你困觉吧。我就坐在这里。”秀姑想了个折中的办法，“我不困觉就是了。”

“不行，你很累了。我看得出来。”

“不怕的。实在困，我就闭闭眼。你放心困觉吧，我不得拗你们规矩的。”

何山根本就不同意她想的这个办法。想来想去，忽然脱口说道：“这样吧，你也睡下去。没关系，你睡火那边，我睡这边。真是，这有什么不行的呢？”

秀姑狐疑地看了他一眼，问道：“行么？会不会……”

“行，他娘的，怎不行呢？”何山狠狠地打断了秀姑的话。他甚至没等秀姑把她的担心说出来，不知道她到底还有些什么担心。他知道，其实有顾虑的并不是秀姑，而是他自己。他担心的也不是怕秀姑怎么样，却是担心自己不知道会怎么样。“不会怎么样，睡吧！明天早点醒，别让田大榜溜了。”

他再也不朝秀姑看，便歪下了身子，面朝洞子的石壁躺了下去。

田秀姑心里最初没想过这样过夜会有什么问题。这样的环境，哪里顾得想那些呢？过去同父亲他们一起行船，一起上山同田大榜兜圈子，到夜晚，大家各自找个角落睡上一会儿工夫就过去了。她习惯了这种游荡的生活。今天夜里，她也没想那么多。何山虽然是个陌生的男人，她竟没有戒备之心。细细想来，她是极信任何山的。没想到何山却有这么多疑虑，倒使她有点局促不安了。

何山躺下去之后，秀姑还坐在火堆后面想了一会儿。她忽然在心里很受感动。这样的男人是极少见的。现在该怎么办呢？他发狠地躺下了，可见他很为难。如果再推说要如何如何，就会让他感到更为难。不如按他的想法，一个在那边，一个在这边，抓紧时间歇一会儿吧。

于是，秀姑也背对火堆躺了下去。她其实困劲已经过去了，躺下去之后，好久没有睡着。她想到了自己的身世，想起了这一辈子的各种苦难遭遇，还想了很多很多。她想着想着，不禁热泪涟涟。

中间那堆柴火慢慢地熄灭了。柴棍燃过之后，变成了红红的炭块。那炭块不燃透芯子，是很难熄灭的。

洞内也暗了下来。炭块的余光轻轻地抚在柴堆两侧那遥隔着的两个人的背梁上，两人谁也不翻动一下身子。秀姑与何山，谁也没有睡着，但是他们就那样静静地蜷曲着，生怕动一动而引起对方的不安。

后来柴堆里的那些炭块也燃完了，终于成了一堆余烬……

后半夜，野猪坳的风停住了。这个地方很怪，前半夜的风很大，总在天亮前一个时辰便停了风。正因为这样，山里蒸腾起来的雾气才会越聚越浓。在天亮之后，形成独有的那种白罩。几乎天天如此。

独眼龙赶到野猪坳的时候，天色黑得伸手不见五指。因为要避开四丫头的耳目，他下山后，朝石城的那条路走了去。走了很长一段，确信山上的人不可能发现他了，这才折向另一条小路，朝野猪坳兜了过来。他的这个弯子兜得大，赶到野猪坳，天都快要亮了。天亮之前，野猪坳是最暗的时候。

他对野猪坳的地形也是很熟悉的。凭着长期练就的本事，他轻巧地找到了那坳口上的几棵冷杉树。

他本来想先去牛栏洞找猴老四的堂客。那女人很有些颜色，他曾经起过念头，想沾沾她，但是一直没有机会。听说她今晚在牛栏洞，独眼龙心里又起了邪念。后来他冷静地想了想，又放弃了那个念头。他知道那女人身上有功夫，并不那么容易上手。又听说她还有枪，这就更冒险了。万一被她弄一家伙，说不定会吃大亏的。而且，今晚重要的是搞掉田大榜，可别为那女人而节外生枝。再说，留她在牛栏洞，田大榜被搞掉之后，四丫头便会以为是那女人干的，这样就不会怀疑到自己头上。想来想去，独眼龙便撇下了牛栏洞，直奔那坳口上的陷阱而去。

陷阱上的石块压得很牢，堆上来，有半人多高。独眼龙很容易便找到了那个陷阱。他心里暗暗惊讶，那么大一块块石头，一个女人竟能搬动？简直像好几个人抬着码上去的。那女人果然有这么大的力气么？

他定了定神，走到边上，运足了气，双手抱住了最上面那块岩石。他倒是能搬动那块石头，但是很费劲。他想尽快地做完这件事，便顾不上想那么多，搬完第一块，又接着搬第二块。搬得他气喘吁吁。

石块搬开之后，他扭开翻板的机关，用脚踏住翻板，从腰上拔出了驳壳枪。他估计田大榜在陷阱内一定是又困又饿，昏迷过去了。下面没有一点声音，几乎像是没人。老家伙机警得出奇，上面这样搬动石块，他睡得再沉也会惊醒过来的。怎么没动静呢？老家伙死了么？

为了谨慎起见，独眼龙把翻板稍稍地揭开了一条缝，将脸凑过去听了一下。很快他便阴阴地笑了。他的面颊感觉到洞内升出来了一点热气。黎明前的野猪坳，空气清冷浸人，那点热气能感觉得到。毫无疑问，老东西还在陷阱底下，他还没有断气。

独眼龙忽然改变了主意，不准备朝陷阱底下开枪了。本来开枪就是很冒失的主意。夜里，枪声传得很远，四丫头可能听得见。牛栏洞里那位女人也一定听得见的。

他把枪插回腰带上，猛地揭开了翻板盖。

“榜爷、榜爷！”他朝洞子底下轻轻地唤了两声，“您老人家还活着么？”

他从洞口边搬起了一块大的岩石，“榜爷，我独眼龙过去也对得起您老人家了。如今，我见您老人家活又活得难受，死又舍不得去死，索性由我来给您老人家送个终吧。这不是害您，是救您哩。”他狰狞地笑了一声，“嘿，榜爷，您老人家莫动，看我这就救您！”

他脸上的横肉使劲往两边一抽动，高高地举起那大石块，随着喉咙内一声闷响，将那大石块狠狠地砸进了陷坑。

陷坑的口子不大，陷坑的内壁却很大，像一个葫芦的形状。石块砸进去后，可以不受任何牵绊地砸向坑底。坑底立即传上来很沉重的一声响。

独眼龙立即感到不对头。那响声，不像是石头砸在人身上发出来的。否则不会有这么焦脆。是没砸准么？

他于是不歇手脚，一口气搬过好多块大石头向坑下砸了去。他愈加有点心慌。每一次传上来的声响，分明都是砸在坑底石头上发出来的。老家伙不在下面么？

人在心虚的时候，一点风吹草动也会令人魂飞魄散。独眼龙心里正发着虚，猛听得背后有一声尖厉的冷笑。接着便听见枪栓拉得“哗”的一响。他旋即便朝下跪了去，像是被人猛地击了一棒。

他仓皇地回过头来。一霎间，他的脸上现出了极端恐怖的神色。

他清楚地看见，田大榜像个山鬼一样，端着枪站在了他的身后。田大榜的脸色那样阴森，像个没肉没血的骷髅骨壳。在他的侧面，四丫头斜挎着卡宾枪，也在冷冷地看着他。独眼龙感到，四丫头眼中射出来的寒光像两柄利剑，逼到了他的鼻子面前。

他知道，不论怎样做出反应，已经逃不出一死了。他们藏在身后，清楚地看见了自己刚才的一切表演。独眼龙进退无路，一横心，忽地拔出了驳壳枪。

四丫头虽是那样不做防备的样子，在关键时刻，她的动作异常敏捷。田大榜还没有对独眼龙采取行动之前那极短的一瞬间，四丫头只是将肩头一偏，顺过卡宾枪，疾速地抡了过去。卡宾枪的枪杆横击在独眼龙的手腕上。独眼龙立刻感到右手整个地麻木了，手上的那条慢机驳壳枪便“当”地落了下去。

独眼龙本来是跪在地上的，枪被四丫头击落之后，他的反应也很迅速。倒没有继续反抗，而是将身体向前一扑，连滚带爬地抢到田大榜跟前，抱住了田大榜的双腿，像是落水的人抱住了一截朽木桩子。

“榜、榜爷，您饶我一条命，榜爷……”

田大榜的假牙还没来得及戴上。他气得晕了头，骂起话来，呼呼噜噜地带着一阵风。

“狗杂种！你原来安了狼狗的心肺么？恨老子不死？老子今天倒要看看是哪个杂种死在前头！”他脚下猛地使劲去踢独眼龙，但是没有踢动。独眼龙死命地抱着他的双腿不肯松手。他很有点小聪明，知道只要不松手别人就不好处治他。挨一会儿算一会儿，挨久一点，也许就消了气，不会处死他了。

“榜爷，我的祖宗。我不是人，是豺狗哩。求您看在我替您卖了这么多年命的分上，只、只饶我一次，好么？榜爷啊……”

“狗杂种！是我求你饶命哩！崽！我活得吃亏哩！要你送终哩！”田大榜立在那里，再也不愿同他磨下去了。“绑！”他朝身后的匪徒喝了一声。

立即有三四名强壮的土匪扑了上去，只一眨眼工夫，把独眼龙捆绑得直挺挺的了。

独眼龙动弹不得，便硬着脖子吼了起来。脖子上，暴出了小手指般粗细的青筋。

“要得！老狗日的！你晓得我独眼龙的厉害了，你怕了我了！死就死！老子十几年里给你除了那么多冤家对头，今天这样死了，到阴间老子也要同你作对！”

田大榜被他劈头骂了几句，本来要亲手杀死了他，却反而不恼了。他走到独眼龙面前，踢了他一脚，说：“我个崽，听好了。老子平时总把你当儿子看哩！你个杂种造化低，要害老子也没得一点机谋。算了，老子也不杀你了。看你命大不大吧，崽！”

独眼龙一听，当即又变成了奴才的面孔。

“榜爷，您这话当真？榜爷宽宏大量，不要我的命么？榜爷，饶了这一次吧，我再也不敢了。往后，一定以死报答您老人家！榜爷……”

“是心里话么？”田大榜问了句。

“是！是心里话！再要有半点歹心，天打五雷轰哩。”

田大榜奸诈地笑了一声，“好，我讲了不杀你。讲话算话的。”

“谢榜爷……”

“慢点谢！”田大榜突然将面孔一板，“老子还有一句话哩。我不杀你，也不放你，看你命大不大。崽，你碰运气吧！告诉你，猴四那个臭堂客，把老子陷在这个坑里，一定会去给东北虎报信。东北虎昨夜得了手，正在打哈哈哩。听了信，肯定会带人到这里来拿老子。”他阴险地笑了笑，得意地说，“这也蛮好。老子正好可以在这里等他们来。崽！老子划算得不错吧？”

“榜爷好划算，不错的。”独眼龙赶紧附和了一句。

“只是有个扣子还没扣牢哩，崽！”田大榜狠狠地盯着独眼龙，“要是猴四的堂客觉察到这陷阱里头没有人了，她就不会去引东北虎了。怎么办哩？崽，你讲讲看。”

独眼龙这才明白了田大榜的打算。他突然打起了哆嗦。

“啊……榜爷，我可不能……要不，您杀了我吧。落到东北虎手里，我还有救么？”

“浑话！”田大榜喝了声，“你不是讲要以死报答老子么？你不是想将功折罪么？死不了的，崽！引来了东北虎，等不到他杀你，老子就杀了他。晓得么？”

“……榜、榜爷，那陷阱，会闭死人的啊。”

“闭不死你。老子还闭了一天呢！告诉你，要是给老子露了一点风，哼，那就由东北虎来发落你，老子可管不了你啊。”

独眼龙害怕得要命，还想求饶，田大榜却不耐烦听了。他挥了挥手，上去一名土匪，将一大团破布筋子死劲地塞进了独眼龙的嘴里。

几名土匪一齐上前，抬起独眼龙，走到陷阱旁边，把他塞进了陷阱。

盖板盖上了。四丫头指导着土匪们，认真地把大石块一块一块地照原样压牢了翻板。

“我的人，都拉下来了么？”田大榜问四丫头。

“在对面山坡上。”四丫头淡淡地问了句，“你不要紧吧？”

“不要紧！他们剿得了我？哼！”

“这里干完之后，你想怎么办？”

“听你的，上石城去。”田大榜有点凄惶地叹息了一声，“唉，狗日的，到底上年纪了。老子这身骨头，只怕要散架哩。”

“抓紧时间，到对面山坡上去休息吧。”

“那是小事。传我的话，队伍在山上躲好，莫走了风。这一次，老子要亲手抓住东北虎！去石城，也要去得有脸有面哩。莫让我那两个杂种外甥小看了他们的老舅！”

第四章

何山一觉醒来时，发现牛栏洞外面已经天亮了。

他不记得昨晚上是什么时候睡着的。开始他一点睡意也没有，只是感到浑身不自在。篝火渐渐地燃尽了，洞内显得愈加静谧，田秀姑躺下之后，也一定睡不着。何山觉得自己很傻。秀姑是个女人，肯定想过夜里怎样回避的事。她没开口说，自己却问那些傻话干什么呢？一问破，秀姑便越发感到不好意思了。

有生以来第一次在这样的地方过了一夜，身背后还有一个女子惶惶不安地倒在那里，何山的局促是可想而知的。但是很奇怪，他躺在那里并没有过太久便迷迷糊糊地睡着了，像没有那回事一般。

好像睡着之后做了个梦。是个什么梦，何山不记得了。梦的内容显然很不连贯，他隐约记得好像梦见了自己的母亲。

但是昨晚上怎么会梦见母亲呢？何山有点不理解。他设想是秀姑也在这个山洞里的原因。女性的一种看不见摸不着的东西，引发了他对母亲的思念？或者，是自己脑子里某种说不明白的东西在作怪，借着母亲的幽灵，呈现在梦中了？

何山坐了起来。这时候，他看见秀姑昨晚上躺着的那地方已经空空荡荡，不见人影了。

是她早早地出去了还是昨晚上没在这里睡？何山猜不出来。蓦地，他意识到这里是土匪出没的地方。会不会有什么意外情况发生呢？

驳壳枪还插在腰带上，没有被秀姑带走。这么说，倒没有发生什么事情。何山抽开梭子，看见梭子里压满了黄灿灿的子弹。

他将梭子压进梭孔里，站了起来。他忽然感到精力无比旺盛。昨天晚上身上的伤还一阵阵发疼，今天早上，竟奇迹般地消除了疼痛。抬抬肩膀，被田大榜砸了一下的地方也比昨天好了不知多少倍。田秀姑的药方子可真有一种药到病除的神功啊。

他走出牛栏洞，立即被那满山的白雾困惑住了。这里简直是个神秘莫测的世界。什么也看不见，连脚下的路也看不清。在这个地方，要是一脚踏空，摔到悬崖下面那可是连尸体也难找得到啊。他不禁很为田秀姑担起心来。这女人大清早跑出去干什么呢？

虽然山里什么也看不清，何山却感受到了大山的活力。不远处，有几只画眉鸟在欢快地嬉闹着，那悦耳的啼叫声传到何山的耳里，立刻便使他产生了一种安定感。秀姑大约是去那陷阱边给田大榜扔吃的东西了。也许她是上山去寻野果子去了。反正，这女子是山里长大的，爬山走路，想必不会有什么闪失。不要紧的。

何山的心情轻松起来。田大榜被陷住了，等一下便可以把他捆上，押出山去。这件事让他非常高兴。这两天发生的事情，既神奇又令人兴奋。偶然在山上被田秀姑救了，并且受到了她的精心照顾，这女子像山一样纯真，又生得那么令人喜爱。何山相信，昨晚那一番情景，他一辈子也不会忘记的。

他正拿不定主意该不该去寻找田秀姑，却听见山洞上方有很重的脚步声传了过来。何山心里一紧，断定那绝不是田秀姑的脚步。昨晚同田秀姑去看那陷阱时，何山钦佩地发现秀姑走路时像只狸猫，而现在那脚步声却没有一点章法。

何山没有慌张。他知道在这样浓密的山雾掩罩之下，不到面对面的距离，谁也看不清谁。关键问题是不要发出响声来就不会暴露自己。于是，他握定手枪，谨慎地探着脚，向山洞口边退了几步。他心中倒有点佩服那个向这边走近的人。他断定那人不是凭视觉走过来的，而是凭一种很准确的感觉，一步也没踏空。

脚步声越来越近，何山听得更紧张了。他隐隐感到那脚步声有点不对头，好像有些慌乱，一步一步的响声也不均匀，高一脚低一脚，步子显然是踉踉跄跄的。

何山努力透过山雾向前探视，不久便看见了一个身影。他果然猜中了。那身影向这边走过来时，歪歪扭扭，几乎站立不住，却顽强地向这边走着。何山忽然预感到那人是田秀姑。她怎么会这样走路呢，像喝醉了酒一样？

不好！她一定是摔伤了！

何山赶快迎上前一步，这时候，他认出来那人正是田秀姑。秀姑的模样让人害怕，完全成了另外一个人。她头发散开着，一脸苍白，前额上挂满了汗珠。见到何山时，仿佛再也没有力气朝前走了。身体往前一倾，几乎倒在了何山的怀里。

“你怎么啦？啊？”何山赶快扶住她，急切地询问道。

“是……是你么？”秀姑的眼神光一阵散乱，感到胸中的气都快接不上来了，“你、你是……”

“秀姑，是我。我是何山啊。”

“快、快去追……”

“什么？追谁？”

“追……”田秀姑心中一急，差点晕了过去。

何山被她这样子吓住了，见她身子发软，赶快用手去托她的脖子。托得鲁莽了些。田秀姑的身体猛一痉挛，痛苦地“啊”了一声。何山赶快抽回手，却感到手掌上黏糊糊的。他低头一看，吃惊地喊了起来：“血？你负伤了？”

秀姑疼得直喘息着，说不出话来，只好点了点头。

“遇见土匪了？”何山追问道，“土匪现在哪儿？别急，慢慢说。”

“田、田大榜，跑……跑了……”

“啊？”何山的心往下一沉，“什么时候跑的？刚才么？”

秀姑摇了摇头。她流了很多血，又硬撑着走了这么远的路，口干得要命。张着干燥的嘴唇，喉咙内火烧一般，像是要裂开了。使了好大的劲，硬是说不出话音，心里却急得要命，额头上的汗又涌了出来，滴在了何山的手背上。

何山脑子里急速地转了一下，知道在这个时候着急是没有用的。情况还没弄清楚，田秀姑又负了伤。就是要去追田大榜，这弥天大雾遮得连路也看不清了，上哪儿去追呢？眼下最要紧的是赶快替田秀姑包扎伤口。他负过多次伤，知道秀姑这种时候很容易休克过去。

他再也不敢耽误，将身子往下一俯，双手托着田秀姑的身体，一挺身站了起来。他感到受过伤的右臂猛一酸痛，像扭了筋一样，立即便没有劲了，差一点就要连同秀姑一起瘫倒下去。他赶快蹲下身子，用膝盖顶着秀姑，将她的手臂搭在自己的肩头上，这才站立起来。

他把秀姑抱到牛栏洞里，平放在地上，然后满洞子去寻水。后来他寻到了昨天秀姑给他熬草药的土罐子，发现那里面还有半罐子草药汤。他急忙将那药汤倒在一只破碗里，端过去，往秀姑嘴边凑着。秀姑也还清醒，闻见那草药的气味，便迫不及待地喝了起来。她太渴了，一口气便将那药汤喝了个干净。

她喝完药汤，觉得气顺了些。喘息了一会儿，她虚弱地闭上了眼睛。

“啊……，我急晕了，真是啊……”秀姑喃喃地说，“幸亏你没去追。啊，真是，我怎么想让你去追呢？这儿……到处是陡坎，还有白、白罩子遮了路。好险。我……我糊涂了。”

何山见她渐渐平静了些，便问道：“到底出了什么事？秀姑？”

“我早上，去给那老土匪送、送点吃的，打开翻板盖，那坑里，一点声音也没有。我怕那老土匪断了气，就砍了根竹竿子，伸到陷坑里戳了几下，还是没动静……”

“嗯？”何山想不明白，“那上面的石头没压牢？”

秀姑摇了摇头，说：“我看过，石头还压在上头哩。”

“那是怎么回事？按说他是跑不出去的呀。”

“我也好奇怪。正在那里蠢想，不防备，一个人陡然顺着那根竿子爬了出来……”

“是田大榜么？”

“不是。那人怪叫一声，把我吓得腿都软了。不晓得怎么搞的，那个人是独眼龙呢。”

“独眼龙是谁？”

“田大榜手下的大土匪，专门杀人的。”

“哦？”

“我急了，就同他打了起来……他的劲大，我打不过他。后来，让他砍了一柴刀……”

“是这样？”何山的眉头紧紧地皱了起来，“现在呢？”

“他跑了。我看见他的手腕子上头破了皮，像是被人捆伤的。”田秀姑想了一下，“好怪，他慌得要死，飞起脚板往山上跑，好像有人会要他的命。”

这个突如其来的变化把何山弄得摸不着头脑了。他怎么也想不清洞里的田大榜怎么会大变活人，变成了独眼龙。眼下，他还预想不出有什么危险在等着他们，但是田大榜肯定逃跑了。懊丧的心情占据了他们的心，一时两人都没有说话。

隔了一会儿，秀姑自艾自怨地说了句：“唉！都怪我。”

“不……这也不能怪你。”

何山感到很窝囊，“要怪，当然怪我。昨天把田大榜弄出来，就没这事了。”他粗粗地叹了口气，“别再说这事儿，后悔也没有用的。”

秀姑也就不再说了。她想坐起来，突然被身上的伤口牵得一咧嘴，忽地吸了口凉气。

“哦，真是，我倒忘了。”何山赶快走到她身边，“伤在哪儿了？赶快包扎一下吧。”

“不……不怕的。”

秀姑推托了一句。她的目光下意识地朝自己的左腋看了一眼，似乎有点为难。

何山发现了她的难处，想一想，便揭开自己的军装，拉出衬衣，使劲沿着衬衣的下摆撕下来一圈白布。

“要不，你自己扎一扎伤口吧。”他把白布条放到秀姑的面前，“你自己扎，行么？”

秀姑点了点头，“行的。”

“好。我出去替你弄点水来。”

他端着那只土罐子，向洞口走去。

“哎……”秀姑在身后唤了他一声。

何山回过头来，“怎么啦？”他关心地问。

“白罩子太大，走路留点心……”

“知道。放心吧，没事儿。”

秀姑并不放心。想了想，告诉他说：“洞口外头的左手边，有个滴水岩。就在那岩里接水，莫走远了。晓得么？”

“好的，我去了。你快把伤口弄一下，上点草药。”

滴水岩那眼泉水细细的，滴得很慢。何山在那里等了好长时间，总算接了大半罐水。他一边等着接水，一边在心里琢磨着陷阱里发生的那些事情。昨天晚上，他同田秀姑一起去看过那个陷阱。他亲自验证了陷阱内确实是田大榜。揭开翻板之后，他点了一个小火把朝下面照了照。那老土匪要死不活地躺在那里，做出一副可怜巴巴的样子来，仿佛是一头圈在笼子里等待宰杀的老山羊。

独眼龙是他手下的一名心腹，去救田大榜，这倒是可能的。但是又是谁把独眼龙扔进那陷坑里去的呢？是田大榜么？这简直是难以解释得通的事。

何山有一会儿脑子里忽然一亮，会不会是刘玉堂率领小分队到这里来了呢？水磨房那一仗打完之后，他肯定会从政委那里听到自己失踪的消息。田大榜没有抓到，他不会没想到自己单枪匹马追田大榜去了。主力入川以后，刘玉堂还要继续带领小分队执行剿匪任务。他一定会寻到这里来的。但是，昨晚上的事分明不像是刘玉堂干的。如果是小分队带走了田大榜，为什么不把独眼龙一起带走？

他隐约意识到这里面有点名堂。但是有什么名堂，何山又想不清。是土匪相互之间的拼咬还是有什么更大的阴谋？

何山决定在山雾散去一些之后摸到冷杉树那边去侦察一下。只是满山的雾仿佛胶着在山皮上了，半天不见流动。

土罐子里的水接到一半多时，何山便不再耽搁。他提起土罐，向牛栏洞走去。这么长时间了，田秀姑说不定会着急的。

进了牛栏洞，何山突然愣了一下。他看见田秀姑将头歪在一边，哧哧地喘着大气。她解开了衣襟，却无法脱去右臂那只袖子。那景象让何山窘迫得不敢再看。秀姑脱衣袖时显然十分费劲，而且十分痛苦。她大概急于脱下来，想尽快趁没人的时候扎好伤口，便猝然弄痛了伤处，痛得她几乎昏厥过去。她只好无力地歪着头，即使想把膀子缩回衣服也办不到了。何山之所以感到窘迫不已，是因为他看见了秀姑袒裸着的雪白而又光润的右肩。衣襟扯到胸前，几乎盖不住那结实而又丰满的乳房。

他赶紧低下头，把罐子放到柴堆边上，转过身便往洞外走。

秀姑以为他没有注意到自己的困境，便轻轻地呻吟了一声。她很痛苦，希望有人帮帮自己。何山听见秀姑呻吟之后，步履迟疑了一下。继而竟心慌意乱，头也没回地向洞口走得更快了。

“你、你这个人，怎么是一副石头心肠？”秀姑突然喊了起来。话音里伴着委屈的哽咽，还伴着疼痛的抽息，“我要是这阵子会死了去，你也……也不管么？”

“不不，我是……我……”何山站住了，他气短地嗫嚅着，不知该怎么解释才好。

“都这步田地了，你还……我昨天救你的时候，却没这样子。未必……”秀姑想得有点伤心，“未必我这样的人，比别人要轻贱么？”

何山心里一震，赶快回过头来。他意识到确实是自己的不对了。既然心里没有鬼，又何必那样畏畏缩缩呢？连人与人之间应尽的仁义也不顾，这让人家怎么想呢？反而显得心有鬼胎了。

他这样纠正了一下自己的想法，回过身去时，立即感到自己心里堂堂正正了。他无顾忌地朝秀姑的伤口看了一眼，倏忽吃了一惊。土匪那一刀砍得好险，柴刀的弯钩正好砍在秀姑左胸与左肩的关节处。他可以想象得出来，那一刀本来是朝她的头砍下来的。秀姑很灵活，偏开头躲避了那要命的一刀，却被土匪砍中了左胸。幸亏秀姑的胸部长得很丰满，加上她当时可能后撤了一步，刀尖砍得并不太深。伤口处的白洁的皮肤翻开了，殷红的血糊住了那条两寸左右的刀口。何山看见刀口附近暗暗呈现出了一点青蓝的颜色。他知道，如果再不进行一些消毒处理，那伤口便会感染，化脓。

何山不敢怠慢，走到她面前蹲了下去。他一边在脑子里思考着怎样才能洗净她的伤口，用什么东西给伤口消消毒，一边伸出手去，迅速帮助她脱下衣袖，扒开那带血的衣襟。他做得很严肃，很自然。他的手几次触到了她胸前那柔软的皮肤，感到了那滚烫的体温。他却越发着急，以为她已经因为伤口感染而发起了高烧。

“这洞里找得到盐么？”何山问。

“做什么？”

“煮点盐水洗伤口。”

秀姑想了想，说：“没有的。乌龙山缺的就是盐，附近也找不到。”

“是么？”何山焦急地问，“这可糟糕了。怎么办呢？”

秀姑这个时候温顺得像一头躺在母鹿身旁接受舔抚的小鹿羔子。她紧紧地闭上眼睛，任何山悉心地为她处理伤口。她似乎对此相当满足了。至于用什么东西消毒治伤，相比之下好像并不是很重要。

何山却一心只想赶快把那伤口弄好。秀姑的伤口完全敞露出来之后，他知道伤口敞露着更加容易被感染。于是，他焦急地抬起头来，盲目地朝洞子内看了几眼。

“哎，你不是懂草药么？”何山忽然想到了这一点，赶快问道，“你昨天给我是怎么弄的？今天全好了。”

“是么？”秀姑舒心地睁开眼睛，“全好了么？那可好哩。”她几乎又忘了自己的伤口还痛，朝何山欣慰地望了一眼。

何山忽然感到很不自在。他感觉到秀姑那一眼很不寻常，碧亮的眼眸子里面分明含着一汪深情。她袒露着脖颈和半个胸，用这样的眼光扫到人的脸上，实在有点火辣辣，让人难以扛受得住。

“罐子里还有这些草药，可、可以外用么？”何山仓促地问了句，岔开了心中的混乱。

“什么？外用……是什么呢？”

“可不可以洗伤口？我是说。”

秀姑笑了笑，“是哩。莫急，那药熬开了，又可以吃，又可以洗伤口。药渣子捞出来，敷在伤口上，几天就好利索了。”

“哦？好，我这就熬。”

何山从旁边抓过一把松毛枝，准备去生那堆夜里就熄了的篝火。他猛然又想起一件事，便站起来，解开扣子，脱下了外面那件洗得泛白的黄军装。原来是看见秀姑的臂膀露在外面，怕她冷，便用自己的外衣替秀姑盖上了她裸露的部分。他做这一切的时候，动作果断而迅速，眼睛却从不朝秀姑的脸上看。

之后，他俯下身子，趴在地上去吹那堆篝火灰。灰烬亮起来，可柴草很湿，架上去，冒出极浓的白烟。他鼓着腮帮子吹了老半天也没有把明火吹起来。由于凑得太近，柴烟子把他的眼泪都熏出来了。

他知道自己在生火这件事上很无能，便有点负疚地看了秀姑一眼。秀姑并没有注视着他，只在默默地望着洞子顶部。她看上去很坚强，到现在为止，并没有发出呻吟来。

火烧着了，何山学着秀姑昨晚的方法，把土罐子架到了火堆旁。为了不使火堆熄灭，他守在边上，连续不断地往火堆上加着柴棍。

药汤熬开之后，何山把药倒出来，端到秀姑身边，准备给她洗伤口。

他这时才发现秀姑的眼里不知什么时候渗出了泪水。开始他以为是柴草的烟熏得她流泪了，后来觉得不像。也不是因为伤痛。

“……你哪儿不舒服么？”他小心地问了句。

秀姑凄凄地说：“心里……不好过。”

“哦？”何山担心地看着她，追问道，“是伤痛引起的？”

“莫问。”秀姑摇了摇头，“不是的。”

“那，我替你洗伤口吧。”

秀姑忽然禁不住自己的感情，咬住嘴唇，苦切切地哼了一声，眼中的泪水像岩缝中渗出来的泉水，扑簌而下。

“我命苦啊……”

何山慌了。他不知该怎么办才好，是劝她还是由她哭，何山一点主意也没有。他猜想，这个女人是很不容易落泪的。听说人的心里若是有伤心的事，放声哭出来才能不落下病根。

“秀姑，你放心吧……”他等秀姑哭了一阵，才安慰她说，“乌龙山的苦根快要拔掉了。你的苦，也快到头了。”

秀姑并不无限制地痛哭。听何山劝了几句，便止住哭声，点了点头。

“……是，我信的。”她低声说，“我的命也转好了。真是的，该转好了。”

“不是命。别信那些……”

“是命。”秀姑倔强地坚持着打断了何山的话，“要不是命转过来了，我怎么会遇见了你呢？早一天，晚一天，还不错过了？是命哩，真的。”

何山的嘴张了张，不知怎么说好，“……当然，这也是碰巧了。”

“我这一辈子，尽受人骗，尽受人欺负。爹死了以后，我哪个都不相信的。可我昨天一见到你，就……”她抬起眼睛，看了何山一眼，“我从不认得你。但是我认得哪个是歹人，哪个是好人，这也是让人欺出来的本事哩。”

何山怔怔地看着她，心里有点受了感动。他不想打断秀姑的话，便默默地听她往下说。

秀姑的眼中透发出了一种质朴的情感，脸上也漾出了一种欣慰而又倾慕的笑容，“我晓得，我遇上好人了。你是个好人，你舍得跟土匪拼命。你同土匪又没得仇恨，到山里来，为哪一桩呢？我晓得，你们都有一副侠义心肠，这是为我们山里人哩。”

“不，你说的不全对。”何山笑了笑。他笑起来，有一种孩子般的稚气，又有一种憨厚的诚实劲，“我们队伍本来就是老百姓的。老百姓的仇，就是我们队伍的仇。再说，我也有仇啊。我们要解放全中国，这就是我们的目的。打反动派，剿土匪，都是为了这桩事。你听懂了么？”

田秀姑并没有完全听懂他的话，但是显然懂得了他的一片心。

“……我没得见识，不会讲话，莫见怪我。我只晓得你是个难得的好人。你……对我一点也不起歹心。我这一辈子……到死也忘不了你的。”

何山有点慌乱了。“这、这么说……不好。我只是，我其实也做得不够。”他低头看见了那半碗药汤，“哦，药凉了，我替你洗伤口吧。当心受了感染……”

秀姑便不再说话了。

何山和秀姑在这段时间里几乎松懈了他们的警惕性。野猪坳到处都在弥升着浓雾，像浸泡在米汤水里。这种迷雾容易使人迟钝，既看不清四周潜伏着什么样的危险，也会因为有浓密的雾气而获得暂时的安全感。何山把秀姑抱进牛栏洞后，就将注意力集中在了秀姑的伤口上。他再也没想到应该注意一下洞外的动静。然而，这个时候，洞外却刚好有一双狡诈而又充满了忌恨的眼睛，像野猫一样注视着他的一举一动。当何山开始俯下身去给秀姑洗伤口的时候，洞外那人恨得失去了自控力，反手从腋下顺过卡宾枪，扣住扳机就要朝何山开火。

猴四是奉田大榜命令贴近冷杉树去监视陷阱动静的。夜幕拉上去之后，田大榜知道山雾会挡住视线，便派猴四贴上去侦察。猴四心中正为四丫头打死了田秀姑而独自凄凉着，但他也不敢违拗田大榜的命令。田大榜觉察出了猴四的不痛快，在猴四怏怏地朝冷杉树方向走去时，田大榜叫住了他。

“回来！杂种，你死了娘老子么？这副要死不落气的瘟相，还不给老子做漏了么？”

猴四这才清醒了些。他生性胆小，尤其惧怕田大榜，但这一次他竟然没为自己辩解，只是将头耷拉着，不作声。明显地可以看出他有好些委屈。

田大榜火头很大，一见他不作声，心中更是焦躁，扬起手来就要朝他扇巴掌。这时候，四丫头轻轻地说话了。

“你是惦念着那个女人吧？”她的声音十分柔和，这是极少见的。田大榜不由得收回了手，侧过头去望了她一眼。“唉……看你长得这副吊颈鬼模样，倒难得有几分情义。告诉你吧，你的女人没有死。她还活着。”四丫头又说。

猴四蓦地吃了一惊，抬起头望着四丫头，张口结舌问道：“还、还活着么？”

“该你们姻缘不绝吧？哼，”四丫头淡淡地笑了声，“我那枪子从不跑空，这一次，却叫她躲过了。活见鬼！”

“四、四小姐啊，您大、大恩大德，我……”猴四扑地朝四丫头跪下去，“我是没出息。堂客恨我不死，我、我……我又死活丢不下那女人。谢四小姐啊……”

四丫头心里陡然升起一股厌恶情绪，掩去了刚刚那几分伤感：“起来！照榜爷的话去做！”

“是啰！我这就走起！”猴四的精神来了，从地上一弹而起。

“崽！”田大榜从四丫头的眼神中看出了一些意思，便又唤住了猴四，“你那堂客，差点要了老子的命，晓得么？”

“晓……晓得的。”猴四眨巴着眼睛看着田大榜，不知他是什么意思。

“你杂种这么看重她，榜爷我也抬抬手。只一件，没有把东北虎引来之前，你杂种不准乱动。等榜爷把东北虎拿稳了，那时候看你堂客命大不大。老子心里舒服的话，还成全你这个杂种。”

猴四便捣蒜一般朝田大榜磕了几个头，“榜爷大、大恩！大恩……”

“我个崽，你要想明白些！”田大榜脸色突然一黑，“这野猪坳，山前山后尽在老子的火力下头哩。你若给老子做漏了，先打你个马蜂子窝！听清了？”

“不敢不敢！我莫不想得个好么？榜爷放心，山下有事我立马就来报。”

他来得晚了些。冷杉树旁的情景使猴四大吃一惊，他看见陷阱盖大敞着，阱里早没了人影。周围空落落的，什么动静也没有。他细心在地下搜寻了一阵，发现一块石头上有几滴殷红的血迹。事情显然发生不久。

猴四知道出了娄子，他的脚不禁又在原地立不稳了。刚想返回对面山上去报告田大榜，一个疑团又堵住了他的胸口。这血迹是谁留下的呢？旋即他便想起了田秀姑。他的小眼睛眨了一阵，突然大胆地想顺着血迹去找找看。山上到处是浓雾，田大榜是看不见这边的。

他颇费了些劲，终于找到牛栏洞来了。当时何山正从岩缝中接了半罐泉水向洞口走去，猴四长了个心眼，先把洞外观察了一阵，确信没有可疑情况之后，才贴着洞壁向里面摸了几步。他胆子极虚，动作却轻得没有一点儿声响，像一只壁虎。

洞内的情景全被他看了个一清二楚。田秀姑那煞白的脸色和痛苦的表情竟使他暗暗心酸了一下，而更使他心中发出刀绞一样疼痛的是他看见了何山和田秀姑的那种亲近。秀姑对何山说的那些话，尤其是她说话时的眼目神情，全被猴四看了个尽。他忍不住心中的嫉恨，顺过了卡宾枪，脑子里嗡嗡地乱响，恨不得连秀姑一道全杀掉……

猴四终于在扣扳机的一刹那胆怯了。他深知田大榜的心有多么毒辣，坏了他的谋划，自己是绝落不下全尸的。猴四的心狂跳起来，庆幸自己没有糊涂，没有开枪。

想到这里，猴四越发紧张起来。冷杉树下的陷阱出事了，这意味着田大榜和四丫头布下的计谋已经出了漏眼。他下山来就是负责监视那陷阱的，现在却泡在这里不回山去报告。过后田大榜查问起来，他纵然有八张嘴也讲不出所以然啊！如果老东西偏偏要认为是他猴四协助他堂客干的，那还不当作溜湾者被田大榜活剥了皮？

猴四越想越怕，只觉得背脊骨上寒飕飕的，双腿都发软了。他再也顾不上往洞内望一眼，也不敢继续想下去，便蹑着手足，蛇一般地退出了牛栏洞。

洞外的白罩开始向上升了。升得极慢，四周仍然看不了多远。猴四退出洞来，透过草鞋感到了岩板上湿漉漉的，沁得脚板心发凉。他心慌意乱，匆匆辨别了一下方向，便颠颠跌跌地往沟下走。他打算取最短的路程回到山对面的坡地上，越快越好。

眼看就要下到沟底了，猴四三步并作两步，看准了一块青石，抬脚踏了上去。他想以那块青石为跳板，跳过崖沟。这样就能加快些速度。

猴四鬼精，在土匪中是出了名的。正当他一脚将要踏上青石的一刹那，他敏捷地发现一个物件从草丛中弹起，横着朝他那只将要落在青石上的脚腕子疾扫过来。猴四差点吓飞了魂魄，但他却没有忘记躲闪。他那只脚已经快落地了，竟又往前一划，错开了青石，横扫过来的物件带着呼啸声落了空，猴四眼疾地发现那是一条长枪的木托子。他什么反应还没来得及做出来，前脚已经落了地。旋即，这只落了地的脚被人往前猛一踢，猴四立即失去了重心，前后脚一个大劈叉，身子便摔倒了。他平素很有些应急的招数，哪怕摔下去，也能很快地逃脱危险。于是，猴四乘着倒地的一瞬间，身子猛一收缩，就地打了四五个滚，估计离那人远了些，他一打挺便站了起来。他常常利用这一手，刚站起来就能像一只弹丸一样闪去很远，再凭着一双飞毛腿遁逃得无影无踪。很少有人能追上他。

这一次却不行了。几个滚一打，还没容站起身来，对面便飞来一脚，正好踢在猴四的下颚处。这一脚又准又狠，踢得猴四眼前一片金花，仰天又倒了下去。紧接着，他感到自己瘦瘪瘪的胸骨被人用脚踏住了，踏得他一丝也动弹不得，像被钉在了岩板上。

猴四知道来人的厉害了。他的脑子转得飞快，立即猜出了对方是谁。他想说句告饶的话，嗓子眼里却干得冒火。好半天，才咝咝地挤出了几个含混不清的字眼。

“红……五、五哥，独、独爷，”猴四使劲地挤着嗓子，“冤、冤主不……不是小弟啊。您、您晓得，是他——榜、榜爷……”

他忽然顿住了。他看见一支乌亮的枪管不偏不倚地直指向自己的脑门口，那个小小的圆洞里随时都可能飞出一颗勾人性命的铁豆豆。他吓得再也说不出话来。

“起来！老实点！”一个人压着喉咙沉沉地喝了一声，“再要滑头，别怪我不讲客气了。”

猴四听得耳生，往上仰脸一望，只觉得那人像尊石塔一样粗壮而又高大。他知道这人不是独眼龙，心里忽地一喜，感到有了生机。

“是、是哩。大、大哥好手脚，我猴四哪敢再生心眼？是、是哩……”

他一边说，还一边朝周围睃了几眼。他看见身边有三四双打着绑腿的脚走了过来。那绑腿打得紧紧凑凑，把小腿箍得精神百倍。他知道这样的腿是绝难对付的，只好完全死了心。

踏在他胸脯上的那条腿松开之后，他战战兢兢地坐了起来。这时候他才看清了身旁的几条高高大大的壮汉。壮汉们穿着山里人的服装，那服装并不褴褛，看来不像是哪一路的杆子。猴四猛地意识到了什么，不禁发起抖来。

“……爷，饶、饶命。我是不得已才……”猴四扑地往下磕起头来，胡乱告饶，“榜爷那老杂种，用枪逼我上、上山的哩……”

把猴四打倒在地的那条壮汉，松开腿之后退了两步，一直在出神地打量猴四。他没有理会猴四的告饶，却冷不防喊了一声：“猴四！”

猴四愣住了，“……是、是哩。我正是叫猴、猴四。”

“知道你遇见什么人了么？”

“啊……不、不敢乱猜……”

“你的记性怎么样？”

“……哎。记性还、还要得……”

“半年前你欠下东北虎三十几条人命，没有忘吧？”那壮汉冷冷地问了句，“抬起头来认一认，东北虎向你讨账来了！”

猴四只觉得头顶上炸了个霹雷，身体一软便瘫了下去。那几名汉子中有两个人走近他，拽了好一阵也没能把他拽起来。

“这家伙，装什么死狗？”一名嗓音还带着几分稚气的汉子骂了几句，然后转向那名打倒猴四的壮汉，问道，“怎么办？队长？”

那名被喊作队长的壮汉已经转过身去，仰头朝牛栏洞的方向观察着。他就是刘玉堂。

岩板溪战斗结束以后，刘玉堂和他的小分队稍事休整了一下，补充了粮食弹药，便往山里运动过来。临出发之前，他审讯了几个侥幸活下来的土匪俘虏，对土匪的情况有了些了解。于是决定沿岩板溪而下，拐过野猪坳，直捣四丫头所盘踞的匪窝。为了不暴露目标，他们白天一般不公开行走。夜晚也不匆忙上路，而是利用后半夜和第二天清晨到上午十点之前这段时间。这段时间是比较安全的。

今天刘玉堂带着小分队在天没亮的时候就接近野猪坳，但是他没料想到野猪坳会有这些厚重的雾罩。黑夜里赶路倒有几分安全感，身边的黑暗可以隐蔽住自己，但天一亮被白雾罩住之后，人心里就有点慌了。虽然知道白雾也是一种掩护，终究身边是亮的。刘玉堂深深感到在乌龙山活动太需要一名向导了。这个问题他并不是刚刚想到的，只是因为他曾有过血的教训。半年前，一名叫作幺佬的年轻匪首就冒充过向导，使他蒙受了深刻的耻辱。从俘虏的供词中，他知道了那个幺佬是麻老二，土匪们叫他钻山豹，是个十分了不得的家伙。俘虏们谈到他时还绘声绘色地描述了一番，刘玉堂听得心烦。当然，他是绝不会轻视钻山豹的。这家伙确实身手不凡，更重要的是他有脑子，不比一般匪首。刘玉堂做了充分的思想准备，决定耐下心来，好好地同钻山豹较量一下。

选向导的事后来也没定下来，现在看来是迫在眉睫了。这名向导并不好选，光认识道路是不行的，小分队里的田富贵、田石头也知道乌龙山的一些山路，到底对山里的情况不是如指掌般熟悉。像这野猪坳的白罩，一般人就摸不准。刘玉堂只好让小分队暂时隐蔽在沟底，无可奈何地等雾散去再说。他估计雾散之后也许就到了中午，那时候再走也是不方便的。不走，这一天就白费掉了。刘玉堂很着急，刚刚摸出来想侦察一下周围的情况，就发现有人朝沟底跑了下来。这样，便擒住了送上门来的猴四。

“先把他捆上。”刘玉堂吩咐了田石头一句，又继续朝上面瞭望。雾气开始淡薄些了，他隐约看见了牛栏洞的洞口。从洞口情况看，那里不像有大股土匪盘踞。

“刘喜。”刘玉堂没回头地轻轻唤了一句。

“到。”刘喜立即走到了他身旁。

“看见那洞口了么？”

“看见了。”刘喜也在观察上面的情况，“这个土匪就是从那个洞子里出来的。”

刘玉堂想了想，叮嘱说：“你注意监视那个洞口，不要轻易开枪。”

“是。”

刘喜轻巧地朝上爬了几步，匍匐在一块岩石后面，用枪瞄准了牛栏洞。刘玉堂便回到了猴四的身边。猴四被绳索捆得疼痛，再也不敢装死狗。他坐在地上，一双猴子眼胡乱眨动着，显得又狡诈又惶恐。

“说，那洞里有什么人？”刘玉堂压低声音问道。

“洞……洞里么？”猴四极快地回答说，“那叫牛、牛、牛栏洞。关、关牛的洞……”

田石头不耐烦地用枪管戳了他一下，打断了他的话：“又耍滑！问你那洞里有什么人，没听见么？”

“听、听见了。嘿，这小、小长官，山里口音，熟哩。那洞里……”猴四将眼珠子突然定住，故作神秘地说，“那洞里有……哦，有土匪哩！”

“有多少？”刘玉堂盯住了他的脸。

“有……”猴四被刘玉堂盯得发慌，“有不少，不少哩。”

“妈的，”田石头唰地拔出一柄雪亮的匕首，将刀尖顶在了猴四的左胸肋间，“再不老实，这一刀就顶进来了！”

“是……是，有两、两个。”

“是真话？”

“真话！真、真话！”猴四这次说得很肯定，“有假宰、宰了我个狗日的！”

“那是两个什么人？嗯？”

“两个……两个头、头目。哦，你们要去捉、捉么？”猴四忽然问道。

刘玉堂倏地盯住了猴四的眼睛，“你说呢？”

“什……什么？”猴四愣了一下。

“我们去捉那两个土匪么？嗯？”

“要、要我说么？”猴四咬了咬牙，“捉！捉他个狗日的！”

“是么？”刘玉堂不动声色地问道，“为什么呢？”

“啊……我也是狗日的。可他是……是条野狗！”

刘玉堂忽然面色一沉，再不同他兜圈子了，“说！你们在洞里干什么？”

“不不！长、长官，我本不在洞里的。我进到洞口，看见那野狗正在干、干见不得人的事哩！真话。你们快去捉！有假宰了我……”

“那你为什么又跑出来了？你想干什么去？”

“我么……”猴四睃了刘玉堂一眼，很认真地说，“我是想要捉那野狗的，可、可那两个家伙武艺高哩。哦，……他们还有一挺轻机关枪。真话，长官。”猴四眼中现出了凶狠的光，“你们莫留活根，会吃亏的。莫进去，只在洞口朝里头抛手榴弹。抛他七八个，炸他个肉浆浆！”

刘玉堂站了起来，“田富贵，你留在这里，看住他。”

田富贵应了声，走到了猴四的身旁。

何山替田秀姑把伤口洗干净以后，直起腰来舒了一口气。他一直是屏住气息在替秀姑洗伤口，手脚极轻巧。似乎从来没有这么仔细过，不久便憋出了汗。他心里突然对田秀姑十分敬佩，觉得这名质朴的山里女子有一种坚韧的性格。伤口虽然不深，皮肉却翻开着，洗的时候，她竟一声不吭，反倒安详地闭着眼睛，仿佛在享受着什么。也许是因为她总是受欺凌，没有得到过别人的关照吧？她太可怜了。

洗完伤口以后，何山把药渣捞出来，照秀姑的法子把药捣碎，替她敷在伤口上，然后用衬衣布条把伤口包扎好。秀姑很配合他，一点也不娇羞做作。有两次，秀姑用眼睛很感激地看着何山，旋即便发现何山有意避开了那种目光。于是秀姑也不再朝他望，怕他不自在。

包扎伤口倒是何山的熟练功夫，不久便扎好了布条。

“紧不紧？”何山问了句。

秀姑活动了一下胳膊，满意地说：“蛮好。可以动，还不怎么疼哩。”

“那，把衣袖穿上吧。”何山在这个时候又有点拘谨了，“……要我帮你么？”

“不哩。你坐，歇口气。我自己可以的。”

何山便站了起来……

突然，秀姑惊觉地拉了何山一把，“外头有人！”

何山吃了一惊，来不及转头往外看便抽出了驳壳枪，“你别动，我去看看。”

秀姑的动作很快，已经站了起来。一紧张也顾不得伤痛，早把手臂套进了衣袖。何山闪到洞子壁一块岩石后面，秀姑也急忙闪到另一面，两人的目光同时向洞口望了过去……

他们的动作并不慢，只是发现动静时太晚了。当他们的目光投向洞口时，洞口已出现了两条粗大的身影。那身影仿佛是两扇大门，把洞口堵得严严实实的。从洞内往外望，由于逆着光线，看不清那两个人的脸，但是可以从他们站立的姿势看出他们都平端着枪。洞外显然还有别的人，否则他们是不会贸然进洞来的。何山忽然心慌了，扬起胳膊便要朝那人影射去。

“别冒失！何山！”有人吼了声。声音不大，却十分浑重，洞内发出了嗡嗡的回声。

何山愣了一下，没有开枪。声音十分耳熟，但是他没有闪出身来。

“你是什么人？”何山下意识地问了句。

“刘玉堂！”那人又说。听上去很威严，显然带着火气。

“啊？！副团长？……”

“出来吧，早看见你了。”刘玉堂把平端的手枪放了下去，但没有收进枪套，“现在躲来不及了，我的侦察英雄同志！”

何山陡然一阵兴奋，便一步跨了出来，“副团长，真是你呀！我可……”

“就站在那儿，别上前！”刘玉堂身旁的那个身影仍然平端着枪，朝着他喝了声。

何山有点意外，一时没明白过来，“什么？你说什么？”

“我让你别动！再往前走我就开枪了！”

“你？”何山几乎感到有点可笑。他发现那声音很陌生，便问，“你是什么人？我怎么不认识你？”

刘玉堂说话了：“何山，把枪交给田石头。”

“什么？副团长……”

“听见没有？”

何山陡然感到有一个硬扎扎的东西顺着呼吸道涌到了喉咙口，堵得他一时透不过气来。他感到一种莫大的委屈，差点就要大声嚷起来了。但是这种情绪没有停留多久便消失得干干净净，他知道刘玉堂在这种时候做这样的决定是合情理的，换了他自己，他也会这么做。

“好，接住。”何山顺从地把驳壳枪扔了过去。他扔得准，田石头也接得准。看着飞过来的手枪，田石头只是稍稍一抬手便稳稳地接住了枪柄，甚至目光都没瞟过去，仍在牢牢地盯着何山，何山不禁在心中暗暗地喝了声彩。

虽然缴了何山的枪，田石头仍不把自己的枪放下。另一只手反倒将何山扔过来的枪也端平了，两个黑洞洞的枪口直指向何山。

“小伙子，当心走了火。子弹在膛里。”何山轻松地朝石头说了句，“我就一条枪，已经给你了。放心吧。”

“还有一个人。”田石头一点也不松懈，“叫那个人也出来！”

“……哦，”何山猛地意识到了一些事情。他知道刘玉堂已经在洞外把刚才的情景看得清清楚楚了，虽然心中明白自己并没有什么说不清的事，在那一瞬间，他却感到一阵热血涌上了面颊，滚滚发烧，“是……是这样的，副团长，她、她是……”

“别说了。”刘玉堂不想听他解释，便打断了他的话。不过，刘玉堂的语气明显没有先前那么严厉，似乎压下了些什么东西在心里，“叫她出来吧。”

何山一边琢磨着刘玉堂的话，一边回过头去，准备唤秀姑出来。他在急切中并不知道秀姑是往哪个方向隐蔽的，正寻找着，忽然看见秀姑自己站了起来。她迎着洞口走了两步，何山这才发现她的脸色由于失血变得那样苍白。她的目光中充满了疑惑，却没有任何惊慌害怕的神色，仿佛有一种甘愿替何山受罚的坦然态度。这倒使何山重新感到委屈了。

“秀姑，没关系的。”何山生硬而又负气地对她说，“他们……都是我们队伍里的同志，这位是我们的副团长，你来见见吧。”

秀姑站住了。她其实早已从何山的态度中感到洞口进来的不是歹人，见他们的态度并不友好，她在琢磨着，不知该怎么办才好。

何山以为她没有听懂自己的话，便补充介绍说：“别怕，秀姑。我们副团长，就是你向我打听过的东北虎啊。”

秀姑一听，眼中立即有了光亮。她的眉梢微微地抖动了一下，掩盖住内心的欣喜，大方地朝洞口走了几步，一直走到离刘玉堂很近的地方才停下来。

田石头却紧张了。他并不敢轻易开枪，一时又不知道该不该制止这个女人向前走。眼看她走到了刘玉堂面前，田石头心里一急，便向前跨了一步，用自己的身体挡住了刘玉堂。

刘玉堂伸出左臂，轻轻地拨开田石头的身体，同时，又将自己的快慢机装进了枪套。看着走上前来的田秀姑，刘玉堂平静地微笑了一下。

“你……吃苦了。”刘玉堂温和地对田秀姑说，“我们找了你很久。”

田石头对刘玉堂的话感到吃惊。他记得刘玉堂进山时在船上打听过田秀姑，看来他刚刚说的并不是一句挖苦她的话。田石头很不理解刘玉堂为什么对这个土匪婆子感兴趣，但是在这时候石头不便插嘴说话，只好愤愤地站在边上看着。

何山对刘玉堂的话也感到十分意外。他也确切感到了刘玉堂的诚意。他知道刘玉堂那脸上的微笑是异常少见的，于是他心里陡然轻松下来，并且对刘玉堂产生了由衷的好感。

“副团长，她被土匪抓上山，后来又……”

“我知道了。”刘玉堂打断了何山的话。他对何山明显地表现了一种不满意，没有朝何山看，只是关心地看着田秀姑，问道，“你受伤了？厉害么？”

“我……”田秀姑对刘玉堂的态度很难理解，不知道这位素不相识的汉子为什么要找自己，也不理解他为什么对自己这样友好，“我的男人是……是土匪。”

“这个我也知道。”刘玉堂说，“他叫猴四，对么？”

“对，这个该刀剐的！”田秀姑恨恨地骂道。

“其实他不是你的男人。”

田秀姑望了刘玉堂一眼，“……哦？”

“他是你的仇人。不是么？”

“是！”秀姑肯定地答了句，眼中充满了感激。

“刚才他被我们抓住了。”

秀姑的眉梢立刻扬了起来，“把他交给我，好不？我……我给你跪下。”

刘玉堂赶快拦住了秀姑，“别这样，我马上就会让你见到他的。”

何山多想了一些，便忍不住问道：“副团长，你们在哪儿抓住那个土匪的？”

刘玉堂将头侧过来，朝何山看了好一阵子，才压住火气，瓮声瓮气地说：“你命大！我的何山同志！他摸进了洞子，看见你们了。还看了很久呢！不知为什么他没开枪又出去了。你心里没有组织纪律，还这么粗心，像个革命战士么？像个侦察排长么？”

何山的嘴翕动了一下，便紧紧地闭上了。他觉得刘玉堂严厉得出奇，一点情面也不留。但是他的话却句句有理，让人不得不服气。何山回想起半年前自己去医院接刘玉堂出院时，心里还很有点瞧不起这位遭过土匪暗算的副团长。此刻，他认识到自己确实有很多毛病，盛气凌人，锋芒太露。进山剿匪，什么情况都有可能发生，不亲身体验几次，对这里面的错综复杂是很难理解的。

“……副团长，我都明白了。”何山心悦诚服地望着刘玉堂，“你说得对。我……往后您再看吧。”

“往后的事，现在不说。”刘玉堂轻描淡写地了结了这个话题，转过身去，问田秀姑说，“你从山上逃下来多久了？”

“两天。”

“能谈谈土匪的情况么？”

田秀姑蓦地看定刘玉堂，仿佛发现了什么问题，“不对，哦……”她张了张口，感到有点为难，“该怎么称呼你这位大哥呢？”

“同他们一样，也叫我队长吧。”刘玉堂信任地看着田秀姑。

“那……好吧。”秀姑略略有点不自然，很快又面色严峻地问，“猴四带了枪么？”

“带了。一条卡宾枪。”

“要坏！”秀姑紧张地愣了一下，“有名堂哩！”

“是么？”刘玉堂注意地看着她。

“那家伙看见我们在洞里，晓得动拳脚是打不过的。他不是带了枪么？做什么不开枪？”

刘玉堂也在想这个问题。他没有回答，只是很重视地问道：“依你看呢？”

“这山上，土匪做了圈套！”秀姑说得很肯定，“我懂得他们，不得错的。”

何山顿时悟到了很多事情，“对！副团长，田大榜本来被秀姑关进了陷阱，今天早上她去给田大榜送吃的，发现有人救走了田大榜。还把另一个人当替身关在陷阱里。土匪想引诱我们上钩，周围一定有埋伏。”接着，他又把自己追田大榜和遇见秀姑的详细情况告诉了刘玉堂。

“猴四是下来探风的。”田秀姑紧跟着补充说道，“他想回去报告，让你们捉了。现在白罩子还没散，田大榜看不见冷杉树的。他怕是还在等猴四去报信哩。”

刘玉堂觉得心里透亮了。他很满意田秀姑的机敏聪慧，觉得她肯动脑筋，也很有些见地。

“抓紧时间，马上审问猴四。”刘玉堂侧过头去，“石头！”

“在。”田石头的心绪却缠绕在别的问题上，并没有集中思想。

“去叫田富贵把俘虏带进来。告诉刘喜，严密监视周围的动静。”

“……队长，”石头迟疑了一下，“你出来一下。”他朝洞外走了几步。

刘玉堂想了想，便跟着他出了洞子，“干什么，小家伙？”

“我有个情况报告给你……”石头终于开口说，“很重要哩……”

“哈，石头，”刘玉堂拍拍他的肩头，“我知道你要说什么。”

“你……知道么？”石头惊讶地问，“我还没说哩。”

“不用说了。放心吧，石头，何山这个人毛病是多，可他到底还是我们部队的好同志。”

“不，我是说那个女人……”

“知道。这个你也别乱想。”

“乱想？”石头认真地反问刘玉堂，“还记得那个假田嫂么？”

刘玉堂点点头，“这一位，是真田嫂。”

“真的？那也是个土匪婆子！”

“石头！”刘玉堂急忙止住了他的话，回头看了看洞口，“以后，不许你这样说话。要知道，她同土匪有杀父之仇。”

石头还不服气，嘟哝着说：“那，你怎么认定她是真的？”

“猴四让我们扔手榴弹炸死她，不记得了？”

“那，他讲洞里有野狗。他是咬酸牙，妒恨不过了才那么讲的。”

“这不更说明了她真是田秀姑么？”刘玉堂不想再耽误时间，便挥了挥手，说，“石头，你很警惕，不错。有些事你慢慢就了解了。快去吧，时间很紧，打完这一仗再说。”

石头知道不能多耽误，只好转过身朝沟底摸了下去。

刘玉堂满意地看了看他的背影，然后转过身，快速地走进了牛栏洞。

田大榜又困又乏，却怎么也睡不着觉。水磨房那一仗仿佛是场噩梦，使他一闭上眼睛身体便战栗不止。他从何山手里逃出来，又陷入了套野猪的洞内，几次差点丢了老命。现在脱了险，有空闲闭目养神了，心里竟像被刀子切割一般疼痛。他凄惶地感到自己终是老了，那么轻易地中了东北虎的圈套，损去了大半人马。在这乌龙山里，有枪才有地盘，有地盘才有他活命的据点。田大榜越想越悲戚，越悲戚便越痛恨东北虎。

把猴四派下山后，田大榜到四周去巡视了一遍。山上的人马都布置完毕，他知道雾不散去什么也干不成。东北虎要来也没这么快，索性耐下性子等吧。养足点精神，等东北虎入了圈套，才有力气报那刻骨仇恨。于是他强迫自己闭上眼睛，哪怕睡不着，养养神也是好的。

偏偏四丫头又来找他了。四丫头并不耐烦在野猪坳泡下去，甚至对捕捉东北虎也没有多少兴趣。她带着一名女土匪，走到田大榜身边冷冷地说：“想好了么？”

田大榜紧闭着双眼，没有作声。他心里很烦，不愿意理睬四丫头。

“从这里到石城，要走一天半。”四丫头继续说，“再不动身，明天就赶不到了。”

“要去，你自己去！”田大榜突然吼了起来，“你走吧。现在就走，我不拖你！”

“你呢？”四丫头不动声色地问。

“我不中用了，去石城做什么？那两个冤孽外甥，未必还恭敬老子？他们恨死我哩！杂种！”田大榜一个翻身坐了起来，“不去了！我怕了他们！”

“别怕。”四丫头轻轻地笑了一下，“还有我呢。我陪你去，谁也不敢不恭敬你。”

田大榜哼了一声，愤愤地说：“要去，我宰了东北虎再走。老子嘴里嚼不得这口沙子！”

“不行！”四丫头坚决起来，“马上集合队伍，现在就去石城。”

田大榜感到她的口气不对，抬起头来，望着四丫头，不解地问：“怎么啦，你不是讲，干了这里再去么？”

“上头发来了指令，马上去石城，张开旗鼓闹起来，钳制住他们的力量，扰乱他们的入川部署。立即行动，不准拖延。”

“崽！东北虎呢？不打了么？”

“哼，那就正好上了他们的当。”四丫头从电台收到了指示，心里想得很明白了，“他们大部队开走了，东北虎留下来干什么？他正是想牵住你，想分散我们的力量。现在是他想拖住我们，你明白了么？”

田大榜心里并没有四丫头那么多深远的见识，他只是一口恶气咽不下。但是他并没有胆子违抗四丫头收到的“上头”的指令。他想了一会儿，便站了起来。

“那，分两路走。你带一半人马先动，我歇一歇，跟你的脚后头。要得么？”

“不行！”四丫头很精，知道他心里的算盘，“死了心了。东北虎不是好对付的。万一你又损了人马，到石城就更难看了。我这是替你想，知道么？”

田大榜没有再说什么。他很难死下心扔下这里去石城。他认为这一次是将计就计，东北虎十有八九是会上钩的。现在四丫头态度变了，变得那么强硬，不死心也不行。田大榜心里痒痒的，不禁朝山下望了一眼。他恋恋不舍，总希望现在就发现东北虎在田秀姑的指引下出现在陷阱旁，可惜山雾还在滞留着，茫茫一片，挡住了视线，什么也看不见。他不禁恨恨地叹了口气。

“好嘞！我个崽，你榜爷大器量，还许你多活几天！杂种！”田大榜恶狠狠地骂了几句，死下心来，正准备吩咐集合队伍，忽然看见不远的地方走过来两条人影。他眯着眼睛看了一会儿，不禁高兴起来。

“猴头！我个崽，你到底回来了么？”田大榜心中燃起了希望，“快过来讲讲，怎么去这样久？”

走过来的正是猴四。他暗暗佩服田大榜的眼睛，隔着一层雾就认出了自己。他还没看清田大榜呢。

“榜、榜爷，是我，是猴四呢。”他循着田大榜的声音走了过来。

四丫头很厌恶地看了猴四一眼，心里恨他来得不是时候。她看见猴四的背后滚了些露水印子，那条卡宾枪斜挎在肩上，不禁起了几分疑心。

田大榜却迫不及待地问道：“快讲，下头有动静么？东北虎来没来？”

“哦，下头么？榜、榜爷，我……”猴四一双小眼睛飞快地转动着，“我走得、走得太急。容、容我缓、缓口气再、再讲……”

“你个不中用的崽！”田大榜心里急得要命，“噎不死你的，快讲！”

猴四还在动着脑子想主意，却不防四丫头一个箭步跨到了他身边。猴四一惊，还没明白过来，就看见四丫头已经迅速而又准确地把他那条卡宾枪的梭子卸了下来。

田大榜也没料想到四丫头会来这一手，正想不明白，四丫头已经冷笑着把猴四的枪梭子递给了田大榜。田大榜接过梭子一看，不禁大吃一惊。

他发现猴四的枪梭子轻飘飘的，里面一粒子弹也没有。

“唵？……我个崽，你有诈？”田大榜脸色忽地一沉，“好大胆！唵？”

猴四早已吓得趴在了地上，“榜、榜爷，四、四丫头，是、是有诈。怪不得我猴四，我还没、没来得及向榜爷讲、讲话哩。”

田大榜焦躁地跺了一下脚，“讲！”

“讲、讲。东北虎来、来了！”

“崽！真话？”

“真、真，不敢有假哩。”

“他在哪里？”田大榜眼中闪过一道凶残的阴光，“快讲！”

“在、在山下……”

“杂种！话都讲不圆么？山下哪处地方？”

“就在那冷杉、那个陷阱四周哩。”

“你看得真么？”

“看得真。看得真哩，榜爷。”

田大榜抬起头来，咬着牙嘘了口气，“好哩，冤家，让你多活几天，你还不耐烦？好哩，你到底来了！”

四丫头在边上看了一会儿，见田大榜要下决心了，便走上前去，和颜悦色地问猴四：“你没有开枪？”

“没、没。不敢乱响枪，怕坏了榜爷的计策哩。”

“那，你的子弹哪儿去了？”四丫头继续追问道。

“子、子弹么？”猴四心慌得要命，胡乱搪塞道，“莫不是掉……掉出去了？也、也怪，我的子弹掉、掉了哩。”

“胡说！”四丫头突然变了脸，样子严厉得吓人，“子弹压在梭子里，梭子没掉，子弹反倒掉了？”

田大榜顿时也感到问题并不那么简单，便将双眼直直地逼视着猴四，狠狠骂了起来。

“是哩！杂种，你今天怕也活得不耐烦了？想给东北虎垫棺材底么？”

“不、不敢，榜爷，猴四绝、绝不敢……”

“从实讲！你搞了什么名堂？唵？”

猴四急切中想了一会儿，哭丧着脸说：“我实在不晓得子弹到哪里去了。是怪哩……”

“胡扯么？找死？”

“不不，榜爷，您听我从实讲。我下那陷阱边去看，就看见陷阱开了哩……”

“开了？”田大榜愣了一下，追问道，“有人么？独眼龙在下头么？”

“独……独眼龙？”猴四想了想，摇摇头，“没、没人影。”

田大榜侧目望了四丫头一眼，四丫头没有惊讶，对猴四说：“接着讲。”

“是……我本想立马就来给榜爷报信的，后来，看见了……榜爷，这不怪我，是碰上的。我碰见了我那堂客哩。”

“哼！腥猫！再讲！”

“是，讲。”猴四接着便连招带编地说，“我那堂客好不怕羞，她带了一伙兵，把我捉了……咦呀，我这枪里的子弹，怕就是他们卸的哩。是哩，他们卸了，我不晓得哩。后来……”

“后来他们把你放了。”四丫头十分自信地插断了他的话，“让你上山来报信，好把我们引下山去。我没说错吧？”

“啊？”猴四身体战栗了一下，对四丫头佩服得五体投地，“是哩！咦呀！四小姐好高的眼力，都看破了哩！东北虎讲，要我来引榜爷下山，捉了榜爷，减我的罪过。榜爷，去不得的。东北虎做了埋伏哩！”

四丫头不再追问了。她斜着眼睛看了田大榜，便若无其事地朝旁边踱了两步。她心里暗暗得意，也更加瞧不起这帮没有见识的土匪。她知道东北虎绝不是个好斗的对手，不会轻易上田大榜的圈套。值得庆幸的是自己当时怀疑猴四，卸了他的枪梭，这才发现了东北虎在田大榜的圈套之外做了个更大的圈套。看来东北虎也高明不到哪里去，竟露了个破绽。不过这个破绽并不容易看出来，被自己看破也只是碰巧了。当时她只是不想在这里磨时间，为了找点理由劝阻田大榜。

她了解田大榜，知道这家伙胆子吓虚了，听说山下做了埋伏，再也不敢轻举妄动。于是，她便不多说什么。她知道田大榜会自找台阶下台的。

田大榜果然不敢再动。他知道四丫头那么斜视了一眼是什么意思，也知道四丫头心里在瞧不起自己。他忍不下这种白眼，又不得不顾及自己的实力，想了想，便问猴四："东北虎这次带了好多人？"

猴四脑子转了一下，说："我看见的……有十多个。后来我听他悄悄对一个人说，要他趁罩子没散，把二排、三排也调上来。我这么猜，怕不下一个连人哩。"

"……会有这么多？"田大榜将信将疑地侧过头去，征询地问四丫头，"你看呢？他有这么多人么？"

四丫头心里不相信猴四的话，但她也没有把握做出断定。为了打消田大榜贪图近利的想法，少吃点亏，把土匪力量集中起来，四丫头便模棱两可地回答说："这可难说。原来他带的人少，说不定是靠着有大部队配合呢？现在大部队开走了，东北虎多带点人也是顺理成章的。谁说得准呢？"

田大榜听了四丫头的话，感到心往下一沉，再也不说什么了。他觉得四丫头的话很有说服力，东北虎这样出现，必定是"来者不善"。看来是不能再下山去打这一仗了，而且，还必须立即悄悄地撤离野猪坳才是上策。等到白罩子收上天去，东北虎发现了自己，说不定就会被他咬住。想到这里。田大榜十分窝心。

"猴头！"他将脸转过来，问猴四道，"依你讲，我只有撤啰？"

"是哩，榜爷，"猴四诚惶诚恐地望着田大榜，"东北虎放我回来引榜爷中圈套，我心想，回到山上，就由我讲了。我实话实讲，榜爷，趁早撤。我对榜爷忠心哩。"

"好！撤！"田大榜忽然对猴四笑了，笑得十分阴森，令猴四毛骨悚然，"我个崽，难得你一份孝心。你山上山下跑吃了亏，就留在这里等着跟你堂客圆房，好么？”

猴四吓得一身都软了，扑地趴倒下去，一个劲地哀告着：“榜、榜爷，祖、祖宗，您老人家有气，千、千万莫朝我发呀。我猴四一手的血，落在他们手里就活、活不了哩。榜爷……”

“绑！”田大榜看也不看，一脚便将猴四踢翻了。

何山贴着崖壁朝峡谷对面的一条小路望了一会儿。山雾几乎散去了，对面的景物也渐渐清晰起来。何山心里暗暗有些焦急，便收回目光，朝身边看了一眼。这里有不少坚硬的石灰岩，小分队正潜伏在岩石群中。他们潜伏得很好，虽然离得很近，何山也很难发现他们。

他无所适从地在一块大岩石后面蹲了下去。这时候，他看见田秀姑也伏在这块岩石的侧面，正聚精会神地看着峡岩那边的小路。

“怎么样？”何山搭讪着问田秀姑，“你的伤，还疼么？”

“不……”秀姑动了动左臂，“不太疼。你不问，我刚才还忘了哩。”

“……哦？忘了么？”何山心不在焉地乱应了一句，不作声了。

田秀姑却很兴奋，往何山身旁凑了凑，轻轻地说：“哎，队长这个人，真是……哎！”

“怎么？”何山仍在想自己的心思，“你说什么？”

“他……脸上冷，心里却滚热。是么？”

“……大概，是吧？”

“他真有好计谋哩。故意给田大榜透假信，却把队伍带到这地方来，等田大榜撤退时打他个不摸风。这队长，有心计哩。我还是头回见到。”

“这里面也有你一份功劳，知道么？”何山并不像她那么兴奋，“要不是你熟悉地形，也找不到这个好地方。我们部队打仗，靠集体的力量，靠大伙儿，知道么？”

“我算得什么哩……”田秀姑突然又感到有些哀伤，“那个该刀杀的，见了田大榜肯定要讲出真话来，他不晓得那真话偏是假的。土匪今天遇见了煞星下凡了，该！这地方叫作‘滚猪崖’，过一阵，让土匪们都往下滚，滚到阴间见阎王去！”

何山心里也有同感，也很佩服刘玉堂的巧妙安排。刘玉堂的这些布置不仅仅是利用了地形和兵力，而是很准确地利用了土匪的心理。滚猪崖的地形是很独特的，他们埋伏在这边，与对面山崖不到一百米远。沿崖壁有一条狭窄的小路，只能通过一个人。土匪必须排成单行贴着岩壁慢慢通过那条三十余丈的小路，他们脚下又是深不见底的悬崖谷。这样，土匪在往外撤时便全部暴露在小分队的枪口之下了。他们还无法动弹，不啻于贴在岩壁上的一个个活靶子。

何山心情不是很好，他觉得刘玉堂对自己仿佛有成见，也许打完这一仗，便会通知自己离开小分队。他一直不答应让自己参加小分队，这一次因为自己擅自行动犯了纪律，便更不会收留自己。他知道大部队已经开拔了，刘玉堂不留自己在小分队，自己到哪里去呢？这倒不必太担心，关键是如果这一次还不能留下来，脸面上就不太光彩了。秀姑是可能留在小分队的，她会怎样看待自己呢？莫非自己连她还不如么？一想到秀姑能留下来，何山感到要求留下来的心情更迫切了。怎么办呢？再找刘玉堂去说说？说了会有什么作用么？他可不是轻易改变决定的人啊。再说，现在战斗随时都可能打响，这个时候找他谈，合适么？

何山只顾在心里郁闷地想着，秀姑叫了他两声，他都没听见。

“哎，你怎么啦？”秀姑伸出手推了推他，他才醒悟过来。

“又怎么啦？”他不高兴地问。

“我说，你的枪，还在队长那里吧？”

“在他那儿。”何山十分不快地看了秀姑一眼，多少对她有点埋怨的意思。他想说，还不都是因为你？但是他没有说出来。

“那，土匪过来时，你没有枪怎么办？扔石头块子打么？”

何山心烦地站了起来，“不行，”他下了决心，说，“我还得去找他！”

秀姑急忙扯了一下他的衣袖，“哎……”

“干什么？”何山朝她看了一眼，忽然感到秀姑眼里含着一种说不清的神情，像是担心，像是关切，又像是鼓励。

“莫急，啊？”秀姑柔和地叮嘱道，“队长是个通情理的人，讲得通的。啊？”

何山此刻却看不得秀姑的这种目光，听不得那带着情感的口吻。他感到这个时候被人同情只是自己无能，很伤自尊心。

“部队里的事，你知道什么？真是！”他轻轻地说了句很冲人的话，抬脚便走了。秀姑被他冲得愣了片刻，不久便舒心地笑了。她觉得何山的话越冲，就越说明他不和自己见外，因而那冲人的话里倒夹着一股甜味。这甜味，何山自己都没察觉，而她却察觉出来了。

何山攀着岩石缝往左边走了过去。他记得刘玉堂是隐蔽在那个方向的。这一次，刘玉堂把小分队扩大了一点，带了九个战士进山。人虽不多，埋伏在岩石后面，却拉开了距离，他现在也许正在检查战前的准备工作吧？

爬了一段路，何山刚想抬头寻找刘玉堂，忽然从身旁岩石后面立起来一名小伙子。何山已经知道了他叫田石头，便友好地朝石头笑了一下。这时候，他看见石头又像刚进牛栏洞时那样，朝他平端着枪。

“你想干什么？”石头冷冷地问他。

“嗬！警惕性挺高嘛，小伙子。”何山打趣地说了句。

“别乱动。”石头见他想往前走，便轻轻地命令道，“你想上哪儿去？”

何山渐渐开始不高兴了，“怎么啦？石头同志？你把我看起来了？”

“不错。我一直在看着你们。回到原来的地方去，莫乱走动，晓得不？”

“谁让你看着我了？是队长么？”

“……这你就莫问了。”

“不行，”何山忍不住了，“我有事，要去找队长说说。你让开吧。”

“小心！”田石头晃了晃枪口，“子弹顶在膛子里呢！”

何山怔了一下。看着田石头那认真的样子，不禁有点奇怪，“你真敢开枪？”

“怎么的？你乱动一下试试看？”

“……哼！”何山压下了满肚子的怒火，骂道，“你这个毛小子，简直是瞎胡闹！小分队怎么收了这么个不懂事的家伙？你要是开枪，让土匪听见了，他们还会往这边走么？糊涂！”

田石头却不恼，还嘻嘻地笑了声，说：“是的，你倒不糊涂。那好办哩，你回到原来的地方去，我这枪不是就不放响了么？”

何山走不通这条路，只好叹了口气，“浑小子，一头小犟牛！好吧，你替我跟队长说一声，就说我现在要找他。”

“你么？”田石头看着何山，本想说句挖苦的话，忽又感到自己已经做得太过分了。看何山放弃了向前走的打算，石头便缓和了一下语气，“回去等吧，我会跟队长讲的。就不晓得他来不来哩。”

何山回到秀姑身边不久，刘玉堂果然来了。根据时间判断，显然不是田石头把他找来的，没这么快。但是田石头却跟在刘玉堂的后面也一起到了这里。

“紧张么？秀姑同志？”刘玉堂径直走到田秀姑面前，关怀地问道。

“不……”秀姑看了何山一眼，有点局促地回答刘玉堂，“我习惯的。”

刘玉堂从身上连同枪套取下来一条驳壳枪，递到田秀姑的面前。

“你左胳膊有伤，使长枪不方便，带上这个。打响之后，可以防防身。会使吧？”

秀姑怔了一下，心里充满了感激，却不知道如何表达出来。她没有伸手接枪，却再次望了望何山，“队长，他呢？”

“拿着吧。”刘玉堂没有回答她，先把枪塞到了秀姑的手上。

田石头在刘玉堂身后闷闷地看着。他没有哼一声，心里却想起了在水磨房时刘玉堂给那假田嫂的一颗手榴弹。他忽然想，这条枪莫非也是打不响的么？

刘玉堂接着便从自己肩上拿下来一条口径很紧的马步枪，叫了声：“何山。”

何山朝前跨了一步，站定了。

刘玉堂看着他那样子，忍不住好笑，“怎么不回答声‘到’？”

“到！”何山挺着身子回答了声，“副团长。”

刘玉堂默默地看了他一阵，“叫我队长吧。”

何山突然一愣，不禁大喜过望。刘玉堂这么说，便是把他当作小分队的队员看了。何山真没想到这事儿突然变得如此顺利。

“是！队长。”

“拿着。”刘玉堂将马步枪递给了何山，“小分队讲究命中率，知道么？”

“放心吧，队长。”

刘玉堂点了点头，回过身唤了句：“田石头。”

“到。”

“还傻站着干什么？”刘玉堂朝他递了个脸色，“别扭扭捏捏，我们队伍里不兴那一套。上！”

“是。”田石头朝何山走了两步，学着刘玉堂，从身上摘下了何山原先使用的那条驳壳枪，双手捧到了何山面前，“……这个，还给你。”

“就完了？”刘玉堂微笑地看着田石头，“可不许偷工减料啊。”

田石头只好咽下了一口吐沫，生硬地对何山说：“刚才，我不是对你……那个了么？队长看见了。他讲，要我对你认错……好，认就认。”

“哈！小兄弟，小同志！”何山兴奋地拍了他一巴掌，“有你这么认错的么？别说了，你没错。像个军人。剿完土匪，到我们侦察排来吧？”他转向刘玉堂，问，“怎么样，副团长答应吧？”

刘玉堂心情很好，正要说句什么，忽然大家听到了一种声音。

“虎咕——虎咕——虎咕——”

“虎咕——虎咕——虎咕——”

“注意！”刘玉堂镇定地说，“土匪过来了。各就各位！”

当他转身准备离去时，又急速地回过身来，严厉得像变成了另外一个人。

“何山！”

“到。”

“一定要保护秀姑的安全。出了问题，我处分你！懂么？”

“是！队长！”

第五章

正午时分，太阳露了出来。这时候，乌龙山完全变了个样子。青山连绵，郁郁苍苍，一切都显得有了生机。

走出野猪坳二十多里之外，这里的景色更是清新诱人。路旁渐渐现出一簇一簇的毛竹，越向前走，竹子越多，不久便是绵延无尽的竹林。

靠近路边的是今春生成的新竹。那竹竿竹叶还带着霜白的茸毛，却已急不可待地朝上冲长着，生得很高了。一眼望过去，流光滴翠，十分可爱，显示出极强极旺的生命力。

何山同田秀姑就在这竹林之间的小道上行走着。他们走得不紧不慢，仿佛是两个很有行路经验的山里人。

他们身上也是地道的山里人打扮。何山穿了一件土布衫，下身是一条裤脚肥大但又短得刚刚过膝的青布裤子。光光的腿肚子扎了两块麂子皮绑腿，脚板上套着一双麻草鞋。他的个头本来就不矮，为了化装，头上扎了一个青布包头巾，这样就显得更高了。背上背着一个竹篾背篓，里面塞着些山货，估计不大重，何山背上背篓仍是十分轻松的样子。

田秀姑本来就是山里妇女，她对自己的打扮十分在行。她动了些心思，把自己打扮成了一名苗家女子。除了衣服头巾之外，她还在头上、颈上、胸前挂了些银制饰品。走路时，那些银饰白晃晃闪光，丁零零作响。内行的人无论是乍眼一看还是仔细考究，都会认为她是一名土生土长的苗家女子。

田秀姑把自己装扮成苗家女子，是因为她知道小分队现在要去的地方是石城。她去过石城，对那里非常熟悉。刘玉堂在做出去石城的决定之后，带路的任务便自然而然地落在了秀姑的身上。

刘玉堂决定去石城是经过了一番考虑的。滚猪崖那场伏击战不到二十分钟就结束了，仗打得相当漂亮。田大榜的队伍通过滚猪崖时，小分队用准确的火力打得土匪毫无招架的余地。战斗结束之后，小分队清理了战场。崖脚下滚下去三十几具土匪尸体，缴获了四十条长枪。除此之外，还活捉了六名精疲力竭、魂不附体的土匪喽啰。

然而田大榜和四丫头这两名匪首却不知去向了。问那六名俘虏，他们有的说田大榜和四丫头是走在队伍最后面的，大概听见前面有埋伏，就掉过头从另一条路逃走了。还有的俘虏说他们根本就没同这一路土匪一起走，出发的时候就兵分了两路，说这是田大榜的惯用伎俩。

经过详细审问，刘玉堂分析田大榜是去了石城。他知道四丫头是受遣派到乌龙山的一名政治特务，她一直带着电台，直接接受某个地方的指令。剿匪部队开走之后，她一定会把土匪集中起来进行反扑，搅乱我们的后方。刘玉堂之所以要留在乌龙山继续剿匪，就是以反牵制粉碎土匪的反扑，巩固已经解放了的地方政权。同时减轻对大部队的压力，拖住土匪的部署，等到大部队回师乌龙山时一举全歼土匪。

在决定向石城运动之前，刘玉堂把小分队的骨干队员刘喜、何山叫到自己身边，想同他们研究一下下一步的行动。他又想到了田秀姑，于是让何山把秀姑也找来了。

“秀姑同志，你去过石城么？”刘玉堂问。

“石城？我常去的。”

“从这里到石城，有多远？”

“这里么？……怕要走一天半哩。”

“……嗯。”刘玉堂想了想，看了大家一眼，“你们看呢？”

刘喜沉思了一会儿，抬起头来说：“队长，现在去石城，是不是太性急了点？”

刘玉堂很亲切地看着刘喜，鼓励地说：“说吧，你是怎么想的？”

“我想，”刘喜是个认真的人，一点也不掩饰自己的想法，“石城是苗王麻老大的地盘。他在那里屯了好多年兵，我们去围剿的时候，他并没有吃什么亏。那里我去过，地势很险要。再说，还有一座石头城墙。我们用小分队去对付石城，恐怕就没什么优势了。”

“不，也别这么说。”何山本不想发言，这会儿却忍不住插嘴了，“小分队的优势不在于攻城。再说，也没必要攻城。”

“我知道。”刘喜继续谈自己的意见，“再说，我们还带着四十条枪，带着好些俘虏。怎么处理呢？行动也不方便啊。”

刘玉堂听完了刘喜的意见，最后谈出了自己的想法。

“石城还是要去，这是战略上的需要。刘喜的想法有道理，要发挥小分队的优势。到了石城以后，我们要多动脑筋。比如说，”他微微笑了一下，“几条狗关在一个笼子里，互相就不咬几口么？我们完全可以利用土匪内部的矛盾啊。”

“是哩！”田秀姑眼里放出了兴奋的光来，“麻家兄弟从来不服田大榜。他们拼不成一盘的。”她心中十分佩服刘玉堂的远见，说完之后，还崇敬地看了刘玉堂一眼。

刘玉堂从田秀姑的话里感到自己的信心更足了，“离石城三十里远，有个地方叫磨盘山。那里已经建立了乡政权。我们必须马上赶到磨盘山，把这批枪支交给他们，扩大农民的武装队伍。这样，我们就有了落脚点。不能让土匪们在石城恢复元气，要拖住他们。这就是小分队下个阶段的任务。”

刘喜还是那么认真地点了点头，“队长，我明白了。出发的时候，把押送枪支和俘虏的任务交给我吧。”

刘玉堂满意地看了看刘喜，说：“这个担子不轻。刘喜，可不能掉队。”

“不会。我想了个办法。”

“是么？说说看。”

“把枪栓卸下来。四十条枪捆成十捆，让五个土匪俘虏挑着走。剩下一名俘虏留下换肩。这样就不会影响赶路的速度了。”

“嗬！好办法！”何山不由得朝刘喜夸了一句。

刘玉堂对刘喜的办法也非常满意，“好，这件事就交给你和田富贵吧。两人不够，再加一名战士。现在去准备，等你准备好了我们就出发。”

刘喜走了之后，刘玉堂转过身来，朝秀姑看了一眼，刚要说话，秀姑机灵地开口了。

“队长，我领路。”

“……嗯，”刘玉堂笑了笑，“我也正想同你说这件事。只是，你的伤怎么样了？”

“伤么？”田秀姑毫不在乎地摇了摇头，“山里人，伤个口子破块皮，常事哩。莫要总记在心里，不怕的，队长。”

“还是不要大意，出发前，再包扎一下。”刘玉堂侧过脸去望了何山一眼，“我想让你和田秀姑同志一起走。有什么意见么？”

“我服从命令，队长。”何山回答说。

“你对完成这个任务有什么想法？”刘玉堂却进一步问了句。

“想法？……”何山不解地看着刘玉堂，“这还能有什么想法？无非是警觉点，机智点嘛。”

“是啊，问题就在这里。”刘玉堂看看何山，又看看田秀姑，“你想想，像你们现在这种打扮，大白天在山里一块儿走路，像个啥？”

“对哩。”田秀姑也想到了这个问题，“这么走要不得的。得改个装扮哩。”

“时间很紧。秀姑也是我们的同志了，我就直接提出要求吧。”刘玉堂严肃起来，“你们立即想办法改装。俘虏那里有几个包袱，看看有没有可以利用的东西。我要求你们化装成一对夫妻。听清楚了么？”

田秀姑一听，脸庞立即便绯红了。何山愣了一下才明白过来，他忽然很着急，说话都有点结结巴巴了。

“这……队长，这怎么好？不不……”

“何山同志！”刘玉堂不高兴地堵了他一句，“我是要你执行任务，你想到哪儿去了？”

何山被刘玉堂这么一说，又感到自己确实没有道理推诿。他心里不知为什么一阵阵发虚，却又不好再说，只得沉默下来不作声了。

“怎么样？秀姑同志？”刘玉堂不再管何山，但他很慎重地征求着田秀姑的意见。

“……队长，”秀姑倒是比何山显得识大体一些，“这个法子，蛮好的。我……听哩。”“那就这样吧，”刘玉堂松了口气，“何山，还是那句话：一路上多照顾秀姑同志，千万不能大意。我们在你后面五百米，路标和联络信号照旧。还记得么？”

“……记得，队长。”

“好。抓紧时间准备。”

出发已经半个多小时了，何山心里的疙瘩一直没有解开。他同田秀姑走出野猪坳，顺着崖边，翻过了两道陡壁，眼前一条平缓的小道蜿蜒地伸进了竹林。这一路上，何山闷闷地走着，一句话也没说。他自己也说不清心里想了些什么。他知道不该这么闷着，一闷着反而不正常，但他又不知道该怎么办。像这样执行任务，对他来说还是第一回，他做梦也想不到要这样去执行任务。

他悄悄注意了一下田秀姑，发现田秀姑也变得拘谨多了。有几次她显然想搭讪着说点什么，一抬头看见何山那么阴沉着脸，又把到了嘴边的话咽了回去。何山忽然有点可怜田秀姑，觉得自己的脸色让她受了委屈。接着，他自己也愤愤地恨起自己来。真是怪，刘玉堂没找到自己之前，一个人同田秀姑在牛栏洞待了那么久，当时也没有现在这么多顾虑呢。现在又何苦这样拘谨呢？领导就是这么布置的，这是任务，正大光明的事。再这样闷下去，不说明了自己心里有鬼么？他发现自己到了这种时候竟是那样地没出息了。

进竹林的时候，秀姑站住了。何山当时没有觉察到，走向前好多步，发现不对，才回过头来。他看见秀姑从身上取出一截指路的小竹棍，放在了进竹林的路上。

何山犹豫了一下，回头走到她身边，说："……这里没有岔路，可以不放路标。"

秀姑竟有一肚子气，冲他说："我晓得。"

"是么？"何山一怔，"知道……你还放什么呢？"

"我故意哩。"秀姑弯腰捡起小竹棍，"我怕你讲不得话了呢。试试你。"

何山知道她对自己这种态度很不满意，正琢磨着要不要对她解释几句，忽然看见田秀姑那眼中透出一股甜甜的笑意。

"走不？"她问，"你走前还是我走前？"

何山不敢笑，只是匆匆地应了声："走。"便抬脚往前走了。

他走得很快，仿佛想躲开什么。秀姑那种笑容使他很不自在。他想到刘玉堂正在五百米处注意着这边。还有那个精明的田石头，他心里的疑虑一直没有完全打消，总是时不时地暗中观察自己。尤其他不放心田秀姑。在这样的情况下，还是谨慎一点好。这也是为了田秀姑好嘛。于是他走得更快，不知不觉把田秀姑落下了好远。

田秀姑后来只好小跑着追上了何山，她都有点喘了。

"……哎，走这么快，做什么嘛？"

何山没有回头，也没放慢脚步，"我走路就这么快，没办法。"

"你……故意的么？"田秀姑在后面叹了口气，"朝我使气？何必哟！"

何山把脸转过来了些，解释说："不……"

"你不晓得我有……有伤么？"

何山站住了，“你不用跟这么紧，没关系的，别赶这么急就行了。”

“可我们山里，两个人走路是不这样的。”

“什么不这样？”何山问，“走路嘛，还要怎么样呢？”

“不兴隔这么远哩，”秀姑缓过气来，强调着说，“这是山里人的规矩。”

何山不知她的话是真还是假，索性回过头来，问道：“干脆你把山里的规矩对我说说，我看该怎么办，就怎么办吧。”

“像你这样走，一开头就不合规矩。幸好没遇上人，要不，早看破了哩。”

“是么？那为什么？”

“一对……走路的人，总要讲些话嘛。”

“为什么要说话？”

“这也问么？”秀姑迟疑了一下，说，“讲着话走山路，不累哩。”

何山顿了一下，找理由说：“不行啊。我一说话，人就感到特别累。”

“你乱讲。”秀姑不高兴地反问了一句，“昨天在牛栏洞，你讲了那多话，我看你一点都不累。不是么？”

“……唉，我们也有规定，行军的时候，不准说话。”何山知道自己说不出什么理由来，便回过头去，准备继续走路。

“我晓得，你不想同我走哩。”秀姑低声说了句，心中十分难过。

何山一听，只好又回过头来。他看了看田秀姑，忽然叹了一口气：“唉，我真不懂……”

“你是……讲我么？”

“不！我大概……不懂我自己是怎么回事了。”

“队长讲了的，现在，我们假装是夫妻。你未必忘记了么？”

“嘿，”何山摆了摆手，“谁跟你说这个嘛。”

秀姑却很大方，“你才怪哩，当不得真，还不坏了队上的任务么？要是你不喜欢顶这一角，明讲不好么？你不好讲，我在这里等。队长来，我替你讲，好不？”

何山忽然急了，竟拍了一下自己的大腿，腔调都提高了些，“行了！嫌我惹的麻烦还少了是不是？我真服了你。快走吧！”

见何山这样急，这样忘了约束地朝自己发脾气，秀姑倏忽感到格外舒畅。

“是哩！这样讲话，就合了山里的规矩哩。”

何山惊讶地看着田秀姑，心里飞快地判断着。他发现有一种东西闪了一下，这东西显然带着“情况”出现的。他有点惶惶然，又不敢胡乱推测。霎时间，他感到自己这样看着秀姑都是很荒唐的，尤其田秀姑并不回避他的注视，面上还带着几分腼腆，这便更使何山心慌意乱了。

“……我说，要不，你在前面走吧。”何山这样说。他只是感到要尽快地说一句话打破这尴尬的局面，并没想到为什么要她走在前面。

秀姑也不迟疑，抬脚便往前走了去。何山看她的背影，觉得她有一种得意的样子。至少，在这个时候她得胜了，她的心里禁不住一阵阵欣喜。

何山只好在心里暗自叹了一口气。他承认，在这种时候，自己确实是无能的。

猴四被田大榜捆得像只端午节的肉粽子，扔在光秃秃的岩板上，一动也不能动。那块大岩板是一面斜坡，若是打个滚，便会顺着坡面滚坠到深渊里去。手脚不能动弹，任猴四有天大的本事也使不出来，非跌成肉酱不可。他的告饶声把田大榜喊得烦了，又吩咐人用破布条子塞住了他的嘴。那些布条是从死人的衣上撕下来的，土匪用着擦枪，又是油渍又是血斑，差点活活地闷死了猴四。

他眼睁睁地看着田大榜带着一百多号土匪走了，心里陡然火冒三丈。如果嘴没塞住，他一定会大声骂那老狼的。田大榜没有管冷杉树下那个陷阱，果然从另一条路撤了去，猴四看得直翻白眼。他真后悔不该说实话，这老鬼心狠手辣，何不让他入东北虎的圈套呢？那一刻，猴四真恨不能有分身术，下去给东北虎报个信。

不久，他听见滚猪崖那边响起了猛烈的排枪声，他惊得毛发都立起来了。那里不正是田大榜要经过的地方么？枪声响得不大久，后来又平静下来了。猴四心里顿时又开始惴惴不安。他深知田大榜是很机警的，这场伏击也许很难得伤了那老鬼。说不定老鬼一气之下，又把这场火发回来，折到这里来宰了他哩！

想到这里，猴四越发害怕了。他觉得整个野猪坳在这一会儿是那么寂静，简直比阴间还骇人。看来今天是活到尽头了，无论落到谁的手里，他猴四都是必死无疑的。

他失魂落魄地朝周围望了望，刹那间便遭了雷劈一般地惊号起来。他看见身后的岩石旁边突然伸出了一个狰狞的脑袋：脸上尽是污垢，一排黄牙互相交错着，那么可怖，俨然就是一只来勾性命的恶鬼。

“呕——呕——！”猴四紧紧地闭上了眼睛。

“哼！”一个声音陡然冲到了猴四的耳旁。还没容他分辨那声音，一记如铁刷子般坚硬的巴掌就扇到了猴四的脸上。他脸上没什么肉，巴掌“轰隆”击到面骨上，震得猴四的头都晕了。倒也好，嘴里的破布也打了出去。

“再号！崽，我送你的终。”那声音又恶狠狠地骂了句。

猴四即使被打晕了头，还有一种灵性，旋即他便惊喜地辨别出了那人是谁。

“独、独爷，是你么？”他看清了那人的面相，犹如遇见了救星，“五、五哥，你还活着哩！榜爷那老狗，先想害你，现在又想害我。他发了昏哩。五哥，你我连裆共裤，都遭了榜爷的暗算哩！”

“鬼扯脚！他害得死我么？”独眼龙咬牙切齿地啐了一口，“老子除非活不过来！那老狗，日后不吃老子的黑枪，老子把这只好眼睛也挖给他当补药吃哩！”

“五哥，是这话。他不仁，你不义。猴四日后跟你走。”

“崽！莫动，”独眼龙伸出双手，“独爷今天救你一命。来，松了这绳索。”

他把猴四救下了那面岩板。

“独爷，你大恩大德，我给你磕个响头要得不？”

“呸，老子不稀奇你那套。”独眼龙着实朝他背梁上拍了一巴掌，“猴头，真铁心跟老哥干么？”

猴四忙不迭地点头，“莫讲起，我同五哥不是一天两天了，这个你晓得的。”

“好！我个崽，老狗那里去不得了。别的地方也没得你我弟兄立脚的去处。日他的，老子们另外拉根杆子吧！”

“另拉、拉……杆子么？”猴四心里明白独眼龙的本事，知道他虽凶狠，却不是为头的料子。但是他极快地赞成了。“拉得！拉得！五哥，这乌龙山，提起你红旗五哥，哪个不怕？你是龙身哩，为得头！”

“嘿，猴头，给我灌迷汤么？”

“不哩！独爷，句句是真话！”

“我懒得管你真不真。崽，告诉你，田老狗吃了东北虎的埋伏，打飞脚跑了溜哩。”

“是么？我晓得这老狗死不了。”

“他跑石城了，东北虎咬着往石城追去了，日后，这一带就是老子的了。老子拉他一帮弟兄，怕不快活么？你崽子给老子当军师。嗯？”

“也、也是。”猴四附和道，又问，“这头有人拉么？”

“我个崽，有枪就自然有人哩。”

“那……有枪么？”

“有哩。猴头，同我去取，敢不？”

“是、是么？有……有枪？”

“你个崽子，莫不是怕？杂种，你堂客也在那里呢！敢去抢回来么？”

猴四知道独眼龙头脑虽然简单一点，却蛮横得要命，有杀人的瘾头。他本想要点滑头推托一下，不知怎么回事，那一瞬间，他忽然也横了心。

“走起！五哥，猴四豁出去了！”

“走！”

独眼龙倒是干脆，说声走，再也不看猴四，回过身就跑。

他刚转身，却“扑通”一声向前摔了个狗抢屎。他大吃一惊，分明感到脚下吃了一绊。他头皮一紧，就地一个滚翻，仰起脸来，果然看见有人站在了他面前。

“猴头！你不要命了么？敢绊老子？”

“独、独爷，”猴四的声音却在远处，他早跑开了，直叫道，“有、有外人！”

这时候，那人已经遮天盖地地朝独眼龙压了个严实。独眼龙知道不是猴四，忽地发了狠。他仰在地上，将腿往回一屈，接着双腿一使劲，把那个压在身上的人蹬得飞去了老远。借这个势，独眼龙很快站了起来，刚想去踢那倒地的人，忽然听见耳后“嗖”地扫过来一阵风。他本能地将头一偏，肩上早已重重地被另一个人劈了一掌。独眼龙“哇”地怪叫一声，不顾疼痛，疾速朝身后屈臂击了一个推掌。后面的袭击者防不胜防，被他一掌当胸击中，站立不稳，仰天倒了下去。

“跑！跑！独爷，他们……人多哩！”猴四精得要命，不知逃到了什么地方，扯着喉咙直叫唤。

独眼龙已经尝到了来人的那股狠劲，便撒开腿夺路向山下跑。这时候，他只觉得前面有件东西在眼前一晃。他知道不好了，却收不住脚，迎面撞到了一件坚实的东西。那是一个人的胸脯，却把独眼龙撞得眼中直冒金花，仿佛撞在了一面石壁上，那石壁却是岿然不动。

独眼龙的拳脚功夫本来是不错的。他以出拳迅速而闻名，土匪们常常被他迅雷不及掩耳的出拳所击败。他有股泼出去的劲头，无论自己遭到了什么打击，首先并不保护自己，而是疾速出拳打倒对方再说。于是，他根本不管自己那一只眼中的金花乱舞，亡了命便朝对面石壁般的胸脯直直地一拳击了过去。他的气很足，相信这一拳可以擂倒石壁。

但是他却打了个空。使的劲太大，拳头落空之后，一时收不住脚，竟向前趔趄了几步，栽倒了。他急忙翻身，刚刚抬起头来，对面准确地飞来一脚，重重地踢中了他的下巴。独眼龙哼了一声，毫不犹豫又挺起身子，于是他又挨了第二脚。当他第三次被踢倒时，他再也没有勇气挣扎了。他是个懂得格斗招数的人，深知对面那人是名拳脚高手。他每一脚踢过来那么有劲，都是用脚外侧踢中目标的。而且，踢出来时腿并没完全伸直，保持着一种可收可伸的韧劲，这样，便可以连续踢中对方目标。这手功夫常人是难得练出来的，独眼龙知道自己再挣扎只能必死无疑。

于是他平躺在地上，呼哧呼哧地大喘气，“我个……我个……崽！”

“不中用的东西！”那人气不喘，话不结，平平淡淡地骂了声，“就这么一点点本事，还想立山头，另拉杆子？起来！”

独眼龙听得耳熟，便睁开那只眼睛往上瞄了瞄。这一眼，让他惊喜地探起了身子。

“我个娘！是二、二爷么？我怎么到了这里的？我说哩，乌龙山哪个有这么好的功夫？我瞎了眼，犯了二爷么？”

钻山豹今天穿了一身青绸子衣衫，动一动身子，衣衫飘飘洒洒，很有些逸群的侠气。他的面庞本来就生得白，衬着青绸衫，便显得更加俊秀了。这种俊秀，配上那身又狠又毒的功夫，使人感到有种异样的阴森。

“独眼龙，把你那个猴子弟兄叫过来。”钻山豹朝远处看了一眼，“那家伙，倒有些机灵劲。蛮讨人喜欢哩。”

独眼龙便不迟疑地爬了起来。刚想叫猴四，猴四却眼尖，认出了来人是钻山豹，并且已经朝这边奔了过来。

“咦呀！”他一到面前便朝钻山豹打了一跪，“原来是二爷么？真是，我今天有救了。二爷，你哪里来？莫不是菩萨显了灵？”

钻山豹故意问道：“你们两个人，不跟榜爷走，还想溜湾？讲讲看！安什么心？”

独眼龙和猴四都知道钻山豹对田大榜历来不服，也从不对田大榜恭敬。听钻山豹这么问，他们也不害怕，便把如何受田大榜欺辱的事说了一遍。独眼龙还添油加醋，说田大榜平时如何如何地骂钻山豹是“孽种”。他知道这样说了，钻山豹一定会更加痛恨田大榜。

钻山豹却不耐烦听他说，“好了！没得用的东西！我问你，”他转了个话题，很关心地打听道，“那个四丫头，哪里去了？”

“也跟榜爷去石城了哩。那老狗！”独眼龙忽然望了钻山豹一眼，立刻又机智地笑了，“二爷，你讲四丫头么？我看，这个女子还蛮看重二爷哩。”

“是么？”钻山豹淡淡地看了看独眼龙，“她看重我？”

“绝不假哩。这我晓得。她心比天大，乌龙山里，只有二爷才是一块天。榜爷老成壳子了，哪比二爷哟？”

“嘿，难得她看重。我也要把她看得重些才是哩。”钻山豹仿佛早想过这些事，也不多说了。他回过头微笑地看着独眼龙和猴四，问道：“你们两个角色呢？是想自己拉杆子，还是……嗯？说给我听听。”

独眼龙还没来得及回答，猴四抢先往前一步，忠诚地说：“二爷，我猴四，只要你二爷不嫌，铁心跟二爷走哩。”

“你呢？”钻山豹并没有重视猴四的表白，却一直望着独眼龙。

“二爷，我独眼龙是个竹筒子心眼，不会拐弯。如今榜爷翻脸要我的命哩。我不晓得二爷肯容我么？”

“不拉杆子了？”

“唉，那不是鬼扯脚么？”独眼龙板起了那张狰狞的面孔，做出了认真的模样，“二爷，只求你保我不吃榜爷的害，我独眼龙这一百多斤的身子任你怎么用！二爷大恩，独眼龙一辈子不忘哩！”

“嘿，你好大胆。榜爷不是你的恩人么？如今你还讲不忘恩负义？以为我钻山豹平素同榜爷不热和，就能容你们？”

“不……不敢……”猴四忽地慌了。

独眼龙却不慌，将胸脯一挺，站到了钻山豹面前。“二爷，我讲过，独眼龙一百多斤都是你的了。容不容，任你打发。独眼龙二话不讲哩！”

钻山豹笑了一声，说：“你若是反悔的话，也趁早滚远些。日后滚也要得，我不怕你们忘恩负义，晓得么？”他有所指地补充了一句说，“你二爷想得通，不比有些老朽。日后在乌龙山过日子，没有见识，行么？”

独眼龙高兴了，粗着嗓门吼了声：“二爷，是这话！我早讲过，乌龙山方圆几百里，早该交给二爷您统管了。”

“我管不管，那是后话。”钻山豹嘴角上挂着几分自负，轻描淡写地说，“改朝换代嘛，却是天意。大难临头，不中用了的家伙是难得躲脱的。让人剿灭了也好。”

“是哩，二爷，该你成气候了。”

钻山豹不愿再说下去，便问道：“独眼龙，你刚才讲要去取枪？”

独眼龙点点头，豪气地朝钻山豹拱了拱手，“二爷，榜爷失了几十条枪，让东北虎收了去。我去取来，算独眼龙的一份进见礼。二爷，不嫌少么？”

“你取得来？”

“是哩，取得来。”

“怎么个取法？”

“我么？”独眼龙想了想，“先前我是想等天黑了去偷……”

“蠢话！”钻山豹不屑地骂了声，“老虎嘴里偷得到舌子？”

“……是。我听二爷的。”

“你讲呢？”钻山豹看了猴四一眼，问道：“想了个法子么？”

猴四躬着身，小心地回答说：“二、二爷，我猴四按二爷讲的去做。绝不做漏的。”

“唉！”钻山豹故意做出失望的样子，叹了口气说，“难怪！都是些不想事的木脑壳，还能不吃败仗么？没办法，那就按我的去试试吧。”

“是哩。”猴四毕恭毕敬地点着头。

钻山豹突然将脸一板，咬着牙说道：“讲清了！主意想得不好，这不怪你们。若是你们没照我的做好，就不要活着回来见我了。懂么？”

“懂哩。二爷。”独眼龙亢奋地应了声。见猴四没答话，还狠狠地瞪了他一眼，“猴头，不作声么？二爷不比榜爷，手重哩。还不应？”

“懂！懂！二爷，我懂哩！”猴四慌忙应个不停。他明显地感到钻山豹对独眼龙的兴趣比对自己大得多。而且，钻山豹的眼光很冷酷，似乎要拿别人的命去换点什么，他因此在心里不停地琢磨着，竟忘了应声。隐隐约约，猴四预感到今天的劫数并没有过去。或许这条命是等着钻山豹来勾取的哩！

他忽地虚怯得发起抖来。

小分队行进得很顺利。何山和田秀姑在前面带路，没有出一点差错。在很多岔路口，田秀姑几乎不用停下来判断方向便朝前走了过去。她这样熟悉，倒使何山有些不敢轻信了。好几次当他放好路标之后，总想再问问秀姑，想劝她再慎重一点。但是看着她那么有把握，何山又不好多问，怕伤了她的自尊心。山里的路，何山根本不熟悉，因此更无法判明秀姑的选择是否有差错。

直到下午穿过一条“官道”时，何山才放下心来。那条官道上有一块褐色石碑，上面刻了些十分端庄的宋体字。正中间刻着一句很难领会含义的话：“兵来将挡，开弓箭到。”左边一行小一点的字指示说：“上行捌拾里野猪寨”，右边的字与左边一样大小，上面指示：“下行壹佰里石城”。何山知道，小分队一直是顺着倾斜的地形在朝下走，他不由得更加敬佩田秀姑了。穿山越岭，走的尽是羊肠小道，一路上还经过了盘根错节的各种岔路口，她竟一点也不含糊，与这路碑指示的方向完全一致。想想自己的心一直不踏实，还老怀疑是不是走错了路，实在是一种多余的担心。

太阳快落山的时候，刘玉堂让田石头追上来告诉何山不要再往前走了。石头还带着几分生硬的口气告诉田秀姑说：“队长讲，请你找个好宿营的地方。宿营，你懂得么？”

“懂得的。”秀姑点了点头。

石头忽然节外生枝地追问了一句：“你懂得？是怎么懂得的？”

“咦？这兄弟……”秀姑奇怪地看了石头一眼，“我打过土匪，也跟过土匪，未必连宿营也不懂么？”

“是哩，晓得你懂。”石头不冷不热地补了句，“懂就好。找个地方，晓得么？你找的地方，总是保险的，是么？”

何山明白田石头心里在想什么，忽然感到愤愤不平。他怕秀姑听出深意来伤了心，又不好直接批评田石头，便及时地对他说：“好啦，石头同志。回去告诉队长，就说我们知道了，去吧。”

秀姑却很重视石头的话，接连找了三个地方，还有些放心不下。最后，她到了一块地势比较高的小竹林里。这片竹林生得茂密，隐蔽性很好。竹林外围也没什么茅草，如果有人要接近竹林，竹林里的人很容易发现情况。在竹林后方，是个缓缓而上的山坡。从那里上去，很容易控制制高点。

“这地方……要得么？”她没把握地问了何山一句。

何山仔细地观察了一下小竹林，心里比较满意：“生火做饭的时候，能不露出火光来么？”他只对这一点还有些担心。

“不出烟就要得。”秀姑看了看天色，“还早哩，露光也看不见。不得露的，早些做饭就是了。”

“那好，就这儿吧。”何山下了决心，“你在这里等着，我去叫队长他们来。”

“哎！”秀姑忽然又叫住了他。

“还有什么事？”

秀姑踌躇了一下，终于问道：“刚才……那个田石头，是不是信不过我？”

“……不，你别乱想。”

“我听出来了哩。”

“我说……”何山相信她不会没听出来，但又不好附和她，想了想，便劝她道，“其实这也没有什么。小分队单独行动，谨慎一点也是应该的。在牛栏洞，你也看见了，队长不是还下了我的枪么？所以，你也不要在意……”

“你……蠢哩。”田秀姑低下了头，“我在意么？还不是怕……怕委屈了你？”

何山怔了一下，不敢去品她的话了。“……唉，我说了，要你别乱想嘛。”

“是哩，我只在想，这地方……”她环视了一眼竹林子，“今夜晚，万万莫出什么事情才好哩。”

“不会的。”何山匆忙说了句，“我该去叫队长他们来了。”

他离开得很急，好像害怕田秀姑会追上来似的。

刘玉堂围着小竹林巡视了两遍，倒是没说出什么不满意的地方。他吩咐田石头到后面去接应刘喜和那批俘虏，然后便开始布置岗哨警戒了。

田秀姑松了一口气，立刻着手准备垒灶生火做饭。刘玉堂派了一个战士帮助她，不一会儿就挖回了一大堆山芋根。采竹笋的季节已经过去，秀姑竟有本事从硬土里抠出了好些嫩嫩的笋尖。她对这一套极精细，手脚又十分利索，男人们弄得焦头烂额的杂碎事情，经她一过手，一切竟是那么有条有理了。

刘喜、田富贵和另外一名战士押着俘虏走在最后。他们同刘玉堂也保持着大约五百米的距离，一路上走得很顺利。五名俘虏挑着四十条步枪，倒不显得太累。刘喜的性子不暴躁，看见哪个俘虏有点吃力了，便主动让空着手的俘虏去给他换肩。土匪们平素对老百姓很凶，在他们内部，互相也是毫无情义可言的。刘喜本来只想让他们行进得顺利些，才细心观察他们的疲劳程度。这便收到了意外的效果，土匪们居然被感动了。好几次，几名土匪还坚持着要继续挑着枪，硬是不肯换下来休息。

田石头过来传达了刘玉堂的命令，不久，刘喜押着俘虏也到达了宿营的小竹林。俘虏们虽是走惯了山路，且一路上每人的担子并不太重，但是一停下来，他们却迫不及待地歪倒在草坪上了。山里有一句话，“路远无轻担”，他们到底是累了。

刘玉堂为土匪怎样过夜的问题很动了一番脑子。后来他喊刘喜一道去坡后面察看一下，看看有没有更好的办法。坡后倒是有些理想的地形可以利用。他们发现斜坡下面有一处笔陡的石壁，石壁下方是道很深的沟。那地方，人无法攀上来，也不能溜下去。更有利的是在那石壁侧面有两个不容易发现的洞子般的石缝。刘喜进去仔细观察了一阵，认为那石缝很适用。里面没有别的通道，而且还很干燥。两个洞子都不到三丈深，却颇宽敞。关土匪俘虏，有一个足够了。另一个的洞口前又是乱石又是杂草，正好可以把缴获的枪支藏在里面。

刘玉堂对这里也很满意。这里离竹林还有一段距离，又只有一条小径相通。假若在竹林遭到偷袭，小分队可以在竹林里阻击来犯者。这里是安全无事的。万一小分队顶不住，还可以退到这里来。这个地方一夫当关，万夫莫过，十分保险。

何山一直跟在刘玉堂后面，只是默默地察看地形，并不插嘴多说话。刘玉堂隐约感到他心中有什么事，但没主动问他。直到选择好俘虏过夜的地点之后，刘玉堂才回头征求了一下何山的意见。

“你还有什么想法，何山同志？”

何山当然是很同意刘玉堂和刘喜的意见的，他也一直在用着脑子。听见刘玉堂问，他便回答说：“我补充一点吧。地点不错，办法也不错。只是还得巧妙一点。我建议，先把土匪押到一边去，小分队的战士自己动手把枪支搬过来藏好。洞口弄得更严些。吃过晚饭，等天黑了再把俘虏押过来，关到另一个洞子里去。不让俘虏知道枪藏在什么地方，这样就更加万无一失了。”

刘喜听了不断地点头：“好！太好了！到底是侦察排长，比我有经验多了。”

刘玉堂也很高兴：“哈，何山！我就知道你点子多，不错。就这样办吧。”

何山只是很勉强地笑了一下，既没有谦虚，也没有很高兴。刘玉堂不禁有点奇怪了。“何山，你怎么啦？还有别的事要谈么？”

“……是的，队长。”何山踌躇了一阵，终于瓮瓮地说。

“嗯？好家伙，连腔调都变了？”刘玉堂抱住自己的双膀，微笑着看着他，“说吧。”

刘喜很聪明，见何山犹犹豫豫，便主动提出了回避，“队长，这儿安排好了，我先去准备一下吧？”

“不不，刘喜，”何山急忙叫住了他，“你别忙走。这事儿……我也想同你商量一下。”

“同我？”刘喜有点摸头不知脑，只好站住了。

“是这样，”何山抬起头来，非常诚恳地对刘玉堂说，“队长，我想，明天让我同刘喜换换位置吧。他去打前站，我负责押送俘虏。你放心，我能很好地完成任务。”

刘玉堂听完何山的要求，没有马上答复，却故意看看刘喜，问他说：“对这个建议，你有什么意见？”

刘喜迟疑了一下，“我……服从决定，队长。”

“回答得不果断。”刘玉堂摇了摇头，“你心里一定在猜想，为什么要同何山换换位置呢？是不是这样，刘喜同志？”

“是的。”刘喜很本分地回答道。

“是啊，我也弄不明白。”刘玉堂绕了一个弯子，这才问何山，“你解释一下，为什么要提这个要求呢？”

何山心里很急，并不喜欢刘玉堂这么绕弯子。他感到队长这样绕弯子，显然是没有认真考虑自己的要求。于是，他故意选了句很严重的话回答他。

“不是开玩笑，队长。真的，我发现有些不对头！”

“噢？你是指什么？”

“咳呀，当然是指……田秀姑嘛。”

“田秀姑？”刘玉堂平平淡淡地问道，“她怎么啦？”

“好像……”何山一时不好启齿，为难了半天，咬咬牙说：“好像……她是有那么一点意思了。”

“你别吞吞吐吐的。是什么意思，痛痛快快说嘛。”

何山既然已经说了个开头，也就不再回避。他脸上毫无表情，也不望刘玉堂，“队长，你其实已经听明白我的意思了。这件事，我看不能不重视。说实话，我怕处理不好。挺困难的。”

“是啊，我听明白了。”刘玉堂反问了一句，“照你的意思，挺困难的事就交给别人去做？”

“不，我也不是这个意思。我是想……”

“好了，何山同志。”刘玉堂非常信任地打断了他的话，“别紧张。秀姑这个女同志，爱憎格外明朗。她跟土匪不共戴天，对我们又是一门心思地依靠，你说，我们能够让她感到不被信赖么？她这一辈子受尽了凌辱，好容易才盼来了救星，她高兴嘛。她也是一个人嘛。你说她有什么意思了，我就换刘喜去。刘喜怎么想？他就不怕那点‘意思’么？更重要的是让秀姑同志怎么想？这些，你考虑过么？”

何山张了张嘴，分明还想坚持点什么，却一句话也说不出来。他感到很理亏，同时又更加感到懊恼，便低下了头。

“就这样吧，何山。”刘玉堂轻轻地拍了拍何山的肩头，“你说的情况，是有点特殊。我相信你的难处。不过，小分队的每一个成员，都要有单独处理特殊情况的思想准备。在这方面嘛，你这个侦察排长更有能力啰。哈，就是这样嘛。我在处理小分队的问题时，也应该自己拿主意。不必要研究、请示，这多好？放心吧，何山同志。一切有我替你负责，知道了吧？该怎么办，你就怎么办吧。再说一遍，这个特殊情况，完全由你去处理。有必要就告诉我一声，没必要，就别告诉我。明白了？”

“……没全明白。”何山怔怔地回答说。

“我一点都不担心，”刘玉堂亲切地朝他笑了笑，“你会明白的，迟早。”

入夜了，乌龙山掠过一阵阴风，吹在人身上，有些浸骨。当地老乡说这样的夜风不是天上吹下来的，而是从山洞里的阴河面上刮出来的。这种说法倒是有些吓人，当阴凉的山风刮得竹叶子飒飒乱响，然后扑到人们面庞和脖颈上时，行了一天路程内衣还没干透的小分队队员们不禁倒抽了一口凉气。远处不知是什么东西在夜风中摇摇曳曳，像一群冤鬼在哭泣着，凄切而又恐怖。

早在断黑之前，田秀姑就做好了晚饭。部队里的人，吃饭的速度很快。那些土匪俘虏倒是吃得慢，也吃得多。看他们差不多被饭菜噎住了的样子，便可以想象土匪窝里的生活也到了山穷水尽的地步。

一切安顿就绪了，田秀姑感到心中格外轻松。她在一堆细竹前坐下去，背靠着光滑的细竹，很快就有点发困。这一天路程，是她一生中走的最愉快的一段，不知不觉，竟走了一百多里，这会儿倒真疲乏了。

肩上的伤口麻酥酥有点痒，她知道这是草药在起作用。伤口正在愈合，再换一次药，基本上不会有什么问题了。

她打起精神，走到避开人的地方，解开衣服给伤口敷了些新鲜草药渣。捆扎伤口的那条白布带子，还是何山从自己衬衣上撕下来的。秀姑忍不住托着那条带子偷偷地往自己脸颊上贴去，霎时脸上便滚滚发烧。何山这汉子实在有些奇怪，竟像桃胶一样紧紧贴在了秀姑心里，怎么也剥离不掉。她喜欢何山。喜欢他强壮的身坯，还喜欢他的韧劲。甚至还格外喜欢何山的那点自负与毛躁的毛病……只是，这些人如天上的行云，南来北去，说声走就要走的。秀姑当然也不敢奢想太多，但她心里十分珍惜同他们在一起的分分秒秒，尤其是与何山在一起的时候。她甚至产生了奇妙的幻想，若是那石城忽然很远，有十天半月的路程，该多好啊。

秀姑是个女人，女人的心总是有些飘忽，喜欢浮想绵绵。她就这样心旷神怡地遐想着，不一会儿已上好了草药。刚刚开始捆扎伤口，忽然感到周围什么地方有动静。她不由得吃了一惊，急忙掩住肩膀朝四处警惕地扫了一眼。

周围一切却很平静，什么异常也没发现。秀姑的心“怦怦”地跳动得很快，她不知是由于自己换药时怕人看见而有点神经过敏，还是真正感到了什么地方有潜在的危险。当她确认没有什么情况时，便很快地将身体缩到暗处，迅速地包扎好伤口，穿上了衣服。

她再也难以保持平静了。想着想着怎么也不放心，便悄悄打开枪套，拔出了驳壳枪。这条枪有七八成新，提在手上，立即便让秀姑安定多了。

她想轻轻地挪动一下位置，再观察一下。她不肯轻易排除心中的疑团。

这时候，她果然又发现身边有动静。这一次秀姑听得很清楚，确实有人拨动了一下细竹。而且，她听出那竹叶作响的声音在她身后不远的地方，这就更让她心惊了。

将驳壳枪端起来，回头望了一眼，她判断得很准，身后二十步远的地方，果然有一个人慢慢地探出了身子，朝这边望着。

“……哦？石头兄弟么？”秀姑已经看清了那个身影，便放下心来，轻轻地问了声。

“嘘！”田石头像个夜猫子，无声无息地走了过来，“你在哪里？”石头眯着眼睛在黑暗中探视着。

秀姑便站了起来：“你哩，吓我好一大跳。有事么？”

田石头朝秀姑打量了好几眼。天太黑，看不清他是什么眼神。秀姑回想了一下，倒也放了心。看来刚才换药的时候，并没有被石头看见。

“你一个人，到这地方来做什么？”石头问。他仍是那种不冷不热的口气，像是问生人。

“我么？”秀姑不高兴了，“当然有事。哪个喜欢来这地方么？又不是好玩。”

“什么事？”

“咦？这兄弟！什么事？女人家的事，你好问么？”

“嘿，你也这么讲？”石头有几分得意，“这话，我听过哩。”

秀姑不明白他指什么，但感觉到了田石头的不信任。她想起何山劝她的话，便忍耐了一会儿，诚恳地说：“石头兄弟……”

“我们不兴喊兄弟，晓得么？”

“那我喊你石头同志，要得么？”

石头本想表示反对，又不敢太冒失，只好什么都不说，含混地哼了一声。

“唉，石头啊，”秀姑忽然叹了口气，不想同他多说了，“你也是山里人，比我早几天入了这个队伍，未必你不懂得我的心么？我不讲了。

你……迟早会晓得秀姑是什么人的。”

田石头其实心里一点把握也没有，只是在岩板溪时怀疑田嫂的事得到了证实，因此有点得意，不免对田秀姑也一味持怀疑态度。经过一天的观察，他觉得田秀姑根本不值得怀疑。在滚猪崖伏击田大榜时，他亲眼看见田秀姑击毙了两名土匪，这一切，是装扮不出来的。白天行军，田秀姑轻车熟路，处理情况那么尽心为小分队考虑，她确实把小分队当成了自己的家，把大家当成了她的亲人。田石头还明白无误地感受到刘玉堂对田秀姑的态度是完全信任的。在进山时就要找田秀姑，现在找到了，他表现出了很少有的、很真实的热情。

石头想得心中渐渐发虚了。他怕因为自己自作聪明，冤枉了田秀姑。万一坏了小分队的团结，那就闯了祸哩。于是，他便找着台阶往下退。说话的口气也明显地软了下来。

“你哩，也莫这么讲。我到队伍上只比你早几天，你晓得就好。我……不老成哩。要讲，我也不是信不过哪个。我只是……不老成嘛。你讲呢？”

“不不，石头兄弟，”秀姑顿时高兴了，“你老成，真的。乌龙山到处是匪窝子，不警觉些，还不吃大亏么？快莫讲了，我是懂得的。”

“那，我走了。我是放流动哨的，要多走动哩。我告诉你，夜里莫到处走，晓得么？”他突然想到这句话会引起田秀姑的误会，便又解释道，“我是讲，若是有个情况，怕关照不到你。”

“我晓得的。”秀姑又觉得石头很天真，心中倒是很喜欢他了，“多谢你，石头兄弟。”

“不哩。”

田石头勾着脚板，轻轻地离去了。田秀姑这会儿却感到大脑里很兴奋，一点困意都没有了。她忽然想到明天还有一天的路程，天黑时也许就到了石城。那时候，会因为离土匪太近，生火做饭看来是不可能的。除了为明天准备一顿中午吃的饭团子之外，还应该把晚上吃的东西也准备好才是。队长他们虽然没有交代，那是因为他满心里想着行军打仗。男人们考虑不全的事，女人就要事先做好。到了明天再想起去做就晚了。

她觉得这件事很重大，寻思了一会儿，心里拿定了主意，人便立即精神百倍。

她将驳壳枪收进枪套，找了一柄尖嘴柴刀，朝竹林的边缘走了过去。她记得那个方向有一片苦栗子林。这个季节的苦栗子刚刚灌浆，杂在米里头煮了吃，味道只是略略有点涩，却发出一种清香。卖脚力的人都这么吃，一来可以清火解乏，二来吃得多一点也不觉口干。夹着苦栗子做成的米粑，还带着油性，不要菜不要汤，吃起来却津津地出味道。

田秀姑想到小分队同志们明天能吃上新鲜口味，禁不住一阵欣喜涌上心头，惬意极了。

苦栗子树林这一边格外黑暗。那树倒是不高大，却生得枝叶茂密，矮矬矬不透风。这样的植物丛中常常匿着野兽，像野猪、狐狗子一类动物是最喜欢蹲在苦栗子丛中的。田秀姑接近苦栗子丛的时候，心里忽地收缩了一下，步履也迟疑了。

她本来是害怕里面匿着野兽才打那么一愣的，当时她什么也没看见，只是心里慌了一下。万万没有想到，就在她发慌的一刹那，苦栗子树林内竟旋风般闪出了两条人影。田秀姑吓得双脚一软，还没做出任何反应来，就被其中一个人箍住了脖颈。那条胳膊有巨大的力气，像条铁棍子。另一条胳膊也是同样有力，拦腰将田秀姑的双手连同身子紧紧箍住了。同时扑过来的另一条黑影手脚也麻利得出奇，田秀姑刚刚被前面那人箍住，这个人便飞快地摘下了秀姑身上的驳壳枪。旋即，他又用一根布条子朝秀姑头上一抖，紧紧地勒进了秀姑嘴里。并且朝脑后绑了个结结实实。

这两个人动作之快，配合之默契，几乎达到了难以想象的程度。在那一瞬间，秀姑还没喊出声来便束手就擒了。他们看来早已瞄定了秀姑，在她刚接近苦栗子丛时，便疾速动了手，像是射出来的两颗弹丸。

一阵晕眩之后，秀姑清醒了些。她首先想到的是竹林里正在歇息着的小分队。土匪早已摸过来了，她换药的时候就感到了异常。后来石头的出现，反倒使她松懈下来。是哩，石头是从她身后出来的，而第一次感到有动静，本不在身后啊！她顿时焦急万分，觉得自己误了小分队的事。她想喊，嘴被紧紧地勒住了。想挣扎，身子又被那土匪使蛮力箍得不能动弹。土匪的手臂又坚硬又冰凉，像一条箍在身上的巨蟒。

两名土匪抱住田秀姑以后，并不在苦栗子林外面耽误时间。他们似乎早有了筹划，将秀姑往上托起，倒着就往苦栗子林里拖。

秀姑知道被他们拖进苦栗子林之后，小分队的岗哨就更难发现这边的情况了。于是她运足气力，将身子死死地往下沉着。土匪们连托了三四下，竟没有托起来。

身后箍住她的那名土匪呼哧哧发起火来，"崽！还等么？"他压住喉咙恶狠狠地朝另一名土匪吼道，"给老子照她脑壳打！打晕了她！快！"

另一名土匪却犹豫着，一时不肯下重手，"……嗯啰，打。打哩……"他围着秀姑，含混地应道。

秀姑听出来了，那家伙正是猴四。身后箍住他身子的土匪，正是凶残毒辣的独眼龙。她知道落在了这两个家伙的手里是没有好结果的，急切之中，双脚一纵，借着独眼龙从后面箍着身体的力量，飞起一脚，重重地踢到了猴四的胸口上。猴四没有防备，被这一脚踢得倒退两步，仰天倒得"噗"的一响。独眼龙也没有防备，当时站立不稳，也倒了下去。但是他即使倒下去，双手还是拼尽全力箍住了田秀姑。这样一来，田秀姑也一同倒了下去。独眼龙可不比猴四，他是下得手的。倒地之后，身上一使劲，很容易便把田秀姑掀到地上，他转个身，发了疯似的狠命压住了田秀姑。

"好哩！这才出味哩！我个崽，你独爷就喜欢宰那不服死的角色！"他挥起拳头，亡了命地朝秀姑的脸上砸了下去。

秀姑急忙将头一偏，避开了独眼龙那致命的一击。独眼龙一拳打在草地上，手上倒不觉得怎么疼，心中的火却冒了出来。他呼呼地喘着气，接着又砸下了第二拳。

这一拳下得没有章法，秀姑虽然避开了，却被他擂中了左肩下方那处伤口。当即，秀姑只感到全身一震，一股强烈的麻醉感迅速从伤口扩展到全身，很快便浸进了大脑。她来不及思考一下，耳朵内嗡嗡乱响，接下来什么也听不见了。她全身一软，顿时就昏昏迷迷地失去了知觉。

独眼龙打得兴起了，竟一连又擂了几拳。猴四已经从地上爬了起来，当时却痴呆地看着独眼龙一拳一拳地往秀姑身上打。猛地，他惊悟过来，便扑上去抱住了独眼龙的拳头。

“五、五哥，打不得了。”

“打！打死这婆娘！”独眼龙一掌搡开猴四，又要往下打。猴四发了急，使劲地箍住了独眼龙的手臂。

“她、她会被你打死哩，五哥。”

“你个崽！打死了清爽！你莫还指望她做堂客么？这骚货早入了他们的港哩！你还不晓得？你个王八崽子！”

“我、我的娘！”猴四的脸顿时一副哭丧相，“我哪不晓得？我、我看见哩！”他望着昏厥过去的田秀姑，心里恨得酸疼，“唉，这……这婆娘啊！我恨她不快点死哩！只是，五哥，二爷的计策，是要你我两个人抢了这婆娘就跑。跑得远些，引东北虎去追，二爷才好下手取枪哩。你打死了她，丢在这里，他们去追么？要是背着个死人，你我两个又跑不动了。五哥，莫打了，看她断气了不？”

独眼龙这才被他提醒过来。他赶快站起身子，俯下去看了看田秀姑的脸，“猴头，我一只眼，看不真。你来看看她死了不？”

猴四急忙走上前去，忙不迭地趴到了田秀姑的身上。他没有去看她的脸，却将头偏着，用脸贴着她的胸，半天没抬起来。

“崽！你想死？”独眼龙看着他的样子，火暴暴地骂道，“这种时候，你还要做手脚？你个软崽！”

猴四慌忙分辩说：“不……不哩。我是听、听听。她没死，五哥。”

“猴头，快起！”独眼龙突然慌了神，“那边，有人！”

猴四赶快站起身，“走起！五、五哥！”

“崽！背起你堂客，快！”

“……是哩。”

猴四瘦骨嶙峋，看上去一阵风也能吹翻，却很有一把干劲。他竟不用独眼龙帮忙，蹲了个马步，一用力把田秀姑的身体掀在了自己背上。他的双腿晃悠了一下，很快便站稳了。

“你打头走起，五哥。”

独眼龙也不推让，没管猴四，径自甩开步子朝苦栗子林后面绕着跑了去。

猴四背着田秀姑，跑起来两边偏歪着。但他的脚步迈得又碎又快，紧跟在独眼龙身后，居然一步不落。

他们的身影顷刻之间便被夜色吞没得无影无踪了。

何山围着竹林子寻了一圈，心里不禁十分纳闷。竹林并不大，秀姑哪儿去了呢?

其实他早就想来找找秀姑的。同队长谈过话之后，他在心里想了很久，觉得刘玉堂的话也有道理。只要自己心里无毛病，还怕别人说什么呢?再说，别人现在什么都没说，自己弄得那么紧张干什么呢?队长的话说得很诚恳，又有那么点说不明白的意思，看来他没什么不开明的。既然这样，那就照他说的，该怎么做就怎么做吧。

也怪。白天同秀姑在一起，何山神经高度紧张，好几次想避开同她单独活动的机会。到了晚上，有一阵子各忙各的去了，没见到秀姑，心里倒有点记挂她。何山不自禁地只想去找秀姑，弄得他自己都想不明白，因而又不得不强制自己不要轻率。何山到底忍不住了，下决心似的想道：不怕！我找她谈谈明天在路上怎么走嘛！于是他狠狠地站了起来，大大方方地朝竹林边上寻了过去。还没走多远，却迎面碰上了田石头。

“是何排长吧?”石头轻轻问了句。

“哦，田石头?”何山心里突然又一阵发虚，脚步也迟疑了，“你……放流动哨?”

“她在那边。”石头没看何山，却没头没脑地说，“她蛮好的。”

“嗯?……谁?”何山怔怔地问，“你说谁?”

“我说田秀姑哩。”石头侧过头来，望着何山，“你不是去看她么？”

何山一愣，本能地脱口否认道：“不。我……不去看她。”

“哦。”石头不大相信地看了何山一眼，“我只管放流动哨，真的。”他仿佛变得很知趣了，“……那，我走了。”

“……啊，石头，”何山回转身，跟上去同他走在一排，“我也同你一道走走。”

“这……何排长，我可没……”

何山不等田石头解释，便搭住了他的肩膀，“说什么呀？走吧走吧。”

他稀里糊涂同田石头“流动”了两趟，装作什么事也没有的样子，却一直心不在焉。田石头也不知该怎么办，只好闷闷地同他转悠着。后来，他们碰见了队长刘玉堂。

“何山？”刘玉堂见到何山，很奇怪地问了句，“你在这儿干什么？”

“……啊，队长，”何山想了想，回答说，“我……没什么事，又睡不着……”

“没什么事儿？”刘玉堂认真地看着他，“秀姑呢？”

“嗯？石头说，她在那边，挺好的。”

“那你到这儿来转些什么？”

何山倒是对刘玉堂的话感到困惑了，“我……可我到那儿干什么呢？”

“干什么？这还用问？”刘玉堂严肃起来，“你的任务是保护田秀姑。我对你交代过多少次了，你是怎么啦？”

“我想……这晚上，不会有什么事吧？”何山言不由衷地搪塞道。

“怎么能这样说？什么事都有可能发生的。越是到了晚上越危险。难道这也不明白？”刘玉堂心里突然很不高兴了，“还不快去？”

“是。”

何山当然乐于接受这个任务，只是在那一刻里很难接受刘玉堂严厉得不讲情面的态度。当着田石头的面，他感到脸上火辣辣的，又不能反驳，便压下心中的不快，迅速来找田秀姑了。

何山没找到田秀姑，心中忽地掠过一股怨气。秀姑这个人也真是太勤快了，乱跑些什么呢？万一出了差错，怎么好向队长做交代嘛。他又有点埋怨田石头，本来早寻到秀姑也就没事了，偏偏碰见了这个小精灵鬼。怨来怨去，何山更怨自己不果敢。明明想好了来找秀姑，为什么一遇见人就不敢来了？他发现自己没有讲真话，反说是秀姑有那么点意思了。今天晚上这样神魂不定，能怪秀姑么？细细琢磨一下，莫非自己也有那么点意思了？真是见了活鬼！

他不敢继续想下去。眼前的情况令人不安，秀姑确实没在竹林子里。他以为秀姑还在准备第二天的干粮，特意去做饭的地方找了两趟。还仔细察看了那一堆做好了的干粮。不会有什么没做好的事情了，她会去哪儿呢？

他也朝苦栗子树林那边看了几眼，但没有去找。小分队在宿营前反复做了规定，天一黑，谁也不要离开小竹林。他万万想不到秀姑会心血来潮要去采苦栗子。从小竹林到栗树丛还有一段开阔地，走过去会暴露目标的。然而，就在他这么判断的时候，田秀姑已经被独眼龙打得昏倒在那片苦栗子林中了。

当何山第二趟没有找到秀姑的时候，他陡然觉得不妙。秀姑即使离开了小竹林，这么长时间不回来，也是不合情理的。何山心里开始发慌，正考虑要不要去告诉刘玉堂，就听见身后响起了脚步声。那脚步声响得急迫，更增加了何山内心的紧张。

刘玉堂带着田石头和另外一名战士匆匆朝这边赶了过来。

“何山，找到秀姑了么？”刘玉堂劈头问了句。

“没……没有。”何山回过头，焦急地说，“我正想对你报告……”

“我知道了。”刘玉堂挥了挥手，“岗哨报告说，有人朝远处跑了。”

“什么？朝远处……跑了？”

“情况还不清楚，别着急。”刘玉堂果断地命令道，“我布置了监视哨。现在，我们几个人分头到竹林外面去搜查一下，一定要弄清秀姑的去向。”

何山镇定下来，立即想到了那片苦栗子林，“队长，跟我来！”

他们猫着腰，拉开距离向苦栗子林奔去。何山跑在最前头，刚接近苦栗子林，忽然感到脚下踩着了一件硬邦邦的东西。

“柴刀？”何山拾起来，辨认了一下，吃惊地说，“这是秀姑用过的！”

“分开，继续搜。”刘玉堂赶快吩咐道。

苦栗子林中空无一人，但是他们很快便发现地上有一小块土皮上的青草被揉倒了，苦栗子树也弄折了两根枝丫。这是有人搏斗过的痕迹。毫无疑问，田秀姑就是从这里失踪的。

“我看不大对头！”田石头心中顿时生了疑，“要打滚，怎么就这么小块地方？再讲，她未必就不喊一声么？她身上还有枪哩！未必就让土匪从我们眼皮底下捉了去？有鬼哩！”

何山心中正焦灼万分，听石头这么一说，各种怨气一齐涌了上来，“你这话什么意思？啊？有什么鬼？你说！”

“我哪晓得？你也不明白么？”田石头白了何山一眼，“我留了心哩，哼……”

何山火冒三丈，一把揪住了田石头的胳膊，“你这小子！敢胡说？我憋了整整一天没说话，你给我说清楚……”

“住手！”刘玉堂正在思考着突然发生的情况，一见何山和田石头竟然吵起来了，不禁勃然大怒，“有你们这样瞎胡闹的么？敌人就在身边，你们昏了头么？”

何山愣住了。他不知道自己怎么会到了这样失去理智的地步，松手之后，心中有一种无名的窝囊情绪。

“……哦，是我不对。”他强压住自己的情绪，道了声歉，接着又很快地对刘玉堂说，“队长，我想，会不会是秀姑发现有情况，一个人去追击土匪了呢？”

“不会。”刘玉堂极快地否定了这种设想，“要那样，她会首先想办法报告我们。现在只有一种可能，是土匪把她抓走了。事情很突然，她来不及反抗。或者，她被人打晕了。”

何山也想到了这一层，心中忽然焦躁得按捺不住了，“追！队长，她有危险！得救她！”

“别毛躁！”刘玉堂回过身，对另一名战士说，“你回竹林去，告诉刘喜他们立即控制制高点，不准暴露目标。”

那名战士应了声，刚刚要离去，忽然，从远处传来了一声枪响。枪声在静谧的大山里显得那么焦脆，叩得人的心发出了一阵猛烈的悸动。

何山拔腿就要朝枪声的方向跑，“是秀姑？是她！”

“何山！别冒失！”刘玉堂一伸手，却没拦住他，“回来！何山！”

何山在这时候居然什么都不顾，他已甩开大步跑出去了好远。听见刘玉堂喊，他回过头来，眼中充满了红丝。

“队长，我，我得去！不管你怎么处分我，等我回来，我都认！”

他猛地回过身去，手中驳壳枪柄上的皮挂带在空中画了个圈，一眨眼工夫便跑得不见了踪影。

刘玉堂简直目瞪口呆了。他绝没想到何山会冲动到这种程度，完全不像受过部队正规训练的基层干部，差不多成了毫无组织观念的一匹野马。一气之下，刘玉堂真想给他一枪了！

在这同时，田石头也失了控。他大喝道：“回来！何排长！不能去！”接着，抬起脚就跟着何山追了过去。他根本没有对刘玉堂说一声，更谈不上征得他的同意。

“石头！”刘玉堂恼火到了极点，“你想干什么去？”他吼了声，“你给我站住！”

田石头站住了，“队长，这，这要不得的。何排长追过去，肯定要吃亏哩！你让我也去，我去帮他！”

“你等等！”

刘玉堂强迫自己冷静下来。他感到很困难，但心里明白不冷静会出大事。于是，他对那名还没来得及返回竹林的战士说：“你快回去。告诉刘喜，这里由他指挥。只许守，不许出击。一定要保护好枪支。我们很快就回来，万一有情况，我们从外围策应你们。”

“是！”战士迅速朝竹林跑去。

“石头！”

“在这里。”

“走！我们去追何山。他妈的，这家伙真发昏了！”刘玉堂追上了田石头，又交代说，“不要随便开枪，别伤了自己人。”

“晓得的，队长。”

“我可告诉你，石头，田秀姑是自己人。小分队少不了她。哪怕付出代价，我也得把她救出来！懂么？你这个冒失鬼！”

石头没有停脚，心里却有点后悔。一边跑，一边回答说：

“我、我舍命救她就是了……”

独眼龙刚刚放的那一枪，由于枪口离猴四很近，子弹出膛时的冲击波撞到猴四的脸上，猴四猛地感到面皮像被撕裂了一般疼痛。他也没有料到独眼龙会放枪，当时便吓得一个趔趄差点倒了下去。

“……我、我的娘，”他背上还扛着田秀姑，费了好大劲才站稳脚跟，“五、五哥，是枪走了火么？”

“鬼扯脚！老子特意放的枪。”

“放、放枪么？不怕东、东北虎听见了？”

“他听不见，晓得朝这边追？故意引他哩，我个崽。”

猴四的双脚先前麻木了一阵，这会儿开始发软。他可怜巴巴地望着独眼龙，上气不接下气地说：“五、五哥，东北虎若是追、追了过来，我怕是跑、跑不脱哩。”

“怎么跑不脱？你个崽精得跟猴子样的，还跑不脱？”

“我、我还背了人哩。”

独眼龙回头看了看猴四，忽然骂道：“我讲你怎么要死不落气哩！还背这婆娘做什么？你个崽，有力没地方用么？”

“五哥，不背，又如何办？二爷不是讲，要抢了她么？”

“抢出来了就没得用了，猴头。东北虎找不到这婆娘就会出来的。你把她抛到山沟脚下去，不让东北虎找到就可以哩。”独眼龙两边望了望，发现前面五六步远就是岩石的边沿，下面是茫茫深渊，“崽，背过来，从这里抛。来！”

猴四站在原地没有动脚。他心里清楚把秀姑带着迟早是件麻烦事，但一想到要把她扔进深渊，又有点舍不得。

“要不，五哥，你先走。我歇歇脚，就来跟你。”

“猴头，想坏二爷的事？活得不耐烦了么？”

“不不……”

“你个崽！我先走有什么用？你若是让东北虎捉了，我还引得他动？”他眼中放出一种可怕的光，看了猴四一眼，“这婆娘是祸根。甩了清爽！猴头，递给我来抛！”

猴四倒是用不着多点拨，他知道其中的利害。他一横心，说：“抛！五哥，这婆娘……唉，不怕五哥见笑，虽是我的堂客，到今天打止，我还没、还没试过味哩。好个武烈的婆娘！抛了，老子也清了根！”

独眼龙果然猥琐地笑了，“崽！晓得你上不得手！嘻，不试桃味试梨味，你试得不少。抛了，日后天天过年，夜夜讨亲。包在五哥身上。”

猴四便从背上放下了田秀姑。独眼龙走过去，看了看软塌塌躺在石板上的田秀姑，将驳壳枪咬在嘴里，吩咐猴四说：“抬脚！用把劲，猴头。”

他们两人俯下身去，抬起田秀姑向石崖的边沿走去。

到了崖边上，独眼龙想将田秀姑提起来，朝远一点的地方抛。猴四不知是没有领会他的意思还是什么原因，却先把秀姑的双脚放下了。独眼龙很气恼，嘴里咬着枪又讲不出话来，便也放下了田秀姑的上身，把枪从嘴里拿下来，骂道：“猴头，哪个喊你放？还不抛，等什么？”

“我、我……”猴四咬咬牙，“我把她踢下去！”

他果然下了狠心，走到秀姑身边，抡开脚，将秀姑朝崖下深渊使劲踢去……

万万没有想到，他的脚刚挨上秀姑的身体，本来还昏厥不醒的秀姑竟一个翻身抱住了他的脚。秀姑在他们毫无防备时突然“活”了过来，仅这么一“活”便把他们吓得魂飞魄散。紧接着，秀姑便拖住了猴四的脚，死命往崖下方一拉，猴四的身子整个地向崖下那深渊倾过去。在一瞬间，猴四知道自己马上就会跌成肉饼，慌乱之中，他的手在空中胡乱挥舞着。空中没有任何东西可供他攀抓，眼看就要跌下崖去了。幸亏这家伙脚板底下有点功夫，死死地挺直着，好容易才平衡住了身子。

独眼龙清醒得很快，他知道秀姑如果死不了，那后果便是难以收拾的。他急红了眼，来不及多想，飞起一脚朝秀姑的腰眼踢了过去。

秀姑早防备了他，睃见他的脚踢过来，便迅速一个侧身，闪到了一边。独眼龙踢了个空，自己的身子差不多向前冲下了崖。猴四趁机后撤了一步，拉住了独眼龙。

“放、放、放枪！五哥，放枪！快！”猴四绝望地号叫起来。

独眼龙被提醒了，回手朝后就是一枪。等他和猴四再回身看时，背后竟没有了秀姑的人影。

“哪里去了？猴头！那婆娘呢？”

“我、我哪晓得？”

这一来，独眼龙和猴四吓得更加厉害了。

“快找！我个崽！跑了她，你我两个还有命么？”独眼龙气急败坏地吼道。

“找……找，找。”猴四心里像打鼓一样震得慌，“跑、跑得这么快？找、找……”

忽然，猴四一把抓住了独眼龙，“五、五哥，东、东、东北虎追、追来了！”

独眼龙虽然失了一眼，耳朵却比以前更敏锐。他细细一听，心里立刻慌了神。

“猴头！你个崽！做漏了二爷的事，等着。二爷面前见！”

他再也顾不得找田秀姑，甩开脚，一阵风地向远方逃了去。

猴四知道独眼龙日后会怎样在钻山豹面前推卸责任，但他更知道眼前的危险性。于是，他半步也不敢耽搁，踩着独眼龙的脚步飞快地跟了上去。

田秀姑躲在了崖壁的凹缝中，她看见那两个家伙不要命地逃走了，便赶紧探出了身体。这时候，她感到头疼得要炸了一般。天色很黑，独眼龙和猴四的身影看不见了，但还可听见一点窸窸窣窣的脚步声。

她回过头，看见下面不远处有一个人正鼓足劲头朝这边跑来。下面是灰色的石壁，可以看清那人的姿势神态。秀姑心头忽地一热，她知道是何山赶来搭救自己了。再远些，好像还有人在朝这边跑，那一定也是小分队的人。

一阵激动涌上来之后，田秀姑感到全身是那样的松软，几乎就要倒了下去……她猛地跺了一下脚，立即驱散了疲乏。她知道不能倒下，独眼龙和猴四正在潜逃，她不能放过杀父仇人。这里的岔道很多，再不追，就会让那两名恶棍逃走。

她撑起身子，等不到何山追上来，便从身边折下一截小树枝，摆在岔口上指示方向。她知道何山离她不远了。

何山是在她离开之后不到十分钟赶到的。脚下有两条路，他一时不知该往哪边追了。正着急着，忽然发现了岔道口上那截小树枝。他仔细看了一下，心中一阵狂喜。这是秀姑摆下的路标！绝不会错的！这么说，她是在追击土匪啊！

何山的心顿时踏实了，身上的劲头也忽地增长了好几倍。秀姑为他指着路，她正盼望着他赶去援助呢！

猴四今天一整天没吃东西，又背着秀姑跑了很长一段路，气力消耗得太多，跑起来，两条腿总是攒不起劲。明明看见独眼龙就在前面不远的地方，他追来追去，就是无法追上。眼看后面的追赶者越追越近，他心中更加慌乱。仿佛喉管内塞了块棉花，连呼吸都感到非常困难了。

跑着跑着，他心里突然开了个窍。老顺着同独眼龙跑一个方向做什么呢？后面的人追上来，还不先捉了自己么？

于是，他看准了一处岔道，冷不防一侧身子，滚进了一个茅草蓬中。他忽然觉得自己被惊吓得呆傻了，为什么没有早想这个办法呢？他倒在茅草堆里，才想到这是一条生路。他感到再多一步也跑不动了。

他一丝也不敢动弹，张着大嘴喘气，还怕喘出了声音。伏了大约不到十分钟，后面的人便追上来了。猴四暗暗祈祷他不要停下来，径直去追独眼龙。他料想自己的祈祷是合乎常理的，但是，他倏忽紧张得心都要跳出来了。那人追上来后，竟停在了岔路口，只是朝独眼龙逃走的那边望，并没有继续去追。莫非他也像自己一样跑不动了么？可千万不要停在这里歇气啊！时间一长，自己就难保不被他发现。真是命中该绝，他早不歇、晚不歇，偏偏在这时候歇下来了。凭自己现在这累垮了的身体，无论是打还是跑，都不是人家的对手啊！

那人却也奇怪，没有继续追，也不在这里歇脚。他看准了方向后，急急忙忙地到路边掰断了一根小树枝，折得短了些，放在岔路口，然后，竟拔腿顺着独眼龙逃去的方向跑去了。

猴四忽地从那人跑动的姿势上辨出了是个女人，旋即他便想到了是田秀姑。他很惊讶，田秀姑被打成了那样，还健步如飞？她胆子可真不小，居然敢一个人赤手空拳追了上来？

接着，猴四又想到了她刚才那奇怪的举动。无缘无故在这里停一下，还掰一截树枝扔在地上做什么？是在使什么法术么？他一时产生了好奇心，便爬起来，走到岔路口，低头寻了一阵。树枝并没有掩蔽起来，平放在地上，被他一眼就发现了。

猴四很快便恍然大悟。她在给后面的人指方向哩！猴四回头凝神观察了一下，果然觉得远处有动静，有人正朝这边奔跑着。他的眼睛疾速眨动了几下，忽然得意起来。

他俯下身去，将那截小树枝只轻轻一拨，木棍便转了个方向，指向了另外一条路口。他不知那条路通向哪里，却知道后面的人若是上了那条路，只会越追越远。

猴四干了这件事之后，自己突然兴奋得笑了起来。他看着身后，心里嘲笑道："崽！攒把劲追吧。猴爷不陪你哩！"

他又有了气力，牙帮子也开始发痒。田秀姑现在是没什么指望了，"你追我么？看我追你这个婆娘吧！这下，我再不手软哩！"

猴四带着一肚子邪火去追田秀姑，岔路口留下了那截被挪动了的树枝。他这一手很绝，何山果然上了当。后面追过来的刘玉堂和田石头也上了当。他们沿着那条莫名其妙的路追了过去，因此，耽误了很多时间，终于没有补救后来造成的损失。

田秀姑跑动得相当吃力。由于左臂受伤，不仅不能前后挥动，连脚步下重了也震得连心地疼。她不得不用右手抱着左臂来减少震动，这样就跑得更慢了。她完全在用一种坚定的意志支撑着自己。知道要追上土匪是困难的，追上了更难降服土匪，但她决心不让土匪跑掉，因此她强迫自己别让土匪甩脱，并且在岔路口留下路标。她坚信小分队会追上来的，何山会很快找到自己的。

她凭借着山地生活练就的一种特有的敏锐，一直跟在土匪后面追赶。不知跑了多远，也不知追了多长时间。

又到了一处岔路口，一直都不见何山他们追上来，秀姑心中又有点奇怪。他们怎么还没追上来呢？

她正想到这里，便听见后面的杂草窸窣发出了些声响。秀姑立即宽慰地笑了。是何山！这个愣头后生，平时胆子比天大，今晚上却追得这么谨慎？怪不得这半天都没追上哩。她真想唤他快点跑过来，但她没开口，只是含着笑等待着。

草丛旁竟没有再发出声音，秀姑不禁奇怪了。是自己看花了眼么？她耐心地注视了一会儿，觉得草丛中间硬是有条黑影。黑影不高，他一定是半蹲在里面的。为了看得更清楚些，秀姑还轻轻地揉了揉眼皮。不错！是一个人。她看见那人还动了一下，虽然没有弄出什么声音来。

秀姑以为何山藏在草丛里不动弹是因为不知道自己是谁。山里黑，他或许是难看清楚。于是，她站了起来。

“……喂，”她轻轻唤道，“是我哩。”

那草丛内毫无反应。站起来再看时，秀姑又觉得那黑影不像是一个人。她不禁慢慢朝草丛走了过去，这时候，她看得真切了。草丛后面确实藏着人，她都感觉得到人的气息了。

“别躲了，我是秀姑。”她微笑着，想象何山走出来的样子，“快出来，土匪在前头，不远哩。”

“不远。是哩，就在你身边哩。”草丛分开了，随着话音，跨出来了一个人。

秀姑吓了一跳。她看不清对方的面孔，但听出了那人不是何山。“你……你是谁？”

“我么？看你是怎么问的话？连我的声音都听不出来了么？”那人朝秀姑伸平了手臂，“我是你的老公哩！”

秀姑首先看清了直指向自己胸膛的一个冷生生的枪口，接着便惊悟到这人是猴四。

“啊？！”她浑身猛地战栗了一下。

“莫乱动！”猴四机警地同她保持着一定距离，恶声恶气地说，“告诉你，莫以为我猴四平日总怕你，老子心里有你哩！那天你从山上逃出来，老子不撞翻那放哨的，你活得到今天么？牛栏洞里头，老子也手下留了情。多哩，舍不得要你的命哩。你对老子有情么？婆娘，这回老子手也硬了，心也硬了。动一动，老子……嘿，本不想让你比我先死的，你若逼我，那也就怪不得我猴四！”

秀姑明显地感到猴四这一次是横了心。她知道自己处在了一个很被动的位置，稍一动弹，猴四肯定是要下毒手的。这恶棍精得出奇，又到了图穷匕见的地步，看来是得留神了。

同时她也知道自己的体力几乎耗尽，不能同他硬拼，便没有动身子，脑子里却极快地思索着。她希望这时候小分队的人突然出现在猴四的背后。她真想亲手杀死他，为惨死的父亲报仇。想到这里，她不禁斜过眼去朝来路睃了睃。

“莫看！嘻，婆娘！”猴四盯住了秀姑的每一个细微的动作。见她的目光朝后睃，便奸诈地笑了，“死了你那条心吧。你的那些野汉子，找不来这里哩！”

他端着驳壳枪，面对着秀姑，横开脚步走了个半圆圈，将自己的身子移到了岔路口。

“你这机关做得巧哩。学得聪明了哩。”他得意地嘲弄着秀姑，“再巧，巧得过我么？再聪明，瞒得过我猴四么？费那大精神，嘿，不可惜？婆娘，看好！”

他伸出脚尖，眼睛不朝下看，只是凭感觉，便触到了秀姑摆在路口指示方位的那截小树枝。然后，足尖轻轻一划，小树枝便指向了另外一个路口。

秀姑心里骤然一紧，差不多被猴四的举动惊得目瞪口呆了。

“你……”

“我还要得么？”猴四咬牙切齿地哼了声，“老子活得到今天，未必是吃斋的？你个婆娘，恨我死，那么容易？”

“那……”秀姑绝望了，“你……你想要怎么样？”

“怎么样么？哼，你也有讲这种话的时候？”猴四感到自己在秀姑面前从来没这么强硬过，他享受到了一种报复的痛快，“我哩，心也不软了。你晓得，要讲硬，也硬不过你，只看你哩。讲得好，你我两个还有一段旧情分，往后各活各的。讲得不好嘛，今天我活到头，你也活到头。天地一边，你往哪边站？我容你想清楚点。”

“那好，各活各的。”秀姑脑子里转了个圈，“今天不为难你了。以后再让我撞见，那就是冤家路窄，你也莫怪！现在，你走吧，我不追赶你。”

“咳哟！好便宜的话哩！”猴四冷笑着说了句，“我走，想你也奈我不何。我就这么轻轻飘飘地走么？”

“那你还要怎么样？”

“我么？”猴四忽然变了一张脸，竟仿佛受了满肚子委屈似的叹了一口气，做出可怜的样子，“……唉！秀姑，你只晓得我做了土匪，搞了恶事，哪晓得我好苦哩。平日里跟鬼一样混日子，吃没的吃，住没的住，脑壳挂在刀尖子上哩。这还不讲，榜爷老畜生，还、还差点要了我的命！你以为我耐烦做土匪？我猴四早就想蹦出去哩！”

秀姑脸上毫无反应，似乎没有听。后来索性闭上了眼睛，默默地养着神。

“你不信么？我这回，打定了主意了。我出乌龙山，顺乌龙河走三天三夜，到大口岸去。我洗手哩。猴四还有三根蛮筋，养不活自己么？秀姑，你不信？”

“我讲了，你现在走。”秀姑冷冷地说，“你真这么想，还耽误么？你走嘛。”

“走也容易。”猴四突然又变了一张脸，变得涎皮涎肉，特别使人恶心，“……嘿，你晓得，我同你夫妻一场，还没……嘿，今夜，你要肯伸手伸脚成全我，那我就放你……”

“啐！”秀姑听得怒火立刻冲上了头顶，使劲地朝猴四啐了一口，紧接着，瞪圆了眼珠向猴四逼了过去，“我，我成全你！莫跑，看我怎么成全你！”

猴四急忙退了一步。“莫动！莫、莫动！”他用枪指着秀姑，恢复了狰狞的面孔，“婆娘，老子逗你玩哩！以为猴四还稀奇你么？讲明的，你今夜给了老子，老子玩过了也要宰你个骚货！莫动！听见不？老子放枪了！”

秀姑被他气昏了头，她心一横，只想同猴四拼个死活。反正没指望了，拼一拼还有条路可夺。他若敢开枪，何山他们就会赶到这里来。拼吧！

慌乱间猴四放响了一枪，他立即发觉上了当，正要打第二枪时，秀姑已经迅速地滚到了他脚下。他的枪口还没有顺下去，忽然感到身子被托起来了。秀姑抱住了猴四的双脚，使出全身力气往上一托，猴四立即双脚离地，重心后倾，接着，就像一捆干柴似的倒在了地上。

交手的成功，对秀姑来说是个莫大的鼓舞。将猴四掀倒之后，她心中大喜。同时，积压了多少年的仇恨一齐翻上了心头。她几乎没有停顿便朝猴四扑了过去。

这一次，秀姑失了章法。她忘了猴四手里还握着枪。本应该飞脚先踢飞那手枪，但秀姑过于冲动，只想着报仇，只想掐死这个恶棍。而猴四倒地之后，视野反倒宽了些，看得见秀姑的动作了。就在秀姑将要扑上来的时候，猴四顺过了右手。

“砰！”他扣下了扳机。

秀姑在那一刻完全蒙了。她不知道发生了什么事，不明白下方哪来的那声巨响。左胸靠近锁骨的部位清清楚楚遭了一击，仿佛吃了一铁棍，她还惶惶地朝上方看了一眼，弄不清是哪里飞来的一铁棍。这一棍打得那么有力，竟使她全身一震。

脑袋的分量立刻那么沉重，她不由得支撑不起了。刚往下耷拉去，她瞥见了地上躺着的那个精瘦的身躯。

秀姑咬紧牙关，终于在晕眩前清醒了一下神志，并在清醒的一刹那，疾速弹脚出去，准确地踢飞了猴四手中的驳壳枪。她感到踢中的时候，那里发出折裂树枝的那种响声。她的脚不知道疼，或许是踢折了猴四的腕骨吧？

然后，秀姑斜冲了两步，向地上倒了去。她心中忽然好恨，面颊、额头、眼皮处顿时灼灼发烫，好像身上的血涌了出来，并且立刻烧着了。眼前尽是火光，照红了看得见的一山一石、一草一木……后来火光便陡然熄灭了。

猴四朝秀姑开枪时完全丧心病狂了。枪响之后，他感到打中了秀姑。他用枪打过不少活人，这一次，他却发起抖来。

秀姑最后那拼尽全力飞来的一脚，踢得他挨了刀一样号叫起来。骨头肯定被踢断了，驳壳枪更是不知去向。这时候，猴四才骤然清醒。他缩缩身子，仿佛怕被踢第二脚，像只刺猬一样滚了三四个滚，远远地离开了倒下时的位置，才张张皇皇地站了起来。他回头望过去，田秀姑刚好一头栽倒了。

猴四余悸未消，害怕秀姑倒地是诈他的。他不敢上前，也不敢离去，在一边发了好一阵呆，感觉到秀姑那样子是没有气了，才畏畏缩缩朝她挪了过去。

他用脚探着踢了踢秀姑的身子，并且随时准备往后逃离。但秀姑一动未动。后来，他弯下腰去试试她还有没有气，手却触到了地上。他感到手上黏糊糊的，这才知道摸了一手的血。他完全放了心。

接着，他生出了一个歹毒的念头。想到自己从一开始到现在花费在秀姑身上的气力和心思，不觉十分冤屈。就让她这样死去，他是绝不甘心的。他的右手腕子骨头断了，使不出劲，便伸出左手，扳住秀姑的肩头，一咬牙将她的身子翻了个面。这时候，他听见秀姑的喉咙内"呼"地响了一下，似乎还看见她动了一下嘴唇。再看时，他清楚地看见秀姑的胸脯微微挺起了些。胸前尽是血，湿漉漉地泛出了淡淡的光。

猴四急忙后退了两步，吃惊地看着她。她的命真硬，竟然没有死么？他又怕又恨，便蹲在地上，胡乱摸索着。他想找回那条驳壳枪，却摸到了一块脸盆大小的石头块。他咧着嘴，用左手翻起了那石头块。秀姑正在渐渐苏醒，不能再迟疑了。在那一刻，他不知哪来的一股邪劲，居然将石块举了起来。他快步走到秀姑身旁，骂道："婆娘，婆娘，你疼么？你奈不何了么？老公救你，不让你疼。让你去享福哩！老子得不到手了，也莫让那些野狗子叼了去！"

他骂得心里发痒，恶念急剧膨胀起来，将手中的石块高高举起，看准了田秀姑的头。

忽然他感到举起来的石块猛地晃了一下，竟向旁边滑了下去。他以为是自己力虚了，生怕石块砸了自己的头，便赶快侧身去躲，他万万没想到这一侧身会撞到一个人的怀里。还好，何山及时赶到了。

猴四像是遭了炸雷，身子蓦地往下一蹲，脊梁骨却吓散了。何山大吼一声，双手抓住猴四，轻松地往上一提，便把猴四举过了头顶。

"狗日的！老子要把你摔成肉酱！"他气冲牛斗，"去你娘的吧！"

随着这声怒骂，何山一使劲，便把猴四抛出去了一丈多远。猴四一声惨叫，当时便闷过气去，不能动弹了。

何山被那指错方向的路标引出去了好远，一直奔到了绝崖尽头，才发现上了当。他折回头的时候，迎面碰上了刘玉堂和田石头。急切之中，他们什么也没顾上说，只是心急火燎地分析了一下情况，匆匆寻回到岔路口。正判不准该往哪边追的时候，猴四开枪了。何山便循着枪声，率先找到了这个地方。

他将猴四摔出去之后，根本不去理会他的死活，只是一个箭步冲到秀姑身边，跪下一只膝盖，着急地唤道："秀姑！秀姑！醒醒，秀姑，是我呀！我是何山！……"

秀姑已经清醒了些，只是接不上气来。她认出了何山，却说不出一句话。她的手吃力地抬一下，眼中流出了泪水。

"不要动，秀姑，我在这儿。"何山蹲下去，握住了她的手。他感到秀姑的手冰冰凉，还在微微地颤抖着。

刘玉堂和田石头赶上来了。

"何山，秀姑怎么样了？"刘玉堂气喘吁吁地问。

"她身上很多血！"何山恼怒地回答说，"我迟来一步，她就没命了！"

"那你还等什么？快包扎！"刘玉堂也火暴暴的，心中同样恼怒。

田石头突然大声喝了起来："站住！你站住！"

刘玉堂同何山急忙回头一看，昏迷了一下的猴四，乘人没注意的时候爬了起来，正歪歪斜斜地朝山下逃着。

"听见没有？"田石头举起了枪，"我要开枪了！"

田秀姑一听，赶快拽着何山的胳膊，一个劲地往上挣扎着。何山明白了。

"石头，等一下！"他拦住了田石头，然后伸出胳膊，托起了田秀姑的身子，"给！"他将自己的驳壳枪交给了田秀姑。

田秀姑站不直身子，便紧紧地贴着何山的胸膛，将身子稳定住了。在何山的扶持下，她张开嘴，朝着猴四的身影，一连打了八发子弹。她还嫌不解恨，直到打空了梭子，手枪还那么平端着，半天不肯放下来。

这八发子弹，全部击中了猴四的后背。

“秀姑，”刘玉堂这才疾疾地走到秀姑面前，“伤在哪儿了？要紧么？”

秀姑望着刘玉堂，脸色煞白。她手中的枪忽地掉了，然后，她咬着下唇，嘤嘤地哭出声来。

“别难过，秀姑，你干得不错！”刘玉堂很简洁地安慰了她一句，接着便回头喊道，“石头！”

“在这里，队长。”

“你同何排长一道照顾好秀姑。做个担架，把秀姑同志抬回去，知道了么？”

“是！你放心，队长，我听何排长的！”

刘玉堂不敢耽搁，急忙对何山说：“别的事，咱们不要再说了，秀姑交给你，我得先赶回去。”

“好。队长，我心里也明白。”何山冷静下来了，“你快去吧，刘喜那边，千万别出事才好啊。”

刘玉堂略一点头，回过身便走。

就在这个时候，远处突然响起了爆豆般的枪声。

“不行！”刘玉堂立即听出了枪声正在小竹林那个方位，“出事了！”

他一跃而起，飞身向小竹林那边奔过去。

枪声越响越密集，不久，便听见那边传过来一声沉闷的爆炸声。

“手榴弹？”何山惊讶地喊了声，“糟糕！石头，你也去！你同队长一起去！”

“我……”石头有点不知所措，“队长不是说让我……”

“你听我的！快去！快！”

石头一跺脚，再也没多说，转身尾随刘玉堂追了过去。

奇怪的是在那声手榴弹爆炸之后，枪声很快又稀疏下来了。不久，山谷里又恢复了平静。这种平静并不使人感到任何安宁，相反，倒使人心中产生了更大的恐惧。

刘喜在天黑之前察看过岩洞后面的地势，对那里已经心中有数了。山坡顺着小竹林向高处伸展而去，到那崖壁处，便是一面笔陡的悬崖，像被人用斧子劈断了。那悬崖有十几丈高，下面是一床干涸了的溪床。他估计只要崖上没人朝下放一条绳索，下面的人是绝难攀上来的。

刘玉堂走了之后，刘喜把剩下的战士精心做了安排。小竹林离崖顶有两百多米远，是上崖顶的必由之道。他把三名战士安排在小竹林里，嘱咐他们在发生情况时作为第一线先抵挡一阵。不行了再撤上崖顶。另外三名战士也编成了一组，扼守在崖顶上作为第二道防线。田富贵留在崖后看守俘虏，他自己来回策应指挥。本来他想再派一个人给田富贵，田富贵却谢绝了。他说崖后不可能遭到袭击，万一有人想爬上来，只需要一根木棍就足以抵挡。他还一个劲要求换别人守后崖，说那是件“闲差事”，刘喜考虑了一下，没有答应换人，不过他也没增派力量。防御的重点是前面小竹林，如果出现了意外，再回头增援完全来得及的。

一切布置完毕了，刘喜心中却总不踏实。想来想去，就是对后崖还不放心。那里毕竟关押着六名俘虏，还藏着四十条枪啊。

不久，果然出现了敌情。而且敌情正是出现在后崖下面。田富贵发现在悬崖底下隐隐约约有说话的声音，不禁十分奇怪。他听不真切，但是分辨出了那是几个男子的嗓音。

刘喜及时摸了过来，警惕地探出头朝崖下望去，立刻看见悬崖下那干涸的溪床上有三条黑影子在走动着。那三个人一点也不掩蔽自己，相互说着话，大摇大摆地走了过来。听口音，都是本地人。断断续续听见说什么“女屈死鬼”“讨替身钻被窝”一类的无聊话，还不时“嘻嘻”地笑着。

他们那毫无防备的样子首先给刘喜的直觉是几位山里的老乡，随即他便意识到这是几名过路的土匪。

那三名土匪倒没有引起刘喜和田富贵过度紧张。他们完全不知道在头顶上方几十丈高的崖壁上潜伏着小分队，因此他们是彻底放松着的。虽然也没注意不高声说话，却耐不住夜路的寂寞，话说个不停。

“七雷子”，一名土匪收住笑，唤另一名土匪说，“脚板走得不疼么？”

“疼又怎么的？还有好长的路哩。”叫作七雷子的土匪说话的声音很像个女人。

“是哩，路还长哩。卷根筒子烟，吃了再走，要得不？”

“你个崽，胆子越发大了？吃筒子烟，不怕露了光么？”

“七雷子，莫怕，我教你个法子。巴掌圈起来吃烟，不走光的。”

“那，吃了烟走！”七雷子想想还关照着说，“多长个眼睛，莫吃了暗算。”

“嘻，这夜里还怕暗算？我不怕哩，若是有个堂客拱了出来，我情愿让她讨了我去做替身哩。”

三名土匪嬉笑了一阵，竟在那崖下大大咧咧坐下了。然后，火镰子嚓嚓喳喳磕了几下，打着了火眉，他们便窝着巴掌挡住火头光吸起旱烟来。

虽然土匪们这样漫不经心，一副没有察觉的样子，刘喜却半点也不敢轻心。他心里做了很多设想，并没有找出什么疑点来。然而，眼皮下面就是土匪。至少在他们离去之前，这里是有危险存在的。

他正琢磨着，身后有一阵微微的响动。一名在竹林下面第一道防线警戒的战士爬了过来，轻轻地告诉刘喜说：“前面有情况。”

“什么？”刘喜紧张了。他忽然意识到这里面有问题，土匪可能是故意把他们的注意力吸引到无法攻上来的崖壁背后，然后再从前面突袭。

“富贵，我到前面看看去。你看管好俘虏，千万别离开。”

“放心吧。”富贵很有把握地回答道。

刘喜又对爬过来报信的战士说：“你留在这里帮助田富贵监视崖下，不要大意。”

“是。”那名战士将冲锋枪顺过去指向了悬崖下方。

刘喜疾速摸到了小竹林内。那里还有两名战士，正隐伏在土堆后面警惕地注视着前方。

“有什么情况？”刘喜轻声地问。

“……真怪，”一名战士没有回过头，边看着远处，边告诉刘喜说，“这会儿又看不见了，有一阵没一阵的。”

“是什么？”

“火光。”那战士判断说，“像是有人在那边抽烟。”

刘喜大为惊讶。后面悬崖底下有人抽烟，怎么这前面也发现了火光？

“有多少？”

“就一个。”

“你看清楚了？”刘喜追问了一句。

“最开始只有我一个人看见。后来再亮的时候，他也看清了。”那战士望了一望另一名战士，肯定地回答说。

“我看，不像烟头的光。”另一名战士表示了不同的见解，“好像是一只萤火虫。”

“不是萤火虫。几次都在同一个地方亮，萤火虫能不飞么？”

“说不定是停在树枝上呢？我看那亮光带一点蓝白色，反正不是烟头。”

刘喜摇了摇头，“别争了。这种季节，不会有萤火虫的……”

“看！又亮了！”那名战士压着嗓子叫了声，手臂指示着方向。

刘喜很真切地发现了那个亮点。亮光倒真是带着莹莹的蓝白颜色，显然不是燃着的烟头，但也绝不可能是萤火虫。

他抬起头看了看天，天上密密一层乌云，正缓缓地、无目的地移动着。偶尔也能从云缝中发现一两颗淡淡的星光。然而，战士发现的那点亮光却不可能是星星。它出现的位置与平视线在一条线上，而且它的亮度比遥远的云缝中的星光要耀眼得多。

过去倒是听老人们说过关于“鬼火”的事情，后来他知道那是一种磷的自然现象。眼前这星亮光，会不会是“磷火”呢？

刘喜对这时隐时现的火光十分重视。他联想到崖后面出现的三名“过路”土匪，更加怀疑那是土匪的诡计。说不定在这正面竹林子附近就埋伏着土匪，他们一定是来夺那批枪支的。只是有一点却让刘喜想不明白，土匪既然潜伏在这一面，为什么又会有这一点亮光出现呢？

在这种时候，人们的心中是最焦急不安的。情况弄不清楚，决心也不能下定，还担心不知什么时候就会出现意外，刘喜感到心里的压力太大了。他突然十分恼怒那点亮光，真恨不能一枪打灭了它。团部训练神枪手时，有一个夜间射击项目，专门瞄着蜡烛头射击。要不是不能暴露目标，刘喜感到打灭这亮光是件很有把握的事。

他倏忽得到了启发。如果周围有土匪，一响枪便会暴露自己。那能不能来个“投石问路”呢？一来可以弄清那亮光到底是怎么回事，二来也可以探探那边究竟有没有土匪，一箭双雕！

刘喜便猫下腰，从脚下摸起来一颗桃核大小的圆石子。

“你们注意监视，我扔石头了。”

他没有挥动很大的幅度，只是扬了扬小臂，手腕子一使暗劲，将那块小圆石头准确地扔了出去。小石子落到了那一点亮光旁边，发出一声“唰”的轻响，显然落进了草丛。这时候，只听得草丛中“扑啦啦”一阵乱响，飞出来两只拖着长长尾毛的山鸡。山鸡“咕咕”地打了个喉鸣，落地之后，一弹一跳朝远处草丛子钻了进去。再看那点亮光时，亮光果然不见了。

刘喜和那两名战士大大地松了一口气。

“没事儿。”战士说话的声音都高了些，“没人在那儿。要有人，山鸡早吓飞了。”

“小声点。”刘喜嘘了他一句，“还得警惕点，别暴露自己。”

“……哎！你们看，又亮了！”另一名战士还注视着那草丛，“怎么回事嘛。”

刘喜沉思了片刻，说：“不管他，继续监视就是了。”

他的话音刚落，就听见很远的山谷中响起了驳壳枪射击声。和前两次不一样，距离这里更远了。而且，一连响了八下。

“哦？队长他们追出去那么远了？”刘喜在心中想道。他觉得那连续发出的八声枪响似乎是一句结束语，队长该往回走了。

他感到了某种安慰。再坚持一阵，队长就会赶来的。在这之前可要更加小心一些才是。

“注意一点儿，我到后面看看去。”他站起身来。

突然，他和那两名战士同时看见了一个骇人的现象。草丛那边的那点亮光忽地喷出了火星子，亮度一下便增加了好多倍，差不多成了一团炫目的火球。并且，这团火球蓦地升高了些，在夜空中划了三个圆弧大圈。

刘喜瞠目结舌，“……有土匪！”他惊呼了一声。

霎时间，从那飞出过两只山鸡的草丛中立起来七八条黑影，一齐朝这边开了枪。刘喜和两名战士急忙伏下身子，便看见左右两边也同时跃起了七八条黑影朝这边运动着。

“注意两边有人！”刘喜喊了声，举起冲锋枪便扫射过去。

这伙土匪看来是训练有素的。两边的土匪在刘喜开枪时疾速倒地还击，中间那伙土匪则乘机跃进。一旦刘喜他们将枪口转向中间，中间的土匪又倒地还击，掩护两侧的土匪向上冲。这样一来，他们跃进得有板有眼，速度非常快。

刘喜心中很明白，如果在这里同他们相持，三条枪是不起作用的。地形对自己也失去了优势。必须把力量集中，而且还得利用陡峭一点的地形。

“快！撤到崖顶上去！”他喝了一声，然后猛扫了一梭子，掩护那名战士后撤。很快地，他们三人交替掩护着撤到了第二道防线。

土匪紧咬在后面，一步也没放松。但是到第二道防线时，他们的跃进速度受到了影响。刘喜会同第二道防线上的三名战士，各守一方，凭借着有利地形，顶住了土匪的进攻。土匪们也不性急，只在下面展开了密集的火力。刘喜禁不住心里发慌，看来这帮土匪不是一伙乌合之众，他们来势汹汹啊！

正打着，刘喜忽然发现自己阵地上多了一名战士。他赶紧低着头，跑过去一看，那名本来在协助田富贵监视后方的战士不知什么时候过来参战了，正一梭子接一梭子地打得痛快。

“你……”刘喜提高嗓门问道，“你怎么在这儿？谁让你来的？”

“田富贵啊！他让我来的！”战士回答道。

“什么？”

“田富贵说，土匪人多。他怕你这边人少了顶不住。”

“胡闹！”刘喜火冒三丈，“崖底下那三名土匪呢？”

“……啊？”战士愣了一下，“当时……这边枪响得厉害，我们没、没注意他们了……”

“什么？”刘喜急得使劲一跺脚，“完了！”

那战士也意识到自己失了职，赶快说：“我这就回去……”

“算了！你们在这里顶住，我去！”

刘喜的心狂跳着，不顾头顶上那蝗虫般飞过来的流弹，拔脚就朝崖顶后面蹿了过去。

山洞前那块乱石坪离崖顶大约还有一丈多高，刘喜看也没看一眼，一纵身子便跳了下去。他举目一望，发现这里简直像个乱葬岗。关俘虏的那个洞子坦露着一道狭长的黑洞洞的口子，静悄悄张在那里，一个人也没看见了。

刘喜心中越发慌乱，便大声喊了起来。

“富贵！田富贵！你在哪儿？”

随着这声喊，刘喜忽然发现藏枪的那个洞口处“哗”地发出了一声响。像是有件什么东西跌在了地上。

“枪？”刘喜大惊失色。土匪在那里找到了枪，正在搬运着。他血冲颅顶，端起冲锋枪，刚要扫射，突然那边跳出来一个人。

“长、长官！”一名俘虏扔下枪，不要命地奔了过来，“我不想……”

“叭！”山洞里响了一枪，那名土匪俘虏还没跑几步便被击毙了。

随即，山洞里有一个女人一样的嗓子吼了起来：“快！快出去！往左边跑！”

接着便有一串人影抱着一捆捆枪支拥出了洞口，向侧面逃窜而去。

“我让你跑！狗日的！”

刘喜紧紧扣下枪栓，冲锋枪子弹像一条钢铁长鞭横扫过去，土匪们立刻便趴倒了。

他打完了一梭子弹，正极快地换着梭子，忽听见头顶上方“嗖”地刮起了一阵风。刘喜赶快一侧身，后颈处已经挨了重重一脚。他感到身体仿佛被一座山砸中了，不由自主地倒了下去。倒得很重，下巴猛地磕在了石头地上。他咬着牙，刚想爬起来，右面腮帮子上又被那人踢了一脚。

那个人就是钻山豹。他刚才是掩身在石壁上的，像只大蜥蜴。钻山豹手长脚长，指尖很有力量。他苦练过轻功，飞岩爬壁是他的绝招，常人不亲眼见到是很难相信的。今天晚上，他使用了虚虚实实、真真假假的策略，迷糊住了刘喜。他自己则带着亲信七雷子和另一个匪徒，乘着刘喜的注意力转移正面，施展出了上壁的绝招。这样，他便很快地得手了。

当他第一脚踢倒刘喜之后，立即飞了第二脚。这也是他的绝招，三脚连续出击，脚脚不落空。连独眼龙那样的剽悍角色也吃他不住，别人就更不消说了。三脚下去，重者立即断气，轻者也再不能动弹。

不料在他稳操胜券，正要踢出第三脚的时候，刘喜急急一扬手臂，死命扔过来一件东西。钻山豹急忙躲避，但是已经晚了。扔过来的是一个冲锋枪梭子，不偏不倚，正好击中了钻山豹的眉心。那梭子里面满满地压着子弹，分量不轻。霎时，钻山豹只觉得耳朵内“嗡”地发了声响，眼前顿时漆黑一团。

刘喜却赢得了宝贵的时间，在钻山豹被击中的一刹那，忍着剧疼站了起来。他托起冲锋枪，忽然想到梭子已经扔出去了。他来不及后悔，掉过冲锋枪，劈头便朝钻山豹砸了下去。

钻山豹极有经验，虽然暂看不见对方，心里却有个方位。差不多是凭那求生的本能，他竟闪过了刘喜砸下来的枪托子。

“七雷子！”钻山豹大喝了一声。声音有点嘶哑，含着恐惧。

“二爷莫动！”那女人样的声音突然在刘喜后方不远处应了钻山豹。

接着，刘喜被七雷子开枪击中了。

他是猛然感到后腰仿佛被人踹了一脚之后才听见那声枪响的。他感到挨了一枪并没有什么异常的疼痛，身上憋足了力气也完全没有散泄。他知道必须加快动作打倒钻山豹，否则气力就不够用了。

于是他再一次举起了枪托，却力不从心，慢了很多。钻山豹的眉心处裂开了道口子，血流了出来，糊住了他的眼睛，但是他从容地擦了一下，还来得及照着刘喜的胸膛打了一直拳。刘喜竟倒了下去，他十分不服气。这一拳力量并不足，怎么让他打倒了呢？看来伤得很重，腰间热烘烘尽是血……不能倒！这么重的伤，倒下去是难得起来的啊……

刘喜在地上痛苦而又刚强地挣扎着，拼命要爬起来。七雷子走近了他，不阴不阳地说："你英雄哩。吃得你二爷两脚？好呀，看你这气性，我送你回老家吧。"

"莫放枪！"钻山豹喊了声，"要个活的，七雷子。"

七雷子便没有开枪。"过来！"他朝身旁招了招手，"捆了！"

刘喜蒙眬中看见周围游过来一些蓬头垢面的黑影子。这些黑影子全像阴间那些魑魅魍魉。仿佛又都戴着红的绿的假面，背上插着一些靠杆旗，像戏台上的武花脸。

他的耳朵除了嗡嗡的鸣响声，什么也听不见。听不见这群魔鬼走近的脚步声，也听不见他们的说话和喘息。但是他感到肩膀、胸脯、腰身和双腿都被牢牢地压住了。

忽地他清醒了，清醒得出奇。他看见围上来的土匪背上确实有些胡乱朝上戳着的棍子。那是枪！是小分队从田大榜手上缴获的战利品，现在又落到土匪手上了！

"七雷子，先前捉的那个，还有气么？"钻山豹问。

"死不了。吊在崖边头哩，二爷。"

刘喜听懂了，那是田富贵。他心里火一样烧得疼，知道落到土匪手上会受到怎样的凌辱和处治。他想挣扎，但是身上怎么也使不出力气来。嗓子眼往外出的气滚烫滚烫，烈焰一般灼人。

不知是种什么样的绳索已经兜住了他的脖子，喉结处压得渐渐不能通气。他闻见那绳索有一股恶腥腥的汗尿臊气，这是一种死亡的气味。

身后仿佛硌着一块石头，顶得半个身子都麻木了。刘喜心中陡然一亮堂，那是皮带上挂着的两颗手榴弹啊！

捆吧！你们！

刘喜任土匪们七手八脚去理绳索，手臂乘着身子被翻动的机会，伸到腰间。盖被拧开了！导火索的铁圈被食指钩住了！……

“捆吧！你们这伙畜生！”刘喜拉开了导火索。

钻山豹闻到了引信的硝烟味，大喝一声跳开了。

那群正在捆刘喜的土匪发现得晚了些，又离刘喜近了些，刚要散去，手榴弹便贴着地面爆炸了。

这桩事发生得极快。小分队的六名战士还在顽强地抵挡着正面进攻的土匪，他们觉得刘喜并没有去多久，便感到地皮震动了一下，听见了崖后那爆炸声。

更加使战士们惊愕的是正面那群土匪。听见手榴弹爆炸之后，土匪们同时停止了射击。大约他们也在判断什么吧？但是，他们再也没有射击。当间歇的时间超过了小分队战士们能够理解的长度之后，战士们才发现土匪们早已撤走了。小竹林里鸦眠雀静，土匪无影无踪。仿佛被凶猛的潮水嚣闹了一通宵，天亮后开门去寻那潮水时，却只见到空落落平坦得令人难以置信的一片沙滩。

不久，刘玉堂和田石头一前一后疾速赶回了小竹林。

晚了！太晚了！他从战士们的神情中知道一切都发生过了……

第六章

小分队在刘喜牺牲的地方挖了一个坑，将刘喜的尸体掩埋到坑里，然后，用石块给他垒了座坚实的坟墓。灰白色石块垒成长方的形状，像一尊庄严的纪念碑。

干着这一切的时候，谁也没说话。也没有谁设计那坟墓的造型，一人一块石头，接连不断地往上垒着，长方形便自然垒成了。人人心中仿佛都有一个相同的模式，觉得应该这样为刘喜造一座纪念碑式的坟茔。

如果要比较一下的话，心情最悲痛的要数田秀姑了。昨天晚上，她是由何山背回小竹楼的。猴四那一枪，子弹嵌进了她左边的锁骨。大概是因为她亲手枪毙了猴四，为父亲报了仇，吐出了心中积压了好多年的苦水，因此心中很是舒畅，倒没感到伤口有多痛。回到小竹林之后，她才得知这里遭了土匪偷袭。她猛然回想到这一切与自己的贸然行动有直接关系。如果不出去采苦栗子，就不会被猴四和独眼龙俘了去。也不会引得何山、刘玉堂他们追着去救自己了。

当刘玉堂他们打扫完战场，得知那四十条枪被土匪劫去，田富贵下落不明时，田秀姑又悔又恨。后来，战士们抬来了刘喜那血肉模糊的尸体，秀姑再也经受不了心中剧烈的悲愤，泪水喷涌而出。一口气接不上来，便人事不省了。

天亮有好长一段时间了，秀姑渐渐睁开了眼睛，她感到了一种从未有过的虚弱。周围异常宁静，天上走着浮云，云朵簇作巨大的一团，罩得很低。这种阴郁的天气，压得人透不过气来。

她将头偏过去，看见身旁坐着一个人，这个人背对着她，呆呆地望着远处，一动不动，石刻木雕一般。

秀姑从背影认出来了，他是田石头。

“啊……”秀姑轻轻地呻吟了一声，“石头。”

石头回过头来，看着秀姑。

“你……醒了么？”他问。

“……人呢？”秀姑环视了一下，没有看见其他的战士，“他们……都去哪儿了？”

“你歇吧，莫问那些了。”

“刘喜……埋了么？”

石头木讷讷地顿了一下，“……嗯。”

秀姑紧紧地闭上了眼睛，“都是我的错，我……好冒失啊！”她痛苦地说。

田石头仿佛一夜之间成熟了，变得格外通晓事理。

“秀姑姐。”他轻轻地用新称呼对秀姑说，“不能怪你。队长讲，你好坚强，一心为了打土匪。我……也看见了。”

“啊，石头兄弟……”秀姑心头一热，眼泪禁不住又流下来，“可昨夜里的事，若不是我……”

“莫讲了。”石头平静地打断了她的话，“刚才天快亮时，队长找大家开会了，何排长也跟你讲的差不多，他好后悔，一直怪着自己。我也想讲几句，真的，我也后悔不该……”他很坦诚地望了秀姑一眼，“秀姑姐，我对不住你。要不是我乱想一气，昨夜晚想也不得让你吃了土匪的暗算……”

“快莫讲了，石头兄弟。”

“是哩，讲也迟了。”石头倒也干脆，接着又继续说，“后来队长讲话了。他讲，昨夜的事，都不能怪的。那都是他一个人的责任哩。他讲得好痛心，听得大家都……”

“唉！……石头兄弟，往后，你我都要舍出命帮队长他们才是哩。他们是远处来的人，进山替我们打土匪，还不是为我们么？我们是山里人，看得心里不愧么？”

“还有富贵，他也是山里人。”石头心里好像压了个沉重的磨盘，“他让土匪抓了去，还不晓得在哪里受罪哩！”

他们正在痛心地说着话，刘玉堂和小分队的战士们垒好刘喜的坟，朝这边走过来了。

“队长……”秀姑见到刘玉堂后，只喊了一声，喉头便被一股悲怆哽住，再也说不出话来。

“秀姑同志，没什么。”刘玉堂已经完全恢复了平时的冷静和自信，“没什么，别难过。快养好伤吧，我还有很多事要靠你去做呢。”

他安慰了秀姑几句，然后从腰上取下了一把篾刀。他看着篾刀背上刻着“富贵”两个字，沉思了一会儿，“田石头。”他喊了声。

“到！”石头站了起来。

“这是田富贵同志的刀。你先带在身上吧。”

“是！”石头咬着牙帮，发狠地说，“队长，我迟早要把他救出来，亲手还给他。”

“是的。但是不能迟了。”刘玉堂的面色渐渐地冷峻起来，“我们要救田富贵，还要救乌龙山的所有乡亲。土匪们现在都奔石城去了，我们必须坚定不移地去石城，依靠当地老乡，拖住土匪！”他末了还加重语气重复了一句，“不能再迟缓了！”

小分队出发的时候，何山来到了秀姑面前。他手上拿着两根粗竹竿捆成的担架，放到了秀姑面前。

“这是做什么？”秀姑不解地问。

“抬着你走。”

“抬我？”秀姑急了，“哪个讲的我要别人抬？”

何山心情很不好，竟气吼吼地说：“你负了伤，能走么？这还要谁说？”

“……何山。”秀姑望着他，顿了片刻，忽然问道，“这是你自己的主意么？”

“问这个干什么？”

“不，我想问哩。”

何山也顿了片刻，“……不。这是队长想出来的法子。”

“……是么？”秀姑似乎有点失望了，“那，你找队长来，我对他讲。”

“讲什么？”

“我不要人抬哩。”

“算了，秀姑。”何山不愿意去找队长，因而他又耐下心来，劝她说，“不管谁的主意，这样抬着走，不会影响行军速度。你没听队长说么？我们没多少时间了。”

“那……”秀姑想了想，“你和哪个一起抬我呢？”

“我叫了田石头。”

“石头么？那倒是好……他人还小，抬得动么？”

“队长说，他也同我们一起走。石头抬不动了他就换石头抬担架。”

“不不！”秀姑慌忙摆着手，“万莫让队长同我们一起去，我不要他抬的。”

“别说了，这是命令。”何山皱了皱眉头，“小分队不熟悉去石城的路，还得靠你指路，所以我们必须走前面。队长不放心，他要亲自开路。”

“这、这怎么好？”

“没什么不好的，我们部队里官兵平等。你只要老老实实躺在上面就行了，别管谁抬。”何山伸过手去，不容分辩地托住她，“快！我扶你坐上来，石头来了就出发。”

乌龙山纵横不知有多么深远。山势嵯峨，险象环生，几乎没有一处平缓的地方。

小分队走的是一条绝少有人走过的崎岖小路。这倒是比较安全，却荆棘载途，行进得十分困难。

走了大半天，何山、田石头和刘玉堂已累得汗流浃背。秀姑在担架上深深感到不安，几次提出要下来走都被刘玉堂说服了。

“我这样，反而认不准路哩。”秀姑有一次找了个理由，又提出了要求。

“没关系。”刘玉堂说，“遇到岔路口，我们停一下，等你看准了路再走。”

秀姑只好还待在担架上。不久，她又说：“我的伤好多了，走动一下更好，让我下来，要得不？”她的口气近乎是在哀求了。

“你别动好不好？”何山一直没让人换肩，也没同秀姑说话。这时候，他仿佛烦躁起来，“动来动去，抬担架的人更累。不会让你下来走的，你就老实待着吧。哪有那么多话要说嘛。”

刘玉堂本想制止一下何山这种不客气的情绪，但他犹豫了一下没开口。他隐约感到田秀姑不会对何山这种语气产生反感的，甚至还会感到舒畅呢。他明显发现当何山发了几句很冲人的牢骚之后，秀姑果然不再说话，在担架上也老实多了。他悄悄观察了一眼，还真看见秀姑脸上浮起了一缕红晕。刘玉堂仔细在心中权衡了半晌，竟发现自己很能容忍何山说过的那种“不大对头”的事。他找不出点很实在的理由来杜绝这件事情。如果仅从剿匪这个任务来看，相反还会有若干好处呢。

“何山哪，”他忽然很关切地对何山说，“让我换换你吧。”

“没事儿，队长。”

“留点儿体力。万一有情况，你还得独当一面呢。”

“别说了，队长。我要挡也只挡一面，可你得照顾全面。比我更需要体力。”何山心里很感动，劲头更足了，“石头，你怎么样？”他问抬在后头的田石头。

“我么？刚刚换上来，劲冲着哩。”

“好。走快点，行么？”

“行的，走起！”

何山脚下一使劲，行军的速度立即加快很多。

忽然，田秀姑在担架上叫了起来：“咦！慢些，慢些走！”

何山便放慢了步伐，“刚走出节奏来，又怎么啦？”

“放地上。快些，放地上。”

“什么？干吗要放下？”何山站住了，却没有放下担架。

“要你放就放，没听见么？”秀姑急了，连连拍着担架的竹杠子。

刘玉堂大步走到担架旁，关心地问道：“秀姑，怎么回事？伤口痛么？”

“不，不是的……”秀姑结结巴巴地说，“我是……我……”

刘玉堂这才发现她一脸憋得苍白了。他顿时悟到什么，便吩咐何山和田石头说：“放下来，快，稳住点别偏。”

他扶住担架，帮助他们将担架放了下来。

何山不解地抱怨说：“怎么又要放下来呢？瞧这地方多险，脚下那么深的崖沟。要放也得到一个安全点儿的地方嘛，这么等不及。”

“好了，别说了。”刘玉堂很严肃地对何山和田石头摆了摆手，“走，我们到一边去。”

田石头心眼不活，困惑地看了刘玉堂一眼，“……干吗去？队长？”

“哦……去观察一下。”刘玉堂推着他们走了两步，又回过头来。眼睛不朝秀姑看，只是斟字酌句地对她说，“……哦，秀姑同志，你就在这儿……轻松轻松。没事儿，你什么时候缓……缓过了劲儿，就叫我们一声。你放心，我们多观察一下路。你不叫，我们不会过这边来的。”

秀姑开始也没明白刘玉堂为什么要叫何山他们走开。她不知道刘玉堂要观察什么，路只在她自己心中，周围又不像有什么情况发生。后来刘玉堂那么正儿八经地说了几句话，秀姑心中立刻明白了刘玉堂的用心。她霎时脸红了。

“那……也要得。”她抿着嘴，缓缓发笑地说，“你们也去……”下面的话她再也不好说下去了。

刘玉堂带着何山和田石头朝前走了十多米远，拐个弯，来到了石壁的另一面。这里有一丛灌木，完全挡住了视线。

“就在这儿吧。”刘玉堂说，“别太远了。”

“队长。”田石头直到这会儿还没开窍，“到这儿干什么？”

“干什么？”刘玉堂微笑着看了他一眼，“我说，咱们也抓紧时间轻松轻松吧。”

“轻松轻松？”石头更加困惑了，“什么叫轻松啊？”

“石头，你的机灵劲儿怎么全没了？”何山已经明白了刘玉堂的意思，“抓紧时间解手。还傻问些什么嘛。”

“咦呀！”石头忽地咧开嘴笑了，“嘻，这么讲，新鲜哩！”

他们刚刚松弛下来，突然听见秀姑那边发出了“哗”的一声响，接着，这哗哗的响声又连发了一长串，越发越远了。

“糟糕！”何山一惊，猛然想起秀姑肩上有两处伤口，她是很不方便的，“出事了？”

刘玉堂心里也骤然一缩，但他却不敢贸然过去。

“何山，快去看看！”他脱口便这么喊道。

何山心里很急，也顾不得那么多了。刚要抬脚，忽然听见秀姑在崖那边说起话来。

“你们可以来了么？”

这句话立刻使何山和刘玉堂松了一大口气。

“这得问你嘛。”何山答了一句，“你说我们可以来了么？”

“咦，来呀。早就来得了哩。”

他们于是急匆匆地回到了秀姑身边。秀姑早已挺挺拔拔地站在那里，看上去精神抖擞，心情轻松极了，正舒展着眉头望着他们笑。他们感到秀姑一站立起来，不仅她身上利利索索，就连她脚下那块地方也显得空空落落了。望一眼，便使人产生了卸掉沉重的包袱的感觉。只是卸得太突然，一瞬间又似乎觉得少了点什么。

何山首先发现了问题。他诧异地问道："担架哪儿去了？"

"你讲那两根竹筒子么？"秀姑得意地看了何山一眼，"我踢下崖沟里去了哩。"

"什么？这怎么行？你真是……嘿！"

秀姑却反问道："那竹架子有什么好？还舍不得么？"

"可那也没什么不好的嘛。"

"有哩！"秀姑显然想了很久，竟有条不紊地说，"有三桩不好的哩。第一，我睡那上头，身上硌得疼。第二，压疲了你们三个人，遇见土匪，跑都跑不散。第三么，抬着走路好打眼哩，远远地就被人看得见。我就踢下去了。不好么？都清爽了哩。"

"不行！"何山倔劲又上来了，"我去把担架弄上来。"

"弄得上来么？"秀姑望了望那深不见底的崖沟，"莫下去，真的，去不得的。再讲，你弄来了我也不得再坐了。"

"那就算了，何山。"刘玉堂也开口劝了何山一句。他很佩服田秀姑这种坚韧的性格，知道再强迫她也不好了，便答应了秀姑的要求，"那就休息一下，吃点东西再走吧。"

"不怕的，队长。"秀姑很高兴，劲头也很足，"时间来得及么？"

"来得及，你们山里人不是常说，磨刀不误砍柴工么？"

"是哩。这条路近，歇歇也不怕的。"

刘玉堂想了想，说："我还要向你了解些事，边休息边谈吧。"他回头对田石头说，"石头，你去接应一下小分队的其他同志。还有，再拿两个急救包来，秀姑该换药了。"

田石头应了声，回头接应小分队去了。秀姑便走到刘玉堂面前，性急地问："要打听什么事，队长？"

刘玉堂想了想，招呼她和何山说："来，我们坐下谈。"

何山不知道刘玉堂要问什么，想一想又觉得他那样子很轻松，似乎问的事并不是与自己有关，便坐得离他们远了些。他心想，刘玉堂要是叫他，就推说在这里便于警戒。他还把驳壳枪也拔出来握在了手上。

刘玉堂确实没有叫他。他心里正想着自己的事，坐下之后，思索了好一阵子。

“秀姑，你知道么？”他终于开口了，“我这是第二次遭到钻山豹的暗算了。”

秀姑认真地仰着头看着刘玉堂。她没有答话，等待着他往下说。

“原来我们认为乌龙山的匪根子是田大榜，所以，我们的着眼点一直盯在田大榜身上。这两次教训很深刻，看来，最难对付的土匪已经不是田大榜，而是钻山豹了。你同意我的这个看法么？”

秀姑仔细想了想刘玉堂的话，回答说：“我爹以前讲过的。他每次都不去碰石城的麻家兄弟，讲他们不好碰。不比打田大榜哩。”

“是么？为什么呢？”

“我爹讲，麻老大脚底下有一块天地，不比转山匪，碰不得的。麻老二，就是那钻山豹，我爹讲他心里有一块天地。他本事大，心更大，日后乌龙山只怕是他们的天下哩。”

刘玉堂默默地听着，心里更加肯定了对钻山豹的看法。

“秀姑，你能详细谈谈钻山豹的情况么？”

“他么？”田秀姑想了想，“你晓得他是怎么发起来的么？”秀姑忽然问刘玉堂。

刘玉堂摇了摇头，“听说他很小就当了土匪？”

“他小时候倒是没有明着当土匪，平日只关在屋里发狠读私书——把私塾先生请到家里教书。后来我爹听驾船的人讲，麻老二好了不得。小的时候，干过一件惊天动地的事哩。那时候，他好像还只十三四岁……”

“哦？”刘玉堂很注意地注视着田秀姑。连何山也集中了注意力，回过头来。

田秀姑便坐正了身子，告诉了他们一桩在当时轰动了乌龙山的传奇事件。

那一阵子，乌龙山的各路土匪杆子都多多少少走了些背运。官府方面大概感到不治下乌龙山的土匪，脸上太无光彩。对上对下也实在难得交代，就开始往山里派枪兵，铆足劲要剿灭土匪。

本来往来乌龙山派兵剿匪的事情各朝各代也没间断过，土匪杆子们也习以为常了。他们对付剿匪的队伍也有了更加丰富的经验。队伍开进山来，先是不与他们对抗，一头缩进深山再说。再就是弄些甜头悄悄塞到兵总们嘴巴里。像大烟、光洋、天麻、人参那些东西，多塞一些总不吃亏，反正来得也容易。枪兵进山剿匪，不管一开头喊得多凶，不到三个月，总要泄了劲。不是捞了些便宜，就是吃了些暗算。不久必定是一退了事。

那一次开进来了一个旅，也是紧风密雨，做出一副老死在乌龙山也不退兵，要斩尽杀绝土匪的架势。土匪有了经验，也不害怕。往山里缩进去的时候，还嬉嬉闹闹，仿佛去走亲戚一般。

两个月过去了，枪兵们自然没剿到几个真正的土匪。那个旅长倒是个正儿八经的军人，一天到晚督着部下不歇脚地寻风捕影。只是他手下几个团长不肯出大汗，背着旅长便有一枪无一枪地蒙哄着他。

其中，有一名团长是富家子弟。他家里想靠一靠枪杆子，便花大价钱给他买了个军队里的官。这团长对打仗的事糊涂得像一缸米汤浆子，做生意赚大钱的事却精得出了油。他的队伍奉命扎进石城，这团长一看就花了眼。队伍怎么个扎法，他一概交给了副手去管。自己却派亲信，左一下右一下与当时退到苗山去了的麻老大暗送秋波。他的上司一天到晚在马背上忙剿匪的事，他却好几次给土匪通消息。那旅长忙得团团转，多次布下兵力，眼看就要袭住土匪了，土匪竟不胫而走。旅长气得哇哇乱叫，却怎么也没想到是自己的下属走漏了风声。

在一个没有星光的夜晚，一队马帮在打过二更的时候进了石城。马的蹄脚扎上了麻袋片，走到城门下，才被守城的士兵发现。他们慌忙报告了副团长。一来他是专布置军事的，二来士兵知道团长不得管这打仗的事。要管也管不下地。

副团长赶到石城门口时，远远便看见城门大开，马帮已经进了城。他当时便吓出了一身冷汗。他看见赶马帮的人一色青衣青裤包头，虎彪彪握着寒光闪闪的钢枪。这不是土匪么？

他刚想喊叫，身边黑暗中闪出一个胖乎乎的人影，伸手轻轻拍了一下他的肩头。他急侧头望去，不禁大张着嘴，半天合不拢来。他看见他的团长戎装整洁，正露着金晃晃的假牙朝自己发着笑。

“兄弟，不必慌张。”团长和颜悦色对他说，“这些人是我放进来的。别看他们握着枪，是一群财神菩萨呢。你别声张，就当没这么回事儿。团长我有仁有义，绝亏不了你。”

天亮之前，那伙剽悍的土匪酒足饭饱，又赶着马帮神鬼不知地离去了，跟进城时一模一样。不同的是，进来时马背上驮的是些大烟土、珍奇山货。出去时马背上的东西卸掉了，换成了一捆捆用麻布袋包着的油浸浸的七九式步枪和捷克式轻机关枪。那批枪还没打过实战，口径很紧，枪身的烤蓝一点也未脱落，一支支都是崭新的。

那位副团长也分了些好处，又惧怕团长有靠山，自然不敢漏半点风声出去。但是，不久便有风透到了旅长耳朵里。旅长也知道那团长在上面颇有势力，恐怕没有实据，也搞他不动，便不动声色，暗中派人去查访。这件事既然有风透到旅长那里，要查访也不是件难事。那团长得到这个消息，心里开始惶惶不安了。于是，他暗中派了一个人，潜进苗山，给麻老大送了个信。他要求麻老大派几名杀手，在光天化日之下杀死派来查访的人。

同那名团长进行黑幕交易的主子正是麻老大。他的想法和那团长绝不相同，他知道那名旅长与以往的兵总不同，不愿杀他的人惹翻了他。但是，麻老大又极不希望那名团长被旅长查出来。如果换一批人扎到石城来，也许他在苗山就待不安宁了。这名团长倒是很有可爱之处，既不出兵打苗山，又贪财好利。让他长期扎在石城，麻老大乐得太平无事还换了大批枪械弹药。因此，当团长有危险时，不救他一次，于自己也是有百害而无一利的。

麻老大比起那团长来不知要高明了多少倍。他见到团长的信，当着送信人的面就骂开了。

“蠢！杀了查访的人，有个屁用？上头不晓得再派么？那时候又杀？中医有句话，治标不治本，越治病越狠。晓得么？还当团长，这蠢材！”

他略动脑子便想了个“治本”的妙法。那名来查访团长的人到石城后，当晚屋子里便出现了一名艳嫩诱人的侍女。天快亮的时候，团长带着马弁破门而入，从床上抓住了一双男女。团长也不太为难查访的人，一心只同他“私了”。若是答应，还有一封烟土，五百光洋，要是不答应，那封烟土，那堆光洋，还有那女子，一齐用马车载了去见旅长。再押去一名“土匪”喽啰，让他招供说是给查访的人放哨的。一口咬定他勾结土匪来诬害堂堂正正的团长。

当然，那事必定只有“私了”一条路。查访者回去报告旅长说，那名团长在石城精诚竭力，终日追剿土匪，毫无二心。土匪们惧怕他，因此才无中生有透出一些风来，目的是想用反间计除掉他，想借旅长的刀斩断自己的左右膀。好险！幸亏查明了真相！

旅长将信将疑，却又不得不相信自己派下去查访的人。乌龙山范围很大，他精力上也顾不过来。心想，石城的事先搁着，等把别处的土匪剿得差不多了再把队伍开到石城，亲自去处理那一带的事。便对那团长不再追查了。

对于土匪来说，这是一件十分好的事情。他们看准了这个大漏口，一方面在其他地方不停地骚扰，拖住旅长的兵力；另一方面又纷纷同麻老大接上头，把主要力量和财产往石城一带的苗山转移过来。他们知道这一带非常保险。偶尔，各路杆子头还凑些份子，通过麻老大暗中递给石城那位团长。团长坐收红利，他们两下相安。尽管那位旅长忙得马不停蹄，石城这一带却是按兵养息，风平浪静。大家都在心安理得地等待着。土匪们等待着枪兵们收兵回朝，团长也等待着把那些横财运回去。

一个多月之后，上面果然发给那旅长一道命令，说是进剿了不少日子，收效不是太大，却也可以收兵了。对乌龙山的杆子，宜采取“剿抚并举”的办法。现在土匪们缩进山里，不敢乱动，需要派官员进行“安抚”。乌龙山天高皇帝远，最终还要“以民治民”“感其归顺”。那位旅长苦于打又打不着，走又不甘心，上司来了命令，他又找不到理由在山里不走。最后只好望空长叹，着手部署起退兵的事来。

眼看要熬到头了，石城却意想不到地出了一件惊天地、泣鬼神的大事情。这件事完全使得旅长改变了决定，给土匪们带来了一场很大的灾难。

那一天，三伏的骄阳烤得石城像座火炉子。俗话说，天冷冷穷人，天热热富人。有钱人平素吃得脑满肠肥，心宽体胖，一到伏天就热得冒油汗，无处可以躲过酷暑。

驻扎在石城的那名团长就是一个滚滚圆圆的大胖子。据说每次行军，他的马夫要替他准备两匹高头大马，一匹马是很难得将他驮到目的地的。

接到准备撤兵的命令之后，团长整整忙了两天，将土匪暗中递过来的财宝精心装箱打捆，心中乐滋滋地盘算着回去后怎样脱手。他甚至亲自动手，翻过来倒过去地弄得更稳妥些才放心。一直忙到第二天下午三点多钟，已经是满身臭汗，头昏脑涨了。

他忽然兴致勃勃，唤来一名勤务兵，同他一道出石城走了两里多路，来到石河边上。这里有一处深潭，潭水墨黑，深不测底。那潭水终日确实凉沁沁的，而且水面无浮泡，干干净净十分诱人。

这名团长是个纨绔子弟，从小贪玩，也懂些水性。收拾财宝出了几身大汗，他便起心到石河洗凉水澡。他料想这里离石城不到两里，土匪又巴不得这几天平平安安地等着枪兵撤走，绝不会来自找麻烦，便毫无戒备地来到了石河边上。他的勤务兵水性很好，这样他更放心了。

他让勤务兵持枪在岸上替他守着衣服，然后便腆着浑圆的大肚子扑进了清凉的潭水之中。他一会儿仰在水面上挥动手臂漫游着，一会儿又翻过来扑腾起高高的水花。他感到舒畅无比，惬意极了。

游了两圈之后，他忽然看见岸边站着一个小男孩。那小男孩倒不怎么矮，却单瘦得像根豆芽丝。他只穿了一条小裤衩，两肋处的排骨突起着，跟鸟笼子似的。这小孩一身极白，好像刚刚大病过一场，那虚弱的样子，就像从蛋壳中刚孵化出来的一只麻雀。

“喂！小家伙！”团长在水里喊了声，“是哪家的野种？有爹没有？啊？”

小男孩似乎听不懂他的话，但对团长那粗沙的嗓音感到很害怕，便不由得抽回细腿，抖抖索索地后退了一步。

团长看得有趣，便故意吓唬他说：“嘻，你怕什么？我问你，会玩水么？”

小男孩更害怕了，眼睛惊恐地看着水面，双腿竟连连后退。一不留神，退到了团长脱下的那堆衣服上，立即被绊得跌了一跤。他的瘦嶙嶙的胳膊肘磕在团长那条左轮手枪上，立即破了块皮，并且很快渗出了殷红的鲜血。小男孩痛得要哭了，一眼看见那支左轮手枪，仿佛见了老虎一样，吓得一弹而起，回头便跑得远远的，连大气都不敢出一口，好像那条枪会自动放响打中他一般。

勤务兵当时忍不住大笑起来。团长在水中更是高兴得忘了形。

“别跑！小家伙，那东西不会追你。哈，怕什么？怕老子的枪咬下你的卵子来？”

小男孩张皇失措地回头看了看这边，大概感到这里不能久待了，便回过身想离开这里。他走得很快。一边走还一边回头，好像真有什么东西会追上来咬他一口。

团长在水里看得哈哈大笑。他痛快极了，忽然起了要一要这嫩孩子的念头。

“勤务兵，追，给老子抓住那小子！”

勤务兵也感到很有趣，听得团长吩咐，便放开步子追上去，抓住了那个瘦小的男孩。

“抱过来！到这边来！哈，真他妈有味道。”团长向岸边游了几步，“扔下来，扔到水里。让他凉快凉快。”

小男孩吓得叫了起来，在勤务兵手中挣扎个不停。他那么弱小，在勤务兵手里，只像条被河鹰叼在空中的鱼苗苗。

“别害怕，小家伙。”团长从勤务兵手里接过小男孩，向潭水深处走了过去，“我教你游水。淹不死你的。哈，你这三根骨头筋，不活动活动，身上长不出肉来。下去吧！”

他毫不费力便将那小男孩扔出去一丈多远，落进了潭水深处。

小男孩惊恐地呼喊起来，然而他的呼喊刚出了一半声音，立即便被潭水呛了进去。他太瘦了，身上除了骨头就是一层皮。跌到水里，秤砣一样直直地沉向水底。大概是出于求生的本能，隔了一会儿，他又挣扎着冒出了半个脑袋，却没等一口气换过来又急剧沉下去。一只鸡爪子般粗细的小手在水面上乱抓了一下，似乎想抓点救生的东西，又什么也抓不着，转眼之间那只小手也没进了水中。水面上留下一缕缕旋翻起来的波痕，小男孩再也没有浮起来。

“哈！太不经折腾了。”团长做出不慌不忙的样子，朝深处蹚了过去，“别慌，小家伙，看我来救你。”

他游到那小孩沉没的地方，鼓鼓腮吸足了一口气，将身体一收缩便潜入了潭水之中。

勤务兵站在岸上，开心地期待着团长将那小男孩托出水面。他猜想，团长的玩兴正浓，托出来之后，还会有第二次、第三次把小男孩扔入水中。他不会让小男孩淹死的，只是寻寻开心而已。他知道团长这两天眉开眼笑，心情格外舒畅。

时间过了好长一阵，勤务兵忽然觉得不大对头。团长潜入潭中竟再也没有冒出头来。他知道胖人的气魄短，不会这么久地没在水中连气也不出来换一口。他怔怔地望着水面，忽然看见离水面还有两尺的地方有条白生生的身躯。那手和脚完全摊开着，一点知觉也没有的样子。而且，再仔细看时，那身躯又急剧沉下水底看不见了。

勤务兵十分吃惊。他再也不敢耽搁，手忙脚乱卸下武装皮带，解开纽扣甩掉上衣便朝潭水中奔了过去。水花溅得老高。他估计团长大概被水呛住了，或者是腿肚子抽筋，发生了意外。

当他游到团长沉没的那个地方时，突然觉得脚上被什么东西箍住了。他最初以为是水草什么的，还很理智地顺着往前抽了抽脚。一般情况下，这样抽脚是能成功的，但是这次很怪。脚上箍着的东西好像是有生命、有眼睛的，不仅抽不出来，反而箍得越发紧了，而且带着他的整个身体沉沉地往潭底坠去。

勤务兵挣扎了几下，知道不妙，便连忙在投入水中之前深吸了一口气。他仗着水性好，想潜进水下之后与脚下的东西较量一番。他心里明白是有人在拽他的脚，却并不害怕。

猛然间，勤务兵感到有件坚硬的东西死命地撞中了他的下身。那玩意儿是撞不得的，却挨了致命的一撞，顿时他便全身颤抖了一下，嘴里的气全然放了出来，升起了一连串水泡。

他的神志还清醒着。透过清澈的潭水，他看见正是那个小男孩在拖拽自己的双脚。小男孩不失时机地一头撞中了他的下身，使他在剧痛中泄了气。他在岸上时那嫩弱得让人心疼的样子全没有了，遨游在深水里，像一条矫健敏捷的小白龙。

勤务兵还看见小男孩撞了他之后，乘他软手绵脚动弹不得的当子，迅速潜入水底，摸起来一块人头大小的，还生着苔藓丝的卵石块。勤务兵只来得及刚看清了那件东西，便被小男孩箭一般游到身边，抡起那块大卵石击中了太阳穴。立即，一股鲜红的血水泛浮在潭水表面，很快又顺着漩涡流得不知去向了。

小男孩最后离开那眼深潭的时候，他的身子一左一右挂了两条手枪。团长那条左轮手枪的皮带上插满了黄灿灿的子弹，勤务兵留下的那条武装带更加殷实，齐崭崭一排十二个皮梭子盒，一百多发子弹压在那男孩的身上，他显得有点力不从心。走路时步履蹒跚，远不比在水中那么灵动轻松。

潭水最后激起了几圈波纹。那是小男孩把团长他们遗留在岸上的衣服卷起来，裹了一块岩石扔进了深潭。

这个小男孩就是后来被人们称作钻山豹的麻老二。麻老大带着苗兵撤到苗山去了以后，他就住在私塾先生家里继续留在石城念书。他偶尔发现石河边上有枪兵在游水，一时动了念头竟有智有谋地弄死了两个人，得了两条非常好的手枪。他很有心计，上岸之后，把手枪和子弹用油布包好，严严实实地匿藏在私塾先生吊楼下的猪圈里。好几年竟然没一个人发现是他干的这件事情。

枪兵的旅长接到石城团长失踪的报告，立即打马赶到了石城。天黑之前，团长和勤务兵的尸首先后浮出了水面。旅长已查获了团长打好包箱的赃物，他望着团长的肿胀得像座小山包的尸体，狠狠地啐了一口，骂了声“死得太便宜了”，便连续调集队伍开到石城集中起来。然后，飞笔向上司写了一份“匪患未尽，近日气焰猖獗，暗杀军方要员，民不聊生”等内容的呈文，火速送往山外，第二天天还没亮透时，他的全部人马压进了苗山。

土匪杆头们正睡眼惺忪，只等天亮后返回石城，却不知这个突然变故。那一次，旅长战功赫赫，把土匪打得元气大伤。麻老大为人谨慎，吃的亏小一点，连他也损失了一百多苗兵。其他土匪的损失便可想而知了。一两年之后，土匪的元气还不能养复过来。而那名旅长后来带着战功晋升到了师长的位置上，成了土匪们后来谈虎色变的一颗“克星”。

麻老大后来怎么也想不明白这场变故缘于何处。“臭龟儿的！天快亮了一泡尿怎么撒在床上了？”

当他得知是一个不知姓名的小孩引来的横祸时，也恨得直咬牙。他回到石城之后，曾经起了个念头，要把全城的小男孩召集起来，严刑查究到底是哪个孽种做的这件事。

“查出来之后，麻大爷要把他抛油锅里炸！连骨头也炸酥了，蘸着他爹娘的血，给各路兄弟下酒吃！”

他那位弱不禁风的弟弟麻老二当时正打着摆子。麻老大回城后便急忙请郎中给弟弟抓脉拣药，他很心疼自己的弟弟，看着麻老二那灰一样死白的脸，便顾不上治城里的小孩了。麻老二便在“病”中替全城的小男孩“求情”，麻老大应允了。他倒有点男子气，应允了的事果然不再追查。但是，他万万没有想到“病”在竹床上的小弟弟正是几乎给他招来杀身之祸的那个小男孩。麻老二人不大，却深深了解哥哥对他的爱护，于是成功地装了一场病。这对他来说非常容易，他小时候总是给人一副病恹恹的样子。麻老大一见他这病态心里就作疼。他有一个儿子叫麻阳多，与弟弟麻老二差不多年纪，却从小下腰瘫痪，一天到晚吃喝要人喂，行动靠人背。麻老大虽然很残暴，对自己的瘫儿子和病弟弟却看得极重。大概他知道儿子这一生不能出息了，便把希望寄托在弟弟麻老二的身上。他盼望麻老二多读点书，学点本事。却没料到弟弟已经暗暗长成了一身雄心虎胆，干得出惊天动地的事情了。

以后两三年时间里，钻山豹只是跟着先生读书，一丝儿越轨的事也没有做。把那《幼学琼林》和“四书五经”背得滚瓜烂熟。才子书也读得极多，一本《三国演义》能从头讲到尾，“东周列国”也能深解其味。私塾先生大感惊讶，说他是“奇才”，几次对麻老大说，应该送麻老二到大口岸去高就。

教麻老二的私塾先生喜欢到石城街旁的南货铺前站着喝几盅柜台酒。年岁虽已五十大几了，却生性好色。有一次多喝了两口酒，把柜台内老板娘的脸捏了一把。那酒铺的老板也是个在册的苗兵，有几套拳脚功夫。当时就将私塾先生打了个半死。他知道麻老大平素颇有些管教，看不得不规矩的事。打了私塾先生，麻老大是不好怪罪下来的。于是拳脚交加，打个不停。

麻老二那天正好上街闲溜，一见先生挨了打，便凑上前去，护住了先生。

“小畜生！讨死么？”酒店老板打红了眼，便朝麻老二喝道，“滚远些！”

“我替先生受打，要得么？”麻老二回过头来，望着酒铺老板，十分认真地说。

酒铺老板娘认识麻老二，生怕惹出祸来，便劝阻丈夫不要再打。谁知麻老二不依，反要酒铺老板赔几吊钱给先生拣药。酒铺老板气愤地骂了几句，麻老二竟上前扭住了他。

“先生只是摸了你婆娘一把，你却打了他这多拳，哪一样狠些？不都是皮肉么？要是不赔拣药钱，我也要还你一样的疼痛。讲，我打哪个？打你婆娘还是打你？”

老板知道了他是麻老大的亲弟弟。见他的话讲得这样毫无道理，又不敢太招惹他。只好忍气吞声地说：“你这么讲，黑了天日哩。看你小，让你打吧。来，老子伸开手，让你朝胸打三拳。只是打断了你的骨头时莫要见怪我就是了。来！”

“好，这话英雄。站稳！”

麻老二话到人到，直通通一个前冲拳擂过去，酒店老板立时就倒了，像是倒了一架屋子。拳头擂在他胸膛上时的那声响，震得周围的人心中一紧，人们清清楚楚地听见了骨头的断裂声。后来麻老大开恩赏了酒店老板一点钱请郎中看伤，可最后还是成了个废人。

麻老大是从小练过武术的，知道弟弟这一拳的狠劲绝不是三五天的功夫。他很吃惊，却没有露声色，只在暗中观察着麻老二的举动。他渐渐地明白了，在这样的环境里，弟弟的翅膀很自然地强硬起来了，只是平时那么不现形，可见他是个很有深浅的角色，将来恐怕不是个等闲人物。

不久，外面窜来了一伙流匪。他们只有五六个人，但心狠手辣，什么炸嘴食也敢吃。他们仗着能打能跑，手里又有几条好枪，根本不把麻老大放在眼里。有一天傍晚，这伙流匪竟然摸到石城底下，牵走了两头黄牛。

麻老大对于维护石城的利益是毫不迟疑的。他得到喽啰们的报告后，立即派了一队苗兵去追赶流匪。苗兵们还没有出城，城门外面便熙熙攘攘围满了观看的老乡。麻老大朝城门处一看，顿时笑逐颜开。原来那边有四名流匪抬着两具同伙的尸体垂头丧气地走进了城。他们身后慢悠悠地走着那两头被抢走的黄牛，黄牛的背上驮着六条没了枪栓的步枪，走在最后的就是麻老二。他双手持枪，一反平日的病态，浑身焕发出一种勃勃英气。麻老大知道是他独身追回了黄牛，而且击毙了两名流匪，剩下的四个流匪也俯首就擒。他知道要干这一切，也许那一队苗兵也难以这样圆满的，而麻老二竟做到了。看上去还毫不费力气。麻老大并不感到难以想象，他相信弟弟有这身本领。在那一瞬间，他发现麻老二已经出落成了凛凛一条好汉。

转眼工夫，麻老大突然看见了麻老二手上那一对短枪，这倒令他大惊不已。左手那条盒子枪倒不足为怪，只是右手提着的那柄左轮“六子连”很是少见的。麻老大心中疑惑万分，不由得把麻老二叫到了身边。

“幺佬！你干的好事！”他喝了一声。

“我么？”麻老二知道他是怪自己未经禀报就去追土匪了，怕他出事，便回答说，“我以后再不……”

“不讲以后！讲以前哩！”

“以前？”麻老二似乎把以前忘了，竟惶然望着兄长，“以前怎么的？”

“你个孽种，三年前，那个枪兵团长，是你沤死在潭里的么？讲！”

麻老二毫不在意地反问道：“这也稀奇？是我沤的，怎么的，大哥？”

“你……你还问怎么的？”麻老大想到那次给石城带来的损失，不禁火冒三丈，“你这孽种，怎么这多年也不讲？”

“这多年，你又没问过我，一段小事，我早不记得了，有什么好讲的？”麻老二口齿清楚地分辩说，“今天不是你问起，我还不晓得要讲哩。”

麻老大没有怀疑过麻老二，当然是没有问过他的。时隔三年，想一想也就懒得再计较了。

从那以后，麻老大正式把麻老二带在自己身边，兄弟二人紧紧地绑在一起，成了乌龙山各路杆子中很有实力的人物，田大榜虽是他们的娘家老舅，也不得不惧怕三分。其他土匪更不敢小看麻家兄弟。

麻老二表面上没有麻老大那么粗鲁，内心比哥哥要狠毒很多。麻老大没太多心眼，处事直露一些；麻老二却咬人不露齿，心术十分狡诈。兄弟俩配合行动，几乎全是麻老二的谋划安排。麻老大渐渐对兄弟言听计从，差不多石城的家要由麻老二当去了……

听秀姑绘声绘色谈完这些情况之后，刘玉堂沉默了好长一段时间没有说话。他转过头去，遥望着石城的方向，牙帮子紧紧地咬住了。

“麻家兄弟……”他仿佛在自言自语地问，“难道没有利害冲突么？”

何山听见刘玉堂的问话，不禁朝秀姑看了一眼。田秀姑知道土匪这么多内部情况，倒使何山不得不对秀姑另眼相看了。刘玉堂问的那句话，也正是何山在心中想到了的问题。他望着秀姑，不知她能不能回答这个问题。他希望秀姑能回答，这对于进军石城将取什么策略是至关重要的。

秀姑很沉稳地想了想，才肯定地回答说：“有。麻家兄弟，表面上步子合拍，照我想，他们心里头也各有各的谱哩。”

“是么？”何山心头一喜，“你再说说这方面的情况。”

刘玉堂也回过头来，十分重视秀姑谈到的这一点。

“……我讲不出事情来。”秀姑琢磨了一阵，摇摇头说，“我只晓得麻老大心里除了石城，并不贪别的地盘。麻老二心大哩，一个石城哪填得满他那五寸心窝？”她说到这里便想起了一些事情，“是哩，钻山豹凡要带苗兵到外头来活动，麻老大总是不给人。听讲，钻山豹很恼火他哥哥，背后总讲麻老大年纪大了，没出息了。还有，近年来他在石城外头拉了些人马。人数不多，一个个很厉害。田大榜还写信给麻老大，要他防备点麻老二。讲麻老二在外头攒了私房，日后要挤他哥哥的地盘子哩。”

刘玉堂非常注重这个情况，立即追问道：“麻老大相信田大榜的这些话么？”

田秀姑肯定地点了点头，“怎么不信？田大榜这老鬼心里清楚得很，晓得麻老大最看重石城那块地盘，最怕别人在石城有势力。莫看他平时心疼麻老二，他对这个弟弟也是越来越防备哩。麻老二比别的杆子头毒辣很多，麻老大会不防他么？”

“很好！”刘玉堂兴奋起来，“钻山豹已经有自己的势力了。这一次袭击小分队，就是他的人干的。他训练的人马倒确实有点不同一般，看来他有本钱同他哥哥讨价还价了。”

“昨天他又搞走了四十条枪，腰杆子更硬了。”何山插嘴说，“哼，可惜他空喜一场。那批枪的枪栓还在我们手里，没有枪栓，不过只是四十条烧火棍，有什么用？”

刘玉堂心里忽然萌发出一个主意来。他思索了一会儿，自言自语地说：“……是啊，钻山豹抢了四十条没有枪栓的烧火棍，确实没有什么用。可我们带着四十个枪栓，这玩意儿也没有用。”他抬起头望着何山，目光炯炯地问道，“我们难道不能让这批枪栓发挥点意想不到的作用么？”

何山的脑子非常灵活，立即猜到了刘玉堂的想法。

“队长，你的意思是不是干脆把这批枪栓抛出去？抛到麻老大的手上，让他们兄弟俩互相扯皮打架去？”

刘玉堂还没答话，田秀姑抢先打断何山说：“不。要抛，还不如抛给田大榜哩。那些枪本来就是田大榜的，老家伙把枪看得比性命还要紧，到了石城，让他们老舅外甥裹在一堆去争枪，那才热闹哩。”

“好极了。”刘玉堂站了起来，“你们两人把我的想法说得很明确，看来我的想法是行得通的。就这么办吧。”

磨盘乡坐落在磨盘山的石头山沟里，距离石城约三十里远。这个地方的人十分贫穷，却有着抵御土匪的传统。他们户户串联，一呼百应，好多次抵挡住了土匪的侵扰。他们靠着一座高耸入云的磨盘山，祖祖辈辈顽强地生存繁衍了下来。他们生活的本事是凿石磨运到外头去卖，打击土匪的方式也是熬出火硝之后装在凿好的石雷里，与土匪接火时只听得惊天动地的雷响，不见枪弹的呼啸。土匪一般是很怕去磨盘山的，怕挨石雷的轰炸。毫无疑问，磨盘山祖辈都出石匠。摆弄石头的功夫也是相当到家的。

对于处在眼皮下的磨盘乡，麻老大吸取了历代苗王的教训，并不硬性去降服他们。他曾经带了几名保镖到磨盘山下同那个乡里的长者订了个君子协议，只要他们保证每年按期缴纳些人头税，他便可以不来侵扰磨盘乡。

磨盘乡的老百姓虽然不服土匪的侵扰，却因为长年累月苦于抗击土匪，弄得提心吊胆，贫苦不堪。麻老大许下诺言之后，他们为了求得一些太平，只好拼死拼活给石城纳税。那些税非常重，磨盘乡没有几块田可耕，没有几块地可种，全靠卖石磨为生。乌龙山土匪日益猖獗，石磨运不出山去。山里各乡都被土匪扰得无一天安宁，谁也不肯买石器置家业，这就更加苦了磨盘乡的老百姓。每年到了向石城纳税的日子，磨盘乡总有在年关被逼得兜了颈子上吊的人。那种凄苦的日子，比土匪来抢掠还要惨切难挨。

部队进山以后，磨盘乡是比较早建立乡政权的地区之一。这个乡有一名壮年汉子，当初打土匪是最舍得出力的青年。他家祖宗三代凿石开山，爷爷、父亲和他，站在一排像三顶石柱。他的爷爷、父亲先后都死在土匪手里，他便发誓与土匪不共戴天。他姓石，天生的犟牛性子，人们便索性称他为“石犟”，外来的人只以为他叫“石匠”，他倒也很乐意别人那么叫他。解放军在磨盘山建立乡政权的时候，乡民们便公推石匠当上了乡农会的主席。

刘玉堂带着小分队到磨盘山来，就是要找这名石匠，把乡里的青壮年组织起来。利用磨盘山的有利条件，与石城抗衡。

经过一天多的跋涉，小分队在第二天黄昏时接近了磨盘山。为了谨慎起见，刘玉堂让小分队隐蔽在山后的一道山沟里，派何山和田石头先去磨盘乡找石匠联系。远远望去，磨盘乡宁静得很反常，他感到可能有什么意外已经发生过了。

“你们尽量不要暴露自己。”刘玉堂叮嘱着说，“发现异常情况时，要尽快弄清楚，然后马上返回。”

何山和田石头是第一次一起去执行任务，两人都有那么一点不自然的心情。抬了一路担架，互相之间的了解其实已经加深了。

当他们接近磨盘乡的时候，何山停了下来。

“石头，我们俩别凑在一起。这样目标大，万一有什么情况，不能互相接应。”何山以命令的口吻说，“我先摸进去，你在我身后一百米跟着。如果我遇到意外，你别轻举妄动，先看清情况再说。实在不行，马上返回去报告给队长。”

石头睁着大眼睛想了一下，“……何排长，要这样，还不如让我走头哩。”

“石头。”何山看了他一眼，本想告诉他说这是不能讨价还价的命令，但他忍住了，“……为什么让你走头？”

“这叫各有各的条件哩。我走头，是因为我是山里人。又熟人情又熟口音。你在后头，看情况比我全。你在行哩。不是么？”

何山笑了，“嗬，有板有眼，理由这么充足？”他止住笑，点了点头，关切地对田石头说：“就依你说的吧。石头，千万不能大意，知道么？”

“是。”石头含着感激，望了何山一眼，“何排长，我走了。”

离村落近一些时，田石头闻到空气中有一股焦煳的气味。他机警地侧着身子，往村落那边望了过去。这一带的屋子与别处不大相同，每栋房屋除了门窗之外没有一根木头，全是用石块垒起来的。外墙、内墙不消说，连屋顶也是石头片子。磨盘乡的人盖房有一手传统技艺，先在空屋中做一个圆拱，用石灰拌上熟糯米打成很黏的浆，在圆拱上砌石头片子。浆缝干固之后再拆卸掉屋内的圆拱，一个屋顶便做好了。这种屋顶很坚固，像一口口倒扣着的铁锅。当地的老乡说，这叫靠山做山，靠石做石。一色的圆拱形屋顶，倒是乌龙山里少见的一绝。

田石头不愿意在这里多消耗时间，也就懒得继续琢磨。只稍稍停顿了一下便贴着石壁向村落摸了过去。

那条进村的路建得有些章法，本是直着伸进村落，到村边上却被一道两丈宽的断岩隔开了。岩那边有一座可升可降的吊桥，乡民百姓平日就靠这吊桥进出村落，不知在哪个朝代，磨盘乡的先民们选中了这里建村落。从这道天然屏障便可以看出很早以前就有土匪常来袭扰了。

现在吊桥倒是放了下来，平搁在断岩的两端。石头发现那吊桥再也无法吊上去，往上拉吊桥的绳索被人斩成了碎段。这是谁干的呢？石头高度警惕起来。

为了防止过吊桥的时候被村落里的人发现，石头顺着断岩摸到了吊桥底下。他往下望了一眼，心中暗暗吃了一惊。那断岩很深，约莫有二十来丈。人要是掉下去恐怕是凶多吉少了。

石头没有害怕，将驳壳枪咬在嘴上，身子往下一溜，双手攀住了吊桥的肚皮。接着，他迅速交换着手臂向前挪动着，双脚悬空过了吊桥。他这一手十分隐蔽，何山明明看见他在前方走着，一眨眼便没看见人影了。他还以为石头看见了什么情况，隔了一会儿，才看见他的身体灵巧地翻到了岩沟对面。当何山也来到那吊桥边时，才明白了石头是怎样过的断岩。他很喜欢石头的灵巧劲儿。吊桥那头就是磨盘乡的麻石小街，何山决定不再往前走。这个地方可以看得见街上的动静，又可以掩护石头往外撤，他便选了个合适的位置隐蔽起来往那边监视着。

田石头过沟之后，迎面便是一幢石头房子。他提着枪，贴着房屋转过去，忽然看见房子后面有一块空坪。在空坪的那一头，生着一株粗壮的槐树。这棵树生得很怪，上面枝叶并不繁茂，那树干却粗得出奇。而且，满坪尽是石头，树从哪里生出来的呢?

必须越过这块空坪才能进街，一点掩蔽物也找不到。石头咬了咬牙，一猫腰便朝那粗大的老槐树奔了过去。速度之快，像一颗弹丸，眨眼之间就蹿到了槐树下。一抬头，忽地吃了一惊，那树干背后绑着一个男人。再看时，那男人已经死了，看样子死一两天了。

接着，田石头听见街那头有了响声，他这才想到自己忘了隐蔽。他一紧张，也顾不上脸上的脏污，连忙侧身要躲起来。他看见顺着斜斜的街面，有一块圆圆的石头朝这块滚了下来。他正在心中猜想是不是有人发现自己了故意滚石头来砸自己，突然发现那圆石头一边往下滚还一边放着白色的烟雾。

田石头怔了一下，立即明白了这是怎么回事。而这时候石雷已经滚得离他只有几步远了，引线燃烧时的火苗都看得十分清楚。

“不好！”石头吓得一翻身卧倒在地，同时一蹬脚，将那圆圆的石雷蹬得远了些。也许是石雷的引线长了，倒是没有爆炸，继续向吊桥那边滚了过去。

田石头紧紧地趴在地上，等了一会儿还没听见爆炸声，便回过头看了一下。那只石雷一直滚到吊桥旁边，没有滚上吊桥，却跌进了断岩。这是因为田石头蹬了一脚，否则就会准确地滚到吊桥上。

田石头仿佛明白了滚下石雷来的用意，他们是想炸断吊桥断了自己的退路吧？难怪那石雷到身边时也没有爆炸哩……

但是石雷跌下断岩之后，也没有听见爆炸声。跌下去有一段时间了，除了跌得“哗”的一响，再也没有动静。田石头忽然觉得有趣，那石雷跌在石沟里，必定是破碎了，因此才不会爆炸。看来用石头做地雷也有不尽如人意的地方啊。

“喂，莫放雷了！”田石头明白放石雷的人肯定是磨盘乡的老百姓。说不定还是农会的积极分子。反正不可能是土匪。“我不是土匪，是自己人哩！”他又嚷了一句，“我是……我叫田石头！”

“你娘个屁！哪个认得你是石头还是岩板？”那边一个沙哑的声音吼了起来，“管你是不是土匪，把枪丢了再讲！丢！”

田石头顺着发出声音的地方望去，却看不见有人。大约是躲藏在哪个屋子后面，他能看见这边，这边却看不见他吧？

“丢枪？哈，大哥，这枪丢得么？”石头轻松地笑了笑，“这是我打土匪的行头，丢了，拿什么吃饭？”

“丢不丢？我又放石雷了！”

田石头想了想，对那边说：“我讲啊，你也莫放雷，我这枪也不丢。看我关上顶火，收起来朝你走，要得不？你若是看见我的手往腰上去摸枪，先抛个石块砸我的脑壳。这还不好么，大哥？”

对方不说不行，又不说行，却好半天没有搭话。田石头也不等那边再说什么，便主动地将枪关上保险，插进了腰带里。

刚刚收起驳壳枪，他看见那边屋后也慢慢地站出一个男人。山里人很义气，说好了便不再暗中做手脚。

“好！大哥，我过来哩。”石头很高兴，抬脚向他走了过去。他很坦然，显出了对对方的绝对信任。

“你个嫩崽子。”对方口气缓和了些，却在继续骂，“一口一声大哥大哥，瞎了眼么？你看看，我做得你的爷爷不？”

田石头走近了，朝对方一打量，立即笑嘻嘻地说：“咦呀，嘻，是我瞎了眼，您做我爷爷还有多哩。”他望着那位银须垂拂到了胸前的老头子，很恭敬地鞠了个躬，“大爷，莫怪。我站的位置低，看您不清……您老人家好矫健！莫会有七十岁哩！”

“七十六，老不死哩。”老头子嘘了口气，“你讲，你是哪一路的？”

“哪一路？”田石头收住笑容，认真地说，“大爷，您晓得东北虎么？”

“……怎么的？问这个做什么？”老大爷摸不清石头的身份，便反问一句。

“告诉您，我们是解放军部队上的。”

“……哼，来这里做什么？这里的人快死绝了。”

“石匠呢？”石头望着老大爷，“他还好么？我们队长找他有急事哩。”

老大爷一直在注意打量田石头，听他问到石匠时，心里犹豫了一下，然后盯住田石头，疑惑地问：“你怎么是山里口音？”

“我是前山驾船的，跟土匪有仇，前些时参加了部队。我叫田石头。”他不知怎么才能得到老大爷的信任，“这不得错的，老大爷。”

“你怎么一个人？”

“还有哩。”他忽然想到了何山，“等一等，大爷，我先招呼一下。”

他转过身子，朝下面吊桥处学了几声竹鸡子叫。

“咕——咕——咕——！”

何山的身影便出现在吊桥旁边了。他心里其实还有些犹豫，田石头既然在招呼，便只顿了一下，接着就很快地跨上了吊桥。

“嘿！想死么？”老大爷突然朝何山那边大喝了一声，“还不站住脚？再莫走了！”

何山及时站住了。他稀里糊涂地望着这边的白须老头和田石头，不明白他们究竟是怎么回事。

石头以为老头不清楚何山是个什么人，便赶快解释说：“大爷，莫怕，他是队伍上的同志，不是土匪。”

“哼，若不是看你们不像土匪，我才不管他死活哩。告诉你，那吊桥上安了雷！你个嫩秧子命大，怎么过来的？”

田石头不由得后怕起来。“是么？这回倒真险哩。我从桥肚皮底下吊过来的，还不晓得桥上有机关哩！”

白须老头瞪了他一眼，没有说什么，抬脚便向吊桥走了下去。

“退一步！”他朝何山喝道，“你这人，走路也那么猫跳狗跳，就不看看脚底下？都是些不成气候的角色！”

何山低下头去看了一眼，不由得吃了一惊，赶忙缩回脚，后退了一步。在他脚下往前两寸多远的地方就是一条细细的丝线，要不是老头喊得及时，肯定就会绊断那条丝线。何山知道，这里头一定安上了什么机关。

“看清了么？”老头狠狠地问了声，然后才告诉他说，“仔细点。抬脚迈过来。只一根哩，莫怕！”

何山照他的吩咐迈过了那条丝线，走到他身边，高兴地问道：“您一定是……”他又没了把握，改口说，“您不是石匠同志吧？”

看来是何山的外地口音使老头完全消除了戒备，他突然一跺脚，巴掌用劲拍着自己的大腿，浑浊的眼眶中很快就潮湿了。

“咦呀！你们怎么才来？我怕你们丢下磨盘乡不管了哩！还问石匠？他……嘿！”

田石头一怔，赶快问道：“他……那槐树上头的，是……他么？”

“不哩，他还没有死。”老头摇摇头，“石匠让麻老大捉到石城去了。唉，磨盘乡农会有几条枪你们还不晓得？哪挡得麻老大哟？”他忽然想起了什么，回头问何山：“不是讲，你们部队退走了么？”

“哦。”何山笑了笑，回答之前先问了一声，“大爷，您贵姓？”

“不贵，姓石。这一方的人，个个姓石。”

“石大爷，是这样的，我们的部队有一部分开到川东去参加一个战役，很快就要返回乌龙山的。现在我们也留下了不少部队，继续巩固剿匪的成果。您看，我们不是还在这里么？”何山望了村子一眼，“……我们来晚了。不过您放心，这一次我们来，绝不让土匪过安稳日子。村里还有多少人？”

“人倒是没几个在村里的，要人的话，我去磨盘山召得回。”他往吊桥那边望了望，还是有点不放心，“你们……就来两个人么？”

“不，石大爷，我们来了一支小分队。”何山信任地告诉他说，“是东北虎亲自带队。您听说过他吧？”

“他么？”石大爷眼睛一亮，“人呢？”

“您别急。我想问问您，这周围，您估计有土匪么？”

“屁！”石大爷狠狠地骂了一句，“那些千刀万剁的东西，昨天洗了磨盘乡，都回石城去挺尸了。这磨盘乡，没他们看得上的东西，他们才懒得来哩。晓得岩头熬不出油来！”

田石头心中惦记着一件事，便打听道：“石大爷，那槐树上的人，是土匪杀的么？”

“这还问？不是土匪，下得那么毒的手脚？”石大爷闭上眼睛，深深地叹了一口气，“唉，好作孽哟！”

“那个被杀的……是什么人？”

“石裁缝哩。”石大爷摇了摇头，“满乡只出打磨盘的石匠，几代才出了个裁缝……唉，死了。”

“石大爷，这些事，等我们队长来了，再请您详细谈。现在您看怎么办？小分队还在外面等我们的消息呢。”何山打断了他的话。

石大爷看来是经过些世面的。他也是磨盘乡的农会骨干分子，对解放军是完全信赖的。

“是哩，先把同志们接进来。不怕，这里保险。我再让人上磨盘山放条鹞杆（山里人养鸡时为了防止鹰叼走而立的杆子。这里指一种警戒信号，类似“消息树”的作用），不得有失塌的。”他想了想，很不过意地叹了口气，“只是，唉，乡里让麻老大那伙土匪洗劫得干干净净，连一粒米也找不出来。这就亏待了同志们哩。”

“不要紧，石大爷，都是一家人，还讲那些干什么？”何山考虑了一下，对田石头说，“石头，你先到村里看看，找个落脚的空地方。不要给老乡们添太多麻烦。我这就去接队长他们来。”

“何排长，你放心去吧。这里交给我了。”

石大爷不放心地问：“要我去么？”

“不用了。”何山走了几步，又回头交代了一句，“还是不能大意啊，石大爷，您看是不是……”

“是哩，我这就去放鹞杆。”

小分队驻进磨盘乡不久，石大爷便去山上召回了七八十名老乡。磨盘乡本不大，昨天被麻老大掳掠之后，抓走了二十几名壮丁，剩下的人也就这么多了。

刘玉堂进村后的第一件事就是掩埋那名被麻老大杀害的石裁缝。

从山上回村里的男女老少渐渐地围到那块空坪上，木呆呆地看着石裁缝的尸体被弄下来。他们昨天也在这块坪周围站着，亲眼看见石裁缝活生生地被绑在树干上，被人乱枪打死。

后来人们慢慢地散去了。石裁缝的尸体掩埋之后，磨盘乡的老百姓默默地回到了各自的屋子里。他们始终没有说一句话，也没有人唏嘘落泪。几乎所有的人表情都显得呆滞麻木，甚至对小分队的到来也没有流露出多少热情。何山不禁感到有些不理解了。

“……怎么回事？”他望着散去的人们，低声问身旁的田秀姑，“他们……是不是对我们不大放心？”

“不放心，人家会回来么？”秀姑的心情也很压抑，“山里人就是这样，不会讲什么话，更不晓得假装。人家心里不好过哩。”

何山觉得她说得也有道理，便不再说什么了，他忽然想到了一件很重要的事情。

“秀姑，我问你，咱们还有多少米？”

“米？”秀姑顿了一下，“问这个做什么？”

“这么多老乡回来了，家里都没吃的，怎么过日子呢？”

“小分队每人才带了十斤米哩！送给他们，还不够吃一天的。”秀姑有点不大情愿那么做，“未必靠我们的米就过得日子了么？”

“秀姑！”何山不高兴了，“你现在是小分队的队员，是名革命战士了。我们的队伍是替老百姓打天下的，再有难处也不能不管老百姓的死活。你可要记住这一点，知道么？”

秀姑见何山说得这么严肃，感到很欣慰，便轻轻地说：“……我听你的。”

“什么？”何山连忙一本正经地更正她的话说，“可不能这么说啊，秀姑同志。这不是听谁的问题，一个革命军人，必须要这么做。我不说，你也要自觉做到这一点，你明白么？”

“咦，你这人怎么……”秀姑抬起眼来，直愣愣地看着何山，“你要是不讲，我怎么会明白呢？”她感到受了委屈，“你讲要怎么去做，我就听你的，这未必也错了么？……我晓得，你看不起人哩！”

何山想想她的话，觉得也有道理。只是讲不明白为什么自己这么紧张。

“好了，秀姑，其实这事儿我也做不了主。我想先打听一下，再去向队长建议。我知道他会同意的。米不多了，可以掺些别的东西熬粥，先对付几天再想法子。这些你在行，还得靠你安排呢。”

“那，你快去找队长讲讲去。”秀姑很开通，已经完全同何山想到了一处，“莫急，靠山吃山，总有法子的。”

刘玉堂这个时候正在同石大爷谈些事情。他也有与何山相同的感觉，觉得磨盘乡的老百姓对待石裁缝的死好像并不十分悲痛。他们似乎只被那惨状震慑住了，或者只对山里少了一名做衣的裁缝感到遗憾。刘玉堂也分析了山里人的性格，他们或许偏向深沉，并不把大喜大悲表现在外面吧。

“石大爷。”刘玉堂沉思了一会儿，才开口问道，“这位姓石的裁缝是磨盘乡的人么？”

石大爷朝裁缝的坟头瞟了一眼，淡淡地说：“殓了他，就是积了德。别的事……唉，不讲他了。”

“为什么不讲了？”刘玉堂不理解地问。

“讲起来，话长哩。”石大爷摇了摇头，“我也不晓得如何讲这事才好。反正么，这事难得讲的。”

从石大爷这几句话里，刘玉堂联想到老乡们默默散去时的复杂表情，更加产生了好奇心理。

“可他……明明是被麻老大杀死的，这里面难道还有什么说不明白的事么？”

“麻老大么？是哩，麻老大那条豺狗，吃人肉喝人血，该千刀万剐！磨盘乡的人哪个不想咬他几口？”石大爷捋了捋胸前的胡须，“你若是讲这石裁缝么，……唉，想想他也是个可怜的人。哪个让他去招那种事呢？招到麻老大头上，不是去扯虎须子么？麻老大个狗日的，那手也太毒了！”

何山走过来，低声对刘玉堂说了些话。刘玉堂连连点头表示同意，然后让何山操办去了。他再回过头来时，发现石大爷正直愣愣地看着自己。

“您接着说，石大爷。”刘玉堂朝他微笑了一下，“没什么事，他来问我队伍怎么安排。没事，已经安排好了。”

“当我年纪大，听不见？我耳不聋哩！”石大爷已经听见了何山的话，眼里浑浑地渗出了泪花，“是哩，乡亲们饿了两天，活不下去了哩。石匠让麻老大捉了去，乡里只有我做主了。我也没法子，山上的岩石当不得饭，我替乡亲们多谢你哩。”

“快别这么说，石大爷。都是一家人，还分什么你我？”刘玉堂很诚恳地劝了一句，“我们到这里来，就是要把乡亲们组织起来同麻老大他们斗。放心吧，有我们就有乡亲们。”

石大爷点了点头，“队长啊，既是一家人，我也不怕得罪你。石裁缝的事，你心里也要有盘秤才好哩。要打麻老大，乡亲们没二话讲，要死要活也泼得出去的。只是莫讲石裁缝的事，我们这一带人信祖宗的章法哩。搞得不好，让麻老大唆起浪子来，那个活阎王只怕还占了理去，事情就不好弄哩。”

刘玉堂听石大爷这么说，不由得琢磨了一阵。他拿不住是石大爷觉悟不高才这么说，还是这一带的民风民俗有自己弄不清的东西。他感到事情并不那么简单。要想在这里扎稳脚跟发动群众，很多事情不弄清楚是不行的。这也关系到对麻老大的斗争应该取什么策略的问题。一路上，他已经比较了解钻山豹的情况了。关于麻老大，他还有些模糊，感到弄不准这个匪首的秉性。不把这些情况摸清楚，下一步该怎么行动就是盲目的。小分队人少枪少，只能靠出奇制胜，任何盲目举动都只会造成更大的被动。刘玉堂暗暗下了决心，从现在起，再也不能有丝毫疏忽。一定要详细掌握土匪内部的情况，控制主动权。因此，他索性不急不躁，静静地在磨盘山潜伏下来，彻底摸清情况再决定行动方案。

“石大爷，您的话说得对。我们对这里的情况不熟悉，该怎么行动，还得请您多出点主意啊。”

“这没讲的！”石大爷昂昂地挺着胸脯，响亮地说，“我这一辈子吃尽了土匪的亏，还不巴望着铲了那匪根么？磨盘乡，还有石城的乡民百姓，都巴望那一天哩。”

他回头看了刘玉堂一眼，又止住了心中的激奋情绪：“哦，话莫扯远了。你这阵子要是不忙，我还是给你讲讲石裁缝的事，你看要得么？”

“太好了，我正要了解这件事。”

“讲在前头，队长。”石大爷申明了一句，“我没见识，若是讲得不合觉悟，你只听着，莫见怪我老家伙。我呢，就只照实讲，有用没用，队长你自己择去。”

“您尽管说，石大爷。会有用的。”

“……唉。”

石大爷坐了下来。一根竹烟袋握在手里，装了烟丝却不点火，只在慢慢悠悠地抚摸着。那烟袋也有了年纪，被他摸得溜光了。

石裁缝的本名叫什么，这一带已经没人想得起来了。年纪大些的人只记得他的父母都是石匠，有一年运石器到山外头去卖，船走到岩牙处触了底，他的父母双双淹死在乌龙河，他也就成了孤儿。当时他最多七八岁，生活绝了来源。

磨盘山的人看不下去，却又没一家有能力收养他，只能周济他一碗米饭。这孤儿不懂得世事，也就今天这家，明天那家，有一碗无一碗地吃着百家饭。时间长了，他也长得大些了，乡里的老者们看他这样也不是长久之计，便商议着把他送到山那边去学点裁缝手艺。在这深远的山沟里，人们穿衣是极艰难的。山里不生棉花，织布的人也就鲜少。后来有串乡的人做洋布生意，裁缝却成了俏货。磨盘乡更是几年难得请到一位师傅，吃尽了没衣穿的苦。只是人手紧，小孩儿从小就跟大人上山采石打磨，找不出一个闲人去学裁缝手艺。正好有这么个无家可归的孤儿，大家便凑了些钱，送他去拜了师。

三年以后他回乡来了。他带回一把裁剪一条尺，还带回了一身精湛的裁缝技艺。磨盘乡从此就有了自己的裁缝。

拜师三年，他学会了做衣，也学会了做人。回到乡里来，他极老实，见人没有一句多话。尤其见了姑娘妹子，他腼腆得气都透不过来。有人讲他跟了个好师傅，管得严，管怕了。还有人讲他的师傅也是个老实人，胆小怕事。他把他师傅的模子印在心上了。

重要的是他手艺好。人家把布料子送来，要他做衣，他伸手接过就放到箱笼里去了。隔了一阵，见人家还没走，他便小心地问："还有事么？"

"裁缝，你怎不给我量尺哩？"

"……明天来取衣。"他小声说了句，又忙别的去了。

做衣的人见他不仅不量尺，连看也没仔细看一眼，心里狐疑起来："你个裁缝，做坏了衣，要你一件赔两件哩！"

“……嗯啰。”

石裁缝从未做坏过衣服。他的尺只在布料子上画线用，根本不去量别人的身体。这手绝招倒是他师傅传下来的，不接触人家的身体，可以免些是非。尤其给那些堂客做衣的时候，让人放得一百个心。

很快，石裁缝便扬名四乡了。三十里外的石城也缺裁缝，那里人多，衣服做不赢，常常把石裁缝接去一做就是半个月。

二十三岁那年，磨盘乡的村民们给石裁缝说了个堂客。那乡里少不得裁缝，石匠们衣服容易磨破。给他立个家，是想留住他，怕他做野心了飞出磨盘乡。

第二年，他堂客生伢子时破了血胎，几个接生婆吓得呆了手脚，堂客和崽伢子双双死在铺板上了。石裁缝当时在外头做工夫，赶回来时晚了好多天，乡里的人怕死人发臭，等不及他便埋了他的堂客。石裁缝在屋里歇了七天工，七天道场一满，又做起衣来。工夫太多，他也顾不上再讨个堂客，一个人做到四十岁。白天黑夜，连个讲话的人也没有。他倒不喜欢讲多话，好像生来只为做工夫，别的事既不招惹也不乱想，清清淡淡倒也过得心安理得。

后来他便离开磨盘乡再也不回来了。

那是在一个阴雨天的中午，一顶四人大轿由一队苗兵监护着进了磨盘山。石城的麻老大听说了石裁缝的手艺，派人到乡里来，要接他到石城去。麻老大有很大一爿家业，人丁兴旺。他起心要养一个裁缝在屋里，便打听到了石裁缝的大名。尤其听说他那手做衣不量体的绝技之后，麻老大格外满意。

到了麻老大家里之后，石裁缝觉得这碗饭也不难吃。一天三餐有些油水，工钱也不比外头拿得少。相比之下，平时工夫还不如在外头时重，常常还有点清闲的时候。只是苦了磨盘乡的人，他们要做衣时再也没有那种方便了。好长时间之后，人们还常常念叨着石裁缝的好处。心中更加恼恨麻老大的霸道。霸山霸田还不够，竟将人也霸了去！

石裁缝在麻老大家做了三四年裁缝，竟做出了一桩吓死人的邋遢事。

那一次，他自己都以为活不成了。

原来麻老大家那个叫麻阳多的瘫儿子，死又死不了，活又活得不成人样，到了二十岁，忽然对他爹爹讲要讨个堂客。麻老大是极心疼麻阳多的，不晓得托人到大口岸去买回了多少补药给他治瘫腿。瘫儿子生得骄横，心大贪奢，麻老大也就尽量满足他，要什么就弄什么，从不让他失望。但一听麻阳多吵着要个堂客，麻老大第一次闷了嘴。他知道儿子瘫痪的位置很高，差不多胸口以下全是死木头一般。这样子也讨得堂客么？

禁不住麻阳多要死要活地吵闹，麻老大便想了一个万全之策。他当着麻阳多的娘对麻阳多说："崽！当我是不想给你讨堂客么？老子是怕你这体子不中用哩！讨不讨，不听老子的，也不听你的，郎中来了让郎中讲。他讲讨不得，你就莫再提。他讲讨得，老子就给你讨一个来。晓得么？"

麻阳多人虽瘫了，心却不瘫。他暗地里求同他一般大小的叔叔钻山豹，让他软硬兼施打通了老郎中。老郎中惧怕麻家的势力，便昧着良心给麻阳多装模作样探脉查穴之后，告诉麻老大说："讨得。"还讲麻老大讨了媳妇有一大发，必定会儿孙满堂。

他讲得离了谱，麻老大一听就烦了。

"发个屁！"他顿顿脚大骂道，"你这老东西，欺我不懂么？我养的崽，我还不晓得？最多讨个堂客做样子，那东西是块养儿的料？鬼扯脚哟！"

老郎中被他骂得胆战心惊。但是既然胡说了个头，又不敢改口，便结结巴巴地告饶说："老、老爷，儿孙满堂是、是老朽乱讲的。老朽想讨你喜欢，该死！该死！只是讨堂客的事，老朽想来，也未必讨不得……"

麻老大后来赶走了老郎中，在屋里闷了好几天。不久，他的院子里便多了一名年轻女子。麻老大不知顾及什么，给儿子讨来个媳妇时，既不摆酒宴客，也不封红送礼。媳妇进门好长时间了，外头的人也没几个晓得的。

那名弄来给麻阳多做堂客的女子，不是石城的人，也不是近处人家的女儿。她来得很远，连口音也有些与山里人不同。麻老大去那么远买来这女人做媳妇，也是怕石城一带的人骂他缺德。他倒还看重脸面，看重当苗王的那种威严。另外，他还极迷信，相信因果报应一类的事情。

媳妇买进门之后，他让家里上上下下的人称她作“七姐儿”，并不暴露少奶奶的身份。平时也只把她当作侍女，侍奉麻老大的堂客，也侍奉麻阳多。人们只以为麻老大多添了个做长工的丫头，七姐儿过的也是与长工丫头一样的日子。

那个屎尿也只能靠人端的宝贝麻阳多，其实根本就不懂得讨堂客是怎么回事。只当是找爹爹讨来个玩意儿，到了手，也就无所谓了。高兴的时候，喊七姐儿过来捏捏她的脸，抓抓她的奶子，又感觉不到多么有趣。不高兴了，劈脸就是几巴掌，好多天不准她拢边。麻老大料想就是这种结果，反倒也放了心。由他高兴不高兴，一概也懒得管了。

但是这位远方来的七姐儿却是个熟糯糯的大女子。这女子生得不是十分秀气。她是在船板上长大的，经过了二十多年风吹日晒，显得皮肤黝黑，肌体结实，浑身上下弹性十足。虽然从小吃苦，有一副逆来顺受的性子，那心终究在江河面上漂大了。麻老大给儿子娶媳妇的事一时瞒了众人，却是早就对七姐儿讲明白了的。他派去的人给了七姐儿父母一百块光洋，一家人当时满心欢喜，知道七姐儿嫁了个大户人家。七姐儿还没来得及朝娘落几点哭嫁的泪水，就随麻老大的人进山了。

快到石城的时候，她看见一标苗兵雄赳赳地站在路口。中间是一条凛凛大汉，脸上满是肉疙瘩，腰里交叉插着两条盒子枪。带她进山的人立即下跪，并且喝令七姐儿也跪下去拜见“公爹”。

那天，麻老大阴沉着脸训诫了她三件事。第一，不准反悔逃走。第二，不准伤风败俗。第三件让七姐儿好不明白。她的公爹恶狠狠地告诉她，进门以后，任何时候都不准对任何人讲她是少爷的堂客。别人要问，只说是新买进来的丫头。

七姐儿很快就明白自己跌进火坑了。她第一眼看见麻阳多时，差不多吓得昏死过去。那天晚上，麻阳多的娘插上门闩，吩咐外面的人落了一把锁，自己留在屋里，帮着按住七姐儿，让麻阳多去蹂躏她。后来那老婆娘只好作罢，麻阳多根本不能动弹，也不懂得男女之事，还以为他娘要他帮着打人玩耍。

后半夜，七姐儿回到猪窝一样的屋子里，带着一身伤痕，凄凄地哭个不停。她知道这一辈子已经没有指望了，心一横，搭个竹凳子便悬梁上了吊。

那天晚上，石裁缝正打夜工给新买的七姐儿赶缝一套衣服。也是神鬼暗差，他竟忘了七姐儿的身材。麻老大家丫头多，石裁缝记不得是哪个丫头，于是他便出了屋子，想走过去再看一眼。

石裁缝胆子历来不大，一眼望见梁上悬了个吊死鬼，他的腿顿时便软了。本来他想大声喊人来收尸，慌乱中他没有喊出声来。他的脑子并不笨，知道这是件招是非的事情。若是别人疑心，他恐怕就难得讲清楚了。怎么迟不死早不死，你一来她就吊上头了？怎么别人都没发现，单单让你发现了？你不在屋里做衣服，寻到这里来做什么？

石裁缝庆幸自己没有冒失地喊人，他觉得最好的办法是趁人没看见，赶快离开这里。就当什么也没有看见，什么也不晓得。唉，死也死了，怪不得。莫让死鬼害了活人。

他哆哆嗦嗦地抽腿往回溜，那腿却十分地不听使唤，半天拔不动。他太惊骇了。

就在这个时候，他清楚地看见楼上悬着的那个人有一只手还攀在绳索套上。那人大概挣扎了一段时间，身上渐渐没了气力。但是并没有放弃求生的努力，这会儿又挣扎起来。这人好大的气性，一双腿突然蜷起好高，接着便使猛劲一下两下地蹬着。人想死的时候是横了心直直地奔绝路而去的，谁知到了绝处又悔之不及，奋力拼生。看那人垂死之前那么死命蹬着腿，大概她想用猛力使身体崩断颈上的绳索吧？唉，当初你又何必想不开哟！

石裁缝那心里忽然生出了千百种可怜。是哩，人不可怜么？一世跟蚂蚁样地奔忙，说死就死了，也不过少了只蚂蚁。他想到自己二十三岁时讨的那个堂客。日子过得好好的，一阵污血涌出来竟没了气。实在是可惜。

霎时，石裁缝什么也不顾了。他弄开房门，扶起竹板凳，踏上去托住了七姐儿的身子。七姐儿那时候已经无力再挣扎，性命正从她嘴里抽身而出，差不多已经脱离了她丰满的躯壳。石裁缝弄开了梁上那绳索，在最后一刻，衔住了她的性命。

石裁缝后来回到自己屋里来，一夜不敢合眼。他已经把七姐儿解救下来放到了她的铺板上，看见她缓过了一口气，才悄悄地离开那间朝阴间开了个缝的屋子。她虽然还没有醒过来，但是不得死了。

他竖着耳朵，留神地听着外面的一切动静。他不知七姐儿醒来之后会不会再次上吊，虽然他收好了绳索，藏住了竹凳，七姐儿只要还想去死，也有不少办法的。石墙撞得破头，河水没有封盖，对受苦的人来讲，活命最难，寻死最易得。

直到天亮，也没有听见七姐儿开门奔出去寻死。她大概死过一次，心里明白了。明白了就好，世上受苦的人多哩。又不是苦你一人，何必呢？

别的动静也没听见，四处只有一些梦呓声。那是人世间最蠢最丑的声音。活生生一个人，各有各的心事，眼睛一闭竟不想了，不想怎么欢乐一点，不想怎么少受点欺辱，也不想着做点什么事，麻麻昏昏地只发那一样的声音。发得那么畅快。明天醒过来，又去遭苦遭罪。唉，浑浑地活着，跟死又有什么两样？这样想来，倒不该去救七姐儿了。甚至石裁缝心里还突然涌起了好大一股冤怨，四十过头的人了，只晓得做着工，什么福也没享过。死之前回头想想，这么亏自己，不是太委屈了么？

天快亮之前，屋外特别暗。石裁缝听见远处有夜猫子哀哀地叫着。过去听师傅讲，夜猫子叫就有灾祸了。叫的声音近，灾在远处。叫的声音远，灾就在眼前。石裁缝不由得又瑟瑟地颤抖起来。他不知救了七姐儿会有什么报应，本是做了件善事，心里却忐忑不安，总觉得这件事凶多吉少。后来天亮了，他的心也安稳了些。他决定把这件事吞在自己肚子里，让它慢慢烂掉。好在没有任何人看见。就连七姐儿醒过来也不明白怎么回事。最多只晓得夜里被人救了，是哪个救的，她一辈子也莫想弄得清楚。

为了避得彻底些，石裁缝借口去买针线画粉，天一亮便向麻老大告假离开了石城。他回到磨盘乡打了三个日夜工，回石城时差不多把那天夜里的事忘干净了。直到进了麻老大院的大门，才记了起来。屋里正开夜饭，一些丫头老妈子穿梭般地往房里上菜，他便想起了那个悬梁的丫头。后来她没有再去寻死了吧？

石裁缝心地实诚，很得麻家大院的欢喜。他的衣服做得又快又好，上上下下都很看重他。进院以后，很多人跟他和气地打着招呼。他小心地到上院去给麻老大告了个回头，麻老大也对他一般客气。他放心了，知道那天晚上的事在大院里没有引出什么风波来。或许那丫头自己想通了，没讲寻死的事？是哩，那是不好自己讲的，一个丫头死了活了，在这里也算不得什么事。反正，一切都过去了。

他心里平静下来，早早吃了饭，到管家的坛子里添了些灯油，准备打个夜工，把误了的工夫赶回来。

点上灯，刚刚捡开案板，忽然门一响，鼓进来一阵风。灯芯子乱闪了几下，差点熄灭了。他抬头一看，门外进来了一个人，这人脸对着光，石裁缝一眼就认出了她是那天夜里要寻死的丫头。由于还没有弄清她后来到底死没死成，石裁缝很容易就把她当成了鬼魂。当即，石裁缝一屁股便蹲在了地上。

那个还不知道是人是鬼的女子，见石裁缝吓成了这样，不禁苦兮兮地笑了一下。然后，回过身去，轻轻地掩上了房门。

石裁缝木头桩子一样坐在地上痴望着她。他看见这女子脸色跟柴灶里的灰一个颜色。在她颈子和下颌交接处，留下了一道暗红的绳索印痕。

"……你、你你。"石裁缝的牙齿磕得咯咯作响，"你来做、做什么？"

"莫要怕，裁缝师傅。"那女子平平淡淡地说话了。她的嗓音嘶哑，大概被绳索勒伤了喉头，"我等你几天了，今天才回。"

石裁缝在心里喊了声老天爷，浑身颤抖得更厉害了。不管是人是鬼，找上门来，绝不是好事！居然还等了几天？

"我、我的菩萨！求、求、求求你莫害我，好、好么？"石裁缝忽然朝她捣蒜般地叩拜起来，“我一个手、手艺人，一、一辈子本分，没、没做过伤天害理的事，我、我求你……”

“唉！”那女子一见他这种样子，仿佛有点失望了，“你怎么是这样的人？这倒是我没想到的哩。”

石裁缝伏在地上，细细品了品她的话，觉得她不可能是什么鬼魂，胆子也渐渐地大些了。这么说她那天醒来之后没有再去寻死？她还是去当丫头了！屋里进来一个丫头，自己却无缘无故吓成这样，还叩拜求饶，这像个什么体统呢？假若这丫头不晓得那天被什么人救了，自己先做出这样子来，还不是不打自招么？

他忽然好懊悔，没等对方说什么，自己便从地上爬了起来。想一想，也是羞臊无味，连头也不敢抬起，默默地坐在了木凳上。

“我给你还尺来了。”那女子低着头，轻轻地说。

“……尺么？”石裁缝这才发现案头上少了那条软尺。他回磨盘山是讲买针线画粉，并没有带尺。乡里还有一套行头，“你拿我的尺做用了？你……你也会裁缝手艺么？”

“我还要来谢你。”那女子只顾自己的话，“你积了德，我也不想去死了。多谢你救了我。”

“什、什么？”石裁缝慌忙否认道，“你讲些什么哟？我、我哪里救过你？是……是弄错了人哩。”

“我开始也不晓得哪个救了我。早上醒过来，看见了这条尺。”她将那条尺递了过来，“我想，这不快些还给你，那不耽误了你的工夫么？就一直在等你。”

石裁缝这才想起那天夜里是因为裁衣想不起尺寸了去找的她。他有个习惯，软尺总爱搭在后颈子处。这么讲来，一定是去梁上给她解绳索时弄掉了尺。慌乱中一点也没有发现，现在还有什么好否认的呢？

他便不声不响地接过尺子，放回到案板上，“……唉！”他后来叹了声，劝她说，“再莫做那种蠢事了。我们这些做工的人，死一个又怎么的？只好自己看重自己哩。”

那丫头点了点头，“这话我记下了。”她抬起头，鼓着勇气看了石裁缝一眼，“……你救我不死，你……看重我么？”

石裁缝赶快转过身去，背朝着她，慌忙地说：“你、你回吧。我这工夫做、做不赢哩。”

“……我叫七姐儿。”她迟疑了一下，“那我回了。”

石裁缝再也没有作声，用画粉忙急在案上没有章法地画线。他感觉到七姐儿在身后踟蹰了好一阵才离去。她大概还想讲些什么话，石裁缝却不敢听。他凭直觉发觉这七姐儿身上有一股很强的东西，引得人直发晕眩。他怕自己抵不住那种诱惑。

这件事本来已经过去了，两个月后却是阴历三月三。苗民们有几年没有庆三月三了，这一年世事算还太平，麻老大传下话来，说今年可以热闹一番。三月三，是苗族传统的“跳花节”。到了那天，家家户户打糯米糍粑，烧擂茶，从一大早欢闹到深更半夜。这一带的人喜欢吹芦笙，前几年又打冤家又闹土匪，人们好久没听见芦笙响了。见麻老大传了话，以为今年是可以安稳的，便早早开始做起了准备。

石城里还搭了个台子，要请戏班子来唱苗戏。城外也引了几处歌场，供夜里烧起篝火跳歌用。麻老大计划在三月三那天派苗兵在外围拉警戒线，让石城一带的老百姓过好三月三。他知道这样一番庆贺，对收买人心，巩固他的苗王地位是大有好处的。同时，他也要借机抖一抖石城的威风，让其他地方的杆子们看一看他麻老大是个有多大气派的角色。

这样一来，院子里的人就忙得不亦乐乎了。最忙的要算是石裁缝，麻老大一家老小要做新衣，这就够他日夜睡不成觉的。还有麻老大的三亲四戚，他的跟班亲信，甚至连保镖的衣服也要新做。

眼看日子近了，石裁缝心里开始发毛。他仔细盘算了一下，知道无论如何也难得赶出来，只好小心翼翼去找麻老大诉苦。再不讲，到日子误了事，他知道麻老大是翻脸不容情的。

“那，你讲怎么办？”麻老大的脸色果然不好看，“一口气，我还找得到别的裁缝来帮你么？”

“是哩。”石裁缝只好退一步请求说，“要不，老爷给我派个人手。不会做衣，帮忙钉个扣子也是好的。请老爷……”

“嗯，我问问看。”

麻老大那段时间操办大事，把家院里的事一概交给他堂客管。抽个空，他找他堂客讲了石裁缝要人手的事。他堂客要准备在院子里接宾客，还要筹办几十桌酒席，请的长工短工一个萝卜一个坑，想了半天也拨不出闲人来。

“七姐儿呢？”麻老大不耐烦了，“她不是有闲么？让她去。”

“……也是，她倒空哩。”堂客想了想，“那多崽怎么办？哪个陪他玩？”

“鬼扯脚！一个个忙得要死，还要人陪着玩？”麻老大恼火地说，“不是有个老妈子专门管他么？莫啰唆了，叫七姐儿去！”

七姐儿自从那次给石裁缝送了一回尺子以后，再也没有进过他的门槛。麻老大的堂客把她叫过来，训斥她说：“你清闲哩！去做点事，没得哪个不做事。你要过去了偷懒，我打断你的脚！”七姐儿埋头听着，听得满心欢喜。

石裁缝当然是作不得声的，只好安排些零碎事给她，两个人闷声不响地做工夫。赶得急了，天天都要守着灯盏熬油。这样，也就少不得有了你来我往的搭话。

开始几天，七姐儿只是到吃饭的时候先去灶屋里给石裁缝把饭端过来。这可以少耽搁工夫，石裁缝也不好再三阻拦。才做几天工夫，石裁缝忽然发现七姐儿心里很灵，手也极巧，看过的事，她竟不用叮嘱就做好了。有天吃了夜饭，石裁缝出门去看了几个人的身材，回到屋子里，看见七姐儿在案板前用画粉画了几块衣片子。他仔细一打尺，那衣片竟与自己画的差不多。他从未教过七姐儿怎么裁衣，做手艺的人把这叫作“瞟学”。瞟几眼就能学到手艺的人，天资是极高的。画衣样这门手艺是裁缝工艺中最复杂最难学的，碰到呆笨点的徒弟，手把手教几年他也学不精。石裁缝不由得在心中暗暗惊叹起来。

隔三月三只差五天的时候，石裁缝实在忙不过来，便掀开床上的棉絮，铺上一床垫单，把七姐儿叫到身边。

“这四件青布褂子，你来裁。我手脚忙不赢了。”

七姐儿到了真要她裁的时候，反倒紧张起来了，“我……我裁得好么？”她畏畏缩缩地看着那匹青布，不敢拢边。

“不怕的，千看万看，不如动手做一遍。”石裁缝鼓励她说，“先想好，慢些裁。画好片子，我看看再下剪刀。你裁得好的。”

七姐儿是个有勇气的人，没有多推辞，就俯下身子专心专意去做了起来。间或有不明白的地方就抬头问一声，石裁缝过去耐心地指教她。不知不觉，两个人的身子逐渐挨近了。后来，心也近了许多。

没两天时间，七姐儿居然把一手裁衣功夫学得烂熟，能帮石裁缝顶半边天了。多亏这样，才没误工期。两个人紧赶慢赶，还赶到了三月初二的下半夜。

望着堆了大半边屋子的成衣，石裁缝悬吊着的心才踏到了实处。他直起酸痛的腰背，心里十分畅快。

“七姐儿，真是啊……”他如释重负地摇了摇头，“也好，从今以后，你也出去开得裁缝铺了，要不是你，这段日子还到不得头哩。”

七姐儿心里本也是乐滋滋的，听见石裁缝这么一说，那心间陡然暗淡下来。疲乏的脸上立即敛去了笑容，一缕阴云紧紧地锁住了她的双眉。

“……唉，怎么过得……这样快？”她垂下了眼帘。

石裁缝在那一刻里脸上的笑纹也僵住了。七姐儿的话讲得不甚透彻，他却全能听懂。他心中也有与七姐儿同样的惆怅，只是浮现得慢一些。经七姐儿一说，便浓浓地弥漫开了。

好一阵，两人没再说话。山里的后半夜寂静而又清凉，屋外，远远传来一些冬眠了很长时间刚刚复苏过来的石蛙的鼓鸣声，“咕呱呱，咕呱呱”地叫得他们心窍如猿马一般颠乱。

石裁缝毕竟是四十过头的人了，心里比二十来岁的女子要明醒一些。他不敢过多地享受那令人迷乱的宁静，便心灰意懒地站了起来，闷头去收捡案头上的杂物。七姐儿这时候打了一愣，望着石裁缝的背影，竟委屈地哭了起来。

石裁缝听见背后的抽泣声，手脚略略迟疑了一下，接着又继续收拾东西。他没去问七姐儿为哪般事伤心，也没去劝她不要哭。甚至连身子也没转过去，莫名其妙地喃喃自语说："命哩，都是命。命中当有终须有，命中不该……莫强求。是这个道理，是哩……唉！"

他忽然听见身后"噗"的一响，不禁大吃一惊地回过头看了一眼。七姐儿甩掉了一块角料子布，泪眼涟涟地站了起来。那样子看上去好倔强。

"那你做什么要改我的命？你这么明事理，不是害了我么？"

"我……我改了你命么？"

"从到这里的那天起，我就晓得命该绝了。哪个让你去救活了我？救活了我又讲是命中不该，讲莫强求。你不是又让我掉火坑去受罪么？"

石裁缝张了张口，不知该说什么才好。隔了一会儿，他自暴自弃地说："我不中用哩。你以为我……日后，我这把骨头还不晓得怎么抛，人活得都不易哩。"

"你出去开裁缝铺，我跟你。"七姐儿不知怎么就蹦出了这句话。

"你？"石裁缝半天才转过弯子来，"你讲什么话？"

"我讲，我跟你去过日子。你裁衣，我打下手。你忙工夫，我替你弄饭，我们远些走，走到山外去。"

"这、这怎么要得？"

"有什么要不得？走到哪里，都是绿水蓝天。有手艺的人还怕没得饭吃么？"

"我是讲……"石裁缝在七姐儿的豪壮面前还真的设想了一下，"是哩，我要走也走得动的。只是……"他忽然盯住七姐儿问道："你告诉我，你爹娘把你卖个什么价？"

"一百块光洋。"七姐儿心里也燃起了希望，"你……拿得出吧？"

石裁缝顿时凉了半截腰，"……怎么这么贵？一、一百块光洋么？"

七姐儿猛然想到了自己其实不是个普通丫鬟。石裁缝别说拿不出一百块光洋，即使出二百三百，也赎不走自己的。她心里一片悲凉，泪水又汩汩地涌了出来。

石裁缝见她又落了泪，便向她走近了一步，说："那我发狠做工，加劲攒。攒足了光洋，再……要得不？"

七姐儿连连点头，泪珠子落了一片，"要得，我等你就是了。"

于是他们俩仿佛松了口气。在心中，他们都明白这不过是互相哄一哄而已。石裁缝做工做到四十上头，省吃俭用，手里不过才攒了十三块光洋。照这样攒下去，做到三百岁才攒得齐那个数，这一辈子是没希望了。七姐儿更明白要想跳出火坑绝不可能，但是他们都说了句哄对方的话。在这时刻，他们知道对方需要这么哄，其实，是他们两个人自己需要一些安慰。管他日后有期无期，不寻些安慰，又怎么活下去呢？

第二天是三月三跳花节，天刚放亮，锣鼓响鞭就闹腾起来了。麻家大院里喝三吆四，唢呐吹翻了天。家人特意给瘫儿子少爷扎了一架椅子轿，由七八条汉子抬出门看芦笙舞去了。石裁缝从窗口看见轿子后头跟了好几个老妈子，七姐儿换了件蓝印花褂，也远远地随在后面。她的一双眼泡浮肿着，出门时，特意回头朝窗子这边望了一眼。

石裁缝在屋里迟疑了半天不知道该做什么。工夫全赶完了，案板上光溜溜的。想另找些事做，又没事可做。城外架起了十面大鼓，一伙野劲十足的青年哥哥手持短棒，在大鼓前跳跃着，低沉的鼓声贴着地面滚滚而来，闷雷一般震得满山满谷嗡嗡发响。石裁缝在屋子里被外头的花鼓声敲得心慌意乱，再也坐不住了。"春光洒了一山，莫非我就沾不得？"他出门的时候这样气虎虎地想了一下。

石城的人个个差不多都认识石裁缝，他一出门，立即被人扯住了。这个要他去喝擂茶，那个请他去喝米酒，东拖西拉，石裁缝糊里糊涂，不记得吃了多少家。到天煞黑了人家才放手，那时候，石裁缝已经蒙蒙眬眬有点走不稳路了。

城外石坡上的篝火烧红了半边天，石裁缝兴致正浓，不想那么早回麻家大院去睡觉，便沿着石板路出了城门。

走不多远，他看见篝火旁边围了几堆青年男女。火光在那些青年脸上跳跃闪烁着，把一张张青春丽质的脸映得红扑扑的。这些年轻人难得有如此欢快的一夜，他们大多数在上一次跳花节时还只是些娃娃。几年之后，一个个都人高马大了，成了跳花节的主要角色。

篝火堆子上添了第三道柴，青年男女们开始对起歌来。开始只有几个人生生涩涩地唱，往往只唱了个开头，便被同伴们嘻嘻哈哈的哄笑声淹了回去。不久，又有人起了头。于是，好些人认了真，也半路上附和进去，咿咿呀呀地唱了起来。男的唱了女的唱，一问接一答，空气顿时便热融融地活跃开了。

石裁缝不记得有多久没听见这种对歌了，他感到那些稚嫩喉咙唱出来的歌声飘忽在耳际时，好像带着一种什么气味。似乎有一群乳香未尽的孩童扑到他的身边，将头紧紧地埋在他的怀里，咯咯吱吱地闹个不休。一时间，石裁缝都被感染得年轻了二十岁。

他晃着半酣的身体，踏着苗歌的旋律向篝火走去时，浑身焕然，飘逸如履云端。

到了篝火旁，石裁缝一屁股便坐在了石板上。他打算今晚尽情地这样坐着，彻底陶醉到年轻人的氛围中去。背后有一丝丝凉沁沁的夜风拂过，胸前又扑过来暖烘烘的篝火的热浪，冷热夹峙之中，他不禁打了好长一个嗝，腹中的酒气涌出来，熏得他更增意兴了。

抬起头来，他忽地看见那熊熊的篝火背后有一张黑红的脸盘子。火苗忽高忽低，那张脸也忽隐忽现。石裁缝便站了起来。

“七姐儿！”他胆子很壮，竟大声隔着篝火喊了起来，“过来！这边哩！”他高兴地举起一只手，晃个不停。

七姐儿其实早看见他了。她在火堆那边急切地朝这边望个不停，就是希望被石裁缝发现。听得他唤，七姐儿便绕着火堆，走到了石裁缝的身边。

“哪儿去了？”七姐儿也很兴奋，问道，“一天也没见到你的人影。”

“问我？嘻！真是哩。”石裁缝不知从哪里溜出了一句话来，“你是贵人，陪瘫少爷玩耍，好荣耀哩！还看得见我？”

七姐儿一愣，朝他的脸使劲望了几眼，问道：“你晓得我是……”她不敢问下去了，“你今天遇见什么人了？喝了这多酒？”

“莫问，七姐儿，我今天心里欢喜。”他坐了下去，“肯陪我坐么？不怕的，三月三，不讲规矩，尽兴尽欢。坐。”

他伸出手去，拉了七姐儿一把。七姐儿便坐在了他身旁。

“我也欢喜哩。”七姐儿又恢复了笑容，“不晓得山里还有这么热闹的时候。”她望着篝火，眼里闪烁着水灵灵的波光。

“是哩，是哩。”石裁缝连连地摇着头，“我今天才过出了人的味道。唉唉！真望这日子长久才好。唉！”

七姐儿看着石裁缝那期望的样子，心里格外高兴，“老爷讲……今夜里，也让我们下人出来玩个够。”

石裁缝蓦地侧过头来，他的眼里放出了坚定的光，仿佛有了豁出去的勇气。七姐儿感到他这目光很异常，便也鼓励地迎着他看。她真盼望石裁缝被烧酒壮了肝胆，在这样的夜晚把她带着逃出山去。

但是，石裁缝那点坚定的光亮很快就隐去了。

“……那好，老爷讲了就好。是么……是哩，由不得自己的。”

七姐儿的目光在他身上呆呆地滞留了好一阵，一句话也说不出来。这时候，篝火两边又开始对歌了。只听见发歌声，却看不见唱歌的人，歌声隔着篝火抛过来，掷过去，悠悠如行云流水。

那歌的开口有好长一段“咿咿吔吔呀呀”的哼腔，七姐儿一句也听不明白。哼过那段套引子之后，歌词还是听不清楚。她看了看石裁缝，发现他正听得入神。七姐儿这才知道他们在用苗语唱着山歌，她不是苗族，当然听不懂的。

首先是一群女青年唱了几段，然后两边都哄哄地笑。男青年那边大约在商量着什么，下面该他们回答了，乘这个当子，七姐儿问石裁缝说：“我听不懂哩。刚才唱的是什么？”

“哦！她们唱得有味哩。”石裁缝正在回味着，便告诉了七姐儿，“她们问哩，想过河滩怕湿鞋，你讲我今夜来不来？想吃辣子又怕辣，哥哥你为我做了什么菜？鲜花生在七星岩，看你哥哥如何采得来。……嘿，这歌唱了几十年，我小时候就听过的。”

“那，你答得上来么？”七姐儿斜着眼睛望着石裁缝故意问道。

“我么？啧，我当然答得出的。”

“答给我听听。”

“我答么？”石裁缝想了想，倒是有点嗓子发痒的意思了，“我……还是听那些后生子答。如今是他们的天下哩。”他又反悔了。

“你晓得我听不懂的。”七姐儿一点也不放松地逼着他，“答给我听，我想听哩。”

这时候，篝火另一面的男青年扯着喉咙答唱起来。他们也用苗语唱着。石裁缝便跟着用汉语哼唱，哼得十分有滋味——

妹想过河不湿鞋，
哥哥打起花轿抬。
想吃辣子莫怕辣，
起个五更为你把猪杀。
哪怕你鲜花开在南天门，
哥哥我是秤砣心。
脱一身皮也断一身筋，
也要把你寻。
咿呀，只怕你不领情。

这段歌词唱完之后，苗族女子那边竟发出一阵唏嘘之声。仿佛不相信男子们的誓言，男青年这边便豪爽地大笑起来。

又对了几段歌，也是唱了些旧词，人们渐渐松下劲头，不久便意兴阑珊了。七姐儿没有要求石裁缝把后面几段对歌讲给她听，石裁缝也没有继续跟在人家后面哼唱。他们心里都有些不是滋味，早早地沉默下来，各人去想着心思，好久没有说一句话。

篝火的柴棍燃透了，再也没有人往上添加木柴。那些柴棍中有些很硬的杂木，很耐烧。火苗子轻轻地舔着通红的炭头，半天也不肯熄灭。由于明火越来越弱，石裁缝开始感到了地面石板上的寒气。

“……你要是有个秤砣心，我就敢领情。”七姐儿冷不防说了这么一句。

石裁缝觉得她的话音很近，侧头一看，发现她不知什么时候挪到离自己不能再近的地方坐着了。

“你……唉，又讲蠢话。”他轻轻移了移上身，离她远了一点。

“不是你自己刚刚唱的么？”

“那是歌子。”

“歌子是人唱的，未必事情就不是人做的？”七姐儿说着也打了个寒噤，“冷哩，冷到心里去了。”

石裁缝闷了好一阵子，居然站了起来，“那就……回吧？”他说得一点底气都没有，声音都被掏空了。

“三月三，尽兴尽欢，是你讲的么？”七姐儿也站了起来，眉梢竖立着，狠狠地朝他冷笑了一声，“你好绝，空长了这么一坯，我看错了你！”

石裁缝被她骂得哑了口。再一看时，七姐儿扭过头去，凄切地倒吸了长长一口气，哽咽着朝黑暗中疾奔而去。

他忽然明明白白地感觉到七姐儿身后拖着一缕长长的如丝如帛的金黄色的云霞。她怎么竟是仙女一般？石裁缝眼睁睁地望着她朝漆黑的夜幕消失着，心中立即惊恐得不能自已。她并不是仙子，仿佛是石裁缝身上的雾一般却又活灵灵的魂魄。石裁缝的身体软软地往地上坠着，他感到脖子上被套上了一条冷冰冰有千斤重的铁链子，石板底下隐匿着勾命的小鬼在狠命往下拖他的身躯。他看见过那勾命鬼的样子，钟馗常常把他们踩在脚下。头顶上有短角哩！

石裁缝蓦地在喉咙里发了声吼，“啊嗨！”他从来没用这么大的气力吼过，只觉得有一种说不出的豪勇，伴着一身虚汗，毛扎扎地填实了五脏六腑。

“又发蠢！又发蠢！你个不得脱的蛮婆哟！”他的心怦怦乱跳，“三月三，蛇出山。乱跑得么？看我追你个南天门！”

于是他提脚就去追，他的脚踏在山路上，觉得那路绵绵地发软。还有一种弹性。着地的时候，脚板心连同脚窝子都熨熨帖帖地吻合了柔软的地面。他的脚步因此也跨得极感享受，就像平素得心应手地用裁剪一下一下地推剪着布样子。他悟到了一种神韵。

追了很远，追了很久，石裁缝感到心跳匆促，喘气不均匀了。他停下脚，往四下里看了一眼。这里尽是一人多高的荆棘丛，黑魆魆一点声息也没有。他这时候逐渐清醒了些，便回想了一下自己追的方向。他觉得今夜晚有点癫狂，只管野着性子追，一甩开步子竟然也不辨辨方向。这地方想必离石城很远了吧？七姐儿会跑这里来么？他忽然怨恨起自己来。似乎不是追七姐儿来的，只是有一身邪劲憋不住了，身不由己地乱发一通出出多年的郁气。还是应该寻七姐儿才是。她是个外来女子，不熟山路，若是跑失了，怎么得了哟！这日月也并不太平，夜里还有流匪作乱哩！

石裁缝想得心慌，便回过身子去寻七姐儿。这阵子他的脚泄了劲，大腿两侧的肌肉拉得好疼。他顾不得许多，拖着身子高一脚低一脚地往回走。这个地方他没有来过，荆棘丛高过人头的地方，什么都藏得住。他小时候遇见过土匪剪径的事，看见有路人被劫了钱财，还被割下了耳朵。想到这里，他惊悸地疑心着每一处荆棘，连寻七姐儿的事都吓忘了。

还没往回走多远，石裁缝只听见身旁“嗖”地蹿出一个人来。这人早早地跟定了石裁缝，见他回头走，便隐在暗处一动不动，等他到了身边，才扑了过去。

石裁缝是个没半点拳脚功夫的手艺人，见黑暗中盖头盖脑扑过来一个人，一身早吓瘫了。又不会躲避，只是站在那里乱抖一气，于是便被那人满满地抱住了身子 。那人也是收不住脚，石裁缝又没有一点站桩功，两人便一起倒在了地面上。

石裁缝倒地时想到的第一件事是身上没有带一文银钱。早上出门时走得恍惚，也是不必买什么杂物，这阵子他后悔得要命。土匪不比一般百姓，他们哪看重裁缝？要衣穿，随处抢得到的。他暗想今夜是保不住性命了。

他极快地感觉到了那人不像土匪，倒地之后，那人飞快地抽出手掌来托住了石裁缝的后脑，并且毫不迟疑地将脸贴在了他的颧骨处。那张脸柔嫩得不寻常，还辣辣地发着烫。石裁缝左肩膀被那人的胸紧压着，他奇怪地发现左肩触到的是一堆鼓胀而又松松野野的东西。接着，那人贴着他的耳郭酣畅地、痛苦地喘息起来。喉管里流出了全身心汇聚成的一种声音，嘤嘤切切，像是呻吟，又像是凄泣。

石裁缝的大脑里嗡地响了一声，余音立即弥散到全身每一个旮旯，这种声响铺天盖地罩了过来，使他与天地间的万物即刻隔绝开了。就像是九霄之上抛下来一顶天棚魔罩，牢牢地像一床蚊帐蔽严了这两条生灵。在这种时候，石裁缝浑身是胆，哪怕头上聚齐了一千道霹雳，身旁簇集着一万条巨蟒，石裁缝也只是勇往直前，绝无旁顾。

“……七姐儿，我的命啊！”

干柴遇上烈火，岩山都要烧化了。于是他们竭尽本性，亡了命一般将自己变成了山野中的畜生……

第二天清晨，麻老大没有带一个保镖，只在身上插了两条冰凉的盒子枪，走了十多里山路，来到一个看山棚前站住了。

那看山棚建在半山腰，原来是山里人种苞谷时怕猴子来掰，留个人夜里打梆用的。后来土匪蜂起，这里便是观望哨。一有动静就放鹞杆。麻老大屯兵以后，这一带成了石城的前沿警戒地段，那以后几乎没有闲人再到这里来了。

看山棚前坐着两条壮壮实实的汉子，一色的青布包头，一色的兽皮绑腿。左肩斜挂着暗绿色子弹袋，右肩都十分独特地挎着一条织锦布袋。看见麻老大走了过来，这两名苗兵立即起立，持着七九步枪向麻老大走了过来说：“老爷，就来了么？”

麻老大的脸色酱黑，本是横生着的肌肉向下拉得歪扭了去，那样子可怕至极。

“有人来过这里么？”他不搭理苗兵的问候，只在强压着怒火，发狠地问了句。

“回老爷，没人来哩。”苗兵小心地说。

“听好！”麻老大恶狠狠地指着他们吩咐道，“你们两个一前一后，去看山棚一百步远守着，有人来，不问黑白，先给老子响枪放倒他再讲！晓得么？”

“是哩！老爷。”

苗兵端着枪，当麻老大的面把子弹推上膛，才分头去把守路口。麻老大等他们走后，还用鹰一般的眼睛把看山棚周围仔仔细细地看了个遍，然后向看山棚走了过去。

看山棚是用一色的楠竹扎起来的。为了防野猪，棚底扎得离地面有一人多高，进出都靠棚子门里面那架竹梯子。麻老大生得比一般人高半个头，走近看山棚时，可以从竹门底下的缝隙中看见棚内的情景。他双手虎虎地颤抖着，握住腰前的两条盒子炮的枪柄，不想进那窝棚，只想拔出枪朝里面疯狂地射他个痛快。

在那看山棚内，有一簇灿灿的阳光从天窗投了进去。角落里，两条绳索将石裁缝和七姐儿牢牢地捆绑着。苗兵的手下得重，绳索深陷在皮肉里，周围的血断了通脉，发紫发青乌了好些道道。就这一手捆绳索的功夫，便将他们两个人捆得昏天黑地，人事不知了。

麻老大还没走到看山棚这边来的时候，石裁缝先自醒了过来。阳春三月，山里百鸟雀跃，很早便叽叽喳喳嬉闹个不休。石裁缝睁开眼睛，霎时感到浑身慵倦，绵绵无力。好一阵子他都回想不起自己到了什么地方，他的脑子里只留下一片放纵后的空白。仿佛爬一座抬头不见顶的高山，爬得那么狂呼乱叫，根本不喘一口气，旋风般爬到山巅上，然后向山岩中拼死命抛下去一件东西。东西分别抛下去了，他的手臂还不歇止。还在一下两下三下地甩着……

他昨夜终于弄明白了在追七姐儿时脚板踩在地上为什么那么松软，那是在他滚动时发现的秘密。是来了春哩！地面上尽是吐出嫩叶儿的毛狗儿草。那草没人来踩，生得密密茸茸，如毛毯子一样柔韧……

石裁缝混混沌沌回想那些片段，差点又昏迷过去。双臂忽然刀扎似的剧疼起来，他才陡然清醒了。他低头看看自己的双腿，裤筒子早已破碎，紧紧贴住了血肉模糊的肌肤。在他腿旁不远的干草上，七姐儿被横七竖八捆作一堆，任人抛作什么样子就是什么样子，从昨夜到今晨一直没有醒过来。她也是一身鲜血淋漓，倒在地上的样子又是那样难以伸屈，她却昏死得极平静。一头乱发丝盖住了大半个脸，只看得见一只眼角。这眼角十分好看，眼皮透明，尾角微微上挑，分明没有后悔、没有痛苦，只是甜甜地含着极大的满足。

她昨夜就是这个样子，石裁缝清楚地记得大约是下头遍露水的时候，一伙苗兵团团地扑了上来，按住他和七姐儿，用枪托子捣药一般往死里打。七姐儿被他们打得满地乱滚，火把的光闪在她的脸上，石裁缝听得有人大骂道："这个臭婆娘！她还笑哩！""打死她个不要脸的！"……她那时候就是这样甜甜地笑着。石裁缝于是也咬紧了牙关，让人下死手去打。后来就昏厥过去了。

麻老大走过来同苗兵说话，石裁缝听得很清楚。当时他正张着耳朵四处听，好像什么地方有淙淙的泉水声，他渴得要命。

猛然间，看山棚的竹门"哗"的一声巨响倒塌了。麻老大终于没有拔枪射击，手臂积聚了开山的力气，狠狠推翻了窝棚门。

石裁缝平日胆小如鼠，今天却有点反常，反倒不那么怕事了。大概他知道横竖只有一个结果，死是逃不脱的。既然如此，怕也没用。他于是痴痴地看着麻老大从梯子上走进来，看着他一步步朝自己逼近。他惊讶地发现今天麻老大的身躯比以往任何时候都要高大。

"讲！畜生，要我怎么处治你？"麻老大将声气压得低低的，像堵着一河洪水。

"我只求一死，老爷。"石裁缝居然能平平静静地说出话来，连他自己也吃惊了。

"孽种！像你这样的东西，死一百个也填不满老子的牙缝！老子恨不得要……”麻老大抖着身子，不知怎么泄恨了，便飞起一脚，踢得石裁缝一头栽倒下去，像倒了一麻袋粮食。

石裁缝眼前尽是七姐儿那含笑的眼角，倒下去了也无所谓疼不疼。他觉得自己的眼角这时候也是七姐儿那个样子。

麻老大踢倒石裁缝之后，没有再施拳脚。他竟回过身，去到那窝棚门口朝外看了几眼，再扶起那扇竹门，掩住了窝棚门。窝棚里的光线立即暗多了。

他返回来，一把提起了石裁缝。那张气歪了的脸凑到离石裁缝很近的地方，恶狠狠地指着七姐儿问道：“畜生，晓得她是什么人么？”

“晓得，老爷。你府上的丫头。”

“鬼扯脚！你个偷油的贼！”麻老大咬牙切齿地啐了他一口，“老子告诉你，七姐儿是老子给麻阳多讨来的堂客！”

石裁缝这才吓得瞠目结舌，身子直往下溜塌着。

“她、她……老爷，我，我哪晓得……”

“啪！”麻老大反过手背，狠狠地抽了他一个嘴巴，抽出了他嘴里的鲜血，“不准喊！你把老子的脸涂得还嫌不黑么？”

“是……是哩，老、老爷，”石裁缝知道这个祸闯得有多大，不觉委屈得哭了起来，“我一个牛马样的下人，要晓得是……我天大的胆子，也不敢……老爷，我实在是一点也不……祖宗！我怎么黑了眼哟！……”

麻老大这时候的火气却没有那么旺盛了。他手一松，让石裁缝的身体瘫倒在竹板上，自己却回过身去，狠狠地顿了一脚。那窝棚都被他顿得悠悠晃起来。

七姐儿在麻老大进屋的时候已经惊醒了，她以为麻老大是来处死他们的，便依然闭着眼睛，也是只等一死。她听见了麻老大对石裁缝说的每一句话。到这时候，她感到石裁缝也许有一线生机，于是，她侧转头来，轻轻地喊了一声：“老爷……”

麻老大像是害怕一样，被七姐儿喊得一愣，急忙走开几步，仿佛那是个瘟神。

“老爷，这事，都是我招的哩。”七姐儿勇敢地大包大揽着说，“我想招他，就讲是丫头。不是老爷不准我讲身份，是我自己不讲的。我晓得，若是讲明了就招不住他。他没那个胆子哩。老爷也看见了，他直到这时候才晓得我不是丫头。都是我招的，老爷要杀就杀我一个人。他做牛马的人可怜，放他一条性命吧。”

石裁缝听七姐儿这么说，也觉得或许能保得住性命，竟只顾挣扎起自己的身子，望着麻老大大喊冤枉。

“老爷，你听见七姐儿这么说么？我好冤哩。我一世本分，无妻无小，工夫做腻了，想找个丫头下人玩一玩，哪晓得犯了老爷的上屋哟？老爷，你开一回恩，我石裁缝生生世世也给你做牛做马做狗。老爷……”

麻老大背对着他们，仿佛什么话也没有听见。只是他那脊梁渐渐地塌了些，佝偻着现出了上年纪的那种苍老。

他是清晨被人从床上喊起来的。家人报告他说，昨夜在野外放警戒的苗兵发现荆棘蓬内有人。那地方石城的人不得去的，便以为是流匪。捉了一看，竟是一对颠乱着寻欢作乐的男女。苗兵中有人认出来了，那男的原来是老实巴交的石裁缝。老实人尽干结巴事，他们便捆了他。

麻老大当时便呵斥了家人几句：“这屁大的事也叫老子听么？石裁缝一个没堂客的汉子，打点野食又怎么的？三月三，没规矩。莫管，放了他。那裁缝也是个作孽人哩。”

家人朝屋里望了一眼，不肯离去，又不敢在这里讲，便探着问：“老爷，堂太太……也惊醒了么？”

麻老大觉出了蹊跷，便回过头来，说：“你只管讲！堂客们夜里不同老子困的，不在屋。”

“那，我就讲。”家人轻轻告诉他说，“你晓得石裁缝同哪个么？”

“哪个？”

“讲是……七姐儿哩！”

“你打狗屁！”麻老大狠狠地瞪了他一眼，“这事乱讲得？”

“老爷莫急，找找七姐儿看。她若不在屋里，这事……只怕老爷吃不得哩。天一亮，外人看见了，臭味就关不住了。”

这个家人是麻老大最相信的一个亲信，名叫麻三保。七姐儿的事，亲信随从中只告诉过麻三保一人。出山去买回七姐儿的，也是这个麻三保。麻老大听麻三保一说，不由得认真起来。暗暗一查对，果然不见了七姐儿。麻老大怒发冲冠，又不好张扬，急得一个人在院中不停地转着圈子，像一头困兽。

“老爷，你莫在这里想法子了。我让苗兵把他们关在了看山棚，不准人晓得。你快去处治，屋里这头交给我，严严地按稳了再说。”

麻老大这才火急火燎地赶到了看山棚。一路上，他想得脸上火烧火辣，好比被人在眼皮底下挖了祖坟去。这一带有个风俗，姑娘妹子出嫁之前乱一点没什么关系。尤其是三月三那天，几乎可以合法地去睡男人。开了脸嫁了人，那可是严严地不能乱来半步。这种事摊在哪一家，哪家就会遭人耻笑，何况麻老大在这一带八面威风，哪溅得这种黑泥？

既然事情出了，麻老大知道再火再躁也是没有用的。要处置也并不难，难就难在如何不漏出风去羞辱了门面。他脑子里想了很多办法，但是都觉得不妥当。杀了石裁缝和七姐儿两个人吧，这两人男女双双失踪，人家能不疑心么？这是不打自招哩。只杀石裁缝一个？也不稳当。他是这一带离不得的裁缝师傅，人们日后时常会记起他的。七姐儿同他做过一段夫妻，嘴短舌长的难免也不漏风。或者只杀了七姐儿呢？这更不好办，光那冤孽儿子也不得依。

他就这么思前想后，板着脸一直到了这里也没拿出个主意来。他的手乱发抖，想杀人又不晓得杀哪个好，不杀人心中的怒火又实在难消。他竟在这种关头为难了。

七姐儿替石裁缝求情的话他听见了。当时他的心里像针扎一样的极疼极痒，平生第一次感到自己是个有面皮的人，那面皮在这时候不知往哪里搁。他深深地后悔当初不该答应给瘫儿子讨堂客，到现在是抛了钱捡了顶绿鸡冠。后来他又听见石裁缝也求他开恩，麻老大不禁在心里极鄙视他了。一个男人，在生死关头不及女人刚强，女人替他顶罪，他居然还乘机开脱自己？是哩，这个可恶的东西，同七姐儿也不过是玩玩而已，并不与她共生死夫妻哩！呸！一个软泡子！……

忽地，麻老大心里透了亮光。经这一番思量，他脑子里生出了一个两全的处置办法来。他没有急于动身子，在心中还掂来复去地想了一阵子，法子虽然有点让人不甘心，总是一个法子。急切中，也想不出更好的来了。

他回过身子，回得极缓慢。身后那一男一女正呆望着他。麻老大没有理石裁缝，先去七姐儿身边，沙着喉咙骂开了。

“贱东西！你做了好事哩！你有脸哩！如今这世道反转来了，你有脸，我倒没脸了！是哩！老子杀人从不眨眼睛的，今天倒是没脸见人了！你晓得么？贱货！”

他骂了一气，也就不再骂下去了。顿了一下，竟叹了口气，怨起自己来。

“我是老昏了么？明明晓得麻阳多那瘫崽子讨不动堂客，把你买来何苦哩？你一个正当年的女子，哪耐得住哩？是哩，你招了别人。这事哪个看得住呢？”他摆了摆手，忽然动慈悲了，“讲不得，这事是我养息坏了。今天我讲了，七姐儿，我不杀你。你莫怕。我麻老大在这一方打个喷嚏镇得住三方四路，讲不杀就不杀，不收回的。”

七姐儿一心只以为活不过今天，倒也不怕被杀了。听见麻老大说不杀她，一时怎么也没转过弯来。她那时候还不清楚是死了好还是不死的好，她是没有来得及去想。呆了一下，却急切地问：“那，老爷，他呢？”

麻老大闭上了眼睛。他胸口内隐隐作痛，对七姐儿的痴情痛恨到了妒火中烧的地步。

他好容易才按住了心中的酸腐之气，转过身来，两眼盯着石裁缝，那眼中放出了阴绿色的凶光。

“裁缝啊裁缝！你讲，麻老大平日亏待过你么？你跟老子使绊脚，未必不想想，老子会轻易放过你么？几多厉害的角色，抬枪抬炮来剿我，我怕过么？老子宰你不比宰只小鸡还易得么？你个崽，活得不耐烦了，这么会寻开心？踩老子的鼻尖给老子画个黑脸么？好！今天怎么处治你，由你自己讲！”

“老爷，我……我也想明白了。让七姐儿活，我去死也要得。我做这事情，自己把自己污了，也没脸活了。由你怎么弄死我，我石裁缝绝没二话讲的。”

“这是你讲的话？”

“是我讲的，老爷。”

“不讲二话？”

“不讲！”石裁缝挺起了身子。当时很奇怪，他脑子里忽然想到了那攒了一辈子留下的十三块光洋，“我没舍不得的哩，老爷。”

麻老大似乎认为他这时候的态度还讲得过去，便直起了身子，闷闷地嘘了一口气。

“你未必就不想活？”他瓮声瓮气地说。

“不想。”石裁缝横了心，“犯了这事，乡里乡外哪个把我当人？不活了，老爷。”

“真不想活么，杂种？”

“……老、老爷，”石裁缝听得诧异起来，“你这么问，莫非老爷还、还……”

“是哩！畜生，老子还想让你也活下去。你听明白了么？”

石裁缝没想到麻老大会开这个恩，当时便目瞪口呆。心里正将信将疑时，七姐儿竟将脸扎进干草中，呜呜地哭了起来。

麻老大见七姐儿这个样子，不禁又怒火万丈了。他一把揪住了她的头发，狠狠地往上一提，另一只手使劲一巴掌抡过去，将她打在了竹板上。

“贼东西！老子还没讲完哩！老子打落牙往肚里吞，这火还没消哩！讲了要你活，还讲得要你死哩！坐好，给老子听着！再做这贼相，莫怪老子讲话不算话哩！”

那两个任他摆弄的男女，不知他到底闷了一罐子什么药，便再也不敢乱动一下了。

“你！”麻老大伸出一根颤巍巍的食指，在石裁缝的鼻子尖上晃动着，恶气难消地说，马上给老子回磨盘乡去，做猪做狗也好，做裁缝也好，老子放你的生，不管你！只是一件，你同七姐儿的事，只要给老子漏一个字，看我要了你的命！畜生，记住了么？

“老、老爷！我、我给你磕头了！”石裁缝扑腾向前栽下身子，却又被捆了手脚撑不起来，便只把那额头不住点地磕得竹板哗哗作响，“老爷的话，我哪敢不记得哩！老爷开恩，我……”他忽然想起了一件事，“老爷，只是昨夜你的那些兵……”

“这个不要你讲，老子会堵漏的。我的兵跟崽一样听话。你不讲，没得人讲。”

“是哩，老爷，要不我出山走口岸去，好么？”

“鬼扯脚！”麻老大立刻又变了脸，“你敢走半步试试看！日后，石城有人家请，你还要来做工夫。跟以前一样过日子，这还不晓得么？老子院里头有工夫，你也要来做。莫跟老子装出贼样子来让人看破了，你个畜生懂了老子的心事么？”

“懂哩，老爷。我懂哩！”

石裁缝这才彻底相信自己是免掉了那一死。麻老大不杀他，是为了自己的门面，而不是发善心。要不是这个原因，他早把自己宰掉了，连眼皮也不会眨一下的。

这件事发生后，麻老大动了很多脑筋。他赏给那几名苗兵很多钱，让他们出大口岸做生意去了。那几名丁兵无牵无挂，做生意做发了，再也没有回山里来。

七姐儿回府之后，麻老大竟然张灯结彩，公开让她同麻阳多拜堂成了亲。他是想让七姐儿绝了念头，再不去招惹出祸事来。成亲之后，府上府下对她看得极严，七姐儿果然连半步也走不出去了。

石裁缝便回到了磨盘乡。他被那件事折磨得衰老了很多，每日里只是闷声不响地做工夫，极难得听他说一句话。乡里的人们发现他脑子迟笨多了，衣也做得慢了。偶尔，还长长短短出点差错，少不得要赔人家布料。

他那日子也过得跟掉了魂少了气差不多。

麻老大把这件事锁得很紧，人们果然一点也没察觉到任何风声。后来，石裁缝大多在磨盘乡做工夫，很少去石城。七姐儿也出不了大门，更莫想到磨盘山来。时间一长，石裁缝也就渐渐地淡忘了那段是非。工夫又做得好多了，人也慢慢有了些起色。石大爷后来还同几名年长些的人合计，想给他再找个堂客。只是物色了好久，一时没有物色到个合意的人。

一年之后，解放军的部队开进了乌龙山。剿匪的队伍压到石城这一带，麻老大又带着他的苗兵退进了苗山。

石裁缝有一天夜里正在桐油灯下打夜工，忽然听得有人轻轻敲门。他打开门一看，七姐儿蓬头垢面地站在了门外。

石裁缝张皇了一阵，竟二话不说就要关门。他恐惧得要命，想把七姐儿拒于门外。七姐儿慌忙往门里头抢，却慢了一步，只伸进来一只手臂。门把她的手夹住了，她没有叫喊，石裁缝也没发现，用身子靠住了门。后来感到门没关严，侧头一看，这才发现夹在门内的那条手臂。七姐儿那手臂被荆棘划得满是伤痕。她是从苗山逃出来的，几乎丧了性命，经过几天几夜，才撞到了这里。石裁缝看着那只手臂，心忽然酸疼了。于是他打开门，一把抱住了七姐儿。

七姐儿什么话也没说，吊着石裁缝的颈子，身体软塌塌地往下垮。她的泪水把脸上的灰垢洗出了一道道槽沟，却甜甜地望着石裁缝，贪婪地笑着。她把石裁缝的心都要笑碎了……

天亮之前，石裁缝带着七姐儿来找石大爷。他们把这件事情的前前后后都告诉了石大爷，石大爷听得又是叹息又是摇头，半天说不出话来。

“……我们，想成亲。”石裁缝最后鼓起勇气问石大爷，“你讲，要得么？”

石大爷是磨盘乡最有威望的长者。过去磨盘乡的后生伢子结亲，只要是经过石大爷点头就算是合了乡规。听得石裁缝这么一问，石大爷竟不知怎么回答才好。他心里也正琢磨着这一对苦命人的结局，有很多难处。

“嗯……这样的，”他后来说，“如今，乡里成立了农会，还要建乡政府哩。我去给农会的石匠说说，看你们这事……到底做得做不得。”

天一亮，石大爷就去找了农会主席石匠商量。石匠是个烈性子人，但是石裁缝与七姐儿的亲事也犯了犹豫。他想了想，便带着石大爷一起去找当时驻在磨盘乡帮助建乡政权的部队一位连长。

那位连长比较年轻，一听石匠说完这个情况就表了态。

“我看，可以让他们结婚。这是反封建压迫的活教材啊。正好可以利用这个机会，在乡里搞一次反封建教育，让乡亲们看清封建土匪的罪行。你们说呢？”

石匠一拍大腿，说：“要得！今天夜里就成亲，搞热闹点。”

石大爷当时犹豫着没吭声。他总觉得这件事不是那么简单，乡里从古到今，有一种自然的东西规住了人们的心。这东西怕是冲不缺的。

晚上，石大爷还是出面当了证婚人的角色。火光之下，他看见来的人很多。他是个细心的人，从人们的眼神中，石大爷感到人们多半是来看看热闹的。不少人只是看了一眼便悄悄溜回去了，还有人窃窃私语着。那晚上的气氛一点也没热闹起来，石大爷感到自己的心一直是虚的。

从那以后，磨盘乡的乡亲们变得谨慎了。乡政府门前比过去冷落了不少，石匠有时候召唤个什么事，人们也不是那么响应。石大爷也觉得有时候走在路上，打招呼的人不像过去那么多。一些年长的人，甚至还慢慢地回避起自己来。

“他们是害怕变天嘛。”有一次，驻军的连长听完乡农会的汇报后这样说，“这要靠我们去做工作，打开局面，让乡亲们彻底放心。”

石大爷沉思了一阵，谈出了自己的想法，“我们这乡里，虽然恨麻老大，讲要把他的儿媳妇弄过来同石裁缝成亲……这事还是不合祖宗章程的。”

连长一听便笑了，“嗬，我明白了，关键问题还在我们农会几个头。什么祖宗章程？现在要闹翻身，解放了。石大爷，可不能让旧东西捆住自己的手脚啊。我们自己都有这样的顾虑，还怎么去做乡亲们的工作呢？”

石大爷仔细琢磨了很久，觉得连长的话也很对。不管怎么讲，石裁缝同七姐儿是应该配成夫妻的。麻老大依仗暴力权势，害了不少人。七姐儿也是被他害了。他后来不杀石裁缝和七姐儿，不也是心中有愧，怕天理报应么？乡里的人们只是没那么高的觉悟，还看这是件邋遢事。农会应该多做些工作，提高乡亲们的觉悟才是。这事还很紧要，不抓紧去做，乡亲们的心就会离农会一天天远去的。

虽然这么想了，但是工作怎么去做，石大爷却没想好。石匠一天到晚忙着建自卫队武装，也没心思去管这件事。拖挨了一些日子，解放军部队接到命令，留给农会一部分枪支弹药，不久便开走了……

石大爷说到这里，狠狠地捶了一下自己的大腿，眼中放出了仇恨的光。

“麻老大这条豺狗，把所有的苗兵都带到磨盘乡来，一夜之间就打进了村子。……唉，石匠还没来得及抵抗哩。农会八十几条枪，哪扛得住麻老大？还不是碗里的一筷子小菜么？那老豺狗，来得好凶哟！跟发了洪水一样哩！”

刘玉堂听到这里，心情沉重地嘘了口气，“乡亲们损失大么？”他轻轻地问。

“大哩。”石大爷摇了摇头，后悔地回忆着说，“也怪我没有抓紧去做好工作，害得乡亲们散了心。过去磨盘乡抵抗土匪是舍得性命的哩，这一回……唉，麻老大围了磨盘乡，在外头喊了好多遍。他讲，他麻老大这次来，只寻七姐儿。冤有头，债有主，与别人不相干。他这么一喊，乡亲们竟让他喊得信了真。好多人当时就散去了，我拦都拦不住哩。麻老大破竹子一样打了进来，石匠没跑脱，让他捉走了。他还捉了好多农会的人，后来当着乡亲们的面放回了。只是不放石匠，讲他是一个冤主，要带到石城去。唉……他八九也是活不成了的。”

“石裁缝和七姐儿也被他抓住了？”

“是哩，麻老大红起个眼珠子，就是抓他们来的。那老豺狗，把没跑得脱的乡亲们赶到那坪里，当面往槐树上绑住了石裁缝……”

石大爷唏嘘地不再往下说了。刘玉堂的目光凝视着空坪尽头那棵老槐树，心情异常沉重。从石大爷的叙说中，他逐渐对麻老大这个人有了一个大体上的轮廓。他脑子里在思考着，觉得麻老大不是个一般的匪首。他这个人占着苗王的位置，虽然心狠手辣，却牢牢地统治住了这一方土地。不仅有强大的武装统治，还深深地依靠地方与民族的习俗统治了乡民的心。他杀了石裁缝，这一带的乡民心中却多少认为石裁缝是自己招的事。就连农会骨干石大爷，也说过他是“拔了虎须子”呢，在这样的有着特定习俗的地方，如果呆板地用过去在解放区斗地主、忆苦、烧地契的办法，看来是不容易解决根本问题的。石大爷说到的那个连长，看来就是犯了性急简单的毛病。老百姓觉悟不是一两天能提高的，尤其在石城这个特殊的少数民族地区，更不能用过去的老办法急于求成。否则，只会适得其反。

眼前的形势十分严峻，田大榜、钻山豹、四丫头都开到石城来聚齐了。小分队人少，敌我力量悬殊得无法比较。土匪们集结起来，很快就要反扑出去侵吞那些被解放了的地区，小分队必须在最短的时间内把土匪们遏制住。而现在，他们刚刚赶到磨盘乡，连脚跟还没有站稳。怎样才能打乱土匪的部署呢？

刘玉堂感到心里压上了很重的一饼铅。

下卷

进山就爱山长青，
行路最恨路不平。
染尽热血含笑去，
高山流水猎人魂。

第七章

田大榜和四丫头率领残余下来的土匪，来到离石城四十里远的地方时，田大榜突然问都不问一下四丫头，便恶狠狠地对身旁的卫兵说：“传老子的话，不走了！”然后，极不满地朝四丫头瞪了一眼，一屁股坐了下去。

滚猪崖遭到伏击，田大榜一口恶气没地方出，忽然对四丫头变了脸。他当然不敢埋怨四丫头，也不敢直接朝四丫头发气，但那脸色像一块干枯的酱茄子皮。他路上不知骂了多少人，还用脚踹了身边的卫兵。犟着老性子，田大榜就是不同四丫头说一句话。四丫头虽然对什么都无所谓，也从不把田大榜放在眼里，但她却是个看不得人家脸色的人。如果是从前，四丫头绝受不了田大榜这种样子，这一次她却极力平静下来，不去同田大榜认真。她心里大约多少有点歉疚，仿佛是她坚持要走才使田大榜中了埋伏的。田大榜的枪本来就不多了，一下又折去四十条，这同抽了他一根脚筋差不多。四丫头很了解田大榜，他答应去石城，却想在外甥面前做个光彩的脸面，想端稳长辈的架势。本来就够伤元气了，偏偏又中了埋伏失了枪，像这样的狼狈样去石城，岂不成了逃兵荒的样子么？

队伍稀稀松松地停下来之后，四丫头忍住心头的不快，主动走到田大榜身边，问道："是歇歇脚还是打火吃了饭再走？"

"屁！都不是！"田大榜愤愤地吼了声，"老子哪里都不去哩，就在这里扎下来了！"

四丫头剑眉一竖，丹凤眼中射出了怒火。但是她终究没有发作，望着田大榜的背影，足足好几分钟没讲话，然后扭转身子离开了他。

这时候，四丫头才发现这个地方是那样险峻。她意识到田大榜说的"就在这里扎下来"似乎并不是一句赌气的话。这老匪，哪怕是气昏了头也还是不失心计呢！

这个地方叫"宝笼山"，传说远古时的黄帝曾来过这里，在山肚子里藏下了无数的宝物，因而得了这么好个名字。黄帝藏宝的地方，常人是难得去的，这一带果然十分独特。四丫头带着贴身女匪在周围转了一趟，看见目力所能及的地方全是黛青色岩石，却几乎没有什么植物。偶尔几簇黄草，都是在岩缝中的狭窄积土上苟且生长着。也有几株苍劲的针叶松，只是极稀疏地点缀着秃岩，衬得那岩山更显光滑了。不过这些松树的根基都是孔武有力的，深深地扎进岩缝，有的竟把岩缝扎得胀裂了，呈龟壳状。满目尽是赫赫的阴森景象，俨然不是人世间的山水。更为奇特的是那些随处藏匿着的岩穴，洞洞相通，千奇百怪，根本无法探清洞穴的脉络走向，这样便构成了迷宫一样的格局。而且整座岩山几乎是空腹，藏个两三千人是绝无问题的。麻老大每次躲避剿匪的官兵都到这里来，这里是他可靠的避难之地，人称第二座石城，又作"地下石城"。

转了一趟宝笼山，四丫头忽然感到问题很严重。田大榜的意图是很明显的，他确实不想去石城与麻家兄弟会合，只想扎在宝笼山养复元气。在这里离石城不过四十里远，进退自如，既可借助石城荫护，又可对石城形成一个潜在的威胁。四丫头的想法是让田大榜和麻家兄弟拧合成一堆，而田大榜偏偏只是防备着一切人。他被打怕了，每进一步或者每退一步都顾虑重重，对谁都不相信。更可恼的是到了这步田地，这老东西还处处想算计别人。四丫头心中冷笑了一声，忽然觉得自己把田大榜扶持起来的努力似乎值得重新考虑了。田大榜虽然是土匪中最有资历的杆子头，但是他的黄金时代早已成为过去，今后也绝难再有这个时代。从势力上讲，他屡遭挫折，已经脱得没几根羽毛了。四丫头感到最值得考虑的是田大榜年岁太大，已经无法适应今天这种局面。比起钻山豹等年轻角色来，田大榜一身都散发出过了时的霉腐之气。目光短浅，心地狭窄，完全丧失了自信心。这种样子，还能驾驭乌龙山的大局么？

这种想法出现之后，四丫头知道事关重大，不能轻率地做出决定，便强迫自己不要再想下去。但又无法驱散对田大榜的种种不满，只好寻一个山洞，吩咐卫兵把她的东西弄过来，先歇下来再说。

田大榜心中的打算确实如四丫头估计的那样，根本无心与麻家兄弟捆在一起。他虽已感到年岁不饶人了，野心却从未泯灭过。哪怕到了这步境地，他仍相信自己能东山再起，重新掌握乌龙山。占据宝笼山是他早已打定的主意，他知道麻老大很害怕失去退路，把宝笼山看得比石城还重要。碍着老舅的面子，麻老大没理由不让自己“借住”。这样便在麻家兄弟心里压了个沉重的铁砣，不仅要恭敬一下老舅，还不得不给他一些好处。他这一手很厉害，如果老舅赖在宝笼山不走，石城的苗兵就会无路可退。麻家兄弟想同老舅翻脸也没有用，从石城到宝笼山来险关重重，有三五条枪足以抵挡住千军万马。田大榜现在像条输光了的赌棍，他心中打定主意，决定就这么赖在宝笼山了。今后也不打算轻易离开这里。麻家兄弟要反目也由他去，占了宝笼山，就捏住了他们的穴位，谁也不怕谁。

吃了一顿无油无盐的午饭之后，田大榜来了气力，亲自到山前山后布置了一番。他的布置很费了些心思，完全是一副长期驻扎下来的架势。他的残部只剩下七十多条枪了，却把唯一的一挺机关枪布置在通往石城方向的路口。很显然，他的防范重点是石城的麻家兄弟。

忙碌了半天，他感到十分疲倦，便回到了自己的洞口旁。在布置警戒的时候，田大榜感到队伍没有往常那种紧张了，他没有太着恼，知道这是因为剿匪的部队大部分开走了的缘故。加上离石城又很近了，心自然也就宽松下来。田大榜相信只要自己一声吼，队伍又会提起精神来的。他相信自己还有这威风，但他没有现在就发威。让这些惊了弓的兔崽子们缓一口气也好，这阵子，他自己也要缓缓气了。

有两名土匪卫兵在他去布置警戒时已在洞口给他准备好了一个歇息的地方，田大榜回来时，那两名卫兵赶快站了起来。

“嗯，嗯。”田大榜懒懒地哼了哼，问道，“黑牛那伢子，还没赶到么？”

“没有哩，榜爷。”卫兵报告说。田大榜对他们交代过，说黑牛会赶来的。如果到了宝笼山，让黑牛在这里等他。卫兵知道黑牛是什么人，当然不敢疏忽，“我们一直守在这里，没见黑牛来。”卫兵为了表示尽职尽责，又补充了一句。

“……哼，怎么搞的？”田大榜自言自语地问了句，“也该赶到了哩。这嫩秧子伢，莫非路上贪财去了么？”

他没有再说什么，便向洞口那块垫了军毯的石板侧下身去，“老子歇一觉。你们轮流也歇歇，黑牛一到就叫醒我，别人有事，都讲老子不听他的。天垮了也莫叫起老子来，晓得？”

“是哩，榜爷。”卫兵散去了。

田大榜说的“别人”，是指四丫头。他感到今天很痛快，朝这个女菩萨发了一天闷气，她也无可奈何。索性发个够，让这女子也受一受冷眼吧。她肯定还要来找自己的。她心里急着往石城去哩。田大榜却故意冷她，这时候，他倒很盼望“黑牛”赶来。

黑牛是田大榜的什么人，连田大榜自己也没弄清楚。十多年前，田大榜带着几个贴身的卫兵摸到一个山寨去“打野食”（偷偷与其他妇女鬼混），天亮之后要离开寨子时，忽然看见寨口一株矮树桩上歇着一只岩鹰。田大榜心里痛快，便指着那只岩鹰对卫兵说：“你们哪个空手捉得这只鹰来？”卫兵知道岩鹰是不好捉的，不仅反应很敏捷难以接近，就算捉住了，那东西凶猛得足以用嘴和利爪叼下人的眼珠子来，肥肥大大一头山羊也会被岩鹰抓起来，腾飞到半天云里再抛下来摔死，一般人哪敢轻易去惹这种东西？于是卫兵献媚说：“榜爷，小子们这点本事哪敢空手去捉岩鹰？除非是榜爷的本事，别个都去不得的。”田大榜得意地笑了，“是哩，老子正是这个意思。好久没动拳脚了，今天正想去捉只岩鹰松松身子哩。”

他说完这句话，人已经弹射出去了，他的动作快得惊人，连个启动的姿势也没有，常常使人防不胜防。

那只岩鹰发现田大榜时，田大榜已经接近了岩鹰。这种鹰性情暴戾，遭到攻击时总是张开双翅腾起来，再朝敌手猛扑过去。那双翅膀展开来竟宽阔无比，像一顶大帐篷，呼呼地就遮黑了半边天。田大榜手脚极快，过去就捉住了岩鹰的双脚。岩鹰展开翅膀，扑腾了几下，发觉脚下坠着一个人，又惊又怒，全身肌肉一用劲，居然把田大榜整个身子叼起来，离地一丈多高。田大榜吓了一跳，没料到岩鹰竟会有这么大的力气。一时间手不敢松开，任那岩鹰叼得离开地面，向远处飞翔过去。他的卫兵也看得呆了，便拔脚在后面猛追，又不敢用枪打岩鹰，怕伤了田大榜。一边追，一边“嗷嗷”地吼叫着。

岩鹰叼起田大榜其实也很费力，最多不过只能飞起丈把来高。而且飞得很慢。如果是岩鹰抓着田大榜，它便会用惯技把田大榜扔下去，再俯冲着抓住他升起来继续一次次扔，直到摔死田大榜。幸好是田大榜抓着岩鹰的脚，它才不能使用那种办法。田大榜双脚离地一丈多高。按说是可以松手落地的，但他头脑里很清楚不能那样做。他了解岩鹰的习性，怕落地未站稳时又被那畜生叼了去。就这样，他被岩鹰悬吊着飞出去了两三里路远，渐渐地觉得手臂酸痛不能支持下去了。这时候他才从心底里感到极大的恐慌。

“我……我个崽！快、快……”他气喘吁吁地朝下面的卫兵喊道，“找、找根竹竿子来，快！老子吊、吊不住哩！”

卫兵便要去寨子里找竹竿子。正在这个时候，田大榜听见一个刚刚由奶声奶气的童音变得粗沙起来的男孩子在下边喊了声：“莫慌，爹爹，我在哩。”然后又训那卫兵说，“狗屁哟，等你拿得竹竿子来，岩鹰去了几里远，莫拿了！”

田大榜朝下一望，发现在寨子外面绿茵茵的草坪上有五六只山羊正惊慌地朝岩鹰注视着，那喊声就是从草坪上传来的。一个皮肤晒得黢黑的蛮小子喊完话，麻利地甩掉了头上的草帽，朝岩鹰追了过去。那伢子最多十四五岁，脚力极好，几步就追得离岩鹰很近了。

“爹爹，抓稳了，我发箭哩。”黑皮肤伢子又喊了声。

田大榜清楚地看见他身上斜挎着一只布袋子。他伸手从布袋子里飞快地掏出了个东西，动作连贯地甩了上来。根本谈不上瞄没瞄准，只是跟漫不经心地甩甩手松动一下筋骨差不多。但在出手的一刹那，他的手腕极有力地一抖动，功夫全在这一抖之中。手中的物件经他甩手划弧已有了惯性，这一抖便急剧加大了那惯性，而且手腕的抖动非常准确地调正了方向，那物件便直射目标而去。

田大榜很快就听见头顶上方发出了“噗”的一响，仿佛有一条硬鞭子抽打在棉絮上。接着便感觉到岩鹰的爪子猛一抽缩，然后才听见岩鹰喉管里哀哀地呜咽了一声，一身的劲顿时泄了，松松地朝地面滑了下去。不一会儿，便连平衡也难得保持，一头就栽到了岩石上。当然，这时候田大榜已经不失时机地松了手，在岩鹰落地之前就稳稳地跳到了地面的草坪里。

当他惊魂未定地去看那岩鹰的尸体时，他感到十分吃惊。他看见击中岩鹰的物件不是什么镖、箭一类的东西，而是半个巴掌大一块三角形岩石片。这东西横着扔过来，威力相当大，其锐利一点也不亚于铁刃。而且岩片子随手可得，山上多的是，无穷无尽。练成这一手功夫，用行话来说就是“穷打穷，打不穷”。田大榜还看见那块岩片的角已深深地嵌进了岩鹰的眼后角下方，他用脚踩着岩鹰的头，摇了很大一阵才拔出那块岩片。击中的位置那么致命，没放出一滴血来就结果了凶暴的一条性命，田大榜不由得呆住了。

“伢子！好咧！”他回身朝放羊的黑小子喊了声，“哪里学得这手功夫？过来，同老子讲讲看。”

那黑皮肤小男孩没有过来，只是默默地站在远处看着田大榜。

“莫怕，伢子。老子喜欢你。”田大榜招了招手，“你刚才喊的什么话？喊爹爹么？看错人了么？不怕，伢子，老子收你做干崽。”

"哪个怕你？还做干崽哩。"黑小子愣头愣脑地大声道，"你不晓得？你本来就是我的爹爹哩。哼。"

田大榜更加感到惊讶，以为那伢子发了神经。后来回到寨子里，看见了那伢子的娘，才依稀记得好像以前糟蹋过那个女人。

"要得，要得，嘻。"他嬉笑着老脸笑了起来，"你是老子的崽哩，跟老子走，要得不？"

"管我娘么？"那黑伢子认真地问田大榜。

"屁！我带得堂客们？"

"那我不得走。"

"不走！也要得。老子不得让你娘崽两个吃亏的。叫什么名字？"

"黑牛。"

"黑牛么？好。你娘还记得老子，这不容易哩。你孝顺她入土了再说，莫耽搁了手脚上的功夫，晓得么。"

"不得的。天天看羊，一天练到黑哩。"

田大榜第一次以父亲的身份对待别人，居然还在寨里歇了两天。由黑牛和他娘伺候，比起山林野宿来倒也别有一番消受。临走时，给黑牛留下了一条驳壳枪。

"我个崽，有空也练练这个。岩片子有岩片子的用，这个有这个的用，晓得么？"

一晃过了十来年，田大榜倒是时时记得给黑牛不少好处。从别人嘴里，他知道黑牛现在已出落成铁塔似的一个汉子，身上的功夫更是十分了得。只是那家伙心眼憨了些，难得像钻山豹那样成大气候。打岩板溪水磨房的时候，黑牛托信来讲他娘已经落气了，想上山来随田大榜。当时田大榜没顾上去招他就在水磨房中了埋伏，接着便是陷到坑里等一串灾难。从滚猪崖逃脱之后，田大榜感到势单力薄，更加需要黑牛来助自己一臂之力了，便派了个心腹，瞒着四丫头去接黑牛来宝笼山会合。这一点，四丫头被瞒得严丝合缝，根本就不知道田大榜还有这么一条虎彪彪的翅膀。

田大榜本只想在军毯上靠一靠，闭闭目养养神就起来的，没想到一直就睡了过去。他睡得沉，醒来时发现太阳已偏了西，于是一弹而起。

“咿呀！我个崽，真睡着了么？”他本能地受了惊吓，想一想才发觉没有什么值得紧张的事情，“唉，老子的胆子是虚了哩。”他摇了摇头，暗暗地想道。

土匪卫兵早就静静地守在他身边了。见他醒过来，便上前报告说：“榜爷，他们来了哩。”

田大榜懒懒地问：“哪个来了？”

“黑牛他们来了哩。”

“哦？黑牛到了么？”

“到了半天哩。”

“是么？你个狗杂种，做什么不喊醒老子来？”

卫兵赶快解释道：“是哩，榜爷，我当时就想喊醒你，黑牛不准。他讲，你从来睡不死的，要睡得死了，就是真困了。不准我喊醒你，讲是让你多睡一阵。”

田大榜心里不禁涌起一股哀戚的滋味来：“……哦，这黑牛，真成器了哩。还是个孝子？我个崽，老子有救了哩。”

正想着，就看见卫兵身后过来一个精壮的大汉。田大榜一眼就认出了那是黑牛。他的皮肤就是最好辨认的特征，愈加黑了。而且这伢子生着两只朝前翻着的大鼻孔。鼻头当然是硕大的。面孔还真生得像一头雄健的牯牛。他肩上的肌肉突起好高，胸前也是鼓凸起来的一块块肌肉腱子，显得有过人的力气。他身后就是田大榜派下山去接他的那名喽啰，人称六耳猫，是个机警的家伙，平日也很得田大榜的欢喜。

“爹爹，我来了哩。”黑牛虎虎地往前一站，看着田大榜，瓮瓮地说了声。

“狗日的！”田大榜见了黑牛，像是吸足了鸦片，浑身的精神一起提了上来，“来得好！是老子的崽哩！”接着，他又咬牙切齿地骂道，“想让老子绝么？那帮王八羔子，你榜爷还矫健得很哩！呸！”

田大榜对黑牛的到来欢喜得不能自禁，却又不懂得如何表达，便狠狠地乱骂一气。骂得口干了，才住了嘴，问卫兵要水喝。

这时候，六耳猫赶快趋上来，报告了他打听到的一个情况。

“榜爷，麻老二这家伙搞了东北虎一下子哩。”

“是么？上手了么？”田大榜淡淡地问。

“上手了哩。打死他一个，还捉了一个。”六耳猫顿了一下，接着说，“用的点子好绝，把东北虎调开，一下子就捞了四十条枪。过山风一样，搞了就走。等东北虎打转追的时候，他人毛也没见到一根哩。”

田大榜听六耳猫这么一说，再也沉不住气了。他感到仿佛有人在自己心上揪了一把，痛得脸都歪了。

“四十条么？那明明是……”他想起了滚猪崖那一仗，“我个娘，老子的枪，宁可落在东北虎手上，怎么偏偏让那孽种搞了去？唉唉，真是个冤孽哟，生下来就是专同老子作对的么？”

六耳猫等田大榜捶胸顿足唏嘘了一阵之后，才接着说：“榜爷，您老人家莫急。还有哩。”

“讲。你讲，老子今天没有好消息，索性一起讲！”

“不哩，榜爷，黑牛来了，这不好么？”六耳猫不慌不忙地说，“还有，黑牛给您老人家带了个好消息来。是么，黑牛？”

黑牛一直闷声不响地站在边上，听六耳猫一说，才被提醒过来，“是，爹爹。我也到手了一批货。”

“唉，这时候了，老子不要货。要枪！晓得么？要枪哩！唉……”

“爹爹，我没讲完。那批货，是枪身上的东西，有用哩。”

“你……你讲是枪身上的东西？”田大榜忽然注意地看着黑牛，急切地问，“什么东西？”

“枪栓，爹爹。”

“哦？……”田大榜讲不出是高兴还是不高兴，继续问道，“几个？”

“不少。四十个哩。”

“四十个？”

六耳猫这才机灵地告诉田大榜说："榜爷，麻老二搞的四十条枪，断断是没有枪栓的。这不得错。"

田大榜那钝挫的目光中立即有了光泽，"你晓得么？"

"东北虎也精哩。他不会把枪栓同枪连在一起运送的。您老人家过目看，这四十个枪栓，好眼熟哩。"

卫兵把枪栓弄过来，田大榜翻看了一遍，越看越欣喜，"崽，是哩！这正是老子失的。狗日的，终不该让那冤孽弄了去哩！"

看了一阵，田大榜抬起头来，问道："黑牛，你个好崽，是怎么到手这批货的？"

黑牛不太会讲话，只是很简单地说了两个字："抢的。"

"嗯？抢的么？"田大榜感到不可理解，"从哪个手里抢来的？"

"我不认得。"黑牛朝六耳猫望了一眼，"还是你讲得清，你讲吧。"

六耳猫上前一步，有板有眼地分析说："我怕也讲不清哩。只是我断想那不是钻山豹的人。"接着他便把经过讲述了一遍。

黑牛夺到这批枪栓是个很意外的收获，他和六耳猫一心只想快点赶到宝笼山来，路上走得急，也走得非常机警。过乌龙河的时候，渡口上只有一条很小的壳子船。兵荒马乱，过河的人也极少。黑牛和六耳猫看看周围没有什么危险，便一前一后上了那条小船。

船上的艄公是一个极年轻的后生伢子，却极拿大架势，高傲得很。一看只上了两个客，便又坐了下去，不肯摆渡，讲是要再等几个客人一起走。

等了一阵，居然也没有客来。黑牛性子一急躁，便气粗地说："这兄弟，莫等了。我多出些钱，好么？"

那后生看也没朝他看一眼，反而将头扭了过去："当我指靠这壳子发财么？不等满十个人，我是不得渡的。"

"你这船，装十个人还不翻？小哩。"黑牛无可奈何地看了看小船，"兄弟，我的事急哩。求你帮个忙，好么？"

年轻的艄公这才抬头端详了黑牛一眼。黑牛的魁伟身体令他吃了一惊，而黑牛的好性情又使他疑惑不解。略略思考了一下，他站起来拔起了竹篙。

“你这大哥一句好话当得许多钱财，我渡你过去，也不要你的摆渡钱。江湖上，讲的就是义气这两个字哩。”

“好兄弟，对路！”黑牛为人倒憨直，心里没多少弯道，“留个名字，黑牛日后还要来会你的。”

“名字好记，喊我石头就寻得到的。”那年轻艄公说着话已将船撑到了河中心，“去哪里，黑牛哥？”他很随意地问了句。

“晓得榜爷么？”黑牛脱口便说了出来，“兄弟，我是要去……”

六耳猫的心眼比黑牛多得多，这时候突然插上话来喊道：“黑牛，这船漏水哩。坐稳了，当心翻了船。”

黑牛明白了，便没有再说出什么来。六耳猫很精，他看见那自称是“石头”的青年伢子听见自己喊船漏，当时便探过头往舱底望了一眼。他没有发现哪里漏水，眼光中有那么一刹那疑惑，接着便明白了六耳猫为什么要喊这句话。当然，对黑牛和六耳猫是什么身份这个问题也就一清二楚了。

石头倒也并不害怕，只是也不再多说话，闷闷地撑着船。行到河中间时，竹篙已探不到底，他便放下竹篙，抄起了桨片。河水啪啪地拍打着船帮，船走得慢了些。

“喂！小兄弟，你快些划！”六耳猫故意朝石头喊了句，想分散他的注意力，“划船的时候乱想些什么嘛？想讨堂客的事么？”

石头望着他，毫不遮掩地笑了，“这位大哥讲得不错，我正要讨个堂客哩。只是手头差一笔钱，还讨不回来，活活馋死人哟。”

黑牛听得当了真，刚想说话，六耳猫朝他暗暗使了个眼色拦住了他。然后顺着石头的话说：“是哩，小兄弟，快些挣钱讨回来，那味道才好哩，让你开开荤，你会快活得赛神仙。快摇，过去了我多给你几个钱，算是不冤枉认识一场，帮你一把，晓得么？”

“兄弟，要帮，大帮一把，要得不？”石头忽然停了桨，问道。

六耳猫警觉地站了起来，“小王八，你莫不是想来名堂？”说着便抽出了盒子枪。

石头仍然一点也不惊慌，只是平平淡淡地笑着，“看出来了的，大哥。要不是，怎么喊二位帮忙？晓得你们是吃这一行的哩。我手头有一批货，肯出个好价钱么？”

黑牛也站了起来，但是没有像六耳猫那样拔枪做威风样子，“石头兄弟，你好眼力，好胆量，我不为难你。货我是不想要的，过了河，黑牛我好些谢你。”

“黑牛，你不后悔么？这种货你还不要？看都没看，晓得是什么货不？”石头得意扬扬地问。

“好，货在船上么？”黑牛便有了看一看货的意思。

石头没再说话，走到船中间，翻开船板，取出了一包沉甸甸的东西：“自己看，不信你们不眼馋。”他说完把那东西往船板面上一放，发出了“哗啦”的声响。

黑牛感到那东西放到船板上时声音有些不对，分量也有些不对。他警觉地看了石头一眼，蹲下去解开了那个包。包里滚散出来一堆步枪的枪栓，顿时把黑牛和六耳猫吓一跳。黑牛便站起来，也从身上拔出了驳壳枪。

“兄弟，听好了！黑牛我可是没得耐性的，讲，你是哪一湾子（团伙的意思）的？”

“这又是何必呢？未必我有恶意么？”石头低头看了看左右两个逼问自己的枪口，胆子开始发虚，“我哪个湾子都不是，哪个湾子的人也不伤我。我只管摆渡哩，认钱不认人的。哪个不晓得渡口有个石头艄公？不信随便去问，都晓得的。”

“我看你这艄公不善哩，船上收了这些家伙，也是摆渡的人做的事？”

“大哥，我也不瞒你，这东西是我从乌龙河里捞上来的。没本事也捞不上来，不信你下水试试。”石头指了指河水，告诉他们说，“昨天快黑的时候，几个外乡人从这里过河往山外去了。是他们自己撑的船，我躲起来了，怕他们拿我当土匪哩。船走到河中间，他们看看周围没人，就往河心沉了这包货。以为没人看见，不晓得我就在河边那苇子里哩。他们一走我就泅下去捞，还以为是什么财宝哩，死重一包。想是他们走不动了才甩的。”

六耳猫听得有点相信了，便进一步查问道：“共是几个人？”

石头想了想，说：“有八九个。还有个堂客哩。像是有伤，两三个人抬扶她。”

在到达渡口之前，六耳猫已经探到了钻山豹袭击小分队的消息。石头的话，更让他的消息得到了证实，而那消息也证实了石头的话。他数了数，枪栓不多不少正好四十条，当即他便乐滋滋地笑了。

“石头伢子，搞得好。这批货，我们要哩。你出个价，我们一齐要了。”

“那好，三块光洋一条，要得么？”石头开了个价，仿佛心中早已想好了的。

黑牛一听，当时便有点为难了，“价倒也公道，只是我身上……”

六耳猫立即抢过话头，满口答应道：“要得的，要得。”他又暗暗地朝黑牛使着眼色，“黑牛，给他光洋，把你身上的一齐给他数数嘛。”

黑牛明白了六耳猫的意思，可他一时竟下不了手。这家伙手很辣，但是心还没毒到这种程度。正犹豫着，六耳猫又说话了。

“那，我来给他光洋吧。反正都一样的。”他一只手去解肩上的布袋，另一只手朝石头招了招，“过来，小兄弟，来数光洋。”

石头刚走到他身边，六耳猫插入布袋的手迅速抽了出来，握着一柄雪亮的匕首，闪电般朝石头的胸口刺了过去。

六耳猫干这种事是毫不手软的，更不怕热烘烘的鲜血污了他的手。他只是怕血溅到自己的脸上，拔出匕首时总是一步闪开，这差不多成了他的固定的操作程序。他原以为刺死这么一个一心只急于讨堂客而毫无戒备的小艄公是万无一失的，一刀下去，竟然胳膊抡了个空。偌大一个目标，他却没有刺中。那一瞬间，石头全然不见了。六耳猫立即出了身毛毛汗。

当他准备仔细看看石头在哪里的时候，突然感到胯下受到了狠命的一击，连五脏六腑也在那一刻被震动了。一阵剧烈的绞痛迅速从小肚子扯到了心尖尖上，他连叫一声都没来得及便仰天倒在了船板上。

黑牛这时候变得格外地凶猛，他见六耳猫倒了下去，便一跺脚，像只黑鹫一样射了过来。石头早防备了他，便下蹲半步，想避开他的势头，从下三路掀翻他。黑牛的功夫极好，身体又稳健，趁石头抱住他的右腿的那一刹那，没容石头用劲，一抬脚便把石头踢出去一丈多远。石头的身体落在船头上，几乎跌下水去。刚刚落稳，黑牛又冲了过来，横着一个扫堂腿，石头再也攀不住身子，张手张脚地坠入了河水中。

黑牛突然有点后悔，觉得不应把他打入水中去。这后生既是撑船摆渡的艄公，水性一定不错，打到水里，岂不是放了他一条生路？

石头入水后果然半天也没有冒出头来。黑牛扳开驳壳枪的枪头，站在船上，眼睛一眨不眨地盯住河面。时间越长，他心里越发来了火，咬住牙关要打死石头。

六耳猫这时候才缓过劲来，他看见了黑牛与石头的格斗，只是疼痛难忍，作不出声。看见黑牛扳开枪头，急得连连摆手。

“莫……莫响枪。”他终于说出了声音，“惊了别人，我们……跑、跑不快的。还要背这些枪栓呢。”

黑牛被他提醒了，便收回了枪……

田大榜听完六耳猫的叙说，侧着头想了一阵，觉得事情有些奇怪。这个石头显然不是钻山豹的人，也不会是东北虎小分队上的人。想来想去，只以为是山里的一名有几手本事的老百姓。如今山里乱得很，枪也很多很散，不晓得哪里就会冒出个有本事的角色。于是他也懒得想那么多了。他回过身，望着黑牛和六耳猫，忽然高兴起来。

“好哩，我个崽！你们两个后生，一文一武，结个弟兄如何？榜爷我今夜给你们两个掌结拜酒。要得么？”

黑牛点了点头，“听爹爹的。”

六耳猫当即便朝田大榜跪了下去，“榜爷这么看得起我，我从今日起就是榜爷的亲儿子了。让我随黑牛一起，生死都是榜爷的！”

“崽，该老子不绝！”田大榜从面前两个后生和一堆枪栓那里获得了一身气力，心里顿时来了主意，“把枪栓收牢了，嗯。老子这支队伍，明天由你们两个管。我嘛……嘿，看来可以走走人家了。”

吃过晚饭之后，田大榜反倒主动走到了四丫头的洞子旁。四丫头下午歇足了精神，正在洞口散步。她这处洞子朝西，下午晒热了，她便只穿着一件米黄色丝绸衬衣，下襟扎在宽宽的军用皮带里面。每踱一步，丝衬衣便随风摆动，一副飘逸的样子。田大榜眼瞪得大大的，仿佛今天才发现她有那么好的一副身体。她一点也不胖，宽皮带扎在腰上，腰肢是那么纤细。同时又衬出了前胸那一对高耸着的乳峰和那丰满得恰到好处的臀部。她有了空闲，便在脸上略略施了点脂粉，这样，皮肤的颜色比平日更显白嫩了。田大榜看得心里痒痒的，却又自知无福消受，便咽了口唾沫，轻轻地咳嗽了一声。

四丫头侧目看了田大榜一眼。她早已看见了田大榜，侧目再看他是表示他可以走过来。没有这种表示，田大榜和别人一样，绝不敢轻易靠近她。而等田大榜走拢来时，四丫头又不搭理他，反而悠悠闲闲地踱开了。

田大榜被她这不冷不热往洞口边一晾，心里的火又冒了起来。

“好心境哩。”他朝四丫头的背影狠狠地说了句，“哼！”

四丫头站住了，却没回身，“你说谁？”

“谁都有个好心境，以为天下太平了，可以享清福了。这地方好香，你不怕熏翻了别人？”

“轻贱！”四丫头狠狠地骂了声。

“你、你骂哪个？”

四丫头蓦地回过身来，朝着田大榜劈头盖脸地发起火来，“还问我骂哪个？你们山里这群目光短浅的草包，谁都一样轻贱！还说天下太平了？

哼，一群不成器的东西！捡了芝麻大个便宜，可以喜得三天三夜不睡觉。吃了芝麻大个亏，又像是死了老娘一样，棒都打不起身！人家刚刚撤走，又你争我夺，狗咬狗！呸！你老皮老脸不发烧，我都嫌丢人！”

挨了四丫头一通骂，田大榜反倒没有气了。隔了一会儿，还嬉皮笑脸地凑过去，说：“是哩，我老不中用哩。这山里，未必都不成器？钻山豹那小子，恐怕是成器的哩。”

“你只在这件事上还算有眼力，算你说对了。”四丫头一点也不隐瞒对钻山豹的器重，“我干脆给你摊开了说吧，”她将双臂抱在胸前，冷肃地望着田大榜，“如果你还去石城同他们会合起来一起干，我一如既往还给你撑腰。明天清早你如果还是现在的主意，那我就对不起了，我自己去石城。”

“咦！四丫头，这话我没听明白哩。”田大榜做出惊讶的样子，反问道，“你讲我还是现在的主意，现在我是什么主意，你晓得了么？”

四丫头知道田大榜这老东西十分地反复无常，从他的话里，感觉到他又有了新的想法。她不愿意跟他兜圈子，便直截了当地说道：“那好，明天一见亮就去石城。我今晚上就发报，告诉我的上峰。就这样吧！”

“嘿嘿，四姑娘，你好性急哟。”田大榜狡猾地笑了，“明天去石城，我同你去。要发，就这么发报。不错的。”

四丫头敏感地盯着田大榜，追问道：“你同我去，队伍呢？”

田大榜收敛了脸上的笑容，话音变得又冷又硬，“还有个屁的队伍！就这么三五个兄弟了，他们喜欢这里，不肯同我去石城。”他的眼中放出了阴阴的绿光，“四姑娘，你是个再明白不过了的人，我就不多讲了。歇吧，明天见亮就走。”说完，他转过身去，头也不回就离开了。

四丫头望着田大榜的背影，没有叫住他，任他离去了。她倒是没有料到田大榜会做出这样的决定，但是在这种时候要改变他的决定已经是不可能的事了。她知道田大榜这样去石城必然会生出一些龃龉的事情来，而他又事先做了不想去的姿态，是自己劝他去石城的。这老东西可是算尽了机关啊！

夜里起了风，四丫头感到身上有点冷了。她回到洞子里，半天没有动弹。寻思了很久，她眼里渐渐露出了可怕的光泽。

太阳出得比往日早，而且满天是血一般的红颜色。在这明朗而又充满了杀气的光线下，石城的轮廓显得硬邦邦的，让人望而生畏。走近些了，可以发现那一块块垒成墙垛的岩石乌黑透亮。城门张着狰狞的大嘴，两边各站着六名彪壮的苗兵。这道门给人的感觉不啻于鬼门关。

约莫在上午八九点钟的光景，钻山豹带了八个人，大步向那座门走了过去。这群人高高大大，一身的筋骨硬扎扎的，走起路来一阵风。没听见脚板踏得响，却听得身上的武器摇曳出吱吱嘎嘎的声音来，显出一种寒冽清冷的气氛，走到哪里，哪里便紧张得透不过气来。

一行人呼呼啦啦刚到城门边，守城门的十二名苗兵突然一声吆喝，并作一排挡住了去路。他们手上的钢枪端了起来，枪尖上伸出白晃晃的刺刀，直指向了钻山豹和他带来的八个人。于是，钻山豹他们只好收住步子站下了。

“发癫了么！”钻山豹身后一名汉子高声朝荷枪实弹的苗兵吼了声，“眼睛让鹰叼去了？这是二爷回来了哩！不认得？闪开！”

苗兵中间，一个领班的汉子也粗声粗气地回敬了一句：“麻大爷有话，各道卡子，凡见到二爷，只管挡在城外头。没有大爷的指令，不准放进城。二爷，这就怪不得哩。退后几步！不退就放枪了！”

钻山豹的马弁们历来不可一世，哪受得这种架势？在那一瞬间，没有任何人下令，八条汉子“嘁里咔嚓”同时拔出了枪。

倒是钻山豹在这时候既冷静又大度。他回过身去，轻轻地喝道：“把枪收起来！”他额头上的伤结了痂，那乌红一道竖印子正好嵌在双眉中间，倒是给他苍白的脸上增添了英俊和威严，“大哥既然有话，怪得这些兄弟么？退几步！”

于是，他的八条大汉倒退着往后走了几步，但他们没有把枪装进枪套，只是提在手上，任何时候都可以举起来射击。

钻山豹也退了几步，然后对那领班的苗兵说：“那好，我不同你为难。你去通报大爷，就说我回来了。现在就想见他。”

忽然，钻山豹后撤一步，一抬头便望见城楼上果然有一张铁青的面孔。麻老大正站在城墙上，不知怎的被钻山豹发觉了。

“大哥，怎么不准我进城？”钻山豹朝上仰着脸，望着麻老大拱了拱手，“莫不是有人在哥哥面前讲了我的坏话？”

“你带了好多人来？”麻老大冷冷地问，话音中丝毫没有以前的兄弟情分。

“让我进来吧，大哥。这里不是讲话的地方。”

麻老大想了想，厉声说：“让这些人退远些，你一个人进来！”

“是哩。”

钻山豹回过身去，对那八个人中的一个交代说：“七雷子，我进去了，不要紧，大哥不会对我怎么样的。你在这里等着。多长个眼睛，当心有人害他。”他指了指站在八个人中间的那个黑汉子。

七雷子侧眼一看，心里明白了。那人是刚刚归顺钻山豹的独眼龙。

“晓得了，二爷。”七雷子应了声，“交给我就是。”

钻山豹点了点头，向城门内走去。

他随着麻老大去麻家大院时，一路上都感到这座城突然变得陌生了。他从小在这里长大，城内的一石一木他都是相当熟悉的。从他记事的时候起，这座弹丸小城几十年如一日，一点变化都没有，现在更谈不上有什么大兴土木的事。清清冷冷一条直街，怎么越看越不是原来的样子了呢？

其实钻山豹心里明白如镜，城里没有变化，变了的是他自己的心。麻老大对他十分戒备起来，这愚兄，现在戒备已经晚了。他到今天，翅羽已经丰满，手中的势力已经可以同人抗衡了。这样再回到石城来，必定会把石城看得与以往不同的。

麻老大带着他穿过街道时，只顾大步流星地往前走，也不回头看他。他跟着麻老大，身后是一群彪勇无比的苗兵。钻山豹望了望哥哥的背影，麻老大同他一般高，而且比他壮实一些。算算年纪已经有五十了，他仍然雄健无比。钻山豹心里也很看不起这位亲哥哥，但是快到麻家大院的时候，他忽然感到不应该这么快就同哥哥翻脸。“无论怎么讲，是他把我养育大的哩。嘿！”他暗自在心里笑了声。

麻老大把钻山豹带到堂屋里坐定之后，突然一拍桌子，喝道：“老二！你这些日子，在外头背着我做了哪些事？嗯？”

钻山豹脸上明显地露了一些困惑的神色，然后镇定地望着麻老大，说：“大哥，我就是晓得有人想伤我们弟兄间的和气。我做了什么事？哪件对不起你呢？大哥，你明讲就是了。”

“哼，你在外头拉杆子，招买人枪，当我不晓得？”

“是哩，我本没打算瞒大哥嘛。事先不对大哥讲，这是小弟的不周到。”钻山豹很诚恳地望着麻老大，话语中充满了感情，“大哥从小把我拉扯大，我心里不明白么？你向来把我看得重，怕我在外头吃亏。我要是事先告诉你了，大哥绝不放心我一个人出去的。你心里又丢不开石城。这年月，再不拉些人马，日子恐怕更撑不住哩。大哥，我这份心，你该晓得才好哩。别人做什么要生是非离间我们兄弟，还不是想打石城的主意？人家怕我们有势力哩。大哥，那些人心毒，你万不要上当才好。你想想，这些话未必没得道理的。”

麻老大确实听人说过钻山豹在外面扩展势力的话，田大榜还给他写过信提醒他。起初他有点不相信。不是不相信别的，而是认为从小被自己视为亲生儿子一般的弟弟总不至于对自己反目。后来他心里渐渐有了疑窦，再一想这弟弟的为人，不禁重视起来。越重视，便愈加不安，终于成了心中的一块岩石。近半年时间里，钻山豹出没无常，什么事也不讲，只在眉宇间流露出瞧不起自己的神色，麻老大便警觉起来，并且开始暗中防范。他派人去察访过，发现弟弟果然拉了队伍，而且训练得非同一般，只是不晓得有好大个数字。这一次，麻老大一回到石城，立即在城里做了布置。他再也不敢对麻老二这个小弟掉以轻心了。

他原以为自己拍案发火逼问这件事时，钻山豹会一口否认拉队伍的事，没想到这个小弟竟痛快地认下来了。他后面的话，讲得入情入理，麻老大有一阵还听到心里去了。他毕竟不工于心计，脑子简单些。听完钻山豹的话后，竟再也不晓得问什么好了。

“……哼，”他心里狐疑着，话却温和得多了，“你今天从哪里来，吃过饭了么？”

“大哥，饭吃过了。只是吃咸了些。”钻山豹也适时地转过弯来，“想喝点水哩。”

麻老大便朝外喊了声：“来个人，给二爷上茶！这些木脑壳！”

用人端上茶来，钻山豹伸手去取那白底蓝花的小瓷盖碗。麻老大清楚地看见弟弟那手腕处粗大的骨骼，感到这样的手是什么事都干得出来的。于是心中又出现了疑虑，觉得自己这样快地松懈了戒备心是要不得的。

等钻山豹呷了两口茶后，麻老大又把脸往下沉着，冷冷地问：“那你讲讲看，到今天为止，你究竟拉起了好多人马？”

“都在这里。”钻山豹放下茶碗，从身上摸出一张纸条，用指尖夹住纸条的角，轻轻地将纸抖开递了过去，“大哥，请你过目。”

麻老大接过纸条，看见那上面密密地写着一些人的名字。他无心去看那些名字，只是依次在心中数着数目。很快他又数了第二遍，于是他惊愕了。

“一百二十人么？”

“是哩。还余下了一些枪。”钻山豹很坦然地补充了一句。

“……哼哼，一百二么？”麻老大禁不住站了起来，望着窗外，喃喃地重复着这个数字，“一百二十人……哼。”

“大哥，”钻山豹望着他的背影，不轻不重地问，“你是嫌少了呢还是嫌多了？”

“狗日的！”麻老大猛地转过身来，“人呢？都在哪里？”

“大哥刚才看见了，就在城门口哩。”

“放屁！那不是才八个么？”

“是哩，就八个。”钻山豹平淡地笑了笑，“余下的，平日看不见的。这不好么？别人要来搞我，连个目标也没有。到我要动的时候，唤一声就冒出来了。大哥，这是我的一套战法。你看如何呢？”

麻老大听得冷汗都出来了，“畜生，讲真话，老子这城里也有你的人么？”

钻山豹显然很着急，便站了起来，“大哥，我怎么跟你讲才好呢？……哦，”我想到了一个有力的佐证，“我把名单都给了你，请大哥细细看吧。那上头有名字有地方，大哥看了自然放得心的。”

麻老大便急急地去看那名单，钻山豹却大叹一口气，狠劲坐了下去。

“唉！大哥，你如今这样委屈我，叫我心里怎么好想哟？古书上有句话叫作兄弟阋于墙，莫非应在你我身上了？”他说着，突然狠狠地跺了一脚，切齿骂道，“好个居心险恶的东西，居然把我们兄弟挑唆到了这种地步？好，我记着你！有一天撞见了我，叫你头上穿一百个眼子！”

麻老大已经看完了那些名单，心中的疑虑顿时消除了不少。想到弟弟这样呈上名单来本是对自己的信任，于是对自己的怀疑态度感到很不过意了。接着便听见钻山豹叫屈的怒骂声。一时间，他很愧恨自己伤了亲骨肉，又不会解劝别人，只好呆呆地看着钻山豹。等他骂完了，他也重重地叹了口气，把手上的名单递还过去，说：“是哩，老二。哥哥我是个粗人，免不得也有吃亏上当的时候。你读过书，明事理些。算了，莫同哥哥计较。这名单你收起来，我不管哩。”

钻山豹却高低不肯收，“我还有一份，大哥，这份是抄给你的。小弟我明人不做暗事，我的事就是哥哥的事哩。只是哥哥不要疑心小弟才好。哥哥的事，不也是小弟的事么？”

麻老大推不过了，也就不再推。收好名单，他忽然想到了什么，便又朝下喊来了一个马弁。

“去城门口，请二爷的八个弟兄进来歇息。再跟灶上说一声，整酒！”

“是啰！”马弁转身就走。

“等一下。”钻山豹急忙唤住了那名马弁，然后回头对麻老大说，“大哥，我招来的这些人马，今后断不让他们进城来的。”

麻老大有些不解：“做什么不进来？”

“还不晓得那些角色做了些什么手脚哩。万一我的人进了城，同大哥的苗兵踩了脚背撞了肩膀，这不伤了和气？”

“老二，这话不顺听哩。还分你的人我的人么？”

钻山豹知道讲漏了嘴，但他飞快地补住了这个漏洞，“大哥哪晓得我的算盘哩。我是想日后，大哥率苗兵扎在城里，外头的事，交给我去跑。我把外围扫得清清静静，石城才稳如泰山哩。两支人马各做各的用，莫搅在一起扯麻沙。怎么个用法，全听大哥的指派。这不好么？”

麻老大没有再说什么了。但这一次他没有全信钻山豹的话，总觉得他这种解释难得圆满，因而又勾起了刚刚消失的那些疑虑。当然他一时无法想得清楚，也懒得去深想了。

“……以后再讲这些吧。不进来，也要得。”他便对马弁改口吩咐道，“那你就对灶上讲，劈半边猪，抬一坛酒，给城外那些弟兄送去。”

钻山豹本来不打算在家里多停留的，因此才没让麻老大把他带的八个人引进来。后来他准备告辞的时候，麻老大却高低不让他走，要留他一起吃饭。他想想多留一下也不要紧，便没有再坚持要走了。

饭还没做好，兄弟两人便有一句无一句地聊了起来。

“大哥，听讲你把磨盘乡搞了一家伙？”钻山豹问道。

“嗯？”麻老大一听便鼓起了眼睛，“你听哪个讲的？”

“这么大个事，哪个不晓得？”钻山豹本是很随意说的一句，并没有特别问什么，“四处都有人讲哩。”

“外人还讲了什么话？”麻老大一百个认真，紧紧地问道。

钻山豹明白了，这位大哥还十分地夫子气，于是他轻松地笑了，“大哥，麻阳多的堂客那事，你莫怕别人讲。怕也没得用的，你杀了石裁缝，把那七姐儿怎么处治了？”

麻老大提到这件事心里就疼痛不已。他皱着浓眉，想了一阵，反问道：“依你讲，怎么处治那骚婆娘才好呢？”

“沉塘。”钻山豹想都没想，轻飘飘地说了两个字。隔了一会儿又说，“伤风败俗，姑息不得。再讲嘛，莫让人以为麻家手软。留着她，你这当公公的也会背黑锅哩。”

麻老大沉默着，好一阵子没有说一句话。这件事他一直下不得狠心，只是把七姐儿看押着，事一多，也就拖下来了。

钻山豹也不在这件事上多讲什么，便将话题又换开去，“磨盘乡那石匠，关在哪里了？”

“马棚那岩屋里。”麻老大也不想七姐儿的事了，告诉钻山豹说，“这杂种，跟老子死硬着当对头。明天当众宰了他。”

“哥哥，莫急。我也捉来了一个，是东北虎手底下的人。先关在你这地方吧。还不晓得东北虎去哪里了，探到消息再讲。”

麻老大抬起头来，关心地问：“怎么的？东北虎还没走么？”

“我想他不得走的。”

“他们的队伍都走了，他莫非还敢来这里？”麻老大本能地有点紧张，“你探到消息了么？”

钻山豹未置可否地淡淡一笑，“大哥，我讲了的，你只管守在石城。外头的事，交给我去搞嘛。”

“老二，你的心是大哩。”麻老大心情本来并不轻松，听钻山豹说到东北虎的事，心里更加沉重了，“好，我不管你。只是一条：不许你把东北虎往这一方引。你要是不听我的，到了城门边我也不会帮你一枪一弹。晓得么？”

“好，我不去引他。”钻山豹脸色渐渐严峻了，“要是他自己寻到这里来了呢？”

“他有那胆量？”

“大哥，要不怎么得了个‘东北虎’的称号？”

麻老大脸色铁青，牙关也咬紧了。

“莫怕，大哥，我只是这么乱猜的。”钻山豹轻描淡写地说了句，“来就来嘛，别人怕他，我却偏偏喜欢他哩。老熟人，嘻。”

田大榜只带了两个心腹，连同四丫头和她的女警卫，一行五个人，在快吃午饭的时候，来到了石城的后城门外。

他们是顺着山势往石城走下去的。这样便居高临下，把石城的景象看了个一清二楚。石城已经宁静下来，小街上开始有了少数担柴的樵夫。城门外，也有几个背着背篓去石河边捶洗衣服的苗家妇女。

“好地方哟。”四丫头故意感叹了一句，“也不让你那些亡命之徒到这里来玩几天？”

田大榜不冷不热地说：“一个破石头城，吃又没的吃的，喝也没的喝的，也值得进去玩几天么？”

四丫头冷冷地一笑，“你是怕那两个外甥把你给吃了，对吧？”

“哪里的话？嘿。”田大榜非常沉得住气，“你又讲错了，四丫头。我这个人，脸皮薄哩。总共只剩下三五个残兵败将，实在也拿不出手，怕晚辈笑话哩。唉。”

“脸皮薄么？那没关系。你家底厚嘛。”

“咦？我还有家底么？”

“怎么没有？儿子来了，又可以替你顶半边江山了。”四丫头摆出一副无所不知的样子，讥讽地说，“要不，你会放心来石城？”

“你是讲黑牛那伢子？”田大榜仿佛有点哭笑不得，“那小子笨得像牛，还替我顶半个江山？讲笑话哩，四丫头。”

“够了吧，我才懒得管这些破事儿呢。”四丫头严肃地板着脸，告诫田大榜说，“只是有一句话我要讲在前头，你同麻家兄弟无论有什么恩恩怨怨，以后再争辩去。眼下，还不是你们拼地盘的时候。知道了么？”

“要得，四丫头。”田大榜也认真地提了个条件，“我眼下不同他们争，只是嘛，我同他们兄弟的事，自有我的打算。这是自家屋里的事，你也莫两边过话。要得不？”

四丫头漠无表情地看了他一眼，算是默认了，“走吧，我饿了。”

正当她要顺坡下山的时候，田大榜抢到前头拦住了她。

“四丫头，莫走后门进城。”

“为什么？”

“……嘿，我是老舅，当然从前门进的好。这是规矩哩。”

四丫头其实已经明白他的意思了。他心虚，怕被麻老大看出是从宝笼山来的。

“多此一举！”四丫头鄙夷地哼了声，“这也瞒得住？”

“那也要由我先告诉他呀。”田大榜执意要从前门走，“你不是讲，现在要讲和气么？莫让别人以为我抢他的地盘哩。”

四丫头没有坚持走后门，只是心里感到好笑，“那就快走吧。”

田大榜高兴了，“这就走起。”他招了招手，唤过身后一名土匪，吩咐说，“你走快点，去城门边报告一声，说讲我田大榜到了，要他们兄弟来接接我。”

土匪应了声，刚要离去，田大榜又叫住了他。

“还有，麻家兄弟要是问你话，你怎么答？”

土匪卫兵愣了一下，不明白地问：“榜爷，不晓得问我什么哩。”

“他要问你，榜爷带了好多人马，你怎么讲？”

卫兵想了想，说：“我们……这不就五个人么？”

“不讲这个。他会问你老子还剩下好多人好多枪！”

“是哩。”卫兵明白了，却不敢乱说，“这个……请榜爷告诉我怎么搭话。”

田大榜哼了声，张开一个大巴掌，在卫兵眼前晃了晃。“就讲这个数，晓得么？”

“晓得哩，我还讲是五个。”卫兵仿佛明白了，回答道。

“狗屁！这么讲他得信？”

“……哦？”卫兵又想了想，“我晓得了。就照实讲，五十多。”

“你这劈不开的木脑壳！”田大榜狠狠地骂了他一声，然后点化他说，“五百多！听清楚了么？”

“是哩。五百多。”

“快去。没用的东西！”

卫兵急急地下了山。田大榜转过头去，想看看四丫头是什么反应，却看见四丫头完全是一种不屑一顾的蔑视神态。

田大榜也不再说什么，率先绕到前门去的小路上，向石城走了去。

饭菜摆好之后，麻老大和钻山豹刚要过去吃饭，一名苗兵走进院子门，向麻老大报告说："大爷、二爷，榜爷到了。"

钻山豹感到有点意外，"噢？他倒是有点奇怪，这种时候突然来了？"

"哼，怪个屁。不是这种时候，他才不得来哩。"麻老大对这种时候来石城的人很敏感，"人家的部队撤走了，石城又被我拿回了。他是舅老爷，又该平平安安地来打秋风（趁收割季节来捞一把的意思）哩！"

"他现在在哪里？进城了么？"钻山豹问那报信的苗兵。

"没有。榜爷打发一个人先到了城门边。"

"舅老爷架子大，不得先进城。他是要我去迎哩。"麻老大愤愤地抱怨了一句。忽地又想起了一件事，"你打听他带了好多人马？"他盯着苗兵，问道。

"报信的讲，榜爷有五百多人枪哩。"

麻老大心中一怔，赶快追问道："都带来了么？"

"这个么……大爷，我忘了问哩。"

"……嗯，"麻老大感到背上渗出了毛毛汗，"晓得了，你下去吧。"

报信的苗兵应了声，刚转身，又回过头来问道："大爷，榜爷的人还在城门边等回话哩。讲是榜爷就要到了，要来见大爷……"

钻山豹很干脆地挥了挥手，"告诉他，让他再等一等！"

报信的苗兵不敢多讲，便退了下去。麻老大却有点放不下心来。想了想，问钻山豹说："老二，这位舅老爷性子躁，只怕在外头晾不得哩。"

"不怕。"钻山豹无所谓地说，"吃了饭再讲不迟。"

"他带了五百多号人，小看不得哟！"

"大哥，你心里真这么憨么？"钻山豹轻蔑地笑了声，"嘿，老东西，吹牛也不会了。他总共有好多人，瞒得了我？这段日子，东北虎左一棒槌右一棒槌，敲得他不晓得死活了。我看，最后还有五十条干柴棍子。这老舅，再也成不得气候了的。”

麻老大对钻山豹的话倒是有几分相信。但从他的话里，又感到这位老弟过于精明，言语中那股傲气使他听了也很不舒服。而且，更加觉察出了钻山豹心中的某种企图。他想了想，突然打算趁机试探一下这位老弟。

“老二，你也莫讲老舅成不得气候，他是经过大灾大难的人，根子深，绝不了路的。这乌龙山未必还有哪个比他强的么？”

钻山豹到底年轻了些，气盛之下，话也失了遮拦，“是哩，大哥你本是有势力的，若讲要统住乌龙山，恐怕还差点火候。”

“这么讲，还只有你才是那块料么？”

“哼！”钻山豹刚刚在眉峰中透出豪气来，忽然意识到自己讲过头了，“大哥，我也没有那样的意思。日后的事，哪个讲得准呢？不讲了，吃饭去。我今天陪大哥多喝两杯。”

“嘿嘿，二弟，你也太性急了吧？”麻老大已经明明白白地弄清了钻山豹的心思，“这酒还没温哩，冷酒不怕伤脾胃么？”

钻山豹一愣，抬起头来。

麻老大走到堂屋门口，朝外喊道：“来个人。”

钻山豹狐疑地看了他一眼，小声地问：“大哥，现在就请他进城么？”

“不哩，我亲自到城门外去，接老舅到屋里来。老二你也莫走，同我一起去。正好备了酒，我要敬老舅几杯。”

“大哥，你这是真心么？”

“听好了！老二！”麻老大脸往下一拉，恶声恶气地说，“我们都是靠枪杆子吃饭的人，虽然经常翻脸不认六亲，那也要看看时候，看清楚地方！老是老了，未必就朽了哩！他终是你我的长辈，那是不可以不敬重的！”

他怒冲冲地讲完这番话，然后怒冲冲地走出去了。

钻山豹静静地立在原地，回味着麻老大话里话外那些意思，脸色白生生地露出了杀机。

但是他很快便在心里按住了自己的火气。想了想，也尾随着麻老大向城外走去。

田大榜到底还是缺了底气。既要端个长辈的架子，又不敢端得太高，听说麻老大已经出了城门来迎接他，心里便感到很满足了。那双脚禁不住就向城门走去。本来没多远，不一会儿就到了城门边，正好碰见麻老大走出城门来。一望见田大榜，麻老大便远远地喊了起来。

“舅，您好，哎呀呀！”他连连拱手朝这边大步地走着，“您也是的，怎么信都不把一个就走了来呢？山里不清净得很咧。路上要是出了个差错，让我做晚辈的如何担当得起？”

田大榜虽然多心多疑，这时候听了麻老大这番话，心里还真热热地滚动了一下。他也会做大，便稳稳当当地“嗯”了几声，不回答麻老大的话，却走近他，眯着眼看了他一阵。

“嗯，虽然是做晚辈的，唉唉，你也熬白了头发胡子哩。”他感叹地摇了摇头，“这么看来，我如何还不老哩？入了黄土算了！唉，世道难不难，你如今也该明白些了吧？”

“是哩，舅爷。”麻老大恭恭敬敬地点着头，“您老人家的话在道理，日后要多指教外甥才好哩。”

田大榜听得越发得意了，正要摇头晃脑再训教几句，忽然又打了一愣。城门口，钻山豹走了出来。他身后黑乎乎站立着八条大汉，一个个都不显善意。

“嗯？那边……不是幺佬么？”田大榜心中冷飕飕的，又不得不主动向钻山豹打招呼。这劣外甥现在是惹不得的，“幺佬！怎么不过来？几年不见，认不得老舅了么？”

钻山豹这时候才大步走了过来，“我是怕舅爷不认得我幺佬哩，不敢过来乱叫。舅爷，您看我变多了么？”

“是哩，这伢子，变多了。”田大榜佯笑着，朝钻山豹打量了一眼，

“武高武大，是一条汉子哩。”

“多谢舅爷子。”钻山豹一脸的傲气，“晚辈这样子，比舅爷当年不得差么？”

田大榜一听便沉下了脸，“哼！”他硬邦邦地说了句，“你舅爷当年还不成器，还想看今后哩。你想起来好笑么？”

“哪里敢呢？嘿。”钻山豹朝田大榜身后的四丫头看了一眼，话中带刺地挖苦田大榜说，“连四小姐这样的女子还死心跟老舅在山里吃大苦，可见老舅日后必有成龙的一天。你讲呢，四小姐？”

四丫头从来到城门口的时候起，便急切地用目光在人群中找着什么。后来她看见了钻山豹。这女子平素看不起任何人，总是一副对什么都厌恶的样子，但她见了钻山豹，平日的样子便不知去向了。田大榜同麻老大说些什么，她全然没去听，一对丹凤眼只是春光荡漾地朝钻山豹望着。田大榜知道她的心思，不免恨恨地瞟了她一眼，却看见四丫头望着钻山豹的样子是那样的楚楚动人。钻山豹也许是成心在四丫头面前扫别人威风，便起劲地挖苦田大榜，把田大榜气得脸都绿了。

听到钻山豹的问话，四丫头却不回答，只是深邃地笑了一下。在田大榜看来，这种笑有几种含义：既赞同钻山豹的挖苦话，又不明说出来。那笑容迷迷醉醉的，分明又是荡给钻山豹的一缕秋波。

“混账东西！”田大榜低声骂了一句，然后大声说，“进城！老子没工夫讲那些无油盐的话了。”

麻老大一直站在他身边，奇怪的是他并没有阻止麻老二对田大榜的讥讽挖苦，只是冷冷地看着。一见田大榜动了火，才走上前去，招呼着把田大榜往城门里引。

田大榜愤愤地走到城门口，心里一口恶气总下不去，正恼着，突然惊讶地站住了。他迎面看见钻山豹带来的八条汉子中间，有一个黑面孔极其眼熟。相遇得太突然了，他竟一时不敢相信自己的眼睛。那黑脸汉子面孔狰狞可怖，一只眼深深地陷了进去。这不是起心要谋自己的性命被自己丢进陷阱之中的那个独眼龙么？他竟活着么？还投奔了这个忤逆不孝存心不良的孽种外甥？

独眼龙石柱子一般站在那里，脸上泛着凶光，一副有恃无恐的样子。这家伙心狠手辣是出了名的，反水投到钻山豹手下，将来还有别人的好日子过么？

田大榜略略想了一下，便狼一般号叫起来："狗日的杂种！来人！"

他身后的两名随从立即上前一步，拔出了手枪。

"给老子把这个溜湾的混账东西绑了！"

两名随从是亡得命的土匪，田大榜话音刚落，他们便一个箭步冲到了独眼龙的面前。

钻山豹身后那些高大的汉子哪吃得住这一套？他们早就有准备的。田大榜的两名随从刚到独眼龙面前，只听得一声呼啸，那八条汉子立即旋风般散开了。眨眼工夫，有四条枪比在了那两名随从的胸前。田大榜的反应是非常快的，但他还没来得及看清楚，七雷子和另外两名汉子已经蹿到他的前后左右，三个冰凉的枪口，紧紧地贴在他的脖子上。七雷子站在他正面，那枪管不偏不斜地冲向他的两道眉毛中心。田大榜知道这一手的厉害，这样被裹挟着，任你有天大的本事也休想再动一下了。

麻老大倒是清楚地看见了这一切动作，他忽然愤愤不平。钻山豹的人这样干净利落，实在看得有些惊心动魄。这种搞法是轻视不得的，总有一天也会搞到自己的脑袋上来。眼下还是在自己的地盘，容得那些人如此嚣张么？于是他身上的热血陡地涌上了头顶。

"狗日的！上！"他一声"炸雷"。接着就听得脚步一阵乱响，一二十名苗兵席地卷了过来，将步枪平端着，两个对一个，用刺刀尖顶住了钻山豹那八名随从的后心。

麻老大镇住了这个场面之后，漫天漫地叫骂起来："我看你是吃错了闹药！发癫也不找好地方，到老子眼皮底下寻死么？我看哪个敢动一动！"

钻山豹始终站在圈子外面，苗兵是不敢把他怎么样的，他听出了麻老大的话是在骂谁，也不去计较。等麻老大骂完，他也开了口。

“七雷子，回来。又不是打野猪，用那么大的劲做什么？回来。”

七雷子便回过身去，用驳壳枪管拨开身后的刺刀，朝外走了几步：“散！”他高喊了声。

接着，其他七位汉子也转过身走出了苗兵围成的圈子。他们那盛气凌人的样子，根本没有把苗兵放在眼里。苗兵也是死霸蛮一个个的，只是没有听见麻老大的命令，一时竟眼睁睁被他们拨开枪身走了出去。

麻老大看见钻山豹让步了，也就不再威风下去了。他心里觉得太长了田大榜的志气也不好。在老舅和老弟中间，麻老大决心保持个不偏不斜、不软不硬的中立样子。

“就是哩，有话好生讲，不比动刀动枪要强得多么？”他泛泛地讲了这么一句，然后朝苗兵下令说，“散了吧！”

苗后便唰地收回了步枪。刚想转身撤去包围圈，田大榜却吼了起来。

“慢点！”他朝麻老大招招手，“你过来！”

麻老大皱了一下眉头，有点嫌田大榜不通情理，就着坡下了这头驴不好么？但他还是走了过去。

“还有事么，舅爷？”

“这是你的屋门口，我就不动手了。”田大榜恶狠狠地指着独眼龙，对麻老大说，“你晓得他么？这狗东西，同东北虎串通，差点害了老子的性命。今天撞面了，我就交给你去治。怎么治反水溜湾的畜生你是晓得的，我也不多讲了。去！叫人捉了他！”

麻老大犹豫了一下，偏过头去望了独眼龙一眼。独眼龙在这里可以对田大榜傲目相对，却不敢对麻老大不恭敬。他有点心慌了，便仓皇地朝麻老大点了点头。

麻老大没有急着去绑独眼龙，只是沉着脸，问钻山豹说：“老二，舅爷讲的是真话？这混账原先是舅爷的人？”

钻山豹坦然地说：“不错的，是舅爷的人。跟舅爷打了几十年天下哩。他那只眼睛就是为救舅爷的命被人打脱的。”

田大榜狠狠地喝道：“鬼扯脚！他那一点本事，救得我么？害我都不够哩。少讲这些，给我绑了再讲！”

“老二，是舅爷的人，你就莫管闲事了。”麻老大走到独眼龙面前，伸出手，瓮瓮地命令说，“给我枪！”

独眼龙慌了，“大、大爷……”

“聋了么？”麻老大脸上的肌肉横着一拉，“给不给？”

独眼龙知道不能同他拗，便转过脸去，求援地望着钻山豹。不防备麻老大伸出一只手来，准准地抓住了他提枪的那只手臂。麻老大的手掌力大无比，抓上去钢钳子一般有力，独眼龙的手顿时麻木了。那条枪便被麻老大顺顺当当地下了过去。

“舅爷，好了。”麻老大轻轻松松地招呼了田大榜一声，“回屋里去吃茶吧。”

“不！给老子绑了他再走。”田大榜根本不打算罢休，火气反倒更盛了。

“舅爷，这个事莫慌，先回屋，吃了饭再讲不迟哩。”麻老大不知为什么并不愿意做得太过头。下了他的枪便是给了田大榜面子，若是再过头，他怕太伤弟弟钻山豹的面子，“放心，舅爷，到了我的地盘上，他跑不脱的。”

“你怕哪个？嗯？”田大榜也揣摩到了麻老大的心思，“那好，我的人，由我来处治。来人！”

他的两名随从便朝独眼龙冲了过去。

“莫乱动！”钻山豹大步一划，正好挡住了那两名随从。然后，故意很惊讶地问麻老大说，“大哥，如今石城怎么有这种怪事？死人也在走路哩。”

麻老大不知他要搞什么鬼，便喝道：“鬼扯脚！讲些什么？”

“不咧，你看那坡上，明明有个死人在走动。还担着柴哩。”

他的话说得很没个边，却又说得认真。一时间，众人都不自禁地顺着他指的方向看了过去。

钻山豹没哄骗大家，那坡上确实有个人在走动。离这里一百多步远，可以清楚地看见那人肩上还担着柴棍。

“老二，你发昏么？”麻老大收回目光，说道，“哪是死人？明明是活人嘛……”

“胡说！”钻山豹厉声嚷了句，“你们再好生给我看看。”

就在这些人再次回过头去看那坡上的同时，钻山豹手上的枪响了。他的枪盒是崭新发亮的德国造二十响快慢盒子炮。口径很紧，发出来的响声焦脆而又震耳。人们刚听得那声枪响，便看见山坡上那名担柴的男子扑地而倒。那一枪打在了立刻就会毙命的部位，担柴人倒下之后手脚都没来得及抽搐一下，便一命归了天。

城门口这几方面的人马，亲眼看见了这个情景，不禁都有些震惊。回过头来，只见钻山豹手持快慢机，剑眉立起，满脸都是凛冽的杀气。

“是死人还是活人，这话应该由我来讲。亲娘老子也莫同我拗。信不信，你们是看得见的！”他威严地说完这些话，又高喊了一声，“独眼龙？”

“在！”

“替二爷把枪好好地擦擦。接住！”钻山豹飘飘洒洒地把快慢机扔过去，独眼龙稳稳地接住了。“这条枪归你了。兵荒马乱的，二爷没得更好的东西给你。看住再莫让人下了，那里头还有二十三粒子弹。一枪一个，你日后要给二爷报二十三条性命来！”

“是啰！二爷！”独眼龙胆子粗壮，破锣似的吼了一声，将快慢机抖了抖，握在了右手上。

城门口这时候静得一点声音也没有。钻山豹的举动，震慑住了场上的每一个人。他倒也不愿意在这里多停留，便走到了田大榜面前。

“舅爷，莫见气。您老人家到了享清福的日子了，何必为小事寻烦恼？”他笑了笑，仿佛什么事也没有发生，“看您爱进不进的样子，这不是同小辈斗气么？进屋吧。我在屋里等着您。您老人家口福好，大哥刚整好一桌酒，还没动筷子哩。”

钻山豹说完，转身对那八条大汉交代说：“七雷子，我大哥劝我在城里住，我就领情了。天黑前，把我的行头送过来。晓得么？”

“是哩！”七雷子朝后一挥手，“弟兄们，莫在这里扰了大爷的地盘。走起！”

那八条大汉转过身，甩开脚朝野外走去。这些角色一身劲鼓鼓的，功夫又极好。眨眼之间，便隐没在树丛后面看不见了，像一阵穿山的风。

“舅爷，请随后来！”钻山豹朝田大榜点一点头，再也不管这里的事，独自进了城门。

田大榜眼睁睁地看着钻山豹干完这一切，一句话也说不出来。他眼中的神色极复杂。开始是怒火，后来又是惊恐，再后来便当然是恼怒。不久，便木呆呆毫无神采了。钻山豹进城之后，他脑子里忽然有点神志错乱，不知他为什么就走了。也不知自己站在这里干什么。后来，他听见四丫头轻轻地说了句，于是他便惊悟过来了。

“你刚才怎么讲的？”他侧过头去，平和地问四丫头。他没想到自己竟能平和下来，旋即便感到平和下来非常好，把那尴尬处境全然冲得淡了。

“我说百闻不如一见。”四丫头又重复一遍，“这倒是个血性男儿，是乌龙山的福气啊。”她脸上露出了微笑。一半是钦羡，一半也是庆幸。

“是么？你讲得好哩。”田大榜望着四丫头的脸，嘴唇翕动了半天，竟呵呵地笑了。

麻老大见天色不早了，便乘机走了上来，“舅爷，幺佬不恭敬，是我的不是。这伢子从小没了爹娘，让我娇养惯了，你也是晓得的。莫同我们晚辈一般见识。还是进屋去歇息吧。”

“不哩，你讲错了。”田大榜突然大度得让人不敢相信，“你这个小弟，调教得好哩。我就喜欢顽劣的伢子，不顽劣不成器。原先我还以为乌龙山这地方的嫩竹子做不得扁担，是我的错。嘿，老舅我知了错哩。”

“那，”四丫头冷冷地盯着他问，“进不进城？”

“怎么不进？来了还有不进的道理？”田大榜将衣袖往上一抖，“走起！”

第八章

田富贵是在太阳落山之前被扔到这座石块砌成的马棚里的。接连好多天的折磨，他已经奄奄一息了。土匪们把他挟进来，狠命往墙角上一扔，他的头撞上了坚硬的岩石，只觉得眼前金花乱冒，甚至还没感到那阵剧痛，便昏厥过去。

他完全失去了知觉，死人一般卧在石板地上，不知道躺了多久。后来，昏昏蒙蒙中感到有一滴水珠滴在了左耳根处。那水珠冰冰地发凉，使知觉又渐渐地回到了身上。

清醒一些之后，田富贵努力将脸侧了过来。这时候他看见小窗口外面已是一片漆黑，夜空中却挂着一颗颗亮闪闪的小星星。

借着栅栏门外一盏马灯的微光，田富贵看见了一个吓人的景象。在离他鼻子尖一尺多高的地方，竟有一双硕大而又粗糙的赤脚。一些腥恶的血水慢慢地往外渗出，顺着脚流下来，汇集在那脚的大趾尖上。汇集成了一滴，便往下落。田富贵不能动弹，眼睁睁看见那血滴朝自己的脸上掉，便赶紧一闭眼，那血滴“叭”地落在他的鬓角上。

田富贵动了动身子。浑身的骨头像是彻底散了架，但他还是咬紧牙关往边上挪了过去。剧痛使他喘息了好一阵子，才逐渐缓过劲来。

他终于看清楚了，在这间岩屋的横梁上，悬吊着一位肌肉健壮的男人。田富贵看不清他的脸，顺着往上一打量，却看见这男人一身的皮肉被打得翻卷过来了。想象不出他身上到底有多少伤口，有的伤口还在往外渗血，有的伤口处的血已经凝固。田富贵不安地猜想：这人大概是断气了。

血滴还在有一下无一下地从那人的脚趾尖上往下落。周围像坟山窝子一般寂静，连声狗叫也没有。田富贵耳内的轰鸣现象渐渐消失之后，便清楚地听见那血滴“嗒嗒”掉在地上的声音。

忽地，田富贵听见门外有脚步声走了过来。门口的角落上偎着一名抱着步枪的土匪看守，他也听见了脚步声，便把那步枪的枪栓拉得“哗哗”作响。田富贵看见一颗黄灿灿的子弹从枪膛里弹了出来，落在了岩屋的门槛内。他心中禁不住嘲笑了声：蠢猪！子弹早上了膛，你还拉个屁的枪栓？尽是些乌合之众！

“莫慌，崽！”走过来的人也是土匪，而且有两名，“今夜加哨，来陪你呢。”

原来的那名看守便放了心，“陪我么，来两个堂客还要得，你们两个胡椒柄子，陪我有什么酸菜味？”

“嘻，当我们喜欢陪你么？麻大爷有话，今夜里要防严点。”

“还防严点？不是讲，天下太平了么？”

“你晓得个屁！后头宝笼山扎了榜爷的队伍，城外二爷的人马到处都有。这些角色都不是吃斋的和尚，麻大爷心里明白哩。”

“狗日的，外头打了屋里打，还不晓得打到哪年哪月去哩。”

三名土匪有一句无一句穷聊着，田富贵听出了他们是后山的口音。从装扮上看，像是些苗家男人。白天被土匪蒙了眼睛，看不清这里是什么地方。趁土匪扯着闲话没注意，他往门外打量了一眼。外头星光闪烁，田富贵看见了黑乎乎的城墙垛子。

“石城？”他心中骤然一阵狂喜。刘玉堂下一步的目标就是往石城开，这么说，自己得救是有希望的。只是在小竹林被钻山豹打了一家伙，队长的主意会不会改变呢？不会的。田富贵坚信刘玉堂的意志，无论困难有多大，他都绝不会改变决心的。

“喂，里头关的角色还在么？”后来的两名土匪问先前那名看守。

“在哩。一个捆得像粽子，另一个吊得像条腊鱼。跑得脱么？”

“麻大爷讲了，这里头关的角色，跑脱不得，也死不得。出了一点差错，咱们三个的脑壳只怕安不稳哩。”

于是那三名土匪紧张了一下，端起枪，走到门边，举过马灯往里头察看了半天。

“跑是没跑的。”一个土匪说，“只是不晓得还活是不活哩。”

田富贵静静地闭着眼睛，心里希望这些愚笨的家伙开门进来看。他有点后悔，应该早些想办法弄开身上的绳索才好。

土匪见岩屋里没有声音，心里也有点不安稳了。另一名土匪便朝里面大声说：“喂，二位兄弟，我们不背枪也是做工夫的人，不难为你们，你们也莫难为我们。要是还有气，就应一声。听见没？”

田富贵听出了这名土匪就是刚才在门外抱怨说“还不晓得打到哪年哪月”的那个人。听他讲话，还不是个死心塌地的惯匪。田富贵的心里一动，便喊出声来。

“瞎了眼么？没看见梁上那个人早吊落了气？还不弄下来，看你们怎么交代！”

门外的土匪一听，果然慌了。于是，他们手忙脚乱地开了锁，抢进门来去弄那梁上的汉子。

这真是个绝好的机会！三名土匪一点经验也没有，居然没在门外留一个监视，呼呼啦啦全拥进了屋。更令人振奋的是那扇栅栏门大敞开着，门外没几步远就是一长溜喂马料的石槽。奔出门去，借助石槽的掩护，很快便能蹿入夜色之中。

但是对于这个机会田富贵却只能仰天长叹，那条该死的麻绳，把他的一切设想都打破了。他恼恨得直咬牙，便想起了从不离身的篾刀。啊，篾刀呢？如果这时候还在身边，田富贵简直可以敌过千军万马啊！而现在他却奈何不了这条小小的绳索。

土匪大概正是知道这一点，才放心大胆地走了进来。他们七手八脚地弄开梁上的绳子，把那皮开肉绽的汉子放了下来。试一试他的鼻息，又十分没把握了。

“咦？真没气哩。”

“没气了么？身上怎么还有点热？”

“管他呢！只是再吊不得了。等下再来看看，要是活不转来，要赶紧找麻大爷去哩。”

“那不晚了么？让开，我再看看。”

这名土匪大概有点经验，蹲下去以后，先是摸摸那汉子的人中，伸出指头捏了一把。见那汉子没有反应，便低下头去，想听听他还有没有鼻息声。

接着便飞快地出现了意外。那仿佛僵死了的汉子，突然诈尸一般将头往上一顶，正好顶中了那名土匪的鼻梁。他那一瞬间根本不晓得疼痛，只觉得魂被勾走了。“嗷”的一声号叫，三名土匪一齐抢出门外，死死地关住了栅栏门。

“石、石匠，你、你没死么？”一名土匪缓过来得早些，在门外战战兢兢地问。

“就死？气性还大得很哩！”那汉子躺在地上，沙哑着干渴的喉咙，怒火冲天地说，“老子死了，哪个来宰你们这些狗日的？”

“石、石匠，冤有头，债、债有主哩。不、不关我们的事哩。”

那名被土匪唤作“石匠”的汉子，毕竟吊得太久，遍体是伤，气力也尽了。吼了几句，竟接不上气来，便使劲拱动着胸口，一口一口地换气。

“好，好，石匠，你莫乱动，今夜好好歇。只要不走脱，我们三个人都不为难你。”那几名土匪不知道为什么这样害怕石匠，反倒不停地对他讲好话，“只是，我们这枪还要朝着你。算了，石匠，今夜莫逃。外头到处加了哨哩，熬过这一夜，明天任你怎么办。要得么？”

石匠根本不理睬他们，仍在拱着胸膛出气。田富贵听见他喉管内发出“咝咝”的响声，不由得十分敬佩这条汉子。他气魄好粗啊！

于是，田富贵慢慢地将身体朝石匠那边挪了过去。

石城的名字很气派，其实并没多大。团团一圈青石城墙，围不了多大个地盘。仅麻老大一家大院，就把石城内的地面占去了三分之一。

但是麻家大院又是相当大的一座院子。从布局上看，分为前院、中院和后院。前院光是苗兵就住了八十人，其他用人也住了五六十。中院比前院稍微小一点，麻老大一家老小就住在中院。这里是整座院落最清静的地方，一般人进不去。后院最大，麻老大养的苗兵几乎都驻扎在后院。方方正正的四合院，共有四十几间大屋子。多的时候，这后院住过七八百人。

天色渐渐黑下来的时候，麻老大吩咐家人麻三保在中院清理了几间房屋，分别给田大榜、四丫头和钻山豹三人居住。

“多派些哨，晓得么？”麻老大今天的心情坏得要命，脸色一直跟猪肝差不多，“狗日的，有一点风吹草动，赶快告诉我。老子今天晚上不得睡觉的。”

麻三保刚要去布置，麻老大又叫住了他，“还有，宝笼山那边，布置好了么？”

“是哩，老爷放心。朝那边安放了六十个兵，三挺机关枪。”

“嗯，大意不得！”

麻三保小心地看了看麻老大的脸色，劝他说：“老爷，你莫急。榜爷虽然占了宝笼山，也不过四五十人，搞石城是搞不动的。眼下还用不上宝笼山做退路，你老人家沉稳些，给榜爷一点好处，他也不得在宝笼山长住的。”

麻老大半晌没有作声。麻三保心眼活，他的话，一般都有些道理。隔了一会儿，麻老大重重地叹了口气。

“我日他妈！唉，里里外外只难为老子一个人！”他无奈地挥挥手，“你去吧，我晓得怎么做，狗日的，想不到老子堂堂一方苗王，如今只好埋起脑壳去做干孙子！”

“那，我去了。”麻三保不敢多讲，“酒席整好了，你老人家也快些去。莫让他们疑心。”

中午没料到田大榜和四丫头会来，那顿饭吃得差些味道。麻老大便打发人好好准备了晚饭。他想在酒席上摸摸底，顺便和缓一下几方面的紧张关系。

宽敞的堂屋里，今夜加了十几盏马灯。麻老大平时很节省，用人们还从没见到堂屋在夜里这样亮堂过。

一张漆黑发亮的八仙桌摆在堂屋中央，上面放好了丰盛的酒菜。麻老大注意到四丫头吃中饭时频频皱眉，不知往哪里下筷子才好，便要厨子晚上做几样精细一点的菜，还特别关照不要加辣子。

一切准备就绪，麻老大亲自去请田大榜和四丫头他们入席。

田大榜靠在一张藤椅上，仿佛在闭目养神。麻老大进屋来请他吃饭，他便麻利地起了身。好像正等着吃了饭有什么事要去办一样。

四丫头却寻不见了，她身边那名贴身女警卫却留在屋子里，没有随她去。

“四小姐哪里去了？”麻老大问。

女警卫跟四丫头一起，也养成了好大一副架子。她爱理不理地斜了麻老大一眼，反问了一句：“问四小姐做什么？”

“做什么！”麻老大忍住了不快，“请她去吃饭哩。”

“晓得了。”四丫头的女警卫懒洋洋地说，“你们先去，她等下就来的。”

麻老大实在看不得别人做大，便发了性子，“你去请，我在这里等她！”

田大榜却心平气和，竟劝麻老大说：“算了，莫等，我们先去。她会来的。”

从四丫头的屋里走出来之后，麻老大想到还要去喊钻山豹，便穿过院子，向钻山豹那间屋走了过去。

“老二，吃饭哩。”麻老大在门边喊了声。屋里没人应，他便推开了门，奇怪的是钻山豹也没在屋子里，“咦，他也不在么？”

田大榜在他身后嘻嘻地笑了声，阴声阴气地说："明白了么？找不到的时候，一个也看不见的。找到了，必是一双。"

"哦？"麻老大暗暗一动心，觉得这件事有些来头，随口问道，"有这样的事么？"

田大榜没有再说，只是阴阴地笑着。他已经把这件事在心里盘过来算过去地想了大半天了。四丫头为人阴险毒辣，但是却有销魂摄魄的容貌，皮肤白皙得像玉笋儿。表面看上去冷冰冰的，以田大榜那历尽春色的眼光看来，他知道四丫头心里有一股放荡不尽的欲火。这女子是绝看不上田大榜的，只是不得不奉她上司的指令跟随在自己身旁受煎熬。可见那上司的指令是违拗不得的。眼下，钻山豹的锋芒越来越露，那孽种的本事又十分了不得，要想制服他显然已经力不从心了。若是不制住那孽种，将来坏自己事的必定是他。田大榜绞尽脑汁算计了很久，便想到了四丫头。他早就知道四丫头对钻山豹倾心已久，为这一点田大榜常常恨得直咬牙。事到如今，看来哪怕四丫头是心尖尖上的肉也只好割舍出去了。如果能让四丫头同钻山豹结成亲，她可能会控制住那孽外甥。田大榜知道只要自己不死，四丫头和她的上司就不得不支持自己。在这乌龙山区，别的人还没那个声望。剿匪的大部队开走了，乌龙山少说也会平静半年一年的。只要钻山豹不捣乱，田大榜绝对可以养复起元气来。这就叫作以退为进、以守为攻哩。

田大榜最后在心里打定了主意，看来四丫头同钻山豹总要勾上的，还不如主动地给她牵条红线儿。他还准备同四丫头讲讲条件，在这之前，要她再用电台找她上司要些枪支弹药。她名义上还是田大榜的干女儿，这件事是亲上加亲。钻山豹那里，他也打算尽量地宽容一些。既然现在斗不过他，何不给他些甜头稳住他再说？先稳一段日子，实在不行了再另作打算。他相信四丫头的手段，那样的女人既可以把人迷得神魂颠倒，又可以毫不心慈手软地置人于死地。把她同钻山豹粘在一起，两个厉害角色关起门斗去吧。田大榜打定了这样的主意，心里又解恨又添恨。一股邪火在他心里狂乱地燃烧着。

堂屋里灯火通明，八仙桌上腾腾地冒着热气。正中间，有一只黄铜火锅“噗噗”地滚翻着腊狗肉汤。用人已经在火锅中心加了两次木炭。石城的人有一句谚语，叫作“千火滚豆腐，万火炖狗肉”。尤其是腊狗肉，炖的时间越长，香味便越浓烈。这是一道十分可口的菜。麻老大家那口黄铜火锅又与别人不同，那是他十年前下个狠心请人特制的。专为炖狗肉用，因此火锅的外围上嵌了九只形态不同的花狗。十年里大概只用过三五次，拿出来，仍然黄灿灿油光光，跟新的一样。

田大榜说得一点都不错。正当麻老大和田大榜在八仙桌旁坐了下来，还没决定是不是再等一会儿的时候，就听见门口的卫兵大声通报道：

“二爷和四小姐到！”

麻老大赶快站了起来，“快些进来。再晚一步，我和榜爷就要动筷子了哩。”

他以不多见的热情，亲自迎到堂屋门口。顺着灯光看过去，钻山豹和四丫头一前一后走了进来。四丫头今天的样子格外光彩照人，她除去了那套美式夹克军装，换上了一条亮闪闪的翠绿色旗袍。旗袍本是可以把女人身材的各种妙处尽数勾画出来的，她这一条更是别有讲究。那腰、胸和臀部比一般的做工精细得多，绝不是一般裁缝做得出来的。更让人看得眩晕的是那袖子极短，几乎没有袖管。这便露出了她整只白嫩的手臂，直至露到了肩膀以上。旗袍下方两侧，那摆口开得很高，走动时，两条丰实而又迷人的大腿时时露出来一下，又时时被旗袍的前后摆片遮掩了去。田大榜被这时袒时掩的大腿撩拨得心猿意马，却又故意不去看。那股邪火又开始舔烧着他的心了。

钻山豹也是生着一张白蜡般洁净的脸，他只爱穿一身黑衣裳。仿佛从来没有花过心思在衣着上变换一下，却时时刻刻被那随心所欲的黑衣衬衫衬出一股俊秀来，有一种自然天成的威力和魅力。

经田大榜先前提醒了一句，麻老大心中已把那件事思考了一遍。现在再看钻山豹和四丫头，麻老大惊讶地发现这一男一女太相配了。

“入席吧。四小姐，你是客，难得到我这石头寨子来。你坐上席。来来，坐。”麻老大居然不按祖上的规矩让长辈田大榜坐上席。他找了个很好的借口，把四丫头让在了正对大门的位置上。其实麻老大的心有时候很细，晓得今天这样让四丫头，田大榜是没得什么话说的。随后，他又招呼钻山豹说：“老二，你坐四小姐右边，好给四小姐搛菜。”

钻山豹脸上并没有什么高兴的表情。麻老大的好心，并没有得到反应，钻山豹仿佛微微地皱了一下眉头，对四丫头竟没有什么兴趣。

“大哥，你招呼客人就是。”钻山豹冷冷地说了声，走到下首边，先自己一人坐下了。这样一来，四丫头左边和右边的两个位置就只能由田大榜和麻老大去坐了。

田大榜没有起身入席，只是朝麻老大看了一眼。麻老大有点急了，便走到钻山豹跟前，劝他说：“老二，你这家伙怎么总不长进？一点规矩都不晓得？起来，坐那边去！”

“大哥，你就莫白费心机了，坐你的去吧！”钻山豹毫不客气地挥了一下手。那手挥得很利落，一点也不含糊。麻老大一时竟不知怎么办才好。

正尴尬着，四丫头倒大大方方地说话了：“你们这山沟里，穷规矩倒有不少。算了，我弄不清那么多。坐吧，随便坐。”

“咳，我讲么，幺佬，你就坐过去。”田大榜打着长者的腔调，半取笑半认真地说，“一起来的就一起坐嘛，难得四姑娘这么有心。”

钻山豹斜着眼睛看了田大榜一眼：“老舅，这么讲，是我这外甥骨头轻哩。这就怪不得，大哥晓得的，这把背门椅，我从小坐到大哩。换个方位吃不下饭的。大哥，你讲呢？”

麻老大还想说话，四丫头站起来，“我有个主意，这个上席，还是长辈坐。幺佬不能换方位，这也好办，我坐过去就是嘛。”

说完，没等别人再说什么，她便落落大方地走到靠近钻山豹的那个位子，欠身理一理旗袍，端端正正地坐了下去。

田大榜便哈哈大笑，起身走到上席位置旁，一屁股坐了下去。

“我是个粗人，听别人讲，恭敬不如从命，哈。”他抄起筷子，在桌面上齐了齐，很爽朗地说，“老舅今天要是再客气，那不见外了么？”

“这就好哩。来来！”麻老大也在空着的那个位置上坐了下去，“吃，吃。火锅炖腊狗肉！”

麻老大现在是一门心思想把钻山豹同四丫头凑到一起去。他已经在心里掂量清楚了。先前听田大榜说了这事，他一时还没有转得明白。对田大榜，麻老大是一百个防备的。这老舅突然把人马拉到宝笼山，来个先占后借，弄得麻老大窝了一肚子火又发不出来。他知道田大榜每走一步都是先算好了怎么挖别人一锄，四丫头和钻山豹的事，看来是老鬼的计谋。什么计谋呢？左右不过是想把钻山豹拉过去，来拆散他们兄弟的力量吧？老家伙山穷水尽，想打石城的主意哩！

不久，麻老大忽然想明白了另外一层道理，他心里不觉很瞧不起田大榜。看来幺佬讲得不错，人上了年纪，竟糊涂了哩。他显然是错看了钻山豹，以为那顽劣伢子会上他的钩。麻老大明白得很，这个小弟心野，哪里只盯着石城？他若是同四丫头攀结起来，不吞了那个枯朽的老舅才有鬼呢！钻山豹人大心大了，早已不同自己这个亲哥哥捆在一起了。不如让他同四丫头结成一对，到外头去称山大王，替四丫头和她的上司打天下去。这样他就顾不上石城了。或许到那种时候，他还要留下石城亲哥哥这条退路哩。想到这里，麻老大心中豁然开朗了。

他毕竟比田大榜了解钻山豹要多一些，打定了主意，又有些担心。钻山豹这犟老弟向来对女人是不放在眼里的。他眼睛长在脑壳顶上，心又长在眼睛上，只是一门心思去拉队伍，别的一概想不着。四丫头即便是朵鲜花，钻山豹说不动心就不会动心的。这门亲事拼得成么？想到吃饭之前双双找不到这对男女，又见到他和四丫头同时进堂屋来吃饭，麻老大心里暗暗欢喜。他知道这对于钻山豹来说是极难得的。在他二十岁那年，麻老大劝过他一次。说：“老二，二十岁了，找个女子做堂客么？”

钻山豹反问道：“大哥，我不比你。日后小弟要走山过河的，讨个堂客做什么？”

“哈，小弟，你晓得女人么？”麻老大笑了，“你好不知事哩。”

“是么？”钻山豹极其淡漠地说，“实讲给你听吧，大哥。我从十六岁起就晓得那事了。一晚上提着条短枪睡五六个女人，这事你做过么？女人贱哩。大哥再莫讲这事了。”

麻老大当时听得呆了，后来细细观察，发现他果然十分腻那种事情。

三年以后，钻山豹手下的七雷子，不管他同意不同意，带人到前山抢来了一个女子。讲那女子赛过天仙，是山前山后最好看的女子。七雷子那伙人对钻山豹忠心耿耿，说是钻山豹若不要那前山女子就是瞧不起七雷子他们，大家索性散了伙去。钻山豹拗不过他们的好心，便说：“留下。派人看守了，算是我的压寨夫人！”

留是留下了，钻山豹却从不去碰一碰她。据说那女子内心刚烈，一句话都没有说过。钻山豹倒像是心安理得了。“由她去。我不见怪。”从此他便再没有提过女人的事。

有一回钻山豹回到石城，麻老大见过那前山女子一次。是七雷子送来的。麻老大当时确实为那女子的容貌吃了一惊，他活了五十来年，倒是真没见过那么好看的女人。那天夜里他吩咐麻三保给钻山豹备好了房间，在屋里架了一个双人大床。第二天早晨，麻老大发现钻山豹在地板上过的夜，过得安安静静。他实在不明白这个弟弟是怎么回事，莫非他在守意念想修成仙体么？

黄铜火锅炖狗肉本是一味好菜，不知是炖得太多还是差了什么佐料，四个人半天也没吃下去多少。田大榜戴着一嘴金牙，吃腊肉却毫不斯文，他一个人吃得比另外三个人要多得多。那么健旺的食欲，使人简直不可理解他是个年逾八十的老人！

“……呃，幺、幺佬，”他打了个嗝，忽然问钻山豹，“你今年，快三十了么？”

“嗬，人家都讲，娘不亲舅亲。”钻山豹话里带着刺回答说，“我这老舅，倒是亲得连外甥的岁数也记不得哩。”

“老二今个二十五，舅爷。”麻老大赶快替田大榜解了围。

“哦哦，好年纪哩。”田大榜擦擦手，故意赞叹道，“二十五，山山虎。”

“老舅，又不记得了？我叫钻山豹哩。”钻山豹轻蔑地笑了笑，“乌龙山里，钻山豹才是百兽之王。是么，老舅？这是听老人说的哩。”

“不错，幺佬。”田大榜居然一点也不把他的话放在心上，却直通通地顺着自己的话说，“年纪不小了，幺佬。舅爷给你提门亲事，赏舅爷的老脸么？”

这一次，钻山豹倒是没有急于顶他，只是神秘莫测地笑了笑。然后，放下手中的牛骨筷子，从桌上拿过锡壶，不慌不忙地往前面那只小酒杯里斟着酒。

麻老大乘这一空子悄悄地瞅了四丫头一眼，看见四丫头的脸色异常平静。她似乎没有听见田大榜的话，只是默默地注视着面前的小瓷碗里面的那把银汤勺。麻老大却还细心，看见她那微微向上翘起的双眼皮轻轻地颤动了一下。她也在等待着钻山豹开口哩。

“老二，听见舅爷的话么？”麻老大便催促了钻山豹一句。

“不是讲到提亲的事么？”钻山豹放回锡壶，反问道，“大哥，这件事，还是你对老舅讲一讲的好。”

“我讲么？”麻老大以为他动了心，便高兴地把筷子往碗上一搁，说，“老舅的意思，我当然是合拍的。老舅，你这亲，提得。”

“大哥，你好糊涂！”钻山豹突然恼怒起来，“这话你也讲得出口么？”

兴头儿上，钻山豹一句话，使在座的人都惊住了。

“怎么的？老二，我讲不出口么？”麻老大忽然感到脸上很是发麻发辣，“这未必不是为你好么？”

钻山豹紧紧地绷着脸，“哼”了一声，毫不含糊地说：“是哩，你们都是好意，当我看不出来么？大哥不讲，我来讲吧。我是有了堂客的人，老舅也不必再动心思了。”

四丫头的眉梢顿时向上一挑，心中显然受了一震。但她极会掩饰，索性拿起面前的骨筷，漫不经心地去观赏那上头雕着的龙凤图案。

田大榜倒是沉得住气，稍稍顿了一下，仍“呵呵”地摇头笑着，又用筷子去那黄铜火锅内搛里头的腊狗肉。夹了一块又一块，在嘴里咂得津津作响。

偏偏急坏了麻老大。他竟敲着桌子，发急地对钻山豹说：“你有堂客，你哪有堂客嘛！是讲那个前山抢来的女子么？鬼扯脚哩！她、她也算你的堂客？”

钻山豹已经平静下来，一点也不急躁了，“怎么不算？大哥你也健忘了么？我讨她都快两年了。今夜里，七雷子还要送她来哩。舅爷等下要看看么？”他说着侧过头去问了四丫头一句，“你也有雅兴来看看么？按写书人的讲法，这女子算得如花似玉哩。照我看，再也难得有比她好看的女子了。”

“多谢了。”四丫头同样平静地朝钻山豹点了点头，“俗话说，穷山恶水养美人嘛。我进山以后，倒是想见识一下山里的美人呢。有你这份邀请，等一下我是一定要来饱饱眼福的。”

“唉，四小姐，莫听他讲癫话。”麻老大眼见好事渐渐地付了流水，不由得声调都提高了，“老二，你讲那前山女子这么了不得，抢来两年了，话都没讲过一句，还花呀玉呢？屁，就是玉，也只是块哑巴玉，你把她当过堂客么？再讲，她又几时顺从过你呢？糊涂东西，你未必忍心耽误自己一辈子么？”

“我怎么跟你讲呢？唉，你这大哥哟。”钻山豹故意做出个无法对别人讲明白的样子，其实也是从心里瞧不起像麻老大、田大榜这样的土坯子，他叹息了一声，慢吞吞地用三个指头夹起小酒杯，斯斯文文地抿了一小口酒，然后很清高、很回味地品咂了一下嘴唇，“不讲话，也不顺从我，这才别有一番趣味哩。”

田大榜在这时候却放下了筷子。他比麻老大不知沉稳到哪里去了，根本就没有劝钻山豹一句，只是自顾自地吃着喝着。暗中却留心了他们讲的每一句话，尤其对四丫头察言观色，半点也没有放松。不知他怎么想的，在这件事半生不熟的时候，他喉咙里接连打了好几个饱嗝，身子向后一仰，带着几分醉意站了起来。

“我么，呃，呃……今天太困了。散了么？”说完，立即打了个很大的哈欠。

麻老大倒没想到事情到这个样子田大榜会作罢，他还有些不甘心，“就散么？”

“散！”钻山豹站了起来，“七雷子大概已经把我的压寨夫人送来了，少陪。”他没有说多话，也没顾别人还说不说什么，一声“少陪”之后，人已经出了堂屋门。

田大榜也不朝钻山豹的背影望，只是咂着牙缝的残余肉丝，问麻老大：“我的睡处，安顿好了么？”

“是哩。夜里要茶么？”

“莫乱搞。我夜里从来没睡安稳过，今晚到了你这院里，想是可以放心睡个好觉的。万莫让人吵闹了我。”

“是哩。”麻老大朝外喊了声，“三保，送榜爷去困觉！”

四丫头最后站起来。她的那名女警卫走了进来，递给她一条丝手绢擦手。田大榜在出堂屋门时忽然回过头来，昏昏地晃着目光，看着四丫头，不明不白地笑了一声，然后又不明不白地告诫她说：“你么，也安分些，莫贪耍。好久没耍过了，凡事莫过了头。嘻。”他身子也晃了起来，出了门，还说了句，“早些睡，日子么，还长哩。”

麻老大怕他走不稳，还想去扶他一把。田大榜忽地瞪圆了眼睛。

“走起！老子几时要过你们的孝敬？我日他个妈！”

四丫头冷笑了一声，对麻老大说：“他不会醉的，放心。只是借酒撒疯，别理他。”

很快地，堂屋里的人走了个干干净净。麻老大痴痴地站在堂屋里，心中充满了仇恨，却又不知恨谁才好。用人们见他脸上尽是怒容，也不敢进来收拾东西。隔了一会儿，他恍惚清醒过来了，突然大声喝道：“人呢？都死绝了？还不来灭了这屋的灯盏？连你们也帮着来败老子的家业么？一群混账东西！”

钻山豹回到自己那间屋子门边时，七雷子果然在门边等候着他。

“送来了么？”钻山豹故意大声地问。

“是哩，二爷。来了好一阵哩。”七雷子很聪明，也大声回着话，有意让满院子都听得见。

“嗯。”钻山豹点了点头，然后看了看四周，突然将声音压得极低，迅速地对七雷子说，“你马上大摇大摆地出去，然后在墙外头等着，我隔一下就送出来。多留个心，晓得么？”

“二爷放心。”

“好，走吧。”

七雷子便大声地对钻山豹说：“二爷，没别的事了么？那我就走哩。”

“明天吃了早饭来接我。”钻山豹吩咐了一句，便头也不回地推开门进到了屋子里。

麻老大依然在他屋里摆了张大床，其他过夜用品也一应齐全。钻山豹走进屋，利索地解开外面的青布罩衫，却没有脱下来。完全把衣衫胸襟解开之后，便露出了扎在衬衣上的一条宽大的牛皮武装带。那上面左右挂着两条崭新发蓝的快慢机，然后便是整整齐齐一长排皮梭子盒。在身后不易被人发现的地方，武装带上还密密地插着一排锋利小巧的匕首。钻山豹进屋后故意没有关门，而是解开罩衫，亮出武装带之后才回过身去关那扇双合房门。显然是故意让那些潜伏在院子某个地方的人看看他准备宽衣睡觉了，同时也镇一镇那些潜伏哨，让他们不要轻举妄动。他这条武装带，是抵挡得千军万马的。

关好房门，钻山豹回过身来。他没有向前走，只是静静地朝那边望着。在他那冷酷的眼睛里，露出了常人很难看得到的一种温和神色。

床沿上，便是七雷子给他送来的“行头”。那是一名不寻常的女子，也就是钻山豹说的“压寨夫人”。

钻山豹其实自己也讲不清楚他为什么喜欢这位抢来的女子。她确实好看，身材并不高，但是极匀称，而且非常丰满。钻山豹猜想自己之所以喜欢她，大约是小时候读了些古书的缘故。他第一眼见到这个女子，脑子里便想到了那个把唐明皇迷恋得失权丧国的杨玉环。教书先生给他讲《长恨歌》时，摇头晃脑讲得出神入化，钻山豹那时候在幼小的心中便凭空勾画出了他心中的贵妃形象。后来刚刚成年，他便如饥似渴地去寻那些男女的欢乐，竟与他脑子里幻想的乐趣全然不是一回事。不久他便觉得索然无味了。七雷子抢来这个前山女子时，钻山豹本是无心去看一眼的，后来一见，竟大惊不已。这女子不正是从小就钻进他脑子里的“养在深闺人未识”的那个“天生丽质”的形象么？于是他心里便油然滋生了一种“行宫见月伤心色”的悲怜的情感来。感到自己终于如了愿，决心学一学古代那英雄美女一样的儒雅之风。

由于他是这么一番情调，他看见那抢来的前山女子时怎么看怎么喜爱。仿佛乌龙山这一方天地的青山秀水全凝聚在她那张如皓月般洁丽的脸上了。甚至，钻山豹还把她那默默无语的反抗看作一种“娇无力”的韵致。并不急于去她身上寻欢作乐，只是吩咐七雷子把她牢牢地看住。那女人欲生不得，欲死不能，对钻山豹的一切心思全然木呆呆的无任何反应。而钻山豹却自作风雅，似乎在心中获得了常人获不到的满足。

现在，那女子正坐在床沿上。她手上拿着一个印花布小包袱，好像不知道已经到了屋里，一副任风刮任水漂的模样。钻山豹走进屋来，她仍然没有动一动，一味沉寂地坐在那里，似乎躯壳内没有生命存在。而她那姣好玲珑的体态，又恰似一尊玉雕。

钻山豹在门边看了她好长一段时间，终于慢慢地叹了一口气，仿佛心中有什么不如意的事一般。

“你……怎么还不把手上的包袱放了？”他轻轻地问，“有人告诉了你今夜的事？是七雷子告诉你的？”

那女子一声不响，也没有动一下身子。钻山豹便慢慢地朝她走近了一步。

“本不该让你这么劳累的，我也没别的法子。只好……今天夜里，还是送你走的好。”

女子便站了起来，默默地朝门外走去。

“莫急！”钻山豹拦住了她，“我还没把话说完哩。”

那女子于是原地站住了。

“晓得我做什么叫你今夜走么？”钻山豹很温和地走到她身边，痴痴地望着她那张清秀的脸庞，忽然在话语中充满歉意，“我真是不该做这种事，实在委屈了你啊。只是那个女人很厉害，我今夜是不得已而为……你体谅我么？”

他以为说这些话总能触动一下那女子的某种感情，但是很快他便悟到这是毫无作用的。这女子心里根本没有他，哪会生出醋意来呢？于是钻山豹便自己替自己解释说：“你晓得，我不是个寻欢作乐的人。如今天下还不晓得是哪一个的，我不得不替自己做做打算。所以，今天晚上……哼！”他狡狯地顿了一下，“我只是……趁天黑，同她做一笔买卖。”

那女子以为他讲完了，便低着头要离开这里。钻山豹突然一把抓住她的胳膊，把她拉到自己面前，贪婪地看着她的脸。

“你莫要乱想，晓得么？”他极轻细地凑近她的脸说，“我的心，这一辈子只在你的身上哩。”

女子任他怎样，横竖只是不说话。脸上呆板极了，任何反应也没有。

“……唉，上山这么久了，我没听你讲过一句话，未必我就这么不值你喜欢么？”钻山豹失望地松开手，在屋里走了两步，终于有点耐不住了，“你莫要总是这个样子。告诉你，还这么不作声不作气地装泥巴坨……嘿，我也是喜欢捏泥巴人的。”

院子里已经十分安静了，钻山豹似乎还不放心，走到木窗旁，侧耳听了好一阵子。然后走到书案旁，眯着眼看着那女子，手伸到桌子边，掀开了那盏马灯的玻璃罩子。他没有将马灯提到嘴边用嘴去吹那灯芯，也没有朝马灯望一眼。双目只是凝视着那女子，手指头狠狠地按在灯芯上，暗暗用劲向下压去。屋内顿时便漆黑一团，伸手不见五指了。

那位从未开过口的女子，突然撒开脚向门边扑去。一种求生的欲望爆发出来，她的速度竟快得惊人。钻山豹时刻都是警觉的，但也没料到她会如此一反常态要逃出这屋子，幸亏那根粗大的门闩上得高，她一时没有摸到位置，钻山豹这才一个箭步冲上去拦腰抱住了她。

“嗬！我个心肝宝贝，你这是做什么呢？”他轻轻一用劲，便将那女子托了起来，“我讲了哩，今夜晚有事，你怕什么？这么久没碰过你，要动你也不在今夜。莫动！听见没有？莫坏了我的大事！”

他将那女子抱到床前，把她放了下去，然后再一次走到门边，听听外面是否有人发现了这里的动静。他脚步极轻，可见警惕性是相当高的。

幸好他走到门边去了。他对门外防备得极严，但他却没有想到那抢来的女子已经将右手伸进了包袱里面。在那个总不离手的印花包袱内，竟有一柄锋利的绣花剪刀。也不知她是怎么藏下来的，而且藏了很久。这女子是有血性的人，她仇恨钻山豹，因此没有用这绣花剪轻易结束自己的生命。她知道钻山豹总有那发泄兽性的一刻，于是她时刻准备着，企望以她孱弱的力量报仇雪耻之后再结束自己苦难羞辱的一生。

今夜有点不寻常，她便以为那一刻降临了。钻山豹开始讲了那些话，她半信半疑，以为他在哄骗她。果然见到钻山豹熄了灯光，于是她便开始了反抗。那一瞬间她完全没有细想，一直到钻山豹抱住了她，她才想起这样逃是枉然的，即使能逃出这扇门，也逃不出这深宅大院。而且也报不了心头的仇恨。于是她便任钻山豹抱到床边，然后悄悄地将手伸进了花布包袱之中。

钻山豹太小看这女人了。或者也是太“痴情”了吧？他竟一丝儿也没察觉到她手中会有绣花剪。也是该他免吃一刀，他并没有打算对这女子有什么动作。

“你不必怕，我已经明白地对你讲了。”钻山豹又转过身走了回来，“也怪我没有讲得太清楚，你以为我灭灯是想要你做那些事么？我只是灭给外头的人看的。灭了灯，我就要送你走了。晓得么？”他压低嗓子，带着威胁说，“莫乱动，这就走的！”

钻山豹见时间已晚，便不再说什么，轻轻地走到后窗前。麻家大院朝外都是用一块块方岩石砖砌起来的。岩石很厚，那墙当然很牢实。木窗开得高，是怕土匪来滋扰时流弹飞进来伤了人。窗户框架无法用别的东西替代，仍然是木头方框架，只是选用了些坚硬的杂木。为了防强盗越窗而入，窗框上还安了一根根木条。

木条再硬，只能从外表给人一点聊慰，稍稍一用力，那东西是难得抵御住什么的。麻家大院很早就养了一群剽悍的护院兵了，因此对那窗子的木条也就不大放在心上了。为了加强防备，麻老大叫人把大院外围整修了一次，沿着墙脚开了一条几尺深的宽沟。这样一来，从外面看那些小窗，没有两个人高是够不到窗沿的。好多年过去了，麻家大院苗兵重重把守，绝对没有发生过偷盗之类的事情，于是就再没有人想起过木框窗户如何改进的问题了。

钻山豹今晚却看中了那靠墙外的窗户。他走过去，伸起手来，竟然悄无声息地将窗户上的木条一根一根取了下来。那些木条显然事先被人做了手脚，取起来是那样轻松自如，像择嫩菜心一般容易。

取完木条，钻山豹朝那女子招了招手，示意她过去。女子便站起来走到了窗前。

她已经将绣花剪又藏进去了。既然钻山豹今夜还没有对她起歹心，她知道下手还早了点。这凶猛的汉子本事极高，一般七八个壮汉根本不在他话下，她一个弱女子要想动手是毫无意义的。她决心再忍一忍，等待那最后时机的到来。

钻山豹把那女子托起来递出窗口时也是十分轻松。女子刚将头从窗上伸出去，墙外立即有一双手接住了她。很快，她便被弄到了墙外。身上几乎没有沾上多少灰尘。

钻山豹随后也灵巧地蹦了出来。墙外接住那女子的正是七雷子。

“二爷，都弄妥了。”七雷子低声告诉他说。

“嗯。那边还有哪个？”钻山豹极机警，指着墙脚问。

“独眼龙哩。他在放警戒。”

“这一方的苗兵呢？”钻山豹看了看周围，不放心地问道。

“给了领班五块光洋，他把苗兵调开了。”七雷子从身上摸出一个竹筒子做的小圆罐，交给钻山豹说，“二爷，这是熟胶。明天见亮时把那窗户条子对好，抹上胶，一餐饭工夫就干透了。牢得很哩。”

“那个狐狸精呢？”钻山豹淡漠地问，“她的窗条子也弄了么？”

“是哩，二爷。她正等你去。我看那骚货好急哟。”七雷子很有些轻视她，“二爷，你搞这事，划得来么？那女人着火了一般，你不怕伤了身子骨。”

“划得来的，七雷子。一本万利。”他接过熟胶装进了衣兜，“你快把她带出城，明天早些送进来，晓得么？”

“那不得错的。”七雷子朝那前山抢来的女子唤了声，“走起，脚板轻些。”

钻山豹还不放心，又问：“七雷子，你带她出城，这么晚了城门口不疑心？”

“二爷，我安排好了。城门口那班苗兵都是买通了的。”

“搞得周到，七雷子。”钻山豹满意地称赞了一句，“走。留心些。”

七雷子带那女子走出去好长一段路之后，钻山豹看见黑暗中嗖嗖地立起了几条人影，尾随着七雷子去了。他知道这些都是自己的人，知道靠这面墙还留下了几个暗中保护自己的人。他心中得意地笑了笑，知道这样的人马远不是别人比得了的。他便踌躇满志地笑了。

绕着院子外墙，迈步数着窗口，他记得四丫头的屋子在墙的另一面。

以开山凿石为生的人，身子骨也像他手中的钢钎那么坚强。石匠被解下绳索，平瘫在岩板上躺了不过一个时辰，竟奇迹一般坐了起来。

他弄清了田富贵的身份之后，一股无名怨气涌上了心头。田富贵并不知道他为什么有这么大的怨气，也不知道这个人是磨盘乡农会主席。

大约到了快敲二道梆子的时候，石匠又躺下了。

“喂，来个人！”石匠朝外面低沉地吆喝道。

“做、做什么？”门外的土匪哨兵探起头来问。

“喊你来就来！”石匠非常不耐烦，躺在地上催道，“快一点，你们又没有发瘟。”

三个哨兵面面相觑。又怕石匠闹起来，只好用商量的口气对石匠说：“石、石匠，来个人也要得，只是你莫乱动。你乱动，哪个敢来呢？出了事，担待不起哟。”

“瞎了你娘个狗眼，老子倒在这里，爬都爬不起来，如何乱动得？”

哨兵简单地商量了几句，有一个瘦长些的便站了起来。另外两个哨兵如临大敌，端着枪，壮起胆子对准了岩屋内。

那个瘦长的土匪走到栅栏门边，不敢贸然进来，仍然讲好话般地问道：“石匠，你、你要我做什么都要得，只是莫乱动。讲了你、你要真有本事想跑，这夜里守得紧。明天再……”

“你打狗屁了，进来！”石匠侧过头，看了看田富贵，“给他把身上的绳子解了。晓得么？”

那土匪犹豫起来，“这、这个事……我做不得主哩。”

“老子做主！听见没有？”石匠又暴躁起来，“老子是农会主席，下次把你这王八蛋抓起来以后，我做主不绑你。讲话算数。”

“晓、晓得你是个好汉，只是，我怕是要问一下他们两个才……”

“蠢货！三十年河东三十年河西，如今哪个保得了哪个？听老子的话，日后记得你。”

那土匪想了想，不见身后两名伙计作声，暗想他们也被石匠讲动了心。要是问他们，他们说不定也赞成松绳子，这好处不落到别人头上了么？于是他自作主张，打开锁走了进来。

“石匠大哥为人仗义，石城的人都晓得的，你的话，我还不听么？”他一边给田富贵解绳索，一边连连向石匠讨着好。解开后，他便急急地退出岩屋，接着又锁牢了栅栏门。

绳索从身上解脱之后，田富贵顿时感到浑身软绵绵地坐不住了。他被捆得太紧了，时间又长，身上的血脉处处受阻，猛一松了绑，只觉得耳鼓内“嘭”的一响，像是要休克了一样。

这阵难受来得陡，去得也快。不久他便感到身体的各个部位逐渐地在恢复。接着，又享受到了一种无以言状的轻松感。

他转过头去，对那名石匠十分感激地说道：“你……是农会主席？”他轻轻地问，“哪个乡的？”

“莫问。我还算个农会主席？狗屁哩。”石匠沉闷地骂了一句，“我想明白了。这事其实也怪不得你们部队上的人，是我大意哩。老子以为他麻老大还有点人味道，不晓得这条老狗发起疯来这么恶。唉，老子看错了！早点听队伍上的人劝，也不得吃这么大个亏！狗日的，等老子逃出去，不掏了他的心，老子不算人！”

田富贵听明白了。大部队撤走之后，土匪开始了疯狂的反扑。他看出石匠的心里很难过，也不好再问他是哪个乡的。他到底是部队上的一名战士，听见老乡遭了大难，心里当然是很难过的。而且心里感到十分惭愧。

一股热烘烘的马粪臭弥漫在这间岩屋里，很难得散出去。田富贵觉得心里堵得厉害，只盼望起一阵夜风，吹一吹心中的腐恶之气。他仰起脸，发现离这关马的岩屋不多远的地方就是城门。麻老大有个喜好，特别爱骑马，而且舍得花钱买好马养起来。过去这间马棚里常有一两匹好马，后来都做礼物暗中送给了那些来剿匪的兵总了。马棚修得离城门近，是为了便于骑马出城。石城的街面又很狭窄，骑马进出有诸多不便。

田富贵心中突然活动起来。离城门这么近，这不是给逃跑带来了方便么？他沉住气，慢慢地撑起身子，想好好地看清那城门周围的情况。正在这时候，就听得城门边守门的苗兵呼呼啦啦地立了起来。田富贵心里暗暗吃了一惊，守城门的苗兵竟有一二十个！看来门边这三个土匪没乱说，今晚上的防守确实是相当严的。

苗兵们端着枪站了起来，是因为城内有人走到了城门边，“哪个？”

“喂，是我。”走到城门边的人中有一个高高大大的汉子轻声朝苗兵喊了声，“怎么没认出来哩？”

田富贵一听这近乎女人的细嗓子，心中便紧了一下。他记死了这个人，知道他的名字叫“七雷子”。那天在小竹林后面被俘，就是上了这家伙的当。

“哦，七雷子么？”苗兵中走出来一个领班的，“怎么才来？”

“嘘！”七雷子急忙制止了他，“轻点。这半夜，有动静么？”

“没有哩。”苗兵领班压低了声音，“几个人出城？”

“三个。两个男的，一个堂客。”

“堂客么？”领班的好奇心很重，“怎么还有堂客哩？”

“少问些。这是二爷的压寨夫人！”

“哦哦……”

田富贵便看见在昏暗的灯光下站着一名抱着花布包袱的年轻女子。他忽地昂起头来，将脸贴在栅栏门上，极力想看清楚那女子。凭一种本能的感觉，他一眼便看出了那女子身上的某种熟悉的东西。

苗兵再不多问什么了，只是忙忙地去给七雷子他们开城门。田富贵睁大眼睛看着那女子，她怔怔地站在原地，毕竟离了这段距离，面目难得看准。但是田富贵仍然连眼皮都不眨一下，希望从她的举止中看出什么来。

城门很厚很重，半天也没有打开，田富贵心里像火一样灼得痛，他突然产生了很古怪的一种恐惧感，极害怕心中的猜疑被证实。甚至还在心里哀告着：不是，不是她！千万不要是她……

终于那沉重的城门敞开了。田富贵的心往上猛地吊了起来。菁妹子，是你么？马上就能认得出来了！只要你朝城门口一走动，就可以认出来的……迎亲的那天，你一下花轿，那徐缓而又柔细的脚步，是你留下来的刀刻一般不可磨灭的印记。当时两人都害羞，不敢看对方的脸，便先看见了这个好多年后想起来也会令人怦然心动的深深的印记！……你的步履、你的举止，与你那温和柔顺的气性，与你那不同凡俗的美丽容貌浑然一体，这一切，怎么会淡忘呢？

那女子走动了么？田富贵强压住心头翻腾上来的楚楚思绪，定睛看去，忽然慌了。那女子怎么不见了呢？原先站的那个地方空落落没了人影，她……原先是站在那里的么？

七雷子他们眨眼之间出了城门。苗兵们便七手八脚关上城门。“哐”的一声门杠子响，把个田富贵惊得站了起来。苗兵们也渐渐地散了个干净，那城门前一片空坪……是苗兵们把她裹挟走了么？

田富贵忽然顿足失悔起来。一定是七雷子和他的人把那女子拥出了城，他动作好快，竟让人看得缭乱了目光，这个该刀劈的土匪啊！

……那女人，是菁妹子么？田富贵又毫无把握了。他再次回忆了一下那女子抱着包袱立在那里的样子，她好像比菁妹子瘦长一些，哦！是瘦了些。一瘦，就显长哩。是这样么？

天太黑，光太暗，什么也没看清楚。是的，什么都看不清。面相、身材，都看不清。莫非是这些天来日益思念菁妹子，想花了眼？

那七雷子说，这女子是钻山豹的压寨夫人？是哩，明明这么讲的。菁妹子会去做那畜生的压寨夫人？绝不会，她宁可去死的。田富贵陡地松了口大气，这口气比松了绳索还要来得畅快。唉唉，莫想这些了。

蓦地，田富贵看见了一双猜疑和仇恨的眼睛。他刚刚从栅门边转过身来，石匠不知什么时候已经坐起身子。他的眼中喷着火，睁得滚圆。田富贵看得心慌了。

“石匠，你……怎么的？这么看我？”

“你是部队上的人么？”石匠狠狠地问。

“当然是……”

“有一回我打岩石，捡起了一条土鼻子（一种蝮蛇），长得同麻石一模一样。我以为是岩石，它骗了我。”石匠话语中带着极大的仇恨，“我明白过来以后，用两个指头把那土鼻子的脑壳捻成了粉！”

田富贵听明白了他的意思。同时，也明白了石匠为什么突然对自己产生了怀疑。他顿时觉得自己实在太荒唐了。城门边站了一个女人，便急不可待地趋过去看，当时把什么都忘了。简直快要发了疯。石匠不能理解。怎么对石匠解释呢？讲那是自己的堂客！……她是自己的堂客么？

田富贵的脸立即发了烫。

周围又安静得像一片坟地了。不久，那栅栏门三名看守便小声议论开了。他们说得轻，隐约好像是议论那守城门的苗兵。说他们怎么和二爷的人混得那么熟呢？莫不是心里背了大爷，投了二爷？接着有一个人便说要赶快报给麻大爷去。另外两个人大约怕事，便劝他不要管。说是他们兄弟之间的事，管不好，只怕会惹来扯不清的麻烦。

于是，有一个看守便打了一个长长的哈欠，把这个话题岔开了。

“二爷也是的，那么乖巧的一个压寨夫人，不抱在肚皮底下过夜，这么晚了还送出城去，你想得明白么？”

“二爷是条金刚身子，不贪堂客哩。”

“屁哟。”一个哨兵显得很知事，神秘地告诉他的两个伙伴说，“今天来了贵人。榜爷把他的干女儿带来了，那干女儿是从大口岸外头来的。二爷今夜必是想过一过洋瘾哩。嘻！”

“那不是哩。”他的伙伴中还有更知事的，便反驳他说，“你不晓得，二爷其实看不中四丫头。他心里硬是只中意这个压寨夫人。这我晓得的。”

“也是，我也听人这么讲。”先前那个人放弃了自己的说法，咂了声嘴，“二爷是个怪人。这个压寨夫人被他掳来两年了，一直铁着心不同人讲一个字。都讲她是一活哑巴。二爷呢？偏偏喜欢得迷了心。”

“那女子一肚子苦水哩。”一个看守似乎有点同情心，“也是歹毒了些，人家是有老公的女子。这是生生地拆散了别人么？”

“听讲是从前山掳来的？”

“是哩。那女子的老公，听讲是个手艺人。”

“一个篾匠。真的。”

田富贵顿时像遭了霹雷，从地上一弹而起，泼命地向栅栏冲了去。他发了狂，要撞开那门。

石匠这时候却异常冷静。他见田富贵暴起了身，便就地悄声一滚，正好滚在田富贵的脚下，然后挺起上身，用粗壮无比的双臂紧紧地箍住了田富贵。同时，又伸出一只厚大的巴掌，死死地堵住了田富贵的嘴。幸亏他动作快，稍稍迟一步，田富贵就会不顾一切地吼叫着撞在那栅栏门上了。

“莫搞蠢事，兄弟！”石匠附在他耳边，有力地压住声气说，“你，就是那个篾匠？”

田富贵被他箍得不得动弹，情绪便也稍稍镇定了些。他没有点头回答他，热泪却簌簌地夺眶而出，淌到了石匠的手背上。

“兄弟，莫伤心，我晓得了。”石匠严肃地点了点头，“听我石匠一句话，今天夜里，蛇咬了也莫乱动！明天见亮，逃出去救她。这事，交给我就是。”

田富贵头一歪，便昏倒在石匠那宽阔厚实的胸脯上了……

钻山豹攀上四丫头的窗口，朝里望了望。他看见四丫头背对窗口，侧身斜卧在床上，一动也不动，他心里暗笑了一声：这个浪荡女子，还假装沉稳哩。连七雷子都说她快要着火燃起来了，山里这清苦的生活，她那娇体子熬得住么？性子又荡惯了，没有男人，那心里的煎熬更是招架不住的。看你可怜，四丫头，今夜就成全你一次吧。

他不想多耽误时间，便越过窗口，轻轻地蹦进了屋内。

猛地，钻山豹感到右肩被人很有力地拍了一下。他吃了一惊，急忙往右边一望，却没有看见人。他知道上了当，赶快到腰上去摸枪。他稍稍晚了一点，只觉得腰两侧嚓嚓地被刮了两下，手急忙按去时，左右两条快慢机已经不知去向了。

钻山豹没有惊慌。他知道暗算他的人此时离他很近，缴过枪去无大用，相反提在手上还是累赘。在这种时候，他有好多种解围的办法。可以迅速挥起手臂准确地扫在那人的脖颈上，他的手掌可以一次劈开五块青砖；也可以迅雷不及掩耳地飞起腿来将那人踢翻在地，不容他喘息，第二脚就可以置他于死地。后腰上还有一排小匕首，那东西既可以当短剑又可以做飞镖用，而且在毒液中浸泡过，只要擦伤对方的皮肤就够对方受了。何况他使用这东西时总是命中要害部位的。

类似这种招数，他还有好多套。但是不管使用哪一套，都必须是刻不容缓地下手。否则对手只要退离他两步以外他就占不了优势了。恰恰钻山豹是最能闪电般地下死手的，遇到了再强的对手，他都能在瞬间变被动为主动。几乎从未陷入过不可解脱的困境之中。

然而今天晚上钻山豹却迟疑了。被人下了枪去，他脑子里飞闪出来第一个念头竟是“由他去吧”。于是，他没有使用任何一套功夫。连看也不看看身旁的对手是什么人，反倒悠闲地拍了拍越过窗口时留在衣服上的灰尘。然后抱定自己的双臂，洒脱地站在原地，嘘了口气。

“四丫头，你兴致好高哩。”他轻松地说。

“嘿，不错。”四丫头突然从他左侧走上前来。她手上提着那两条快慢机，“我还防备你回手呢。还算机灵，猜出了是我。”

“以后做这种事，是抹不得香脂的。”钻山豹道出了她的破绽，“留下了气味，还不让人察觉？”

四丫头微笑着，望着他的脸，“你难道不明白，我今天是特意弄了些气味的。什么香脂啊？土包子，是外国香水。喜欢闻么？”

“四丫头，你的手好重。”钻山豹没回答她的话，故意摸了摸被她拍了一下的右肩，“你的功夫蛮深。”他也微笑着望着四丫头的脸，“孔夫子讲过，女子无才便是德。晓得么，我原是一个老古板哩。女人太有本事了我是不喜欢的。”

“这不奇怪。”四丫头把两条快慢机递给了他，“就跟我不喜欢没有本事的男人一样。”她眨了一下眼皮，笑了笑，补充说：“幸亏你的本事还可以。”

“可以么？”钻山豹故意地摇了摇头，“被一个女子下了双枪，还算有本事？”

四丫头仍然是那么笑着，随意地说：“那也不能算你没本事。只不过嘛，我喜欢在别人不防备的时候闹着玩玩而已。别放在心上。”

她转过脸去，对床那边吩咐道：“好了，你可以出去了。记住，任何人都不准进来。”

床上那个“四丫头”便翻身坐了起来。钻山豹这才看清楚那女子是四丫头的贴身警卫。其实她的身材与四丫头很不一样，仔细看一看是不难区别出来的，他倏地觉得自己也有偶尔大意的时候，这是过去没有过的。四丫头居然“闹着玩”就下掉了自己的双枪，不管怎么讲总是一件丢脸面的事。这样大意，说明自己有点昏了头。看来以后必得要万分留心才是。

女警卫出去以后，四丫头插牢了门闩。她转过身来，不朝钻山豹看一眼，径直走到床头，伸出手去，从枕头底下摸出一支白晃晃的小手枪，随手扔在了床边那个小柜子上。

“就放在枕头底下不好么？”钻山豹望着她，问道。

“碍事。”四丫头头也没回地说，“等下会硌得头痛的。”

钻山豹想了想，便松开了腰上那条宽大的武装带，也放在了床头那个小木柜上。武装带沉甸甸的，放上去，闷闷地磕得柜子一响，四丫头侧头看见了。

“到底把这武装解除了？”

“迟早要解除的。”钻山豹索性辣辣地撩拨了她一句，“省得你动手哩，四丫头。”

四丫头便慢慢地转过身来，温汤滚水般的目光在他脸上扫了几下。然后，伸出手到领口上解开了旗袍的布扣。她解得并不快，那布扣却很容易松开。不一会儿工夫，旗袍便除下来了。

钻山豹也不回避她的目光。只是在她脱旗袍的时候，他眉头极轻松地抖动了一下。他看见四丫头在旗袍内贴身穿一件真丝内裙，那内裙是鱼白色的，很透明，不知为什么，钻山豹有点无动于衷，仿佛并不喜欢四丫头这样主动。

“你铁了心么？”钻山豹开口说话了，并且借机朝旁边走了两步，坐在了书案前一张圆凳上，“未必真正打算在这里钻一辈子山沟？”

四丫头愣了一下，心里知道自己这一手对钻山豹并没有诱惑力。她倒是没有见怪，反倒更加喜欢了。钻山豹问完那句话以后，她没有很快地回答，只是“嘿”了一声，拿过脱下的旗袍，走到屋角上挂上了。

“听一个美国医生告诉我，长期在山区生活，可以长寿。”她挂好旗袍，款款地转过身来，“说是山里的空气新鲜。”

“这话是有些道理。你看我那个老舅，山里人的话，老不死哩。八十岁都过了。”

“而且越活越健壮。”四丫头恢复了平时那种懒懒怠怠的样子，很不经心地补了一句，“我看年轻气盛的后生子还不见得比他强呢。”

钻山豹抬起头来，看着四丫头，说：“你是这么讲？”

“当然。这一点，我难道还不清楚么？”

“你怎么会清楚的？”

“我试过。”四丫头很无所谓地说了这样一句话，然后，将双手伸到后颈子处，把那一头散开着的垂肩发丝往脑后捋了过去。钻山豹看见她这样捋头发时，那件内裙紧紧地绷在她的胸上了。于是她那对乳峰便高高地向前突出着。透过丝裙，可以模模糊糊地看见峰巅处两个带着晕圈的乳头。钻山豹很吃惊。平时见到四丫头衣服内那样丰满，他心中只是暗暗地冷笑这女人的做作，以为那是假衬着的。以他的无数次体验，差不多所接触的女子都没有那么丰满的胸乳。山里人工夫重，也没有讲究，只是任那东西稀稀松松地耷拉着，实在粗糙至极。

钻山豹感到心里有点守不住了。他忽然明白了一个道理，以前自己之所以“腻了那事”，是不是腻了那千篇一律的粗糙物件呢？

他再次朝四丫头看了一眼，这女子立刻有了一种不可抗拒的魔法一般的磁力。她还在捋着脑后的头发，那东西忽然像两只蜷缩成一团的洁白的玉兔。这玉兔又有活生生的灵性，匍在那里，微微地、瑟瑟地颤抖着，那么自信地期待着别人去抚弄……

“这个老狗！”钻山豹心中突然蹿上来一股毒毒的阴火，“老畜生！”他狠狠地拍了一下书案，发出了“嘭”的一响。

四丫头平静地看了他一眼，“你干什么？也不怕惊动了别人？”

钻山豹忽地站了起来，逼到四丫头面前，凶狠地问：“你！真让他试过？”

四丫头顿时感到一阵恶心，像是活吞了一条毛虫。她知道自己已经将钻山豹激发了，这正是她所期望的。钻山豹这个颇有几分“汉子气”的男人，不受引诱，却扛不住他自身的那种顽强占有的排他欲望。她琢磨得透这样的男人，虽然难得多见。

“……你看呢？”四丫头索性进一步引他往深处滑着，“你还不了解他的为人么？”

“你、你……”钻山豹眼里快要冒出火来了，“你也是个畜生！”

四丫头脸上毫无表情。她看着暴跳如雷的钻山豹，仿佛看着一名与自己毫不相关的陌生人。隔了一会儿，她侧着身子稳稳地从钻山豹面前走了过去，走得旁若无人，一直走到那张床铺前，显得十分乏味地倒在了床上。

钻山豹转过身去，看见四丫头仰天躺在床上，却将头偏向另一边，根本不看他，这种傲气，更加激得他不能自制了。他一脚踢开那圆凳，向床上的四丫头扑去。那架势，饿狼一般。他要报复她。

四丫头动作比他更快，一手便抓起了床边小柜子上那支漂亮的小手枪。

“别动。”她轻轻地说。枪口冷冰冰地指着钻山豹：“你知道，我扣扳机的时候从来不会手软的。”

钻山豹定住了。他知道四丫头倔得很，或许她没有意思要开枪，但是在火头上扣一下那扳机，对自己来说可是一件失掉大本钱的事。

“拿上你的武装带，走吧。”四丫头的枪口继续指着他，“我不愿意再看见你了。走！”

“……走？”钻山豹迟疑了一下，“四丫头，你真是想叫我走么？”

“别耽误时间了。听见没有？”

钻山豹想了想，并没有去取那武装带，却退后两步，又坐在那张圆凳上。

“你不要忘记了，吃晚饭之前，是你约我今夜到这里来的哩。”

“我没忘记。”四丫头冷冷地说，“是我瞎了眼。你当时就不愿意来，我知道。”

“我终究不是来了么？”

“是啊，你来了，我才发现是我错了。我看错了人。”

钻山豹已经心平气和了，他看了四丫头一眼，摇摇头说：“这话讲早了哩。就讲看错人了？未必哩。”

四丫头顿了一下，将手枪收回来，抚摸了一下枪管，“算了，有话以后再讲吧。”她心灰意懒地将手枪往枕头底下塞了进去，“我很疲倦。今晚上，干什么都不会有兴趣了。”

“这话，又讲早了。”钻山豹自负地笑了笑，“你只是不喜欢没有本事的男人。这话刚才讲的，更不得忘记吧？”他恨恨地说：“你以为田大榜那点本事就如何了不得了？这倒让我瞧你不来了哩。你是没有探到过我，那老鬼同我比，这不是拿起碗口去比天么？”

“这鬼知道！”

“不信？”

“哼。”四丫头带着几分恼恨，斜着眼睛盯着钻山豹，“我可不是畜生！”

“……哦？”钻山豹剑眉扬了扬，不解地说，“那你刚才讲……”

“不错，我成天同一群猪狗不如的畜生在一起混日子，但是我只是赶畜生的人。我喊畜生往东走，畜生们不敢往西。没有一个畜生敢正眼望我一下。我有靠山。再就是……我有本事。明白了么？”四丫头话说得轻淡，却口齿清楚。那话听上去很有重量，“哼，你不是不喜欢有本事的女人么？”

钻山豹回想了一下她这些话，便从圆凳上慢慢地站了起来，“……是哩。四丫头，我信你的这些话。”他感到有点对不起她了，“别的不讲，我晓得你是见过大世面的，眼睛长得高，哪看得起山野中的粗人呢？更何况那老狗！是我错怪你了。”

“你别再提这件事了。我……嘿，无所谓。”四丫头挥了挥手，“我不怪你。你现在也该走了。我再说一遍，咱们有事以后再说。”

“何必以后再说呢？”钻山豹却一点都不想离开这里，他已经被四丫头折服了，“还是不走吧。我今夜好好地陪一陪你……”

“现在再说这句话，哼……我瞧不起。没有一点汉子气。唉，我算什么东西？这么好的年华，全泼在臭水沟里了。想抽身抽不开，命还不知道捏在谁手里呢！凭我这一身，在哪里会少得了享不尽的荣华富贵？却裹到了一群刽子手中间，成天去杀人。一个一个地杀，一批一批地杀，杀得自己的心也像刀子一样冰凉了，还想什么前程？”四丫头敞开了心里那扇门，哀怨竟滚滚地涌了出来。她不觉十分地怜惜自己的身世。话音中，突然充满了一种凄凉的情感，“既然是这样了，我也绝望了。昏昏地过吧，活一天是一天，同那些畜生一样地过吧。后来我见到了你……我以为你可以让我的心暖过来一点，谁知道你反倒让我的心更加冷了。冷透了！”

“四丫头……”

“别说了！现在说什么都晚了！最好你还是让我一个人在这里想一想。”四丫头好像已经是真正地寒了心，“你怎么还不走？难道你真是一个没有骨气的人么？”

钻山豹在书案那边默默地站着，听她说完了心中的积怨。他确实没有想到过这个心狠手毒的女子会有这样深埋在心中的积怨。那些冒着血腥气的家伙，包括田大榜在内，都只慑服于四丫头强大的权势，慑服于她的本领，再就是慑服于她的姿色容貌，因而是那么奴颜婢膝。他们有谁懂得这女子心中的苦楚么？绝没有的。而自己呢？平素对四丫头一百个瞧不上眼，不去趋附她背后的势力。嘲笑她的本领，仇恨她的美貌。这一切，不也同样没有懂得她心中的悲凉苦涩么？

于是，钻山豹感到自己也如那些被他鄙视的土匪一样的浅薄了。

“好，四丫头。”他很诚心地说了句，“你一次次要我走，我当然晓得怎么去做的。你把我的心讲亮了，现在，我是有了骨气的。”

他稳稳地向床前那小柜子旁走过去，提起了那条沉甸甸的、挂满了枪支弹药的武装带。

床上窸窣地响了一下，钻山豹用眼角的余光看见四丫头慌乱地转过脸来。见钻山豹真要走了，四丫头突然张皇失措。事情被她自己推到了极端，她感到已经不可挽救了。她眼睛里掠过了一丝在绝望中不知向何处求救的惊恐万状的神色。

“我来了，四丫头。”钻山豹不失时机地放下那武装带，疾速地回过身，像一匹青色的丝缎，柔软而又遮天蔽日地扑到了四丫头的身上。

他扑得很突然，身体扑下去时，四丫头还没来得及提起气来承受他。于是她被压得轻轻发出了“哦……”一声喊。只这一声“哦”，对钻山豹，对她自己，都是一种突如其来的、淋漓尽致的感奋。

然而钻山豹却并不由着自己的性子去急于求成。在他对这种事情刚刚处在发蒙与未发蒙之间的时候，他有那位私塾老夫子给他看了些礼教所不容忍的书。在那几年里，钻山豹确实昏天黑地去体验了无数次。对如何引拨起女人的春情欲火那类事，他是深得要领的。

他轻缓地将身子移了下来，以他那熟练准确的感觉，对四丫头那完全松懈了的身体展开了细致而又柔蜜的动作。四丫头虽然早看出来了他不同一般，却不知道他在枕席上的功夫有这样的温雅。她感到全身肌肤都膨胀起来了。他的每一下触摸，却深深切切地透过敏感部位，扎得四丫头的心头翻腾起了热浪……

她再也无以耐受，便喘息着挺起胸来，用柔嫩缠绵的手臂钩住了钻山豹的脖颈，“你、你哟！还等什么？”她睁不开眼睛，手直往钻山豹身上乱抓着，“我今天晚上……死也值得了。”

不料钻山豹却极残忍。把她弄得这样迷乱了，竟突然停了手脚。

“四丫头，问你一句话。”

“先别……先别问……”四丫头紧紧地攀住了他的肩膀，“求你，求你了。”

“嘀，你好性急哩！”钻山豹坐正身子，把四丫头那棉花般柔软的身子扳下肩来，“莫急，四丫头。问完了，我让你今天消受一个通宵。”

“……哦，”四丫头便叹了一口气，渐渐地降下了热情，“那，说吧。”

“你约我今夜来这里，怕不仅仅是做一做这样的事吧？”钻山豹注视着她的眼睛，单刀直入地问。

“是么？”四丫头苦笑了一声，“说得对。我现在做什么事都要受约制。要不是还有别的意图，我是不能约你到这里来鬼混的。这是真话，你满意了么？”

“不。你晓得的，我还要弄清楚你讲的那个‘别的意图’。”钻山豹毫不放松，仍紧紧地盯着她的眼睛。

“……你真狠心啊！”四丫头只好从床上坐了起来，将一头刚刚散乱开的头发向身后掸了去，“你以为我会把实话告诉你么？”

“那是自然的。你会告诉我。”

“是么？”四丫头看了他一眼，“你凭什么这样自信？”

“过了这一夜，你日后就离不开我的。”钻山豹很有魅力地朝她一笑，“这一点，未必你还怀疑么？”

“你呢？”四丫头同样也那么富有魅力地朝他回报了一笑，“日后，你离得开我么？”

钻山豹却没有回答。他站起来，仿佛很随便地在床前踱了两步，然后，他的脸色变得非常庄重了。

“四丫头，你我两个都是在枪林弹雨里做人头买卖的人。事到如今，都莫要兜圈子了。”他上前一步，站定在四丫头面前，“你晓得，我现在力量不够，需要你的帮助。”

四丫头辣辣地反问道：“这么说，你的力量够了就不需要我了？”

“不。你是哪里指派来的，我明白哩。派你来的那些人，心里想的绝不只乌龙山这块地面。只是想借助我们在这里拖住人家的兵力，到了时机，还要反夺江山。这我早看出来了的。”钻山豹不慌不忙地道出了这番话，然后，表白了自己的抱负，“四丫头，你未必看不出来？田大榜这个老狐狸，到时候会出山去替你们卖力气么？他还有力气可卖么？我却是与他们不同。不怕你笑话，我也在等你们回头去夺江山的那一天哩。你讲我是不是条汉子，晓得我的心有好大么，以为我那么土气，只抱一块乌龙山？我是读过书的人，也是一心要治国平天下哩。四丫头，你眼光望远一点。以后，我同你才是一路的人。你看我讲明白了么？”

“先别说那么远吧。”四丫头也单刀直入地问他道，“告诉我，下一步，你到底打算怎么办。”

钻山豹顿了一下，不明白地问："你指的是什么？"

"别回避我。"四丫头目光突然犀利地扫到了他的脸上，"打算同田大榜联合起来？或者是想同他火并？"

"还没决定。"钻山豹巧妙地闪开了这个问题，反问道，"你的看法呢？我不是讲了，要你帮我么？听听你的主意。"

"好吧，我可以告诉你。刚才你不是问我还有什么别的意图么？我的意图是把你笼络住，让你同田大榜联合起来干。石城，就是我们的立脚点。"

"……啃。"钻山豹沉住气，故意说，"这话我可以想一想。可是只怕我那个大哥不肯同田大榜联合哩。石城是他的地盘，能容忍田大榜来做立脚点？"

"你是讲麻老大？"

"是哩。"

"他要是不顾大局，立即杀掉。"四丫头说得很随便，像是计划去为酒席宰一只鸡，"还有你。"她又看着钻山豹，继续说："你要是轻举妄动，破坏了这个计划，也杀掉。"

"啃！你这么厉害？"

"不是我。你说错了。"

"是谁？田大榜的指令？"

四丫头冷酷地哼了声，"你怎么不明白，我历来是听哪里的指令，忘了么？"

钻山豹心里一怔，半天没有作声。

"你还有什么想问我的么？"四丫头松弛了一下情绪，慵倦地掩住嘴打了个哈欠。

"哼，我倒是真不明白哩。"钻山豹压住满肚子的火气，愤愤地说，"要是田大榜那老东西突然死了呢？除了他，乌龙山未必就没有打头杆的人了么？"

"到那时候再看吧。谁打头杆，得由我报上峰定。"四丫头挪了身子，又躺了下去，“早着呢，他三年五年还死不了。谁也别想打什么主意，这是我的忠告。”

“是的，你讲得不错。”钻山豹心里其实已打定了一个十分恶毒的主意，便不再与四丫头谈田大榜的事了，“四丫头，我还想问你一句话，可以么？”

“问吧。”

“田大榜还有我大哥，今天不是给你我两个提亲么？”他回到那床沿上坐在了四丫头的身旁，手似乎无意地又搭在了她那丰盈的乳胸上，“你若是有意，索性同我做了夫妻吧？”

“嘻，你这个人，说话怎么不像你的手脚那样含蓄呢？这样的大事，你倒直通通地问出口了？”

“是哩，我不会讲话，是个粗人哩。”他侧卧下去，将自己的脸贴着四丫头的脖颈处，喃喃地说，“四丫头，我极喜欢你。应了我吧，你也莫苦苦打熬自己了。”

“你这不是欺骗我么？”四丫头伸出手来在他的额前轻柔地抚摸着，嗔怪地说，“我知道你心里只有那块‘哑巴玉’。我算什么呀？你不过是想利用一下我。这一点，我们俩已经互相明白，只是不说穿而已。是么？你这个野豹子？”

“不讲她了吧。四丫头，我是真心喜欢你哩。”

“得了吧。我哪比得了你那压寨夫人？你不说，她别有一番趣味么？”

钻山豹被触动了心中的某种东西，便抬起头来，认真地想了想。

“四丫头，我实话讲给你听吧。那个女子，到今天也没让我拢过边。我也想不明白，见了她，我只在心里看得喜爱，别的都没想过。你讲这是怪事么？不怕你见气，你若是应了同我结亲，我还要养着她。我把你当夫妻，把她当菩萨哩，供她一辈子。”他说着话，眼睛里的光也慢慢呆痴了，“四丫头，我把这一身舍给你，只有这一点点请求。你想一想，看看应我不应。我听你一句话。”

“嘻嘻，瞧你这傻愣愣的样子！”四丫头根本没把这件事放在心上，“行了。过了今天晚上，我明天一定想想你说的事。”

“一定要应我。”钻山豹补了一句。

“是么？”四丫头妩媚地朝他一笑，“那就得看你自己的了……”

钻山豹没有再说话，只是极其自负地站起身去，拧灭了书案上方那盏马灯……

田富贵睁着圆圆的眼睛，背靠着岩屋的石墙，默默地等待着，天总不见亮，他越等越急，恨不得跑到山巅上去把太阳从地底下拔出来才好。

石匠劝了他半天，他终于冷静下来了。自己是一名革命战士，却要老乡来劝慰，这毕竟有些不好。石匠三代人被土匪杀得只剩下他一个，谁没有血海深仇呢?

石匠说，逃出去的事包在他身上，这不是一句安慰田富贵的话。他悄悄告诉田富贵说，这间关马的岩屋是他祖父带着一批石匠修的。那还是麻家兄弟的父亲当苗王的时候，老苗王给了石匠的祖父一锭白银，要他在这里修一条通往城外的秘密通道，供他在万不得已的时候逃命用。通道的施工是在极其严格的监视下完成的。石匠的祖父凿通这条地道后，老苗王在城外请他们这批石匠去喝酒。那酒里下了毒药，十来个石匠一个都没有活下来。石匠祖父的尸体弄到磨盘乡，居然还有一丝游气。石匠的父亲伏到他嘴边，听见他断断续续地讲完了故事，便和仇恨一道埋在了心里。老苗王对这条通道也保密得如铁桶一般，几乎只有他一人知道。老苗王六十岁那年，率兵出去打冤家，不留神从马上跌了下来，一下就中了风，话都不会说一句。麻老大当然是不知道岩屋那条秘密通道的。他当了苗王以后，便请石匠在岩屋旁修筑石槽，要把这里改成马棚。石匠的父亲便闷声不响地承下了这个活儿。在同行兄弟的遮掩下，他巧妙地改建了通道出门，把马料槽建在出口上。槽建在出口上，槽底抽开便可以从那里通往城外，看上去又天衣无缝。他这么改通道口是预备有一天报仇时摊上用场的。可惜他活着的时候一直没有这样的机会。临死前，他又把这件事传给了儿子。

麻老大扫荡磨盘乡之后，抓回石匠来，一时找不到地方关押，想想这岩屋十分牢实，便把他关了进来。石匠因此对逃出这个地方是很有把握的。

马料槽建在这岩屋的门外，而这岩屋被一道坚固的栅栏门锁上了。怎样才能出得了栅栏呢？

“不难。”石匠悄声对田富贵说，“天一见亮，那两个加派的哨兵就要回去点卯。只剩下一个苗兵了，把他骗进来，弄死他。”

田富贵想到那个苗兵曾经抱怨过土匪，说他“不背枪也是做工夫的人”，还给石匠和他松过绑，并没有为难他们，于是心里又有点不忍。

“弄死他，是不是太……”他犹豫了。

“软不得手哩，兄弟。”石匠狠狠地说，“我吃过手软的亏。你一软，断断要坏大事的。你不是还想去救你那堂客么？”

田富贵听他这么一说，才知道自己一心要去救菁妹子毕竟是狭隘了些。菁妹子已经不知被土匪弄到哪里去了，现在土匪正是猖獗一时，乡亲们都在受苦受难，一个革命战士怎么能仅仅只想去给自己报仇呢？他知道刘玉堂是一定要赶到石城来的。小分队受了这些损失，这种时候，多一个人就多了一份力量啊。于是他冷静下来了。

“石匠，天一亮就逃，这是不能拖延的。那个苗兵，能不弄死尽量不要弄死他，到时候再看情况处理吧。逃出去之后，我……不去找她了。”他强压住心头的悲愤，咬着牙说，“队长他们说不定已经到了这里。很可能去了你们磨盘乡。我们一定要尽快地找到小分队。报仇的事……总会报的。石匠，你听明白我的话了么？”

“好兄弟，你这么明事理，我还有什么说的？听你的！”他想了想，也愤愤地说，“我也要尽早逃回磨盘山去。小分队到了，我还可以拉起好多农会骨干，同你们一起干哩。”

后来他们又进一步商量了细节。想周到了之后，两人便默默地养蓄精神，盼望那天色早些发亮。

终于，黑的天空渐渐转了蓝。那蓝色又渐渐地浅淡起来。只是满天的星星还未退去，却也在渐渐地稀松。

石匠到底是本地人，对苗兵的活动习惯极熟悉。麻老大把他的兵丁看得很紧，撒出去多少人，他总在心里惦记着，像是别人借了他的金银。每天刚见亮，那些临时增派出去的兵丁必须赶回屯营里去点卯。麻老大是要亲自去过目的。

那两名苗兵要离去了。剩下的一名苗兵再三交代他们，要他们催接日班的人早点来替换他，“我今天还要替别人打件项圈哩，讲好了的。”他反复地说。看来这人是个做首饰的银器匠。

于是，机会终于到来了。

“喂，兄弟！”田富贵朝门外轻轻地唤了声，“你过来一下。”

剩下的那名苗兵朝周围望了望，“你……是喊我么？”

“是。轻点讲话。”田富贵向他招了招手，“跟你讲个事哩。”

苗兵心里顿时紧张起来，“做、做什么？”他抄起了步枪，“想来名、名堂么？”

“莫怕，兄弟。我看得出来，你的心还善。”田富贵耐心地对他说，“我和石匠，还有你，其实都是靠手艺做工，养家糊口的人哩。你背了这条枪，也是让他们逼不过了，由不得自己了，你说是不，兄弟？”

田富贵本来就不善言辞。这几句话是他想了好久存在心里的，讲完了，也就没话可讲了。他倒是感到这些话讲出来还起了些用处，那苗兵听得很用心。

“……这话，讲得也是情理。”苗兵想了想，点着头说，“石城的男人，有一份奈何，哪个愿意背这七斤半啊？”

“那就好。”石匠忍不住了，冷不防插了句嘴，“赶快开了这门。先放我们出去，再回来救你。”

他太性急了，本来商量好了由田富贵去同那苗兵打商量的，石匠却不等到火候就捅穿了底子。苗兵吓了一跳，赶快离那栅栏门远了些，发着慌说：“这、这不是要害、害了我么？”

“不会的，不会。”田富贵急了，只得进一步把他们的打算告诉了他，“放了我们，你可以远些走。要是没得地方去，你也可以同我们一道去。实在不行了，就把你绑起来，算是我们自己逃脱的。你一个人，招架不住两个……”

“要是还不行的话，”石匠又插了一句，“那就打死你！”他恶狠狠地说：“迟早要打死你的。想明白点！晓得么？”

田富贵差不多要骂石匠一句了。这样乱来一通，还指望做苗兵的工作么？他本来觉得这个苗兵的工作是做得通的。

“哼！反正没有活的指望了！”田富贵没有去骂石匠，横下心，也对那苗兵威胁起来，“看见这个了么？”他举起了一颗步枪子弹，“这是你昨晚上出的差错。你要是不放我们，我就用这里面的药粉引火，烧了这门窗。看麻老大要不要你的命！”

事情有几分奇怪。没想到这连软带硬的一席话，还真把那苗兵镇住了。他前前后后地掂量了一下，知道这两个人横竖是要动手的，不让他们逃走，他们就要放火，自己注定是要把命搭进去的。让他们逃了，麻老大决然要活剥了自己这身皮。唯一的生路只有反了水同石匠他们一起去磨盘山。他见过那一方的人，苦是苦，到底比石城吃这份黑心粮草要舒畅得多。仿佛头顶上是另外一块宽敞的天地。

“……我倒是没得好多牵挂。无老无小，到哪里也只这一张吃饭的嘴。”他心中还有很重要的疑虑，“只是……你们肯容我么？”

石匠拍着胸脯，火暴暴地说：“我石匠讲一句话落一声岩。我容了你，你还怕哪个不容你？”

“你这叫带功投诚哩。我们部队对这种人还要嘉奖，你放心，我担保你。”

苗兵便也横下了心，“要得，老子也不过这种黑良心的日子了。你们若是信得过我，我把性命舍出来，积点阴德。石匠，从现在起我算你的人！你讲我做什么，我就做！”

“那，开锁！”石匠一点也不含糊地向他下了指令。

“好，狗日的，”苗兵掏出钥匙，走到门边，狠狠地说，“干！”

田富贵喜出望外，他真没想到这把锁有这么容易弄开。

那苗兵刚要把钥匙插进锁孔，却又犹豫起来，“怎么出得城门呢，石匠？”他毫无信心地问。

“这个你莫问。”石匠人虽鲁莽，嘴倒也有紧的时候，并不把祖传的秘密告诉他，“我包你平平安安地出去。只管开锁就是了。快一点！”

苗兵仍然很紧张，不由自主地朝城门那边望了一眼。这个时机倒是非常好，城门边在夜间增派的十名苗兵刚刚撤走，也是要去应卯。现在那里就只剩下八名熬夜熬得皮泡眼肿的苗兵了。随着夜幕的消失，他们心里也逐渐松弛下来，半昏半醒地正等待着换防。

“快！你还磨叽些什么？”田富贵着急了，“再不动手就晚了。”

那名苗兵便急急忙忙地开锁。他很惊慌，半天没开开锁。这样干，他毕竟太没有思想上的准备。

门总算打开了。

“给我枪。快点。”田富贵一把从他背上夺过步枪，回头对石匠说，“你赶快去弄开地道口，我掩护你们。”

石匠也不争那掩护的事。他知道田富贵找不到地道口，找到了也不晓得如何弄开。

“好。”他拍了一下投诚苗兵的肩膀，“你同我来。兄弟。”

田富贵没有片刻停留。持着步枪跃到了屋前。这里没有任何可以利用的掩护物，他便迅速地趴倒在地上，将步枪伸出去，对准了城门那群困乏不已的苗兵。

石匠猫着腰，迅速地奔到那马料槽旁。他的父亲告诉他说，槽底就是地道口的盖板。朝南那个方向是活动的，可以将手抠进去，往上抬动一下，便能将底板抽开。那洞口就露出来了。这些话石匠记得很熟，于是他到了料槽前就去摸那块底板。

他感到底板很厚，看来要抽开还得一把死力气才行。他便去找活动的那一方。

年长日久了，底板的四个方向都没有一丝缝隙了。喂马的糠渣和着泥尘，把每条缝都填得实实的，看上去根本不知道在哪一方。

“哪是南？”石匠急急地问那苗兵。

“做、做什么哩？”苗兵不知他在马料槽边转些什么，便糊里糊涂地问了声。

“快讲！”石匠火了，“哪是南面？”

“南么？”投诚过来的苗兵方向感并不强，便惶惶地看了看四周，“好像……好像……”

石匠见他这样，心里更加暴躁。但他急人有急智，一眼看见了前方不远的城门。

“这是南门还是北门？”

“北门。不得错，北门。”

石匠便不作声了。他转到那料槽背着城门的那一面，顺着槽底的缝隙，三下两下地抠下了缝里的陈糠积土。他的五指十分有劲，只抠了一点边沿，牙一咬，那底槽的石板便松动了。石匠心里一喜，不错！正要这个方向。

底板很厚，石匠抽了一下，竟抽不动。他明白自己太性急了，应该抬着那底板上上下下地一边摇动一边往外抽。

果然那底板让他抽动了。但是上上下下摇动时却有很大的声响。料槽本身呈喇叭形，完全像只共鸣箱。底板下方又是地道口，下面也是空的。摆动时，底板磕得槽边的石板发出了“咚咚咚”的声音，很响。闷闷的声音沿着地面向四面八方传了过去，完全可能让人感觉得到。“轻点！”田富贵匍在地上，焦急地回头看了石匠一眼。他又不敢大声说话，只好打着向下压的手势提醒着石匠。

石匠也知道响声太大会带来什么结果，便极力轻了下来。这很讨厌，要控制着不发出太大的声音来，手上就要用更大的劲。而且，抽底板的速度就更慢了。

“石、石匠……”投诚的苗兵突然慌张地唤了石匠一声，“你、你看那边！”

石匠停住了手，向城门那边望了过去。他看见站在城垛子处瞭望的一名苗兵提着枪从城上沿着石阶迅速地往下跑。下面那些本来还懒懒散散的苗兵也惊醒了似的持枪站了起来。

“是看、看见我们了！坏、坏事了！”投诚过来的苗兵立即吓得面如土色。

“莫乱动，匍下来！”石匠住了手，匍下身子，警觉地看着城门处陡然行动起来的苗兵们。

田富贵却十分镇静。他伏在离苗兵们更近一些的地方，手中托着步枪，一点也不慌乱。他这镇静的样子很快感染了石匠和那名投诚过来的苗兵。苗兵身上还插着两颗大柄手榴弹，他便拔下一颗来递给了石匠。

等了一会儿，城门外那些苗兵却没有朝这边冲过来。他们根本没发现这个废马棚里还有什么动静，只是打起精神站在城门外，好像有什么管事的头目要来察看一般。很快，领班的和另外一名苗兵便去抬那根顶住城门的大木头杠子。

看来是一场虚惊，他们行动起来原来是要去开城门。天刚刚亮，谁这么早就要进城来呢？

石匠却不管那么多，正好利用他们抬门杠、推城门的声音做掩护，于是下大力气去摆晃那石板。这下抽动得很快，料槽的底板迅速地被抽了出来，那下面便露出了一个可以供一人进出的洞口。

投诚过来的苗兵根本不知道这里还会有个暗道，顿时看得呆了。

“喂，你叫什么名字？”石匠看着他问。

“我么？”投诚过来的苗兵赶快回答说，“麻立才。”

“好，麻立才，你快进地道。只管往前摸，自然有出口的。”

麻立才应了声，又问道：“那，你呢？”

“我去叫田富贵。”石匠推了他一把，“莫管我，你先走。我们就跟了来。”

麻立才便下了地道口。石匠弯着腰跑到田富贵的身旁，轻轻地告诉他说：“弄开了，快走。”

田富贵看着城门边的苗兵，头也没回，“你先走，我掩护你。”

“哪里话！该我掩护你哩。”石匠说着便去拿他手中的步枪。

“莫乱动，石匠。这里离城门太近。”田富贵口气很坚决，“我是部队上的战士，当然由我掩护。莫耽误时间了。”

石匠知道在这点上拗不过他，只好轻声叮嘱了一句话：“那你快来，我等你。”

“好，马上就撤。去吧。”

石匠向暗道口撤去了。田富贵不久便也起了身。城门边的苗兵已经打开了城门，他们的目光注视在城门外面，这正是个绝好的机会。

他敏捷地退回到了马料槽旁，发现石匠还伏在暗道口等着他，“走！他们一点也不晓得哩。”田富贵告诉石匠说，“快下地道。”

眼看就要成功了，田富贵抑制不住心中的高兴。居然从土匪的鼻尖底下逃了出去，这真是意想不到的成功啊。

他在往地道钻进去之前，最后朝城门边望了一眼。他是想再观察一下那些苗兵是不是发现了这里的情况，也是对那城门边有一种留恋的情绪。昨晚，菁妹子在那里站了一会儿，两年多没见到菁妹子，想不到她在那里出现了。接着又从那里消失了。她还会出现么？

田富贵突然呆住了！这不是见了活菩萨么？他那一眼望过去，刚好看见城外的人走了进来，第一个便是七雷子！天色虽然不太明亮，却到底不是黑夜。田富贵一眼便看了个明明白白。天哪，正是她！第二个进来的正是菁妹子啊！

领班的苗兵迎着七雷子，讨好地说：“怎么才来？再等一阵，就有人来替我们了，那你进来还麻烦哩。我等得好急。”

“我也急哩。来晚了，二爷的安排就会漏。晓得么？”七雷子从口袋里摸出一包“老刀”牌纸烟，给那些苗兵一人发了一支，“各位辛苦。这是我特地拿来犒劳各位的。来来，外国的货，山里难得到手的。开个洋荤哩。”

苗兵们接过那纸烟卷，一个一个对着火点燃了香烟。城门边顿时缭绕着一阵呛人的烟味儿。

菁妹子忍不了那股烟味，便将头侧转过来。她的目光无意地朝岩屋边一扫，突然便像被人抽了一鞭子似的一哆嗦。她的喉咙内禁不住发出了“啊”的一声，露出惊恐的表情。

七雷子格外机警。一见菁妹子那紧张的样子，立即顺着她的目光朝岩屋这边望了过来。

田富贵却还痴呆地站在料槽旁边，像一根毫无知觉的木头桩子，一动不动地定在那里朝菁妹子望着。他这样麻木，七雷子发现他时竟有一瞬间的大惑不解。是七雷子亲手捉住田富贵的，他当然认识他。但他一时怎么也没想明白，这个共军俘虏要逃跑么？为什么一动不动地暴露在那里呢？是不是有人接应他，特意让他站出来，好把别人引入他们布下的圈套？

最先反应过来的是菁妹子。应该说她只是一种本能。她认清了田富贵之后，再没有想别的，拔脚便向田富贵狂奔过去。

同七雷子一道送菁妹子的那土匪，见菁妹子跑了，忽地拔出了手枪，“莫跑！”他将枪伸了出去。

“打不得！”七雷子立即清醒过来，压下了那支伸向菁妹子的枪管。同时，他也拔出枪来，手一甩枪就响了。他不敢伤菁妹子，那一串子弹是朝田富贵射过去的。

枪声把田富贵震醒了。他看见菁妹子不顾一切地奔过来，当时仿佛世界万物都不复存在，只有菁妹子那满月般皎洁的、挂着泪痕的脸在他眼前。其实枪声比子弹到达的声音还要迟一些，有两颗子弹打在石槽上，溅出了火星子。耳旁又“啾”地飞过一颗流弹，接着便听见枪声，这一切都只发生在这一瞬之间。

田富贵明白了眼前的处境，心便急剧地跳到了嗓子眼上。他顺过步枪，“砰”地朝城门边击发了。这一枪他并没有瞄，却打中了那名苗兵的领班。随着一声惨叫，城门边的人忽地散开了。

“菁妹子！快！快呀！”田富贵生怕那些人找好了掩蔽物向菁妹子开枪，便发狠地喊了起来，喊出来的声音都是嘶哑的。为了压住土匪无法开枪，他不停地拉着枪栓推弹上膛。一口气，他把枪膛里的几颗子弹打了个精光。

后面这几枪，田富贵打得太慌忙了。土匪们已经找好了各自的掩蔽地点，他却根本不管那么多。击发的速度相当快，倒也打出了气势。城门边那群土匪还真不敢轻易露头了。

但枪膛内毕竟只有几发子弹，打不了几下，那枪就成了一根柴棍子。他心里突然发了慌，再去看菁妹子时，她离这里还有七八步远呢。

田富贵没有迟疑，将步枪一扔，拔腿就向菁妹子奔了过去。这一阵，土匪还没回过神来，居然没有朝他开枪。他极快地奔到菁妹子身旁，一把就搂住了她。

这苦女子确实跑不动，她精神和身体都十分的虚弱了。田富贵刚刚搂住她，她便晕眩地软下身子，向地上坠了去。

“菁妹子，倒不得！”田富贵使劲地托着她，“咬牙撑起来，快跑呀！”

七雷子发了急：“狗日的，原来他就是那个篾匠哩。压住他们！打！”

一排枪弹便压了过来。田富贵生怕伤了菁妹子，便按了她一把，将她带倒在地上，然后用自己的身体挡住菁妹子，往料槽那边爬着。菁妹子脸色煞白，本来就没有力气再动弹。倒在地上，便不能像田富贵那样匍匐着往前爬。田富贵只好腾出一只手来，钩着她的腰，另一只手在地下撑着身体，带着菁妹子向前蠕动着。

七雷子知道钻山豹把菁妹子看得有多重，他怎敢让别人把这女子抢了去？他知道田富贵没子弹了，心里便有了把握，一面让苗兵用火力封住田富贵的去路，一面亲自带了几个人朝前跃了过去。田富贵在地上拖带着菁妹子，爬得十分缓慢。七雷子他们很快就接近了田富贵。

“上！捉一个活的呀！”七雷子突然一声喊，苗兵们立即停止射击，一窝蜂地拥了上来。

田富贵没想到七雷子会离他这么近，急切之中，他都来不及反抗了。他正发慌，就听见有人大喝一声朝这边奔了过来。

“狗日的土匪！看好！炸你个肉酱酱！”

这是石匠的声音。他本来已经进了地道，走了一截路，忽然听得上面乒乓打起了枪。他以为是守城苗兵发现了他们，便说：“不怕，加劲朝前走。那些家伙不敢朝下钻的。出了地道，就平安了！”后来他果然一直走出了地道口，却发现田富贵并没有跟在后头。他急了，晓得出了事，这才又钻进地道返了回来。

他看见七雷子他们就要扑上去抓住田富贵了，便拔出了手榴弹高举在头顶上，大声呐喊着冲上前来。

七雷子和那些苗兵一直以为田富贵只有一个人，冷不防蹿出来石匠那条大汉，顿时便吓得不敢往前扑了。再一看时，石匠举了一颗手榴弹，那木柄的尾部正哧哧地冒着白烟。

“呀！要炸哩！”土匪们惊呼一声，有的原地趴了下去，有的回头便跑。

“快抛呀！抛！”田富贵大声朝石匠喊道，“引线燃了！”

石匠知道引线拉着了。他就是这样勇猛，简直是个拼命三郎。拉断了引线朝这边跑，他本人也变成了一颗大炸弹。就这架势，便可以吓退几十几百人。

他朝那些回头逃窜的土匪扔出了手榴弹。刚刚出手，手榴弹便在土匪们的头顶上爆炸了。这样爆炸的手榴弹对地面不形成死角，杀伤力更大了。回头跑的土匪当即倒下了好几个，趴在地上的也多多少少挂了彩。石匠被那爆炸的气浪冲得向后一仰，一个如绿头蝇大小的黑点撞到了他的脸上。后来他脸上流了许多血，但他当时并不知道。

“跑呀！快！”他朝田富贵喊道。

田富贵爬起身来，没有朝地道那跑，却去抱菁妹子。这时候，七雷子从地上一弹而起，从背后朝田富贵猛蹬一脚。田富贵便忽地向前摔出好远。“上！伙计们！”他一挥手，地上那些土匪又呼呼地跃了起来。

“花狗，按住他！”七雷子又喊了句。同他一道负责送菁妹子的那名土匪便凶猛地扑在田富贵的身上。石匠一看，赶快上前去，要掀倒那个叫“花狗”的土匪。但是三名苗兵却挡住了他的去路，同他厮打起来。

趁这个机会，七雷子跑到菁妹子身边，略略用劲往下一捞，便将菁妹子托了起来。菁妹子虚弱地看了一眼，发现不是田富贵，心里一下就急了。她拼命地甩着手，用头去撞七雷子。七雷子并不怕她挣扎，也不怕她撞，但他害怕时候长了会出意外。

“莫犟，晓得么？这就莫怪我哩。”七雷子伸出钢钳一般的拇指和食指，往菁妹子腋下的一个穴位用劲一捏，菁妹子顿时便软绵绵地往下瘫了去。七雷子顺势往下一蹲，便把菁妹子背上了背。

他得手之后，再也不管花狗和那些苗兵了。花狗正压着田富贵在地上翻来翻去地扭打着，石匠也被那三名苗兵缠得分不开身。七雷子便扛着菁妹子，甩开大步，一溜烟跑得不见踪影。

田富贵心里惦记着菁妹子，却怎么也扭不开花狗。那家伙身坯子大，有一把蛮力。他按住田富贵的双手，田富贵竟再也翻不过身了。他愤恨至极，猛一抬头，用前额朝他的脸上撞了上去。撞得很重，又撞得很准，正好撞在了他的鼻子上。花狗没有防备这一手，当时便感到金星在眼前乱舞着。鼻腔内一阵滚热，血便“哗哗”地涌了出来。

趁着这一撞，田富贵一咬牙，挺身便将花狗掀倒。当田富贵翻身压住他时，发现身上落下一颗步枪子弹。他抓起那颗子弹，像握着匕首一样握在拳头内，狠狠朝花狗的太阳穴捶了下去。一下，两下，三下，那子弹滑溜溜的，他便握不稳了。子弹上糊满了红的和白的浆子。再看花狗时，他已经一命呜呼了。

田富贵顺手便从他尸体上拔起了他的驳壳枪。他想站起来找菁妹子，却看见石匠被三个苗兵团团围住，正在厮斗着。苗兵们手上其实都有一条枪，不知是枪里的子弹打光了来不及上，还是互相缠得太近不敢开枪，他们竟把步枪掉过头来，当成大棒子朝石匠打去。石匠却赤手空拳，只得来回闪避着，眼看已经招架不住了。

田富贵大喝一声，一步蹿进了土匪的包围内，他背靠着石匠，抡起驳壳枪，一连击毙了两名土匪。剩下的那一个土匪吓傻了眼，刚一发愣，石匠猛扑上去箍住了他的脖子，胳膊弯子一用劲，那土匪的眼珠子立即便暴突出来，都没来得及喊一声就断了气。

“干得好！兄弟！”石匠松开手，将那具死尸推开，弯着腰去捡地上的三条步枪，“还得了枪哩。快走！等下就有人来了！”

田富贵却迅速而焦急地在地上来回寻了一遍，没见到菁妹子，他慌了。

“她、她呢？”

石匠也觉得奇怪，便四处寻视着，“是哩，她怎么不见了？”

“糟！”田富贵狠狠地跺脚，“让七雷子溜了，一定是他把菁妹子抢走了！嘿！这个狗日的土匪啊！”

石匠却看见背后那条小街上跑来了一群持着长短武器的土匪。

“怎么办，兄弟？”他低声问，“有了枪，也不怕了。是去抢你的堂客回来还是去地道撤出城，我听你的。他们来了，你快拿主意。”

田富贵也看见了朝这边杀气腾腾奔过来的那群土匪。他的脸上怒气冲冲，看了石匠一眼，差点就要带他去拼个你死我活了。

他看见石匠的脸上让手榴弹片炸开了一道口子，血流出来，糊了他一脸。于是他想到了石匠那遍身的伤口，想到了磨盘山的农民协会。石匠身上背着三条步枪，如果去拼命，最多打死几个土匪，这些枪，还有石匠和自己的两条命，都会让土匪夺去的。

“石匠，撤！”他果断地说。

“那，你的堂客呢？”石匠似乎不忍心，也有点不甘心。

“……这个，就不要你管了。”他推了石匠一把，“快，莫让他们追了来！”

他们飞快地撤到地道口旁边，回头看时，土匪们有一百多号人已经铺天盖地地拥出了小街口子。

“那边哩！看见了么？”一名土匪头目大声喊着。土匪便朝这边奔了过来。

“石匠，快下。我给你递枪！”田富贵掀了石匠一把，喊了声。

“不哩，这回你先……”

“快！听见了么！”田富贵发了怒火。

石匠知道再没有时候拖延了，便下了地道口。

田富贵把那三条步枪一齐递给了石匠，然后，他对下到地道里的石匠说：“石匠大哥，你快走！我们队长叫刘玉堂，就是有名的东北虎哩。你快去找他。你告诉他，我田富贵还向他请几天假，这里有事还没办完。你一定要替我把信带到啊！”

“不不！兄弟，好兄弟，你一定要同我一起走！”

“莫讲了！快走！”田富贵脸色铁青着喊。

石匠却发了倔，便往上伸出头来，“要是这样，我陪你一起办完事！”

土匪发现了田富贵，便狂呼乱叫起来。有些沉不住气的土匪便朝这边放了枪。

“砰！”“砰砰……”

田富贵心里火急火燎，性子突然变得格外暴烈。

“石匠！少啰唆！”

他伸出手去，使劲把石匠探出来的半个身子按进了地道。

没容石匠再往上探头，田富贵已经用胸口顶住了马料那块活动地板。

“好大哥，莫忘了给我请个假！拜托你哩！”他一使劲，将石板推了进去。“嘭”的一声，那厚重的石板将地道口盖了个严丝合缝。

他干完这一切，心里忽然觉得特别轻松了。那一百多名土匪已经奔到了城门边，“乒乒乓乓”地放着枪。而田富贵心里却一点也没有惧怕，他觉得那只是一群蚂蚁。

借着马料槽做掩护，田富贵往下一蹲，在地上一连打了几个滚，便滚到了岩屋前。他跃起身来，贴着墙根绕到岩屋的背后，土匪便再也不可能发现他了。

他并不想在这里同土匪纠缠，于是马不停蹄地跃到城墙边上，低下身子，飞快地跑了一段路，再往街上民房堆里一钻，便消失得无影无踪了。

在这时候，土匪已经对那关马的岩屋布下了重重的包围。当他们小心翼翼地围上去时，那里除了四具尸体之外，连人影也没有一个。

“怪哩！”一名土匪头目喝了声，“老子信他未必上了天？给老子找！这里莫非有地洞么？再找！”

正当他们对那马料槽有点怀疑的时候，岩屋后不远的上空，传来了两声枪响。

“砰！”

“砰！”

土匪们立即毛发高耸，回身朝那边望了过去。

“在那边！”

“不好远哩！枪响得不好远！”

土匪头目便一甩手枪，用劲喊道：“追，不要活的！”

一百多号土匪，仗着人多势众，齐声打了个吆喝，一窝蜂地离开了马棚，向枪响的那个方向泼洒而去。

第九章

麻老大睡得很晚，但是他每天总在天亮之前就起了床。多少年都是如此。他知道苗王的势力就在于手上那几百苗兵，因此他把这支队伍看得极重。天不黑就查营，天不亮就点卯，管得十分精细。

昨天夜里他心中相当烦躁，根本无心睡觉。酒席散去之后，他回到自己的屋子里，不晓得怎么发胸中那团火才好。田大榜占去了宝笼山，好比捏住了他的喉管。他心里又疼又痒，一阵阵发慌。弟弟麻老二心地刁钻，势力越来越大。想让他同四丫头混到一起去由他们纠缠，这家伙偏偏又不沾那块香饵。总之，麻老大感到一切都在朝着于自己不利的方面发展。而自己却对这一切都显得力不从心。盛怒之下，他又隐隐感到了一种寒飕飕的孤独。

后来麻三保进了他的屋。这个贴心的家人与麻老大多少沾点亲缘关系，原先给人家做账房先生。麻老大见他极本分，而又极精灵，便召他进到院里做他的贴身家人。麻三保对一切都深藏不露，那心却极忠实于麻老大。里里外外的大小事情，麻三保总是在心里有一本细细密密的账。他又十分有心机，处事总想在麻老大前头，出的主意常常令麻老大信服，后来他便离不得麻三保了。唯一欠缺的是他体子弱，身上没有力气，更没有功夫。这倒是无关紧要，麻老大只需要他的见解和机谋。

麻三保进屋以后，麻老大便消去了一些心中的怒火。这个家人每次都能在他需要的时候出现在身旁，多少总能帮他排解一些头痛的事务。

“三保，外头……安静了么？”麻老大困倦地望着他，心懒地问了句。

麻三保没有回答他，只是朝他走得更近了些。他看着麻老大，轻轻地说：“二爷去了四小姐那里。”

“嗯？”麻老大十分意外，“去了么？什么时候？”

“有一阵了。如今都灭了灯哩。”

麻老大站了起来，“三保，这话当真么？”

“三保不敢哄大爷的。”麻三保谨慎地说。

“……是哩！这冤孽，到底去了那洋婆娘屋里？”麻老大渐渐高兴起来，“四丫头勾得住他哩。本事不小哩！”

麻三保望着他那有了几分红光的脸，没有作声，仿佛心中还有很深的顾虑。

“咦？”麻老大想想就觉得奇怪，“幺佬不是把那个抢来的女子接了来么？怎么又去了四丫头屋里？”

“大爷，二爷把那女子明里接了来，暗里又送出了城。”麻三保看了麻老大一眼，小心地说，“他这是瞒哄您这做老兄的哩。”

麻老大有点吃惊，“又送出城了么？”他有点不相信，“怎么没听得城门口来报告？没有我的话，那门也开得了么？”

麻三保便顾不得他不爱听，直言相告说：“大爷，今夜北门当班的那班苗兵，心已经归了二爷。他们是通的。”

麻老大听得一震，“三保！有这事？”

“三保没有探清楚，敢在大爷面前乱讲么？”

“他娘的！”麻老大怒火一冲而起，“老子养了这样的兵？三保，走起！同我唤一班人去北门刷了他们！”

“大爷，一口气还刷不得哩。”麻三保已经替麻老大想过了这件事，

“倒不如明早点卯的时候，把这班人调发得远一些再刷。眼眉子下头，刷了他们，二爷性子武烈，还不晓得又要生好大的浪。大爷，您看呢？”

麻老大心里感到一阵剧痛。没想到钻山豹这个同胞兄弟不仅对自己存有二心，还把尖嘴锄伸到自己的墙脚下来挖洞子了。三保的话有道理，眼下暂时不处治他也好，免得夜里弄得鸡飞狗跳，给人钻了空子去。他便咬紧牙，吞了这口浓痰。

“……这些狗日的！”他气愤地骂了句，“还有事么，三保？”

“二爷破了窗户，先送走了那女子。外头有人接应。”

“是七雷子？”

“是他。”麻三保说，“后来二爷去了四小姐的屋，也是破了窗户进去的。”

“哼！贼胚子尽干这种事？”

“进去以后，四小姐那窗子外头，又有两条人影守在那里。”

“是幺佬带的人放警戒的么？”

“开始我也以为是二爷带的人。后来，发现二爷的人伏在远处监视着那两条人影。他们以为那两个人是我们的人哩。”

“哦？”麻老大感到奇怪，“三保，这两个人，你搞清楚了么？到底是哪方的人？”

麻三保摇摇头，“还没搞清楚哩。不敢乱猜。想也不会是外来的人。”

“是榜爷的人？”麻老大意识到了这一点，问道。

“大爷，我还要再去看看。”麻三保为人比较稳重，没把握的事，不会乱下结论。

“好，你去看看也好。有事再来报告给我听。”

麻老大心中越发烦恼，便低声地骂道：“哼！老子这城内，成了菜市场哩！四方的野狗都可以闯来闯去，我麻老大还有点用么？”

麻三保没有急于离去，在那里迟疑了一下，欲言又止。

“三保，还有事？”麻老大对他很看得重，“有话只管讲。我这里，只有靠你给我想想点子哩。讲，莫怕。”

“是哩。大爷对我如父母，我也只靠着大爷哩。”麻三保便问道，“大爷，榜爷给二爷做媒，这件事……大爷是怎么想的？”

麻老大想听听麻三保的见解，便问：“你怎么想的，三保？”

“大爷，这事不好。”麻三保直言相告，说得很认真，“你未必不晓得么？四小姐虽是讨厌榜爷，却还想靠榜爷的声威来镇乌龙山哩。榜爷心里最放大爷、二爷不下。特别是二爷，越来越了不得。四小姐同二爷好了，还不笼着二爷同榜爷联在一堆去？”

“是哩，三保。”麻老大点了点头，“我也晓得这个，由他们联去。幺佬气性大，不得服老舅管的。”

“大爷，我猜你就是这么想的。这么想就要吃亏哩，大爷。”

“嗯？”麻老大很注意地看着麻三保，“讲，往下讲。”

“未必榜爷和四小姐不晓得二爷气性大不服管？让四小姐笼了二爷，这是一手软功夫。还有另一手硬功夫哩。”

“什么硬功夫？”

“大爷，你晓得，三保没想好的事不敢乱讲的。”麻三保郑重地说，“我断定，下一步，他们就要把大爷给刷了。大爷，你切莫大意哩。”

麻老大头皮一奓，急忙问道：“三保，这话从哪里来的？”

麻三保摇了摇头，“大爷，我只是自己这么想的，没得来路。”

“……好。三保，我不大意，你去吧。”麻老大挥了挥手。他确实对麻三保很看重，但对他这句话多少还有些不相信。

麻三保却还不想走。他望着麻老大，索性端出了心里的想法，“大爷，这帮人虽是沾亲带故，却终是心狠手辣的人。你要早点防备才好，再不可以这样看得淡了。”

“是哩，我怎么防备呢？”麻老大摇了摇头，“未必要把他们轰出城么？”

麻三保一听这话，眼睛里立刻放出了光彩，“大爷，正哩！先下手为强。”

“什么？先下手么？”麻老大心中有点不高兴了，“你这么讲？三保？”

“是。我这么讲哩。大爷，我探清了，榜爷的人马不足五十，二爷也不过一百多号。大爷手下有六百苗兵。如今不赶他们，住得个把月，只怕就赶不动了。”

麻老大摇了摇头，并不考虑麻三保的建议，“三保，这样的事乱搞不得。你去吧，我会前后想一想的。”

麻三保知道他一时听不进去，也就只好叹了一口气，怅怅地去了。麻老大在屋里呆呆地坐着，想想麻三保的话也有道理，只是不想走那一步。昏昏沉沉想到天快亮了才眯着眼睡了一个时辰。天不亮，他又起床了。

他出了屋，往四丫头住的房间看了一眼。他发现那女子早已起了床，她的女警卫正给她弄着水洗漱着。麻老大心里有点纳闷，便又往钻山豹住的屋子里望了过去。那间屋子倒是关得严，这家伙还没起来么？是哩，他也浪得过了头，起不来了。

麻老大无心去管那些事，他心中只记挂着去后院点卯的大事情。便穿过中院，径直朝后院门走了过去。

刚要进后院，他斜眼便望见钻山豹从侧门边走了过来。麻老大心中十分警觉，不知他到这里来做什么。后院是他屯兵的地方，一般人是不能接近的。这个孽种弟弟，莫非又在打苗兵的主意？他的脸顿时阴了下来。

“老二！你怎么在这里？”他大喝了一声。

“哦！大哥，你起得好早！”钻山豹笑眯眯地走了过来，“我早上想练拳脚。怎么的，这里来不得？”他走到麻老大的身边，索性明明白白地说：“大哥是要去点卯？正好，让我也去看看你的苗兵。开开眼界哩。”

麻老大极不愿意让他去看苗兵，便站住了，“老二，你的眼界还开得不够么？昨夜晚，过得快活？”

“唉，正要同大哥讲这事哩。”钻山豹叹了口气，显得心事很沉重，“大哥，我昨夜同四丫头一夜好苦！你当我喜欢她么？我只是想探探她哩。你我兄弟，如今要想不受制于人，只好多舍些本钱。大哥晓得的，小弟我对女人历来淡漠如水，我还稀罕她那个破烂货？”

“你探到了么？”麻老大冷冷地望着他，“未必人家还制得了你？”

“讲得不错。大哥。”钻山豹望着麻老大，显得极其坦诚，“他们也晓得制不住我，才百般笼着我哩。他们还有好多打算，我听得心里很是恼恨。所以来找大哥通通消息。大哥，这时候有空么？”

“我没空。”麻老大并不信任他，“有话以后再讲。”

“大哥！”钻山豹急了，“你这时候还不相信我么？你我弟兄本无仇无怨，大哥把我从小抚养大，我也不会恩将仇报。再讲，你信不信，总要听我讲完哩！”

“那，你讲！”麻老大朝周围看了一眼，他的苗兵在四处放着暗哨，“快些讲，我还有事。”

“好吧。大哥，昨晚上，四丫头在枕头边直劝我同榜爷老舅并起膀子来。讲是要占了石城做大本营，再去统乌龙山的天下哩。”钻山豹想得很成熟了，便直截了当朝麻老大的痛处下了一刀子，“我问，石城是我大哥的地盘，我大哥并不想统乌龙山，他会让你们占了石城做大本营么？大哥，你猜她怎么讲？”

“她怎么讲？嗯？”麻老大的胸脯果然开始上下起伏了。

“她骂你是个成事不足，败事有余的土包子。”钻山豹拍了一下大腿，压低了声音说，“她讲，你若是不让出石城来，就杀了你！还讲，这是她上司的指令。我若是同你站在一边连我也杀哩。大哥，这话是她亲口讲的哩。那么娇娇嫩嫩的一个女子，讲得出这号话来，心好毒啊！大哥，不可不防啊！”

麻老大听了这番话，倒是没有暴跳如雷。他对钻山豹已经不信任了，而且还知道要多少防备他一些。他倒是想起了麻三保昨天晚上对自己的提醒。麻三保也说，下一步他们就来刷自己了。那些人害怕麻家兄弟携起手来，便拉一个打一个。如此看来，钻山豹的话也是不可不信的。

他沉吟了半晌，心中仍然有很大的疑虑。钻山豹为什么要把这些枕席边的话告诉自己呢？他莫非还担心这个大哥受了他们的害么？不，这个孽种，如今是一心要争他的势力，他的心更野哩。

“……嗯，老二，”麻老大试探着说，“你这些话，当真么？”

“大哥，有半句假话，让霹雷炸了我！”

“是哩，我也信的。这帮杂种，没得做不出来的事。”麻老大点了点头，“那依你看，我该怎么防备才好呢？”

钻山豹目光犀利地望着他问：“大哥，这里是讲话的地方么？”

“只管讲，不怕的。”麻老大自信地说。

“好！大哥，他们做得出，你我弟兄也没得做不出的哩！总想防备，不是治本的法子。我劝大哥下个狠心，先派人暗中把那老舅刷了！他年纪太大，活得吃亏。送他到阎王老子身边享清福去！”

“哦？”麻老大听得暗暗吃惊，但他没有露声色。便故意问道，“这样除了老舅，四丫头肯依么？”

“大哥，这你就小看我幺佬了。”钻山豹冷笑了一声，“那女子，昨晚上领教了我的手段哩。我只要拨一拨她，她那方寸就癫狂了。日后她离不得我哩。再讲，老舅一除掉，这山里只好另立头杆。他们那些人，只要利用我们去拖住他们的死对头，管你是人是鬼？大哥，干得的。小弟我一头扎进来撑大哥的腰。只是要快，莫让那老东西蓄起了元气。”

麻老大心里陡然亮堂了。他看了钻山豹一眼，忽然笑了起来。

“老二，你好性急哟！哈，性急吞得下热汤圆么？哈，哈哈。”

钻山豹被他这一笑弄得迷糊起来，“大哥，你……莫是还不相信我？”

“不哩。老二，你讲的都是真话。我信哩。”麻老大心中其实已经怒不可遏。他觉察出了钻山豹的动机。这孽种，分明是探到了四丫头的底细，晓得田大榜不死他就撑不起头杆来，便故意来激自己这位傻大哥去除田大榜。哼，兄弟啊，你也有这样嫩的时候？“老二，我老了。不比你年轻气盛了。有些事，只怕是搞不动了哩。”

“大哥，你也莫这么讲。”钻山豹冷静了些，“我只是替大哥着想。主意全靠你自己拿哩。若是不告诉大哥，日后还讲我不尽情义。大哥听了莫怪就是。”

“老二，吃枪杆子饭，虽是经常翻脸不认人，那也得要看看时候，看看地方。”他心里已经平静了，显得很有把握，“在我这石城，任他是哪个，眼下扳不动我这苗王。不信试试看。老二，你也就莫要多操心了。”

麻老大说完，刚要进后院，突然看见麻三保寻了过来。他便站住了。

“三保，有事么？”

“……嗯，大爷。”麻三保见钻山豹也在场，便犹豫了。

“不怕的。讲。”麻老大毫不介意地说。

“我来告诉大爷，榜爷昨夜晚就出了城。”麻三保说，“他根本就没在这里睡哩。”

“出的哪个门？又是北门么？”麻老大故意朝钻山豹看了一眼，“北门那些兵，怕是吃了迷魂药哩。”

钻山豹却一点也没有反应，只是哼了一声，说：“他哪敢在这里过夜？怕吃了暗算哩。”

“大爷，”麻三保接着说，“他没有走城门，是翻城墙走的。”

“噢？”

“那两条黑影子……”麻三保小心地看了钻山豹一眼，“是来接榜爷的。一个是榜爷的崽，叫黑牛。另一个，叫作六耳猫。”

“这两个杂种命大哩。”钻山豹轻描淡写地接上去说，“他们昨夜晚在四丫头窗户底下听壁夹（指躲在墙壁外面偷听男女作欢时的悄悄话），亏得没有乱动。要晚走一步，我的人就请他们脑壳上开红花了。”

“噢？老二，这么讲你也晓得有人在窗外？”

“大哥，小弟是老手。不嫩哩。”钻山豹脱口说道。

这时候，天色已经越来越明亮了。麻老大急着要去给苗兵点卯，钻山豹又赖在这里不肯离去。正为难着，忽听得北门那边传来了枪声。

麻老大心里一惊，喝道：“三保，这是北门响枪么？”

三保略一分辨，急忙应道：“是哩，大爷。”

说着话，便听见那边枪声越响越密了。

“老二！你搞了什么鬼？”麻老大想到那守门的苗兵被钻山豹收买了，心中火冒三丈，他一把便揪住了钻山豹。

钻山豹想了想，脸上顿时变得没有血色。

“大哥！快！我的女人正在城门口哩！”他挣了挣胳膊，没有挣脱，更加着急了，“大哥！我让七雷子送我女人来，讲好了是这时候。我搞了什么鬼？就这个鬼！你不去救她来，看我日后不翻了你这石城！”

麻老大怔了一下，知道他确实是为这件事发了慌，便松开了手。

“你慌个屁！一个女人，值你这么发慌？平日的威风呢？等着！就会有人来报信的。看看到底出了什么事。”

麻老大的话刚刚落音，果然有一名苗兵惊慌地闯了进来。

“大、大爷，不好哩！牢里关的那两个人，跑、跑了……”

这一天对麻老大来说是十分倒霉的日子。吃中饭之前，他那瘫痪了多年的宝贝儿子麻阳多忽然上气不接下气，慌乱之中，找不到看病的郎中先生。麻老大的堂客便去掐他的人中部位。后来麻阳多平静下来了。麻老大的堂客松开手一看，不禁号啕大哭。那麻阳多已经断了气。

“唉！这是命！是命哩！”麻老大连连跺脚，“逼上头来了，逃不脱的。”他不愿让人家看他的笑话，便忍住了心里的哀戚，“莫哭了，这伢崽，活着也是受罪。弄副好棺木，赶紧去埋了吧。”

麻三保便打发了几个人，满城去寻棺木。麻阳多的尸体已经洗净了，穿上了一套入殓的寿服。摆在一扇门上，盖一条红被面，等着棺木来了入殓。

天气很潮湿，又有些闷热。那死人放久不得，怕着了气候发臭。偏偏去寻棺木的人都打了空转身，麻三保心里开始着急了。

“找过肖木匠了么？”他问那寻棺木的家人。

“找过哩。他讲，打副棺木，要两三天。怕是赶不及哩。”

“唉，问他有现成的没有嘛。”

“也问哩。他讲，他手头没有。”

“问他哪里有现成的嘛。他是木匠，多少也晓得一些的。问到了，多给些钱，还怕抬不来么？”

“……是哩。”家人想了想，说，“我再去找他。”

“算了。”麻三保想了想，“还是我自己找他的好。”

这个肖木匠也不是石城的人。他来石城比较早，东家盖屋西家打木器，大多由肖木匠包揽上来，一户一户地去做。麻家大院有了工夫，也是肖木匠一手承担了，请些帮手跟着他施工。这个人是石城少不得的角色，麻老大还特别关照过他。肖木匠脾气倔，好打抱不平，为人又很仗义。穷苦人家有点事求他，他舍得下大力气去帮助，分文不取。若是有点钱有点势力的人在他面前装大，他理也不理。有时候还弄得那些人不得不向他讲好话。

那时候已经过了中午，肖木匠吃过了午饭，正独自捧着一柄水烟袋，坐在屋檐下“吧嗒”“吧嗒”地抽着烟丝，好像料到麻三保要来找他一样。

“哦，肖木匠，”麻三保远远地打了个招呼，“看这样子，吃过啰？”

“是哩。大管家的，今天舍得到我这破屋子来么？稀客哩。”肖木匠不冷不热地说了声，“快快请坐，请坐。”

麻三保不落座，客客气气地说明缘由后，问起棺木的事来。

“棺木么？”肖木匠放好水烟袋，走进了房门。

“要得急？”

“急。人都起了味哩。”

“那，走起。”

肖木匠拔起脚就走。麻三保有点困惑不解，便问道：“去哪里，肖木匠？”

肖木匠站住了，“算是桩巧事哩。”他回头对麻三保说，“先前你打发来弄棺木的人刚走，我的一个远房叔爷就碰见我了。讲是他要出山做生意，缺盘缠钱，有一副楠木棺材想出手，托我寻户买主。只是价出得高，三保，你当真舍得？”

“你那叔爷住哪里的？”麻三保动了心。

“不远。出城门，往磨盘山那方走五里路就到了。”

麻三保想了想，便说：“那，你等我一下。我去喊几个人一起去。”

“咦？喊人做什么？”

“……不喊人，抬得来么？”

肖木匠便不高兴了，“三保，你这人好轻巧！还没同人家讲好哩，就去抬？又想仗你们麻家势大？我老叔同我一样的性子，见不得这些的。宁可一把火烧了那棺木哩！”

麻三保生怕误了这笔生意，于是也就不再犹疑了。

“好。肖木匠，走起！”

出城门的时候，麻三保对那守门的苗兵说：“去报告麻大爷，讲棺木已经有了。我先去谈价钱，随后就来领人去抬。”

“是哩。”苗兵的领班讨好地应道，“要不要派两个弟兄同你一起去？路上不清净哩。”

“不要，没得好远。”麻三保为了减少麻烦，便谢绝了那领班的好意。

出了城门，麻三保的背脊处立即被汗水浸湿了。太阳很毒，石城外面又没有多少树木可以遮阴。满处都是岩石，反射出太阳的灼热来，麻三保心里直发慌。

“就五里路远么？”他畏难地问道。

肖木匠只管往前走，“还不到五里。”他边走边说，“三保，你不是讲，跑脚的，脚上有了功夫么？快些走。只怕我那叔爷另寻了买主哩。”

麻三保便咬紧牙关，紧跟在肖木匠身后，几乎是一路小跑地奔前方走了去。

那地方果然离石城不多远。麻三保心里琢磨了一下，最多才三里路。肖木匠带着他往右手边一拐，再顺小路走进去五十来步，便看见岩石缝下头有一处麻竹子搭起来的窝棚。

“到了。”肖木匠告诉他说。

麻三保打量了那窝棚一眼，心里忽然疑惑起来。这个窝棚是早年给那些开山打石的工匠住的，如今早已废去，根本没有人住了，怎么会有楠木棺材在这里呢?

“肖木匠，”麻三保板着脸说，“你莫不是成心耍我？”

“咦？麻三保，你这么不识好歹？”肖木匠的脸也沉了下来，“我见你和你的麻老爷有了难，才搭个桥解救你们。哪是耍你？”

麻三保听得一惊，“解救我们？你么？”

“我没那大本事哩。讲了的，我只是替你们搭个桥。”

“你……”麻三保慌了，“你不是讲，有副棺、棺木么？”

这时候，那窝棚的门“吱咯”一响，走出来了一位身板硬朗、银髯垂胸的老者。

“听好了！麻三保！”那老人的声音很洪亮，“棺木倒有，只装得死人。今天，我倒想行行善，救一救你们活人哩！”

麻三保觉得这个人有点面熟，仔细一看，突然吓得往后一挺身子：“你……你是磨盘乡的石、石大爷？”

“好记性，麻三保。”那老人冷冷地说道，“没想到在这里碰了面么？不是这个法子，只怕请你不来哩。”

麻三保知道上了肖木匠的当。他急忙回头去寻肖木匠时，却看见身后不知什么时候出现了两名全副武装的解放军战士。

“你、你们……你们是……”

“别害怕。”那两名战士朝他笑了笑，“我们不会伤害你的，请进去吧。”

麻三保看见那两名战士一身干净利落，那种气质、那种勇武的样子，他还是第一次见到。在他们面前，麻三保立即感到自己如枯枝败叶一般地正在萎蔫下去。

“我……我没做过坏事，肖、肖木匠晓得的。我……我……”

“别怕。你的事，我们也知道。进去吧。请你到这里来，有事同你谈。放心，一会儿就放你回去。”

麻三保不敢再多说什么，只得硬着头皮进了那窝棚。

窝棚里面倒还宽敞。麻三保一进门，看见那窝棚正面站立着一条伟岸的大汉。这人也是一身洗得泛白的黄布军装。腰带扎得十分精神。他脸庞方方正正，皮肤黑里透红。浑身透发出一种刚毅果敢的勃勃英气，一看便知道是一条身经百战的好汉。他正目光炯炯地打量着麻三保，而麻三保一见到他那剑一般的目光，顿时便站不稳身子了。

“你叫麻三保？”那汉子和气地问。

“是……是哩。长、长官。”

“别怕，坐下谈吧。”

“我、我不敢……”

“咦？三保，”肖木匠走到他身边，开导他说，“叫你坐，就坐嘛。晓得他是哪个么？”

麻三保茫然地望着那汉子，摇了摇头。

“我叫刘玉堂。”那汉子自我介绍说，“是解放军部队上的。”

“哦、哦……刘、刘长官。”麻三保赶快点着头。

“什么刘长官？”石大爷笑了，“让你见识一下。听讲过东北虎么？”

“啊！”麻三保一屁股便坐了下去，“我、我瞎了眼哩。”

刘玉堂也笑了，“麻三保，我们了解过你的情况。今天也是碰巧才把你找来。你千万不要紧张。麻老大现在的处境我们也是了解的。这个人有罪恶，但是还不算是死心塌地的政治土匪。找你来，是想通过你给他指出一条光明的道路。你明白么？”

“明、明白哩。”

“不明白也不要紧。我们慢慢谈吧。”刘玉堂坐了下来，“至少你明白这一点，现在田大榜他们一心要占领石城。麻老大是苗王，不会让出石城来。他们现在正想方设法除掉麻老大。你是他的参谋人物，看问题有些见解。大概心里已经清楚这个情况了吧？”

"你们……也晓得了么？"麻三保不禁有点惊讶地望着刘玉堂，"我倒是……唉，昨天夜里，我还劝了麻大爷哩。"

"钻山豹也在打麻老大的主意，是么？"刘玉堂问道。

"是哩……"麻三保顿了一下，便索性全部告诉了刘玉堂，"今天早上，二爷围着大爷出馊主意，想借大爷的手杀了榜爷。这事干得么？到头来，还不把大爷给除了，唉，我真不晓得怎么劝大爷才好。"

刘玉堂点了点头，"那么，让我们来开导他，你看有作用么？"

麻三保倏地抬起头来，狐疑地看着刘玉堂，半天也不敢回答。

"这样吧，我们来谈谈条件。"刘玉堂严肃地对他说，"你要是真心为麻老大好，就用心配合我们，去做麻老大的工作。对待这些头目，我们有不同的政策。只要他照我们的条件去做了，我们可以给他一条出路。你看呢？"

"我可是……"麻三保想了想，为难地说，"我也做不得麻大爷的主哩。"

"不要紧。你只要在适当的时候做做他的工作，让他同我们见了面，就行了。"刘玉堂适可而止地问道，"你觉得他会同我们见面么？"

麻三保皱着眉头，心里没有把握，"我尽力劝劝他。恐怕……"

"别担心。"刘玉堂很有把握地对他说，"麻老大如果同意我们的条件，我们可以让他继续在石城当他的苗王。当然，首先得答应我们的条件。这不能含糊。"

"那……"麻三保怀着希望地望着刘玉堂，"你讲的条件……有哪些呢？"

刘玉堂微微地笑了，"很好，我们接着就谈条件。你先等等。"

他回过头去，对石大爷说："那副楠木棺材，可以抬来了。"

石大爷点了点头，然后出了窝棚。

刘玉堂这才走到窝棚角上，取出一只军用水壶，拧开了水壶的盖子，递到麻三保的面前，说："别着急，误不了事的。先喝了水再谈吧。"

"哦，多、多谢……"麻三保感激地欠起身来，接过了那只军用水壶……

麻阳多的丧事办得极简单。既没有做道场，又没有扎纸人纸屋。棺木弄来之后，草草地入了殓。下午四点多钟，打发人在后山上挖了个大坑，把棺材抬上山，不声不响就掩埋了。

麻老大亲自把棺木送上山，痴呆地看着那棺材入土。这个儿子瘫了二十多年，已经是大家心中的一个累赘。死了，倒并不让人悲伤得很厉害。麻老大的堂客哭哭也就算了，麻老大不让她跟上山，她也就不去看儿子入土，留在院子里给他们操办着酒席的事。

送葬的人当中，有一位女子很显眼。麻老大发了性子，指派了两名身高气壮的女人，非要把七姐儿挟上山去替麻阳多戴孝。七姐儿自从被麻老大从磨盘乡弄回来之后，人已经完全变了个样子。她终日目光呆滞，神情恍惚，身体也消瘦得厉害。成天被人严密地监守着，关得只剩下一张躯壳了。既没有活下去的希望，也没有逃出去的想法，甚至连去寻死也仿佛没那个力气了。

她被人弄出来，往头上披了张麻布条，再套上了一个竹篾扎成的孝帽。那孝帽上，挑着一只只白棉花球。七姐儿一动也不动，任人摆弄着。她倒像个没有生命的尸体。前头齐声吆喝着把棺木抬上肩，送葬的人便往后山走。七姐儿的脚不会迈动，那两名大手大脚的壮妇人便挟着她的双臂，连拖带拽地跟着送葬的人上了后山。

麻老大安排上山的路线也动了心思。棺木不从石城街上穿过，只是贴着墙根绕出了后城门。苗兵远远地隔开了石城的乡民百姓，沿路几乎没有看热闹的人。

出了城外，麻老大意外地发现田大榜、四丫头、钻山豹各自带了几个人等在那里。麻老大并没有打发人通知他们，但是他们都知道了这个消息。

“你们……回屋吧。”麻老大故意显得平平淡淡地对他们说，“一点小事，莫惊扰了大家。我送上山就回。”

“哪里话！”田大榜沉着脸，一副心情沉重的样子，“亲骨头亲肉，老舅我能不来么？莫讲了，我同你送上山。”

钻山豹没有讲话，干脆伴着棺材往山上走。四丫头也默默地朝山上走。麻老大知道拦不住他们，也就由他们去了。

田大榜落在最后。他往那支小小的送葬队伍望了一眼，忽然他的目光定在了七姐儿身上。

“这个女子，披麻戴孝？”他轻轻地问了声身后的六耳猫，“晓得她是什么人？”

六耳猫其实不知道，但他还机灵，“披麻戴孝，总是麻大爷的儿媳妇哩。”

“鬼扯脚！”田大榜骂了声，“那麻阳多，一个瘫子，哪来的堂客？”

六耳猫便不作声了，只是小声地赞叹了一句：“这女子，生得好哩。”

田大榜一听，不由得又朝七姐儿打量了一眼。七姐儿由于关了很久，营养不良，脸色变得苍白了。她的身体尽管受了摧残，却有老底子在。没有那么丰满了，但仍然不干枯。终究只有二十岁多一点，天生地有一种韵致，加上那无精打采的病模样，把个田大榜看得心晃神摇。

“……哦，走起！”他迈开脚步便跟上了送葬的队伍。不几步，田大榜就赶上了七姐儿，在她后头，贪贪馋馋地朝七姐儿看着。

后来葬了麻阳多，麻老大便让麻三保带着那些送葬的人先回了麻家大院。

田大榜看见七姐儿又被人挟了回去，故意做出惊讶的样子来，问麻老大：“咦？怎么还有这个女子戴孝？”

麻老大叹了口气，“老舅，莫问起。”他摇了摇头，“莫问起。我这心里不好过。”

“哦哦，”田大榜便摆出长辈的姿态，劝他说，“你也是五十多的人了。顶天立地哩。凡事还这么经不起？想开点。那伢子享福去了哩，送上天就修了福。晓得么？”

麻老大点了点头，“我也尽了心哩。多崽在世的时候，我没亏过他。他讲要讨个堂客，我就讨了那女子来。老舅刚才不是看见了么？哦，这是桩天作孽的事哩！”他连连叹息着，然后，眼中放出了凶光，“我晓得，今年我有凶兆。我麻老大也不是三岁搭两岁的斤两哩！多崽死了，我想那凶兆怕也要过去了。不过去也不怕，老子阳寿还不当绝。哪个想要给老子做手脚，哼！老子也是条大虫，吞吃几个活人怕是不得眨眨眼皮的！”

他这句话说得很响，带着一股亡了命的血腥气，顿时便把身边的人讲得作不得声了。四丫头暗暗地朝钻山豹斜了一眼，钻山豹却故意做出没有看见的样子，眼睛朝远处望了过去。田大榜仿佛也不重视麻老大的话，只是昂起头来，眯着眼睛往那群正在下山的人睃了过去。七姐儿头上那孝圈还未摘除，几星白色的棉球很容易辨认出来。于是，田大榜觉得身上轻飘飘的，只想怎么样放放泼才好。

“咦！看见了么？”他突然指着远处，“那边，看见么？一条狗！”

他这莫名其妙的叫喊声，倒是把沉寂的空气搅活了。大家便伸长脖颈朝他指的方向望了过去。

果然，在那群下山的人身后，有一条棕黄皮毛的狗在地上嗅着什么，还不时地抬起头，“狺狺”地叫一两声。

“下山吧。”麻老大发完心中的怨气，便站了起来，“也劳累了你们哩，回去喝一杯水酒。走起。”

田大榜却来了兴致，“有狗肉么？”

“老舅要吃狗肉，炖就是。腊狗肉还多得很哩。”

“不要腊了的。”田大榜说，“弄条新鲜狗肉，改个口味不好么？”

“这也不难。回去叫人弄一条来。”

“不哩。就弄了那黄狗，如何？”

麻老大想了想，便拔出了枪，“我这石城，要弄条狗容易。只是没得大油水。”他话中带话地端起了枪，“看我打了它！”

“慢些！”田大榜按住了他的枪，“吃鲜狗肉莫放血。活捉了，用水闷死，那肉才有原味哩。”

麻老大便收起了枪，“来个人！”他朝后喊了声，“去捉了那狗，按榜爷的法子，请他吃个原味。”

“不必哩，不必让他们去捉。”

麻老大有点奇怪了，“舅爷，你到底要我如何？”他侧转头问。

“嘿，你们看看我，嘿。”田大榜一反常态地开朗起来，朝四丫头、钻山豹他们呵呵地笑着，“你们讲，那条狗老了么？”

“狗么？”钻山豹朝他笑着，说，“狗倒是不老哩。嘻。”

“这小杂种，嘿！”田大榜骂了钻山豹一句，“依你讲，狗倒不老，是我舅爷老了？好你个幺佬，这么骂舅爷么？”

“哪敢哩？舅爷，我只是敢骂狗哩。”

“骂狗么？去提了那狗来！”田大榜眼珠子一鼓，“幺佬，有这本事么？”

“嘻，舅爷今天是想让我们开开眼界么？”钻山豹一点也不恼怒，只是嬉笑，“舅爷今天好气色，敢莫有好运气？”

“是么？那，我试试看。”

他的话刚落音，身子突然便像一支离了弦的飞箭，唰地朝前弹射出去了。

“哦？真、真去捉么？”这边的人还没明白过来，见田大榜奔了出去，不由得朝那黄狗望了望。黄狗离这里有二百多步远。

“这如何捉得住那狗哩？太远了，追得上么？真是怪事。”

田大榜却已经像一阵怪风，忽地蹿出去了一百多步远。

都知道他年纪大了本事仍然不错，但很少有人亲眼见到他露真功夫。这会儿，田大榜跑顺了腿，一百多步的距离他眨眼便跑完了。那脚像是没有沾地，一点声音也没有。

黄狗竟没有及早地发现田大榜正朝它飞奔而来。等它惊觉时，田大榜离它已经没有多远了。那条狗个子倒也高大，是人家养了看山赶野物的。一见有人袭来，它便四蹄一弹，急急地夹着尾巴逃开了。

田大榜的脚步迈得很大，一步一步地又迈得极快，眼看着他便追上了那条黄狗。黄狗非常惊骇，身子弓了起来，奔跑得差不多要疯狂了。但是它怎么也拉不开同田大榜的距离，相反田大榜与狗的距离越缩越小。很快，田大榜便跑得与狗平行了。

他追上了那条狗，一点也没迟疑。只见他腰往下一弯，闪电一般地按住了那条疯狂奔跑着的狗。不知他的手掐住了狗的什么部位，只一扭动，那狗便凄凄地汪了一声，再也不能动弹了。

这边麻老大他们亲眼见了田大榜的这一手功夫，一个个不禁目瞪口呆。

“你讲得不错哩。”钻山豹低声对四丫头说，“老舅这样好的本事，十年八年恐怕是不得死的。”

“你记错了。”四丫头微笑着看了钻山豹一眼，“我讲过十年八年么？”

“那，你讲的几年？”钻山豹便故意反问着她。

“三年五年，记住了。”四丫头特意又强调了一句，“是三年五年。”

钻山豹笑了笑，没有再说什么。他已经清清楚楚地看见麻老大锁紧了眉头。田大榜气血如此旺盛，麻老大心里的忧虑更加沉重了。

于是，钻山豹反倒轻松了不少。

夜间的酒席要散了的时候，田大榜带着几分醉意，望着钻山豹，“幺佬，你欠我老舅一些东西，几时打算还给我？”

钻山豹一时没明白他指的是什么，便说：“老舅切莫这样讲。你若是看上了我的哪样东西，尽管讲。我送给老舅也是个人情。一讲是还给你，反倒是我欠老舅的情哩。”

“哈，你这个刁滑的外甥，好会讲话。”田大榜底气很足，说话的口气也明显很硬气，“你我之间，哪个也不欠哪个的情。我讲了的，你只欠我一些东西，今天也该还给我田大榜了。听清了么？”

“是么？”钻山豹想了想，“你明讲吧，我欠你什么东西？”

“四十条枪。”田大榜伸出四只手指头，往前一砍，“四十条。记得么？”

麻老大在桌子旁边听得吃了一惊。他其实一点也不知道枪的事，而且也有点不相信钻山豹欠田大榜四十条枪。看架势，以为田大榜是故意找碴同钻山豹过不去。于是他便朝坐在对面的四丫头看了一眼。

四丫头显然对田大榜说的话也不满了。她冷冷地瞪了田大榜一眼，干涉地说：“你今天怎么回事？白天无缘无故去赶鸡抓狗，晚上又吵闹着要人还给你枪，是喝多了烧酒，烧得心里不舒服了？”

“你莫多嘴，这是我的事！”田大榜眼睛里开始发红，“莫看你们干了些好事，老子的枪还是要的。白白落给他么？幺佬，讲个日子，我派人来取。”

钻山豹没有理他，只是显得很有克制地问四丫头：“你讲，这个时候，我是理他还是不理他？”

四丫头朝饭桌看了一眼，然后，很平静地对麻老大说：“看来都吃好了，散席吧。”

“那，散吧。”麻老大也不愿意看田大榜瞎闹，便朝外喊了声，“来人，捡桌子。”

“打狗屁哟！”田大榜被四丫头的态度激怒了，伸出巴掌来，狠狠地一拍桌子站了起来，“四丫头，你是凤凰，占了新枝么？就翻脸不认我这干爹了么？老子四十条枪，丢水里去了么？你若是巴结那孽种，要干爹我拿四十条枪做嫁妆么？老子讲明的，今天不交我四十条枪，那就莫怪我做长辈的翻脸无情哩！”

四丫头的脸上白一阵红一阵，实在受不了他这些话了。在麻家兄弟面前，她心中也有个尺度，居然忍住了心中的怒火。

“那好吧，”她冷静地对田大榜说，“你也别发这么大的火，有话好讲嘛。你说清楚点，他怎么欠你四十条枪？是找你借走的还是从你手上抢走的？”

“这还不清楚么？还要我讲？”田大榜的火气丝毫未减，一见四丫头忍耐着，反倒更加来神了，“他从东北虎手上抢去的那四十条枪，不正是我失的么？”

“哦哟，老舅，”钻山豹做出十分惊讶的样子，望着田大榜说，“是这样么？你不讲我还真不晓得哩！那四十条枪，原来是你失的么？唉唉，真是可惜。老舅怎么不看好，让东北虎弄了去呢？东北虎其实又没好大个本事，老舅如何会吃这个大亏？真是想不到哩。”

田大榜让他这么不冷不热地嘲笑了一番，却也不觉难堪，“如今你总明白了么？那枪几时还给我？”

“哎呀老舅！”钻山豹有些后悔地望着田大榜，“你讲晚了哩！我要早晓得就好了。唉！晚了哩。”

“幺佬，什么晚不晚？你少来点名堂！”田大榜紧逼着钻山豹说，“早也好，晚也好，我只要那四十条枪。”

“老舅，要还有那些枪，还讲什么？就是没有了，我才讲晚嘛。”钻山豹摇了摇头，“早晓得是老舅的枪，我派人送给老舅就好了。那批破套筒管子，带着是个累赘，我早就让人抛到山沟底下去了。”

“什么？你、你个孽种！”田大榜气急败坏地指着钻山豹大骂起来，“你会抛了那枪？当我不晓得么？你在外头拉杆子，要的就是枪！抛了命也不得抛枪！你想赖老子的枪么？幺佬，今天不还给我枪，看我怎么治你！”

钻山豹的表现极出人意料，让田大榜劈头劈脸地骂，这个顽劣的后生子竟然稳稳当当地坐在那里，又不恼又不羞的，还显得十分内疚。等田大榜骂完了，他才仰起头来，耐心地解释说：“老舅，你讲得不错，我是舍不得抛了枪的。我也缺枪哩，只是那四十条枪真抛了。老舅不晓得，东北虎心里很鬼哩。那枪上的枪栓都下了去，我弄到手的时候，一条枪栓也没有，白费了一番力气。我只好抛了。老舅，我都告诉你了。再若是不信，我也就不晓得怎么讲才好哩。”

田大榜听了他的解释，那嘴唇翕了翕，忽地泄了气。他一屁股坐到椅上，连连顿着脚。

“唉！唉！这不冤么？那枪是没有枪栓的，你……你抛它做什么哩？”他相信了钻山豹的话，“这是老子命里有一失哩！唉，幺佬，你就莫抛了嘛！虽是没有枪栓，也、也莫抛了嘛。唉！冤哩！”

“老舅，抛了就算了。”麻老大趁机站了起来。他心里倒有几分高兴，“不喝点酒么？再陪陪你？”

田大榜没有理睬他，想了想，又问钻山豹：“幺佬，记得么？那枪抛到哪个沟里的？”

“我想想看。”钻山豹皱着眉头想了想，“老舅，这要问七雷子，枪抛得散哩。这个山沟里抛几支，那个山沟里抛几支，捡起来怕也是没得用的，又没有枪栓……”

“幺佬，枪栓么，这你莫管。只要寻得回那四十条枪。明日就打发人去寻，听见了么？”

钻山豹的眼睛里闪过了一道亮光，但是没有被人发现。对于田大榜的要求，他也没有过多考虑便一口应承了。

“是哩，老舅。我明天一见亮就派七雷子去那山沟里寻枪。”他还很诚恳地问了田大榜一声，“老舅也派两个人同七雷子一道去么？多一个人多一双眼睛哩。”

“那是的，那是的。”田大榜连连点头，“幺佬，刚才老舅发了酒癫，错怪了你。不记恨老舅么？”

钻山豹当着田大榜和麻老大的面，朝四丫头情意深切地望了一眼，然后才回过头来，认真地对田大榜和麻老大说：“老舅、大哥，我幺佬不能总是一叶浮萍不落个根基。昨天老舅替我和四丫头提亲，我又莽撞，没有细想。四丫头是见过大世面的人，会调教我。今天夜里我就把那抢来的女人打发了，那女人心不在我身上，逃了几次，放她一条路吧。从明天起，我一心一意随四丫头。只要她拿定主意了，我断定要同四丫头做夫妻。老舅、大哥，我求你们替我做这个主，要得么？”

麻老大心里怔了一下，一时断不准他的话是真还是假。早上经麻三保一点拨，麻老大发现自己昨天的想法是不周密的。对钻山豹与四丫头联姻的事，他已经产生了动摇。他的心里只有石城。钻山豹若是归了四丫头，这些人要取石城倒真是易如反掌了。接着他又想到钻山豹早上动员他除掉田大榜的事，这个刁滑的弟弟心里精透了，未必他真要同四丫头结婚么？即便结了婚，他会附着于田大榜么？

他心里犹豫着，不知怎么回答钻山豹的话才好。他知道田大榜会十分热情地赞同钻山豹的话，索性等田大榜先开口。

奇怪的是田大榜也犹豫了一下。他大概也在判断钻山豹的话是真还是假，也在衡量这两个年轻人结成一对对他到底是利多还是弊多。于是在那一刻里，空气顿时尴尬起来。

四丫头倒是忍受不了这种尴尬了。她的眉梢向上一扬，唰地站了起来。

“这算是怎么回事？到了真要说话的时候，你们一个个都变成了哑巴？这么说，昨天你们亲口说的话都是假心假意？到头来，原来是我自作多情了？”她冷笑了一声，严厉地说，“我可要奉劝各位一句，现在这种时候，谁也不要着急去给自己捞点什么。我们必须以大局为重，联合起来统一行动。这是上头的命令，不论是谁，只要违反了这个命令……嘿，你们大概都懂得军法制裁的意思吧？”

“咳，我讲，这事要得哩。”田大榜干咳了一声，端起了一杯酒，“四丫头，你莫急，这句话我讲了。讲定了的。你和幺佬，是天生的一对。若是成了，我老家伙这心里也了了一桩心愿哩。来，来来，喝了这杯。这是怎么讲？定亲酒？哈！来！”

麻老大心中还在掂量着四丫头那杀气腾腾的话，一时迟钝了。后来见田大榜催得紧，便也端起了酒杯。

“幺佬，你人大了。你的事，你自己做主就是，我没得讲的。”

钻山豹点了点头，故意说得很激昂：“大哥，你待我如父母哩，小弟我是不得忘记的。虽然成家立了业，你的事，总是我的事，小弟我绝不看着大哥吃了亏去的！来！老舅、四丫头，干！”

他没等别人应声，当着各种目光，一扬脖子将那杯酒饮了干净。

田大榜回到他自己那屋子里的时候，天色已经完全断了黑。今天晚上，他不打算溜到城外去了。他做了一些布置，正在等待着别人来回报他一些消息。

进屋不久，六耳猫敲门走了进来。

“榜爷，我搞清楚了。那女子确实是麻大爷的儿媳妇，叫七姐儿哩。”

“七姐儿？这名字不错。”田大榜眯着眼睛笑了笑，“看准她住的地方么？”

“是哩。榜爷，七姐儿同一个裁缝犯过事，那裁缝让麻大爷毙了。如今，麻大爷把七姐儿关得紧哩。”

“哈，这个大外甥还有些气性。下一次，怕莫要毙老舅么？”

“榜爷，你要是看得中，哪天让兄弟们在院外头放一把火，趁抢火的时候，把七姐儿卷到宝笼山去。那里洞子多，没人晓得。够你老人家消受哩。”

“六耳猫，你有孝心。”田大榜高兴地夸了他一句，“等几天，听我的话再动手，晓得么？”他想了想，又叮嘱道：“这件事，莫让黑牛兄弟晓得了。”

“是哩，榜爷。”

田大榜说到黑牛，心里又有点不安了，“黑牛呢，这伢子也该来一下了。”

六耳猫似乎也不放心，“榜爷，我去找找看。”

“莫找！我来哩！”

门一响，黑牛走了进来。

田大榜愣了一下，不知道他是不是听见七姐儿的事，便问道：“崽，你来了么？在门口等了好久么？”

“是哩，爹爹。”黑牛虎虎地说，“我把那杂种的屋前屋后都看过了。”

六耳猫不明白他讲的“杂种”是谁，又不便乱说，便默默地听着。

田大榜却知道黑牛讲的是哪个。他沉思了片刻，问道：“那孽种在屋里么？”

“正在同人喝酒呢？”

“还喝么？”田大榜哼了一声，又问，“同哪些人喝酒？”

“不认得。”黑牛想了想，说，“两个哩。有一个，讲话声气像堂客。还有一个，只有一只眼哩。”

六耳猫顿时明白了。黑牛是从钻山豹那里来的。

“狗杂种！”田大榜愤愤地骂了声，“老子叫他们不得好死！”

“那，动手么，爹爹？”黑牛的大鼻孔一张一合，显得天不怕地不怕的样子，“你一句话，我这就去提那三颗脑壳来见你。”

“黑牛，我个崽。”田大榜欣喜地看着黑牛，笑着摇了摇头，“你提得来的，这我信哩。只是爹爹现在还不忙要那三个脑壳。迟早是要的，你听爹爹的话就是。乱动不得哩，晓得么？”

“是哩，我听爹爹的。”

田大榜点了点头，忽然想起了一件事。“六耳猫。”他轻轻唤道。

“我在哩，榜爷。”

“你讲有个什么人，也在盯老二的梢？”

六耳猫赶快走上前一步，小声说：“榜爷，那个人就是前山的篾匠，后来参加了东北虎手下的队伍，晓得他是什么人么？”

“讲讲看。”

“二爷抢来的那个女子，就是他的堂客哩。”

“哦？早上在北门打了一气的，也就是这个篾匠？”

“是哩。闹了半天也没有捉住他哩。都以为他逃出城了，我下午在院子外头，看见这个人伏在那里瞄二爷的屋子。”六耳猫很有心计地说，“我没有惊动他。后来有人进进出出，那个人就不见了。”

“好个狗日的！”田大榜突然兴奋起来了，禁不住在地上来来回回地踱着步子。下午上山去给麻多阳送葬之前，四丫头找过他。四丫头要他把宝笼山的人赶快带进石城来，他没有同意，说是担心麻老大不得答应。四丫头便说："不答应就除了麻老大。"田大榜笑了笑，说："要除麻老大，不如除了钻山豹。"谁知四丫头一下就火了，"麻老大目光浅，不会离开石城为我们去卖命，反而还碍手碍脚，留下来只会坏事。老二嘛，对我们太有用了。这个人谁也不许伤他一根毫毛！"田大榜当时忍不住挖苦了四丫头一句，"哼，才做了一夜夫妻，就这么护起他来了么？你何必还跟我这个干爹？就趁早跟了他去吧！"四丫头尖刻地朝他一声冷笑，说："我明白地告诉你吧，你也够长寿的了。总不会千年不死吧？到时候，我是一定要扶持他的。"田大榜听得心里寒气陡地往上一冒，暗暗感到自己终于被人瞧不来了。是的，人哪能千年不死？现在，自己还健壮得很，四丫头就想到了换窝的事。那小畜生，一心想要四丫头背后的那座靠山，还想要吞了四丫头那迷人的身子。他骨子里也正恨自己这老东西不快些死哩！

由于田大榜有了这番怨气，下午才显了一下追狗的威风。晚上酒席上才有了对钻山豹那番严厉。后头讲到钻山豹和四丫头的婚事时，他有了那一刻犹豫，这都是有了那块心病的缘故。

看来钻山豹这孽种已经把四丫头驾住了。他还要进一步控制四丫头，最终定要除掉自己这条老根。江湖上谁都晓得"先下手为强"这句话，田大榜便动了心思，布置黑牛去打探。只是他还有顾虑，不想由他动手去搞钻山豹。那孽种不好搞，弄不好事没办稳还让他咬了。这是大事，因此他让黑牛别乱动。

谁知从天上降下来这么个篾匠呢？于是田大榜像抽足了鸦片的大烟鬼，禁不住喜形于色了。

"孽种！这是你命中有一难，就怪不得老舅我哩！"他站定了，望着黑牛说，"我个崽，今夜晚，那篾匠定是要去那孽种屋里的。你晓得要怎么做？"

黑牛想了想，便说："爹爹，你讲怎么做，我就怎么去做。"

"好，我告诉你……"

钻山豹在他住的屋子里摆了酒，拉着独眼龙和七雷子，呼天喊地地痛饮着。整个中院都看得见他这屋子里的灯火，听得见他们的吆喝声。

大约到了敲头道梆子的时候，钻山豹站起身来，来到了门边。

七雷子很聪明，也跟了过去。

“七雷子，”钻山豹压低声音对他说，“该走了。从这里到宝笼山，路不近。记住，天亮之前，一定要把那批枪栓弄到手。”

“二爷放心。七雷子从不打空转身的。”

“还有，无论如何，莫让他们认出了你。”

“晓得的。”七雷子刚刚点下头，忽然大惊，“门外有人！”

钻山豹的动作更快，一闪身，忽地推开房门。独眼龙是个亡命的角色。这个人没有防备门内的人会这么迅速地扑出来，只听得一声怪叫，那人便被独眼龙扑倒了。

接着，却听见了锡壶碗碟跌在地上“叮当”作响。钻山豹便闪身出来，拉住了独眼龙。再一看地上，原来是麻老大的贴心家人麻三保。

“三保？是你么？”钻山豹问。

“是，是我哩。”麻三保惊魂未定，倒在地上说，“大爷要我给你们添、添酒。二、二爷，我犯了你么，下这么重的手？”

钻山豹便笑了起来，“三保，莫怪。我这弟兄生来手重。嘿，你罚他一杯酒，要得么？”

“不哩。只是这壶酒泼了。”麻三保爬起来，回头就走，“我再去添一壶来。”

钻山豹朝独眼龙使了个眼色，独眼龙一把便拉住了麻三保，“莫走！”

麻三保慌了，望着钻山豹，问道：“二、二爷，做什么不让我走？”

“三保，进来说话！”钻山豹让独眼龙把麻三保拖进屋，便关上了房门。

“二爷，我今儿事多哩。”麻三保镇定下来，看着钻山豹，“有话，请二爷快讲。”

“你刚才在门外头听见了么？”钻山豹便狠狠地问。

“二爷，要不，你现在到门外头去听听。看听得见屋里的话不。”麻三保不慌不忙地说。

“我只问你，刚才听见我的话没有！”钻山豹脸上露出了凶光。

“我哪听得见？又不是故意来听的。不信，你问大爷去哩。”

“好你个三保！”钻山豹索性对他讲明了，“我派人去取点货。这事对我大哥只有好处的。晓得么？你是我大哥的什么人，我清楚哩。田大榜一心只想打我大哥的主意，这你也晓得的。我要帮大哥一把。今天这事，只许烂在你一个人的肚子里。只要外头有了风声，必是你讲出去的。要是挑得我兄弟不和，三保，你晓得二爷是个做得出的人哩。”

麻三保听他这么一讲，便叹了口气，说：“二爷，我也明讲了吧。你去宝笼山盗取枪栓，这件事对大爷倒有好处。我听见了，当然是不得讲出去的。只是要想外头没风声，恐怕二爷想得不周到哩。”

钻山豹心里不由得有点佩服这个家人的精明，便问道：“我想得不周到么？”

“是哩。今天酒席上你同榜爷刚刚讲完枪栓的事，天不亮那枪栓就失了。榜爷未必那样没有脑子么？”

“哦？”钻山豹点了点头，“依你说，这枪栓我一时还取不得？”

麻三保稳稳当当地想了想，说：“依我看么，要是有心去取，这事迟不得哩。”

“你不是讲，榜爷会猜到是我么？”

“早些取会猜到，迟些取也猜得到。差不多哩。”麻三保深思熟虑地说，“猜归猜。你那枪不是抛到山沟里去了么？他一口啃得出血？啃脱了牙齿，也只好往肚子里吞哩。”

“好你个三保！”钻山豹高兴了，“我大哥有了你，也不会吃亏哩。”他看了七雷子一眼，“那，你快去吧。”

“慢点。”麻三保轻轻地说了声，拦住了七雷子，“这弟兄，去过宝笼山？”

“怎么的？”七雷子不解地问。

“你晓得他那枪栓放在哪里？宝笼山洞连涧，你摸得清么？”麻三保接连提了好几个问题，“再讲，榜爷在那路口设了机枪卡子。你本事再大，恐怕也过不去的。要是让他们放倒你几个，还不是偷鸡不成倒蚀了一箩米？”

七雷子听得不服气，“这是什么话？你晓得七雷子的本事么？”

麻三保并不理会他，只是继续对钻山豹说：“二爷，你是晓得的。宝笼山那关卡，一夫当关，万夫莫开。世世代代，哪路官兵打进去过？”

钻山豹明白了麻三保的用意，便对七雷子说：“七雷子，三保的话有理。那地方蛮闯不得的。”然后，他很诚恳地向麻三保讨教说，“三保，你是院里的老人，晓得宝笼山的奥妙。看在大哥的面上，也应该帮我一把才好。是么？”

“唉！……”麻三保下了决心，“二爷，这事，你不得对外人讲。”他看了看七雷子和独眼龙，“这两位弟兄，看得出也是同二爷换得性命的人。为了麻大爷，我就帮你一手。”

他放下锡壶，走到灯盏前头，从贴肉的衣裳里摸出了一张叠得很仔细的图纸。

“宝笼山的关关卡卡，还有那些弯弯道道。我都画在这里了。照这图上的指点，包你一帆风顺。你们先看看，不明白的地方，问我一声。看清楚了再走，晓得么？”

“七雷子，你快来看看！”钻山豹喜出望外，连连对麻三保说，“三保，好兄弟！你帮了大忙哩！”

“二爷，你莫这么讲。”麻三保摇摇头，“我先讲句丑话在前头，这事，做好了，只当我没帮你。做漏了，也只当我不晓得。要得么？”

“要得，三保。”钻山豹宽慰他说，“你莫怕。有了这图，事情断定是做得好的。”

“是哩。”麻三保点了点头，诚心地说，“我也只盼你做好哩。”

田富贵前后潜到麻家大院门外有三次之多。第一次是上午，他把麻家大院的地形地势看在了心里。第二次，田富贵又潜到了院子外面。这一次时间比较长，还意外地弄清了钻山豹的住房。后来院内跑出来一大队苗兵封了路，接着便抬出了棺材来。田富贵怕被人发现，只好离开了那里。其实他已经被六耳猫发现了，他却没有发现背后还有六耳猫。

第三次接近麻家大院是天色完全黑下来之后了。他想进一步弄清楚菁妹子在不在这院里关押着。弄清这一点是极困难的，但是田富贵认定她一定在这里面。他知道菁妹子没有被人弄到城外去。只要没出城，必定在这院子里关押着。

几天没有吃东西了，田富贵感到肚子里饿得难以忍受。他知道晚上有一场拼斗，不吃点东西是不行的。于是他又离开麻家大院，满街地去寻东西吃。

街上光线昏暗，但是到处都有巡夜的苗兵。他又不敢贸然去敲人家的门板，只好顺着屋角乱摸一气。

后来，他在一个屋檐下摸到了一串干豆角。山里人吃菜困难，家家户户只好备些干菜。这户人家却也粗心，或许也是早早地逃出山外了，那串干豆角早已晾得焦枯没一点水分。手摸上去，轻飘飘的，还沙沙作响。田富贵顾不了那么多，扯下来便往嘴里塞。他的牙被土匪用枪托子打松了，根本嚼不动那竹棍子般坚硬的干豆角。但是他并不气馁，接二连三地去啃着，嚼着。他知道这东西硬是硬，却可以变成气力。只要有气力，就有抢出菁妹子来的希望。

啃到后来，他发觉塞进去了一些不太坚硬的东西。那东西很薄，很脆，一咬便碎了。天色黑，看不清是什么。正想品味一下时，那东西突然在嘴里发作开了，满嘴是一股剧烈的辛辣味，他嚼破的原来是一些干枯的朝天辣椒。这种山区特有的东西辣得钻心，田富贵过去是不大敢吃的。他又咬得猛，那强烈的辣味直接冲向嗓子眼，于是他便忍不住咳嗽起来，很快便咳出了眼泪。

他知道这很糟糕，咳嗽声无疑会将他暴露，甚至会把他葬送掉。他嘴里头火辣火辣的，怎么也止不住咳嗽。他慌了，连忙扔掉手上的干辣椒，拔出驳壳枪来，准备应付意外的情况。同时，他用另一只手臂堵住了自己的嘴。虽然堵不住咳嗽，但是也能闷住那咳嗽的声音。他知道这里不能再停留了，便摸索着离开了。

幸亏这一带没有苗兵，他才没有出事故。为了谨慎起见，田富贵回头看了看刚才待过的那个地方。这时候他已经渐渐止住了咳嗽。

他蓦地吃了一惊，还以为是自己看花了眼。在他回头望过去的时候，他明明白白看见那屋子后面有一道黑影。而且，黑影也发现田富贵在回头望，便朝后缩了进去。

田富贵的心顿时收缩了。他端起枪，朝着黑影出现的地方再次仔细观察了一阵。奇怪的是那黑影再也没有露头。

城楼上，巡更的敲响了头道梆子。田富贵心里焦急起来。他真后悔不该到这里来寻找吃的，眼下，他应该伏在麻家大院外面。天色黑漆漆的，他可以在暗中多观察一些时间，把土匪们的活动情况多了解一些。这样，一旦行动起来就更有把握了。

刚才身后确实有一条黑影，这不是他看花了眼。是有人在跟踪自己么？田富贵想不明白。这里是土匪窝子，如果有人发现了自己，完全可以大喊大叫，一拥而上。有什么必要暗暗地跟踪呢？

不能再耽误时间了。于是，田富贵站起身来，一步蹿过了街道。他是有意这样暴露一下的。刚到街对面，他马上将身体隐在屋角上，眼睛飞快地盯住了黑影出现过的地方。他估计如果那里真有个人，见到自己蹿过了街面，那个人是一定会伸出头来观察的。自己蹿到了街的这一面，那黑影待的位置就无法看清自己了。如果是跟踪，他就一定会挪到一个便于观察目标的地方继续跟过来。

然而田富贵预计的情况并未出现。黑影所在的那个地方，并没有任何动静。田富贵眼睛一眨不眨地盯了很久，那地方根本不像有人。田富贵都有点怀疑是不是先前自己看错了。

他决定离开这里去麻家大院。再泡在这里毫无意义，路上多长个心眼，前后留神就是了。即使真有人跟踪，一走动，自己反而比现在要主动些。

田富贵便退到藏身的那间屋子后面，不走街，不串巷，专拣墙角和树荫，朝着麻家大院那个方向摸了过去。他每跃进一段距离就将身子隐蔽一会儿，一方面观察前方有没有情况，另一方面，他对身后总是不放心。

后来他跃进的速度便很快了。身后没有任何可疑的迹象。即便先前真有条黑影，那黑影或许也是石城的某个走夜路的老乡。大概他走着走着，突然发现黑夜里有人咳嗽，便吓得隐藏起来。他是害怕哩。总之那黑影与他毫无关系。若是有关系，田富贵这样机警地走了这么长一段路，早就发现跟踪的人了。于是他便除了那后顾之忧。

麻家大院的正门是无法混进去的。那门边左右布下了八个暗哨，门楣上挂着两只大灯笼，把那一片照得极明亮。三个一组的流动哨，田富贵至少发现有两组。而且，那黑暗中还有潜伏着的暗哨。这一点，白天田富贵就观察得心中有数了。

他绕过正门的光，潜到离院墙尽可能远的地方，顺着院墙的走向，往中院摸了过去。

中院没有门朝外开，全是高耸着的围墙。围墙角上，修筑着方方如炮楼一般的角楼，这一方的人叫那是“望楼”。那上面日夜有哨兵朝墙外瞭望着。田富贵白天已经在心里想好了法子，他很有信心避开望楼的监视。他知道那楼只是外表吓人，一到夜间，由于没有探照灯一类的东西，人站高了，连屋角和树下阴影中的东西都看不见。恰好在中院的院墙外，又生了几株老槐树。那槐树的枝丫伸开很远，有几枝还伸过了院墙。田富贵便选中了那个地方做突破口。

夜色中，田富贵看见了那几株老槐树。令人兴奋的是今天晚上起了些不大不小的风，把那槐树的枝叶吹得飒飒作响。这样，当他攀树时就不会因为有响声而被人怀疑了。

田富贵屏住气，再次朝前后左右观察了一阵。然后，弯下身子，像只夜行猫一样朝槐树那边接近过去。

这边放哨的土匪与正门不同，不是三人一组，而是单兵不断线地游动着。田富贵刚刚要朝槐树蹿过去便看见游动哨兵过来了，他只好停下来等待时机。那时机却难得，哨兵走动得很勤。要插哨兵的空当，恐怕用最快的速度也有可能被发现。

远处，又传来了第二道梆声。田富贵看见中院内也陆续灭了些灯光，这样他便感到更加不能等待了。

哨兵游到这边观望了一下，终于机械地转过身往另一边游了过去。田富贵一咬牙站了起来，踮着脚，飞快地冲过了那一片开阔地，将身子紧紧地贴在了槐树的树干旁。很好！哨兵此时刚刚走到那一头，还没转过身子朝这边走。

田富贵心里明白，这时候还不能上树。要耐心等哨兵走过来，等他下一次折身回巡的时候再抓紧时间上树。那样，时间才会够。而且也不是很充足，上树的动作一定要快！

终于等到了那个时机。哨兵巡过来，又折转身，像机器摆动一样有规律。田富贵一分一秒也不迟疑，两只手钢爪一般抓着树干，迅速地向树上爬了上去。

上树本来也不是他的拿手功夫，往上攀的时候，那动作、那速度，竟不如他想象的如意。他又性急，有两下几乎没有攀稳树干，差点跌了下来。

院墙下放流动哨的那名土匪，走的路线虽是机械不变，那警觉性却很高。他倏忽感到有些不对头了，便端着枪，反身朝这边走了过来。田富贵此刻还在树干上，身体一动也不敢动。即使这样，只要哨兵一抬头便可以发现他。

哨兵开始并没有注意树上头，只是眯着眼睛四处察看。是田富贵太紧张了，他知道自己的身体没遮没拦，便想再往上攀一攀，攀到树叶丛里去。他以为有风吹得树叶响，不会惊动树下的哨兵，便僵手僵脚地攀着。开始还好，哨兵没有注意树叶的响声。但是很快就出现了意外，田富贵不小心“咔嚓”弄断了一根小树枝。更糟糕的是那树枝没有韧性，一断便跌了下去，跌在了哨兵的身后。

哨兵吓得一矮身子，接着便弹跳开了。他仰起头朝树上一望，把田富贵看了个清清楚楚。这哨兵也很绝，竟没有喊叫，而是举起步枪来就朝上放枪……

在他扣动扳机的一瞬间，他面部突然一僵，立即现出了极端痛苦的表情。然后，他手中的步枪“当”地跌在地上。他的身体也随着步枪一道倒下去。

田富贵感到眼前发生的事好像不是真的。哨兵举枪要放，又枪跌人倒，这个过程似乎是在做戏。

旋即田富贵明白了那是事实。在哨兵端起枪来要击发的时候，他听见离哨兵不远的地方有声音。很快，一个物件忽地划破空气飞了过来。那哨兵的太阳穴随之发出了“啵”的一响，然后他才僵死住了。

是有人在暗中帮助自己！一定是的！那黑影把这哨兵干掉了。干得这么利索，这么准确！是谁呢？

是石匠么？田富贵觉得不大像。那家伙鲁莽，没这么沉得住气。是石匠去搬来了小分队的人？也不大像。小分队的人不会赞成他一个人这样去蛮干的。

田富贵不愿意多想了。管他是谁，能帮助自己还不好么？这个人也许是同麻家兄弟有仇，说不定也是石城的老乡。反正这人武艺是很不错的，将来见了面，要动员他入了小分队才好哩……

他迅速向上攀着，攀到一根横过了院墙的树枝上。吊着身体，轻轻往下一纵便落到了院墙上。墙很高，不能冒冒失失往下跳，他便悄无声息地沿着墙头潜摸到黑暗之中去了。

田富贵只顾自己去行事，也顾不上树下那具土匪的尸体。如果再有个哨兵巡过来，他的事就会彻底败露。他倒好，一点也不担心。

这是他的运气。跟在他身后的人，是田大榜派来暗中帮助他行刺钻山豹的黑牛。黑牛牢牢地按田大榜的吩咐，一步不落地尾随着田富贵。哨兵发现了田富贵时，黑牛便用飞岩片的绝招不声不响地干掉了那哨兵。

田富贵跳上院墙不见了，黑牛便快速地奔过去，将哨兵的尸体拖到不容易被人发现的地方藏好。他的任务还不只如此，于是，他也攀上了树。

他上树的功夫比田富贵不知要高明到哪里去了，灵巧如猿猴。但是他没有跟上院墙。这树上很好，可以瞭望，也可以接应。他便将身子稳稳当当地隐在了枝叶丛中。

钻山豹意外地得到了麻三保的帮助，心中十分高兴。他倒是没料到这个家人会有如此深的城府，高兴之余，也受了些启发。看来日后是要多多提防他些才好。至于麻三保为什么会提供宝笼山的地图，他也怀疑过。这不难想通。既然麻三保有这么周到的心机，他当然想得到田大榜对石城的威胁。帮着钻山豹去削弱田大榜，这对麻老大是极好的一件事。钻山豹同麻老大毕竟是亲兄弟哩。

送走七雷子之后，钻山豹兴致很高。他留麻三保喝几杯酒，麻三保却一口也不敢喝。麻老大交付给他很多事情，他又生性谨慎，怕喝了酒误事。钻山豹很喜欢他这尽职尽忠的谨慎样子，便不强留下他喝酒了。

独眼龙晚上也有事。同钻山豹喝了几杯之后，门外有一名苗兵进来报告说："太太请到了。"他便站了起来。

"二爷，我也该走哩。"他讨好地笑了笑，"莫耽误了二爷的好时辰。"

钻山豹也站了起来，活动了一下手腕，对独眼龙说："你今夜莫走远了，就在院子外头盯住，看看宝笼山那方有没有人来给老东西报信。"

"是哩，我就在外头。"

"好。去吧。"

独眼龙出了门。门外，两名苗兵带着菁妹子远远地站着。钻山豹便走了出去，朝菁妹子看了一眼。他听说这女子从早上到现在没吃一点东西了，果然看见菁妹子眼圈周围暗暗的，没有一点精神。她仿佛比以前更加呆滞，依然抱着那只印花布包袱，任别人怎么看，一点反应都没有。

"送到我屋里去！"钻山豹对苗兵说。

苗兵如释重负地应道："是哩。二爷还有事么？"

"没事。对站哨的讲，没有我开口，任他天王老子也不准进这屋。"

"晓得哩。"苗兵们恭恭敬敬地退了出去。

钻山豹插好门上的大木闩，回到桌子旁边坐下了。

"你过来。"他看了菁妹子一眼。

菁妹子便走到了他身边。

"坐下吧。"钻山豹说。

菁妹子坐下了。她一点也没有不驯服的样子。

"早上到城门边要抢走你的，是你男人么？"钻山豹注视着她的脸。

他当然一无所获。菁妹子根本就不会对他开口讲话的。

"要那是你男人就好哩。"钻山豹故意平淡地说，"我早就晓得你心里一直惦念他，如今你该死心了。那个人今天上午让麻大爷的人打死了。身上打了四十几个枪子眼，打成了马蜂子窝哩。"

这句话不轻不重，却顿时把菁妹子撞得眼前发黑。她感到浑身一软，再也支撑不住身子，便歪歪地朝地上倒下去。

钻山豹赶快一伸双臂，稳稳地托住了她的身体，"天！果然是你的男人么？"他将菁妹子那软绵绵的身体往前一拉，便将她抱在了怀里。

菁妹子突然清醒了。她像是遭了野兽似的挣扎着摆脱钻山豹的拥抱，往一边站起了身。她有点慌乱，便朝自己的手上看了一眼。她看见那印花布包袱还在自己的手臂上挽着，于是她又镇定了些。

钻山豹默默地看着她，倒也没有进一步去拉她。待她镇定下来之后，钻山豹便深深地叹了口气，"唉，我去看过你那男人的尸体了。那男人，同我比起来实在是不得强哩。你晓得么，我心里却很敬佩他。我看见他为你下得刀山，入得火海，这才是一个真男人哩。"他看着菁妹子，渐渐地激昂起来，"可我哩？我为你莫不比他还舍得么？我莫不是个真男人么？你如何这样不喜欢我？你当我不晓得么？你不是不喜欢我，是不喜欢我做土匪哩！"

菁妹子站不住了，便挪了挪身体，坐到了椅子上。钻山豹赶紧将椅子搬到离她很近的地方，坐在了她的对面。见菁妹子没有避开他的意思，钻山豹便伸出手去，抓住了菁妹子一只小手。菁妹子犹豫了一下，竟没有抽回那只小手。钻山豹心里便乐滋滋地激动起来。

“唉，是哩！是哩！”他把菁妹子那只小手捧在掌心，轻轻地、温存地用手抚摸着，“莫讲你不喜欢我做土匪，我自己更是不喜欢哩。我成天同这些不通人性的角色打交道，心里好过么？我也腻烦啊！我真是烦透了这种人不像人、鬼不像鬼的土匪日子！唉，我怎么落到这步田地了？唉！……”

钻山豹这些话说得很动心，抬起头来时，那眼中居然闪现出一丝泪花。他便直直地盯着菁妹子，语气越发地真诚了，“你看见的，我把你弄上山来，两年了么？我什么时候像那些畜生一样随便糟蹋过你？我是读过书的人哩。我心里也苦哩。……唉，哪一天，我也能像个真正的干净男人，同你到一个干净地方去，过一过书上讲的那种男耕女织的日子，尽一尽丈夫的责任呢？我是尽得好的哩。你相信么？”

菁妹子像是听进了他这些话，又像是一句也没听进去。等他讲完，菁妹子如大梦初醒，慢慢地将自己柔弱的小手从他的手掌抚摸下抽了回来。

“他……到底是死了？”她喃喃地说话了。

钻山豹大吃一惊。这女子，经过两年的沉默，终于说了第一句话？

“是哩，这我不哄你。他到底是死了。”他赶紧说。这女子之所以说了话，看来是绝了心中的思念。

“死了？”菁妹子凄凄地重复了一句，“死了也好。我也……安得心了。”

钻山豹怔怔地望着她，心里倒有些空落落的感觉。便应了她一句说：“是哩，你就安心跟我过吧。生死都是命，他死了，也省得你受苦受罪。你就莫想那多了。”

菁妹子转过脸来，木讷讷地看着钻山豹。看了好一阵子，终于苦楚地笑了一下，“你讲得不错的，是命哩，何苦不死哩。”

她仿佛熬过了大苦大难，经菩萨点化，终于大彻大悟了。她缓缓地转过身子，从桌上端过酒壶，往酒碗里倒了一满碗酒。然后，端起酒碗，递到了钻山豹面前。

钻山豹犹豫了一下，看着那酒碗，没有去接。菁妹子端着酒碗，那手却禁不住颤抖着。钻山豹将目光移到脸上，发现她眼睛里含满了泪水。而她的脸色又极平淡，同以前一样，并看不出任何机谋与异常情绪来。

他便不再迟疑，接过那酒碗，张开嘴，一鼓作气将那碗酒喝了个干净。

当他喝完酒要去放酒碗时，忽然发现菁妹子已经将酒壶又拿了过来。她要给他斟第二碗酒。

“哦，恐怕……我不能再喝了。”钻山豹小心地对菁妹子说，“今晚，从酒席上喝到现在，我喝得太、太多了哩。”他去菁妹子手上拿那酒壶，“莫给我倒了。你倒了，我不喝也不好，再喝，我就会醉了去哩。”

菁妹子却很固执，不让他夺酒壶，还从他手上接过了酒碗。很快，她又给钻山豹斟满了第二杯。

“唉，你哟！”钻山豹有点禁不住心头的喜悦，“真难得你今天对我这样好哩。这也是我两年时间熬来的，总算是你晓得我的心了。那，我就喝他个痛快吧。”

他便主动地端过第二碗酒，“咕噜”“咕噜”地喝了下去。那酒碗并不小，一口气难得喝干，总要换一口气。但是钻山豹年轻，气魄长，两碗酒都是一口气干下去的。

钻山豹喝得发了性子，便豪爽地问：“那壶里，还有么？”

菁妹子摇了摇酒壶，发现里面已经倒不出酒来了。

“有！看见没有？地上，还有好大一壶哩。”钻山豹解下了外衣的纽扣，呼呼地脱下了那外衣，“再来！你既然晓得我的心了，那就是我的知己！士为知己者死，几碗酒，算得了什么？来，再来！我幺佬，今天舍、舍命也是陪你喝个底、底朝天。”

菁妹子朝他看了一眼，发现他的脸一点也没红，反而煞白了。人家说，喝酒上脸的人不易得醉；不上脸的人，那酒劲便只上心，喝得过了量，注意是要醉的。钻山豹此刻额头上冒着汗，讲话也不知轻重了，看来那劲正朝他心里烧了去哩。

于是菁妹子走到桌子旁，提起了地上那壶酒。她感到有点吃力，地上这只酒壶是往桌上酒壶里添酒用的，很大，而且装得很满。

窗户外面倒很安静。菁妹子抽空当朝外面看了一眼，苗兵的岗哨像树桩子一样立在那里，戒备得很紧。院子里时常有一双一双的流动哨，荷枪实弹地巡游着。她没有久看，只感到胸口堵得厉害。于是，她又连续不断地给钻山豹斟起酒来。

田富贵这个时候已经摸到了离这里很近的地方。院子里的戒备情况，他居高临下看了个一清二楚。他处的位置很不利，院墙上没有办法可以隐蔽住自己的身体。下面的哨兵和望楼上的哨兵都可以发现他。他只好匍匐着，心乱如麻地寻找着跳进院子里去的机会。

在钻山豹的屋子里，菁妹子已经把那地上一大壶酒往钻山豹肚子里灌下去了一大半。有一阵，她心慌得要命。看着钻山豹那么爽快地一碗一碗地喝着，她忽然怀疑这壶里是不是米酒。没有出嫁之前，她在家里帮着打过米酒，那白白的酒浆发出醉人的清香，她父亲还鼓励她尝尝，说米酒不烈，不怕的。她的母亲急忙制止了她，说，米酒后劲大哩。当时喝了不觉得，过后，会醉你个三天三夜。菁妹子现在分明闻到壶里有那么浓郁的酒香，于是她放了心。是哩，后劲还没发哩！她尽可能平静地看看那后劲到底什么时候在那人皮畜生身上发作。

远处，梆声又响了。菁妹子记得这是第三道梆子。都到了下半夜，这米酒的后劲还没上来么？

她看了钻山豹一眼，忽地心中一喜。来哩！钻山豹那样子，已经失了常态。他将脖子伸得很长，脑袋很吃力地扭动着。那把火，烧得他难以忍耐，他便哧哧地喷着酒气。

“好、好个你……我的娇……娇贵妃哟。”他脸上的肌肉失了控，笑起来十分可怕，“今、今夜，怎么是我醉、醉了酒……”

他架不住那米酒强大的后劲，终于醉了。伏在桌子上，几次想把头撑起来，却根本撑不起。

“收、收……收了！”他突然狂叫了一声，然后，将身体往桌上一歪。他歪在桌子的边沿上，桌子便倾斜了。于是，“乒乒乓乓”一阵乱响，那桌上的残杯败盏立即倾了一地。

门外的哨兵被惊动了，不久便进来了五六个人。收的收桌子，扫的扫地。有两个人赶快去扶起钻山豹，把他往里屋那张床上架了过去。

钻山豹睁了睁醉眼，昏迷的目光扫见了菁妹子，“……你、你来呀……我、我今夜，你来……”

菁妹子站在那里，紧紧地抱定自己那只印花布包袱，心却在狂跳着。不久，苗兵便把屋子收拾好了，扶钻山豹上床的那两个人，在里面忙手忙脚安顿他睡下之后，也走出了房门。他们倒很机警，出门之后，带上了那两扇大门。

一切又平复下来了。

菁妹子在那里站了一阵子，她的心也渐渐地平复了。她从雕花的窗格往天空望去，天色黑沉沉的。怎么没有一颗星星？她黯然心伤。是，今夜晚，满天的星星也不知散落到哪里去了。黑到了尽头，就朝尽头走去吧。

她从容地对着窗外那漆黑的天空，不慌不忙地伸出手来，朝后拢了拢头上的散发。她脑后结了一个圆圆的发髻，菁妹子嫌那发髻把头发箍得太久了，于是解散那发髻。她的头发软软地、和顺地往下垂着，一丝也不乱。

她拎着那只印花包袱，静静地听了听内室。钻山豹倒是不打鼾，只是难受地出着粗气。菁妹子知道时候到了，该进去成全那件事了。她仿佛还有很多依恋，便再次往院子内望了一眼。

这次她没有朝上望。只是看见院子中间挂着一只大灯笼，灯笼中心是一截残蜡，顶着一片将灭未灭的火苗子。风吹过来，院子里竹影摇曳，清冷无比……这就是人间世道？

菁妹子便毅然走进了内室。

她看见了那张床。钻山豹今天居然也酩酊大醉，被人架上了那张床。

床上的被子散开了，蒙头蒙脑地盖着那堆臭烘烘的人肉。菁妹子凄惶地舒了一口长长的怨气，感到手指尖冰凉冰凉地发着麻。

包袱始终在她手上拎着。她觉得那只包袱是她的性命，这样命总不在身体里，却一直跟随着她。

她将手伸进了包袱内。性命已经没有一点用处了，抛了吧。她突然愤恨得发起颤来。

“哦……富贵哥，你慢些走。我就赶来哩！我给你报了仇吧……”

菁妹子的手触到了那把绣花剪。霎时间，那冰冷的力气注满了她的全身。

他的头在哪里？这吃人的畜生！哦，在枕头上！是哩，是那畜生的头。要使把蛮力哩，一剪下去，扎穿了他！

她右手紧紧地握着剪刀，仇恨满腔地走到了床头。你这畜生，不想当土匪？西边出了个绿太阳哩！你夺了我，你夺了富贵哥，你偿不清哩……我不要你偿了！成全你吧，畜生都不如的东西啊！……

菁妹子不再犹豫，不再颤抖。她伸出左手来，“呼啦”便扯开了被子。紧接着，她的右臂高高扬起，攥紧那锋利的剪子，拼聚着全身的气力，朝那头的部位死命地扎了下去。

她扎得很准。并且，清楚地听见了剪子扎进去时的那一声“哧——”。她心里有点奇怪，觉得像是扎破了一层布。原来人的头竟这样不经扎么？

不哩！不是人的头，菁妹子已经看清楚了，她扎的是只枕头。枕头破了，那里面的谷壳从裂口处流了出来，谷壳灰直冲鼻孔，呛得人直想咳嗽……

菁妹子急了，恼了。她索性拉开被子，朝床上胡乱扎下去。她的头完全昏乱成了一缸淘米水，不管是什么，只顾疯狂地扎着，一剪刀一剪刀地朝下扎着……

在她身后，那天花板上攀着一个人。菁妹子进屋时一点也没觉察到。那人亲眼看见了菁妹子所干的一切。他苦笑了。

他轻捷地跳了下来，菁妹子仍然不知道。她知道自己失败了，那床上并没有人。被子蒙着的只是一堆乱七八糟的衣服。她心中只晓得恨，其余的全不顾。衣物也好，被子也好，她死命去扎，去发泄着仇恨。

钻山豹便过去拧住了她的手腕："婆娘！你这样子，也杀得人么？"

菁妹子浑浊的眸内霎时闪过一道光。她猛回头，一口便咬住了钻山豹的手。钻山豹没防备，赶紧一松，菁妹子顺势便将剪刀向他腹部捅了去。钻山豹不由得吓了一大跳，急收腹，才避免了那一刀。他这下便恼怒了。

"好你个贱种！"他咬牙切齿地骂道，"把我看作好欺骗的人么？你这婆娘！实话对你讲吧，你在老子面前一声不响，愁眉苦脸，任老子把你盘来盘去，这才讨我的喜欢哩。你一开口讲话，老子的心就冷了。晓得么？哼，我早就明白，有一天你这婆娘向我献殷勤的时候，我们的情分就该了结了哩！你以为灌得倒老子么？那壶里早就兑了水，越灌老子越清醒！婆娘，今夜，你就莫怪我手脚无情了。老子蓄了两年，只指望这一发哩！"

钻山豹眼中邪火怒火淫火一齐燃了起来，那手只往菁妹子衣领处一刮，她的上衣便开了长长一条口子。

菁妹子横了心只求一死，顾不得去遮那口子，一脑便撞在了钻山豹胸口上。钻山豹避了一下，却松了些手劲，菁妹子抽开手，剪刀还在手上握着。她没有一丝停顿，又将剪刀朝他扎了过去。

钻山豹离她远了些，手脚便好施展了。他等那剪刀刺过来时，略略让过刀尖，一把就拧住了菁妹子的手腕。然后，抓住那手腕，反着向上一抬。顿时就听见菁妹子手臂处"咔嚓"一响，菁妹子的身子便栽倒在地上了。手臂的骨头断裂时的剧痛陡地袭遍了全身，她立即发出撕心裂肺般的惨叫声。

"啊——！"

这声惨叫，无遮无拦地穿出窗口，在麻家大院上空回荡着。几乎所有没有入睡的人都听见了菁妹子的惨叫声。

田富贵当时已经看好了院墙与屋角的一个接合处。那屋角有一个龙尾形状的挑檐。院墙与屋角形成了一个很狭窄的夹角，用手撑着两边，可以借力顺下院墙。而且那边还很暗，不易被发觉。只是田富贵现在的位置离那些挑檐还有不短一段距离，他不敢立起来，便匍匐在院墙上，正向那边爬着。

那声惨叫，突然撕裂了田富贵的心。是菁妹子！是她的声音！叫得这么惨？她……她遇了伤害么？好个歹毒的钻山豹啊！

田富贵脑子里冲上来一股热血，忽地从院墙上站立起来，他全然顾不得院内有没有人，身子向上腾起，呼呼地朝院墙内跃了下去。

他太冲动了，落地时，身体都没顾上协调一下。两丈多高的院墙，落下来那冲击力是相当大的。当时院内的岗哨都被那声惨叫惊住了，倒是没有注意围墙上跳下来了一个人。田富贵自己却没有站稳脚，落地以后，身子一个前冲，竟“噗”地跌翻了。

他赶紧爬了起来，想顺着墙根冲到钻山豹的屋子里去救菁妹子，但一迈步，竟又跌了下去。这时候他才感到脚脖子那样剧痛难忍。他心里突然发了慌，是落地的时候扭伤了踝骨哩！“嘿！”他恨得擂了自己一拳。

那地方是不能久停的。眨眼之间，院内的岗哨便发现了田富贵。

“哪个？莫动！莫动！”哨兵高声喊了起来。田富贵急了，不顾脚伤，一瘸一拐地跳向了墙脚下。

“不好！有、有人！”土匪哨兵惊慌地嚷开了，“进了院子里！快来人！”

这一喊，便喊来了四面八方的巡逻哨兵。好几群土匪提着枪，一窝蜂地朝中院拥了过来。

黑牛在那槐树上看得十分清楚。田富贵下了院墙，他正朝下寻着他的身影。哨兵一声喊，黑牛便知道不好了。他攀着树枝，掏出驳壳枪来，“砰砰”地朝中院那扇门打了个连发。那门边正拥进来四五个巡逻的土匪，被黑牛一梭子就撂倒了三个。

枪声一响，逼向中院的土匪们立刻吓得伏在地上。而在这同时，前院和后院却炸了油锅。整个麻家大院顿时便乱成了一团。

钻山豹当时在屋子里拧翻了菁妹子，正托着她那昏迷过去的身体要往床上放，便听见槐树上响了枪。他听那枪声不对，赶快把菁妹子扔到床上，一把拔出快慢机，闪身便奔出了大门。

他并没有到处望，出了门便看院墙上的那棵老槐树。立即，他发现树上闪了一个暗红的火球。钻山豹急往下一蹲，树上射来的子弹不偏不斜地打在了门框上。要是蹲晚半步，这颗子弹是会勾了他的命去的。

“好枪法！我也不亏你哩！”他毫不迟疑，甩手便向槐树上面扫了一梭子。

槐树的枝叶顿时哗哗啦啦掉了下来。紧接着，那树上一条黑影哧哧地顺着树干疾速溜了下去，隐到院墙外面不见了。

“跑了！跑外头去了！”院里的土匪都看见了那条黑影，便乱叫起来。

“追！”钻山豹站起来，飞快地朝后院门那边奔了去。院里的土匪也随着他，稀里哗啦地拥向了后门。

黑牛没有打中钻山豹，却吃了他一梭子。他在树上不好隐蔽，只觉得左边胳膊震了一下，显然是中了一枪。这黑牛有蛮劲，挺得稳稳的。趁钻山豹换梭子的空当，他飞快地溜下了那株老槐树。

这种时候，他便顾不得田富贵了。双脚一沾地，他第一个念头就是快逃离这里，于是他扭头便跑。

刚扭过头去，他不禁吓慌了手脚。他看见黑暗中在他身后森森地立着几条高大的汉子，为首的还狰狞地朝他笑着。

“崽！哪里跑？”那人端着枪，指着他的胸膛，“有福哩，撞进老子网里来？”

黑牛听得那声音耳熟，突然辨出了那是独眼龙的声音。他更慌了。他知道独眼龙反了田大榜，如今是钻山豹的人。要是被独眼龙认出自己来，还不把他爹爹的菜都坏了去么？

这个蛮勇的黑牛，在紧急时刻倒能沉住气。面对着独眼龙的枪口，他慢慢地举起了双手。在举手的同时，他的身体也自然而然地背了过去。这样，独眼龙便认不清自己的脸了。

“哼哼！不敢打么？要得，崽！你我都省了些手脚哩。”独眼龙走上前去，伸手要取他手上的枪，“你个崽，还识时务哩……”

他略略松懈了警觉，冷不防黑牛右臂往下一收，胳膊肘子扎扎实实地击在了独眼龙的肩膀上。独眼龙从他这一击中发觉对手是个力大无比的人，他差点让那一胳膊肘打塌了腰板。

“哇呀！给老子上！”他闪开身子，大喝了一身。于是他带来的几条汉子便冲上去围住了黑牛。

黑牛面对这些汉子毫无惧色。他桩子极稳，当两名汉子扑上来时，他蹲了个马步，避开对方来势，抓准时机一闪双肩，那两名汉子还没摸准方向便狗抢屎一般跌作了一堆。

独眼龙半个身子还是麻木的，但他咬着牙挡在黑牛面前。

“好个崽！功夫不错！独爷再教你几手！”他狞笑着，往黑牛面前逼了过去。

忽然，独眼龙迟疑了一下，“你、你不是黑……”他惊讶地站住了，“黑牛，狗杂种！是你么？”

黑牛不搭话，扑到独眼龙面前，铁拳像擂鼓一样朝他砸了去。这一手来势凶猛，独眼龙只好急急地闪避开身子。趁着这个破绽，黑牛铆足了劲，双脚生风，一眨眼便逃得不见了。

独眼龙他们正发着愣，钻山豹带着一群苗兵奔出院子门，朝这边跑了过来。

“人呢？”他问独眼龙。

“跑、跑了。”

“几个？”

“一个哩。”

“不中用的东西，几个人捉不住一个？”钻山豹狠狠地骂了句。

“二爷，晓得他是个什么人么？”独眼龙并不在乎他骂，却问道。

“什么人？”

“他是……”独眼龙看了看钻山豹身后的苗兵，便凑到他耳边，小声说，“他是榜爷的野崽，叫黑牛哩。”

钻山豹剑眉往上一竖，却极快地呵斥道：“胡说！榜爷怎么会派人干这种事？”

独眼龙莫名其妙地望着他，还想再说点什么，钻山豹一挥手又打断了他。

“不讲了！回去！”

他刚刚要回院子里去，一名苗兵气急败坏地跑了过来。

“二、二爷！上当了！调、调虎离山哩！”

钻山豹猛地一惊，“狗日的！是抢了我那女人么？”

“是。背、背走了。”

钻山豹气得脸上都变了色。他强压住心头的怒火，略略一判断，旋即便果断地喝道：“走！去北门！”

黑牛在槐树上开了枪，不仅把土匪们的注意力吸引过去，给田富贵解了围，而且还引出了钻山豹。田富贵不知道暗中解救自己的是什么人，但是他看见那人一枪差点要了钻山豹的命。他正考虑要不要抡起枪来朝土匪们开火，却看见钻山豹带着土匪追出了院子外。

脚脖子痛得钻心，田富贵根本不顾了。他瘸拐着，很快跑到了钻山豹的房门前。

房门大开着，田富贵一头便闯了进去。屋内的灯被钻山豹吹灭了，什么也看不见。田富贵头上冒着汗，胡乱摸寻了一阵，不知道菁妹子在什么地方。他急了，便轻声呼喊起来。

“菁妹子！你在哪里？菁妹子！”

后来他发现这屋子有一个内室。在黑暗中待了一阵，眼睛也适应了些。摸进内室，便看见了那张床。

“菁妹子！你作声哪！菁妹子，是我来救你呢！”

菁妹子昏昏迷迷地瘫在床上，耳朵里轰轰地响着。她听见有人在喊，终于苏醒了。她想翻一个身，右臂立即疼痛得使她倒抽了一口凉气。她心中本能地残留着反抗的意识，便去摸那绣花剪。

于是田富贵发现了她，“菁妹子！是我来了！我的菁妹子啊！”

他扑到床前，双手扶住了菁妹子的肩膀，“我是富贵哩！菁妹子，我来救你哩！”

菁妹子神志一阵阵地迷乱着，“你……你这畜、畜生……又来哄、哄我么？……”

“菁妹子，你睁开眼看看。菁妹子，菁妹子！我找得你好苦哩！”田富贵的泪水突然涌了出来，扑簌扑簌地落在了菁妹子的脸上。

菁妹子嗅到一股熟悉的却又陌生了好久的男人气息，她突然感到上气接不着下气了。

“富、富贵哥……我要、我要看看你……”

田富贵便把她托了起来，“菁妹子，我在你面前哩。你看见了么？”

“我、我……的富贵哥哟……”她看见了田富贵那张汗水和泪水交汇在一处的脸，心里一热，竟又昏迷过去了。

田富贵摇着她的身子，焦急地呼唤着她。忽然，他的手触到了那把绣花剪。他猛地想到这里是匪穴狼谷，绝不能久留。

“菁妹子，你莫慌。我这就救你出去！”他弯下身子，把菁妹子往上一托，托在了自己的肩膀上。

脚脖子在这时候倒还争气，并不是那么疼痛了。菁妹子的身体伏在他肩上，田富贵感到精力倍增。他一咬牙便站了起来，只觉得身上有翻山越岭、跨江过海的力量。

出了屋门，院子里仍然没有人影。田富贵背着菁妹子，无法越墙而过，便顺着墙根向院门溜了过去。

院门也是敞开着的。土匪们心虚，遇到紧急情况，一点章法也没有了。门边竟看不见守卫的土匪。

为了谨慎起见，田富贵没有冒冒失失地抢出院门。他轻轻地接近门边，伸出半边脸朝外看了看。果然门外还留下了一名端枪守卫的土匪。那名守卫的土匪注意力全在院墙外面，于是田富贵果断地跨出门槛，轻软地走到他身后，他准备捡起石块狠狠地砸卫兵的脑袋，要一下子砸倒他才行，可不能让他叫出了声。

他很快接近了那哨兵，正当他要扬手去砸哨兵时，菁妹子在他肩上动了一下。他生怕菁妹子滑下来，便没有将手砸下去。

那哨兵却觉察到了身后的动静，急忙回过头来，田富贵急了，便匆匆地朝他砸了一石块。哨兵吓得发了蒙，本能地将头一偏，石块砸在了他右肩上。他身体一震，手上的步枪便落在了地上。田富贵一下没砸死他，心里便发了慌，右腿猛地抬起来，狠狠地踢在了那卫兵的腰眼处。卫兵魂飞魄散，倒在地上，接连打了五六个滚，然后爬起来，不要命地逃走了。

田富贵知道事情很糟，也不去追他，背着菁妹子便跑。他已经出了麻家大院，于是心里又踏实了些。石城那条麻石街光溜溜的，像是泼过了水一样。田富贵不敢上那街面去跑，便踅到房屋后面，借着交错的房屋往前摸了去。

慌乱中，田富贵失去了方向。他不知道城门在哪里，而且必须要找到北门。只有那里才可能逃出城去，那里有一条地道。

他抬起头看了看天空，天上没有一颗星星。身边的房屋也不能帮助他辨别方向。一般屋子都是坐北朝南，但这些房屋建在街道两侧，相互门对门，不知哪是南哪是北。

田富贵已经流了很多汗。心里一急，身上到处都在爹毛孔。他不敢这样毫无目标地乱窜一气，便站住了。一站下来，那汗出得更凶，连呼吸都感到十分困难。

菁妹子这时候醒过来。她呻吟了一声，那条没有受伤的左臂向前搭出来，紧紧地挽住了田富贵的脖子："……哦。"

"菁妹子，你、你好些了么？"田富贵气喘吁吁地问道。

"富……富贵哥，我们……这是去哪里？"

"我救你，救你去一个好地方。菁妹子，你想都想不到的好地方哩。"

"是……回家么？"菁妹子软软地伏在他肩上，向往地问，"我想回、回家哩。想……想死我了哩……富贵哥……"

“好，菁妹子，我们回家！”田富贵侧过头去，用面颊抚了抚菁妹子那挂着泪珠的脸，“菁妹子，只是……你晓得北门往哪边走么？”

菁妹子闭上眼睛，将脸依偎在田富贵的后颈窝子处，喃喃地说：“我、我只晓得要……要回家……”

“好。菁妹子，回家。”田富贵按捺住心中的焦灼，安慰她说，“这就走，就走起。”

田富贵在城里转了好长一段时间，后来终于寻到了北门。

城门口还是那盏昏黄的马灯。他看见城门紧紧地关闭着，城门边却空寂无人。守城门的苗兵绝不会睡觉的。也许他们早已接到通知潜伏起来了，他们现在将枪口瞄着那扇城门，只要他接近城门，就会被乱枪打死。

田富贵对那扇城门轻蔑地笑了笑。你们虚张声势，却是枉费心机哩。

他沉住气，再次观察了一下城门边的情况，选择了一条能避开城楼上岗哨视线的路，悄无声息地接近了那间关马的岩屋。

到了！田富贵的心剧烈地蹦了起来。只要抽开马料槽的底板，他就可以将菁妹子接到城外去了！他倏地紧张得要命。这里太宁静了，莫非有埋伏？

一切都不必想，赶快弄开那地道口！他不敢迟疑，几步便蹿到了马料槽旁。

菁妹子还在肩上背着，这样是无法去抽开那扇底板的。他记得石匠抽底板时都费了好半天工夫。但是他怎么也舍不得把菁妹子放下去，好像放下去之后就会永远地失去她一般。

“菁妹子，你……醒着么？”

“……哦，富贵哥，”菁妹子迷迷糊糊地说，“到……到家了么？”

“快到了。菁妹子，”田富贵下了决心，“你下来站一站，好么？”

“那……你莫一个人走。莫……好么？”

“不会的。菁妹子，不会！”

田富贵迅速地朝周围看了看。马料槽这里不好隐蔽，他还要在这里弄开地道口。万一有人发现了他，开起枪来，会伤了菁妹子。岩屋离这里不过几步远，那里倒有岩石砌的墙角。他决定让菁妹子藏在岩屋那边，等他弄开了地道口再去把她背过来。

他把菁妹子藏好之后，猫着腰回到马料槽前，急急地去摸那槽底的活动底板。他记得石匠是朝岩屋这边抽开底板的，因此，他很快便抠着了底板下面那条缝。

大概是早上抽开过一次了，料槽的底板抽起来并不像石匠抽的时候那么费劲。田富贵心中暗暗高兴，一鼓作气地抽着。响声也不如早上那么大，但是周围太安静了，他一边抽，一边瞪大眼睛朝身边警觉地巡视着。

陡地，田富贵发现自己确实陷入了土匪的包围之中。首先是城门边出现了七八条黑影，猫着腰，不声不响地往岩屋这边逼近。他再回头看了一眼，那后面也有一堆人影顺着城墙角向这边摸。这里只有一前一后两条路，右边不通，左边便是城墙。他再抬头朝城墙上望去，城墙的石垛中间露出了七八条枪管。

田富贵的心一下便悬吊起来了。他知道这样堵截着是早有准备的，但是这些土匪并不知道料槽下面有一条地道。现在他们逼了过来，唯一的生路只有尽快地抽开地道口这块盖板。半秒钟也不能迟疑了！

他眼珠子瞪得滚圆，咬着牙，死命地抽着地道盖板。正当他终于抽开了地道盖板之后，城墙上方，有一个人伸出头，清楚地看见了他干的一切。

“地道！”那人高声喊了起来，“给我扑上去，莫让他钻了地道！”

田富贵一惊，正不知该怎么办好，菁妹子在岩屋那边吓得大叫起来。

“富贵哥！他、他又来抢我哩！你快来！”她听出了墙头上钻山豹的声音，吓得什么都不顾了，“富贵哥！快来——！”

田富贵心里突然被她喊慌了，“菁妹子，莫乱动！”

他刚想过去背菁妹子，城墙上的七八条枪都在那一刻同时放响了。

“打死他！莫让他过去！”钻山豹大声命令道，“封住地道口！给我打死他！”

菁妹子这两年被钻山豹吓破了胆子，听见他的声音就害怕。城墙上一放枪，那震耳的枪声惊得她浑身战栗着。一听钻山豹喊要打死田富贵，菁妹子更加心惊肉跳。她突然钻出了岩屋，极度恐慌地朝田富贵跑了过去。

“富贵哥……”

“危险，快趴下！”田富贵惊得大声喊叫起来，“莫过来呀！……”

但是晚了！他话音还没落，菁妹子脚下像是遭了人一绊，她的身子一个趔趄便扑倒在地上。田富贵亲眼看见了她倒下的全过程。他意识到菁妹子已经中了枪弹，却只在想她是跌了一跤。跌得他心里猛然一震。

田富贵再也顾不上别的了，他猛地冲到了菁妹子面前。菁妹子一动不动地扑在地上，头发盖在她的脸上和肩上。一双手向前伸展着，像是要去抱住什么的样子。

田富贵蹲了下去，“菁妹子，我们走。”他惶惶地说，“我们……回家哩。”

他将菁妹子抱起来，这时候便看清了她那张纸一样白、蜡一样透亮的脸。她的头从田富贵的胳膊弯倒垂下去，脖子仿佛断了，一片殷红的血已经糊满了她的胸脯……

田富贵呆呆地朝四周望了去。望什么，他自己一点也不知道。他全身都是木的，脑子也是木的。他抱着终于没有了生命的菁妹子，缓缓地站了起来……

这时候，城墙上忽地飞下来一个人影。那人影身体瘦长，跳下来之后，立在那里像一截树桩子，一动也不动。

“她，死了么？”他问。这人是钻山豹，问话的声音很低沉。

田富贵刚刚转过身去。他看见了钻山豹，便站住了。他的目光仍然是木呆呆的，而他的牙却在紧紧地咬着，那仇恨，全聚集在牙帮子上了。

“你把她放下来。”钻山豹又说了句，那语气好像是在同田富贵打商量，“放下来吧。好么？”

田富贵没有理他，也不朝他看。他抱着菁妹子的尸体，一步一步地向料槽下面的地道口走了过去。

钻山豹便跟着他也向前走了几步，“你要走，我放你。她已经死了，你不要带走她。”他很认真地对田富贵说，“留下来。我明天，要好好地安葬她。你听见没有？”

田富贵走到了地道旁边。钻山豹的话，他一句也没有去听。他的心里填满了愤怒和哀伤。他看了看那黑漆漆的地道入口，托起菁妹子的尸体，慢慢地往里放了进去。

钻山豹终于火了，“你个杂种！不听我的话，想死么？”

田富贵这时候已经将菁妹子放进了地道里。他突然便爆发了。他一步抢上前去，左手一把揪住了钻山豹的衣领，右手抡开来，集中全身力气，一个勾拳便打中了钻山豹的肋骨。

钻山豹本来有一种以强凌弱玩弄对方的心理，因此放松了戒备。他看见菁妹子倒下了，当时心里确实也震动了一下，便喝令土匪不许再放枪。进而，他又产生了一个莫名其妙的想法，他倒真想让田富贵逃出去，也真想把菁妹子的尸体留下来好好地送她入土。他觉得这样一来，自己的儒雅名声就会不胫而走，也好让四丫头看看，在这山里，还有他这么一个不同凡俗的人。东北虎也是一个活人，他若是听了这些事，也不能不有想法。反正田富贵子弹打光了，于是他便跳下了城墙。

他吃了田富贵一拳，心中的火忽地就蹿了上来。但是他是经过锤打的人，那一拳也伤不到他什么。恼怒过后，他又平静了。

“好！是条汉子！”他大度地说，“我还可以让你两拳。只是，你得把那女人留下来。”

田富贵也不说话，抡起拳头便照他打下了第二拳。这一拳打得更凶，劈面打中了钻山豹的左眼窝子。钻山豹只觉得眼前火星乱舞，还只来得及哼了一声，田富贵的第三拳又打中了他。打得更要命，拳头是朝他太阳穴落下去的。

钻山豹再也不敢大意了。挨了第三拳之后，身体一歪，双手便朝上分了去。他解脱了田富贵的攻击，右手从下而上，直捣田富贵的下身。田富贵急忙侧身，被他一拳打中了胯骨，顿时便朝后趔趄了几步。

“杂种！不识抬举么？”钻山豹啐了一口痰，骂道，“那就只好连你的尸体也一道留下了！”他站起身子，朝田富贵逼了过来。

田富贵刚要扑上去同他拼命，忽然，头顶上像炸了一声雷似的发出一声喊：“田富贵，卧倒！”

田富贵没有朝上望便分辨出了那个声音。那是小分队的侦察排长何山的声音啊！石匠终于找到小分队了？小分队终于来接应他了？

他立即后撤一步，原地卧倒了。钻山豹当时也吃了一惊，但他反应很快，几乎和田富贵同时卧倒在地。一串子弹从城墙上射了下来，那子弹不偏不斜地打在了他站的那个位置。

钻山豹知道出了意外，正惊疑着，城墙上立即又响起了排枪声。这排枪是朝城墙上的苗兵打过去的。同时还有惊天动地的喊杀声。

“杀！”

“缴枪！放下武器！”

“东北虎来啦——！”

钻山豹顿时慌了手脚。城墙上的喊杀声绝不是虚张声势的，那些人都是外头的口音。很明显，确实是东北虎带人突袭过来了。

他试着动了动身子，墙垛子上的那条枪又准确地朝他开了火。子弹打在他身边的石板上，火星子溅了起来。

他紧张了，拔出枪，不间断地朝城墙上放了一梭子，然后，就地打了好几个滚，再也顾不得田富贵。瞅个空子，闪起身来，蛇一般地溜脱了那个危险的地带。

第十章

由于刘玉堂的剿匪小分队突然出现，石城的空气骤然紧张起来。

天亮好久了，石城仍是门窗紧闭。街面上除了神色紧张的巡逻土匪之外，再也见不到一个闲杂的人。

闹了差不多整整一夜的麻家大院，现在倒是安静得出奇。院墙四角的望楼上，各增加了一挺轻机枪。院门口，苗兵三步一哨，五步一岗，各种轻重武器都摆了出来。刀出鞘，枪上膛，完全是一副如临大敌的架势。

院子内，那气氛更加严峻。三支队伍的首领人物都住在中院，在昨天夜晚的混乱之中，每个方面都吃了暗亏。因此麻家大院除了对外戒备东北虎之外，内部相互之间的仇恨与敌对情绪更加剧烈。院子上下，寒风阵阵，似乎空气都冷酷得快要凝结住了。

敌对的焦点当然在中院。中院的那方天井简直成了真空地带。任何人都是小心翼翼的，尽量不从那里走过。人们心中明白如镜：在天井四周那一间一间紧闭着房门的屋子内，各自聚集着一堆气焰暴烈的人。这些人正对另一些屋子的人咬牙切齿，磨刀霍霍。说不定什么时候，这里就会响起爆豆般的枪声，就会倒下片片脑浆涂地的尸体。火并与流血的事已不可遏止，而且一触即发。

大约在上午十点钟的时候，中院西面那扇房门“哗”地敞开了。那门是被人用脚踹开的，踹得那么响。把旁边那些神经早就绷紧了的人惊得一弹而起。

“都给我听着！”一个凌厉的声音划破了院子里的沉寂，“从现在起，除了田大榜、麻老大和麻老二之外，其余的人，马上滚到院子外头去！任何人不准带枪到院子里来！听见没有？都给我把门打开！”

这是四丫头的声音。她觉得已经到了非常时期，便出来收拾局面了。

她今天一反平常那种松散、倦怠的神态，变得格外精神，格外威风凛凛。她一身戎装，马靴擦得锃光发亮。美式黄军装扎得紧紧束束，武装带上，黄灿灿一圈子弹，挂着一支亮闪闪的左轮手枪。背后，四颗柠檬式速发手雷插在腰间，外加一柄锋利无比的匕首。右肩上平挎着那条既可单射又可连发的卡宾枪，枪栓早已拉开。

她的女警卫也是全副武装，手上平端着一挺汤姆式冲锋枪。这种枪有一个带着花孔的套管，击发起来，威力胜过机关枪，在土匪队伍中是极为罕见的。

四丫头走出西屋大门，径直来到天井正中。她有意让各间屋子都看见她。她的这身装束，对于那些土匪头目很有震慑力。当然，她的震慑力并不在于身上那些武器，这一点她很清楚。但是由于有使土匪头目畏惧的靠山撑腰，这身装扮便足以镇住他们了。

“我再说一遍，”她的声音在天井中产生了共鸣，“马上把门打开！没事儿的人，赶快离开这里！大敌当前，我没闲心思管你们相互之间的破事儿！有重要军务，必须马上商量一下。听见没有？”

她的话当然是有作用的。不久，田大榜的那间房门打开了。

“好，四丫头。”田大榜提着枪，从屋里走了出来，“我看你的面子。哼，老子今天以大局为重！”

“屋里还有人么？”四丫头没有动，冷冷地说，“让他们出去！”

田大榜愤愤地看四丫头一眼，回头对屋里说：“你们先出去，不怕的。”

那屋内便走出来三名虎彪彪的汉子。其中有一个皮肤黝黑，鼻孔生得很大。这三条汉子都提着枪，枪上的机头都大张着。出来之后，朝院子里看了一眼，那眼光中含着虎生生的杀气。

“榜爷，我们就在门外。有事，老子们随喊随到！看哪个敢乱动！”

三条汉子狠狠地说了这么一句，显然是说给那些没开门的屋里人听的。然后，三人拉开距离，朝外走去。

“慢点走！”

随着这声吆喝，钻山豹的房门也打开了。他今天换了身雪白的夏布衫子，下身也是一条白色丝绸长裤，再配了那张见棱见角的苍白的脸，显出了格外一种威风。在他身后，独眼龙也带了两条高大的壮汉，团团围定钻山豹。钻山豹倒是没有提枪，但是独眼龙和另外两条壮汉却掂着大镜面盒子炮。而且，三个人共握了五条短枪。除了独眼龙之外，另外的两人双手各操一条。

田大榜看见钻山豹开门走了出来，他脸上的肌肉都气得抖动起来了。

“孽种！你想做什么？”

钻山豹没有搭话，出了门便向田大榜走了过去。田大榜身后的三名虎彪彪的汉子立即上前一步，护住了田大榜。

“莫怕！”钻山豹并不找田大榜的麻烦，却用眼睛紧紧盯住了黑牛，“这个黑皮畜生，看着好眼熟啊！”他又斜了田大榜一眼，“听别人讲，他是你的崽？”

“老子同你没得话讲！”田大榜恶狠狠地瞪了他一眼。

“你这个崽，好壮啊。”钻山豹突然抓住了黑牛的左臂，暗暗用力捏了一把，“嘿，真是一头牯牛！”

黑牛的那条臂膀昨晚中了钻山豹的枪子。他的外衣已换过了，伤口涂了些药，并未捆扎，钻山豹那一捏，正好捏在他的伤口上。黑牛却是个死蛮的汉子，被钻山豹捏中了伤口，他一动也不动，连眉头也不皱一下。

“松手！”田大榜喝了一声，“你也是欺人太甚。养横了你个孽种哩！”

“哼！”钻山豹眼里露着凶光，“我欺人太甚？昨夜晚，是哪个派这头黑畜生勾结东北虎的人来打我？他在那树上，差点一枪要了我的命！老舅，你这样无情，我也只好无义哩！”

“呸，”田大榜一肚子怒火正好无处发作，“你有情义？昨夜晚，你抄老子的窝，盗了老子四十条枪栓，还杀了老子两个人！孽种，你做个红漆马桶的样子，外表乖乖巧巧，肚子里臭了一泡水！老子还没找你算账哩！”

“听着！”四丫头在天井中喝了句，“你们再多说一句，就别怪我了！”

她和她的警卫，同时将枪口转向了那一堆人。两个黑洞洞的枪口闪着骇人的寒光。

田大榜和钻山豹知道四丫头今天确实会不讲情面的，便各自忍住了心中的怨恨。

“好！”田大榜咬着牙齿说了句，“你等着，我同你，有账算不亏哩！”

“是哩。”钻山豹也冷笑了一声，“你好好地多少等几天。等老子打完东北虎再找你的时候，你若伸了腿，老子还亏了哩！”

话讲得都很刻薄，但他们还是不敢违拗四丫头。说过之后，便将各自的人打发走了。

四丫头自负地抿紧嘴唇，狠狠地看了看这一老一少两名匪首，然后，转过身去，朝麻老大那间屋子喊道：“现在该你出来了。还在等什么？”

麻老大的房门开得犹犹豫豫。先是听见门闩子响，后来又听得一些木头柱子在地上滚动。分明是除了门闩之外还加了顶门杠。“叮叮咣咣”响过之后，那扇双叶门开了半边，然后，从门缝中挤出来一个人。这人不是麻老大，却是他的贴心家人麻三保。

“四小姐，有事，你尽管吩咐。”麻三保低着头，不卑不亢地说。

“谁跟你有事儿？”四丫头轻蔑地说，“叫麻老大出来。听见没有？”

麻三保没有动身子，仿佛早有准备地回答说：“我家大爷心里不舒服。他要我回四小姐的话，说他就不来了。”

四丫头早就从心底里看不起麻老大了，甚至对这个土苗王还十分厌恶憎恨。一听麻三保说他居然在这种时候不出面，四丫头心中的怒火忽地蹿起老高。她本想发作性子，一转念，她又压住了心里的那股火。

“你再去对你们大爷说。”她将卡宾枪的枪口朝下一压，语气竟是十分平和了，“你告诉他，这件事关系重大，还关系到石城的安危，请他一定来一下，有很要紧的事同他商量。去吧。”

她以为这样说了麻三保就会进去将她的话转告麻老大。但是她小看了麻三保，他可不是一个只会传句话的家人。听四丫头说完之后，麻三保仍是那么沉着地站着。然后，又沉稳地说话了：“麻大爷都晓得哩。他讲了，石城的事，就不必劳四小姐操心了。我家大爷晓得要怎么去做的。他还讲了，东北虎也好，西北虎也好，哪个要打就去打。这事，同我们石城没得关系哩。”麻三保朝四丫头点了点头，又说，“四小姐，你有要紧事就先忙去。还有什么吩咐，尽可对我讲的。”

“胡说！”四丫头再也忍不住了，“谁说同石城没关系？你去告诉他，从现在起，石城已经不是他一个的了！我接到了上峰的命令，要在石城成立军事行动指挥部。他要是不出面，我可就要采取行动了！去，就这样对他说！”

麻三保想了想，还是没有转身去通报：“四小姐，我家大爷性子暴躁。他已经吃了很大的亏，还是不来的好。免得伤了和气。一切，由我麻三保伺候四小姐……”他平淡地说。

四丫头突然从天井向麻三保走了过去，盯住麻三保那张老于世故的脸，狠狠地问道：“这是麻老大的意思还是你的意思？”

“是我的意思，也是麻老大爷的意思……”

话没说完，他脸上“啪”地挨了重重一巴掌。四丫头立眉怒目，将麻三保的嘴角都抽出了血，“你们这些东西，大概还不知道什么叫军法处置吧？我先处置一下，让你们看看！”

她愤愤地拔出了左轮手枪……

猛然间，院子角上一个望楼里敲响了铜锣。接着，四个角的望楼也跟着敲起锣来。那些铜锣很大，也很古怪，敲出来的声音低沉浑厚，却又震得人的心怦怦惊悸。一旦敲响，便不停地敲了下去。锣声震荡着全城，霎时间，全城都敲响了铜锣与木梆。满街满巷，都传来了急骤而又紧张的脚步声、吆喝声，还有枪弹上膛的金属撞击声。一种令人心惊肉跳的恐怖气氛迅速地充斥在每个人的心里，让人透不过气来。

四丫头算是经历过一些险恶场合的人，但是面对这种古老而又蛮横的气氛，她也惊恐起来。正被那锣声敲得不知所措，忽然看见中院的院墙上密密麻麻站起来一队队苗兵。他们扎着一色青布包头，斜披着一色织锦彩包。板着面孔，将手中的步枪、机枪一齐伸向了院内。

然后，便听见麻老大那屋子的门吱吱地推开了。屋子里，竟窝了一大群苗兵。门一开，苗兵们便依次冲了出来，分两路顺着院墙站好，一声吆喝，同时转过身，背靠院墙，将手中的钢枪对准了院子天井里的人。

锣声还在不停地响着，苗兵已经按照布置团团围住了中院。这时候，从后院通向中院的那面大门沉重地打开了。麻老大并不在他自己的屋子里，他早已紧紧地披挂好武装带，到了屯兵的后院。后院的门洞开来，只见麻老大扎着鹿皮绑腿，胸前交叉挂了一对驳壳枪，沉着酱紫色的脸，魁伟地站在那扇门中央。

“刚才那句话，是哪个讲的？”麻老大迈着孔武有力的步伐，一步一步走进了中院，“再讲一遍！石城，到底是哪个的？鬼扯脚，老子不信一条蚂蟥拱得翻一塘水！”

四丫头起初确实被这苗城的肃杀的气氛镇住了。麻老大一出现，完全是一副以强凌弱的架势，似乎天下只有他一人为大。这样一来，便激怒了四丫头。她知道这个人不好对付，他并不想扩张地盘，也不想依靠别人，是个倔木头桩子。但她更清楚另外一点，如果就这样让他镇住了，那么，不但她的反扑计划不能实现，今后在这乌龙山的众匪头目中，她的威望也将随之扫地。于是，她也就不得不硬着头皮挺直了腰杆。

“嗬！你还这么威风嘛。”她迎着麻老大走了几步，冷舌着说，“你也说清楚点，调这么多兵，把枪口对准我，你是想干什么？”

“我么？哼！”麻老大身体高大，看四丫头时，那目光是居高临下的，“我想看看你是如何地军法处置！你有你的军法，我有我的乡规。想同你赛赛看，哪样厉害些！”

四丫头被他戗了这么一句，恨得心里直发颤。她的手一直扶着卡宾枪，食指离扳机很近。好几次，她都想翘起枪口朝麻老大射击。她生平第一次感到胆怯了。在这样的场合下，只要她有那种举动，她必定会被苗兵们当成练枪的活靶。这一点她始终是清醒的。但是她是绝难得下这台阶了。怎么办？服了软么？

正当四丫头进退两难的时候，钻山豹显出了一个男子汉应该具备的勇武气概。

“大哥！”他一步跨上前来，站在麻老大与四丫头中间，毫不含糊地说，“这就是你不对了！你把石城看得这么重，但是你回头想想看，哪次官兵来不把你赶得飞跑？是哪个想要你的石城？四姑娘想要么？她若是为享点现成福，哪个大口岸去不得？莫非还靠这石城吃一辈子岩头粉？还不是想让山里的各路弟兄联系拢来，赶走东北虎那些兵么？”他说得情绪激昂了，便更加无所顾忌，“大哥，我几时见过你摆这么大的威风？却把好心替你保石城的一个女子这样对待，你也不怕让人笑话么？大哥，撤了这些兵，好好地商议大事要紧。听小弟一句，大哥。”

麻老大本来是积了一肚子怨气来的，但他却不会讲话。让钻山豹顶着鼻子连讲带劝，急切之中也就不知说什么才好了。

“哼！讲的比唱的还好听！替我保石城？哼，当我不晓得？我都晓得哩！”

“你要真晓得就好了。”钻山豹故意叹了口气，说，“大哥，人人都有一肚子气。忍了吧。连我都忍下了，大哥，看小弟的面子。好么？”

田大榜在一边也觉得这样尴尬下去没好处，他不说几句也不好，便清了清嗓子，也搭了腔。

“老大，你摆这架势，怕不是对四丫头来的哩。”他尽量显得宽宏大度地说，“你莫不是做给我看的？是怕我抢了石城么？老大，你晓得的，老舅我这一辈子，是根插不安稳的蜡哩。骨头贱，性子野，只贪那满山野去转。讲起争地盘么，我活的时候只争两块脚板那大一点。死了呢，也只争背心那么大块坟土。拉这么大个势头做什么？老舅只看得好笑哩！”

麻老大想想觉得他讲的也未必不是真话，于是越发不知道说什么才好了。他不禁朝站在屋檐下的麻三保看了一眼，却看见麻三保正焦急地看着他，大概是想提醒他说什么，但又无法开口。麻老大便只好怒气难消地硬着颈子，干脆犟着劲不开口。

“好啦，话已经讲明白了。”四丫头看见麻老大脸上的怒气化开了些，也就趁机给他个台阶，想尽快地结束这种僵持的局面。她的口气便缓和了下来，说：“人各有志，本来也不好勉强。我想你也有难处，这我也不放在心上。”她目光锐利地往麻三保那边望了一眼，语气又严厉起来，“但是，我想你今天这样剑拔弩张，恐怕也是事出有因吧？是不是有人从中挑唆？或者，哼，我怀疑东北虎暗中使了什么诡计，让你上了当？这一点我是查得出来的！”

“鬼扯脚！”麻老大听她这样讲，心中的火气又蹿了上来，“关东北虎一个屁事！老子养了这帮兵，连自己的家都看不住哩！”他怒目圆瞪，依次把四丫头、钻山豹、田大榜三人看了一遍，咬牙切齿地骂道：“昨天夜晚，哪个杂种趁院子里大乱，把老子的儿媳妇抢走了？老子的崽刚刚落土，就来抢他的堂客？这不是扯了我脸上的皮肉么？四丫头，我跟你把话讲明，不查出这个事来，老子的苗兵日夜都要出动！莫怪我麻老大惊了你们，哪个都莫想住得安生！”

“哦？”四丫头感到事情有些意外，“有这样的事？这我倒真不知道。你知道是谁干的么？”

“明摆着哩！只有这院子里的人！”麻老大的眼睛往田大榜身上瞟了一下，“这个人是畜生！老子查出他，要当街挖了他的心！”

田大榜心里有点紧张，但是他脸上极平静，没有一点异常的神色。他从麻老大的话里听出了他还没有抓到凭据。六耳猫足智多谋，干这种事是不会有漏的。昨夜晚，六耳猫带了一个外号叫黑鼠狼的土匪，暗暗地潜伏到了关七姐儿的屋子外面。田大榜的安排是又割茅草又抓兔子，一方面让黑牛去暗中协助那个人搞钻山豹，另一方面让六耳猫带人去抢七姐儿。乘着混乱，双管齐下。后来果然得了手。他知道麻老大总是反应迟钝，这时候查七姐儿的下落，六耳猫早把她弄走了。田大榜便悠悠地不作声，任麻老大去漫天地骂着。

对这件事，四丫头也猜到了七八分。她心里感到非常厌恶，但她不想久在这种无聊的事情上纠缠，便斩钉截铁地说："好！你查吧。干这种事的人，比畜生还不如！查出来由你处治，我不干涉你。"她快刀斩乱麻地回过头向中院那间堂屋走了去，"现在，没事的人赶快出去，任何人不准进来。我们几个到那边去，赶快商量下一步的行动。就这样吧！"

在通向磨盘乡的石头小路上，一前一后出现了两个身影。

麻三保换了一身褐色短衫，扎着一条白包头布，完全一副苗家男人的打扮，在前头闷闷赶着路。他身后两三步远的地方就是武高武大的麻老大。麻老大的装束也很普通，青衣青裤，没打包头。他背着一个竹篾背篓，那里面有两条短枪。

昨天四丫头召集他和田大榜、钻山豹开的那个会，一直吵到下午才散去。麻老大回到屋里去的时候，麻三保正在那里等他。

"大爷，散了么？"三保关心地问。

"三保，莫讲起！"麻老大叹了口气，说，"我搞他们不赢！唉，石城只怕保不住了哩。"

麻三保没有急于打听具体内容，只是默默地望着他。他知道麻老大会向他讨主意的。

麻老大走到太师椅旁边，疲惫地坐了下去，"四丫头那小婆娘，怎么就可以把老舅还有幺佬他们支得溜溜转？这女人是条土鼻子蛇哩！"他愤愤地骂了一句，"后来她怎么讲你晓得么？她讲要我把石城所有的苗民百姓移到宝笼山去，用卡子封住不准出来。再要榜老舅和幺佬把他们的人马一齐带到石城来扎营，老子的苗兵也要归她统一调配。这不是打她娘的狗屁么？她哪里这么大的威风？老子就是不得服她！”

麻三保低着头，听麻老大说完这些话，并没有表示什么。麻老大看了他一眼，心里觉得有些奇怪。他发现三保那么镇定，仿佛早已预料到这一切。

“三保，依你讲，我现在怎么搞？”麻老大知道他是有主意的人，便直通通地问，“榜老舅和幺佬，心里不晓得安的哪样鬼胎，只是附着那小婆娘打和声（赞同、附和）。这些角色都翻得脸，下得辣刀子哩。老子在那堂屋里，一时也想不明白。后来就不作声，让他们去讲。我想回来听你的主意。三保，这种时候，你怎么想就怎么讲。要垮屋要死人，你都照直讲。那是没得法子的。我麻老大不是块软柿子，逼慌了，老子一个个吞得他下肚哩！”

麻三保便抬起头来，望着麻老大说了一句话，使他感到十分意外。

“大爷，晓得么？七姐儿……找到了。”

麻老大不知他为什么突然提到了七姐儿，那时候他只想问麻三保讨主意。他转瞬便想到麻三保说七姐儿一定是事出有因，便问道：“……哦？找到了？”

“是哩。天快亮的时候，有人救了她。”麻三保清清楚楚地说，“你刚才到那堂屋里还没过来，就有人托来了这个信。”

麻老大继续问道：“那，如今七姐儿在哪里？”他注意地看着麻三保，“三保，是哪个救了七姐儿？讲讲看。”

麻三保谨慎地看了麻老大一眼，说：“大爷，莫急。先招呼给那些厉害角色开饭吃要紧。这些事，三保再去问清楚些了，夜里再报给大爷听，不得耽误的。”

“是么？”麻老大想了想，知道麻三保现在不讲自有他的道理，便不催他了。

天快黑的时候，钻山豹让独眼龙和七雷子把他的人马带进了石城。麻老大亲眼见到了钻山豹的队伍之后，心中十分忧虑。这个刁钻的小弟弟先前交给他一张名单，现在才知道，那名单完全是假的。拉进城来的队伍，少说也有三百人以上。麻老大心里还在疑惑，知道钻山豹还没有把实力全部亮出来。他看见那三百余人全是精血旺盛的后生子，一个个晒得皮肤黝黑，每人身上除了武器弹药之外，腰间都扎着两双麻草鞋。这样的队伍是打得粗，撒得野的。他不禁想到了自己养在石城的那六百名苗兵。比起钻山豹的队伍来，他的苗兵显然就差得多了。石城这些年没安定过，大部分青年男子不是流散了就是拖死了，城内多有妇孺老弱，很少找得到健壮的男丁。苗兵队伍中，有一半人都到了四十岁以上。幸好苗兵这些年没有拖出去打硬仗，像这样的队伍，守家护院可能还扛得住，若是碰上了对头，怕是一打就会垮塌下去的。

除了麻老大之外，田大榜面对钻山豹的队伍也是忧心忡忡。麻老大侧过脸去望了他一眼，看见他脸上的皱纹比以往要深得多。他的目光里射出忌恨的毒火，脸上的表情僵得要命。

唯有四丫头满心欢喜。她当然没有过多地流露出兴奋来，麻老大却从她那双神采飞扬的眼中感觉到她在以一个得胜将军的心情看着那支队伍。她那薄薄的唇角上流露出了一种驾驭一切的欲望，还有一种决心铲除掉什么时的冷酷神态。麻老大禁不住在心中打了个寒战。

等钻山豹的队伍过完之后，四丫头转过头去，盯住田大榜，问道：“怎么样，你的晚辈已经照计划做了。长辈的队伍呢？什么时候拉过来？”

田大榜似笑非笑地哼了声，说：“恐怕拿不出手来哩。人家端出来的是一海碗红烧肉，又好看又扎实。我嘛，最多只算得一星星胡椒粉哩。哼哼。”

“我见识过你们山里的胡椒粉。量不多，辣得捂不了口。”四丫头做出一种高贵的样子，颐指气使地说，“红烧肉也好，胡椒粉也好，拌在一起才是一碗好菜。明天你就去宝笼山把队伍拉出来。那里要腾出来做别的用了，你是知道的。”

“四丫头，这事你莫逼我。”田大榜冷冷地说，“如今，一代比一代强。我那黑牛伢子只怕不那么好讲话。除非还我那四十条枪哩。”

麻老大在一边听了这些话，知道田大榜还不会把队伍拉进来。他敢同四丫头软拖硬顶。看来自己的苗兵也是可以拖住不交的，看四丫头怎么搞通田大榜再说吧。于是，他便悄悄地离开了那个地方。

麻三保很晚了还没有回。城里一下增加了几百张消铜化铁的大嘴，他忙得脚跟都不沾地了。麻老大在屋子里焦急地踱着步，一边等麻三保，一边心里算计着。这样下去是长久之计么？四丫头仗着有靠山，一股脑就把自己卷到她的麾下去了。她一心要去同东北虎那些部队作对，却只把乌龙山的人马往前头推。打赢打不赢，她一拍屁股就可以走的，吃亏的是哪个？再讲，东北虎那些大部队他也见识过，他们可不是以前那样的官兵哩。上一次他们开进石城，听人讲，那些兵军纪严明，连吃的粮都是自己背进山的，还散给石城的乡民百姓。他们本来要打宝笼山的，后来又撤走了。当时麻老大心里很紧张，知道这些兵不打则已，要打是攻无不克的。他们给宝笼山送了几封信，口口声声要麻老大看清形势。还讲，只要他交了枪，可以让他回石城来过安稳日子了。麻老大当然是不想交枪的。他只想留下枪来当苗王，其实也不想同那队伍作对。这些话他也写信跟他们讲过。现在再想想，四丫头今天不也是逼他把苗兵交出来么？

他心烦意乱地坐了下来，感到自己确实有些心力交瘁了。当了一辈子苗王，掌了一辈子枪，到头来，这枪却成了心头之患。四丫头是不会对他宽容的。城里开进来了三百余名如狼似虎的兵丁，随时便可以把他的苗兵冲一碗水活吞下去。看来交与不交，已由不得他做主了。他心中忽然十分不服，早晓得这样，还不如当初交给那些部队哩。他记得他的父亲当苗王时曾经说过一句话，说是靠枪杆子是不长久的，要懂得“笼民心”的道理才是长久之计。麻老大后来接了苗王的位置，野是野，却也做了些“笼民心”的事。他对这一次进山剿匪的部队之所以那么紧张，就是看出那些人极会依顺民心。进山的时候人生地不熟，不久就同乌龙山的乡民百姓有鱼水之情了。不像四丫头、田大榜这些人，只晓得图自己的利，把个乌龙山搞得更加昏暗。

只是那部队怎么又走了呢？要是那些人在乌龙山搞不长久，只是一阵穿山过头的风，日后没有了枪怕是过不出日子来的。

他们还来么？昨夜晚钻山豹在北门遭到了袭击，那明明是东北虎带人搞的事情。东北虎怎么又不走？

接着，麻老大又想到四丫头说有人私通东北虎搞诡计。她明明是指麻三保哩。细细一想，麻三保这几天也是有点不比以往。他总在怂恿自己把苗兵收拢一点，说是不要吃了暗亏。今天早上的事，麻三保也确实鼓励过他。莫非这个贴心的家人、这个与自己以命相托的亲戚当真与东北虎联系上了么？

他顿时疑心更重了。七姐儿的事，麻三保讲得含含糊糊，他未必真没有打听清楚？怎么会哩！麻三保从来就是精明谨慎的，他讲的事、做的事，没有一件含混不清过。今夜晚麻三保会同自己讲些什么呢？麻老大设想了一下，觉得事情很重大。他决定等麻三保来了好好地盘问个明白。

后来麻三保回来了。他精疲力竭，满脸倦容。当时已到了后半夜。

“今夜里怎么没有巡更的？梆也不见敲？”麻老大劈头就问了他一句。

“大爷，巡夜的人换了。四丫头有话，从今天起，夜里不许敲梆。她每晚发一些口令，要是答不上来，就放枪打死哩。”

“狗日的婆娘！骑上颈窝子了么？”麻老大狠狠地骂了一句，“二爷那些兵，安顿好了？”

麻三保没有急于回答，看了看屋外，趋到麻老大面前说：“大爷，二爷的人，吃了饭，摸黑又开了东门外哩。走得流汤滴水，好多人都没发觉。”

“哦？”麻老大有些意外，“连四丫头都没发觉么？”

“二爷同她使了气，把人马黑天拉出去，又走不远，只露在城外。东门都是二爷的人，他想出就出，想进就进。二爷真辣哩。”

麻老大想了想，不解地问：“他同四丫头还使气么？做什么使气？”

“咦？大爷你莫不晓得？”麻三保惊奇地看了麻老大一眼，“白天，四丫头不是推了榜爷做总指挥么？”

麻老大记起来了。四丫头当时是这么讲的。还讲，这是她的上峰的指令。他还记得钻山豹听了并没有作声。麻老大只以为这是四丫头故意笼田大榜的。至于指挥不指挥，谁都清楚要由四丫头最后归总，因此对这些话麻老大根本没往心上放。

“这话听不得。他总指挥个屁！”

“大爷，这才是四丫头的厉害之处哩。”麻三保心中十分明白，“榜爷气力不足了，她让他背虚名，她要把二爷和榜爷都笼住哩。还不是只瞄了大爷一个人？”

麻老大心里当然明白这些道理，只是讲不透彻。听了几句，便烦躁起来。

“三保！你总在我耳面前讲这些话，你讲，你到底要怎么去做？”

“轻点，大爷。”麻三保小心地回身去望了望窗外，然后很认真地告诉他说，“我已经自己做了些事情哩。”

“什么？”麻老大感到自己已经料中了他，但是他容不得手下的人瞒着自己做主张，“你这个杂种！做了些什么事？”

“二爷昨夜去宝笼山夺榜爷的枪栓，我不给他画个线路，他到得手么？”麻三保平静地告诉他说。

“你、你做了这种事？”麻老大想到他上次就讲过担心田大榜同钻山豹联起来。他这样做，无非是想坏他们的连接。于是麻老大也不感到意外，只是哼了一声。接着，他的脸便沉了下来。

“三保！你再照实讲！你还瞒我的面去做了些什么事？”

“大爷，七姐儿的事，我打探明白了。”麻三保一点都不惊慌，没有回麻老大的提问，却扯开了话题，“昨夜晚，中院一响枪，有两个人就跑到了关七姐儿的屋子外头，说中院缺兵，是你要那守卫的过来堵刺客。那两个守卫的刚走，七姐儿就让人抢走了。大爷，抢七姐儿的两个人，一个叫黑鼠狼，还有一个叫六耳猫。”他看了麻老大一眼，顿了一下说：

“……都是榜爷的人。”

麻老大忽地从太师椅上立了起来，脸上的肌肉绷得紧紧的，脑袋像是炸裂开了。七姐儿的失踪，他起初并没有想到与田大榜有关。早上起来，后院苗兵营里有人私下传言讲是田大榜派人干的，他听了感到面皮像针扎一样疼。他知道田大榜是条色狼，但是他会打七姐儿的主意么？按辈分，这老东西长七姐儿两辈哩！他会搞本家的孙媳妇？要真是这样，麻老大便只好用尿布蒙着脸去做人了！上午他领兵围了中院，心中还只是疑心田大榜。现在一听麻三保讲明白了这件事，麻老大差点要气晕过去了。

他拳头握得紧紧的，使劲朝自己腿上擂了过去。

“黑了天！这个老畜生啊！”他颤抖地骂了起来，“老子要不当街挖出他那块黑心肝来，还活在世上做什么？这不黑了天地么？”

“抢了七姐儿，他们就往宝笼山那边跑。”麻三保等麻老大发了一通怒火之后，又接着告诉他说，“这帮家伙以为干得机密，走又走得麻利，还以为稳拿七姐儿哩。不防备半路上遇见了对头，抢下了七姐儿。”

麻老大愣了一下，火气也按了下来。“哦？……抢了么？”

“是哩。”

“那对头……是哪一路的？”

麻三保没有犹豫，告诉他说：“那不是一般的对头，是刘队长他们。”

“你讲的什么？”麻老大疑惑地看着三保，问道，“哪里有个刘队长？”

“大爷，你听好了。刘队长，就是别人喊的东北虎哩。”

麻老大于是身体一阵发虚，木木地坐到那太师椅上，痛心地闭上了眼睛。

“……三保，我又料到了。”他脑子里昏昏麻麻乱了思绪，“你果然……是四丫头讲的那回事么？你这个……你要拆了我的烂屋哩！三保……”

麻三保既然要说出这件事来，当然是在心里翻来覆去想过多遍了的。

每次当他要向麻老大出主意想对策的时候，他都事先细密地想过了。不讲就算了，一讲，便要讲得麻老大听进心里去。自从上次肖木匠把他哄去抬棺木见了刘玉堂之后，他心里便剧烈地翻腾了很久，几乎翻得他茶饭不思。无论怎么翻，他觉得唯一可行的办法只能让麻老大去见见刘玉堂。麻三保历尽沧桑，老于世故，以他那入木三分去看人的目光，他不知怎么就信任了刘玉堂。一开始他就看到了刘玉堂的诚意，至少他一点也无意去伤害麻老大。几句话一拉开，他不由得十分地钦佩刘玉堂分析事情那周到而又准确的眼力。过去总听人讲东北虎的，他心中还以为那人是一介鲁蛮武夫。见了面他才在心中赞叹起来，觉得刘玉堂是个有勇有略、文武双全的大能人。麻三保见刘玉堂时的戒备心是很大的，即使后来佩服他了，那戒备心仍未减分毫。他也看出来了，东北虎是想利用麻老大同其他杆子的矛盾。他想分而治之，最后去制服田大榜、四丫头他们。麻三保转而一想，东北虎想利用麻老大这一方，这一方又何不利用一下东北虎他那一方呢？他对田大榜那些人很了解，知道尽管平素那般耀武扬威，但是一提到东北虎，没有一个不变色的。昨夜晚那北门一场小打，弄得满城像是遭了瘟一样，人人都心惊肉跳。一只东北虎，镇得住满谷的狼哩。于是麻三保便下了决心来说服麻老大。他感到这一次也会像以往一样，说到后来，麻老大是会听从自己的建议的。他不能不听，明摆着已经无路可走了。

“大爷，这事怪不得三保。为了大爷的事，我麻三保去死个三次五次，绝不讲二话。想必大爷是信这句话的。”麻三保走到太师椅旁，平心静气地对麻老大说，“东北虎占不占得了这乌龙山，三保不敢讲。只是三保敢讲这么一句话：这个队伍，是真正的仁义之师。大爷，我劝你亲眼去见一见东北虎。”

麻老大竟然没有作一句声。麻三保说那支队伍是仁义之师，这一点他倒是比较相信的。他是个图痛快的人，不喜欢憋在别人的裤裆下过日子。但是他毕竟不与麻三保一样，石城这份家业，是他的而不是别人的。就算是靠了东北虎他们吧，他们在乌龙山驻得长么？东北虎未必让他把苗兵留下，把枪留下？未必还让他当苗王统领石城这一方？麻三保到底只是个家人，别的事都想得周全，这件事太大了，当得儿戏么？

“三保，你眼见了的，我也不是不信。”他考虑了很长一段时间才说，“我早就讲了，东此虎也好，西北虎也好，我都不去招惹它。如今我这城里关了一群狼，更是凶恶，你我也莫去招惹。算了，求个太平吧。”

“大爷，这群狼，是你招惹了才来的么？你几时不在想求个太平日子？”麻三保的话问得十分锐利，“大爷，你跟我交句底。四丫头要你的苗兵，你给是不给？”

“不给她！”麻老大很干脆地说，“榜老舅不是也拖着不交人马么？”

麻三保深谋远虑地摇了摇头，“错了，大爷，你想错了哩。”他分析说，“榜爷就那么四五十个人了，交不交，只是卡在手里要个价哩。他同二爷一样，那队伍都是盘熟了的，讲是不交，相互都管不了的。还不是明交暗不交？榜爷只等着接石城的苗兵哩。四丫头的算盘也是想把苗兵接过来交给榜爷。大爷，到头来，你把苗兵一交，那队伍还吆得拢？只刷了你一个人哩！”

“……我日他个娘！”麻老大听得心里直发毛，一拍桌子，骂道，“老子不交！看她那婆娘的算盘珠子怎么拨！”

“唉！我的好大爷哟！”麻三保叹着气，把个头摇得不停摆，“她晓得你不会交哩。调兵进城是做给哪个看的？据我想来，你交也好，不交也好，只怕迟早……”

“怎么的？我迟早保不住石城么？”

“还不只石城哩。”

“她还要我的命？”

“这话，三保就不往下讲了。”麻三保肯定地说，“斩尽草的人，留了根，日后不是给自己留了祸患么？”

麻老大认为麻三保的话句句都是有道理的。他心里存的那点侥幸，看来也是自己哄自己。四丫头也好，田大榜也好，都是黑了心的角色。钻山豹比他们更是不差。要么就铁了心去给他们卖命，要么就反了他们的水同他们拼命。像这样疲软地趴着，他们无论哪一方面都肯下死手。宰他一个人就可接手六百多个枪兵，这样的生意蠢猪都晓得去做的。何况四丫头早就想刷了他，好霸住石城同东北虎他们做死对头呢?

“三保，”他迟疑地转过身来，面无表情地问，“东北虎……他还讲了些什么?”

“大爷，”三保眼睛中流露出了欣喜的光亮，“他讲想同你见个面哩。”

“见面?他是怎么想的嘛!”

“不管他怎么想的，我看大爷同他见一面的好。他的对头不是大爷，大爷的对头也不是他。”麻三保有条有理地对他说，“那些人一门心思要吃了大爷，东北虎又是一门心思要吃掉那些人。我朝大爷想，大爷朝石城想，只有去见东北虎才是一条生路了。大爷，你还怕什么?怕，未必又怕得脱么?见一面再做下步打算。大爷，请你想想三保的话。好么?”

“……哼!”麻老大后来挺起了胸脯，“怕么?我麻老大怕过哪个?莫讲是东北虎，他海龙王来了，我也敢去见哩!哼，怕?”

“那好。”麻三保立即来了精神，“我看，宜早不宜迟。明天就……”

“你这么急?”麻老大摇了摇头，“不哩，三保，我今夜晚，还要再想一想。晓得么?”

“晓得的。”麻三保点了点头，“三保随时听大爷吩咐。”

麻老大还真沉得住气。一直到吃过早饭了他还没对麻三保吩咐什么话。钻山豹的队伍天亮的时候还扎在东门外，他自己昨夜也没同四丫头住在一起，看样子真对她使了气。四丫头心里很烦，又要催田大榜去宝笼山调队伍，还要去东门外请钻山豹来议事。为那四十条枪的事，四丫头在中间来回解劝，软硬兼施。但是那一老一小两个犟种，一个脸朝东，一个脸朝西，怎么也扭不到一方去，把个四丫头气得几头转，再也顾不上麻老大的事了。麻老大便暗中把苗兵做了扎实的应变安排，然后才急急地去找到了麻三保。

“他现在在哪里？”他压低声音问，“那个……虎？”

“在磨盘山。”麻三保仿佛随时都准备了他来问，答得极快。

“这时候见得到他么？”

“他等了你好久哩。”

“那……”麻老大果断地说，“走起。”

“是哩，大爷。”

麻三保一刻都不敢耽误，只是极快地去肖木匠那里给了个信。肖木匠二话没说，提了把劈木斧子，甩开腿便出了城。

紧跟着，麻老大找了个同他个头差不多的苗兵，要他背个背篓先去城门外候着。然后他自己带了两百名苗兵，讲是去搬点米，从北门开了出去。走到野外，同那背背篓的苗兵换了衣，交代这两百名苗兵在这里等他，他不回，任什么人也不准靠近。然后，喊上混在苗兵队伍里出来的麻三保，疾步流星地向磨盘山方向走了来……

刘玉堂确实在等待着麻老大的消息。他认为麻老大迟早会找上门来的，但是没想到他来得这么快。这一天，他刚刚做了一些安排。他计划在天黑以后继续去骚扰石城的土匪。除了加剧土匪内部的分裂，他还有一个很大胆的设想。他在考虑是不是在扰乱土匪的同时，亲自混进石城去见麻老大。正在同何山、石大爷他们商量着，肖木匠便赶来了。他赶得大汗淋漓，张着嘴直喘粗气。

“噢？”刘玉堂听了肖木匠的报告，倒不怎么兴奋。相反还有一种不好的预感，“他这种时候亲自来了？”

当时在他身边的除了何山和石大爷之外，还有石匠、田秀姑等人。他们正在磨盘山上研究些事情。

“这个混账东西，还敢到磨盘山来么？”石匠心里很恨麻老大，“讨死的鬼，他也晓得怕了哩。”

石大爷用眼光扫了扫石匠，说：“石匠，你莫乱搞。刘队长有计策的哩。”

“反正我见不得他。”石匠不满地嘀咕了一句。

“来了，就都见见吧。”刘玉堂打断了自己的思绪，微笑着对他们说，“到山下镇子里去迎他。把自卫队也带下去，大家精神点。”他还开了句玩笑，“我们有精神，麻老大的底气也会足些的。他现在底气还不足啊。”

往山下走的时候刘玉堂轻轻地问何山：“你觉得，他这种时候来好么？”

何山已经思考了一阵。“我知道你担心什么，队长。”他想了一个方案，“干脆，咱们主动成全他吧。这样对双方都稳妥得多。反而匆匆忙忙是谈不成事儿的。”

他这么说，周围的人听来有些不明白。但是正好说中了刘玉堂的心思，刘玉堂便高兴地拍了一下何山的肩膀。

“好极了！何山，就这么办。剩下的事，你去准备一下。”

“是。”何山想了想，又问，“除了我，你还点谁的名？只能点一个了。多了不行。”

“对。绝不要多了人。”他略一思索，“田石头吧。他比较合适。”

“知道了。”

他们这样一来一去地说着，石匠和石大爷以为是谈小分队内的什么事。虽然听不明白，却又不好多问。倒是田秀姑弄得糊里糊涂了。快到镇上的时候，她故意落在后头，轻轻地扯了一下何山的衣角，问道：“你刚才……同队长讲的什么？”

“别问。”何山好像是有意卖关子，“等一会儿你就知道了。”

“那，怎么点了石头不点我哩。”她仿佛受了委屈。

“什么呀？”何山抿着嘴，忍不住要发笑，“连什么事都还没弄清楚就争上了，这事儿要是点了你，那不全砸了么？”

田秀姑虽然不服气，但她确实又不知道是怎么回事，只好不作声了。

刘玉堂他们走得并不慢。他们刚刚到达磨盘那镇子上，就听得有人来报告说麻老大也快到街口了。一共只来了两个人。

“快，直接去迎他。”刘玉堂便径直朝街口那架吊桥的方向走了过去。

麻老大走得相当快。要不是常常停下脚步等麻三保，他会到得更早一些的。麻三保可是累坏了。他几乎是小跑步才能勉强跟上麻老大那健壮的脚步。

到了磨盘乡的街头前，麻老大站住了。这个地方他很熟，前不久他还来过。那时候，他是杀气腾腾到这里来的。而眼下他又来到这里，却很有些丧家之犬的模样了。想到这里，他的脚步再也不愿意朝前迈。一股凄凉和孤零零的滋味涌上了心头，同时还有几分羞辱。

麻三保追了过来，望着他，上气不接下气地哮喘着。

“怎……怎……怎么不走了？”他吃力地问了句。

“好像没人嘛。”麻老大搪塞道。

“有、有、有哩。”麻三保好容易喘得平和了些，“我看见、看见鹞杆放、放倒了哩。”

“你先进去看看。”麻老大从肩上取下背篓，朝里面的驳壳枪睃了一眼，“我走吃亏了，在这里歇歇。”

“也、也要得。”麻三保其实双脚已经软绵绵的，走路都直踢地面了。但他知道义不容辞，便跌跌撞撞地向吊桥走了过去。

这时候麻老大才仔细地打量起镇子来。他感到很吃惊，觉得这个熟悉的小镇突然陌生了，他感到这里有了一种井井有条的肃然气氛。到处都很干净，显然这里有人在频繁地活动着。原来吊桥这边还有些包包鼓鼓的石头堆子，现在已被砸了去，成了一片没有遮拦的开阔地面。吊桥那边有堵半人多高的用岩石筑起来的石墙，是原先修建的阻击掩体。现在这些掩体重新垒了一次，青色的石城上还看得见新凿出来的白色的钢凿子印。

一切都有条不紊，显示出了严明的组织性，还默默地展示着山里人那种岩石般的气性。虽然是冰冰凉的，却无比坚硬，是一座摧不垮的堡垒。

怎么会到这里来的呢？这种时候来，别人还不把自己看得不值半文钱了么？面对这么一座充满了仇视气氛的小街镇，麻老大心里忽然空虚得要命。他一点信心也没有了。甚至打算把麻三保一人留在这里，而自己索性就这么转身回去了。

一阵混乱却又有力的脚步声从街道那头传了过来。麻老大心里突然紧了一下，本能地将手伸进了背篓。

“啊！辛苦啦！”一个洪亮的声音传了过来，“走得真快啊！哈，不愧是山里人！”

麻老大抬起头来，循声望了过去。由于吊桥那边是向上的坡路，他看见走过来的那群人特别魁梧高大。于是他感到心里有些发慌。

他的手还在背篓里，正不知拿枪好还是不拿枪好，就听见麻三保在那边朝自己喊了起来。

“大爷！大爷！快过来。刘队长亲自来迎你了哩。”

麻老大于是又受了一震。他已经知道刘队长就是大名鼎鼎的东北虎。而他今天又是专门赶来见东北虎的。不知为什么，听麻三保一喊，他心里还是没禁住那一震。很自然地，他的手也不去抓那背篓里的枪了。

“哦？这怎么敢当哩？”

他赌气般地壮着胆子直起了腰，“不敢当，不敢当哩。”他连连地说了好多句不敢当，一边说又一边在心里骂自己没骨气。他有几分好奇心，倒是想看看东北虎到底长了个什么样子，便眯着眼朝那群人打量。

走过来的这群人确实很不一般。魁梧高大，像是一群见棱见角的石雕。其中那留着银须的老者他是认识的。这老者肩上挎上了条步枪，人便焕然硬朗起来。他还认出了石匠。他知道那是条泼得出命来的汉子，此刻正漠无表情地朝他看着。最后面还有个女人，他不认识，这女人腰间斜插着驳壳枪，脚下扎着绑腿，看上去俊俏挺拔，英姿卓然。

被这些人簇拥着，有两名身穿黄色军装的汉子。东北虎肯定在其中，但那两个人差不多一样高大。他们的面庞都是红里透黑，脸形又都是方方正正的。麻老大心中很难判张出哪一个是东北虎。

麻三保确实不能走路，他去找到了这些人，一同往这边走时，又落在这些人的身后了。麻老大此刻急切需要他介绍一下，而他还在后面没赶上来。于是麻老大觉得很尴尬。

幸亏那两名军人中有一位走了出来，自我介绍了一下，这才解了他的围。

“我是刘玉堂。”那人说，“你能到这里来，我们是很欢迎的。请到镇上喝碗水吧。”

“哦哦……”麻老大谨慎地看了他一眼，这才断定了他就是东北虎，他心中禁不住喝了声彩，好威风一条硬汉，论个头，东北虎比他还要高半个脑袋。而他那宽厚的肩膀，健壮的腰身，还有那两条石柱子般的腿，更是让人看得肃然起敬，羡叹不已，“你莫不就是……”

“大爷，大爷。”麻三保赶过来了，“他就是东北虎哩。”

“遭打！”麻老大急忙瞪了他一眼，沉下脸训斥道，“怎么好随便冒犯刘、刘……”

麻三保赶快接上去提醒他说：“刘队长。”

“是哩。叫刘队长！晓得么？”

于是，在场的人都忍不住笑了起来。麻老大虽然知道他们在笑自己，但感到并无恶意，况且气氛也随之融洽多了。他便也咧开嘴笑了一下。

“随便一点。啊？”刘玉堂友好地说了一句，“我们这里，没什么禁忌。”他回头看了看石大爷，吩咐道，“石大爷，客人走了这么远，大概也饿了。请您去准备一下饭，我们边吃边谈，好么？”

“是哩，队长。”石大爷转身要走。他是很配合刘玉堂这项计划的，还提醒过石匠不要流露对麻老大的不满。但是要他去给麻老大备饭，他心里忽然又有些不甘心了。他犹豫了一下，终于回过头来看了麻老大一眼，“……怎么讲哩？麻大爷啊……”

“叫我老大，叫我麻老大！”麻老大连忙声明说，“刘队长讲了，这时不禁忌，不禁忌才好哩，石大爷。”

“也不是这么讲的。”石大爷顿了一下，口气也软了些。他在压抑着自己，“你在石城做苗王，我年纪大，看得全。凭心讲，以前你还算作恶不多的。做你的苗王不好么？要跟田大榜那些土匪后头跑，哪有好结果？你祖上还传了份家业的，不像土匪那么没根基。未必想不明白？莫怪我石老倌子不敬你苗王，我是同你爹爹一辈子的人哩。讲人几句，也讲得的。”

“好哩，石大爷！”麻老大倒也痛快，“我自从做了苗王起，还没得哪个这么讲过我。是好话！你尽管多讲几句，我听得进的。”

“听得进就好。我也没见识，让刘队长同你讲。他讲得清清楚楚哩。”石大爷说了这些话，心里又顺了些，“我去给你们备饭。只是，这岩头沟沟里不比你石城，怕是亏待了你哩。你也莫怪，我尽力去弄弄看。”

麻老大便感到自己在这里是应该羞愧的。他朝刘玉堂看了一眼，主动地说：“刘队长，你进山不是一两天了，恐怕也听讲了我麻老大的事。若是容得我以前作的恶，麻老大今天在这里指天发个誓。我如今也是让那些土匪逼得绝了路。三保讲你们是仁义之师，这我心里明白哩。我不会讲话，日后你看得见我麻老大是个什么气性的人。”

“你说得不错。”刘玉堂严肃地看着他说，“以前的罪恶，也不是什么容得容不得的问题。我们对你的希望，是要你将功折罪。关键是今后怎么做。尤其在这个关键时候，你能戴罪立功，我们也可以既往不咎的。”他缓和了一下语气，诚恳地说，“你现在主动来找我们了，这就很好嘛。我说了，对这一点，我们很欢迎。你的处境确实很糟糕，能看到这一点，说明你还是很明智的。很好，老大。欢迎啊。”

麻老大听得心里紧一阵松一阵的，终于发了热。他后来便点了一下头，又长长地叹了一口气，像是有难尽的苦衷，又像是深深地信服了刘玉堂的话。

“哦，老大，你今天出来，我觉得冒失了。”刘玉堂没有多谈那些道理，于是关心地说出了自己的担心。

麻老大没明白他指的是什么，便问道：“怎么的，我冒失么？”

“石城内部的情况你还不了解么？四丫头不是把钻山豹的人调进了城里了么？”刘玉堂分析了一下情况，“这种时候，你不在城里把队伍控制住，恐怕他们趁机行动，那你就要受损失了。他们都盯住了你那六百多条枪呢。”

“是哩。”麻老大心里非常惊异刘玉堂对情况了如指掌，也佩服他的分析，更感激他对自己的关心，“刘队长，我做了安排的。我把苗兵的精兵队伍带到了城外。留在城里的也防备得很紧。不怕的。”

刘玉堂一听，更加有点着急了，“不行。这种时候，你力量集中还来不及，怎么反而分散成两批呢？人又不在那里，两批人都没有人领着，万一他们动了手，那不更容易了么？”

麻老大听了，觉得非常有道理，“是哩。我没想周全哩。”他有点着急，“我是急着要来会你……这么讲，我是失了塌。刘队长，那，你看我现在怎么补救好？”

“我想过了。你必须尽快地赶回去。”刘玉堂果断地说。

“这就往回赶么？”麻老大有点意外，“我还没跟你讲、讲事哩。”

刘玉堂已经考虑到了这些事，便征求他的意见说：“老大，我们要谈事，匆匆忙忙也谈不好。你确实不能在这里停留多久了，否则队伍就有危险。怎么办呢？我想了个办法，你看行不行吧。”

“你讲。我听着哩。”

“我打算同你一起去石城。现在就走。”

麻老大听得心里一怔，“你……你自己去石城么？”

“对！一来可以同你从容地商量下一步的行动，二来也可以更清楚地弄准石城内部的各种情况。看来这是非常必要的。”刘玉堂说得很轻松，带着微笑望着麻老大，问道，“这会给你带来麻烦吧？你考虑一下行不行？”

“大爷。”麻三保动员麻老大说，“可以混在苗兵里进城。住在后院苗兵营里，想也没人敢去问的。”他连住的地方都想好了，显然非常巴望刘玉堂他们去。

“晓得。”麻老大下了决心，“麻烦？鬼扯脚哩！刘队长这是为了我的事，敢独身往狼窝子里闯。我堂堂一个苗王，还保不得你的险么？”他的豪爽劲倏忽充满了全身，“刘队长，那就莫耽误工夫了，讲走，这就走起！”

“不至于那么急嘛。”刘玉堂伸出手来，在麻老大的肩膀上拍了拍，关心地说：“吃了饭再走，来得及的。”

“不哩，山里人经得饿。”麻老大性子急，他待不住了，“到了石城，我好酒好肉陪你个通宵。”

“还有件事。田大榜派人抢走了七姐儿，后来被我们拦住了。这事儿你知道了吧？”

“三保对我讲过哩。她现在呢？”

“她死了。”刘玉堂冷静地看着麻老大，“有两个人用一条麻袋装着七姐儿往宝笼山方向逃，我们发现了。追击的时候，他们连人和麻袋一齐扔进了山沟。”

“……哦？”麻老大的心轻轻地抖动了一下，“这女子……作孽哟！”

“你去看看吧。那两个土匪，被我们活捉了一个。还有一个逃走了。”

“好，好……”麻老大失神地说，“那，我去看看也好。”

一炉香火，摆设在七姐儿头前。轻烟袅袅，缭绕弥散在空气里，那无声的哀怨融向青天去了。

“……石裁缝的坟，在这里么？”麻老大垂下头，问石匠。

“问这个做什么？”石匠尽量压住心里的仇恨，反问道。

“就请石匠兄弟帮忙，找几个人，让七姐儿同石裁缝合葬了吧。”麻老大唏嘘了一阵，这样说。

石匠和乡民们听了，在那一刻，情不自禁都被感动了，对麻老大的厌恶感又减少了几分。

在麻老大去看七姐儿的时候，刘玉堂已经把这边的工作做了细密的安排。他要去石城了，这边怎么联系，怎么配合行动，他已制订了两套方案。磨盘乡的农民自卫队在小分队的组织下已经集合起来了。

吃过午饭，麻老大、麻三保和换了服装的刘玉堂、何山、田石头三人便匆匆上路了。在过吊桥的时候，麻老大惊异地发现了集结在石坪上的农民自卫队。

“……哦？”他忍不住称赞道，“好利索的队伍！”

他的称赞是由衷的。这支队伍人数绝不足一百，武器也不是很出色，大部分人还没有武器。但是麻老大看得怦然心动。他感到这些人虎虎一股生气，凛凛一团正气。比起土匪队伍来，这些人是能以一当十的。

“走吧？”刘玉堂发现麻老大看着自卫队直愣神，便微笑着问了句。

“哦？”麻老大果然精力充沛了，“好，走起！”

正午前，石城一带下了好大的一场暴雨。那雨点大如蚕豆，打在屋顶瓦片上“哗哗”发响。天像是破了口子，雨水猛烈地向下倾，倾了一两个小时。

石城东门外那岩石上，扎着钻山豹的三百人马。钻山豹心里正赌着气，暴雨就铺天盖地浇了起来。岩石上连一棵可以挡雨的树都没有，钻山豹却不发命令让队伍进城去躲躲雨。其实没太远，最多一里路就是石城。他这队伍也真有股子狠劲，没听到命令，就那么硬挺着。钻山豹自己站在队伍前头，根本不理下雨的事。很快他的衣服就透湿了，头发垂下来，紧紧地贴在他的额前。他铁青着脸，也不用手去摸一把脸上的雨水。他身后的那群精壮的后生子，一个个都不乱动。只是将枪口朝下倒提在手里，稳稳地抗着暴雨。远远看去，像一片黑压压的没有生命的死树桩子。

北门外头，还有一支队伍挨着暴雨的冲刷。那就是麻老大带出城去的二百名苗兵。这二百苗兵，是麻老大的精锐部队。相比之下年纪轻一些，武器也好一些。其中的小头目都是麻老大挑选过的可以做得依靠的人。他们知道麻老大今天带他们出来是有重大的事情，于是一个个都全神贯注。大雨浇下来的时候，他们吆喝着，谁也不敢乱动一步。不同的是这二百名苗兵在岩石上匍匐着，雨再猛再大，他们仍是一副临战的姿态。

从磨盘山返回石城的路上，麻老大和刘玉堂他们也浇了个透湿。雨太大了，常常水雾蒙蒙，连路都看不清楚。

“这场雨下得好！”刘玉堂高兴地说，“老大，按你们的说法，这是天助人愿吧？”

“是哩，这么大的雨，不多见哩。”麻老大也暗暗高兴，“加紧走么，刘队长？”

“对，快点走。”他回头看了看，“何山，你去扶一下麻三保，别让他掉得太远了。”

“是。”何山便站在路旁等麻三保。在这之前，刘玉堂已经让田石头一路上照顾着麻三保。他给他弄了根树枝拐杖用。

“你们真是……”麻老大心里叹息着，这样的人带兵打仗怎么会打不赢呢？难怪三保说他们是仁义之师哩，“好，我也不讲谢字了。快走起。”

湿衣裳紧紧地贴在皮肉上，走路很吃力。裤腿处都擦得红肿了，抬一步就钻心地痛一下。雨发了狂地下个不停，身上的汗又散不出去，麻老大走得一身燥热。但是他心里更是热烘烘的，觉得这场雨来得淋漓畅快。

雨一直下到午后，当密云终于全部变成雨水从天上倒尽之后，日头已经朝西边偏斜了。那日头一露脸就很毒辣，拼命将淫热泼洒下来，仿佛要与暴雨比个你死我活。要夺回被雨水浸去了的地盘。

钻山豹不怕雨淋，但是他有点害怕太阳晒。这可能也是他皮肤白的原因吧。他回头看了一眼身后那几百条汉子，这些后生子是经得起敲打的。他没有发话，那些人仍在傻愣愣地站着，与挨雨淋的时候一个模样。

“走动几步。”钻山豹命令说，“只在身边走动，莫散了队伍。出了太阳，也莫轻心。要防备些！”

于是队伍松动了。好些小伙子不由自主地坐了下去，揉着早已麻木的双腿。

七雷子走到钻山豹的身边，轻声问：“二爷，城里去吃饭，还是就在这山上打火？”

钻山豹便感到肚子里已经饥饿难忍了。但是他很坚决地说：“我讲了，队伍莫动。一餐饭不吃，饿不死人的。”

七雷子不好再问。他看见钻山豹说完之后朝城那边望了望，知道他在等着麻老大派人从石城送饭过来吃。刚才一定是雨太大了，饭送不出来。

等了很久，并不见有人送饭上来，于是队伍中有些人开始骚动起来。这支由精壮后生子组织起来的队伍，一般情况下十分坚强，经得风，扛得雨，也耐得烈日烤。但是他们一个个正是吃得下半边猪肉的年纪，对于饥饿是难以扛受得住的。那饿了的滋味，不用钢刀捅却搅得人五脏六腑七零八碎，实在难熬。

钻山豹感觉到他的队伍被饥饿搅得稀松了。他突然回过头去，厉声吼道：“站起！提好枪！”

那些人马像是被人抽了一鞭。忽地站了起来。听钻山豹说提好枪，还以为是要带他们进城去吃饭。有些人便将枪背在了肩上。“不准背！提在手里！”钻山豹火气十足，“没听见么？快，分两边站好！”

队伍便迅速地闪在岩山那条石阶路的两边，站成了长长两排。中间留出了一条阴森森的通道。

这时候他们才明白钻山豹把队伍喊起来的原因。从石城的东门，走出了五六个人。头前是全副武装的四丫头，她身后跟着田大榜。再后头是男女警卫。这支小队伍正迅速地朝着岩山走了过来。

钻山豹故意不站在两排队伍的头前等候他们，却反身走到队伍中间。然后，转过身来，稳稳地站定在半坡上，沉着脸，望着四丫头他们朝山上走。

四丫头和田大榜走过来，一抬头便看见了这森严的阵势。路两边密密地站着两排提枪在手的威武壮汉，他们一个个如狼似虎，看得人心里发毛。

好在四丫头和田大榜都是经过若干阵仗的人。他们也都摆过这阵仗吓唬过别人。来到这两排队伍头前时，倒没有更多害怕和犹豫，径直便顺着那骇人的夹缝朝上走了去。

“幺佬！幺佬啊！”田大榜一反对钻山豹的敌对态度，老远就扬着手招呼起来，“好大一场雨，怎么不进城去避避？把四丫头和我都急死了哩。唉，你这伢子脾气也太犟了。唉，唉……这伢子！”

钻山豹冷冷地看着他，感到很恶心。但是他更感到奇怪。这两天，田大榜同他如同冰炭一样不能相容，他切齿痛恨钻山豹盗走了那四十条枪栓，钻山豹更加痛恨他派黑牛来行刺自己。两人几乎不共戴天了。为什么现在老东西突然换了这么副和气面孔呢？他看了一眼四丫头，以为四丫头想了什么法子说通了田大榜。既然这样，钻山豹便朝下走了一步。他仅仅只走下去一步，表示自己有了态度，但又不失矜持。

田大榜抢上前几步，来到了他面前。他很夸张地顿了一下脚，很开通地说：“幺佬，老舅想通了哩，你我舅甥之间，还争个屁？那四十条枪栓的事，算我老舅送你的压岁钱。从今天起，再莫讲起了。你看呢，幺佬？”

“老舅好大个人情哩。嘿。”钻山豹淡淡一笑，“猴子手上走了果子，老舅，下回你抓稳点。走多了压岁钱，靠什么吃饭？当然啰，小辈子们拿了压岁钱还是欢喜的，越多越欢喜哩。”

“那就不说这件事了。”四丫头心里有事，便打断了他们的话，“我们上山来是找你商量一个重要行动的。你让队伍散开点，我们就在这里谈吧。”

钻山豹本来还想犟着性子不听她的话，不让队伍散开的。后来朝她看了一眼，觉得她这回很认真，不听怕犟过了头。再一想，她已经把田大榜说得让了步，这是很不容易的，索性给她个面子。现在，一切还要靠这女人，他心里已经少不得四丫头了。

“七雷子！”他喊了句，“把队伍带开些！”

“是哩！”

七雷子把队伍带到岩山的另一面去了。钻山豹便很简洁地对四丫头说：“讲。快一点，我这帮人还空着肚皮哩。”

“不会有人送饭上来了。”四丫头也说得很干脆，“马上把队伍带下去，占领石城之后，让他们好好地吃顿饱饭。”

钻山豹听得有些奇怪，便问道：“不送饭么？是我大哥讲的？”他转而意识到了什么，“你讲占领石城？这是什么意思？”

“幺佬，是这样的。”田大榜接过四丫头的话，插上来说，“你那大哥，心里想反哩。他早就带了二百多人从北门逃出去了。”

“哦？有这事么？”钻山豹吃了一惊。

“这不假。他讲去弄些米来，到这时候还没打转哩。”田大榜狡黠地笑了笑，“那有个名堂，他不得打转的。”

“不打转么？”钻山豹不相信，“那他把人带到哪里去了？”

“不远。他把那些苗兵扎在北门外的山头上。同你一样。”四丫头回答他说，“你明白他的意思么？”

钻山豹没有猜测，只是盯着四丫头问：“你讲讲看。”

“很简单，他一定觉察到了什么，怕被人一窝给端掉了。”

“是么？”钻山豹已经听明白了这件事情。他心中也猜到了麻老大为什么要把苗兵拉出城外。他沉住气，故意说：“是他觉察到了么？这样讲，倒不是他自己疑神疑鬼？确实有人想一窝端了他？是么，四小姐？”

“听着。”四丫头一点也不在乎他这样故意大惊小怪的态度，“既然让他觉察到了，事情就变得很严重了。我们再也不能拖延时间，必须马上动手。现在就去端了他的窝。”

钻山豹是很机灵的，就在说话的这阵工夫，他已经在心里把这件事翻来覆去想了个透。他并不相信麻老大会把人马带着丢下石城不顾，要是那样，他也会全部拉走的，不会现在还在城里留了四百多苗兵。他也知道这位老兄在军事上并不精明，分一部分苗兵在城外固然可以防止被人一窝端，但是他的力量两头一分就更加危险了。这一点常识即使麻老大没想明白，他身边还有一个麻三保哩。这样看来，他那位老兄可能真有点事去办一下，心里又害怕城里被人趁机抄了去，便带出去了二百人。他肯定要回城来的，而且不会很久就要回来的。麻老大生性谨慎，留四百兵在城里，也绝不容易让人端了去。钻山豹晓得那屯兵的后院。有点风吹草动，后院便像铁桶一样防备着了。那地方易守不易攻，苗兵只要不出来，下死劲守着，任你再有本事也揳不进枚钉子去的。打起来之后，麻老大再带那城外的苗兵往里头扑，内外一夹，便可以把攻打院子的队伍夹豆芽菜一般卷个干干净净。

钻山豹想这些事情时速度极快，几乎没有让人觉察出他在想事。这样，他就可以装糊涂了。他显得很困惑又很吃惊地问四丫头说："真要端……端了他么？"

"必须端！还要马上去，越快越好。"

"可这……"他又显出了于心不忍的样子，犹豫着问，"这样太不讲情面了吧？他总还是我的亲兄弟哩。"

"幺佬，你莫装了。"田大榜看得心里急，便又插了嘴，"亲兄弟不错。你莫不晓得，这路的人，讲得情面么？"

"老舅这么讲么？"钻山豹反问了他一句，"那，老舅何不自己动手端去？不讲情面的事，你是舍得做的。是么？"

"我舍得哩！哼，我那三五十人，去了打汤都不够。当我是不去么？"田大榜感到钻山豹的话很有些瞧不起自己的味道，便气吼吼地说，"等我把那些队伍接过手来，我……"他意识到自己说漏了嘴，便哼了声，"我几时求过人哩。"

钻山豹很快地摆起手来，"不，不！四小姐，你莫怪我。若是去打东北虎，我幺佬听你支上天支下地，支到龙潭虎穴去，也绝不皱一皱眉头！只是，要我去打一娘生的亲兄弟，这我不敢听命哩。你晓得，我从小没爹没娘，全靠大哥一手养大的。古书上有训诫，兄弟阋于墙，是要背千古骂名的。不，我不干这种事。实在对不住四小姐你哩。"

他在说这番话的同时，心中对于四丫头同田大榜私下的盘算已洞若观火。他知道四丫头早已对麻老大极端不满了，认为他对她的行动计划是个很大的障碍。不仅因为他死死不肯放下石城，还因为他掌握了六百苗兵。麻老大性子暴躁，弄得不顺心就可以随时翻脸。昨天那令人惶惶不安的古锣声便是一个警号。钻山豹和田大榜又钩心斗角，把麻老大当成个骰子打过来打过去，更加延误了她的行动安排。她要除掉麻老大，那决心早已如铁一般坚硬。今天麻老大带了一部分苗兵出去了，这对她四丫头来说正是一个绝好的机会。至于田大榜，这老东西说要去刷了谁是不会有半点迟疑的，只要有利可图。钻山豹突然明白了田大榜为什么那么慷慨地给了他那“压岁钱”，四十条枪，换六百多苗兵，这笔生意是一本万利哩。看来四丫头早已许诺把苗兵夺过来后交给田大榜带。这女子长得如此美貌，那心里却更是伶俐。她要让田大榜也壮起一身肉来，好让钻山豹与田大榜互相有个怕处，最后便由她来统一调摆。哼哼，你们算尽了机关，这也太便宜了！世间竟会有这么好的事么？于是他飞快地摆着手，说了那么一番不能“兄弟阋于墙”的堂皇话。

“幺佬！你个孽种！”田大榜见他回得这样干净，禁不住发火了，“就算你不把我这个总指挥放在眼里，未必四丫头的指令你也不听了么？这是打得横的事么？”

“咦？老舅，这么讲要得么？”钻山豹心中一转就有三五个主意。听田大榜这么一说，他立即便顺手拈出了其中的一个，“四小姐的指令我敢不听？不讲她是上峰派来专门指令我们的，我同她还要夫妻一辈子哩。你老舅，我也不敢不听。那总指挥也是四小姐委派的哩。我只是不想自己去宰我的亲骨肉，这未必也要强迫么？”他转过脸去，诚恳地问四丫头，“你讲，我大哥真可要反水么？”

“北门直通磨盘山。”四丫头说得肯定，“据我的情报，东北虎现在就藏在那里。我还了解到他的家人同东北虎早就接上了关系。”她咬紧了嘴唇，坚定地说，“对私通共军的人，我们的对策是：杀无赦！”

“哦，哦。”钻山豹绝望地顿了顿足，“唉，我大哥真糊涂！既然这样，我晓得给他求情也是没得用了的。四小姐，那就听你的！”他脸上掠过一丝痛心的神色，说，“我虽然不好亲自出面，但是，我把队伍交给你四小姐。要端，要打，要杀，这三百名兄弟都泼得出去。四小姐，我不违抗你的军令，你把这队伍带去占石城吧。”

他说到做到，高喊一声：“七雷子！”

七雷子应声跑了过来，“二爷，叫七雷子有何吩咐？”

“你把队伍立刻集合拢来，随四小姐下山。快一点。”

七雷子不解地看了四丫头一眼，问钻山豹：“你呢，二爷？”

“管我做什么？要你听四小姐和榜爷的指令哩。快去。”

“那……”七雷子眼珠子转了转，又问，“吃饭的事呢？队伍饿久了，拖不动哩。”

“放屁！”钻山豹狠狠地喝道，“要打仗了，哪有这些讲究？同四小姐去，打完了，四小姐让弟兄们好好地吃一顿！”

七雷子同钻山豹相处可不是一天两天时间了，他的心眼几乎同钻山豹一样灵活。几句话一问，便领会了钻山豹的全部心思。

“是哩！二爷，我立刻集合队伍！”他再也不讲多话，转身就向队伍那边跑了过去。

田大榜感到十分纳闷，便没有把握地看了四丫头一眼。四丫头心里当然清楚钻山豹的想法，便冷笑着，盯住了钻山豹。

“你很聪明嘛。硬是不去么？”

这时候，满山坡响起了集合队伍的声音。七雷子尖着嗓子高声吆喝着，就听“哗哗”有很多人立了起来。枪杆子撞得“咔嚓”作响。那三百多青年汉子一眨眼便集合好了。

钻山豹这才望着四丫头，告饶一般地说：“我把队伍都集合起来交给了你，这已经做得很过分了。你非要我亲手去打我的同胞大哥，这不太绝情了么？四小姐，要去你快去。我呢？宁肯让你枪打了我也是不忍心去干那种背骂名的事的。”

四丫头正想狠狠地斥责他几句，背后七雷子气急败坏地跑了过来。老远就尖声尖气地嚷开了。

“四、四小姐！这就出了鬼哩！”他跑到四丫头面前，一本正经地报告说，“弟兄们刚才淋了雨水，人倒经得住，那枪膛里尽是一泡水。好些枪卡了栓，拉都拉不开哩。要是放响了，还不炸了膛么？”

“哦呀？有这事？”钻山豹仿佛比七雷子还急，“那还不赶紧要弟兄们把枪里的水空了？你怎么搞的嘛！嘿！”

“空了水，还要拆开。到处都要擦干哩，二爷……”

“那就拆去！还在这里磨个屁？”钻山豹连连跺着脚，“四小姐心里急得燃了起来。这不误了她的大事么？快去！”

他们两人这么一句来一句地唱和，把四丫头和田大榜搞了个大眼瞪小眼，心里又急又气，一句话都讲不出来了。

紧接着，站岗的发现石城的东门口走出来两个人。走近些一看，田大榜的心霎时便冰凉了。那两个人，前面是一名保镖的苗兵，后头那个，竟是麻老大身边形影相随的家人——麻三保。

麻三保的脚有点瘸。他吃力地走到钻山豹面前，赔着小心说：“二爷，城里没有了米，刚刚才弄了来。饭开晚了，是三保的过错。大爷讲、讲二爷把弟兄们带到城里去。今天让弟兄们好好地打顿牙祭哩。”

钻山豹慢慢地转过身去，问道：“你家大爷……这么讲是回了城么？”

“是哩，二爷。”

“他带出去的队伍呢？”

“当然也回了的，一个背回了一袋米。”麻三保一板一眼地说，“大爷讲了，除了二爷的弟兄，榜爷的弟兄也要开来的。多背些米回来，把准备做得足些，免得亏待了弟兄们。”

钻山豹再也不问了，仍是那么慢慢地转过脸去，朝四丫头看着。他脸上说不出是什么表情，既没有松一口气的样子，也没有失望的神色，只是极平静地看着四丫头。

四丫头同样也没有任何表情，像是这里什么事情也没发生一样。她只是出来散散心，观赏一下风景。钻山豹转过脸来看她时，她已经将脸转向了很远的地方。然后，悠悠闲闲地朝岩山下面踱了下去。

等田大榜也尾随她走下山岩之后，钻山豹脸上才露出了微笑。

“七雷子，干得好！”他拍了七雷子一把，“告诉弟兄们，今天打牙祭！”

入夜以后，麻家大院里的空气陡然收缩成一团，像是堵在竹筒里被挤压住了一样，紧张得立刻要爆开来了。

中午下那么大场雨，按说夜里会凉爽些的。入夜之前天上又翻滚过来密集的乌云。这铺天盖地的乌云蛮横地把石城过早地推入了夜的深渊。雷在天边有一阵无一阵地催得“隆隆”作响。时而划过一道惨白的闪电，将山、石、城展耀得幽幽蓝蓝，十分吓人。

刘玉堂已经同麻老大仔细谈过了。他和何山、田石头还装扮成苗兵，夹在巡逻队伍里把石城的内内外外看了个够。不仅看好了地形地势，还摸清了苗兵的布防情况以及四丫头、田大榜、钻山豹相互之间的许多事情。田石头格外机灵，凭着一口本地话，还跟随麻三保给钻山豹的队伍安排那顿“牙祭”。他把那支队伍的情况也摸了个清清楚楚。有一次，他冷不防迎面碰见了独眼龙。独眼龙到底只有一只眼，看见了田石头，也没产生疑心。田石头还对他笑着点了点头，后来怕出意外，才从那里溜了出来。

麻老大及时赶回城之后，发现四丫头和田大榜都不在城内了。他心里好一阵后怕，连忙做了紧急布置。按刘玉堂的意见，他让麻三保去东门外请钻山豹的队伍来吃饭，尽量打消他们的疑虑。后来四丫头和田大榜又回来了。钻山豹也把队伍带进了城。大家见面和和气气，一场风暴像大上那阵雨一样，很快就散了过去。

他把刘玉堂他们安排在后院苗兵营里严密地保护起来，不许走漏半点风声。后院很大，那里有他的一间防范森严的屋子，是商量指挥军事行动时住的。麻老大平时号令极严，那屋子俨然是个白虎节堂，一般人根本不敢靠近。从那里，又可以观察到四面八方。刘玉堂住在那里，显然是万无一失的。

麻老大开始同刘玉堂谈的时候，思想上已有准备。他记得上次部队给他写信，最主要讲的就是交枪的事。因此他今天一开口，便很主动地谈了这个。

“刘队长，我是个直人，有话直讲。”他力争快刀斩乱麻，没等刘玉堂表态，就接下去说，“枪，我是一定交给你们的。我想好了，只要你们保得石城的险，我一条枪都不要。没得用哩。”他犹豫了一下，“要是刘队长讲话算数，我真的一条枪也不要。只是……我这么大个院子，有几条枪守守屋，那也是要的。刘队长你做主，我只是乱讲的。”

“时间很紧，我讲话也不客套了。”刘玉堂心中也早有了准备，等麻老大说完，他便接了上去，“当你作为主要敌对面阻碍我们部队解放这一带老百姓的时候，我们必须要你放下武器。在那种情况下你主动交了枪，就叫作向人民投降。不投降当然是不行的。”刘玉堂略微顿开了一下自己说的话，然后说：“如果情况很复杂，你并不是我们主要的敌对面，而且你又愿意弃暗投明，主动同人民站在一边，掉过枪口和我们共同去消灭死心塌地与人民作对的土匪，这种举动，就叫作起义投诚。你明白我说的话么？”

麻老大已经感到他讲的两种情况了，但他还不是很明白，便静静地看着刘玉堂，等他继续往下讲。

“起义投诚可就不一样了。那是一种立功的表现。只要你立了功，我们对待你的态度就会更加公正的。你讲了交枪的事，我可以告诉你，特别在目前，我们并不要求你把枪交出来。”刘玉堂轻轻松松地朝他笑了笑，“你既然有立功起义的愿望，交了枪，用什么去立功呢？”

“……嗯。”麻老大沉吟了片刻，慢慢地点了点头，“我倒是想立功哩。只是……”

“你不要有顾虑。”刘玉堂进一步对他说，“我给你提两条，你自己选择一下。第一，由你抓住时机动手。第二，你要是没太多把握，我们小分队来干。你配合我们行动。你想想再答复我，其实都一样，你动手的时候，我也一定会配合你的。除此之外，还有一条路，那就是你说的，把队伍和枪都交给我们，这也行。当然，我希望你选择前两条路。”

“是哩。”麻老大决心还没最后下定，但他还是表了态，“既是起心要打盘石城，当然想打得周圆些哩。”

“那好，你不要太着急。”刘玉堂宽慰他说，“但是也不能太犹豫不决，你自己考虑吧。”

麻老大离开那里之前，心里大体上打定了主意。只是感到这件事关系到他后半生的命运，太重大了，他便又问了刘玉堂一次。

“你在路上讲的那些话，我不是不相信。”他字斟句酌地说，“只是你晓得我们的大队伍什么时候打回来么？还有就是……打了乌龙山，你们未必不走了么？”

刘玉堂站了起来，很认真地对他说：“我把形势都对你讲清楚了。这么大一个中国都被我们解放了，乌龙山怎么会留下来不解放呢？至于我们解放了乌龙山以后还走不走，你就更不用担心。那时候，这里的老百姓就掌握了自己的武器，还要建立人民政权。道理很简单，石头被推翻到山脚下，是不会自己再倒着滚回山上去的。历史只会向前发展，绝不会倒退。你可不要错过了站在人民这边来的宝贵机会啊。”

“那就好。狗日的，我抛出来了！”他要去应酬中院里的那些匪首，临走时，态度坚定地说，“刘队长，你就听我的信儿吧。我麻老大不得错过这个当口的。”

就是从那个时候起，石城上空突然乌云翻滚，天气闷得人们连汗都流不出来。天色眼看便昏昏暗暗地黑了去。

刘玉堂本来打算夜里悄悄地离开石城，但没料到天黑得这么快，像是本不该黑，而是有人排空拉上了一幅巨大的黑布罩子，罩黑了天穹。

接着，他便感到情况出现了很不好的变化。麻老大去中院以后，竟再也没有返回来。刘玉堂立即预感到他可能被四丫头扣住了。

正焦急着，刘玉堂他们忽然听见后院里这些苗兵的房间里出现了喧哗。田石头正在朝外观察着，他吃惊地唤了刘玉堂一句，要他看那些苗兵的住房。

刘玉堂清楚地看见住房内的苗兵提着武器闹哄哄地走了出来。他们用苗语叽叽喳喳地嚷叫着，手上的枪来回飞舞。刘玉堂虽然一句也听不懂，但是心里判断了个七八分。

“他们哗变了！”何山首先讲出了这个判断。他没讲错。院子内，还有不少苗兵忧心忡忡地看着那些乱嚷乱叫的人。有些年纪大些的苗兵还上前去劝阻他们。

显然这场哗变是有组织的。那些人拥到门边，凶恶地推开了守门的苗兵。大门一开，他们便一窝蜂地拥了出去。一家伙拥出去了两百多人。刘玉堂的目光正好可以看见大门外，他蓦地吃了一惊。大门外，一只灯笼晃了一下，他便看见了那外头黑压压有一片土匪在接收着哗变的苗兵。就在那只灯笼下方，刘玉堂清楚地认出了独眼龙那张狰狞的面孔……

偏偏在这种时候，没有参加哗变的苗兵们又群龙无首。他们显得仓皇失措，于是非常紧张。独眼龙倒是没有贸然带人冲进来，不知是不敢冲还是没有指示让他这个时候冲。闹哗变的那些苗兵走尽了之后，门前暂时空寂了一下，留在院内的苗兵才清楚过来，不顾一切地奋力关上了那扇大门。他们不知道下一步会发生什么更严重的事，更不知道该怎样行动。于是便三个一群，五个一堆，压低声音窃窃地交谈着。人心在这时候已经完全散了，整个后院处在一种毫无组织、一触即溃的状态之中。

“这不行的哩！”田石头看得心里焦急万分，“队长，要不，我下去好么？”他问道。

“等一下！”刘玉堂看上去十分镇定，他心里其实比田石头还要急，“你认识这些苗兵么？”

“我们进城的时候不是夹在他们队伍里一齐走的么？”

田石头脑子活，已经想好了，“麻老大带出去的兵，多半是他信得过的，想必不得跟哗变的人走。他们认得出我的。队长，让我去吧。这么散着，实在太危险哩。”

刘玉堂没想到田石头也有这么周密的思考能力了，顿时他感到心里轻松了不少。

“好极了。石头，你下去吧。最重要的是把防线布置好，万一有情况，要能顶到天亮。”

“是！放心，队长。”田石头利落地拔出枪，快速地下了楼。

这小家伙果然判断得不错。他一下去，院子里的苗兵就认出了他。虽然苗兵们没有能了解他的真实身份，但是从麻老大专程去磨盘山请了他们几个人来，还有麻老大对他们非同一般的敬重态度，苗兵们至少觉得这是几个了不得的人物。正在人心惶惶的时候，田石头的出现便是一颗定心丸，苗兵们呼啦啦便围了上去。

转瞬之间，他们又散开了，散得有条不紊，各自奔向了该去的地方。当然是田石头首先有条不紊。他成长得飞快，已经能独当一面了。在他布置下，后院还剩下来的几百苗兵迅速地修补了防线。仿佛一只散了架的大木盆，让熟练的木工师傅三下两下一摆弄，又紧紧地合了起来，还加上了两条牢实的大铁箍。

刘玉堂的心情并没有因此而轻松下来。他掏出怀表看了一眼，紧紧地聚拢了眉根。

“何山。”他果断地回过头去，说，“现在我们很被动。麻老大一定出了意外，而且麻三保也被人控制了。看来必须按第二套方案进行了。”

“是的，队长。”何山庄重地点了点头，“我马上下去同这些苗兵商量一下，想办法出城。您这里，要加倍小心才好啊。”他不放心地看着刘玉堂说。

“别担心我。”刘玉堂沉思着说，“我只担心石匠他们还没有赶到。天黑得太早了。”他抬起头来看着何山，“要记住，你的任务是出城。千方百计出了城就有希望。不要硬闯，多动点脑子。知道么？”

“是！”何山很有把握地回答了声，“我走了，队长。”

“好，记住联络信号。”

“放心吧。”

麻老大确实一到中院就被扣住了。他当时倒并没有感到有什么异常情况，但是他还是很谨慎。他知道在这种时候不能有半点失误之处，否则就会坏了大事。

他先去灶屋里看了一下开饭的事情。麻家大院有座很大的灶屋，如今那里面热气腾腾。一箩一箩的米饭从大木甑里打了出来，齐齐地排在地下。五口大铁锅被柴火烧得沸沸作响。锅内全是大块大块的白水煮猪肉。

麻三保累得眼窝子陷了下去，正张罗着分派临时请来的厨工。他告诉麻老大说，四丫头、田大榜，还有钻山豹都吩咐过了，今夜晚，他们的饭分别送到各自的屋子里去。不要摆酒席。

“大爷。”麻三保后来悄悄地劝麻老大说，“中院的事有我哩，有动静我会递信儿过来的，你最好还是回后院去……怕那边出差错哩。你看呢？”

“也要得。”麻老大想到后院的苗兵，还有刘玉堂他们，知道那里是万万出不得娄子的，便应了句。

后来他一想，既然已经到了中院，何不去四丫头他们那些人面前露一露头呢？总窝在后院不出来，恐怕也会叫人疑心的。于是，他将已经朝后院迈出去的步子又折了回来。

田大榜屋里有亮，麻老大敲了半天门却没有听见有人应。他觉得奇怪，以为田大榜在四丫头屋里，便向四丫头的房间望了一眼。不对！那间屋子内连个光亮也没有！不会做别的事的，这两个角色去哪里了呢？

钻山豹的屋子里倒灯火通明，而且还大敞着门。麻老大朝那屋里远远地瞟了一眼，仿佛里面有人，但是田大榜和四丫头显然不在里面。他觉得有些不对，便急忙又奔灶屋去找麻三保。或许他晓得一些情况的。

进了灶屋，却没寻见麻三保。他便向厨工打听了一句。厨工一见麻老大又进来了，也有些莫名其妙。

“咦？麻三保么？”厨工惊异地说，“先前大爷刚走，不是就派人来喊麻三保出去了么？”

“什么？哪个派人来喊的？”

“你不晓得？这就怪了。不是大爷你派人来喊他么？”

麻老大听得心往下跌，“哦！”他差点喊出了声，“有、有这事？”

他知道出了纰漏，拔脚就往屋门外走了出去。刚出灶屋门，就感觉到从中院通向后院的那扇门边人影幢幢。他的心顿时提到了嗓子眼上，便疾速地拔出枪，闪到了屋檐下的黑暗处。

这时候，一个人猫着腰，尽可能地避开门边那些黑影的视线，向麻老大这边摸了过来。麻老大以为是麻三保，但又不敢呼唤他，便紧贴着屋角等候着。

那人并没有发现麻老大，黑暗中摸到了他的身体，立即吓了一跳，“……哦哟！”

“轻点！”麻老大压着喉咙对那黑影说，“是三保么？”

“大爷？”那人高兴了，嗓音却不是三保的，“我是七雷子哩。”

“是你？”麻老大警觉起来，“你想做什么？”

“嘘！轻声点。”七雷子担心地朝院门那边望了望，“我是特意来寻大爷的。”

“寻我？”

“是哩，是二爷让我来寻大爷的。”他神秘而又小心地告诉麻老大说，“大爷，你还不晓得么？有人要朝你下刀子哩。白天要不是二爷顶着，就趁你不在动了手哩！这你是不晓得，好险！”

麻老大其实已经知道了。他倒是觉得钻山豹这个亲弟弟在关键时刻是认手足之情的。但是麻老大没有作声，只是疑惑地指了指院门边那些人影，问七雷子：“……那，门边的人是哪路来的？”

“嘿，大爷，鬼搞得清哟。”七雷子面色紧张地说，“二爷也发现门边不对头了，生怕大爷有闪失，才派我来寻大爷的。”

“嗯。”麻老大放心了些，“你家二爷，现在在哪里？”

“还在屋里等大爷。他讲，我们人马都准备好了，只等大爷到了，就去收拾那些野种。”

“那，走起！”麻老大断定那些人是从宝笼山来的，心中不免焦急起来，“七雷子，你带路，快点走！”

“晓得的。”

快到钻山豹的屋门边时，麻老大发现自己和七雷子终于让那边的黑影子看见了。那里人不少，像一群游动在黑暗中的魑魅。他们发现麻老大之后，也没作声，只是拉开距离朝他围了过来，像拉开网去网鱼一样。

麻老大慌忙看了钻山豹的屋子一眼，幸好到了门边！他一头扑了进去。

“老二！快！”他看见钻山豹背着双手站在屋子正中，一点都没防备的样子，便急切地喊了句，“那些野种围过来了哩！”

“莫慌，大哥。”钻山豹不急不忙地说，“到了这里，只由我来摆弄哩。”

麻老大突然感到毛孔都奓开了。他看见麻三保被捆作一堆扔在屋角上，嘴里堵了一团烂布，“……这是做什么？老二？”他的心倏地发了慌。

“七雷子！还不替我大哥拿枪？”钻山豹冷不防地厉声喝了句，“动手！”

麻老大刚刚意识到不好，就感到右颈处让人砍了一掌。那一掌很硬，像是一铁棍。他的整条右臂立刻酥麻了。接着手腕处又吃了一击，那枪便被七雷子夺了去。回头再看时，门口走进来七八条穿着青衣的汉子。那帮人由独眼龙带队，一进来便端着枪逼住了麻老大。

“老二！你发昏么？”麻老大气得大发雷霆，“搞老子？不怕遭雷劈？你个没良心的！”

“怪不得，大哥。”钻山豹冷峻地笑了声，“我要没良心，就让别人搞了你。那样才惨哩。还不如由我来搞。亲兄弟，手脚上恐怕还是轻些。”他说完这句话，脸猛地一沉，喝道：“绑了！狠些绑！”

独眼龙便率先扑上去箍住了麻老大。麻老大使劲挣扎着，却挣不过那七八个壮汉，不久便被绑了个结实。这些人手下得非常重，绳索深深地勒进了皮肉之中。麻老大被捆得呼呼地出粗气，便破口大骂钻山豹。于是他的嘴里也被塞进了一大团烂布巾。

“好了。”钻山豹再也不理麻老大。他匆匆在屋里走了两步，突然站定了，“独眼龙，动得手了。快去！”

独眼龙应了声，刚要走，钻山豹又叮嘱了一句：“先只接出人来。莫急响枪。晓得么？”

“晓得的！”

独眼龙匆匆地走了。钻山豹问七雷子："四丫头还在南门？"

"是哩。榜爷来把信讲，宝笼山的人快到了。从南门进城。四丫头就赶了去。"

"嘿！"钻山豹得意地笑了声，"宝笼山的人才来么？正月十五了再贴门神，晚了半个月哩。也不想想，这一塘好水，我会让它肥了外人的田土么？"

"二爷，大意不得。"七雷子建议道，"榜爷的人马若是进了城，恐怕也是不善的。"

"是哩，我布置了。"钻山豹一不做二不休，望着七雷子，牙帮一咬，命令说，"七雷子，你去，南门那边放了八十个人，你给我一齐带上把南门夺了！任何人不准进来！"

"是哩。"七雷子应了声，"四丫头呢？"他又问。

"她当然是要进来的，除了她，连榜爷那家伙也不放进来。手头子硬一点，有不听的，见一个毙一个！晓得么？"

"晓得哩。"七雷子阴阴地笑了声，"嘻，做这样的功夫，过瘾！"

七雷子欢欣地拔脚出了屋。钻山豹也不耽误时间，反身走到屋角上，提着麻三保的衣服，往上一带，便把他悬了空。然后轻轻一抛，麻三保扑通跌倒在了屋中间。他几乎没有用劲，整个动作就像是从床头上捡起个枕头扔在地上。

"三保，看见了么？"他走到麻三保身边，用脚尖往上挑起他的下巴，问道，"那边绑的是哪个？你看看。"

麻三保的嘴是堵住的，当然一句声也作不得。他今天一天经历了这一生中从没经历过的艰辛，此刻已经完全没有力气了，连睁开眼皮的力气也没有。任人抛，任人甩。那眼睛紧闭着，就是不张开。

"好，我替你松了这绳子。你缓过气，再同我讲话。"

钻山豹亲自动手，果然把他身上的绳索连同嘴里的破布一齐除了去。

"如何？好些了么？"钻山豹问道，"其实我喜欢你哩，三保。你跟了我去，好么？"

麻三保只是软软地瘫在地上，眼睛仍然不睁开。钻山豹没有耐心了，手一捞，又将他从地上提了起来。

“听好！三保，你是害了我大哥的。四丫头打听清楚了，讲你同磨盘山牵的线，要引我大哥下水。”他将麻三保放下了些，让他的脚挨着了地，“站好些！你是个明白人，晓得我二爷的心有好黑有好毒！今天老子一把恶水泼洒开了，就收不回的。大哥也好，大爷也好，碰了我的刀口，我只管劈翻了他！你想明白了么？”他松开手，麻三保在地上趔趄了一下，总算站稳了。“哼，我晓得你麻三保对我大哥是个忠孝的干崽。我呢，也还不想把亲兄弟的血沾在手心里。只是莫恼了我。”他拍了拍自己的巴掌，指着麻三保说，“三保，你要是想救你家大爷，你晓得我今天只要那六百苗兵。还告诉你，那六百数里头，有二百已经归了我的手。如今我放你去后院，你只把剩下的苗兵引出来，枪留在院子里让我去收。若是这样，我二爷也就不下死手了。看我大哥自己情愿如何。住石城也好，走口岸也好，我保他性命。三保，听清楚了么？”

麻三保睁了一下眼睛，仿佛人还在蒙胧之中。其实他已听了个明明白白，但是他还要想一想，便睁开了眼睛，表示在听着。

钻山豹心里有点着急，他不愿意多耽误时间了。南门外随时可能发生冲突，他担心后院打起来会腹背受敌。

“莫装死！三保！”他咬着牙，狠狠地说，“苗兵是保不住的。老子不夺，田大榜要夺。你快想好，哪一条路才是你们的活路！”

麻老大被牢牢地捆在那里，也不能说一句话。他心里已经彻底绝望了，只是后悔自己不该犹豫不决。就在来中院之前同刘玉堂谈话时，他内心还是在瞻前顾后，总把动手的事看得还远。直到被亲弟弟捆翻，他才幡然醒悟，但已经只剩下后悔了。

钻山豹的话，他也听了个清清楚楚。他感到放麻三保去后院的事是他绝境求生的唯一希望。钻山豹急于要枪，以为扣了麻老大在手里就可以胁迫麻三保去把苗兵引出来缴枪。麻三保不会带兵打仗，因此他也放得心。这法子是他早预划好了的，可以不放一枪就夺了苗兵。然而他做梦也没想到那后院还藏卧着一只东北虎，那是他们这伙强盗的克星啊！

麻三保你个蠢东西，你还不应了他么？麻老大心中急得要命，生怕错过了这个机会。自他被绑住的时候起，他就后悔没有办法给刘玉堂去递个消息了。钻山豹非常精，先捕了麻三保再捕他，这样他便失了主意。现在他只想叫三保快去后院，却又讲不出话。他直对麻三保动眼色，偏偏三保又闭着眼睛不睁开。唉！蠢！蠢！

其实麻三保心里早想到了这些。他比麻老大想得更多。去后院告诉了刘玉堂，他怎么办？会让苗兵交了枪么？要不就带苗兵出来同钻山豹打？那麻老大首先就会一命归天。所以三保才不睁眼睛。他还没想好哩。

"听好了！三保！"钻山豹的忍耐看来到了极限，"你晓得我同榜爷在南门已经刀对刀枪对枪架起了势。你不论去不去后院，只要南门一响枪，我立刻抄了后院去南门。当然我是要先送大哥上了天再出这屋的，你再拖延，那时间是你自己的。怪不得我哩！"

麻三保终于睁开了眼睛。他先看见了麻老大那焦急使过来的眼色，但他没反应，只是木木地对钻山豹说："催、催不得，二爷，你要是等不及，先伤了大爷，那苗兵也、也亡得命哩。这、这对二爷也不好哩。"

"不要你想这么多，三保。我不比你家大爷那么不会想事哩。"钻山豹接着脸往下一沉，"你少来名堂！要讲亡得命，你晓得哪个更加亡得命。快去！"

麻三保也不多讲了。他面色呆滞，失魂落魄地走出了屋子。

"说好！南门枪一响，你大爷的命就升了天。"钻山豹在他脑后敲了一句，"你若是磨时间，我是不讲客气的！"

按钻山豹的指令，麻三保必须领着放下了武器的苗兵从后院通向大街的那个门出来。钻山豹考虑如果走通往中院的这扇门，自己的人马铺不开，万一那帮苗兵捣乱，怕难得招架。于是他让独眼龙带人去后头层层围住后院，准备接收苗兵俘虏，还有留在院里的枪支。

麻三保刚走，他又感到自己留在院中有很多不方便之处。后门那边的情况，送到中院来就迟很多，他难得照应上。何不押着麻老大也去那后门外呢？

他往院子里望了望，忽然觉得自己到底还是大意了。独眼龙走的时候带了些人去，七雷子也带了几个人去了南门。如今他身边竟一个兵丁也没有留下来！

不过他一点也不惧怕，只是感到不太方便。麻老大个头宽大，又被绑得紧紧的，要把他弄到后门去，如果有一两个帮手会更加顺利些的。

“如何，大哥？”他紧了紧武装带，带着戏谑的语气问了麻老大一句，“同我去后门外头，再看看你那些苗兵？以后就难得看到了哩。”

麻老大鼻孔内呼呼作响，胸脯一鼓一伏，恨得两只眼珠像是要冒出血来了，红通通的。

钻山豹根本不管他想些什么，伸手便拽住了他身上的绳索，“走起！莫让我着了恼！”

麻老大双脚叉开，倔出了站桩功，钻山豹一下竟没有拉动他。

“咿呀！是这么讲么？”钻山豹手腕略一用劲朝前一抖，麻老大那一二百斤的身体便立不稳了，被他拉得往前冲了好几步，“大哥，何必呢？爽快地走不好么？这样，那还不伤了和气？”

他拖着麻老大，还没走到门边，就听见院子里有人兴冲冲地朝这屋子奔了过来。

“二爷！二爷！”那人老远就报喜般地喊了起来，“苗兵出来了。二爷你得了手哩！”

钻山豹心中一喜，看门外跑过来的那名喽啰得意的样子，故意训了句：“留神脚下踢破了趾头！我个崽，喜饱了你么？二爷哪回失过塌？”

他心中掠过一丝疑云：哪有这样来递信儿的？没进门就喊了出来，这不像是自己训出来的人哩！未必真是得意得忘了形么？

再看过去，他倏忽吃了一惊。那递信儿的人虽然也是青衣青裤，个头却明显的矮小。他的人马中有这样的小个头么？分明还没长得饱满起来，那声气也有几丝未褪尽的童音哩！

“莫跑！你个……”他飞快地拔枪，还没喊完一句话，就看见那人手上闪亮了一个殷红的火球。就在那极短的瞬间里，他只觉得耳膜忽地一震，头顶上传来“砰”的一声巨响，仿佛凌空炸了个惊雷。

他在放枪！怎么这样响？听过多少枪声，从来没有这样响的。是隔得太近了？还是因为太突然而极度紧张了？总之那一枪震得钻山豹刹那间失去了反应，他以为是让那人给打中了。

紧接着，远一些的地方又响了一枪。这一枪是从后院那里一个高处打响的，离这里有一百多步远，声音听起来就单调多了。只是这一枪很厉害，竟然准确无误地命中了钻山豹屋里悬吊的那盏马灯。顿时屋子里一团漆黑，空中弥散着一股洋油的气味。

麻老大趁着这个当口，飞起一脚，踢翻了钻山豹。然后，不顾一切地跑出了屋子。

钻山豹却被这一脚踢清醒了。他往地上一跌，浑身的感觉立即恢复了正常，于是他明白了那个稚气未脱的伢子并没有打伤自己。顷刻之间，他身上的全部气力都调动起来了。趁倒地的时机，他看见麻老大正向前跑着，由于捆住了手，跑起来摇摇晃晃，而且并没有跑出去多远。黑暗中，有两条人影迎上了麻老大，想搀住他逃出这个地方。

钻山豹便朝他那宽大的身影连发了三枪。他对自己的枪法是毫不怀疑的，三枪过后，他就地打了好几个滚。直到他滚到院墙脚下隐住了身子，才看见子弹追着他滚动的路线打起了一连串火星子。

本来他完全可以越墙逃出中院的，但是他羞恼得无地自容。他藏在一块石碑后面，那眼睛像狼一样在黑暗中搜索着。他知道冒充报信的那个后生绝不是一般的土匪，一定是东北虎的人。他恨不得撕开他嚼几口，便沉住了气，下狠心要打穿他的脑壳。

但是院子里却再也看不见人影了。钻山豹正感到奇怪，忽听得石城南门那方传来了密集的枪声，像是从山上排山倒海地滚下来无以计数的竹筒子一般的轰响。

这种枪声十分不对头。钻山豹今天似乎入了迷阵，先前那一枪，分明是驳壳枪声，他却听成了惊雷一般响。这时候从南门传的枪声，他凭经验便可以判断出不是七雷子同田大榜的队伍在干仗。他听出了里面分明有重机枪的声音。而且，那重机枪还不止一挺……

正惊疑着，南面天空上升起了一道耀眼的绿色弧线。弧线的顶端越升越高，便闪烁地炸裂成一个黄绿色的光球。然后那光球开始缓缓地下落，把石城上空照得通明。这是一排绿色的信号弹，土匪队伍里没有这种东西！

钻山豹再也不敢迟疑。他顺着院墙小跑了两步，身子一纵便上了院墙。身后哗啦一响，分明有人把通向后院的那扇门打开了。钻山豹回头一看，后院内屯驻的苗兵端着枪，潮水一般向中院涌来。他脸上禁不住一阵痉挛，心中的悲怆也随之向上堵住了嗓子眼。

他明白大势已去，唯恐自己那留在城内的队伍吃更大的亏，便咬牙切断了心中的阵痛，转身跳下院墙。

霎时，满城敲响了锣声。街巷之中，也爆发了激烈的枪战。城内的枪声与城外的枪声很快便弥合成一片。偏偏天上暴雨又泼了下来，雨点砸得人生疼，砸在瓦上一定很响，但是听不见，被枪声掩盖了。道道闪电在头上划过，也是听不清雷声。那雷声与滚地而过的密集枪声、喊杀声、古锣声浑然一体了。

一场奇特的恶战，延续到下半夜才停下来。不久，雷暴也停止了。

石城又陷入了黑魆魆的沉寂的深谷之中。

第十一章

刘玉堂对清扫石城战场的工作不大满意。他稍稍放松了一点，没料到那些事情竟拖拖沓沓挨了五六天时间。

战斗是凌晨一点钟结束的。当时天色漆黑一团，什么也看不清。那一仗其实打得相当漂亮，但是由于仓促接火，一直到战斗结束，包括刘玉堂在内，都有点怀疑是否真正取得了胜利。

一切都是突发性的。第二套方案终于实施了，但是战斗并没有完全按那套方案的步骤进行。比如说，何山混出城外之后，应该立即与磨盘乡的农民自卫军接上头。他当时非常担心，怕他们没有赶到石城来。刘玉堂离开磨盘山之前已派人去留守部队的驻地搬点正规部队来，但那地方来回有一百多里山路。农民自卫队武器太少，助威还可以，真正打起来，战斗力是比较弱的。他们必须在城外与搬来的正规部队会合才能行动。何山估计部队来不得这样快，尤其是那天天黑得早，情况又发生了突变，刘玉堂留在城里，随时都可能打响。

谁知何山刚刚出城，就在约定地点见到了田秀姑。她告诉何山说，有一连正规部队已经赶到了。何山十分惊讶。那一连战士差不多是小跑步赶了一百多里路，比预定的时间提前了两个小时到达。幸亏早到了，否则，城里那第一枪打响之后，城外就很难及时配合行动了。

城内的第一枪，也是突然打响的。实在是万不得已，才由田石头朝钻山豹放响了那一枪。当时麻三保回到后院，三两句话就对刘玉堂讲明了那危急万分的绝境。刘玉堂权衡了一下，决定救出麻老大来。他根据后院有两座大门的具体情况，一眼就看出了钻山豹安排上的漏洞。他的人马布置在后面那座门的外面街上，而他自己却待在靠前的中院里。正好呈一个对角，无法及时了解情况。这一点，钻山豹也很快地觉察到了。但是刘玉堂抢在了前头。他是想抢在南门响枪之前，当时还不知道钻山豹已经要把麻老大带到后面去。幸亏后院与中院只有一墙之隔，田石头的动作又麻利，一个翻身便过了墙。刘玉堂利用钻山豹无法了解院外情况的空子，想出这个让田石头去“报喜”的主意，其实也是非常冒险的。万一钻山豹在院里还留下一两个帮手，田石头就很难那么及时地堵住钻山豹，放那关键的一枪了。

“是土匪该绝哩！”石大爷后来说，“这帮豺狼，气数尽了！”

“哼！”田石头却后悔得要命，连连擂自己的大腿，“我真是！慌个屁哟！那么近，一枪怎么没打中他？闭上眼睛也该打中哩！真是见了活鬼！咳！”

城内枪一响，外面便遥相呼应。一颗信号弹放上天去，刘玉堂立即按步骤把苗兵拉出来展开了火力。这样打，对于处在内外受敌的城内那些土匪来说，当然是有极大的冲击力的。光是心中那种恐慌便要丧失掉抵抗的信心，于是独眼龙率领的队伍很快就溃退了。哗变出来的苗兵更没有了战斗力，只知道满城逃窜着。不少人甩掉武器去找地方藏身，刘玉堂便顺利地推进到了城墙脚下。钻山豹后来在城外找到了独眼龙，一查人数，已经是黄瓜打锣，去了一大截。不算那些带伤逃出城的人，光是被打死在城内的就有六十多个。他那天的打算是稳收六百条枪兵的，却突然倒了时运。

钻山豹的队伍全部拉进城去打“牙祭”，当然是瓮中之鳖，受夹击也是不可避免的。但是那天还有很多没有料到的情况。七雷子带八十人去封闭了南门，他本是要封住从宝笼山来的田大榜的队伍，万没想到城内几枪一响，城外就泼水一样打响了重机枪。像钻山豹那样经过大场面的土匪，一听就知道这是极有战斗力的正规部队来了。七雷子却是后来跟随钻山豹的嫩头目，还分辨不出那其中的厉害来。不管那枪声多么震耳，他只以为是田大榜的人在进攻，便死命地顶在城头，指挥着还击。一时间，部队还真让七雷子顶住了，急切之中不能打进城来。

这是个极其危险的时刻。当时，田大榜的队伍已经拉过来了。他正在离南门还有一两里地的山坡上踌躇着，因为他听到了七雷子封了南门的报告。四丫头也到了那里。她和田大榜正商量下一步该怎么办，城里城外就打响了。进攻南门的队伍遇到了七雷子的拼死抵挡，如果田大榜趁机扑下来，攻城的部队就会遭到夹击，这当然就会使战场上的形势发生难以预料的变化。

“冲下去！快！”四丫头已经看出这一点，她是有经验的，“从后头打，夹住他们！”她果断地对田大榜下了命令。

可悲哀之处恰好在于田大榜也是极有经验的老狐狸。他听出了有两挺重机枪在咆哮。一贯患得患失的田大榜，想到自己仅有四十几条枪，哪怕有了八成把握，只要有一两成风险，他也不会去冒的。四丫头的命令对他来说，好比蚊子叮了一口柚子皮，绝不会有疼痒。他背着手，走到高处朝下眺望着南门，真有一种隔岸观火的悠闲神态。

四丫头心急火燎地催了他三次，他仍然支支吾吾不肯动身。时间一分一秒地流了过去。四丫头再也不同他客气，顺过卡宾枪便顶住了他的后胸。但是时机已经无情地错了过去，南门传来了亢奋的吆喝声，七雷子终于弃城而逃。他顶不住重机枪越来越密集的火力，守城的人抬头便死多活少。趁着火力的掩护，石匠率领自卫队员施展出了登攀石壁去打眼放炮的绝技，飞快地爬上了城墙。

总之，对于这次胜利，刘玉堂感到并不太兴奋。他回想那场战斗的许多环节，觉得胜利的偶然因素太多了。身为一个指挥员，应该冷静而又客观地总结教训。实在不值得头脑发热。

“不讲别的，只看那场雨就晓得了。雷打得那么凶，风也吹得倒人。

这是天兵天将暗中助威哩。”石大爷兴奋地说，“土匪该绝了。这是天意！”

听的人便哈哈大笑。小分队的战士开玩笑说：“石大爷，您还挺迷信的啊？哈！”

刘玉堂为了不扫大家的兴，也跟着笑了。他心里并不那么舒畅，总觉得这一仗打得很冒失。石大爷的话里就有一种连他自己都没意识到的成分。他总在感叹是土匪该绝了，那意思显然在说，哪怕他们没有充分的准备，没有打得怎么好，土匪都是要败的，该绝嘛。刘玉堂觉得这种话对自己实际上是一种批评，而且批评得很对。

他倒不认为石大爷在迷信，石大爷的话也道出了一些本质性的问题。土匪的本质决定了他们自己的命运。他们凶残，不得人心；作恶太多，心虚，害怕受到惩处。又极端自私自利，根本配合不起来。这些都是他们那天一触即溃的根本原因所在。他们注定要失败的，确实该绝了。石大爷说的“天意”，其实也是历史发展的必然趋势吧。

战斗结束以后的第二天，石城上空从大清早起就布满了金黄色的朝霞。天空是开阔而又明亮的，胜利的喜悦随着曦光渐渐地布在了人们的心头。

刘玉堂仔细清点了一下队伍，惊讶地发现自己这一方几乎没有什么伤亡！攻打南门的部队只有两三名战士负了点轻伤，再就是石匠带人攀城墙时一名自卫队员的腿脱臼了，那还是自己失了手跌脱臼的。城内的起义苗兵是刘玉堂带着的，冲出来时倒下了三四个人。追击独眼龙那些队伍又偶尔倒了三四个。连伤带亡一共八名。然而满城满巷都躺着土匪的尸体，后来一统计，光是打死了的就有一百零几人。还活捉了四十几个俘虏，缴获的枪支架起来一大片，长短武器总共有二百多件。这样小的代价换来了这么大的成绩，这简直有点神奇了！

但是麻老大死了。钻山豹恼怒地将两颗子弹射进了他的后胸。天亮以后，刘玉堂到中院去看他，他已经僵直地挺在堂屋正中的一块门板上了。这名曾经威震一方的苗王，仰天倒在那扇门板上，身躯显得那么庞大，那么沉重。他的双眼半睁着，浑浊的眼珠内暗暗有一股光亮。人们可以从那浑光中看出各种各样的意思来。有人会说那是悔，也有人会说那是恨，还有人揣测他是一口恶气没出，于心不甘。总之，那闭不拢眼皮的神态，看得人的心里沉甸甸说不明白是什么滋味。

麻三保一个人呆若木鸡地守在他的尸体旁，他也像一具坐化了的尸体。整个堂屋显得格外空大，清清冷冷寂静得仿佛隔绝了人世。

刘玉堂从那里出来之后，便找来了石匠和石大爷。他想到麻老大的后事应该好好处理一下，似乎怎么处理并不是件简单的事情。这里有自己的风俗习惯，他并不了解那些习惯。

麻老大毕竟是一代苗王，弄不好，他担心伤了这一方百姓的感情。

他心里还有些矛盾。麻老大在这一带是作过恶的。前不久他还洗劫过磨盘乡，好好地替他办丧事，他担心石大爷他们不干。尤其是石匠，他心里非常恨麻老大。为了利用麻老大分裂土匪阵营的事，还对石匠做了不少工作才勉强说服了他，办丧事恐怕就很难让他们同意了。

刘玉堂找到他们两人之后，也不多绕圈子，直接谈了自己的那些想法。最后他说："我们历来是不主张大办这一类的事情的，最多简单开个追悼会就行了。麻老大的事，我感到情况有点特殊。你们少数民族有些自己的习惯，弄不好，对发动群众的工作会造成困难的。你们看呢？"他好像在说服他们，"麻老大是有罪恶，但是他也有立功表现嘛。他也是被土匪杀害的。他的死，更能让老乡们看清土匪的罪恶本性，我们正好可以做群众的教育工作。再说，他到底还是这一带的苗王嘛。"

石大爷沉吟了一阵，回答了一句话，果然使刘玉堂印证了自己的担心。

"……唉，队长，你不晓得哩。"他摇着头，愤愤地说，"我们苗人，自古以来有部落而无酋长。哪有什么苗王哟！他麻家，从麻老大的爷爷起，聚了一伙枪兵做大烟生意，越做越发，才占了石城称王哩。讲穿了根底，还不是一窝土匪么？只是我们这一方苗民还顺服，几代下来，也就看他做苗王了。"

“哦？”刘玉堂这才弄明白了苗王的来历。既是这样，那么，似乎也就没有必要太郑重其事了，“那，石大爷，你看麻老大的丧事是不是也就不必……”

“丧事么？”石大爷忽然又认真起来，“那还是要依规矩做的。”他又解释了一句，“苗民没得给苗王做丧事的格外规矩，只是照我们一般苗民的规矩做就要得了。队长，你讲这样要得么？”

刘玉堂原先还以为苗王的丧事有特殊的规格，他也做了万一要特殊的思想准备。听说并没有那种规矩，只是照一般苗民的去做，他认为这显然是理所当然的。为了更加慎重一些，刘玉堂特意看了石匠一眼。这个倔石匠一直只在听着，没有作一句声。

“石匠，我同意石大爷的意见。”他先表了个态，为的是说服石匠。然后再问道，“你看怎么样？就按一般苗民的规矩处理丧事，你同意么？”

“这事，还问我么？”石匠硬邦邦地反问了一句。

“当然要问你嘛。”刘玉堂微笑着对他说，“你是农会主席，乡里的事，由你做主。”

“队长，不是这么讲的哩。”石匠望着刘玉堂，一本正经地说，“农会主席只管打土匪的事。我们乡里的规矩，像这些事，一概由上年纪的人讲了算数。”

“嗬，这规矩挺严嘛，连你也管住了？”刘玉堂轻松地开了句玩笑，“那就这样吧。抓紧时间，赶快办完。我们还有更重要的事情得立即着手了。下一步，立即建立石城的地方政权。”

事情确实很多，样样都不能放松。虽然打下了石城，但是钻山豹漏网而走，田大榜、四丫头根本不在城内。三个罪孽深重、为害极大的匪首一个也没抓到。他们显然打虚了胆了，然而还有些实力。一旦恢复过来，也可能随时向石城反扑。那一连正规部队不能在石城久驻，因此必须尽快地建立一支有战斗力的地方武装队伍。刘玉堂感到现在枪支倒是充足了，只是人员缺乏。磨盘乡的一百来名农民自卫队可以作为基本力量。麻家大院拉出来的三百多名苗兵，摸一摸底，却有一半左右的苗兵犹豫着不太情愿参加整编。细细一了解，原来是四丫头早就想了一条毒辣的计策，把石城内的妇孺老弱陆陆续续押送去了宝笼山。不少苗兵的亲人眷属都在宝笼山关押着，他们害怕参加自卫队被土匪们发觉，那样便会使宝笼山的亲属遭到杀戮。

这一部分苗兵的心情是不难理解的，但是他们的情绪在另外一部分苗兵中也引起了连锁反应。虽然那些苗兵没有亲属扣在土匪手里，他们的心头也笼罩上了一层害怕变天的阴云。

刘玉堂感到身上的责任很大，心里也有很重的负担。眼下是不宜出兵追击土匪的，他便在城里重新布置了防线。小分队的战士配合农民自卫队，在外围也布下了监视哨。工作必须得一步步去做，他打算先把城内那些土匪尸体弄出去掩埋掉，再把武器兵员重新安排下来。安葬麻老大的事，他索性交给了石大爷去操办。对这件事刘玉堂倒也寄予了一些希望。他觉得如果处理得好，也许对做那些苗兵的工作会有些益处的。他还隐隐感觉到这件事对于动摇土匪内部的军心也会有一定作用。

两天以后，刘玉堂总算把那些土匪的尸体弄出城掩埋掉了。这件事做起来很费劲，石城缺人手，磨盘乡来的农民自卫军对那些土匪恨之入骨，怎么动员也不愿意去掩埋土匪的尸体。依他们的想法，扔在山沟里喂豺狗算了。石城四周到处都是岩山，挖个坑很不容易，一百零几具尸体的掩埋竟然成了一项庞大的工程。这也是刘玉堂没有预料到的。

等他把这些事处理完了，再去看麻老大的丧事进行得如何的时候，他又吃了一惊。他派小分队的田秀姑协助石大爷他们处理丧事，在麻家大院门口，刘玉堂遇见了她。

“秀姑，怎么样了？”刘玉堂打听了一句。

“早哩，队长。”田秀姑不太高兴地告诉他说，“刚刚烧完落气钱。”

“嗯？”刘玉堂不太明白，“落气钱？怎么回事儿？”

“这里苗家的习惯哩。人一死就要烧三斤六两纸钱。”田秀姑也说不明白，便指了指大院，“多哩，你自己去看吧。”

田秀姑把刘玉堂带到中院，刘玉堂一眼就看见院子里有二十多个人在石大爷的指挥下忙得团团转。那场面显得十分铺排。

“好了，把裤带给他系上。”石大爷张罗着说，“再数数看，裤带足了数么？”

刘玉堂不明白这裤带有什么足数不足数的，便回头看了田秀姑一眼。田秀姑轻声告诉他说，足不足数，是指足不足年龄的数目。如果死者是八十岁，那条裤带就要用八十根白线打成。麻老大今年五十一岁，系在他寿衣外面的那条裤带就须用五十一根白线。刘玉堂往堂屋里看过去，一个男人正按照石大爷的要求，握着一条粗绳子仔细地数着白线的股数。

“哦？还有这样的规矩？”刘玉堂觉得倒也新鲜。

“规矩才多哩。洗死人的身子，不能是个跟死人同姓的人，那水也不用一般的水，要让人到野外采朝南那面坡上的菖蒲草回来，熬水的时候又不能有天光，只好在夜里熬。”田秀姑以前大概也没经历过这种事，一见有这么麻烦，她心里有些厌倦了。

石大爷只是匆匆同刘玉堂打了个招呼，又脚不沾地转开了身子，“系上了么？”他稳重地问。

“系了哩。”有人应道。

“好！上柳床！”

刘玉堂不知道柳床是什么样子，便向堂屋那边走了几步。只见八个身强力壮的汉子齐声喊句号子，把穿戴整齐的麻老大抬了起来。堂屋正中，两条长凳，两块门板，搁成了一张简易床铺。人们把麻老大的尸体平平稳稳地放了上去。显然那就是柳床了。很平常的木凳木门，怎么叫柳床呢？大约那木材是柳树料吧？

死人上了柳床，那丧事才理出头绪来。就这上床的准备便用了两天时间，刘玉堂不禁心里有些着急了。他看见人们将麻老大抬上床之后，又散开了些，各自倚着板壁悠闲下来，仿佛在等候着别人吩咐。石大爷也没有再吆喝，他也在等。刘玉堂便朝他走了过去，轻轻地问：“往下该干什么了？”

“老师还没出来哩。”石大爷告诉他说，“这里的老师出门了，是我昨天去磨盘山请来的。客老师哩。下头做什么，要听客老师的。”

刘玉堂的心目中，老师便是教书先生了。他正疑惑做丧事请教书先生来做什么，就听得堂屋里有人喊了声：“老师出来哩！”

随着这声喊，堂屋侧厢房里窸窸窣窣一阵金属片相互碰擦的响声，然后走出来了一个五十岁上下的干瘦男人。刘玉堂一看便呆住了。那人戴冠穿袍，身上垂吊着一串一串的银片，分明是个巫师。这一方的人把主持宗教仪式的人称作老师？他不禁感到有点难以理解。那么，“客老师”的意思就是从外头请来的客座巫师了。

那名巫师表情很严肃。他一举一动都端正庄严，绝不乱动一下。法事还没开始，他出来只是做做准备。随着他出来的还有两名年纪很轻的小男孩，替他拿来了很多东西。他便指手画脚，吩咐把那些东西如何安放。刘玉堂看见那些东西都很精巧，有用黄蜡做成的碗，有紫铜铃铛，还有一些打磨得很光亮的竹筒子。放好这些法器之后，那两名徒弟又进厢房内搬出来了好些纸旗、纸伞。随后，再进去搬来了竹杖、短剑之类的东西。院子里的人都闲着手看着他们搬，竟不过去帮帮忙。那东西实在多，牛角、师刀、柳巾，一趟一趟搬个没完。

“怎么不帮他们搬一下？”刘玉堂问石大爷。

“咦？凡人是碰不得那些东西的。”石大爷说，“沾了凡人的手，老师也无法子替亡人超度解罪了哩。”

刘玉堂渐渐也感到这事是很复杂的，并不像原先认为的那样简单。光是那些法器，准备起来就够费时间的了。那巫师身上神袍神帽还是现做的，怎么不早两天时间？

“道场什么时候开始做？”刘玉堂没有耐心在这里看下去了，临走时问了石大爷一句。

“今夜吧。”石大爷很有主张地告诉他说，“三夜道场做完，正是第七日。已请客老师推算了日子，正好哩。”

"……嗯？"刘玉堂这才知道事情开了头已经难以控制了，"普通苗民老乡的丧事，也是这样办的？"

"还有做长久道场的哩。我怕日子做长了耽误事，就拣了这七日的。"石大爷解释道，"再讲，万一土匪抄了来，那场不就塌了么？"

刘玉堂听完，一句声都作不得。心里仿佛压了一块铅饼。

"队长，"石大爷看了看他的脸色，"怎么的？要不得么？"

"……不，没什么。"刘玉堂挥了一下手，"你忙吧。"

后来刘玉堂发现石城的人对小分队的人似乎更多了些好感。麻老大的丧事能够按苗人的风俗习惯隆重地操办，这倒是很多人没想到的。麻三保休养了两天，也能到处走动了。他在石城的活动能力极强，逢人便说部队大仁大义。刘玉堂权衡之下，觉得这样做也是很有必要的。他只是担心两件事，一是怕在这期间受到土匪的干扰；再就是急于把这里的人民政权建立起来，让石城有自卫能力。这样，小分队才能脱身去追击土匪。毕竟小分队是负有自身的独特使命的。

看来，一切工作都只能等办完麻老大的丧事之后再去进行了。刘玉堂便把那一连战士留下来暂时负责石城的防务。同时，他又派出去了一些人，到外头去侦察土匪的动向和行踪。他安排好这些之后，细细一想，觉得暂时也没什么可担忧的，不必太着急。但是他总感到心静不下来，明知不要着急了，还是有些坐立不安，真是怪事。难道有哪些地方没考虑周全，还有漏洞么？他一次次冷静地思考着，却实在想不出还有哪些问题没有落实下来。

到了傍晚，麻家大院上空挂起了几只打气的煤气灯。那东西在山里是最豪华的灯具了，发出来的光白白的，十分明亮。刘玉堂沿着城墙检查岗哨，无论走到哪个城门都可以看见那通明的灯光。

他终于明白自己的心老不踏实的原因了。给麻老大办丧事做道场这件事，到底是应该还是不应该，他心里始终还有很大矛盾。从这里的实际情况出发，还有考虑到争取群众，有利于剿匪任务的完成，他当然是倾向于要按当地习俗来办的。甚至最初还是他向石大爷和石匠提出来的。但是，这样的事，从他参加革命队伍的那一天起，他还没有看见有人这样干过。回想在革命队伍里受到的各种教育，他明显地认识到这样做是不允许的。他心里便因此矛盾着。在这种地方，他是最高负责人，又无法向上级请示了再做决定。办得对与不对，一切责任全在他一个人身上。这又不比行军打仗，似乎还关系到思想觉悟、纪律、政策等方面，他当然是有些惴惴不安了。

“嘿！别想这么多了！”他后来自己对自己说。既然已经决定了，该负什么责就负什么责吧。万一将来组织上问起原因来，他相信这也没什么讲不清的。只是要特别注意安全。万一在这期间遭到土匪的袭击，让群众蒙受了损失，那将来就恐怕难以向上级交代了。

想到这里，刘玉堂心一动，一个新的想法萌生在他的心头。他冷静地设想了一下，觉得这个想法是可以成功的。为什么不利用给麻老大做丧事的机会，再次给土匪一个打击呢？他算了一下日子，离出殡还有三四天时间。很好！一切都来得及。也真是，早为什么不这样想呢？尽想些瞎操心的事去了，差点忽略掉了这个机会。

查完哨，刘玉堂把何山和赶来参战的那名连长找到一起谈了自己的想法。何山听了非常高兴。

“队长，太好了。”他似乎有点得意，“我心里也这么想过，同你可以说是不谋而合啊。”

那位连长还感到没有十足的把握，想了一下，问道：“这帮土匪刚刚吃了败仗，他们还会上咱们的当么？”

“这个问题有道理。”刘玉堂点了一下头，“但是应该看到另外一些重要方面。我们的大部队还没回乌龙山，留下的部队不能老分散在这里。土匪们明白这一点，因此他们的胆子并没有虚。这一仗他们是输了，但是正像我们感到胜利得有些突然一样，他们也会感到输得很意外，正窝着一肚子气。一旦他们探明了底细，当然会千方百计地想着赢回来。这一带的几个家伙是乌龙山里最顽固的匪首，那个叫四丫头的女土匪还是个政治特务，她的任务就是要骚扰我们，拖住我们。只要有机会，他们是一定要打的。”刘玉堂分析了这些之后，笑了笑，说：“咱们也别让他们老窝着气。不是要找机会么？给他们一个就是嘛。”

“对。”何山补充着说，“他们以为我们刚刚打了胜仗，会放松警惕。再说这里又是他们的地盘，四丫头从石城抓走了二百多苗兵家属，知道苗兵不敢死心塌地跟我们走。依我看，咱们调得动他们。”

连长听得兴奋起来，“对，对！”他对打仗是有瘾头的，便向刘玉堂表态说，“副团长，您下命令吧。”

“现在还不必着急。下一步怎么行动，需要等侦察情况的人回来。这次行动要获得成功，还得仔细研究一下。”刘玉堂沉着地吩咐着，“你们先去按原来的布置搞好警戒，我再找找石大爷他们。”

刘玉堂来到麻家大院时，那里面已经开始做法事了。石大爷身上换了条刚缴获来的驳壳枪，站在人群后面，来回地巡视着。他一方面检查那法事还有没有什么不妥的地方；另一方面，也在留神观察围观的人群。人来了不少，有男有女，有老有少，有一二百人。石大爷担心那里面混入了土匪留在石城的暗探。刘玉堂进来时，看见石大爷的脸色十分肃穆，还带着几分忧虑。

“哦，队长。”石大爷见到刘玉堂，便指着那几盏刷亮的煤气灯，担忧地问道，“这么亮，太张扬了么？”

刘玉堂神情十分松弛，轻轻地说：“不要紧，石大爷。办丧事，本身就是一件很张扬的事嘛。”

“唉，我后来也琢磨哩。”他有点后悔，“当初莫要这么办就好了。也怪我……”

“石大爷，怎么能这样说呢？当初，我还担心你们不想给麻老大办丧事，还准备做工作说服你和石匠呢。哈！”刘玉堂笑了声，“放心吧，石大爷。”

石大爷见刘玉堂的态度这样豁达，便觉出其中有了文章。他记得白天刘玉堂来看“上柳床”的时候，心中还明显有几分不愉快哩。

“……队长，”石大爷仿佛明白了什么，也兴奋起来，“你是不是想……”

“嘀！”刘玉堂急忙朝石大爷摆了一下手，“你们苗家的道场，我还是第一次看见。真是很有特色啊。”

石大爷便不再问，由他去看客老师做法事。刘玉堂也大大方方地挤进人群中，在众目睽睽之下，专心致志地看起热闹来。

围在中院看热闹的人，有好些已经看见了刘玉堂。“东北虎”的赫赫威名，早已在石城传遍了。大多数人都想一睹刘玉堂的风采，于是，指点的、议论的、赞叹的、惊愕的，还有心里发虚的，都引颈朝刘玉堂望着。人群中一时出现了轻微的骚动。

刘玉堂也感到了那种骚动。本来他可以微笑着朝那些乱箭似的目光点点头，或是轻微摆摆手以示安抚和感激的，但他忽然改变了主意。他还是朝那些目光看了，却没有报以感谢，而是左顾右盼着。他那眼睛里放出了十分英武的光，炯炯流出一股精神来，甚至还有意过分了些，于是让人感到他很自信，也可以认为是一种自负、一种目空一切的高傲。

然后他也不多将目光停留在那些人身上，又转了过来，很专心地看那堂屋。他心中暗暗觉得这样做不太好，但是又必须这样做。只是那目光很有震慑力。

差不多到这个夜晚，所有的祭吊仪式都要做完了，刘玉堂还饶有兴趣地在那里看着。偶尔，他也与同他一道来的几名战士指指画画，谈笑风生。他心里仿佛没有装一点其他的事情，一副与民共享太平的悠闲神态。

法事终于在下半夜做完了。那时候，围在麻家大院里观看的人已差不多散尽。刘玉堂便站起来，用手捂着嘴打了个哈欠，困倦地同几个人走进了中院内一间屋里。多心的人，在那间屋子开启房门的时候看见了那里有一张床铺，床铺上，铺开着一床黄色的军用被子。

但是谁也没看见那屋角上还有一扇朝内的小门。通过那小门，人可以走到另外一间屋子里去。在另外一间人们看不见的屋子里，坐着肖木匠和另外一名化装成本地苗民的战士。

刘玉堂就是从那小门走过去的。

“队长，我们回来了。”战士和肖木匠一见刘玉堂便站了起来。

“坐下谈。坐。”刘玉堂在他们对面坐了下去，“回来多久了？”

“不一会儿。”

“怎么样？”刘玉堂问，“有消息了？”

“是，队长。”战士望了肖木匠一眼，说，“肖师傅很有办法。土匪的情况，基本上已经掌握了。”

“哦，辛苦了。”刘玉堂朝肖木匠点了点头，然后将驳壳枪提起来放在膝盖上，“别着急。喝口水再慢慢谈。”

四丫头终于下了决心。她很是后悔自己这个决心下得太晚了。

“从今以后，你把你的人领走。”她通知田大榜说，“你愿意上哪儿就上哪儿，用不着对我说。我同你，现在已经没有任何关系了！”她走到了路边上。那里有一匹雄马，驮着她所有的行装和一部微型手摇发电机。她的警卫兵身上背着一部收发报机，挎着汤姆式冲锋枪，正等着她。

田大榜知道她这一次是决心要走了，心里不免有点紧张。平时还感觉不明显，直到她真要走了，他蓦地觉得背后空荡荡的，失去了依靠。

“……你这是，要去那孽种那里么？”他茫然地问了句。

“至于我去哪儿，你也别操心了。”四丫头快步走到马跟前，“但愿再也别让我见到你。”她对警卫兵发了令，“出发！”

“四丫头，你真走？”田大榜追了上去，“你这不是对我太狠心了么？”

“哼！”四丫头突然回过头来，恨得咬牙切齿地说，“我正悔太狠不下心来了，没有一枪毙了你！”

“这也怪得我么？”田大榜申辩着说，“要不是幺佬那孽种不听指令，那天下午就把老大的窝端了哩。就不会有夜里那场祸了。这个你四丫头心里还不明白么？”

四丫头毫不犹豫地骂道：“你们这些人没一个好东西！我还指望你们

能合起来干，谁知道还没开始合就自己跟自己干上了。这是我一辈子最大的失误！”她眉梢立了起来，“闪开！让我走！”

“唉，四丫头，我田大榜平日待你莫不像待女儿一样么？你下了决心丢一头跟一头，还不如丢那孽种哩。到底跟得熟了，总比到那孽种手下去受气要好些的。四丫头，听我劝么？”

四丫头冷笑了一声，毫不客气地说：“他有气给我受，我倒还情愿些。你这老狐狸，一天到晚疑神疑鬼，要死不断气，干得成大事？我决定了，你再也不要多说！”

她牵着马缰绳，头也不回地走了。田大榜怔怔地站了一会儿，越想越害怕失去四丫头的支撑，便追了上去。

“四、四姑娘，你要走，我也拦不住。只是，你未必……”他差不多要哀求她了，“你不能不管我哩。你的上峰有指令……”

“我已经报告了。这里由我做主。”

“那……那你就再分派些事给我做也可以的。总不可以再不接济我哩。”田大榜突然十分委屈，“我以前，替你们卖过老命。如今我还是动得的，就不管了么？”

四丫头停下了脚步。她确实与她的上司联系过了，说这里的土匪胸无大志，不能联成一团，必须要当机立断才能有战斗力。她的上司基本上同意她的决定，但是也指令她不要放任田大榜。还是得把他控制住，这样就可以给剿匪的队伍多造成一些威胁。

“好吧，看你也实在可怜。而且可悲！”四丫头回过身来狠狠地挖苦了他一句，才给他下了指令，“宝笼山关押了两百多石城的刁民，我把这些人交给你去处治。”

“是哩。”田大榜终于松了口气，“让我去宰了那些人么？”

“听着！”四丫头喝道，“只知道杀、杀、杀！一点头脑也没有！”

“那，请……请四姑娘吩咐。”

“这批人不要杀，立即把他们转移到很远的地方去。你的任务是看住他们。以后怎么办，听我的指示。”

“是哩。”田大榜笑了，“只是看住那两百多老少男女么？四姑娘，你心好，给我这么轻一副担子么？”

“我可告诉你，这担子可不轻。扣住这两百多人在手里，对他们来说，比什么都重要。这是攻心战，你不懂。”四丫头脸一沉，语气变得非常严厉了，“东北虎到时候会不要命地来抢他们，你可要像是守命根子一样给我守住这两百多人。最好连关押的地方也别让人知道。”她想了想，又叮嘱道，“还要对你讲清楚，这些人由你怎么糟践我不管，但是可不准让他们死了。你听明白了么？”

“嘻嘻，四姑娘，我这都没听明白么？”田大榜奸邪地笑着，一口打下了包票，“这么大的乌龙山，哪里闷藏不下二三百人？你放心，我照你讲的，笃定守死了他们！”他顿了一下，趁机讨价地说，“只是，四姑娘，这么重的担子，我手上一挺机关枪，只怕做不得大用哩。万一误了四姑娘的事……”

“你少来这套。有几挺机枪，瞒不了我。”

“不是瞒，那两挺，滑机哩。再讲，子弹也不经打了……”

“等你先找好地方安定下来，我再派人给你送两挺，子弹也会送的。只是不准误事！”

“是哩，四姑娘。是哩。”田大榜很满足地哈下了腰，“若是误了，取我这脑袋！”

钻山豹在四丫头面前没有发牢骚，也没有半句怨言。他的队伍驻扎在一个很隐蔽的山沟里，白天看过去，不露一点蛛丝马迹。四丫头来这里的路上，想到他那天在暴风雨里的冷峻脸色，又想到晚上也是在暴风雨里蒙受的损失，心里还一直很过意不去。没料到钻山豹亲自迎出了十里之外，一见面别的不说，反倒松了一口大气地望着四丫头的脸。他那眼色里充满了期待、担忧，还有一潭清澈深蕴的柔情。

“一路上还平静吧？”他轻声地问。

“还好。”

“哦。那就好。”钻山豹仿佛放下了悬吊在心中的千斤巨石。

四丫头心里便突然涌起了一阵温润的情感，“……还劳你跑这么远来接我？真是……”

“什么话！”

钻山豹走过去，从四丫头手上接过马缰，替她牵着马，回身朝驻地走去。四丫头同他并作一排，默默地走着。好长时间两人都没有开一句口。

走了一阵，四丫头抬起头朝周围打量了一眼。她发现在前方几百米处有人警惕地开着道，身后也远远有人在警戒着。除此之外，两边的山顶上也有人与他们同等速度地向前走。四丫头越发感激了。钻山豹为她的到来做了如此精心而又周密的安排，她感到既是意料之外，又仿佛在情理之中。

然而她也越发感到前一段日子有点对不起钻山豹。如果早一点下决心把重心全移过来，就不会使大家都跌这么个跟头了。钻山豹到底比田大榜强了不知多少倍，他是唯独受了损失的人，却没有对自己心怀不满。这人看来有些器量。

“清点了一下么？”走了一段路，四丫头主动地问起了那天晚上的事。她想到田大榜一开口就要钱要枪，心里忽然很不平。好钢要用在刀刃上，钻山豹才应该得到更多啊。“损失很大吧，你的队伍？”她关注地看着与她并肩而行的钻山豹。

“突然就打起来了，到处都找不见你。”钻山豹眼睛痴痴地望着前方，低声说，“这些天，我也没用心去清点队伍。唉……”他收回目光，看着前方的路面，轻声叹了口气，“我才晓得，你不在我身边，我哪有心去搞别的？这真是件怪事。我怎么变得这样了？……”

四丫头听了这些话，禁不住耳根处一阵阵发热。她没有再望钻山豹，那脚步却不由自主地放慢了。她暗自在心里抢筑着一道堤防，试图遏制从自己内心泛滥出来的一道道热浪。但是那堤极难得筑起来。筑成一隅，立即让浪冲去一隅。她惊愕地发现自己心中早已麻木甚至泯灭了的某种东西，在这个时候神奇地复苏过来了。

钻山豹却没有放慢脚步，也没回头望那落在了身后的四丫头。似乎他只是自言自语地讲心里的话，并没有四丫头在身边存在。

四丫头直到被马背上驮着的东西碰了一下，才从那越漫越高，几乎要没过她头顶了的热浪中挣扎出来。她便急走几步，又与钻山豹并排了。此时，她仿佛洗了个惬意得令人头晕目眩的温水澡，并且还一直沉浸在那迷恋人的氤氲雾霭之中。

“……他妈的！”她轻轻地、温柔地、痛快淋漓地骂了一句粗话，“你这家伙，是个真正的男子汉！”

晚饭之前，四丫头到达了钻山豹的驻地。七雷子和独眼龙率领一批小头目，恭恭敬敬地在那里迎候着她。四丫头打量了他们一眼，忽然觉得这些土匪个个都是硬汉子。在他们脸上，看不见一丝一毫吃了败仗的阴晦之气，相反一个个雄心勃勃，大有重整旗鼓的气魄。

吃晚饭的时候，四丫头故意找独眼龙讲了几句话，竟发现那粗野的家伙变得很沉着了。

“咦？独眼龙，想不到在这里你倒文雅起来了？”她惊讶地说。

“四小姐，这多亏了二爷的调教。”独眼龙说，“你四小姐从今天起，同二爷做了夫妻。不光是我的顶头上司，还成了我的嫂子。独眼龙再粗野，连这个规矩都不懂么？”

四丫头脸面上飞上了两片红晕，“瞎说什么？谁是你的嫂子？真是！……”

“四小姐，我不敢乱讲。二爷去接你之前，亲口对我们讲的哩。他让弟兄们一心一意敬重你，讲今夜就成了这亲事。”独眼龙清清楚楚地告诉了她，“二爷还讲，这事只对弟兄们宣布一句就要得了，夜里不准有半点声张，日后再给弟兄们补办酒席。四小姐，我独眼龙跟你的日子早，先给你道个恭贺。日后，有用得上的地方，只管喊，独眼龙这一百大几十斤的身子，全部交给二爷和四小姐你哩！”

四丫头到了这种时候，才生平第一回体验到了女子临嫁时的那般滋味。晚饭后，她早早地在山洞外面梳洗起来。钻山豹有严令，这里夜晚不许漏半点光。

她的女警卫给她在外面立了面镜子。四丫头坐在石块上，用一柄象牙梳子，细细地梳理自己那柔软的发丝。那柄象牙梳子是她进山时当作珍品收藏在衣箱底下的，一般情况下从来不用。不知是象牙梳格外与众不同还是她心里格外喜悦，每梳一下头发，她便感到心怦怦地跳得老高。她似乎从山上顺着一条发了洪水的小溪往下冲流着，又有些害怕那迅疾的速度，又总担心在哪个岩湾里卡得冲不到头。时不时她还涌上来一股羞涩的感觉。她以一种贪婪的心境，尽情地去容纳那种羞涩。她这才发现过去没有享受到羞涩是一大遗憾，这东西对于女人来说实在是太珍贵了，只要涌上来一丝丝，便可以让心房中填满了真实的幸福，满得直往外溢。

钻山豹已经安排好了他们的新房。那可是名副其实的“洞房”，只是没有花烛。听打杂的土匪说，这里的一切都是钻山豹亲手布置的，怪不得颇有几分雅气。钻山豹在料理房间杂事上头竟然如此细心，把每一个细小的地方都做到了堂。洞内简洁整齐，干干净净。正壁上，还吊着一幅有点发了黄的轴画。那画倒是着墨简练，只几笔便画活了一只驻足回眸的金钱花豹。在画面左上角的空白处，题了四个字：“如剑秋波”。字体苍劲，风骨峥嵘。那意思大概是说金钱豹回眸的目光如剑一般寒锐，却用了“秋波”两个字来中和，倒是有些耐人寻味。这是钻山豹的私塾先生苦心给他作的一幅画，很能概括他的这位弟子为人之精华所在。如今钻山豹将画挂了出来，转赠给四丫头，也是别有一番情趣。

四丫头在山洞里尽兴地观看着洞内的布置，那里的每一个物件，都引起了她的绵绵联想。直想得她心醉意迷，渐渐地耐不住寂寞了。

钻山豹在天黑很久了还没回到“洞房”里来。四丫头到后来实在有些焦急了，便走出洞外，让女警卫去找他。女警卫正不知该上哪里去找钻山豹，就看见月光下走来了一名汉子。

这汉子走得潇洒，一步一步地迈得既有力量又有一种韵律。四丫头认出了他是钻山豹，便急忙退着回到了洞子里。她那心霎时跳得十分猛烈，一股火一般的东西溯喉咙而上，立即充斥在脸面上。她又有点那眩晕的感觉了。

钻山豹走到洞外，压低声音问那女警卫："四姑娘睡了么？"他的语气，仿佛是怕惊醒了四丫头。

"没有哩，正等你。"女警卫说完，便想知趣地离开这里远一些。刚抬脚，钻山豹叫住了她。

"你去哪里？"

"我……去那边守着。"

"不稳当，还是在这里好。"钻山豹留住了她。

四丫头以为这人并不在乎门外有旁人，倒也佩服他的敢作敢为。正想着，钻山豹进了洞子。

"走了一天路，还不睡么？"他关心地问。

"当然……"四丫头又有了那幸福的羞涩感觉，"……你，也早点睡。"她的目光有些迷乱，"怎么这样晚才回嘛。"

钻山豹好像在黑暗中愣了一下，然后有点负疚地说："我有点不放心，特意来查看的。这里没事么？"

四丫头顿时一怔，"什么？你是……到这里来查看的？"

"是哩。"钻山豹也怔了一下，"怎么的？"

"这里难道不是你的……住处么？"

"是。你今天来了，我就让给你。别处不干净，怕你住不惯哩。"

"啊？"四丫头的心陡地一阵发凉，"你到底在搞什么鬼？"

"怎么的，四丫头？"钻山豹小心地看了她一眼，问道，"这屋里……还缺什么不？你尽管讲。"

"缺什么？"四丫头有些恼怒了，"难道你不知道，这屋里还缺一个人呢！"

"……哦。"钻山豹迟疑了一下，"这么讲，你原是都晓得了？"

"不是你亲口当众宣布的么？"

"是，我来不及先问你。"

"没有事先征求我的意见你就宣布了？"四丫头盯住他，问道，"宣布后，你又是怎么打算的？”

钻山豹顿了一会儿，解释说：“宣布给弟兄们，军心就稳固了。这对你我都有好处，我想你不得见怪我的。”

“我问你宣布以后怎么办！”四丫头的鼻孔内呼呼地出着怨气。她又用了那种美国香水，温温的气息带着清淡怡人的香泽扑向钻山豹的面庞。

“怎么办哩？”钻山豹避开她那富有挑逗性的气息，平平淡淡地说，“我告诉了弟兄们，说你我做了夫妻，这还不行么？你讲我还要怎么办？”

“哼！这么说，你只是利用我，只让我在名义上同你做夫妻？”四丫头愤怒地嚷了起来，“告诉你，我可不比你那个抢上山来的‘哑巴玉’！更不是只给你做做摆设，专门供你用来吓唬别人的尚方宝剑！”

“你莫喊嘛。”钻山豹耐性很足地劝了她一句，“未必你不是从上头指派来的钦差么？你来乌龙山，不就是借助我们的力量替你的上司做些事么？四丫头，你我都是明白人，做个名义夫妻，相互都是划得来的。做什么要恩爱一世呢？这一世，还不晓得有几天活日子哩。”

四丫头听着听着，倒是镇定下来了。等钻山豹说完，她目光犀利盯着钻山豹的眼睛，直截了当地问道：“这是你的心里话？”

“四丫头，你何必……”

“回答我！”

“……唉，”钻山豹在她的目光下垂下了头，“我们的命，都在别人的手心里，何必讲心里话？讲了，不是苦自己么？”

“我要你讲。”四丫头便更加固执了，“你讲吧！”

钻山豹于是抬起了头，“好，你要我讲什么吧？”

“你内心到底喜不喜欢我？”四丫头有点破釜沉舟了，“我等你说一句话！”钻山豹突然上前一步，双手向前一伸，有力而且热忱地扶定了四丫头那丰圆的双肩。他的一双眼睛里仿佛在喷着炽热的焰火，坚实的胸膛不平静地起伏了一阵，才压住热情，气粗地说：“四丫头，这话还要问？你当真看不出来么？”

四丫头此时此刻根本不需要对真伪有任何分辨，她唯独只需要这一句话。她预感到了钻山豹会说这句话的，便死命地逼他说。她情愿钻山豹先前都是装模作样才说了那些“名义夫妻”之类的话，也情愿他们之间的所谓相互利用都不是事实。哪怕是她一厢情愿，这种时候她都认了。认了再说她需要他。生理上也好，心理上也好，她都心急如焚地需要他这甘霖来滋润！她浑身都敏感得要命，当钻山豹触到她的肩头之后，她什么话都听不进去了。于是她松怠怠地闭上双眼，身体软软地朝钻山豹的怀里塌了过去……

钻山豹却实在心狠至极。他的双手扶在四丫头的肩头上，当四丫头倒过身体来的时候，他竟很有分寸地扶住了她，并不让她偎进自己的怀里来。四丫头晃悠了两下，忽然觉得不对，便惊异地睁开了眼睛。

“你……”她颤颤地张开了嘴唇，“你，你这是……”

“四丫头，莫急，莫怪我哩。”钻山豹松开手，在她面颊上极温贴地抚摸着，“你耐心等些日子，好么？”

“为什么？”

“你已经晓得我心里是只有你的了，又何必这样急哩？”钻山豹的手从她脸上轻轻地滑到她的脖颈处，继续抚摸着，“我也晓得你心里只有我。日子不是一两天，就请你等一晌。要得么？”

“为什么要等？”四丫头十分不理解，“刚才你还在讲，这一辈子还不知道有几天活日子呢。你总要告诉我一个原因吧？”

“我大哥刚刚过世。”钻山豹转过身去望着洞外，用悼念的口气说，“他待我如父母，我如今是热孝在身，怎么可以在这里贪图自己的欢乐哩？”

“嗬，这么说，你倒是挺讲仁义孝道的嘛。”四丫头冷冷地嘲讽了他一句，“可是你别忘了是你亲手打死他的。现在却讲这些假情假意的话，你自己不觉得太好笑了么？”

“什么假情假意？都是真的！”钻山豹突然恼怒地转过身吼了起来，“打死他是真的，现在祭吊他也是真的！你晓得么？打仗就是用性命赌博，战场无兄弟！如今仗不打了，我在这里留念自己的兄弟。这些都是真的！不准你这样讲我！听清楚了么？”

“你恐怕是留念石城那批没有到手的苗兵吧？”四丫头倒是有点畏惧他这暴怒的样子，便不敢硬顶他，只是低声嘀咕了一句。说得很轻。她以为钻山豹没听清，但是他已经听见了。

“这不错，也是真的。”钻山豹怒气未减，“我现在还眼巴巴地盯着石城哩！我不信东北虎只缩在那里不伸头。只要他动一动，看我不扑过去撕了他！”

“那好吧，”四丫头整理了一下头发，索性同他谈起这件事来，“你手边到底还有多少人？武器呢？有多少？”

“……哦，四丫头，”钻山豹似乎觉得这种时候不该讲这些事，便舒了口气，“唉，我心里不好过，性子更不好了。你莫怪哩。好，不讲这些，来……”他伸出手臂，搂住了四丫头的腰身。

“够了。”四丫头扭脱身体，朝一边走了两步，“还是谈谈正经事吧。”

“你生我的气了么？”钻山豹怅怅地望着她，问道。

“我是说，够了。我已经没有那种心境了，听清了吧？”

四丫头身上只穿了一件薄薄的丝绸内衣，感到身上冷了起来，便走过去拿了一件军上衣披在肩上，“接着说吧，你把现在的人员和武器情况告诉我。”她说完便在那张床沿上坐了下去。

钻山豹也就不再去碰她了，“那晚上死了一百多人。我的队伍闷掉了七十二个，其余的是拉出来的苗兵。眼下，连没有去石城亮过面的人马一起，四百上下。这几天又有些散了的苗兵寻了来。不多，三十几个。”他心中有本明细账，也不向四丫头隐瞒，“枪不缺。再来五十个人也不缺。只是旧了些。再就是子弹不经得打了。”

“还不错嘛。”四丫头比较满意。这些情况比她估计的要好一些，“枪不好没关系，我调一百条卡宾枪来。子弹放心去打，不够的我来补充。”

“我一直想打回石城，你看呢？”

“你这个人真绝啊，”四丫头轻轻地笑了一声，没有表态，却岔开了话路，“给你这么多武器，连声谢谢都没有一句么？”

“还要谢么？”钻山豹也淡笑了一声，“做了夫妻，只讲个情字。情深不言谢哩。”他追着自己的话，又问了一句，“东北虎在替我大哥操办丧事，他是惯于收买人心的。要是不趁机打他一家伙，我们就更吃亏哩。你讲呢？”

四丫头从床沿上忽地站了起来，“打！当然要打！”她在地上来回走了两趟，对钻山豹说：“他调来的那一连人是不会在这里停留的，要打，就吃掉这个连。其余的自卫队什么的，留到下一步去收拾。”

“这就好了，正对了我的心思。”钻山豹搓了搓手，自负地说，“东北虎这样张张扬扬地给我大哥做法事，他其实也是想引我去打石城。你看好，他还要做些假模假样来蒙哄我哩。我心里明白得很，哪会吃他的亏？让他做去，我也做些给他看看。”

“好。先把情况摸清楚，别再上当就行。”

“还不晓得哪个上哪个的当哩。”

“你这么有把握？”四丫头斜着眼睛看了他一眼，“一定能吃掉他们？”

“你莫也忘了么？我同你们六个人，吃了东北虎一个排。如今他只是一个连，我手头还有四百多人哩。”

“别大意。要打，就要打成功。”

“有你四丫头在我身边，还怕打不成功么？”钻山豹似乎把该讲的都讲完了，便告辞说，“不早哩。你困吧，我夜里还有事。撒出去了一些人探消息，讲好夜里回来的。”

他走了之后，四丫头惆怅了好久不想去那床上睡觉。钻山豹对她有说不尽的柔情蜜意，却可以忽地冷落她。这样地撩拨她，她几乎忍无可忍了。但那家伙死心塌地地同东北虎去作对，这样，四丫头嘴里又讲不出怨气来。真是让人心烦啊。

她后来终于想清楚了。钻山豹正是用他那极能征服女人的高明手腕俘去了自己的心。他确信了这一点之后，便有意同她若即若离，让她不能自禁地附向他身旁，这样便可以从她身上获得更长久一些的好处。他是怕太蜜了终会使她倦腻呢！好一个刁钻圆滑的男子！

又有什么办法呢？现在都晚了。她已经无可奈何地感到自己的心已经深深地嵌在那位冷面汉子的身上了，再也不能自拔了。

给麻老大出殡的头一天，刘玉堂派了一排战士做警戒，保护十几个苗民老乡，到西城门外五里多远的地方去挖墓坑。石城近处没有好葬棺材的去处，唯有那里可以掘土。这里的人称风水先生为“地理先生”。地理先生到城外转了一天，最后选定了那个地方。

掘完墓坑，劳累了一天的人都回城了。负责警戒的排长向刘玉堂汇报说，挖坑时一直没有出现意外的情况，没有发现土匪的踪迹。

刘玉堂在他们回来之前已经知道了这些情况。他派出去侦察的人走得更远，那些侦察员也没有看出任何土匪活动的迹象。原先刘玉堂估计挖墓坑时会有土匪的暗探或者小股土匪部队出来活动一下的。看来他们已经知道了墓坑在什么地方，不需要再出来查探了。

他派出了很多耳目，有目的地监视着土匪的动向。肖木匠他们曾经查明了钻山豹的人马潜伏的位置，只是不敢靠近。这两天，肖木匠对自己的侦察又有点怀疑。那地方不像是潜伏了几百名土匪的样子，白天没有人影，没有炊烟，夜里更是安静。不仅灯光没有一星一点，山沟里的虫鸣兽嚎也与其他地方一般无二。昨天下午，肖木匠为了探个准信儿，大胆地背着木工器具从那山沟里穿堂而过，还半路上歇下来吸了一袋烟，又走到路旁的灌木后头解了一泡尿。他就是从那时候起对自己的判断产生怀疑的。那里完全不是有人活动过的样子。

刘玉堂没有动摇信心。土匪就在附近不远的地方，这是肯定的。他们极有耐心地隐藏着，不露一点痕迹，但是他们却正在睁着眼睛，监视着石城的一举一动。这一点刘玉堂毫不怀疑。

但是明天吃过早饭就要出殡了。到这个时候还发现不了土匪的行踪，刘玉堂又感到非常焦虑。行动方案早已反复研究过，只要土匪动手，他们肯定要吃大亏。主动权完全掌握在刘玉堂手里，不论他们从哪里来，他都可以牵住土匪的鼻子。虽然如此，他还是希望能对土匪了解得更多些。于是，天黑之前，刘玉堂又增派了力量，加强侦察工作。

夜深了，刘玉堂在石城心急地盼望着消息。派出去的侦察员一个也没回来，这说明他们还没有发现土匪的踪迹。刘玉堂看了看怀表，已经快到夜里十二点了。指针再向前走不多远，就到了明天。他忽然身上一收缩，感到自己的这个安排十分不妥当。作为一个指挥员，在即将展开一个较大规模的行动的当天，还没有掌握敌人的行踪，这种行动不是太冒失了么？方案确实认真推敲过了，但是那些推敲都是建立在假设的基础上的。肖木匠前几天报告了钻山豹集结的方位，于是那方案几乎都是基于这个报告设计的。现在明明探不到土匪去向了，肖木匠本人也在推翻他的报告，既然如此，这种行动方案还不马上被推翻么？

刘玉堂认真地站起来，走到门外，让夜晚的凉爽空气拂去了身上的燥热。他觉得有点奇怪，土匪难道不在石城附近了？或者，他们真打虚了胆子，再也不敢露头活动了？他觉得这些想法都不现实，至少毫无根据。万一大意了，损失就难以估料。如果天亮之前还没有消息送来，这次行动就不能不考虑取消了。可惜是可惜，倘若出了差错，那就不仅仅是可惜的问题啊！

大约又过了一个小时，刘玉堂关于取消这次行动的想法越来越占上风了。就在这个时候，肖木匠和一名侦察员大汗淋漓地赶回了石城。

“看见了！队长，我看见了哩！”肖木匠一见面，就迫不及待地报告起来。他大概知道由于自己前两天发现了些情况，后来又否定了这些情况，弄得刘玉堂很为难，于是他便不顾劳累，一定要弄个水落石出才甘心。

“哦？在哪儿？”刘玉堂也忘了让他坐下慢慢谈，连忙追问道。

“还是那个湾子里。鬼扯脚哟！我昨天进了湾都没觉出来！”肖木匠恼火地骂了句，“这帮土匪，修成精了哩。”

刘玉堂心中的石头落了地，“别急，肖师傅，还是坐下来先喝口水吧。”

“三四百人，队长。三四百哩。你讲，那么多人窝在湾子里我都觉不出来，这不是瞎了眼么？”肖木匠没有坐，还在不住地埋怨自己。

“哈，肖师傅，没关系。”刘玉堂笑了，“你是怎么发现的？”

“也是怪哩。”肖木匠回想了一下，“我在那里伏了好久，都有点想困觉了。就听见湾子里有人吼了起来。还有一个堂客的声音，我想怕莫就是四丫头哩。吼了好久，像是吵架。后来不吼了，我正鼓起眼睛看那湾子里，一下子那边就竖起来几百人。过不好久，那几百人就拉起队伍走了。”肖木匠肯定地补充说，“我估了的，三四百。不得错，我做木匠的，眼睛弹得墨线。”

“嗯。”刘玉堂想了想，又问道，“他们朝哪个方向走的？”

“我正要跟你讲这个哩。”肖木匠心里一直在为这件事疑惑，“你讲怪么？往北哩。他们笔直就往北走。轻手轻脚，一点声音都没有。”

刘玉堂知道肖木匠为什么感到奇怪。他探到土匪所在位置，正好在石城的西北角那个方向约三十里路的山沟里。如果他们出发往东，那就是奔石城而来。如果往南走，就是去西门外那个墓坑的方向。肖木匠连连喊“怪”，就是发现土匪偏偏不往这两个方向来，而是一摆头向北去了。这样，他们离石城便越来越远，与明天下葬的墓坑，也正好是个反方向。

“没什么奇怪的，肖师傅。”刘玉堂稳如泰山地微笑着，对肖木匠说，“土匪一般都会来这一手。想迷惑我们的注意力。”

“……是哩。”肖木匠想了想，脑子里忽然也转过了弯子来，“想必他们晓得有人侦探，故意来的名堂哩。”

“你把他们的路线告诉何排长。我们还要紧紧地盯住他们，不能大意。”刘玉堂关切地对肖木匠说，“你很辛苦，就不要再去了。抓紧时间休息一下吧。”

“哪里话！别个哪里有我清楚？”他咕咕嘟嘟喝了一碗水，站了起来，“我还是要去，不去放不得心哩。”

刘玉堂知道劝他不住，也就不劝他了。送走肖木匠之后，他内心十分兴奋，便连夜去找何山、石匠他们安排起天亮以后的事情来。

一番紧锣密鼓的准备工作刚刚结束，天就亮了。刘玉堂一夜未眠，但他觉得精力充沛。幸好肖木匠的报告来得及时，要是晚一点，准备工作就不好办了。别的倒还无关紧要，主要是把兵力拉到预定地点时行动不便，非要利用黑夜掩护才行。后半夜的行动十分周密，半点纰漏也没有出现。这一步成功了，对下一步的成功是一个关键的保证。

吃过早饭，石大爷最后去检查一下出殡的各种准备。刘玉堂也仔仔细细地把各方面可能出现的情况思考了一遍。一切都想到了，他便出了大门。

石大爷神情庄重地走了过来，“都齐哩。走起么？”

“好。出殡！”刘玉堂下了命令。

“是哩！”

石大爷便走到麻家大院门口，高声吆喝道：“都听好！引发喽——！”

随着这声喊，麻家大院前门“轰轰隆隆”地敞开了。早已等候在里头的一批“后亲”便依次而出。他们每人都是头包白巾，身披白布，手上执着一把拖着白布巾的草刀。苗民出殡的“引发”规矩很独特，由后亲一个个出到门外，垂下眼皮念几句口诀，然后用草刀向大门钩三下。所有的后亲都要这样地演一遍，才可以引发。

麻老大家族中究竟有多少后亲，石城并没有人能讲得清楚，只有在他死后出殡的时候，人们才可能看得全。大门一敞开，后亲们出来了。街上看热闹的人十分吃惊，他竟有那么多后亲么？细心的人数了数，一共三十二个男子。平时听说麻老大在石城并没有多少沾亲带故的人，但是有人说他在山外还有不少亲戚。怪不得这些后亲看得脸生哩。

门外正在举行“引发”的仪式，院内也同时忙开了。那位主法事的客老师，手上擎着一条火棒，躬下身去从棺材底下取出灯碗，反扣在棺材上面，开始念起咒来。念完以后，只见他将火棒在空中抡了个半圆，棒子落下去，准确地击碎了棺材盖上的那只灯碗。二八十六条汉子齐声吆喝，将那棺材上了肩。

门外引发之后，棺材也由两根粗大的龙杠抬得快出门了。那些披白布执草刀的后亲便上前引路，先行了一步。

棺材一出门，大院两侧呼啦啦摇响了四十几面巫师旗，石城的人一看便知道这是最大的排场了。一般人出殡，八面旗是不可少的，也有人出十几面。有钱些的，出到二三十面就很体面了。麻老大的殡丧一下就出了四十八面，这是很显赫的。巫师旗可不能由一般人执掌，那必得是苗巫亲自执掌才行。而且一个苗巫只准掌一面旗。四十八面旗，必然有四十八个苗巫。这清凄年月，莫讲找不起，找得起也难得一口气凑齐四十八个巫师啊。人们再看那些巫师，心里也觉得惊奇。巫师一个个气色红润，身体也很壮，与一般干瘦巫师很不相像。大约这也是从山外请来的哩。

巫师旗亮出手之后，石城陡然热闹非凡。苗人丧葬不放鞭炮，却靠了巫师锣鼓。有好多巫师，就有好多套锣鼓。四十八套锣鼓一齐敲响。那热闹气氛，顿时便从城内喧嚣到了城外。

石城的人大开眼界。土匪已经赶到城外不知去向了，部队和农民自卫队又戒备得很严密，城里的老百姓便尽数拥出来看麻老大出殡。铺天盖地的锣鼓声使人们忘了枪炮声，猎猎飘扬的巫师旗倒能在空中营造出太平年月的气氛。很快，石城便人流如潮，人声鼎沸了。

这种热闹场面当然是刘玉堂预计到了的。可以说这也是行动方案中的一个步骤。尽管这样，他心中仍然免不了有点紧张。他总感到还有某一些地方没有考虑好，是什么地方，他又想不起来。他便更严密地做了布置，行动绝不犹豫。每次行动都会有些预料不到的地方，不能太死板了。

送殡的队伍擂鼓敲锣，浩浩荡荡地出了西城，向五里外的墓坑走了去。队伍本身拉得很长，后面还跟随来一两百看热闹的老百姓。那抬棺木的走得不急不忙，好容易走了一半，又停下脚步，吆喝着放下了棺材。这也是苗人的丧葬习俗，叫作“讨女婿酒吃”。麻老大膝下并无女儿，又没有女婿去送酒。那一两百尾随着的人正是想看这个场面，不晓得这场合如何收台。一般没女婿的人家，要出钱请一个童男子去送酒，否则那棺材是抬不到墓坑前头的。人们想想这一回会找哪个顶替女婿。

正猜测着，忽然就听讲有人送酒了。人们拥过去一看，那分发米酒的是麻三保。这麻三保一世没有娶堂客，倒是个老童男。于是人们嗟叹了一阵，再也没有兴趣尾随着去墓地，纷纷折转身回石城去了。

刘玉堂便松了一口气。墓坑那边送了消息来，一切没有出意外。于是他对石大爷使了个眼色，石大爷会了意，又招呼送殡的队伍上路。

棺材终于抬到墓坑边上，石大爷又朝刘玉堂看了一眼。刘玉堂心里估计了一下时间，便示意石大爷可以进行下葬仪式了。他感到又有那么一点不踏实的滋味开始出现，这一次还不是凭空出现的。按照原先的约定，应该等肖木匠赶来之后再下葬，而现在肖木匠还没到。由于下葬还有好些名堂，慢慢地进行也是可以的。于是刘玉堂没有多等。他觉得让这么多人等在那里不下葬，时间等长了也就不合情理了。索性一边慢慢地下葬，一边等肖木匠吧。

石大爷得到他的示意，便拖着声气，颤巍巍地喊道："热坟——"

那一大群后亲，一人手中燃起了一支火把，走拢到那坟坑旁，团团转转地扔下了火把。火立即将坟坑周围的浸了油的麻秆烧着了，熊熊地燃了不长一阵子，就算是热好了坟。

地理先生随即下到了墓坑内，精心用一些米粒子在底下画了个八卦阵，然后爬上来，朝坑底下放下去一只雄鸡。这是替主家占吉凶。据说，鸡吃米的时候冠子朝左方，主家的男子就有吉，女子有凶。冠子朝右方，女子便有吉，男子当然是有凶的了。也有男女都有吉无凶的，那就要看鸡啄米时头冠子是不是朝正中央。麻老大无子无女，这道仪式本是可做可不做的。石大爷临时决定还是做，这样便挨去了很多时间。

接下来就得将棺材下葬了。应该趁坑热下葬。好像那一把油麻秆真烧热了地面，其实根本没那回事。只是多少年已成规矩，不这样就不像了。

棺材下葬后，肖木匠还没来。刘玉堂感到可能出了问题。但是一切都是按照预先设想进行的，怎么会出问题呢？土匪的行动，已处在他的控制之下了。判断基本上没有错，肖木匠在天亮的时候传回了好消息，说钻山豹的队伍向北走出了二十多里路就停了下来。到了后半夜三点来钟时又开始走动了，果然变了方向，一头向西边扎了过去。而且步伐也加快了。往西扎过去，那就是说是朝石城去的。这便正合了刘玉堂的意。他让肖木匠继续监视钻山豹的队伍，看他们最后怎么动作。按说肖木匠也该来了，再不来，只能说明情况突然发生了意想不到的变化。

刘玉堂没估计错。正当他焦急地等肖木匠到来的时候，石城方向朝这边疾步流星地赶过来两个人。刘玉堂一看，前头的是何山。他是负责石城那边指挥任务的，因此，他的到来，立即使刘玉堂感到可能出了大事。

“何山！怎么回事？”刘玉堂急促地问道。

“肖木匠回了，队长。”何山告诉他说，“他想到这里来向你报告，我看见他累得没有一点力气了，就让他在石城休息，我来向你报告。”

“你怎么不派个人来？”

“一回事。队长，钻山豹又掉转队伍，往北走了。”

“什么？”刘玉堂吃了一惊，“他走了？”

“肖木匠说，他们朝西没走多远，又变了方向，回过头去往北走。走了很远，现在还在走呢。”何山顿了一下，失望地说，“不知是不是走漏了风声，钻山豹显然是不会来钻圈套了。”

刘玉堂紧紧地咬住腮牙，沉吟了一会儿，“……是的，他不会来了。”他锁紧眉头，自省地说，“看来是我估计错了。我轻视了这两个狡猾的匪首！”

“队长，我看这里面有问题。”何山也觉察到了一些情况，“他们既然把队伍从潜伏地点公开拉了出来，不来打石城，反倒兜了半个圈子，这又是何必呢？”

“拉出来是给我们看的，就像我们拉给他看一样。我们想给他造成错觉，他们也反过来给我们一个错觉。”刘玉堂冷笑了一声，“看来这个回合是我上了他的当。但是，下一步谁上谁的当就由不得他了。”

何山还没明白他的想法，便问：“队长，现在该怎么办？”

刘玉堂的脑子很快地冷静下来了，“何山，一切照原安排进行下去。丧事继续做完。”他脸色很难看，但是并不失望，“做出一个继续上当的样子给他们看，没关系！”

出殡之后的第三天，麻家大院大门口被清扫得干干净净。太阳出得迟了些，但是天色十分明朗。

一块新做成的竖匾，在人们的簇拥下，堂堂皇皇地挂在了大门左侧。匾上工工整整地书写着七个仿宋体大红字：“石城乡农民协会”。

刘玉堂决定把磨盘乡划归过来，成立石城乡，这样就有了一个比较稳固的中心点。以石城为中心，东南西北的几个小乡镇也划归到石城乡的管辖之内。这一步本来可以等大部队回来之后再进行的，刘玉堂觉得不必再等了。他要在这一带搞得轰轰烈烈，给土匪造成沉重的心理压力。乌龙山最有势力的土匪都在这一带活动，而石城乡政权就在他们的眼皮底下堂而皇之地建立了。这一举动，对整个乌龙山的老百姓都是一个鼓舞，其他地区的土匪则更有一种末日来临的惶恐的感觉。

农民协会以磨盘乡的力量为骨干，大家仍然推举石匠做主席。石匠死活不肯当农协主席，说他只想打仗，坐不住。他提议让石大爷去做那主席的事。刘玉堂考虑石匠性子确实暴躁了些，石大爷年纪虽大，先管一管也是可以的。下一步再发现人选吧。

石城的肖木匠也被大家推出来做了副主席。让他与石大爷搭配，刘玉堂感到很合适。石匠也挑了副重担，他担任了农民自卫队的队长。刘玉堂认为石城乡农会的这套班子是非常令人满意的。只是暂时缺一个妇女干部，他便让田秀姑先顶替着。农会的招牌往外一亮出来，这些人立即各司其职。下面的工作很快就扎扎实实地施展开了。

钻山豹那边居然没有一点动静。四丫头是绝不容忍这一带建立农民政权的，不知她是无力调动土匪的队伍还是在酝酿着更大的阴谋，总之没有发生任何骚扰的事情。农会不断地派人配合小分队出去侦察，发现他们还在往北走走停停，越走越远。后来便不知去向了。

“不管他。”刘玉堂心中有数地说，“正好抓紧时间巩固我们的工作成果，最要紧的是把武装力量再扩大些，防止土匪反扑。”

农民自卫队已经扩大到快三百人了。石匠真有股钻劲，除了在石城动员年轻一点的后生伢子参加自卫队，还到附近乡镇招集来一百多名精干的农民，把一支农民武装队伍搞得精精神神的，每天一大早就拉到城外去操练。几天下来，这支队伍已经很有些正规军的味道了。当他们列着队从石城进进出出时，石城的老百姓总要满面喜悦地走出门来观看。在他们心目中，这样的队伍是很可信赖的，还有一种本乡本土的亲切感。

刘玉堂有条不紊地办好了这些事情之后，心里感到十分踏实。他知道这种情况下可以让那一连战士返回驻地了。

部队开拔是在不惊动石城老百姓的前提下进行的。目的有两个，首先是保证行动的机密，还不想让老百姓惊慌。新政权刚刚建立，民心并不十分稳固。

凌晨三点左右，那一连战士零零散散从四座城门出了石城。三个一列，五个一队，像是平时担任夜间巡逻任务一样。

半小时之后，战士们准时到达南门外，迅速集结起来。连长熟练而又沉着地检查着战士们的行装，最后，让各班各排的战士在原地踏着脚蹦几下，为的是不让身上的武器装束在行军时发出任何声响。

天上有云，但不浓厚。时而从云霄中露出一牙弯月。淡淡的月光投到地面来，隐约看得见坪前并排架着的三挺重机枪。为了防止土匪的突袭，重机枪并没有套上枪衣。机枪手十分爱惜武器，将机枪擦得一尘不染。尽管月光黯淡，那枪身依然寒光闪闪，有一种令人生畏的金属的坚硬感。

由于是军事机密，出来送行的人极少。刘玉堂是要向他们交代一些事情的，他当然要出来。何山跟在他身后。除他们两人之外，农民协会只有石大爷一人到城外来为部队送行。

刘玉堂其实也没有更多要交代的事，该交代的，这几天已经交代过了。说了些注意安全的话，便下了出发的命令。

低沉的口令简洁地下达后，部队干净利落地抬上了那三挺重机枪，然后转过身，步履迅捷地朝山外出发了。一切都那么协调，百多人的队伍，说走就走了个干净，一点杂音都没有。

石大爷的眼神毕竟差了一点，部队动作又十分麻利，一直到走得没了踪影，他才发现何山已经不见了。刘玉堂身后站着的那位军人，竟是部队的那位连长！石大爷无声地笑了，心里便赞叹不已。其实他知道这是预先商量好了的，在一瞬间，他也被迷惑了。这些人实在是非常机敏，什么时候换了位置，居然连站在身边的石大爷也没有看出来。真是神哩。

离开石城之后，部队的行军速度更加快了。何山已经掌握了山地夜行军的经验，除了派出一个尖兵班在前头开路，他还注意控制行军的节奏。遇到上坡爬山，他便不断地来回催促，让队伍一鼓作气登上山去。到山顶上再停十来分钟，一边检查有没有落在后尾的战士，一边让大家有个短暂的歇息。这样，下山时顺坡一路小跑，队伍仍能保持不乱。

已经走了两个小时，这一连战士疾步行军，到现在却并不感到劳累。再有个把小时天就要亮了，在这种时候，应该抓紧时机再紧走一阵，但是何山却传下口命，让部队把行军的速度压慢下来。他看了看这里的环境，不久又发出第二个口令，索性命令部队停下在原地休息待命。然后，他带着一名通信员，向尖刀班所在的最前端走了过去。

部队的前方，出现了一个奇特的峡谷，一条干涸了的小溪从峡谷中委曲地延伸出来，在眼面前画了个半圆的圈子，又委曲地伸向了山的掩遮之中。夜色下，那一湾干溪泛着黄灰色，像是露了一段躯干的大臂。何山溯干溪朝前观察了一下，那里一面是笔陡的悬壁，另一面是道山坡。坡度很大，人若是从那上面往下走，非要一路小跑才行。否则就无法站住脚。

部队将要通过的道路，正是在那傍着干溪的悬壁底下。毫无疑问，如果遭到伏击，这里是最危险的地点。

尖刀班在前面匍匐着，并没有贸然向前推进。何山低着腰，来到了他们身旁。

“是这儿么？”何山轻轻地问了一句。

“是哩。”一名班长模样的魁梧汉子应了声，“‘剪刀谷’。如何？像把剪刀么？”

那人竟是石城的口音。何山朝他看了看，笑了，“好。石匠，穿上军装，还真像一名好军人。”

“那要得。打完土匪，我去你们部队找你。不兴不要我。”石匠也轻松地笑了，“这地方险么？”他及时收住笑容，问道。

“很好嘛。”何山点了一下头，“该行动了。石匠，要快。注意安全！”

“是哩！放心，这是我们的看家本事。”

石匠俯着身子，悄悄地从这里离去了。

山谷像一只猛兽大张着的嘴，分明在等待着猎物自投罗网，却又装模作样地沉寂着。何山对这种沉寂感到十分可笑。他倒希望剪刀谷多沉寂些时间，看谁更有耐心吧。他想道。

埋伏在左边陡坡上的人当然不会更有耐心的。再过不久天就亮了，而这一连人马正是发现了剪刀谷的不利地形，谨慎地停了下来等待天亮之后再做决定。到那时候，要收拾这一连装备优良的人马就不容易了。其实何山内心也不愿意等待到天亮。道理同那张着大嘴的猛兽想的一样，也是担心天亮之后那猛兽不好动手。他不是怕它动手，相反还极担心对方不动手。

何山之所以更有耐心，是因为他有足够的把握。他知道，如此丰厚的一块肥肉已经送到了对方的嘴边上，几乎触及了那猛兽嘴边的须毛。这对于一头凶残而又饥饿的猛兽来说，无论如何是耐受不住的。尤其那猛兽精心谋策运筹了很长时间，当猎物终于上门的时候，它肯定会迫不及待的。

终于发现动静了。那动静没有出现在剪刀谷里面，而是在何山那一连部队的身后。这倒略略有点出乎何山的意料。

部队在这里待命，并没有傍着道路暴露目标。一连战士都潜入了路边远一些的灌木丛背后去了，留出了那条空寂的小路。首先发现动静的是队伍最后负责断后警戒的田石头。

最初，田石头以他机敏的耳朵听见后面隐约有点脚步声。他凝神观察了一阵，却看不得多远。但那脚步声越走越清晰了。田石头伏在地上，感觉到脚步声是从地面传过来的。不久，很多人都感觉到了。而且，并不像是人走路的脚步声。磕着地面，像是戴着硬甲壳。也不是马蹄在地面上走的声音，并没有听见金属蹄片磕得响。这声音听得让人纳闷，是什么在走动呢？还很多，一片纷乱。

田石头倏忽明白了，是牛哩。他接着便看见了牛的身影。的确不止一头，后来他数了数，一共有九头黄牛朝这边走了过来。走得很悠闲。

这里怎么会有牛呢？天还未亮，谁会这么早赶牛从这里经过？田石头早已知道了今天晚上的任务，他便没有动弹，只是睁大着眼睛看那群牛到底要向哪里去。

他忽然看见了土匪。牛群中，七八名倒背着步枪的匪徒在赶着那九头牛。田石头再仔细一看，发现牛背上还驮着一些大大小小的包袱，看那样子是刚刚从什么地方抢了牛贩子，正要赶着牛回到匪巢去。

在这群牛的后面，不久又响起了脚步声。大约有二十几名土匪，押着十来名牛贩子走了过来。牛贩子的手被反剪着，一条长长的绳索将他们连成了一串。土匪则拎着武器，凶狠地驱赶着牛贩子。

这一行人和牛，对路旁潜伏着的一连人马丝毫没察觉，竟从那小道上穿行过去了。

前头赶牛的土匪走到剪刀谷前，也心疑地停了下来。后面押牛贩子的土匪赶了过去，在那里也停下了脚步。一名头目模样的土匪走到最前端，细细地观察着那黑洞洞的山谷豁口。他也是一副不敢贸然闯过去的样子。

也许是有意，或者也是无意，这伙土匪迟疑不前的地方，正在何山那个尖刀班的潜伏位置下方。他们压低声音对着话，何山都能听得清楚。

“……我看过得的。”一名土匪说，“未必真有人埋伏么？”

“你晓得个狗屁哩！”另一名土匪骂了他一句。这是那名小头目，“二爷算好了要吃掉东北虎的那一连人马，在剪刀谷布了好多天哩。这都瞒得过榜爷的眼睛么？”

何山明白了，这些土匪原来是田大榜的人马。田大榜同钻山豹反目以后，这两标人马相互敌视，相互算计着，只想挖对方一块肉下来。连四丫头也无力扭转这个局面。

“这就不怕了。”先前那位土匪更加主张向前走，“他既是有心要吃东北虎，莫非还打我们？一打，还不打坏了他的大盘子菜（大局）么？”

“那也讲不好的。他事先又不晓得我们要从这里走，还不以为是东北虎化了装来蒙哄他？”小头目考虑问题到底周到些，“他要是打了，还会怪榜爷坏他的大盘子菜哩。走不得！走不得！”

“……我还有个法哩。”那名土匪想了想，说，“要不，先把个弟兄去坡上同二爷递个信儿，要他放我们先过去？”

“这个法子么？”小头目想了想，“也要得，分他几头牛，算是买路钱。”

“多分几头也可以的。二爷同榜爷不和气，只是一家人的嘴皮打架。你我弟兄莫认真，不晓得哪一天又和好了哩。”

“也要得，给四五头都可以。吃得几天哩。”小头目便分派起任务来，“那就你去，你对二爷好些讲。”

“……我去么？”那名土匪望了剪刀谷一眼，似乎有点害怕，“是不是另指派一名弟兄……”

“就是你！崽！你同二爷熟，这我晓得的。你去，莫多讲！”

那名土匪只好同意了，同意得很勉强，“也是。二爷……对我还可以。那我就去。”

“记好了，我带这些货后退一百步，免得二爷不喜欢。你同二爷讲不好，就回来把个信儿，我们等天亮了另外去寻条路。”小头目显得很有脑子，考虑得非常周到，“若是讲好了，你就在坡上点个香头画三个圈。我也点个香头，引人过剪刀谷。记得了么？”

“这是老规矩，哪不记得？”那土匪朝剪刀谷走了两步，又回过头来说，“只是这事莫毛躁，急不得的。不见香头，切莫乱走。等久一点也莫乱走，免得惹翻了二爷。他性子躁哩。”

“这要你讲个屁哟！”小头目很烦别人教训他，便压低喉咙骂了句，“你个崽，还不快些走起？”

那土匪便再不多讲，回过头，急匆匆而又静悄悄地向剪刀谷左面的山坡走了过去。

他一走，小头目便也将牛群和人群悄声吆着顺着来路后退了一百步。有些土匪心虚，要往路旁的灌木丛后躲，却被小头目轻轻地喝住了。

“躲不得！二爷看不见我们，还以为是有心诈他哩！就在路中间站好，莫乱动！”

何山把这一切都看在了眼里，他心里不禁暗暗地捏了一把汗。这钻山豹实在太狡诈了！他设想了一下，要是真让他带一连战士从这里通过，而不是像这次专来打钻山豹的夹击，在目前这个情况下，他非中钻山豹的圈套不可！钻山豹埋伏在剪刀谷，并不消极地等待猎物自投罗网，而是积极地诱人上钩。还不是一般地引诱。有这群抢了牛贩子的“田大榜的人马”出现在你的眼皮底下，又是那么入情入理地让你相信这些诱饵的话，不仅不忌讳山上有埋伏的机密性，还让你明明知道了有埋伏也要过剪刀谷。让你自以为变被动为主动了，自以为利用了那香头暗号就能巧妙地获得意外的成功。看来，钻山豹比田大榜不知高强到哪里去了！何山联想到当时利用给麻老大出殡的机会，想引诱钻山豹下山来消灭他，而他却虚晃一枪，扬长而去了。他的耐心也是十分可怕的，居然在这里等了那么长的时间，只是守定了要吃掉这一连正规部队。这种老谋深算，也绝不是一般匪首能比得上的。他的欺骗性极大，稍稍对他轻心一点，很可能就要吃很大的亏。这一次，若不是刘玉堂及时清醒过来，很可能还要上钻山豹的当。他以前曾经误把那家伙当成向导，吃过他很大的亏。直到今天，何山才真正认识到钻山豹的厉害，而且是在已经驾驭着全局的情况下认识到的。这家伙甚至向你暴露土匪之间的矛盾，使你很容易在判断情况的时候立即产生错觉，最后造成不可挽回的失误。想到这里，何山终于完全对刘玉堂信服了。

钻山豹机关算尽，但他已经是在刘玉堂的股掌之中。这一点他没有算计到，其他计谋不过是雕虫小技罢了。刘玉堂早已顺势转了舵，索性在石城建政权，建武装自卫队，给钻山豹也造成了一个急于把部队调回去的错觉。钻山豹要了很多花招，又那样沉得住气，他等的就是这个错觉！他做梦也不会想到何山带的这支队伍是由小分队掺杂在农民自卫军里化装而成的。为了像正规部队，农民自卫队从容地训练了好多天。肖木匠在麻家大院的一个不为人知的屋子里，关着门，仿照着实物，用杂木精心做了三挺重机枪。他的手艺本来就不错，便把浑身解数都抖了出来，造出来的重机枪完全可以以假乱真。

化了装的农民自卫军，在南门外集结起来，直到出发，一切都没有破绽。行动十分机密，却瞒不过那些专门刺探机密的人。刘玉堂正是要达到这个目的。送走了那一连“正规军”，有一双飞毛腿紧跟着便溜出了城。刘玉堂的监视哨亲眼看见了他，这样，刘玉堂便放了心。他这才下了一道严令，再也不许任何人溜走。

紧接着，被何山巧妙替换下来的那名真正的连长迅速地集合起他的队伍，跟随刘玉堂展开了急行军。他们也抬着三挺重机枪，那三挺重机枪，哪怕肖木匠是鲁班再现，也是无法造得出来的。

何山不由得对钻山豹极其鄙视起来，“你狡猾吧！”他心里十分自豪地想着，“这一次，算你碰上对头了！”

他甚至不想扑上去抓获那群扮成打劫土匪的诱饵。觉得哪怕是装成上了当也没太多的意思了。但是时间不容他再拖，不管有没有意思，他必须装成上了当的样子。于是，他咽了一口不是滋味的唾沫，爬起身来，迅速地朝身后扑了过去。

那一队“田大榜的人马”早已送到了何山他们的手边。似乎还有点硬塞给你的味道，生怕你不要。稍稍张开手，便把他们擒获了。他们显得猝不及防，显得吓破了胆，不敢有任何抵抗。甚至还显得连叫嚷一声也不会了。何山看着他们那拙劣的夸张神色，感到恶心至极。

至于那些被土匪绑来的“票”，那十来名可怜巴巴的牛贩子，何山连看都不去看一眼。只是让人去检查了一下他们身上的绳索是不是真绑紧了。如果是活套，就帮忙重新绑紧一下。顺便把另外的土匪也牢牢地捆绑起来。他们不是不肯叫嚷么？成全他们，干脆用破布把他们的嘴全堵上吧。这样，大家都放了心。两全其美嘛！

何山轻蔑而又愤恨地干完了这一切，便回头朝剪刀谷左侧的山坡上方望了过去。他希望那上面早一点出现香头在空中画的三个圆圈，但是，那信号却迟迟不肯出现。

妈的！早干完了！这点破事还用你们担心？发信号吧！老子等不及了！——何山在心里狠狠地骂道。他实在忍受不了这些人的愚蠢而又低劣的表演。

香头出现了。在山坡的半腰上。很好！何山的心里兴奋起来。他们在半腰上，这太好了！那里有一个暗红色的光点，像一只忽上忽下的萤火虫，很有规律地连续画了三个圆圈。隔了一会儿，又画了三个。仿佛在催促着。

等不及了？好啊，大家都等不及了呢！何山转过身，忽然冷笑了一声，威严地对那些当作诱饵的匪徒说：“走啊！给你信号了！你们的二爷请你们过剪刀谷呢！给我走！”

那些土匪立即吓得脸色灰白，额头上飞快地渗出了汗珠。嘴被严严地堵住了，告不出饶来，便双腿一软，哆哆嗦嗦地跪了下去。跪倒了一大片。

“哼！瞧你们这熊包样儿！”何山蔑视地嘲笑了一句，“在这儿好好看着！看你们的二爷怎么死在戏台子上吧！”他再也不迟疑，朝着早已憋足劲要打大仗的那些“战士”下了命令。

“注意！我再说一遍。进去以后，左边山坡上一响枪，大家立即按原先的规定迅速跳到干溪底下隐蔽起来。任何人不许露头，不许探出身体来开枪还击。等到天空中升起三发红色信号弹，再听我的命令，冲上左边的山坡。记住了么？”

“战士们”既兴奋又紧张地点着头，牢牢地记住了何山的话。

“出发！”

队伍向剪刀谷出发了，何山引着牛走在最前面。他事先没料到还有这群牛也要进山谷，心里还挺为这几头黄牛可惜。人可以隐蔽起来，牛却不行。只怕会被山上的土匪打成九个马蜂窝呢！他是在城市长大的，但他知道农民把牛看得比命还要紧。然而也是没办法的事，既然做成上了当的样子，不牵牛进谷就会露出马脚来的。

除了要牵牛进谷，那进谷的速度也得控制好。何山就是因为这一点才走到了最头前。

山谷内，那条干溪虽然没有了流水，这里却是常年晒不进太阳的地方。人一走进去，忽觉得阴风扑面而来。阴风中，又夹杂着一股鱼腥草之类的气味，冲得人的鼻孔湿漉漉的，寒战难以自制。

何山打了这么多年的仗，像这样面对着暗处无数条枪口大摇大摆地走进去，被动到这种程度的险境确实还没经历过。但是他觉得现在正掐着钻山豹的脉搏在向前走着，已经在大局上占了绝对的主动权。这种每一个节拍都压在敌人要害部位的军事行动，从剿匪开始以来也是不多的。他信心很足。

队伍正在走向峡谷。何山很清楚钻山豹在那山坡上的各种神态，他现在的信心并不弱于何山。而且，他正在继续他的忍耐，已经忍耐了这么多日子，不必急在那几分钟。再等一下！再等一下！等下面那支自以为聪明的队伍全部进了口袋再动手！

有一阵，何山感到也许是自己的步子压得太慢了。他手上举着点燃了的烟头，其实也不敢走太慢。要不就是队伍拉得太长了些。总之他觉得时间特别漫长。那枪声迟迟不响，枪口下的人反倒着急了。

终于听见半山腰上摔破了竹筒子似的响起了一个令人惊骇的声音。

"给我往死里打！不要活的！"

紧接着枪就响了。是轻机枪的声音。

何山当即往地上一滚，便成功地隐蔽在那干溪的岩脚下了。

机枪"嗒嗒嗒"地响成了一锅粥，何山心里很紧张。这一些农民自卫军仅仅经过几天短期训练，并没有经过大的战斗场面。虽然他已一再交代了只准隐蔽的要领，但他还是担心枪响之后有人会惊慌失措。他正想回头看看队伍是否隐蔽好了，究竟有多少损失，却一眼望见了身后那几头被枪声惊得来回奔逃着的黄牛。显然，农民自卫军已经隐蔽好了。他们甚至并没有遭到机枪扫射，连那目标庞大的黄牛也还没倒下一头呢。真是怪事。

何山接着便发现机枪声是从右面的悬崖半腰那石缝中射出来的。子弹正一串一串地射向左面山坡上埋伏着的钻山豹的队伍。石匠攀崖壁成功了！干得真漂亮！真及时！他抢在钻山豹的前面开了枪。轻机枪性急地一齐扫射着，机枪手都是磨盘山的石匠师傅，既没有太多经验，又十分地图痛快。制动碗拨在“连发”的位置上，一扣扳机便不松手，直到一口气打完了一梭子弹才停下来换弹匣。

这样打，基本上是没有命中率的。但是三挺机枪一齐连发，那震荡在山谷中的密集枪声倒是把左面山坡上的土匪给镇住了。连钻山豹也惊得低下头去，诧异地观察了一会儿才醒悟过来。再往下看那峡谷脚下，圈套内的一百多人仿佛有遁地的本领，竟突然看不见一个了！

“不对！”四丫头大吃一惊，急忙对钻山豹说，“有问题！快撤！”

“有个狗屁问题！”钻山豹又气又恨，突然变成了一个即将输得精光的赌棍，眼珠子都快暴出来了，“给老子压住对面的机枪！其余的人，跟老子冲下去！三个拼一个！冲！撕碎了他！”

话音刚落，天空中蓦地一片通红。三颗欢快而又耀眼的信号弹竞相升了起来。是红色的，既像血，又像火，牢牢地罩定了钻山豹、四丫头和他们那几百名目瞪口呆的匪徒。

几乎没容这帮匪徒想起来要逃命，在他们背后便响起了急骤的枪声。重机枪扫射起来那声音十分浑厚刚健，“咚咚咚”的，像擂着震撼人们心扉的牛皮大鼓。这些重机枪手可不比对面崖壁上的那些新手，他们是经过了严格训练的，而且都是身经百战的老射手。射出来的子弹像蝗虫一般盖了过来，既猛又准。钻山豹的那批人马不及逃避，当即便倒下了一片。

背后的重机枪正扫射着，峡谷下突然爆发了一阵吆喝声。何山刚刚站起来发出了冲锋的命令，那一百多名自卫队员立即龙腾虎跃，一窝蜂地向上放着枪拥了上去。并且他们竟自发地打着很响的吆喝声，倒是十分振奋人心。这些农民自卫军到底没经过正规训练，不知道利用地形物件掩护自己，只是亡着命向上冲。即便倒下了三五个，他们还是死命地冲着，仿佛都是刀枪不入的金刚身子。这阵仗倒是很令人心里发怵。

在这同时，刘玉堂率领的那一连正规部队在重机枪掩护下，吹响冲锋号，排山倒海地压了下来。他们并不吆喝，而是更加令人胆战心惊地喊着一个字：“杀！——”

土匪绝经不起这样的大阵势，不管钻山豹怎么声嘶力竭地叫嚷着，他的那些人马撒开脚便胡乱窜逃开了，像是逃洪水一样慌张。

上下左右都是枪声和喊杀声，震得人两耳发麻。钻山豹发现他和他的人马才是真正地落进了一个钢铁般坚实的圈套之中了。如果还不组织残部拼死打开一个突破口逃出去，等待他的必是灭顶之灾。

“莫慌！莫慌！”他倒是很镇定，“七雷子给我顶上头的，独眼龙顶下头的！靠拢些，听老子的号令！”

他慌乱地收拢着剩余下来的队伍，急切地想寻个薄弱些的突破口。陡然间，一条黑影从下方跳了上来。

“畜生！遭打！”那人话到人到，举手便朝钻山豹放了一枪，“你还我的菁妹子来！你还我菁妹子！”他嘶哑地喊着，又放了第二枪、第三枪。不住点地放着。

钻山豹根本来不及躲避，只觉得左边锁骨处猛地被撞了一下，当即便倒下了。

田富贵还在朝他放枪。不管他死没死，只管朝地下放。很遗憾的是一弹匣子弹又放完了。

七雷子一见钻山豹倒下了，赶快冲到他身边，半蹲着，甩手便朝田富贵扫了一梭子。田富贵往旁边一躲闪，七雷子挟起钻山豹便跑。等田富贵换好弹匣再要追的时候，独眼龙又用火力压住了他。一群土匪裹在一堆，不要命地迎着自卫军的方向朝峡谷下方冲了下去。

而这时候，上下两方面的队伍已经合拢了。他们围住了一帮土匪，正奋力地拼着刺刀。这帮土匪中也有顽固的，便拼死抵抗着。更多的是被吓破了苦胆，举着枪跪在地上“呜呜”地求着饶。

没有费太多的力气，这里的残匪便全部了结了。刘玉堂提着枪，与何山碰了面。

“钻山豹呢？”刘玉堂劈头就问。

“怎么？他又逃走了？”何山并不知道钻山豹的去向。

“快找！”刘玉堂很着急，“一定要抓住他才好！”

正说着，在他们下面不远的地方突然响起了驳壳枪声。那枪声很连贯，一发接一发，打了八响。

刘玉堂和何山拔脚便冲了下去。那里有一个身影。

“谁？”刘玉堂喝道。

“吼什么？是我哩！”那人满腔怒火，狠狠地嚷了起来。

“嗯？田富贵？”刘玉堂感到有点奇怪，便走了过去，“你怎么啦？”

“我恐怕是该死了哩！我让那畜生跑了！”田富贵悔恨地捶着自己的胸，“我打中了他！打偏了！我怎么没要了他的命哟！”

“富贵！”刘玉堂上前使劲拉住了他的拳头，“别这样。快说，他往哪儿跑了？”

“明明是往这边跑的，我追过来，突然又没看见了。”

“刚才放枪是怎么回事？”

“我……”田富贵迟疑了一下，“唉，我恨死了自己哩！”他放了八响朝天枪，为了泄恨。

刘玉堂没有批评他，只是匆匆地朝峡谷底下望了过去。

那里只有一条早已没有水响的干溪蜿蜒在山脚下。天边微微现出了亮光，可以看得清山脚下那些黄牛竟然活鲜鲜地在溪边转悠着，嗅着草，偶尔还“哞”地叫唤一两声。数一数，不多不少，正好有九头。

“钻山豹还没跑多远。”刘玉堂断定说，“现在马上派出搜查小组，寻找他的行踪，尽量追上去消灭这个匪首。其余的人，赶快打扫战场。”

说着话的工夫，天色又亮了许多。在东面层层叠叠的山脊上方，有一条平平直直的云带。那云带逐渐地变红，红得十分好看，跟月季花瓣的玫瑰色差不多。

第十二章

剪刀谷一仗，把钻山豹的队伍吃掉了一大半。四百多人，他最后只收集到一百多溃散的人马。田富贵一枪打断了他的锁骨，若是打得再下一点，他的心脏就会给报销了。

锁骨对于人来说大概是相当重要，折断不得的，有两个月左右，人们再也没有发现钻山豹有活动的迹象。特意满山遍野地围剿了好多次，每次都扑了空。这名曾经不可一世、奸诈毒辣的钻山豹，仿佛从地面上绝了迹，怎么也探听不出他的去向了。

围剿钻山豹的行动规模宏大，这是乌龙山整个形势发生了重大变化的结果。剪刀谷战斗结束后不到二十天，解放军的大部队结束了入川的战役，挥戈又开进了乌龙山。留守在乌龙山的部队除了坚持剿匪，巩固成果之外，还做了大量的发动群众的工作。大部队一开回乌龙山，留守部队立即与觉悟了的群众紧密配合在一起，对乌龙山的残匪发动了全面的清剿。土匪基本上都是暴露在外面的，像一丛丛杂生在头上的乱发。大部队一回来，便如一柄锋利无比的剃刀。顺着头皮刮过去，那些杂毛乱发便齐齐地被铲削了干净。

乌龙山区的一般顽匪除了被剿灭便是缴械投降了。唯有四丫头和钻山豹属于政治土匪，他们是必定要顽抗到底的。田大榜也隐匿得十分成功，他当然也是从命于四丫头，绝不肯出山投降的。刘玉堂在形势发生根本变化时，心情并没有怎么轻松下来。这三个匪首不除掉，乌龙山的剿匪任务根本谈不上完成了。恰好他的小分队主要的任务就是打击和消灭这样的政治土匪。也就是说，由于他的任务没有完成，整个乌龙山的剿匪工作便不能圆满结束。这样他是无法轻松下来的，相反觉得心情更加沉重了。

这天吃过晚饭，刘玉堂感到心情很烦闷，便走进团部大院，想找政委聊几句解解闷。政委不在屋子里，刘玉堂便在他的办公桌旁转了一下。政委的桌面上放着军部送来的一份剿匪情况通报，他拿起来翻了翻。

通报上有一些数字，使他受到了很大的触动。兄弟部队剿匪收效很大，使刘玉堂为自己部队的进展缓慢而感到更加焦虑了。

还有一些数字，对刘玉堂来说不啻于是一种批评。通报上说，某些地区的土匪仍然负隅顽抗，不仅藏得更深，还常常出其不意地下山来掠走一些群众。这些地区的群众因此人心惶惶，不敢积极参与剿匪工作。还说，这些深藏不露的土匪是有政治目的的。他们企图扰乱民心，长期在乌龙山打游击，妨碍和破坏新的人民政权的建立。通报没有点石城地区的名，但是谁都清楚是指哪个地区。尤其大家都知道这里还有个让土匪闻风丧胆的刘玉堂。军部和兄弟部队当然清楚这一带的特殊性，清楚刘玉堂面对着的是乌龙山最难剃的一颗瘌痢头。尽管如此，刘玉堂可不认为有什么客观原因可以推诿。到今天还没剿灭钻山豹，反而让他们时不时捉走几个老乡，对于刘玉堂来说，他感到这是不可饶恕的失职，是一种无法忍受的羞辱！

政委回来了。这几天，政委的脸色也不怎么开朗。但是他比刘玉堂年纪大一些，是刘玉堂的老政委，又是专门负责做政治工作的。尽管心情不大好，却总是克服自己，耐心开导刘玉堂。刘玉堂为了准确地了解土匪情况之后去打有把握的仗，这些日子索性命令部队不要出动，只在石城一带安心休整待命。这个决定政委是十分赞同的，但不知为什么，每次刘玉堂同政委一碰面，总感到很不自在。政委有时候很体谅或是很关心地问他点什么，对他笑一笑，刘玉堂都会有些无地自容的感觉。

政委进门之后，看见刘玉堂正在看情况通报。这一次，政委没有作声。

“……哦，政委。”刘玉堂发现政委进来了，便放下了那份通报，“我……没事儿。过来随便走走。”

“没事儿？”政委的语气有点古怪，“你倒真沉得住气啊。”

刘玉堂抬起头来看了政委一眼，发现他正在呵呵地笑着。“别笑了，政委。这副担子压在咱们俩身上，谁安慰谁都没用。”

“嗯？看来你还真不知道？”政委点了点头，“对了，他们刚刚回来，可能没找到你。”

刘玉堂惊异地看着政委，问道：“谁？谁刚刚回来？”

“嗬！这会儿该你笑了。”政委神情很兴奋，“何山他们回来了。”

“是么？”刘玉堂果然也有了兴奋的神情，“他们都回了？”

“正等着向团部汇报呢。”

“太好了！马上请他们来团部！”

“就来的。”政委乐呵呵地摇了摇头，“看你急的。我正安排他们吃饭呢！总得让人家吃完饭吧？”

“哈，这倒也是。”刘玉堂真笑了。好久没这么放松地笑过了，“皇帝不遣饥饿兵嘛。还是咱们政委想得周到。”

刘玉堂不能不着急。他把部队安顿下来之后，下决心抽调何山组织了一支力量精干的侦察队伍。这支队伍除了小分队的部分队员之外，还结合了石匠、肖木匠等当地群众参加。他们的任务是不惜任何代价，一定要把钻山豹的去向查明。还要弄清楚土匪的具体行动规律，摸清他们的目的和意图。他把希望全部寄托在这支侦察队伍的身上了，部队下一步的行动，完全要等何山他们回来了才能决定。何山走后，刘玉堂度日如年，好几次感到十分后悔，觉得应该自己带队出去。

他本来是要自己去的，师部通知他去汇报留守乌龙山的一些情况，便没有去成。对何山，他是越来越放得心的。之所以度日如年，是因为汇报很快就结束了。他希望尽快地行动起来，因此等得心里火烧火燎的。

何山这几天晒得黢黑了。由于太劳累，人整个儿地瘦了一圈。一走进团部，刘玉堂就有力地握住了他的手。何山的手也很有力，眼眸子明亮闪烁，显然已经全盘掌握了土匪的情况。

“钻山豹在哪儿？”刘玉堂劈头就问开了。

“天子山一带。”何山回答说。

墙上挂着一幅乌龙山的地形图，刘玉堂很快便在地图上找到了天子山的位置。

“哦？”他有点吃惊，“跑到那么远的地方去了？”他按比例在心里估算了一下距离，“三百公里地吧？”

“是的，队长。”何山点了点头，“将近七百华里。”

“你们走了这么远的路？”政委关心地看着何山那消瘦的面庞，“就在这几天时间里还打了个来回？”

“不到天子山底下去弄清楚，我不放心，政委。”何山平静地说，“运气不错，我们抓住了一个病得快死了的土匪。他一天发两次疟疾，钻山豹把他扔到山涧底下去喂狼。后来让我们发现了。”

“好。”刘玉堂离开了地图，“你再谈谈具体情况。”

“钻山豹和四丫头的指挥部设在天子山最险要的地方，那里叫‘遇仙寺’。他们准备在天子山建立反共根据地，把天子山一带的老百姓抓走了。同原先抓去的老乡关在一起，逼着他们种地，喂猪。看守相当严。”

政委想了想，问道：“他们还有多少人马？”

“六百四十多人。”何山答得比较精确，“我们设法核对过土匪的口供，没错。”

“怎么有那么多人？”

“大部队回来之后，剿得其他地方的残匪无处安身，四丫头就派人把那些散匪都收编到天子山去了。现在还在收，每天总有一些零星土匪去投天子山。”

“地形怎么样？”刘玉堂问，“都侦察过了么？”

“是的，队长。”何山顿了一下，有点担忧地说，“那边的山太大，太野。而且，很险峻。”他还补充说，“上天子山有九条路。三条明道，六条暗道。去再多的部队，都没法围住天子山。”

政委又回到地图前，对着天子山那一个角落看了半天。地图上的天子山，除了用一块淡绿色的颜色标了个范围，用四个阿拉伯字标了个高度之外，并没有更多的显示。何山说的三条上山的明道，在那地图上倒有三条细线条标志出来了。六条暗道当然是没有的。这样巴掌大一块地方，竟是那么险峻?

“怎么样?”政委看了刘玉堂一眼，“你有什么想法？副团长！”

刘玉堂站起来。他没有急于回答政委的问题，显然还没有考虑好。他转过身，走到地图面前，却没有去看地图。

“天子山不好打。”刘玉堂回过身来，谈了自己的看法，“并不是因为有多少明道多少暗道，也不是因为围不住。”他在地上踱了几步，思忖着说，“四丫头要建立什么根据地，这不仅是占据一个险要地势。这家伙很懂得搞政治，她那一宝，押在几百名被她掳上山的老乡身上。”

“对！”政委很高兴地看着刘玉堂，感到他已经完全成熟了，“我完全同意你的看法。她知道我们是人民的军队，一切要考虑老百姓的利益。我们的胜利也只能依靠老百姓的帮助。扣住几百名老乡，一方面可以破坏我们的群众工作；另一方面，又可以威胁乡亲们不敢同我们接近。如果我们去攻打天子山，逼急了，她还可以把那些老乡杀害掉，造成乡亲们对我们的误解和仇恨。”

“必须先去救乡亲们。”刘玉堂下了决心，“部队同时行动。等乡亲们救出来后，立即集中全力围攻天子山！”

“好！”政委果断地表示了赞同，“何山。”

“到！”何山唰地站了起来。

“咦?”政委奇怪地看了他一眼，“怎么啦？我看你这一脸高兴的样子，好像……”他忍住笑，故意说：“干吗站起来?”

“我等着向首长汇报‘燕窝洞’的情况。”

“燕窝洞?”政委侧过头看了刘玉堂一眼，“燕窝洞又是怎么回事？”

“四百多名掳上山的老乡，就关在燕窝洞的，政委。”

“嘿，你倒机灵。”政委笑了，“干吗这么来劲，好像燕窝洞那儿有什么宝贝一样？”

“守燕窝洞的土匪，是田大榜的人马。”何山清楚地报告说，“他是我们小分队的老对手了。这一次，我要亲手抓住他。”

“好嘛，何山，”政委望着他那精神抖擞的样子，故意说道，“谁命令你去抓他了？啊？”

“我判断的，政委。”何山回答得很有把握，“去燕窝洞救老乡，必须要在打天子山之前。这个任务不能派大部队，肯定又是小分队的事。我已经是小分队的战士了，而且……”他神秘地笑了笑，“去燕窝洞的路我已探清楚了。一路上要过三道险关，这些情况也在我心里掌握着呢。我是不能不去的。”

“哈哈！”政委大笑起来，“好家伙，你还打了埋伏？是不是怕副团长又不让你去小分队了？”

“是有那么一点担心，首长。”何山望着刘玉堂，追问了句，“我是不是担心得多余了，队长？”

刘玉堂的情绪变得很好了，“何山，这么急于回小分队，是不是还有别的原因？说实话！”

“咦？队长，”何山的脸色微微有点不自然了，“你、你这是什么意思啊？这可得说明白啊！”

政委大概也知道了他们说的是什么意思。他不便对那件事说什么，也不愿意扫了他们的兴，于是及时将话题拉回来。

“是得说明白点，何山。”他走到刘玉堂身边，指着地图说，“现在你把燕窝洞的方位、情况，还有去燕窝洞的路线都给我们指出来。另外，那三道险关是怎么回事，你也介绍一下。别打埋伏，知道么？”

半空中挂着一轮下弦月。透过稀疏浅淡的云丝，向地面上轻轻洒下一层不甚透明的银白色的光。

小分队经过一天的急行军，赶在月亮出来的时候，到一处地方停了下来。

刘玉堂摸到最前端，何山和石匠在那里等着他。

“到了？”刘玉堂轻轻地问。

“是哩。”石匠指了指前方，“那地方，就是‘棋盘垭’。”

棋盘垭，便是何山告诉他们的去燕窝洞的第一道难关。

刘玉堂往棋盘垭望过去。夜色下，脚下这条小路向前延伸到了很远的地方，最后宛如一根白丝线，渐渐地隐没到一群嶙峋的怪石中去了。那地方一点生息也没有，远远望去，柱石林立。周围既无树木，又无蒿草。那柱石远看如立竹，近看却高大巍峨。柱石的质地又非常绚丽，红褐色与蔚蓝色的纹理夹杂在银白的底色中，如彩丝，如游虹。

这样美丽的地方，却被山里人称为“迷魂垭”。据说这地方如迷宫一般，明明是一条路走进去，到了里面，却遍地都是石柱，遍地都是岔道了。一般人转进去，两天两夜也找不到出路。过去常有做生意的山外人活活饿死在棋盘垭。出发前，石大爷告诉刘玉堂说，清朝的时候，石城的苗民反抗官府，朝廷派了五百名清兵前来打压。被苗兵引进棋盘垭之后，轻轻松松让苗兵收拾得一个不剩，连报信的都没出来一个。

“你来过这个地方么？”刘玉堂收回目光，问了石匠一句。

“很小的时候来过一次，是我爹带我走的。”石匠回忆说，“他在这里采了两年岩头，还时常走错路哩。”

“……嗯。”刘玉堂沉思了一下，对何山说，“让队伍赶快隐蔽好。给我们开路的人很快就要到了，一定要抓活的，不准有一点响声。这任务交给你了。”

“放心吧，队长。”何山急急地去布置了。

刘玉堂他们是在大部队向天子山运动过去之后的第三天离开石城到这里来的。他计算好了时间，估计部队开到天子山脚下之后，四丫头会派人取捷径往燕窝洞对田大榜做些布置，便不失时机地赶到了棋盘垭。这里是去燕窝洞的必由之道，无论送信的人走什么捷径，是必须绕到棋盘垭来的。

他估计得非常准确。何山带人埋伏好了之后，不到一个小时，便像老鹰捉小鸡一般抓住了那名送信的传令兵。

很使何山感到惊讶的是那名传令兵手脚柔软，抓的时候根本没费多少力气。他后来看了一眼，发现竟是一名女土匪。

刘玉堂抓紧时间一审问，才知道她是四丫头手下的一名警卫员。

“为什么不派个男的去？”刘玉堂质问道。

“四小姐讲，榜爷不相信别的人，只信她。就派了我。”那女匪招得还算痛快。

“这里守垭口的人以前认识你么？”

“不大熟。”她想了想，说，“我以前只做眼线，在榜爷队伍里露头不多。”

“那他们凭什么相信你？”

女土匪犹豫了一下，“这个么……”

“说吧。我们只要能过棋盘垭，绝不为难你。”刘玉堂说得很诚恳。

“那……”女土匪大概知道不说并没有好处，便从身上取出了一根两尺来长的野鸡毛，交给刘玉堂说，“这是四小姐给的。”

“很好嘛。”刘玉堂接过野鸡毛，又问道，“你知道怎么走出棋盘垭么？”

“……有人带我过哩。”

“这我知道。”刘玉堂并不罢休，紧追着问，“万一没有人带你过呢？”

“四小姐也交代过了，万一没人，就要我逢五一左拐。”

“什么叫逢五一左拐？”

“就是……从第一个口子起，凡走到第五个岔口就顺左手拐。其他岔口，尽管右拐。不得错的。”

刘玉堂问完之后，让人把女土匪带了下去。由于俘虏是女的，原先安排装成土匪传令兵的任务便只能落在田秀姑的身上了。

田秀姑略略改了下装扮，挎着卡宾枪来到了刘玉堂面前。她很兴奋，但是显然也很紧张，“队长，我……走得了么？”

“秀姑同志，记住，你现在是四丫头的传令兵，要去燕窝洞给田大榜送信。知道么？”刘玉堂很轻松地望着她说，“别紧张，土匪是很害怕四丫头的。”

“我晓得了，队长。”田秀姑回答了一句，心中明显地镇定多了，“还有要交代的么？”

“看看何排长还有什么话说吧。”刘玉堂忽然这样说了一句。

“没有没有。”何山连连摆手，“没有了。”

“那，你送秀姑同志到垭口上。”刘玉堂下了命令。

“……是。”

从这里到垭口没有太远的路。何山闷声不响地走着，他的心全集中在周围的环境上了，不久便到了垭口上。

“莫再往前走。”秀姑小声对他说，“再过去，就没地方隐蔽哩。”

“嗯。”何山望了望棋盘垭。走近了，再看这垭口，他忽然感到那里充满了神秘，又觉得垭口内十分阴森恐怖，“那……你去吧。我回去了。”

田秀姑扑闪着晶亮的眼球子，有点怅然地问：“你未必……没有要讲的话么？”

“……以后再讲吧。”

“以后？……我若是死在这地方了呢？”

何山不高兴地看了她一眼，“这是什么话？执行任务的时候，哪能这样没信心？”

秀姑仿佛满意了，“我不晓得。是队长要我问你的哩。”

“那……”何山显得很拘谨，便僵僵地说，“你要……记住队长说的话。啊？”

“还有呢？”秀姑怔怔地望着他，追问道。

“没，没有什么了。”

田秀姑便收回了目光，“……那，我就走哩。”她赌气似的转过了身去。

“啊，对了。”何山慌忙叫住了她，“要……要注意保护自己。”

“是哩。”田秀姑感激地笑了笑，“我记得的。”

她闪身走上通向棋盘垭的小路，大步钻进了怪兽林立一般的石柱之中。

田秀姑走进棋盘垭不久，就感到身后有人暗暗地尾随着自己。她知道那不是小分队的人，心里却并不害怕。让土匪跟在自己身后监视着，这样才好哩。他们的注意力也在自己身上了，就不会发现他们身后还有小分队的人。最好就这样一直走出棋盘垭，免得动刀动枪，那就更好了。

她在心中暗暗地数着岔道口。棋盘垭这地方实在有点怪，岔道口不明显。不仅岔道不明显，每个岔道的区别也不明显。几乎都是灰色的石柱，灰色的路。稍稍不留神，错过一两处是毫不奇怪的。

难怪走熟了的人也常常迷路，在里面转不出来哩！

按照逢五一左拐的规律，田秀姑走到了棋盘垭的纵深处。她忽然发现身后没有一点动静了。好几次她暗暗回头观察，明明尾随在身后的土匪却没有跟上来。她心里有点紧张。莫非是自己走岔道时数错了数目？或者，是他们发现小分队跟了上来，便隐蔽在暗处了？

思想上一分岔，顿时她便感到更失去了把握。上一次转过弯岔之后，现在是第几个岔口了？第五个么？该左拐了么？……好像走过了头，不知是第六个还是第七个了！她努力回想着，却发现岔道竟是这样混乱，又是这样不可辨认。

不能再走下去！越没把握，越不能乱走！否则只会错上加错，那就坏了大事！她冷静了一下，便索性采取了一个应急的步骤，在那路口的一个开阔的地方停了下来。

“真是鬼扯脚哩！”她学着土匪的口语自言自语地抱怨了一句，“走了这半天，鬼都没有遇见一个！莫不是都死绝了么？”

她一边骂，一边飞快地朝四周睃了几眼。身后已经完全没有动静了，两边也没有任何反应。于是，她提高了嗓门。

“都睡死了么？来个人！听见了么？”

她的声音提高之后，迷宫中至少有三处地方回响着她的话，倒使她感到毛骨悚然。她一咬牙，举起卡宾枪便向空中放了一枪。又回荡起了三声枪响，声音颤悠悠的。

这一手很管用，她看见对面石柱后头悄悄地转出来三个人影。

“怎么搞的嘛！”她先发制人地喝道，“半天不出来，装死猪么？不怕误了我的大事？”

“急哪门哩？”对面的土匪拖着声音回答说，“进来的人没一个人走脱的。你那枪口朝天，老子才过来哩。”

“哼！真恨不得一枪放倒了你们！”田秀姑怒气未消，“这么大意，要是让东北虎闯进来，不早把棋盘垭失了么？”

“莫得意！”她身后忽然响起一个瓮瓮的声音，离她很近，仿佛就在脑后。她急忙回过头去，那两名尾随的土匪不知什么时候又出现在她身后了。一名小头目模样的土匪狠狠地说：“你好冒失！不是看你一个堂客，早就叫你做了枪下鬼哩！”

“好大胆子！”田秀姑拿出十足的气派，喝道，“你是做什么的？”

“问反了哩！”小头目恶狠狠地说，“这话该我问你。你是做什么的？”

田秀姑便拿出了那条野鸡毛，“认得么？”她将鸡毛往地上一扔，“还不快带我过棋盘垭？误了四小姐的事，你有几个脑壳？”

“哦哟？”小头目紧张得发了一下愣，“你是……哦哟，我瞎了眼哩。再看看。”

他惊惶地俯下身去捡那根鸡毛。田秀姑鄙夷地不去看他，刚刚将目光移开，那小头目从地上一扑而起，劈面便抱住了田秀姑。

“好个堂客！敢冒充四小姐的令箭来蒙哄我？嘻，今夜是老子们解馋的日子哩！看老子不揉烂了你！”他嘻嘻地说着下流话，双臂却把田秀姑抱得一动也不能动弹。然后，喝令他的喽啰道：“拿绳索来捆了！慢慢消受！弟兄们人人有份！……”

四个土匪喽啰便狼一般拥上去，七手八脚地要去捆田秀姑。

土匪小头目抱住田秀姑之后，突然感到身子后头有点不太对头。他刚想回头去看一下，就感到左边腰眼处有个东西直通通地穿进了身体内很深的地方。那东西冰冰凉，一捅进身体里，便使他顿时倒下去了。

何山从小头目身上拔出匕首来，便看见另外四名匪徒的枪早已被小分队的其他队员卸掉了。田秀姑怔怔地看着何山，忽地傻笑了一下，说：“我好蠢，数不清路口哩。”

“不。我们上当了！”何山恨恨地说，“那个女土匪欺骗了我们。野鸡毛是表示她出了事。”

“是么？”田秀姑有点惊慌，“那，逢五一左拐呢？”

“别说了。”何山警惕地打量着四周，“现在我们的处境相当危险！”

“那……队长呢？”

何山来不及回答她，便看见侧面岩壁上冒出一个身影。那身影手上端着一件有两个撑脚的东西，分明是一挺轻机关枪。

“快散开！”何山举手朝那身影开了枪。他打得极准，那土匪的机枪还没来得及放响便跌了下来。接着他的身体也紧随着机枪跌到了地上，脑浆四溅。“快撤！离开这里！”何山下了命令。

这时候人们才发现刚刚走过来的方向竟迷失了。说声撤，却找不到从哪边走。脚下的路几乎一模一样。

枪声把刘玉堂他们引了过来，“何山，往哪边走？”刘玉堂匆匆地问道。

何山答不上来。急切之中，他想到了那四名土匪俘虏。

“说！怎样才能走出去？”他威严地问俘虏。

俘虏面面相觑。“长、长官，我们也、也不会走哩……”

“是么？不要紧，有个朋友会教你们怎么去走的。”何山嗖嗖地拔出了匕首，“快带路！不老实，看看他的样子！”他指了指死在地上的土匪小头目。

“是……是哩。”俘虏再也不敢拖延，“往，往那边……”

何山用枪顶着俘虏带路，小分队开始向深处推进。刘玉堂心里明白，这一次进棋盘垭实在太冒失了。一脚踏进来，想退也是无法退出去了。为什么会这么冒失呢？与土匪打交道有这么长时间了，还犯冒失的毛病？他认识到小分队滋长着一种轻敌的思想。大部队回来了，土匪已经是秋后的蚂蚱了。这股情绪首先在他自己身上就表现得很明显。如果不及早纠正过来，小分队是要在土匪面前吃大亏的。他想起了刚刚进山在惹迷寨的那场血的教训，不禁又出了身冷汗。

“何山！”他果断地命令道，“别走了。”

“为什么？”何山不解地回过头来问道。

“不能这样乱撞一气。赶快找一个制高点站住脚，等天亮了再说。”

“是。”何山飞快地朝周围望了一眼，“队长，那边有块高一点的平台。”

“快，占领平台！”

四名土匪俘虏一听，突然一齐撒开脚向前狂奔而去。何山当时的目光只是稍稍移开了一下去看那平台，没防备那四名土匪俘虏突然逃走。他立即感到会出事，便抢上前一步，抡开快慢机朝四名俘虏扫了一梭子。

在四名俘虏逃跑的同时，刘玉堂一眼便看见正面的岩石上方站起来几条黑影。

“何山！隐蔽！”刘玉堂大喝一声，一个箭步抢上去，用身体掩住何山，顺手便朝岩石上开了枪。

岩石上的土匪也开了枪，刘玉堂的身子一震，右臂像被人打了一棒子。他急忙去掩右臂，便感到有一股热烘烘的液体从指缝中渗了出来。

何山怒不可遏，举枪便朝岩石上不停地点射。随着他的枪响，岩石上的黑影一个个倒了下去，像割韭菜一样容易。

“何山！快带小分队上平台！我掩护你们走！”刘玉堂托住右手，举起了枪。何山仿佛没听见，也回过身大声喊道：“石头！队长负伤了！你赶快扶队长到平台上去！我掩护！”

刘玉堂怔了一下，“何山，你怎么……”

“队长，没时间了。快走！”何山显出了无法动摇的固执。岩石那边又有几条黑影在运动着，何山换了一个弹匣，准确地向那边射击，“走！快走！”

刘玉堂担心小分队整个陷在这里，便让步了。

“好。何山，不要在这里待久了。尽快地撤到高平台上去。知道么？”

“别担心，队长。”

刘玉堂便带着小分队，迅速向左侧那个地势比较高一些的平台撤了过去。

土匪几次想用火力堵住小分队的去路，何山却用双枪轮番地压得他们抬不起头来，他们便绕过枪口朝何山射击。子弹打在何山身旁的石柱上，火星子溅得到处都是。

打着打着，何山发现耳旁还有一个人在朝土匪放枪。他瞅空子侧过眼睛一看，田秀姑正端着卡宾枪，一发连一发地向土匪射击着。

“你怎么没撤？”何山奇怪地问。

“你掩护队长他们，”田秀姑一边射击一边倔强地说，“我掩护你。快撤！”

“你乱弹琴嘛！”何山感到哭笑不得，“快跟上队长他们！部队打仗，一切行动要听指挥！”

“哼！你不听队长的指挥，我做什么要听你的指挥？”

何山愣了一下，一时语塞了。

“哎呀！不好！”田秀姑突然站起来，一个大侧身便将何山撞翻在地。紧接着便听见轻机枪朝这边扫射过来，震得人耳膜子发痛。田秀姑也倒在地上了，却是仰天倒下的。她来不及翻过身子，便用一只手抄起卡宾枪，朝突然冒出来的土匪机枪手打了个连发。那边的机枪声便停止了。

何山挺起身子。他嘴里溅进去了一些岩石的粉末，便使劲地啐着：“呸！呸！”

“何山，”田秀姑慌慌地注视着他，“你受了伤么？”

“胡说！呸！”何山恼火地看了看前方，“我负伤？没那么容易！”

“那，队长他们已经到了平台上，我们莫总停在这里。走么？”

“嗯？”何山觉得她讲得有道理，“好。走。”

他们刚刚站起来，那挺机枪又响了。子弹一串串地飞过来，把这边打得又溅火星又冒烟。何山刚想把他身边的田秀姑按倒下去，立即就感到田秀姑惊慌失措地扑向了自己的胸前。何山什么也不顾，用胳膊挽住田秀姑便往地上倒去。

“抱住！别松手！”他倒地之后，大叫了一声，然后紧紧地挽住田秀姑的腰，在地上一连打了三四个滚，将她带到一块岩石的后面。机枪子弹顺着他滚动的路线追着打成了一条线，却终不如他的反应快。当他们隐蔽到岩石后面时，那机枪射手就失去了目标。

何山却不失时机地挺起身来，一扬手，准确地扔了一颗手榴弹。红光闪过之后，地面颤动了一下。紧接着便是一阵气浪掠过人的后脑。

爆炸声把土匪的机枪、步枪全吞没了。好长一阵时间，棋盘垭再也没有一丝声响。

何山对那颗手榴弹的威力非常放心。他扔下手中扯断了的导火索，低头一看，忽然有点紧张了。田秀姑一动不动地伏在他的大腿上，仿佛睡着了。

“喂！喂……”何山轻轻地推了她一下，“你怎么啦？”

田秀姑没有回答，也没有动弹。毫无知觉。

何山的心突然狂跳起来。他慌忙放下枪，扶起她的身子。月光下，他看见秀姑的面颊有一团红晕。她的眼皮幸福地紧闭着，任他慌乱地看，却没什么反应。

“秀姑，”何山呼唤了一声，“秀姑同志……”

她忽地睁开眼睛，甜甜地笑了，“就叫我秀姑，蛮好的。”

“……哦？”何山这才放心了些，“你怎么啦？”

“这样打仗，死也值得哩。”秀姑有点娇嗔地看了何山一眼，垂下了眼帘，“我……就喜欢同你……这样子。”

何山蓦地感到很不自在，“你……受伤了么？”

“胡说，呸。”秀姑含着笑，学他的口吻说，“我伤了么？没那么容易！嘻。”

“那你这是……”何山赶快松开了手。

田秀姑的身体竟仿佛立不住，何山的手一松，她便放赖般地倒在了何山的怀里。

“莫、莫怕。就……就起来的……”

何山一时不知自己是怎么回事，居然十分自然地将秀姑抱住了。

他突然又觉得不自在了。但是没有突然松开手推开秀姑，而是轻轻地扶着她的肩膀，将自己的身体后退了些。

“好了，秀姑，就这样吧。”

“是哩。”秀姑及时地抬起头，感激地望了他一眼，“我也……好哩。你讲，如今要我做什么去？”

“去找队长。”何山没有陷在温软的情感之中，立即沉着又干脆地向秀姑说，“告诉他，就说我去找路了。我找到走出棋盘垭的路，再来接小分队。”

“好。我就去的。”田秀姑顺从地说，“只是你要多长个心眼，找不到就莫耽误，早一些回来。”

“知道，你去吧，我找得到的。”

秀姑走了之后，何山感到自己好像做了一件荒唐的事。他飞快地回想了一下，发现幸好没有耽误时间，倒也不十分内疚。当他离开这里时，反倒觉得步履轻捷，精力充沛。于是他便再也不想这件事了。

小分队退守在那平台上，再也没有贸然向前走。守棋盘垭的土匪大概扼住了要道，也不慌不忙地静候着。这座令人生畏的乱石垭，一时只剩下死一般的沉寂。

何山知道如果顺着埡口内的路去走，不仅找不到出路，还时时暴露在土匪的眼皮底下，随时有可能遭到袭击。他便扎紧装束，攀到岩石的半腰间，一边观察着，一边攀缘着往纵深走去。他认为这样就可能看得远些，也不至于被土匪发觉。

他攀行得很快。正如他估计的，土匪的注意力完全在那路面上，并没有发觉他。他的位置与居高临下的土匪成了一个死角。

但是无论他怎样努力，都无法找到一个新的出口。他使出了全身的力气和技巧，累得大汗淋漓，但他惊骇地发现，不管爬出去多远，最后又回到了出发的地方。他三次看见了那具被自己刺死的土匪小头目的尸体！

何山差不多要泄气了。这棋盘埡真是鬼斧神工。土匪专门利用这些崎岖的地形，可见他们只不过是一群虚弱至极的山鬼。别泄气！征服了这些地形，土匪便不攻自破。地形总是死板的，大活人还怕了僵死不能移动的地形么？

他歇了口气，索性爬得更高一些。往高处一站，何山心里豁然一亮。对啊！何必死死地去看那下面迷踪错节的路呢？如果先把大方向瞭望清楚了，那下面的路不也迷不住人了么？他兴奋起来。人们往往受迷惑，看来就是站得不高的原因啊！

何山顺着犬牙交错的石峰，向远处爬得更高一些，果然看见在一片灰白色的前方，有了一丛丛墨黑的东西。蒿草？不错，是蒿草。石匠说过，看见蒿草，就要走出棋盘埡了。他突然兴奋不已。

但是他目测了一下，从这里走到那些蒿草处，还有五百米以上。而且，石峰在脚下并不连绵成一条道路。不远就是断崖。棋盘埡就是由这样无数处断崖所形成的。如果下到石峰脚下，又会让那诡谲的岔道弄迷了方向。他苦苦地想了一阵，决定再向身边摸一段路。他总觉得是有路可循的。

不知是走得太累还是目光只盯住了远处蒿草，何山往旁边走了没几步，脚下就踏不住了。他双脚突然有一种踏空了的感觉，立即，沉重的身体便直直地朝下坠去。当时他只以为会跌一跤，双手还没来得及伸展出去保持平衡，人就凌空落下去了。

好像没有在空中停留多久，何山突然全身一震，臀部落在了十分坚硬的石板上。他全身都是紊乱的，什么准备都没来得及做。跌落在地上，他当即就感到身上的骨头散了架一般，连身体都无法撑起来了。

“哎哟！”何山听到了一声怪叫。他突然惊愕地明白了自己的处境。身边出现了五个黑铮铮的枪口，还有四五张灰蒙蒙的面孔。这里是一个山洞，他稀里糊涂地落在了土匪的手中。

地上有一条快慢机，那是他跌落时掉在地上的。何山的第一个反应就是要去捡枪。但他迟了一步，有一名下巴骨异常宽阔的土匪抢在他前头捡起了那条枪。

“狗日的！看见了么？”那下巴宽阔的土匪大概正在训斥他的同伙，便指着何山怒冲冲地骂道，“哪个讲的我们打他不赢？死几个弟兄又算个屁？这不是么？给老子送了个活的来哩！”他凶狠地喝了声，“绑了他！”

其余几名土匪迟疑了一下，便朝何山围了上去。

何山坐在地上，脑子里急剧地想着办法。他心中一喜，摸到了腰后面的三颗手榴弹。土匪刚刚走到他身边，他便一弹而起。尾椎骨跌得太厉害，一阵剧疼，使他趔趄了两步，这倒使他退得离土匪远了些。

“敢动！”他右手举手榴弹，左手扣住了导火环，“再走一步，老子同你们一起报销！”

围上去的土匪立刻吓呆了。

“把枪扔掉！快！”何山吼道，“再不扔，我拉导火索了！”

他在心里琢磨了一下，如果土匪中有一个人退后要开枪，他就拉开导火索，先朝他身上砸手榴弹。这很讨厌，必须要看得真真切切，否则就来不及。这洞子不大，手榴弹一爆炸，恐怕自己也要受伤。唉，没办法！谁让自己不留心落到这里来了呢？

令人很是意外的是，那四名围上来的土匪竟没有一个人有抵抗的意思。他们显然无心在这里打仗，因此才遭到了那宽下巴骨的呵斥。何山大无畏地举起手榴弹，他们便不再向前。而且当何山命令他们交枪时，有一个人竟然勇敢地带了头。

“我、我不管你们交不交哩。”那土匪很干脆地把步枪往地上一扔，“我交！我不想做这事哩。”

其余三名土匪也极快地响应，纷纷地把步枪扔到了脚下。如此痛快，不禁使何山产生了疑惑。

他顾不上想那么多。还有一名土匪没扔掉武器。那名宽下巴骨的家伙还在犹豫着，他手上还提着何山的快慢机。

“你怎么样？想顽抗么？”何山更加威严地喝道，“只要我一拉导火索，这洞子里谁也别想活。你是不是想让大家跟你一起完蛋？”

这句话起了作用。率先扔枪的那名土匪便回头对宽下巴骨说：“扔了吧。你想死，一个人死去。何苦害了我们哟？”

宽下巴骨便骂道：“我想死么？鬼扯脚！老子也有家有小，做什么死？”他看了何山一眼，“兄弟，你英雄。保得我不死么？”

“先放下武器再说话！”何山寸步不让。

“这也可以的。”宽下巴骨不放心地说，“都讲你们讲话不算数。我若是放了枪也是一死，那还不如同你拼了哩。”

何山听得心里火一冒，“胡说！谁说我们讲话不算数？只要你放下武器，我现在就可以放你们走！”

“是这话么？”

“我说过了，信不信由你。”何山抖了抖手榴弹，“怎么样？快决定下来！我没耐心了！”

“那……”宽下巴骨的土匪看了看何山手上的手榴弹，“不是不相信哩……你要是肯把手榴弹丢了，我就信。”

何山看出了土匪的虚弱，一时觉得大义凛然，“好吧，让你看看。”他放下手中的手榴弹。

“哈哈——！”宽下巴骨一声怪叫，“你个崽，上当哩！”他飞快地举起了枪。

何山猛然醒悟到自己是太轻敌了。他来不及愤怒，便一个侧卧身体扑到地上，手榴弹又抓在了手上。

他忽然怔住了。在他要将手榴弹扔过去那处地方，发生了一场使他万万没有意料到的事情。那几名扔了枪的土匪，居然不知什么时候一拥而上，死死地按住了那名宽下巴骨的土匪。有两个拼死夺下了他的枪，另外的人，一边怒骂着，一边用绳索狠狠地往他身上捆。不久便将他捆成了一把扫帚杆子。

何山意识到了这是怎么回事，只是心中还有几分疑虑。率先扔枪的那名土匪走到他面前，很诚恳地把宽下巴骨的枪和他的快慢机一齐递给了他。

"长官，弟兄们看清楚了。讲话不算数的，是他们那帮豺狗哩。"

另外三名土匪捆完了宽下巴骨，也站起来，纷纷敬佩地对何山说："是哩，江湖上讲的是义气两个字。长官你讲义气，有胆量。我们服你。""前山的亲戚讲，你们队伍是神兵。我不同你做对头，长官。"

那名领头的土匪叹了口气，说："这些都不讲了。长官，我们本不是这一方的，让他们赶到这里来送命。听屋里人讲，山下头闹了解放，分了地。还讲，交了枪回去种田，平平安安。我们几个弟兄只想回去哩。都是种田人，哪个情愿做一辈子土匪？长官，讲是帮你，也是帮助我们自己洗一把恶下来。如何处罚，听你讲一句话。我认哩。"

"……哦？"何山看见他们态度中肯，一时竟不知说什么才好了，"你们……太好了。真该感谢啊。"

交了枪的土匪有点吃惊，"这……这么讲么？"

何山立即意识到自己说走了嘴。"咳！这个嘛，啊？"他清了清喉咙，正了正神，"我是说，你们有立功赎罪的表现，这当然是很好的。既然是种田人，如果没什么大罪恶，我们一定宽大处理。这你们尽管放心哩。"

"是哩。放心的。"他们唏嘘地应道，"你们讲了宽大就宽大，这我们见过哩。放心，放得心的。”

“哦，对了。”何山突然怀着希望，问道，“你们在这里待了多久？”

“一个多月，快要两个月了哩。”

“那，熟悉棋盘垭的路么？”

“那是自然的。”

“好！”何山兴奋了，“你们的立功机会就在眼前。”

“是么？情愿效劳。”

“带我们走出棋盘垭，然后给你们发盘缠，让你们回家。保证当地政府会宽大处理的。”

“那就好，那就好哩。”他们如释重负，“这就走么？”

“走！”

在山峦起伏、绵亘不绝的乌龙山区，忽地出现了一大汪草洼地。这汪草洼地，连续一百多里长，却并不宽。按山里人的计量习惯，三百多步。用军事目光测一测，大约二百五十米吧。行人走到这里，很容易把草洼子误认为一条宽绰的河道。细心一看，那水却不流动，而且颜色漆黑，散发出一股腐臭味。有些地方露出了河床，上面生着一些暗红色窄叶子草。

这里其实根本不是河流，而是一片难以逾越的沼泽地。乌龙山区一眼望去尽是起伏的山脉，唯独这一处地方可以称得是广袤而又开阔的地段了。

人们把这个地方叫作“落雁湖”。据老人讲，以前这里确实是一汪湖泊，还说那湖里有过水鬼子和娃娃鱼。后来湖底淤了起来，成了沼泽地。长年以来，不知道淹淤了多少条性命在那烂泥之中。明明是害人的去处，却偏偏取了个“落雁”的名字。不知是哪朝哪代的文人墨客沦落到这里给取的名。

在落雁湖对面，有一缕淡淡的青烟正上升着。半青的苇草中间，一堆篝火懒懒地冒着烟。

不久，一名长满络腮胡须的大汉走了过来。他从一眼自己挖的浅井中打来了大半盆水，那水里还游动着泥晕。

篝火快灭了，他俯下身去，愣愣地用嘴去吹火。火吹不上来，大概柴火湿了。浓烟反倒滚了出来，呛得他两眼混沌。当时换了口气，再用劲去吹时，就听见不远处“砰”地响了一枪。

“混账东西！”这汉子惊了一下，便一屁股坐在地上，不再去吹火。接着，那边又放响了一枪，这汉子于是又咬牙怒骂了一句相同的粗话：“混账东西！”

苇草窸窣地从远处响了起来。很快，一名身上扎着花狸兽皮的年轻汉子提着枪走了过来。

“魁哥！火灭了么？”他看了看篝火，问道。

“灭了！人都要灭了哩，还讲火？”那位叫“魁哥”的汉子，姓石名魁。扎兽皮的青年是他的弟弟，名叫石武。兄弟二人，是乌龙山一带了不得的猎户。

“哪里话！”石武气盛地说，“乌龙山灭绝了人种，也灭不绝你我兄弟哩。”他扔下一只刚刚打到的野兔子，“魁哥，吹旺那火。我来剥皮，烤个兔儿吃。”

石魁一肚子气不顺畅，看见什么就讲什么。一见那只死兔子，他又火了。

“石武！你有脸么？猎这么大的东西，还放两枪？”

石武并不生气，只是一脸的傲气。他从后腰上解下两只死野鸭，虎虎地扔到了石魁的脚旁，“两枪不错，总共死了三条命。这两只野鸭，顺了枪口，一枪穿两个脑壳。过瘾么？”

石魁不好再说什么，便朝后一仰，倒在了草地上。他那浑浊的目光朝天边望着，不晓得心里在想什么。

“唉！狗日的！”石武也坐了下来，“屁味也没有哩！天天守在这里，打些野兔野鸡，算个英雄么？是没脸见人哩。”他转过脸去，朝落雁湖对面望了一眼，心痒地说，“那狗日的东北虎，讲要来，又总不来。老子这手都发了痒哩。”

“石武，”石魁忽然望着天说，“这两天莫放枪了。”

“怎么的？”

“万一东北虎到了湖那边，放枪还不暴露了么？”

“魁哥，你怎么怯了胆子？”石武自负地说，“暴露了又如何？他只好干看着哩。”

“小心没大错。听讲东北虎本事不小，点子也多。怕他不敢过草洼子？”

“他敢过，我石武才欢喜哩。”

“你欢喜？”

“嘿，魁哥，一枪穿两个人脑壳，比一枪穿两只野鸭子不容易些么？那种瘾头，保证赛过烧烟泡子！”

石魁不同他多说了。他站起来，找了根木棍子去拨那堆篝火。

“从今日起，你我两个在这里轮着守望好湖那边，出不得错的。听见了么？”

“要得，魁哥。”石武拔出匕首，试了试刀锋，提起了那只死兔子，“你也太小心哩。照我看，东北虎这一刻恐怕还没有转出棋盘垭。”他冷笑了一声，“棋盘垭的弟兄要讲点情义，就莫打死他。让他到落雁湖来，吃我石家兄弟的火爆枪子！”

石魁忽地站了起来，两眼被烟熏得通红，“有力气，来吹火！混账东西！”

石家兄弟在落雁湖对面烧野兔肉吃，却没料到刘玉堂已经率领小分队到达这里有多半天时间了。

落雁湖，是通向燕窝洞的第二道天险。刘玉堂走出棋盘垭之后，便马不停蹄地赶到这里。他知道这里是很难过去的，队伍一开到，便命令大家隐蔽休息。他自己带了几个骨干，潜到沼泽地旁，对那块有个酸溜溜名字的大草洼子仔细地观察起来。

拨开眼前的芦苇，他看见了草洼子中一片一片的积水。近处，有一些长着四条细水脚的昆虫轻轻地立在水面上。还有一双灰褐色的眼睛，一动不动地看着那些昆虫。那是一只硕大的癞蛤蟆。

往远处看，水面上也有一些表面似乎干涸了的泥地。面积不大，也不连贯。仿佛是漂浮在水面上的一片片枯败了的荷叶。

整个大草洼子的表面，都有一层不知何年何月落下去的陈腐的树叶子，像一床巨大的、破碎不堪的棉絮，试图去覆盖这漫漫的大草洼子。

“队长，你看见了么？”石匠指了指沼泽地的中心。那里，有一排时断时续的窄叶草茎，一直向对岸延伸过去。看得出来，那是有人特意做的记号。

“那就是你说的路吧？”刘玉堂也看见了。

“是哩。很窄，一次只能走一个人。”

刘玉堂看得很仔细，“石匠，现在这条路被挖断了。那些草，是假象。下面有陷坑。”

“……是。”石匠也看出了破绽，“对面石家兄弟，也只管瞄这条路放枪哩。过不得。”

“哼！”田石头恨恨地说，“就只派两个人守在这里？这也太小看我们了。”

石匠笑了，“石头兄弟，你不晓得。这落雁湖，就是不派人守，也是过不去的。”

“那两个人是干什么的？”刘玉堂问了句。

“哦嗬，队长，这两个人有本事。钻山豹的枪法还是他们传的哩。”石匠想了想，说，“那老大，听讲不想总在湾子里踩。他喜爱他的堂客哩。只那老二，裹紧了不让老大洗手。这两个狗日的，我都认得哩。”

刘玉堂看完地形，离开了落雁湖畔。他感到过沼泽地的困难绝不少于过棋盘垭。那地方还可以冒冒失失闯一下，凭机智，凭勇敢，还能闯出来。这地方可不一样了。一步踏进去，立即会被污泥没了头顶。更不用说那边还有两名百发百中的神枪手了。

他在吃饭之前，召开了一个全体会议。他把全部情况原原本本一字不漏地告诉了大家，最后动员说："这场仗，靠大家想办法去打。怎样才能不陷进泥里去，怎样才能制服对面的石家兄弟，大家尽量开动脑筋。打落雁湖和打别的地方不同。不事先把办法想好，是不能仓促行动的。我相信办法一定会有的。俗话说，三个臭皮匠，抵个诸葛亮嘛。"

开完会，田富贵单独到那草洼子边上去看了好半天。然后，他走回来，叫上了田石头。

"石头，你记得这一带有竹子么？"

田石头想了想，"有哩。来的路上，不是有好大一根根楠竹么？"他望着田富贵，不明白地问，"做什么，富贵哥？"

"不做什么。"田富贵不肯透露心中没有把握的事，"石头，同我去砍几根来。要得么？"

田石头似乎明白了，"你想出法子来了？是不是想扎竹筏子过去？"

"不是，这里浮不动竹筏子哩。"

"我也这么想过。"田石头也在一直动着脑筋，"我们船上的人，怕小伢儿落了水沉下去，经常给伢儿在腰上绑个大竹筒当浮筒用。富贵，你是不是想给每个人做个浮筒？"

"是么？……"田富贵并没有想到做浮筒，"做浮筒，那也要得。"他想了想，说，"我想的，是另外的法子哩。"

"另外的么？讲讲看。"田石头很有兴趣地追问道。

"石头，我看见那草洼子面上，有一片荷叶。那上头歇两只岩蛙子也不沉哩。"

"那，你是想……"

"我讲不好。"田富贵催促石头说，"你同我去砍竹子来。那东西易得做。做好了，我们试试看，再告诉队长。好么？"

"好！走起！"

他们俩便急急地去砍来了几根大青竹。田富贵一把篾刀使得很神奇，三下两下就把竹筒子剖开成竹篾条子了。然后，他又飞快地把那竹篾条子破得薄薄的。他的一双手长满了厚茧，却灵巧得令人惊叹。不久，他便用篾条子编制成了一只比斗笠还要大得多的竹篾圆盘。样子很像晒东西用的竹筛，只是比竹筛编得还要细密些。

“富贵哥，”田石头没有看明白他的意思，“这做什么用？”

田富贵站了起来，“我讲不好。石头，去试试。”

“去哪里试？”

“草洼子边上。”

田石头十分疑惑地随他到了草洼地边上。这个地方苇草很高，很隐蔽。

“石头，你替我拉好绳子头。”田富贵将一根麻绳捆在自己腰上，“看我要沉了，你就赶紧拉我起来。”

他捆好绳子，拿起那只竹篾圆盘，走到草洼子边上，将圆盘扔到了污泥面上。

“富贵哥，你要下去？”田石头明白了他的意图，“那圆筛子也站得起人么？”

田富贵没有太多把握，“试一试就晓得了。石头，拉好绳子头。”

他刚要下去，田石头急忙拦住了他，“富贵哥，要试，应该是我去。”

“怎么的？”田富贵问。

“我是属龙的。”石头很有把握地说，“做手艺不如你，水性好哩。淹不死。”

“莫讲这些，哪个去都一样哩。”

田石头故意很着急地说：“那要不得的。你身子重，沉下去，我怕拉不起。还是我去，我身子轻哩。”

田富贵心里憨实，想了想，便依了他。他一边替田石头系麻绳，一边交代说：“石头，踩上去的时候，试着一点。力莫下猛了。觉得那东西承不住，就快些喊我拉绳子。”

“晓得的，富贵哥。”

田石头走到草洼子边上，用脚去探了探那篾盘子。他看见篾盘子边上渗上来一些泥水，便说：“不行哩，富贵哥。我只轻轻点了一下，水就浸过来了。”

富贵也在出神地看着那篾盘，也看见了浸上来的泥水。他估计这办法看来也不行，却又不甘心。

“石头兄弟……你还是站上去看看。要得么？”

“还上去？”田石头有点胆怯，“怕不行哩。这污泥，又臭又稀，只怕会闷死哩。”

田富贵不好勉强他，便有点失望地说：“那就……起来吧，石头。”

田石头其实也不甘心。说是怕陷下去，却冷不防一步又迈上了那竹篾圆盘。田富贵吃了一惊。他看见田石头踏上去太猛了，又不打个招呼，万一出了事是很危险的。他于是赶紧拉住了绳子头。

“石头，不沉了么？”他这话问得多余。石头站上那圆盘之后，分明没有陷进污泥里去。

石头也觉得脚下很稳实，还在上面使劲跺了跺脚，篾盘再也不往下沉。

“咦！富贵哥，不沉哩！”他这才高兴起来，“要得！这法子蛮好！富贵哥！”

刘玉堂得到报告之后，亲自到草洼子边上看了那个试验。他还自己踏上了竹圆盘，在沼泽上试验了一下。

“太好了！富贵同志！”他非常高兴，“想不到你的篾刀在关键时刻真起了作用啊！好极了！这个作用，其他武器是起不到的。”

“队长，一个两个竹盘子，就可以过这落雁湖哩。”石头已经想好了办法，“两个盘子轮换着用，有路没路，都可以过去。走平地一样哩。”

“好。富贵，辛苦一下，赶紧编竹盘子。”刘玉堂想不到这么快就解决了在沼泽上行走的困难，便兴奋而又感激地对田富贵说，“人手不够，我再派。”

“不哩。人多帮不上手。”田富贵想了想，“还让田石头同我去砍几根竹子来，别的就不要帮了。”

这边正高兴着，田秀姑却有几分焦急地过来找到了刘玉堂。

“队长，石匠去哪里，对你讲过了么？”

“嗯？”刘玉堂有点意外，“不知道。他没对我说过。怎么啦？”

田秀姑更加着急了，“怪哩！他先前对我讲他有个绝好的法子。我问他，他不肯讲。这半天，到哪儿也找不到他了。不得出事么？”

刘玉堂想了想，“会出什么事呢？”他也不放心了，“分头去找找看。尽量别出意外才好。”

石匠并不在草洼子附近。他一个人悄悄地离开了草洼地，沿着一条不容易被人看见的小路上了山。那条小路几乎被刺蒺藜和矮栗子树挡得无法通行了，但是石匠对那里还有印象。他走得很快，心里有件急事，只想快些做完。

不久，他又从那条小路上走了回来。去的时候是一个人，回来时，身后竟跟随着一名三十五六岁的当地妇女。那妇女生得弱，却眉清目秀。脸色不大好，但是看上去显得比较年轻。跟在石匠后面，几乎在小跑着。

“这、这位大哥，”妇女面色充满了焦虑，一边急急走着，一边问前面的石匠，“我屋里的那石魁，是让什么蛇咬伤了？”

“呃……我不是告诉过你么？”石匠头也没回，“是土鼻子蛇哩。”

“哎哟！这……这要紧么？”

“不要紧？问得轻巧！土鼻子蛇，人称三步倒哩！人让它咬了，走不出三步就倒！拖一个时辰，就没药救了！”

“我、我的天！”妇女吓得双腿直发软，“这怎么得了哟……”

“怎么得了，不是喊你去看么？”

“我是去看哩。只是……我看了他也不得好哩！有药么？”

“看了，好不好总是尽了心。”石匠故意说得很随便，“我们同石魁也有几天交情。你同他也有一段夫妻情分。都尽了心，总比不尽心好哩。莫讲了，快走起。”

妇女跟在后头，眼泪便潸潸地往下落，“这是报应哩！我早讲了要他莫踩湾莫踩湾，他本是听了的，就是那个冤孽弟弟！死鬼一样缠住他，不准他洗手！他对石魁有歹心，对我也有歹心！这个遭天杀的哟！……”

“算了！”石匠根本不耐烦听这些，“石魁也不是个好东西！”

“哦？……”妇女害怕地看了他一眼，“你这么讲？你……你是哪一路的？”

“我么？”石匠知道自己说走了嘴，便索性骂道，“我只是个直人，有话忍不住。讲是讲，比起那些王八龟子，石魁倒还好一点。好不得太多！”

“你不晓得，我屋里的石魁是不作恶的哩……”

“讲这些有个屁用？快走！去晚了，只怕见不到人了哩。”

妇女越发惊慌了，“那，大、大哥你快带我走。他如今在哪里？”

“落雁湖。”

“哦哦……我的娘！我早晓得那不是个好地方哩……”

“好，从现在起，不准讲一句话！晓得么？”石匠狠狠地告诫了她一句，“要是露了风，让人暗算了，就莫怪我！”

“是、是哩。大哥……”

石匠闷着头，一直把那妇女带到快要看见大草洼的地方时，便站住了。

“你走前！”他命令说。

妇女突然有些狐疑，不敢向前走了，“我……我走前么？”

“快点！听见没有？”

“你……”妇女心里发了慌，畏缩地看了他一眼，“你要做，做什么？”“呸！”石匠知道她在想什么，不禁厌恶地啐了一口，“我做个屁！让你往前，是让你看得见石魁！好心不得好报么？快！”

那妇女不敢违拗他，只好胆战心惊地走到了前面。石匠紧紧地跟着她，一步也不落下。

终于到了草洼子边，那妇女停下来。她往周围望了一眼，并没有看见一个人影，更没有发现哪里有石魁。她十分惊骇，便回过头去，想问问石匠。

“啊？……”妇女吓得差点蹲坐在草地上了。她看见身后的石匠已经拔出了乌亮的驳壳枪，正比着她的胸口，“你、你、你这是……”

“莫喊！”石匠低沉地喝了句，“你也莫怕，我不想要你的命。更没有坏心肠。老子这一世还没做过伤天害理的事哩，你若是乱想一气，就是逼老子打死你！晓得么？”

“晓……晓得。大、大哥你也不像是歹、歹人……”那妇女浑身发颤，告着饶说，“有、有事，大哥你尽、尽管讲……”

“那我就实话对你讲了。”石匠端着枪，沉着脸对她说，“我先前是蒙哄你的。你们屋里的石魁，是不是让土鼻子蛇咬了，我一点都不晓得哩。”

“……啊？”妇女吃惊地张着嘴，“这么讲，他还没事么？”

“莫讲早了。他有没有事，就看你听不听我的话哩。”

“我……听你讲。你讲，我听哩。”

“晓得我是什么人么？”石匠威严地问。

妇女疑惑地看着他，摇了摇头。

“告诉你，我是石城乡农民自卫队的队长。是专门打土匪的。你们石魁和他兄弟，都是土匪，今天遇见了我这个对头，恐怕是凶多吉少。这你听明白了么？”

妇女当即又流下了眼泪，“哎哟！我早就劝过石魁哩！唉……都是他那死鬼弟弟……”

“哭你娘个屁哟！”石匠很不耐烦女人的眼泪，“听好！东北虎，你听讲过么？”

那妇女不禁哆嗦了一下身体，不敢再哭了。

“我们就是东北虎的队伍。今天是要去燕窝洞救那里的乡亲的。你那男人，还有石武，却守在那边不准我们过落雁湖。没法子了，我就去把你请了来。”

“你……你晓得我的屋？”妇女呆呆地问。

“晓得！哼，我不是山外来的！哪个土匪有几斤几两，住哪里，我都有一本细账。日后算得清白，一个都莫想走！”

妇女一句话也不敢多讲，便低下了头。石匠把她唬够了，也不再讲凶话，口气软了许多。

“只是，有些人做得好，我也可以宽大哩。这就要看那些人有没有良心哩。”

“那……你讲，”妇女心里有了一线希望，“要怎么办，才是做得好呢？”

“也容易。眼下，你要是让石魁投降，帮我们过了落雁湖，就算立了功。我讲了，这样就可以立刻宽大他。还有你。”

妇女想了想，喃喃地说：“那……当然好。只是，我不晓得怎么帮你们过去……”

石匠便指着大草洼，问道：“你讲老实话，要你过，你过得去么？”

“我听讲……那路，挖坏了……”妇女说得有点心虚，“石魁讲，有事他会过来的。要我莫乱走草洼子……”

“又来名堂？”石匠喝道，“他讲有事他过来？那不是还有一条暗道么？我就是要你给我指明哪是暗道哩！”

妇女便惊慌地申辩着说：“不，我真不晓得暗道在哪里。我不是来、来名堂哩……”

“好！就算你不晓得，你男人晓不晓得？”

“他……他没对我讲过哩。”

“哼！我也没工夫同你磨了！”石匠将脸绷得紧紧的，厉声说，“我现在要你告诉他两件事。第一，交枪！莫再替土匪卖命！第二嘛，带我们过落雁湖！听见了么？”

“这……这些么？”妇女紧张地看着石匠，“他性子犟，哪会听、听我的？”

“鬼扯脚！当我不晓得？石魁把你看作观世音菩萨，哪句话不听？”石匠咬着牙，又威胁了一句，“他是你的男人，莫非你就这么眼望着他让我们消灭么？”

“啊——！”那妇女“扑通”一声跪下了，“求，求你们莫杀石魁！他是好人啊！求你，大哥哩……”

“那好！你就从这里下到草洼子去，喊石魁讲话！”石匠紧逼着说，“你同他讲什么，这就不要我交代了。我这里守着哩！下去！快点！”

“我……我……”那妇女看了一眼草洼子，“我如今，下不得水哩。”

“狗屁！如何下不得？”

妇女恐慌得要命，也就顾不得羞耻了，“我，我的身子……不干净……”

石匠一辈子没结过婚，也不懂得女人们的事，便火了，“不干净怕个屁！正好洗一洗哩！去不去？”他一抖手枪，顶住了妇女的后胸，“我看你也是个土匪哩！快下去！”

正僵持着，突然有一个低浑有力的声音在身边喝了起来。

“石匠！把枪收起来！”

石匠一愣，知道刘玉堂来了。他回过头去，果然看见刘玉堂带着小分队的人出现在身旁。

“队长，这家伙是……”

“听见没有？”刘玉堂根本不听他申辩，“我要你把枪收起来！”

石匠还不服气，田富贵赶快上前去压住了他的手臂，“石匠，怎么能这样乱搞哩？快放下枪。你这是违反了政策哩。”

刘玉堂心里充满了怒火，考虑到石匠不是部队的战士，有些政策一时又讲不清，只好压住火气，狠狠地哼了一声，走到那名妇女面前，很负疚地说：“大嫂，你别害怕。这都是我交代得不够，你也别怪他。是我不好。”

妇女有点意外，又充满了惶惑。望着小分队那一个个精神百倍的样子，不敢作声。

田秀姑便走到妇女身边，劝她说：“这位大嫂，听见我们队长的话了么？莫怕，啊？我们是不伤乡亲们的。”

“你们……要杀石魁么？”妇女突然问。

刘玉堂转过身来，一时不好回答她。“对石魁……我们也有些了解。只要他放下武器，不继续与人民为敌，我们也是可以宽大的。”

“我、我劝他不转来啊。”妇女急了，“我以前是劝过的哩，那位大哥不肯信……”她看了石匠一眼，“我、我好苦哇……”

“别这样难过，大嫂。”刘玉堂和蔼地劝着那妇女，“你劝不回头，我们也不怪你。这位同志刚才把你哄到这里来，也是心里着急。他惊吓了你，是他不对。我会批评他的。你男人的事，我们不勉强你。当然，要是他肯听你说的话……”

“不不！”妇女慌乱地摆着手，“他绝不肯听的。那里，还有石武哩……”

刘玉堂知道一下也说不通，便不再说了。他脸色很不好，便喊了声：“石匠！”

“做什么？”石匠瓮瓮地应道。

“你做错了事，还不明白么？”他冷冷地说，“现在，你同田秀姑一道，马上送这位大嫂回家去！”

石匠倔强地扭过头来，“队长……”

“不许再说了！”刘玉堂来了火，“你现在加入了小分队，我就要用战士的标准来要求你！你已经不是普通老百姓了！你懂么？”

石匠不敢再说，便提着枪，气不平地走到了那妇女面前，“走，没听见么？”

“去、去哪里？”那妇女心惊肉跳地后退了一步。

“送你回家哩。”石匠不习惯认错，一句好话也说得那么气冲冲的。“这是我们队长的命令，晓得么？我们队长就是东北虎！晓得么？”

“石匠！”刘玉堂赶快制止他说，“少说几句。快把大嫂送回家去，这里还有事要办，快去快回。”

“……晓得的。”

石匠刚刚应了这一声，一个极其出乎大家意料的情况忽地发生了。那名妇女早已吓得魂不附体，一听说面前的人是东北虎，又听说要送她“回家”，便恐怖到了极点。她料定今天是必死无疑，一阵惊颤之后，她猛地转过身去，一头撞开田秀姑，竟不顾一切扑下了大草洼。

田秀姑好不容易稳住身子，再往下一看时，那妇女已经蹚着泥水向草洼子中心跑去。她的腿立即陷进了污泥之中，却奋力往前迈。黑乎乎的泥水向两边溅了起来，发出“哗哗”的响声。

“站住！”刘玉堂急了，大声喊道，“不能去！危险！”

小分队的战士都看呆了。田秀姑更是焦急万分，“怎么办，队长？”

“快想办法！快！田富贵！……”

刘玉堂的呼喊声，没遮没拦地传到了落雁湖的对面。蹲在那里的石家兄弟当时不知道这边有人，一听见喊，忽地扔下手中的物件，朝湖边的阻击阵地飞奔而来。

“石武！混账东西！”石魁一边跑一边骂，“要你望着点，你不望！出事了哩！你狗日的这下快活了！”

幸亏离阻击点不远，他很快便卧进掩体，端起了枪。

“魁哥，你看那洼子里！看！”石武也到了掩体旁，忽然惊讶地喊了声。

石魁反应慢一些，抬起头来时，才看见草洼子里有一个人正跌跌撞撞地朝这边跑着。那人跑得毫无章法，只是顺着原先插下去的一排窄叶草茎向前奔。泥陷住那人的脚，那人显得已经精疲力竭了。

“找死的，你跑得不吃亏么？”石武端起步枪，凶残地说，“我让你免了吃那个亏。送你去见阎王老子，积个德哩。”

“慢点打！”石魁推开了他的枪管，“好像……啊？是你嫂子哩！”

“鬼扯脚哟！”石武也惊异地抬起了头，“她来做什么？”

石魁却什么都不顾地站了起来，“莫跑！过来不得哩！走不得了！……嘿呀！”

草洼子中传来了那妇女有气无力的喊声：“石……石魁，不……不得了，不得了哟……”

她显然没有一点力气了，却仍在不顾一切地向前跑着。每一步都拔得相当费力，于是身体也就越陷越深。渐渐地，污泥没过了她的大腿，没过了她的腰。

石魁急得冒出了黄豆大一颗颗汗珠，“我，我要去！”他放下步枪，便要下草洼子。

“魁哥！去不得！”石武吼了声，“你看见那边岸上了么？”

那边岸上，刘玉堂等人正手忙脚乱地准备着下大草洼。

“老子管不得哩！”石魁顺手取过一根一人高的竹竿子，“救你嫂子要紧！”

“狗屁嫂子哟！她是给东北虎带路的！”石武脸色铁青，六亲不认地对石魁说，“你一下大草洼，就把暗道亮了！你也想通东北虎么？”

石魁让他的话镇住了，“我，我怎么会通东北虎？”

“那你莫动！守好口子！”石武拿起石魁的枪，扔给了他。

“……救……救命啊！”草洼子上空回荡着被憋得尖细的求救声，那么惊恐，又是那么可怜。

“我个娘！”石魁再也不管石武说什么了，扔下步枪，便要下草洼子。石武比他更快，一展双臂，竟死死地箍住了石魁。

“去不得！东北虎就在对面！”他力气大，石魁顿时便动弹不得了。

这时候，大草洼子里又出现了另一幅惊心动魄的情景。在那名妇女终于陷进污泥不能动弹的时候，守在这边的刘玉堂果断地下了命令。

“何山！注意掩护！”

“是！”何山已经将一挺轻机枪架在了一个土包后面。

“田石头！”刘玉堂又喊道。

“到！”

“下去！一定要救出她来。”

“是！”

田石头将驳壳枪往后腰的皮带上一插，“嗖”地抛下了一块圆竹盘。

田富贵紧接着又递给了他一块。

“石头，留点心！”田富贵叮嘱了一句。

“不怕的，富贵哥。”田石头在临下大草洼之前，忽然想到田富贵的篾刀还在自己身上，那是他帮富贵破竹子时插在腰上的，他便拔出来，交给了田富贵，“篾刀，还给你。”

他一步便蹦上了沼泽上那块圆篾盘上。

“石头，快！”刘玉堂着急了。他看见那名妇女的头已经陷入了污泥中，只剩下两只手在空中绝望地乱抓一气，“她快沉了！”

“晓得的，队长！”

田石头抛下了第二块圆篾盘，身子一闪，跳了上去。然后回过身，揭起了第一块，飞快地又扔到了前面。开始时，他的动作还不怎么熟练。不久，他就可以很连贯地交替使用那两块竹篾圆盘了。他的动作越来越快，同那妇女陷进去的位置之间距离越来越短。他不敢有半口喘息，一门心思只向她接近着。

对面岸上，石魁被石武紧紧箍着，正在挣扎，却与石武同时看见了这边的情景。

“哦……他们，他们……”石魁看得呆了，“他们去救她么？”

石武松开了石魁的身子，也有点意外，“救她？”他狠狠地骂道，“这是计策！狗日的，想引你上钩哩！”

石魁一时间不敢断定石武的话有没有道理，再看草洼子时，他看见田石头已经到了那堂客的身边。

田石头身体灵活，到了那妇女身边以后，为了能让篾盘子承受两个人的重量，又把后面的篾盘子揭起，垫到了脚下。这样，他便一只脚下有了一块篾盘。

那妇女的手臂也沉进了污泥。她的手腕最后挥了一下，便直直地向污泥里没了下去。正在这个时候，田石头一猫腰抓住了她的手腕。他的两块竹篾盘的位置很恰当，双脚的重心很稳。抓住她的手腕之后，向上一用力，一下就把那妇女拔出来一大截。妇女的头上黑乎乎全是污泥，她已经被泥呛得晕死过去了。头刚刚从污泥里拔出来，便向身边一歪，身体又朝下坠去。田石头慌忙去托她，却不知她一身泥水滑溜溜的，那身体又倒在了泥水里。

“是救她！是救她哩！”石魁对田石头的意图一点也不怀疑了。他抓起了竹竿，撒开双脚便跳进了草洼地，向那边跑了过去。

石武一把没拦住石魁，也就不去管他了。他狞笑了一声，从掩体上拿起了步枪。这是一条日本造的三八大盖，那枪管很长，口径很小。这种枪，射程远，命中率很高。石武很喜欢使用这种步枪。他咬着牙，拉开枪栓，将一颗黄灿灿的子弹推上了枪膛。

他看了一眼草洼子，猫下腰，钻进了芦苇之中。他要找一个合适的射击位置。

田石头这时候又将那妇女的身体从污泥内拔了出来。他个子小，妇女的身体软塌塌的，抱不住，他不得不把那妇女的一条胳膊搭在了自己的肩头上。

对岸一声枪响，田石头忽然感到那妇女的头向前一撞，飞快地撞到了他的额头上。石头觉得奇怪，大概要想想是怎么回事吧，却来不及了。他只觉得那妇女的额头很硬，很尖利，已经将自己的额头撞开了，像一把开山斧砍中了自己的眉心。他以为会血流满面，但往下有没有血涌出来他已经无法知道了。他感到突如其来袭过一股不可抗拒的困倦，这困倦不容他体会一下，便把全部神志摄了去。他便直挺挺地倒下了……

枪声把这边岸上的人震得往下一蹲，刘玉堂知道出了大事。他愤怒至极，大声喝道：“何山！你在干什么？”

何山其实在目不转睛地盯着对岸。石武钻进芦苇，他正追踪着目标，那土匪的枪便响了。何山更是怒不可遏，在刘玉堂大声呵斥的同时，何山已经跳了出来，朝对岸芦苇丛狠狠地扫射开了。

石武的枪声，也震得石魁打了个寒战。他刚刚下到大草洼里，清清楚楚地听见了石武的那一枪。再看草洼中间时，他的堂客和那名救她的战士双双中了弹，正软软地倒了下去。

“石武！你个狗日的啊！”他声嘶力竭地在草洼子里狂叫起来，“老子要剥了你的皮！石武畜生！”

何山的机枪不住点地扫向芦苇丛，石武却并不惧怕。他倒是害怕石魁过去引了小分队过来，便索性一不做二不休，托起步枪来，瞄准了草洼子中间那怒不可遏的石魁。

“田富贵！给我步枪！”刘玉堂发现了石武。他大喝一声，从田富贵手上夺过了步枪。

就在石武扣扳机的一刹那，刘玉堂的枪声响了。他使用的是一条崭新的七九式步枪，口径大，枪声格外震耳。子弹像一柄不可阻挡的金刚钻，不偏不倚地击中了石武的眉心。石武本来是半蹲在地上的，却仿佛被那子弹猛力推了一把，身子一弹而起，四脚朝天，直愣愣地跌在地上不动了。

大草洼完全安静了下来。两岸的青芦苇一动也不动，空气燥热无比。一只蓝色翎毛的尖嘴水鸟，将翅膀一闪，箭一般掠着水面，无声无息地飞了过去。偶尔有一两声蛤蟆叫，那蛤蟆藏在很远的地方，声音仿佛是从那淡灰色的远山后面传过来的。

草洼子里，有一双脚踩得污泥“呱唧呱唧”作响。石魁走得很慢，很沉重。他的肩上驮着田石头的尸体，双臂也抱着另一具尸体，那是他的堂客。

刘玉堂和全体小分队队员，已经站到了草洼的边缘。那里地势高一些，他们走上去时，步伐说不出有多么沉缓。

石魁走近了。他沿着草洼中的暗道，走上了岸。

小分队的人没有上去迎他，连刘玉堂也没有上前去。田富贵眼中一阵阵发燥，流不下眼泪来。他已经清楚地看见田石头的脑袋歪在石魁的后颈处。除额头上有一处瘀血，神色与平时一模一样。

石魁没有再朝前走。他负着两具浸着泥水的尸体，僵僵地站在那里，朝上仰望着小分队的战士。他身上也是一身污秽的泥水，眼珠子混沌着，俨然也是一具站立着的尸体。

“打燕窝洞，算我一个。”他的嗓子发沙，声音干枯。而且嘴唇似乎没有动弹，不知那声音是从哪里发出来的。

“我要去打燕窝洞！你们听见了么？”他突然暴怒地吼起来，“他们害我一家，我要端他们一窝！听见了么？老子是他们的克星！打死他们一个个狗日的哟！……”

第十三章

田大榜逃到“三不管”已经两天一夜了。他蜷在冰冷潮湿的山洞里，心惊肉跳朝外窥测着。

这个地方已经是乌龙山最纵深之外。三省交界，因此人们叫这里“三不管”。田大榜是乌龙山的惯匪，跑遍了乌龙山，都极少到这里来过。他记得至少是十年前曾经来过一次，那时候他被官兵剿得只剩下二十余人了。多亏了这个三不管地段，才得以苟延残喘。这一次，田大榜感觉到恐怕再也难以活着出去，大概要葬身在这里了。他身边，只剩下了黑牛和六耳猫两个亲信了，还都带着伤。

燕窝洞是怎么被端掉的，田大榜至今还处在糊涂中。他只记得那宽大的洞堂关押的几百名老百姓突然如洪水一般涌了出来，抓住他的喽啰就劈。他们手上拿着石块，劈得喽啰们脑浆四溅。还有一百多人围住了他的洞口，往里头抛火把。那燃得发出了白光的火把照花了他的眼睛，什么都看不见了。幸亏黑牛舍得性命，抢进洞将他背了出来。六耳猫在外头接应着，他们三人什么都不顾，哪里黑就朝哪里逃。有一个人在后头穷追了好远。那人是石魁。

整个燕窝洞一片火海。枪声响得密集。他布下的层层防线，随着一阵爆炸声，立即土崩瓦解。崩溃速度之快，简直让人想不明白。

后来听六耳猫说，那一切都坏在了石魁的身上。燕窝洞仗着山势险恶，又有棋盘垭、落雁湖两道天然屏障，平时防范得松懈了些。东北虎来得如风一般快，这也是一件怪事。在这之前，居然没听到四丫头派人来打一个招呼！

石魁到燕窝洞来，讲是他们兄弟坏了一条枪，要换条新的。田大榜生性狡猾，却丝毫没有怀疑他有诈。

田大榜逃到这里来，是万不得已的。他知道失了燕窝洞，就是失了活路。不讲东北虎，也不讲乌龙山那些翻过身来吃得下他的肉的山民百姓，仅是四丫头，也会一枪要了他的老命。

他凄凄地叹了口气，像只打蜕了鳞的穿山甲，颤颤抖抖地从那洞里走了出来。

从燕窝山往这边走过来，都属于高寒地带。这一带古木参天，人烟稀少。一年四季，石壁上潮湿阴冷，长满了厚厚一层苔藓。田大榜望着身边那一座座清冷的山峰，心里黯淡得不能自已。一想到自己这把逾八十岁的年纪，他就哀戚万分。活了一辈子，不枯不荣，难道就这样葬送了自己么？他感到实在太冤屈了。

六耳猫左腰上挨了一枪，正像一只大蜗牛一样紧贴在崖脚下。田大榜看见他那样子就有气，恨不得一枪崩了他。但他没有那么做，只是轻轻走过去，竟还很关怀地问："如何？伤还痛么，我个崽？"

六耳猫有气无力地睁了一下眼皮，"榜、榜爷，多谢你老人家哩。"他根本撑不起身子来，便凄凄地说，"你老人家若是还痛我，就给、给我一枪，省得我受苦，好么，榜爷？"

"这么讲么？"田大榜劝了他一句，"三十年河东三十年河西，我八十岁的人还想留个青山在，你这后生伢子就这么没志气？莫乱讲，榜爷我认你做干崽。晓得么？"

要是平时，他这么说，就会把六耳猫弄得受宠若惊。但是现在六耳猫是绝望的人，对他这话麻木无任何反应。连点头的力气都没有，又闭上了眼睛。

田大榜知道他是饿得没有一点气力了。掐指一算，从燕窝洞逃出来到现在，已经整整三天没有一粒米下过肚子。白天像老鼠一样缩在山洞里，最多弄一点葛根嚼几口充饥，晚上更无法弄到吃的，而且，田大榜在这样逃亡的时刻，胆子极小，便把家传的绝招使了出来。他平素任何时候都带着一个密封的小竹筒，那里面装着切成了一寸来长的香棍。他身边的喽啰以前常常看见他切那香棍，却不知做什么用的。现在他开始使用了。夜间实在困倦得要打个盹了，他便点燃一截香棍，捏在手指里，坐下去闭上眼睛养神。香棍极短，不一会儿就燃完了，烧痛了他的手指。他便立即起来，催着六耳猫和黑牛转移。到另外一个地方，他又这样燃一截香棍打个盹。一晚上少说也要转移五次。这个办法很有效，在他从匪几十年生涯中，就多次凭这一手逃脱了追剿。好几次，官兵得到报告，连夜去扑他，追到近处只看见地上还有一小截香头。那香头还燃着，田大榜却不知去向了。

尽管“三不管”地带还没有出现追兵，田大榜还是每夜点着香棍睡觉。这个办法，或许也可以保他的安全，却把他折磨得更不像个人样子了。尤其黑牛和六耳猫，本是年轻人，又负了伤。一夜转移那么多次，精疲力竭。每日像两只霜打了的茄子，软塌塌抬不起头来。

黑牛的右臂被炸药炸断了，田大榜用两条竹篾板替他夹牢，上了些土药。这条犟牛也不在乎，反倒很有孝心。他看见田大榜每夜捏香头，火头子把他的手指头烧得乌焦，还起了水疱，开始溃烂，便说：“爹，今夜，黑牛替你捏香头，让你老人家睡个好觉！”田大榜却连连摇头，“我的崽，你年轻，烧成炭了也不得醒的。还是爹爹自己捏，稳当些。”

田大榜叹了口气。他知道到了这个地方，危险相应地小了些，也该寻点东西吃了。危难之中，身边毕竟还有个黑牛，还有个六耳猫，这也可以壮壮胆子的。别饿散了他们的心。

那块叫作“火烧岩”的大石礅，颜色很不一般，黑是黑，却不发亮，带一种红灰色，黑得并不浓郁。“火烧岩”这名字是过路的人随口喊的，喊得极准。不知这里是否起过山火，那块突兀在山脚下的大石礅子，确实如一兜山火烧焦了老的树桩子。

傍着火烧岩，有人建了一间偏屋。这里没有人烧瓦，那屋子上全是盖的茅草。三面是板壁，背后便是那火烧岩。建得很巧，这偏屋就是田大榜一远房堂侄子岩滚的家。

天快黑的时候，岩滚身上背条猎枪，担着一担柴草回到了屋。他推了一下门，里面插上了闩。他便敲了敲。

一个细嫩的女声从里面传了出来，“哪个？”

“花儿，开门。我回了哩。”岩滚说。

“爹爹么？等一等，我就来。”

屋内“乒乒乓乓”响了儿下，花儿打开了门。一张稚嫩而又水灵的脸，绽开了笑容，“爹，回了么？”

“花儿，半天才开门，在屋里做什么？”岩滚笑盈盈地问。

那少女脸上便飞起来两片桃红，“莫问，爹爹。”

“爹爹还问不得？”

“问不得的，是……女伢儿的事哩。”

“哦？好，不问不问。”岩滚将柴草挑进屋，插好了闩，“花儿，点灯。”

花儿点上灯，从锅里端出来一碗煮好了的红薯，还有一小碟盐水笋干，“爹，饿了么？快吃。”

“你吃了么？”

“吃了。也是红薯。”

“唉！”岩滚端起了饭碗，“总是让你吃红薯。山上连一只鹿子也猎不到，都怪时运不好啊。要不，你娘也不得这么早就病死……唉！”

花儿慌忙制止他说：“爹，又讲！”

“哦？”岩滚醒悟了，“是哩。莫讲，莫讲。”

他吃了两口红薯，忽地放下了筷子，抬起了头，“嗯？……”

"怎么的，爹？"

岩滚急忙摆摆手，让她不要作声。于是，父女俩都听见了屋外的脚步声。接着，便有人敲门。

"嘭嘭嘭……"

花儿吓得一哆嗦，慌忙掩住了嘴。岩滚一低头，"噗"地吹灭了桐油灯。

敲门声太凶猛，却在不停地敲。岩滚急忙站了起来，将女儿领到后面墙壁脚下。那面墙就是火烧岩的岩壁。在上方两人高的岩壁上，有一个圆圆的洞口。洞内向下悬吊着一架绳梯。岩滚手忙脚乱地扶着花儿爬绳梯进了洞子内，花儿顺手把绳梯收了上去。岩滚在下面取出一根竹筒，朝洞口顶上钩了一下，一席竹篾席子便垂了下来，严密地盖住了那个洞口。

敲门声一直没有停，似乎很有耐心。而且还有人在轻轻地喊着。

"岩滚，开门。开门呀，是我……"

岩滚心中十分疑惑，便抄起了猎枪，"哪个？"他走到门边，警惕地问。

"哎呀，岩滚。"门外的声音清晰了些，"是我。是你老叔哩！哎呀，你未必听不出来么？"

"老叔？"岩滚心中一喜，却又有点狐疑，"真是老叔么？"

"你开门。老叔快要饿死了哩。"

岩滚听真了。他二十年前曾经跟田大榜出山跑过口岸，那也是田大榜背时的日子。后来田大榜赚了些钱回了乌龙山，让岩滚回三不管去过自己的日子，想给日后留条退路。还给岩滚一些盘缠钱，让他讨个堂客。从那以后，岩滚就没见过田大榜了。

他收了枪，赶快开了门，"老叔，真是你？哦唷，怎么这晚了还来？没个三五天，走得到这里么？"

"岩滚，插好门。"田大榜只身一个人走进屋内，声音怆然地说，"我的事，一句话讲不清，慢慢讲。老叔我好可怜哩……"

岩滚便插好门，点上了桐油灯，"老叔，你老盐巴生意做得不好了么？”

“盐巴生意？”田大榜愣了一下，连忙搪塞地说，“是哩，我那盐巴生意，狗日的遭了大土匪，抢了摊哩！要不，今天落到这田地？唉，一句话讲不完！唉唉！……”

岩滚心地憨厚，便相信了，“唉，老叔，行船走马三分忧，是有些风雷风雨的。莫想了，快吃点东西。”他迟疑了一下，“我这里只有红薯，你先将就几口，不怪么？”

“这么讲么？老叔如今岩头也啃得下肚哩！快端了来。”

他狼吞虎咽地抓起桌上的红薯，不歇气地往嘴里塞。那红薯噎在他喉咙里，半天吞不进去，老实的岩滚看得心里直发酸。

“老叔，我给你倒碗茶水，慢慢吃。”

几口水下去，田大榜才顺过气来。他朝屋内打量了一眼，问道：“如今你就一个人过？”

岩滚抬起头来，眼中放出了疼爱和兴奋的光亮。

“哦，老叔，忘了告诉你哩，花儿长大了。我那女儿哩。”他站了起来，“我喊她来见见叔爷爷。真是，这也忘了么？”

他兴冲冲地走到那岩壁下，朝上喊道：“花儿，你来看哪个来了？你没见过的哩，照辈分，他是你的爷爷哩。快下来见一见。”

岩滚一边喊着，一边用竹篙子去顶那篾席。于是，田大榜看见了那个洞口。

花儿迟疑地从洞口探出头来，她忽地吓了一跳。桐油灯在田大榜的下巴处，从上看，他的两个眼窝和一张嘴，是三个圆圆的黑洞，活鲜鲜一个骷髅壳子。花儿差点惊叫出了声音，立即又将头缩了回去。

“嘿，这妹娃。”田大榜不怀好意地笑了一声，“她还认、认生哩。”

“真是的，嘿嘿。”岩滚也笑了，“这妹娃不当怕的也怕。快下来，给你叔爷爷磕个见面头，再给他弄点吃的。下来呀。”

花儿被催不过了，便放下了绳梯。田大榜看着她那犹豫不决的样子，不禁张开了嘴。山里的妹娃子生得结实，田大榜看见她的腿肚子浑浑圆圆，还看见她那早熟的胸隆起老高，便渐渐露出了贪婪的目光。

岩滚在下面护着花儿下了绳梯。花儿扯了一下弄得向上皱去的衣衫，站在原地，心里有点紧张。

“花儿，叫声叔爷爷。”岩滚笑呵呵地说。他站在花儿身旁，心里禁不住为有这么个女儿得意，“叫啊，花儿。”

花儿便将头垂得低低的，含混不清地叫了一声。田大榜趁机站了起来，眯着眼，呵呵地笑着，一边应声，一边伸出干枯的手，在花儿那柔嫩的面颊上捏了一下。

“好哩。好个乖女哟。”

花儿被他捏疼了，像是被毛虫蜇了一口，惊悸地缩回头来，用手在脸上摸着。田大榜便更加欢喜地笑了。

岩滚在那一瞬间，心里顿时有几分不快活了，“花儿，去烧火。别的东西没有了么？那就再热几个红薯。”

“要得，要得。红薯蛮好哩。”田大榜倒是不嫌弃，“岩滚，要是还有，你再给我煮一锅红薯。好么？”

“煮一锅么？”岩滚不解地望着他，问道，“老叔，还煮一锅……吃得完？”

“吃不完，我带路上慢慢吃。”

“路上吃？”岩滚想了想，“那，老叔还要走？”

“我么？……是要走哩。”田大榜迟疑地说。

“这么晚了，老叔还去哪里？”

“嗯？”田大榜顿时起了疑心，“你总问我这些，想做什么？”

他的声音很凶狠，把灶膛前的花儿吓了一跳。岩滚也紧张了。他看着田大榜那反复无常的老脸，小心地解释说：“老、老叔，这地方，夜里野物多。我是怕，怕老叔不方便哩。”

田大榜也感到自己的神态是过于紧张了，于是缓和了些语气：“……哦哦，我是被土匪逼虚了胆子。唉，难得你一份孝心哩。”

“老叔莫怕。这地方穷哩，土匪从不来的。没听讲过么？‘饿死土匪三不管’就是这个地方哩。”

“那就好。岩滚，这里不来土匪，老叔还是走。你替我煮一锅红薯，老叔我多给你些光洋。这些日子，你再出去讨个堂客进屋。”他睃了花儿一眼，“再讲，花儿也出得嫁了，也要有俩活钱做陪嫁。是么？花儿，老叔是个财神菩萨，你跟老叔亲热一点，没得亏吃的。”

花儿屏住气息，只顾埋头往灶里添柴。火光烁烁地掠在她脸上，更衬出一种年轻人的娇嫩，把个田大榜看得神魂都要颠倒过来了。

岩滚没有答田大榜的话，他听得十分不是滋味。隔了一会儿，他交代说：“花儿，把火烧得悠着些，先滚了锅里的水。”

然后，他背上猎枪，从门后头找出了一柄尖嘴锄头。墙上还挂着一只背篓，岩滚也取了下来，向门外走去。

田大榜心里一惊，急忙拦住了他，“你这要去哪里？”

“咦？”岩滚怔怔地望着他说，“你不还要一锅红薯么？我去挖一筐来，给你煮哩。”

“那，你还背枪去？”田大榜多心地问。

“不是讲了么？这山上，常有野物哩。”

“是么？”田大榜转过脸去，看了花儿一眼，“那也要得。岩滚，你快去快回。”

花儿突然紧张地站了起来，“爹，我同你去挖红薯。”她极害怕田大榜那目光。

岩滚想了想，说：“要得。山里黑，你给爹爹照个亮也好。”

“莫，莫。”田大榜阴阴地笑了一下，“这么晚，妹娃子满山跑不好的。花儿就莫去了。”

花儿急忙躲到了岩滚的背后，“爹！我是要去的。”

岩滚便朝田大榜笑了笑，“老叔，花儿从小没离过我，要去就去吧。你稍稍等一下，就回的哩。”

他不愿意在这里多停留，便对花儿说：“花儿，开门，快去快回。”

花儿更不敢耽误，抢过去便抽开了门闩。她刚拉开门，突然便吓得尖叫起来。

“爹——！”

岩滚慌忙护住花儿，往门外一看，有两条头发蓬松的汉子，凶神恶煞般站在大门外头。他们身上胡乱缠着些当绷带用的破布，手上平端着驳壳枪。

“嘿嘿，讲了莫去莫去，就是不听。”田大榜在身后奸笑着说，“当我不晓得，是想去了不回哩。想给东北虎通风哩！这样六亲不认，就怪不得老叔了！”他使劲拍了一下桌子，“进屋来！我个崽！”

那两条汉子便进了屋，回手关上了房门。

“岩滚，听好！”田大榜露出了很可怕的凶狠样子，“老叔早不做盐巴生意了。这些年，只喜欢做人头生意。少讲也赚了二三百颗脑壳哩！你这个脑袋，老叔不想赚。还是去挖一筐红薯回来，妹娃子嘛，留老叔身边！你要是生名堂，就怪不得老叔把妹娃子当了下酒茶哩！听清了么？”

花儿一听，便紧紧地攀在岩滚身上，不肯松手。岩滚只得向田大榜哀求说：“老叔，我岩滚，一个晚辈，哪生你的名堂哟，求老叔……”

“放狗屁！”田大榜火了，“老子吃晚辈的亏还少么？黑牛，拿了那妹娃过来！”

黑牛走过去，劈面一掌便打翻了岩滚。花儿刚要扑过去扶岩滚，黑牛挡住她，只一推，便将花儿搡了一丈多远，跌到了田大榜的怀里。

田大榜顺势抓住了花儿的胳膊，然后又吩咐说：“黑牛，陪你表哥上山去挖红薯。多挖一些！晓得么？”

岩滚从地上挣扎着爬了起来，望着田大榜，“扑通”一声跪下便磕起头来，“老叔，老叔大恩大德！放了我的花儿，岩滚情愿给老叔做牛做马。老叔！积德啊……”

“咦，这是做什么？”田大榜故意说，“我只是想要一锅红薯哩。我饿了哩。嘿，就值得你磕头？未必这么舍不得一锅红薯？去，挖了红薯回来，屁事都没有的！崽！”

岩滚惊疑地站了起来，“真、真的么？老叔？”

“真的，老叔饿了，饿了就要吃。这有假？”

岩滚还想说什么，黑牛狠狠地搡了他一把，将他推了出去，“头里走！老子的枪子不认人！”

花儿极度恐慌，使劲地挣扎着。田大榜的手却像生在了她的胳膊上，怎么挣扎也挣不开。

“六耳猫！”田大榜抓住花儿，喊了声。

“在，榜爷。”

“你把这桌上几个红薯，拿到门口去吃。”他眯着老眼，笑着说，“给老子带好门。老子不作声，任他哪个也莫让进来。”

“是哩，榜爷。”

六耳猫知道田大榜要做什么，便机灵地去端过红薯，要向门外去。

花儿当时几乎要不顾性命了。她拼出全身的力气，一把撞到了田大榜那干枯的胸膛上，回身便向门外逃去。六耳猫想拦她，花儿又撞了他一脑门子，把他撞得龇牙咧嘴几乎晕了过去。他的伤口正化着脓，身体一点劲也没有，便端起了枪，“好、好烈，遭打哩……”

“打不得！崽！”田大榜一个箭步蹿上去，抓住了花儿的后颈，“好一个瓷菩萨，打碎了哪里找来？”

花儿犟不脱，便回过头，拼命地用嘴咬田大榜的手。田大榜嘻嘻一笑，左手冷不防伸到花儿的腋下，照穴位一捏，花儿顿时便张着嘴，软塌塌地倒在地上了。

“嘻，蛮好。蛮好哩。”田大榜不急于去弄她，却把屋子打量了一眼，“那里有个洞眼，还有个绳梯。有人挖红薯给老子煮了吃，还有这个……嘻嘻。”他用脚尖拨了一下昏厥过去的花儿，“六耳猫，你讲，这地方好不好？”

“好哩，榜、榜爷。”六耳猫刚刚痛过了劲，“那就莫、莫走了。榜爷，走不动了哩。”

“屁话！”田大榜喝了一句，“寻到了，就弄一顿饱的。弄饱了，就赶紧走！走到哪里弄到哪里，这都不懂得么？”

“是哩，我懂得了。”

“快出去啃红薯，我要弄了！”

六耳猫撑起身子，走出屋外，顺手带上了房门。

田大榜咽了一口唾沫，连房门都不去插，蹲在花儿身边，一把便扯下了她的衣衫……

这一带山坡上尽是碎石，泥土稀少。那红薯点下秧子之后，只是朝石缝里扎着长，没有一个红薯能够生得圆胖的，挖出来，像是一条条树根。

岩滚已经完全看清了田大榜的本来面目。他本是个逆来顺受的人，因此才流到这三不管的地段来过与世无争的日子。他一边挖着红薯，一边悔恨自己没有早些认出那“老叔”来。更令他追悔莫及的是不该把花儿从洞里叫出来认那畜生不如的老叔。如今，那宝贝女儿落在了田大榜手里，万一有个长短，他这条命还留下来做什么呢？

他的心里像油煎一样疼痛，但是他知道硬拼是救不了花儿的。黑牛用左手提着枪，一步不离地守着他挖红薯。要想个法子弄开这条蠢牛才好。

挖了一阵，岩滚忽然问：“兄弟，你饿么？”

“少讲话！”黑牛粗暴地喝了一句，“快挖！”

“在挖哩，没停手脚。我只是想，你要是饿了，先啃两根生红薯，不好么？”

“想来名堂？”黑牛骂道，“老子不饿！”

“不饿，那就是我空操了心。”岩滚便闷着头，继续挖红薯。那家伙不上钩，只好再想别的法子了。

隔了一会儿，黑牛开了口：“听好！给老子揩一根红薯，抛过来！”他到底耐不住肚子里的饥饿了。

岩滚心中暗暗一喜，“是哩。红薯多的是，做什么不吃，又不值钱哩。”

他用长襟揩了一根细长的红薯根，扔了过去。山里的红薯，水分少，嚼起来很甜。黑牛来了口味，便又连着讨了几根。

“接好！”岩滚后来抛过来一个大的，“这根味道才不同哩。”

黑牛的右臂使不得力，便将左手的枪往右臂下面一夹，伸手便接住了那个大的。抓在手上，他忽然觉得那东西轻飘飘不像是红薯根。还没等他拿起来看，就感到那东西在手上猛地一弹。接着，他的五个手指头便像是被剁了一刀，立即疼得麻木了。

“我，我个娘！”他怪叫了一声，急忙甩手，那东西却紧紧地夹在他手上，再也甩不掉。

“咦？红薯咬了手么？”岩滚提着尖嘴锄跑了过来，“莫不是错拿了野猪夹子？莫动，我来替你解化。”

夜色中，黑牛只觉得眼前“呼”的一道风扫过，那把尖嘴锄不偏不倚地挖进了他的头顶。岩滚像是挖红薯一样，挖中了他的脑袋之后，还别了一下锄头把。于是，一股黏糊糊的东西溅了出来。

“呸，吃了死的！”他狠狠地踏了一脚黑牛的尸体，弯下腰去，捡起了那支驳壳枪。一刻也没多想，他撒腿就朝山下那火烧岩狂奔而去。

岩滚顺着山坡，像块凌空滚下山来的飞石，不歇奔跑。他上山没走多远，不久就看见了火烧岩。

他一边跑一边想着怎样才能冲进屋去救出花儿，却忘了隐蔽自己。若是下面朝他放枪，他便连屋子的边都拢不去了。

果然，那屋子下头有人惊慌地喊了声“有人！”

接着，便“砰”地响了一枪。

岩滚的脚稍稍迟缓了一下，又听见那里响了第二枪。他心里猛一收缩，刚想不顾一切地奔下去，忽然感到那枪声不是朝他打来的。两声枪响之后，屋子周围也“砰砰”地打起了枪，像是有不少人围住了那屋子。

他凭着猎人的眼睛，仔细一看，发现屋门外有个人弹了起来，像只受了惊的狐狸，一头撞出包围圈，向黑暗中狂奔而走。

确实有十多条人影围住那“狐狸”。那“狐狸”钻出包围之后，围捕的人便呼啦啦追了过去。

这时候，岩滚突然看见屋门打开了。从那屋内，不要命地撞出来一个人影。那人影悲天抢地地哀号着，头发披散在身后。岩滚的心蓦地便喷了血。

“花儿！——”他狂喊了一句，两条腿一弹而起，迎着花儿扑了下去。

花儿认不得他了。她的衣衫被撕得所剩无几，皮肉上尽是一道道血痕。一见到岩滚，便乱抓乱踢，“畜生，老畜生啊。”她接不上气了，只横着心要去死。

“花儿！是爹爹哩！花儿！”岩滚见她那样子，悲恸欲绝，“爹爹害了你啊，花儿！我的花儿啊……”

紧随在花儿身后，又追上来了一个人。岩滚怒火中烧，举起双拳就劈过去。

那人灵巧地闪开了，喝道：“莫乱打！清醒些！”

岩滚听出了那是个女人的声音，便住了手，“你，你是哪个？”

那女人是小分队的田秀姑。她没顾上回答岩滚的话，只是急急地走到花儿身边，用一件衣衫裹住了她那受了凌辱的身体。

“我们是解放军！”秀姑对岩滚说，“是来追捕田大榜的。来晚了一步哩，让你们受罪了。”

先前那些追赶的人，大概追出去了很远。山沟那一头，又在放枪，好像是追上了。

岩滚并不知道解放军是什么人，但他知道这些人是来做什么的。他侧耳听了听枪声，忽然对秀姑说：“菩萨，替我看好我的花儿。”

田秀姑还没明白他想做什么，就见他拔起脚来朝烧火岩跑了下去。

岩滚让仇恨冲昏了头，但是他还能清醒地判断仇人在哪一方。他跑到岩下那茅草屋旁边，没有匆忙进屋，只是侧着身子从门口往屋内看了一眼。

他看见了。屋内已经没有人影，但岩滚看见岩壁上的绳梯不见了。洞口上方，那床竹席子往下垂着，一动不动。

用不着它动一动，岩滚便明白那里面掩盖着的是哪一种畜生。他伸手在贴肉的衣兜里摸出了一张打火纸，那是猎枪上引火用的，怕受了潮，便随身带着。

他弯下腰去，迅速捡起一把干枯了的松毛枝。他将松毛枝裹住了打火纸，摊在石板上，拿起檐角一根锄头柄朝下一磕，就听得“噗”的一响，松毛枝忽地喷出了明火。

“老畜生！伤天害理！老子今天送你一命！你个千刀万剐的畜生啊！”

岩滚手一抖，将那燃得正猛的松毛枝子扔进了屋内。

山里人修屋，无砖无瓦。木板壁，茅草顶，怕的就是火。松毛枝扔进去之后，挨着什么燃什么。眨眼之间，浓烟卷着红火，把整个屋子燃起来了。

田大榜自从听得门外六耳猫大叫“有人”起，便知道逃不脱了。他松开花儿，急忙叫六耳猫往别处逃，引走门外的人，自己便三下两下爬上了岩壁上头那石洞。他身上带了四十发子弹，准备万不得已时都打出去，只留下一颗给自己最后用。六耳猫还算尽忠尽孝，果然引走了门外的人。他考虑要不要趁机溜下来逃走，又怕门外还有人埋伏着。正没打定主意，那熊熊烈火便腾了起来。

他慌得在那狭小的洞子里乱耸动着身子。在燕窝洞，也是有人朝他的洞子里扔火把。那灼烫逼人的火焰，转瞬之间便舐着了他的衣衫。他百思不解。命中五行，怎么单单犯了这个火字呢？

火势极其凶猛，舐光了他眉毛，又烧得他的面皮“哧哧”作响。

他再也耐不住火焰的毒啮了。那呛人心肺的浓烟，熏得他不断地咳嗽，他料定喉管里咳出了血。洞子仿佛是座熔炉，他的身体正在熔炉中熔化着。他不管那洞口有多高，便向洞外跑去。昏头昏脑地，他从那两人高的洞口里跌了出来。

屋里尽是红光，他跌下来，感到身边是无边无际的火海。他在地下狂乱地打了几个滚，却无济于事。到处都是火，没有一处不在烧烤着他。

凭着一丝求生的本能，他居然迷迷蒙蒙地看见了门的位置。他的皮肤烧得萎缩了，想站起来，却再也站不直。

他终于带着一身的火焰，爬到了门边。这时候他看见门口正堵着一个人。那不是岩滚么？好怪！这堂侄，站在那里，身体怎么曲曲扭扭的？像是站在流动的河水里一般？

他想喊一声“岩滚救救我”，但是嗓子眼完全烤干了。

岩滚看见田大榜像根火柱子一样摸了出来，心里便舒畅了。他害怕那老畜生就那么伸手伸脚地烧死在屋里，那就太便宜了他。

田大榜不愧是老匪根子，气大，总死不了。他摸到门边，还想活着摸出来。他的手臂平平地向两边伸着，好像是怕站不稳。那样子，更像是枯树桩上的两截枝丫。他喊不出声音来了，但那神态分明是在喊。他想喊岩滚往他身上泼桶水，或是想让岩滚给他捂一床棉被灭了那火。

岩滚便蹿进了那扇火门。他走到田大榜身旁，低下头去，十分认真地看了看那张烧焦了皮肉的老脸，这才发现并没有什么值得看的东西。那老畜生早已没皮没脸了。

他举起锄头柄，照着田大榜的脑壳，拼全力敲了下去。那一锄柄下得重，敲得田大榜的头发出了“啵”的一响。却也怪，头没有破。大概是让火烧硬了。他的身体也没有倒下去，也大概是烧直了筋骨。于是，岩滚又敲了第二下。这一次他的劲使得更大，而且那锄柄是横扫过来的。击中的位置正好在田大榜的脸上。田大榜便倒下了。

冲天的火光，已经将刘玉堂和小分队的队员吸引到了火烧岩下。六耳猫不经打，早已成了小分队的枪下鬼。当他们回到这里时，火已经上了屋顶。无法去灭那火了，刘玉堂便怔怔地站在那里，看着岩滚冲进屋去用锄柄敲田大榜，小分队的队员们，一个个提着枪，也在怒目注视着田大榜的最后毁灭。

很令人不可思议的是田大榜又爬起来。他被岩滚击倒之后，居然还能起来，而且，诈尸一样，一挺而起！

岩滚却巴望他再站起来。他集聚着全身的力量，把一根锄柄在空中甩了一个圈，像是蛮铁匠抡大锤一样，准确无误地砸中了田大榜的脑门心。这一次，终于砸开了那颗焦枯的脑壳。

烈火席地卷过来，吞没了田大榜的尸体。他身体内大概有点油，那火在一霎时燃得格外炽烈。

第十四章

天子山孤傲地雄踞在万山丛中，这里已脱离了乌龙山脉，作为另一道山脉的源头，奇峰突起，海拔高度有三千多米。而且，这里的地形极为复杂。峰回路转，草深林密。不仅人烟稀疏，连野兽的踪迹也不多见。

不知哪年哪月，有人在这样奇伟的地方建了一座规模宏大的寺院。周围几百里之外，偏偏有人来这里朝圣。月黑风高的夜晚，朝圣的人一排排坐在万丈悬崖旁，等待着佛光。若是偶尔看见月亮四周出现了彩色光晕，那些人便纷纷稽首，顿时一身轻飘，向崖下跳了下去。山里人的俗话说，“那月亮长毛，大水淹桥”，月亮出现彩晕，倒是靠得住要发山洪。被修身成佛的信念弄得癫狂的善男信女们，竟白白地投身崖下，自以为成了仙体。于是，那寺庙便取名为“遇仙寺”。

清晨，浓雾尚未散去时，遇仙寺大门洞开。一名老和尚，身披袈裟率了二十几名小徒弟，恭恭敬敬地迎候在门外。寺院门外是一百多级台阶，据说千里朝圣的人每上一级便要五体投地磕一个响头。

现在那石阶上虎虎地站立着两排青衣大汉，有两个人正从石阶下徐徐地攀了上来。

钻山豹在这天子山一带已是百无禁忌。他携着四丫头的手臂，走到了遇仙寺门前，朝老和尚拱了拱手。

“周师父，近来安好么？”

“托福。”老和尚回个揖，“听讲二爷大驾光临，我恭候多时了。”

“是么？”钻山豹侧目看了四丫头一眼，“这地方是佛家圣地，不染风尘。我带来一名红花女子，周师父介意么？”

“哪里哪里。”老和尚笑眯眯地看了四丫头一眼，“老朽也是凡夫俗子。之所以多年修不成仙体，也是因为凡心未尽，俗念不休哩。”

“哦，看来，身披袈裟，也并非不食人间烟火喽？”钻山豹打趣地说。

“哈哈，笑话一句。莫怪，莫怪。”老和尚大笑起来，“请二爷去用茶。”

“不客气。”钻山豹收敛了笑容，“我给你的信，看过了？”

“是。二爷是想借寒寺摆个鸿门宴么？”老和尚试探地问。

“是么？我那信里这么讲了么？”钻山豹突然目光炯炯地望定了老和尚。

老和尚暗暗心慌了，“这个……嘿嘿，二爷不愧是人中之豪杰，讲话含而不露。老朽迟愚，好费猜疑哩。”

“时局多变，周师父。”钻山豹教训他说，“总是守一本老经念，怕是念不成仙哩。”

他回过身，朝台阶上的喽啰们高声吩咐道：“占了这寺院，马上布置好！我就在这里等候东北虎！”

刘玉堂带着何山、田富贵和石匠，沿着险峻的断面山崖，朝天子山方向出发了。

这一次出发，他们四个人都感到哪儿有点不自在。其实他们心里都明白，这是太轻松了的缘故。不知有多久没有这样走过路了，身上没有一点负载。没有枪，没有手榴弹，连一颗子弹都没有带。走了很长时间，他们还不能适应这种轻松。

刘玉堂的上衣口袋有一张进山线路图，那是出发前政委交给他的。

“钻山豹很狡猾，刚刚送到。带着，我已经复制了一份。”

刘玉堂接过图，很随便地揣进了口袋里，“没多大用处，政委。”他鄙夷地说，“这份图不是真的。跟我来这套？”

“我也估计到了。”政委点了点头。

分手的时候，政委没有反复向刘玉堂叮嘱什么。要说的早说过了，形势也很明朗。乌龙山的土匪已经基本上能剿灭了，天子山上，剩下了最后一股顽匪。在刘玉堂打燕窝洞的同时，部队增派了力量，突然围住了天子山，围得很巧。几个团的兵力，在老乡的带领下，一夜之间摸到半山腰，掐断了山上的所有明道与暗道。这样就比从山脚下围的范围要小得多。掐着半山腰围，当然也就围漏了一些土匪。那毫无紧要，不久便收拾了个干净。这就是战略上的突然性。如果没有眼光，只在山脚下围，人再多也围不住的。钻山豹正希望别人去围山脚，他显然又失算了。

雄兵压境，大难临头，钻山豹忽然做出个万般无策的样子，很诚恳地向剿匪部队发了两封信，说是“情愿化干戈为玉帛，使乡民百姓免遭兵血之灾”。当时刘玉堂追击田大榜还没回到天子山来，政委请示师部之后，给钻山豹回了一封信：“……投降是可以的，而且只能是无条件投降。除此之外，没有任何谈判的余地。更不存在求和的可能性。从现在起，给你三天时间考虑。何去何从，速做决定。”

三天之后，刘玉堂回来了。正好钻山豹又送来了第三封信。这一次，他没有回避“投降”两个字。但他坚持“请贵军派要员上山，商谈有关投降之具体事宜”。于是，师部召集团级干部对这件事进行了认真的研究。

“没什么可谈的。”这些干部气愤地说，“限定时间让他下山投降！他要是拖延，我们就全线出击，彻底消灭最后这股土匪！”

“对！他现在是瓮中之鳖，没处可逃了。困也困死他！”

“钻山豹是不会投降的，咱们别上当。还是早点攻山吧。”

刘玉堂默默地听着，一直没发表自己的看法。钻山豹诡计多端，身边又有个政治特务四丫头，他的投降到底有多少可信之处，这一点刘玉堂是有所估计的。但是他研究过天子山的地形地势，知道天子山易守不易攻。围是围住了，想很快地打下来也是很困难的。从目前的准备来看，打天子山还没有一个成熟的方案。土匪凭借地形的优势，又是在暗处，匆忙地进攻势必会使部队遭受很大的伤亡，这是很现实的。到目前为止，连一张准确的上山地图还没有掌握到手呢。进攻是盲目的，不进攻，只是围困天子山，这也对部队不利。土匪靠着山是饿不死的，何况他们退守天子山还事先做了很多准备。再说部队老耗在这里也不是个事儿，说不定钻山豹还会三天两头来骚扰一阵，到时候不但不能进攻，还得老是提防着这伙山林惯匪的偷袭。这些想法，刘玉堂后来在师长的催促下谈了出来。师长心里也有些相同的看法，其他干部多少也有这方面的考虑，于是会场上的气氛冷静了些。

会议正进行着，石城乡农会主席石大爷匆匆赶到了天子山。他带来了一个消息，说昨天晚上石城内起了一场大火。那里已经解放了，没有留多少部队驻防。乡农会急忙组织人去灭火时，忽然看见城内的老乡们惊慌地往城外奔走着。石大爷拦住一些人，问他们为什么乱跑，他们竟回答说："石城要降大难了！解放军不肯同钻山豹讲和平，这一带又要遭血火之灾了！索性逃出去避些日子吧！"农会还发现有人趁着混乱在群众中造谣说这把火是解放军暗中指派人放的。解放军不肯讲和平，又怕输了道理，便制造些事来赖在这里不走。还有人进一步煽动说："解放军最会搞先甜后苦那一套手脚。讲是打土匪，你们看吧，到时候，土匪没打掉，回过头来不把乌龙山的乡民百姓糟蹋得九死一生他们是不得放手的哩。"当时石大爷领着农会的骨干又要救火，又要安抚惊慌失措的老乡，再去追查造谣的人时，急切之中很难查到。

那把火显然是土匪放的，他们的目的也很明显。钻山豹和四丫头以"谈判"的方式来延缓剿匪部队的行动，看来还不仅仅是军事上的一个策略问题。他们有着更险恶的政治阴谋。

"师长，不能再犹豫了。"刘玉堂站了起来，坚定地说，"指望兵不血刃地解决问题，这种可能性是几乎不存在的。但是，强攻天子山也不行。我了解钻山豹，这个人虽然狡诈，其实也就那么几下子。而且他还有许多致命的弱点。非常自负，又喜欢假模假样地装正经。他既然说了想投降，我们不妨就去看看吧。不去，也探不到虚实。请师长考虑我的意见。”

“……嗯。”师长望着刘玉堂，稳稳地微笑了一下，说，“你想自己去一趟？”

“我同钻山豹打了这么久的交道，现在也到了面对面较量的时候了。”刘玉堂似乎对这一点已经考虑成熟了。

师长把刘玉堂和他的政委留了下来，仔细研究了一些具体步骤。钻山豹约剿匪部队派人上山谈判，肯定是有名堂的。兵不厌诈，他有他的阴谋，我也有我的方案。看来，已经到了决战的时刻。

最后，师部定了几套方案，紧急布置一番之后，刘玉堂便毅然向匪穴出发了。

钻山豹提了一个要求。他只准四个人上山，还不让带任何武器。上山的路线，要严格按他送来的路线图走。刘玉堂一概不在乎，完全答应了他的要求。

从驻地出发之后，他们沿着一条直路走了两个多小时。道路越来越窄，坡度越来越大。不久，那路便弯弯地伸向了一个峡谷之中。

刘玉堂掏出路线图看了一眼，路没有走错。只是那峡谷十分阴森可怕，两面峭壁紧紧地连着一条小路，上面落下一个鸡蛋大的石块也有可能砸得人脑浆迸发。

“进去！”刘玉堂几乎没有迟疑半步，便率先走进了峡谷。

峡谷中还真设了埋伏。刘玉堂他们刚刚进到里面，便有人“哈哈”地狡笑起来。那令人毛发竖立的笑声在峡谷中颤荡着，刘玉堂便站住了。

“别装模作样！”刘玉堂镇定地喊了声，“出来吧！”

两边峡谷顶上突然哗哗啦啦一阵响。刘玉堂他们抬头一看，那峭壁上方，一边伸出了五挺捷克式轻机关枪，一共十挺。带着喇叭状枪头套的枪口，垂直地朝下指着他们。

“别摆了！”何山轻蔑地吼了句，“有什么要说的，下来个人！”

于是，靠前一些的石壁上，有三个身影轻捷地跳了下来。

“好胆量！佩服！”为首的那名土匪将驳壳枪往身后一插，打了个拱手。

“想说什么，快一点。”刘玉堂不正眼朝他们望，“我们还要赶路，别误了事！”

“好说哩！兄弟无意为难你们，只是奉命来检查一下，看各位带武器没有。”

何山瞪了一眼，问道：“你奉谁的命令？”

“莫问。车道马道，各有各的号。伸开手！”那三名土匪端起了枪。

石匠火上了头顶，大声喝道：“你敢！”

“石匠，不关他们的事。”刘玉堂大度地劝了石匠一句，“让他们检查吧，别吓坏了人家。”

那领头的土匪便往他们腰上应付差事地摸了一下，“好！讲话算数！讲不带就不带，兄弟越发佩服。”

“走！”刘玉堂不再理他，抬脚就要走。那土匪慌忙喊住了他。

“慢点。”他从身上揉出了一张纸，递了过来，“奉二爷指令，上山路线有点变动。这是新图。你们原先那路线图，不作用了。”

刘玉堂冷笑了一声，接过新图，展开看了一眼。

“好了。你们慢些走，兄弟失陪！”那三名土匪拱手，转眼之间攀上了悬崖。再往上看时，那十挺机枪不知什么时候已经撤走了。

刘玉堂他们没有去考究那是怎么回事，只是继续朝前走了去。大约走了半个小时，前面地势平缓了些。一条清澈见底的小溪横在了面前。

“蹚过去。”刘玉堂看了看图纸，卷起裤脚便蹚到了小溪中间。

冷不防，小溪对岸又有人声嘶力竭地喊了起来。

“莫动！莫往前走！”

随着“咔嚓”一阵金属响声，岸上又出现了一排枪管。一色的轻机枪。数一数，不多不少，又是十挺。

两名土匪从那边跑了过来，“举手！检查！”

何山恼了，骂道：“他妈的！刚才不是检查过了么？吃饱了撑得慌么？”

“这样地骂么？”那土匪也不生气，“骂也没得用的。告诉你，十道关卡，哪一道都要检查！不检查就不准过去，这是二爷的指令！”

“别害怕，可以让你们检查。”刘玉堂毫不在意在向前蹚了一步。

“莫、莫、你莫动，我这就下来检查哩。”那土匪一边脱鞋一边说，“只是看一看，看完了，再给你们换一张路线图。”

“还要换图？”

“是哩。到了这里，前两张都不作用了。”

就这样走走停停，一路上过了十道关卡，换了九张路线图，才望见了云雾山巅处那座遇仙寺。

一百级台阶，差不多每级台阶上都站着一名土匪。那些家伙青衣青裤，武器精良，看得出已经是钻山豹的王牌队伍了。

刘玉堂带着何山、田富贵和石匠，目不旁视，也不呆板，一路说笑着，悠悠闲闲地走完了一百级台阶。

“呀嘿”一声怪叫，遇仙寺围墙上，忽地立起了十名大汉。这些汉子仿佛用锅底烟子涂过了脸皮，黑黢黢的。他们每个人手上都端起一挺轻机枪，立在围墙上，几乎遮黑了半边天。

刘玉堂站住了，“通报一声，就讲是解放军的谈判代表到了。快去！”他目中无人地说。

那些装出一副威风模样的土匪，见吓不倒刘玉堂他们，本来就不知道下一步该怎么办。听见刘玉堂反过来指派他们去通报，一时竟面面相觑，走也不是，不走也不是，威风顿时便消失了八九分。

正尴尬着，遇仙寺的大门“吱呀”一声开了个缝，从寺内侧身走出来一名老和尚。

“哦呀！代表到了么？不知不知，告罪告罪。”他将袖子一甩，对围墙上的机枪手喝道，“两军交兵，不慢来使，这点规矩也不懂么？还不退下去？”

机枪手便退下了围墙。老和尚还酸酸地咬文嚼字地说：“山民粗俗无知，多有冒犯，还望海涵。”

刘玉堂淡淡一笑，“没关系。既然要来，什么事都在预料之中。”他望了老和尚一眼，问道，“请问，你是什么人？”

“贫僧乃遇仙寺住持，贱姓周。法号悟觉和尚。”

“是么？”刘玉堂显得很有节制地点了点头，“我们今天是来同麻老二谈判的，与周师父无关。怎么还劳你亲自来迎接？”

老和尚叹了口气，也不在意他的话，“是哩，出家人，本不该过问尘世间的事。受人之托，却之不恭啊。”

“你受谁的托？”

“二爷临时有公务要下山，唯恐怠慢了贵军代表，特意托付贫僧与贵军代表商谈大计……”

“噢？”刘玉堂平静地问，“这么说，麻老二现在不在山上？”

“实在因为事出突然，二爷嘱咐贫僧千万向贵军代表解释，还望……”

“这倒有意思！”何山冷笑一声，“你居然代替他来同我们谈判？”

老和尚伸出一只巴掌，竖在脸面前，连连作揖，“也是惭愧。抱歉，抱歉……”

“行啦！”刘玉堂心里格外讨厌这一套，“你知道，不见到麻老二，我们没什么可谈的。麻老二也知道这一点。今天我们来了，也是一个机会。他要是错过这个机会，再后悔就来不及了。我们的忍耐不能太久，这一点，你们要明白些才好啊！”

“哦哦，”老和尚又连连点头，“二爷还讲了，若是你们执意要面见二爷，就请在寺里歇息两天……”

“胡说！”何山火了，“谁有闲心在这里住两天？我们也不想见他，是他自己接二连三写信请我们来的。要是不敢见面，我们马上可以下山去！”

老和尚慌忙应道："既是这样，贫僧连夜派人去找二爷回寺。只是……"他看了看天，"眼下天色已晚，就请各位进寺屈居一宿。这也是贫僧的一份诚心啊。"

刘玉堂想了想，说："好吧。明天一早，听不到麻老二的消息，我们就要告辞了。"

"贫僧尽力而为，尽力而为。"老和尚侧开了身体，朝寺内谦让着，"请。"

遇仙寺内的晚饭，并非斋食。刘玉堂一行四人往饭桌上一坐，当中便搁了一碗油浸浸的大红腊肉。这里的和尚不戒荤，不戒酒，想必也不戒女色，是一伙披袈裟的山匪。

晚饭之后，几名小和尚领着他们去厢房歇息。他们在安排住房时也有讲究，给刘玉堂、何山各安排了一个单间。田富贵和石匠两人住进了一个侧屋。

小和尚奉饭，端洗脸水，领他们进房歇息，一切都是寺里的小和尚操办着。偌大一座寺院，并没有看见一名土匪。那些小和尚皮肉细嫩，有的已经受了戒。看得出是一群真和尚，不是土匪装扮的。

刘玉堂对周围的环境似乎并不太留神。洗完脸，又用滚水泡了泡脚。走了一天山路，他脸上露出了倦容。一个长长的哈欠之后，他拍了拍门板。门外没人，刘玉堂便将房门打开了。

"有人么？"他大声喊了句。

一名小和尚便从院子那头慌慌张张地奔了过来。他显然不是专门在这里执行监视任务的，一边往这边跑，一边忙不迭地应道："来哩！来哩。有事么，施主？"

"厕所在哪里？"刘玉堂问。小和尚迷惘地望着刘玉堂，并不知道他问的是什么。刘玉堂明白了他的困惑所在，便改问道："茅坑，知道么？在什么地方？"

"哦？"小和尚听懂了，"顺屋檐，靠左手转弯就是。"他指着方向说，“近哩，很方便。”

刘玉堂看了他一眼，问道：“怎么？你不带我去？”

“……我么？”小和尚想了想，便点了一下头，“要得。我带施主去就是了。”

从厕所回来时，刘玉堂先到何山住的屋子里去看了一下。那名小和尚跟在他身后，却并没有跟进屋去。他在门边踌躇了一下，然后问道：“……施主要是没有别的事，我走得么？”

刘玉堂的目光十分锐利。他早已暗中发现小和尚在门外犹豫时朝屋檐外的某个地方望了一眼。他说他要走了，明明是受了暗示才那么问的。

“别忙走。”刘玉堂偏偏叫住了他，“我们还有两个人住在哪儿？你也带我去看看安排得怎么样了。”

他同何山随便说了几句话，便走出何山的屋子，让小和尚带他去田富贵和石匠住的地方。小和尚不敢不遵命，又不知该不该带他去。这家伙倒还机灵，顿时现出了为难的神色。

“……这个么，施主，我在前堂管烛火，还真不晓得另外两位施主住哪个屋哩。”他说。他的声音很大，并不像是只说给刘玉堂一个人听的。

“没关系，”刘玉堂的声音也很响，“你陪着我去，我会找到的。”

小和尚再也找不出托词，正为难着，就听见走廊那头匆匆传来了脚步声。姓周的那名老和尚带着一名小和尚赶过来了。他小心地问清楚是怎么回事之后，便爽快地说：“施主莫怪，这都是老僧安排的。老僧这就带施主去。”

田富贵和石匠准备脱衣睡觉，老和尚轻轻地敲响了门页。

“两位施主，你们的长官来看二位了。”老和尚往旁边侧了侧身，让刘玉堂进去时，还嗟叹道，“贵军长官爱兵如子，真乃仁义之师啊。唉，难得，难得。”

刘玉堂并不同他多说什么，进屋之后，看了看屋子的摆设，交代他们抓紧时间好好休息。

“这里地势高，晚上寒气重，当心受凉了生病。”他不太放心地摸了摸床上被子的厚薄，又问道，“被子够了么？不够，就请周师父再借两床来。”

“是哩，不够只管讲。”老和尚热心地说，“你们是二爷的贵客，受了凉染了病，老僧可是担待不起啊。”

“多谢了。”田富贵摆了摆手，对老和尚说，“我们两个人虽然是解放军，却都是本地人哩。多谢周师父的好意。被子够了。”

“那就早睡早起吧。”刘玉堂转身向门口走了出去，“明天还有重要的事情，别睡过了头。”

老和尚跟随着刘玉堂走了出去，小和尚他们也离开了屋子。石匠知道刘玉堂进来是有目的的。他一直注意着队长，却并没有听见队长交代什么事。老和尚在身边，他当然不便说什么，于是石匠很仔细地盯着刘玉堂的一举一动，连眼皮也没有眨一下，但是他并没有发现刘玉堂有任何暗示。

田富贵送走刘玉堂他们之后，插好门闩回到屋子中间。石匠便急不可待地趋上前来，压低声音问道：“篾匠，怎么回事？……”

“老石，你上厕所么？”田富贵没有理会他，只是不失时机地提高嗓门压住了石匠的问话。

“……你呢？”石匠意会了他的意思，也粗声粗气地问，“你上么？”

“不上。明天早些起，吹灯睡吧。”

石匠便很响地走到蜡烛前，吹灭了蜡烛，“你睡得惊醒，明天早点喊我一声。”他一边打哈欠一边说，“我睡死了，打雷也不得醒。你要耐得烦些哩。”

趁着屋内一片漆黑，田富贵伸出手去，往被子底下一摸，立即触到了一张叠得很紧的小纸条。他心里明白，这是队长凭白天的印象画的一张进山路线图。队长是干侦察出身的一名指挥员，上山前曾经反复了解和研究过天子山。通过一路上的观察对照，他已经掌握了一条最简捷的上山路线。按照原定方案，刘玉堂上山之后尽最大耐心同钻山豹和四丫头面对面地周旋，田富贵和石匠则要想办法把上山的路线送到山下去。下面由石大爷、田秀姑带人接应。拿到路线图之后，政委立即将全团兵力穿插进来，用军事力量迫使钻山豹投降。

如果同钻山豹周旋不成功，也就是说出了意外的话，石匠和田富贵就要不顾一切地冲下山去，把进山路线强行送到山下。何山和刘玉堂将想尽一切办法掩护他们。这一步近似于强攻，但是比较有把握。在刘玉堂他们出发之后，田秀姑和石大爷那批担任突袭的小分队队伍已经悄悄尾随在后面尽可能地靠近了主峰。他们的行动是绝对隐蔽的，稍稍有点暴露，就会影响全盘计划。他们的任务第一是接应山上送下来的路线图，第二就是在出现意外的情况下，出其不意地突击上遇仙寺接应刘玉堂。因此，这支队伍除了田秀姑和石大爷之外，其余的人全是从部队挑选出来的精良战士。

刘玉堂已经把进山路线图巧妙地塞到了田富贵的床下，这就是说，第一步已经顺利完成了。田富贵霎时感到心中一阵紧张，他知道，从现在起，千斤重担已经全部落到了自己的肩上。

他将那张叠得很紧的图纸稳稳妥妥地装进了军装里面那贴肉的衬衣口袋里，然后将军装纽扣一颗颗地扣好。摸了摸，觉得万无一失了，便往那张宽床铺上躺了下去。

石匠于是也知道了下一步该怎么做。但是他没有躺下去，只是默默地坐在田富贵的床前。他是个性急的人，不像田富贵那么沉得住气。坐了好长一段时间，他再望望田富贵，发现他居然还睁着眼睛盯着天花板出神。

遇仙寺的院子里阴风阵阵，仿佛有虫子在鸣叫，那“吱呀”的叫声却又是从远处传到院子里来的。

隔了一会儿，田富贵忽然也坐了起来，他轻轻地唤了一句：“石匠兄弟……”

“什么？”石匠侧过头来，应了声。

“我跟你商量个事情……”田富贵想了想，立即又改口说，“不哩。不是商量，是想求你一件事。”

“这就讲么？什么事？”

田富贵顿了一下，郑重地说：“……大事。”

“唵？”石匠听他的口气很不一般，便也郑重其事地转过身来，“你讲，我听着哩。”

“这一次执行任务，我……可能会被土匪打死。”

石匠听得心往下一沉，忙说：“乱讲！富贵，你想到哪里去了？”

“其实，这也是常有的事哩。”田富贵很认真又很平淡地说，“我讲过了，既然土匪没消灭光，就要打仗。打仗还不死人么？这有什么呢？迟早是要死的。死嘛，就要死壮烈一点。死得像个人样。你讲呢？”

“篾匠，你今天夜里怎么的？跟我讲这些话做什么？”

“石匠，你我两个同过生死，共过患难。你还救过我哩。我信得过你，好兄弟。”

“莫这么讲……”

“你听我讲，”田富贵执拗地往下说着，“我告诉你，你还记得石城北门那条暗道么？”

“当然记得。”

“那就好。从那条暗道出城，再顺东南方向走去五里路远的样子，有一个朝东的山坡。坡面上尽是红土哩。你晓得那个地方么？”

“晓得。那地方叫蜡梅坡。一到冬天，满山的蜡枝子开了梅花，好看得很哩。”

“是么？”田富贵在心里犹豫了一下，低沉地说，“我把菁妹子……就是我那女人，埋在蜡梅坡上了。”

“……哦。”

“是我亲手把她埋下去的。那地方，我……记得好准。”

石匠拍了一下大腿，兴奋地说：“好！篾匠，你算是埋对了地方。听石城的老人讲，那地方风水最好。你女人有福气哩……”

田富贵凄然一笑，“是么？我想求你的事，你也会做么？”

石匠不再安慰他了，只是严肃地说：“好兄弟，你尽管讲。”

“我牺牲以后，也求你把我背到蜡梅坡去，同我的女人埋在一起……”

“什么？”石匠吃了一惊。

“啊，莫、莫！”田富贵想起了一件要紧的事，连忙补充说，“莫要挖开她的坟。她困得很，让她安安静静地睡去，莫惊了她。”他顿了一下，眼中忽然闪烁着憧憬的光芒，“只要在她的坟旁刨个小坑，把我放进去就要得了……”

石匠一转身，双手用力抱住了田富贵的双肩，“富贵兄弟！你，你又乱讲么？”

田富贵却一点也不为自己的话感到后悔，反倒觉得身上轻松了一大截。他凝重地朝石匠点了点头，“求你了，啊？我的好兄弟？”

他这不容抗拒的请求，混合着内心的全部真情实感扑向了平素心硬如铁的石匠。石匠先是愣得说不出一句话来，很快，他的眼睛内便潮湿了……

刘玉堂回到自己的屋子里之后，忽然有点放不下心来。明天钻山豹会露面么？他把自己请上山来，究竟打的什么主意呢？这一切都是很难预料的。在师部作战会议上，刘玉堂提出要上山谈判，讲了很多理由。回想起来，他也同大家一样，对谈判本身根本就没抱什么希望。讲到底，刘玉堂也是心里着急。他只是想借上山谈判的机会，摸清楚上山的路线。这样看来，到遇仙寺来会钻山豹，不过是执行一次侦察任务而已。正因为这样，白天没见到钻山豹的面，他心里倒并不很遗憾。如果明天上午还见不到钻山豹，那倒正好一走了之。

他暗中笑了笑自己的这种想法，事情绝不会这么简单。钻山豹肯定要拿自己来做些文章，什么意外都可能发生。他现在倒很坦然了。上山路线已摸清楚，而且，他还根据自己的观察判断，把路线选得更简捷、更安全了。眼下最重要的是怎样把路线图送下山去。他选中田富贵和石匠来完成这个任务是费了心机的，这两个山里的本地人办法比别人多一些的。他们居然从石城死里逃生，就是发挥了他们的独特优势。田富贵的沉稳，石匠的勇猛，结合在一起，对完成任务是个很大的保证。

从他们房间里走出来之后，刘玉堂暗中观察了一下这座寺庙的大院。大概院子里太宁静了，刘玉堂忽然感到在那宁静中杀机四伏。今天晚上会不会出现意外呢？万一发生了意外，田富贵和石匠能冲出遇仙寺么？吃晚饭的时候刘玉堂已经暗暗把今晚的应变措施布置好了，他知道石匠有钻山打洞的功夫，冲出去问题不太大。倒是田富贵有点令他担心。他会按照命令不顾刘玉堂的安危撤离遇仙寺去送路线图么？刘玉堂更加担心的是田富贵对钻山豹的仇恨心情。如果钻山豹出现了，田富贵也许会失去理智，扑出来找钻山豹报私仇的。这件事刘玉堂曾经想提醒一下田富贵，多次话到嘴边又停住了。为什么不相信自己的战士呢？再说，他的深仇大恨别人是顶替不了的。一个革命战士，有他起码的觉悟。在这件事情上他自有掂量，若是总不放心，老是教导他们，多少是会损害他的自尊心的。刘玉堂便没有向田富贵交代这件事，不交代对么？会造成不好的后果么？……不会的。不会！他有把握。他仍坚信自己的战士。但他心里总有点落不到实处。

夜深了，刘玉堂在屋内活动一下手脚，解下腰间的皮带，准备上床睡觉。他打量了一下那张宽阔的架子床，感到那床铺一定很重。山里有的是木材，打一张床的木头做得半边屋。床上架着一顶蚊帐，帐子是土布做的，又厚又重。人睡在里面肯定感到闷气，干脆不放下帐门吧。

为了防备万一，刘玉堂只是脱去了外面的军装上衣，往床头的横杠上一搭，便和着衬衣躺在了床上。床板很硬，由于山上潮气重，垫被和盖被摸上去都是湿的。

躺在床上，刘玉堂根本无法入睡。他脑子里不停地思考着各种各样的事情，耳朵也在聚精会神地听着周围的一切动静。屋外没有脚步声，没有狗叫，也听不见蛙叫。开头还听得见虫子在院外“吱吱”地叫几声，后来便万籁俱寂了。

不知什么时候，刘玉堂仿佛觉得自己也渐渐地升入了仙境。他的思绪像游云一样，丝丝缕缕地浮到了半空中，接着，身体也倏地悬了空。他猛然一惊，脚往下一蹬，立即便清醒了。他吓了一跳，意识到自己不知不觉已经睡过去了。到底扛不住疲劳，索性睡吧。

当他再一次要睡着的时候，他清清楚楚地听见耳旁有细细的抽泣声。一时间，刘玉堂没分清是梦境还是现实。这一次他没有蹬脚，只是沉着镇定地睁开了眼睛。那抽泣声又传进了他的耳朵，绝不是梦境。于是，刘玉堂的全部神经都紧张起来。他悄悄地溜下了床。

是一个女子的抽泣声。声音若远若近，凄凄切切。刘玉堂听说遇仙寺的那名老和尚年轻的时候糟践过妇女，犯了人命才上山出家的。他到现在仍然偷偷摸摸地干那种事？看来这庙里还有被诱拐来的女子，哭声就是一个证明。

会不会是圈套呢？刘玉堂想了想，再听时，那抽泣声又没有了。“不管他！”他下了决心，又回到床上躺了下去。

蓦地，女子抽搐哭泣的声音又出现了。显然是在这间屋子里面哭泣着，离刘玉堂相当近。刘玉堂顿时感到毛发耸立，俨然看见了活鬼。

他极快地判断了一下，那哭声就在耳旁。刘玉堂突然弹身而起，一把扯开那厚重的土布蚊帐，不由得大吃一惊。在蚊帐后面，竟藏着一位眉目秀丽的苗家女子。那女子扎着包头，胸侧的布纽扣散开了，半掩半露着白嫩的胸部。刘玉堂一看她的神情就知道会坏事，她虽然抽泣得悲切，眼中却没有泪水。

“你……你是什么人？”刘玉堂慌了，赶快压低声音问。

女子并不答话，竟然趁势站起来，往那床铺上放赖地一倒身子，大声呼喊起来：“救命哟！不得了啊——！”

刘玉堂还没来得及做出反应，就听见门后“咣”的一声巨响，屋内突然红光闪闪。老和尚手持戒棒，率着一群提着木棍的和尚，打着火把冲了进来。刘玉堂慌忙回头时，看见那些和尚一个个体魄健壮，已经不是先前那批小和尚了。毫无疑问，这是一群披着袈裟的土匪。

“好哇！竟敢在我的寺院强奸民女，伤风败俗？”老和尚脸上凶光毕露，咬着牙喝道，“给我绑了！”

刘玉堂怒火中烧，但他还是相当镇静的。他总觉得那名女子看着面熟，突然想起了刚进山时在惹迷寨“救”过的那名匪首四丫头。他出其不意地转过身去，床上那女子赶快坐了起来，却没防备刘玉堂手臂一挥，一把扯掉了那女子头上的布包头巾。立即，满头烫过了的青发便披散下来，露出了四丫头的本来面目。

老和尚正要指挥化装成土匪的“和尚”们冲上来抓刘玉堂，一见四丫头露了原形，顿时便傻了眼，不知该怎么办才好了。

“无耻！”刘玉堂冷笑一声，从牙缝上喷出了两个字。然后一步跳上床，直扑四丫头。

四丫头吓得往下一蹲，几个滚便到了床下。她同时大声吼叫起来。

“快！快抓住他！”

“上！”老和尚这才清醒过来，迈开大步，朝着刘玉堂一戒棒扫了过去。刘玉堂侧身一闪，右臂牢牢夹住了老和尚的戒棒。老和尚使劲往回拉戒棒时，那戒棒哪里拉得动？还没容他再用力气，刘玉堂早已飞起一脚，踢中了他的下巴骨。老和尚站立不稳，四脚朝天便向后倒了下去。

化装成和尚的土匪们正朝前拥去，老和尚一倒，他们还没弄清楚是怎么回事，刘玉堂便大喝一声，借助床铺板的弹性，纵身跃在空中，举着戒棒没头没脑地朝土匪们砸了下去。老和尚的戒棒是用山上的坚硬杂木做的，两头还包了生铁箍子，分量沉重，砸下去，土匪们不是皮开肉绽就是脑袋开了瓢。刘玉堂的速度又极快，一眨眼就打开了一条血路。那房门又是开着的，等四丫头稳住神，拔出枪再看时，刘玉堂已经不知去向了。

“追！快点！”四丫头气急败坏地吼了声，土匪蒙头转向，还在满屋子找刘玉堂。直到听见了四丫头吼叫，才明白过来，便稀里糊涂地追出了屋外。

这边的呼叫和打斗声，早已惊动了另一间屋子里的何山。何山根本没睡觉，一听见动静，跃身而起。他抢到门边，用劲推门时，这才发觉那门不知什么时候已经被反锁上了一把大铜锁。刘玉堂的屋子那边传来“乒乒乓乓”的打斗声，撞得何山心急如焚。他迅速朝屋内看了一眼，然后抬起脚来，“哗”地踏垮了屋子正中的一个八仙桌。八仙桌的腿是用柴木雕的，曲曲一个大弯，像是一条虎腿。何山接着又三脚两脚踏过去，很快便将两条桌子脚拆了下来。他一手抓住一条桌子腿，人像出膛的枪弹一样，猛地撞开了那扇反锁住的房门。

猛地，何山感到脚下吃了一绊。他刚刚抢出门来，门外有人便拉直了一条粗绳索。何山冲得太急，让那绳索绊得向前一栽，实实地跌倒在天井之中。黑暗中，三条影子遮天盖地地扑了过来，牢牢地压住何山，抽出绳子便捆。

刘玉堂冲出屋来，想都没想就往何山这边跑。他早有打算，只要冲出了屋，便同何山会合着把土匪往另一边引。他们要全力引开土匪，好让田富贵和石匠趁机逃走。

他还没跑到何山屋门口，就看见何山撞开了门。接着何山便被抻倒了。刘玉堂飞步赶上去，既不叫也不喊，抡开戒棒，三下两下便把那几个要捆何山的土匪打倒了。

“怎么样，何山？”刘玉堂一把拉起了何山。

“没事儿！队长，你呢？”

“快走！”刘玉堂来不及回答，“四丫头追出来了。”

“得弄条枪！队长！”何山恋恋不舍地看着脚下土匪的尸体。

“会有的！快走！”

当刘玉堂和何山跑到天井另一头时，他们看见四丫头带着一群土匪呼呼啦啦地顺着他们的方向奔了过来。而田富贵和石匠的门前却很清静，不但没有留人，那里连灯也没留一盏。刘玉堂宽慰地笑了。他和何山出其不意地，打乱了土匪的布置，也打蒙了四丫头的脑子。她正气急败坏地追刘玉堂，却顾不上其他方面了。

“放一把火，然后，上钟楼！”刘玉堂低声对何山说。

天井角落里，堆着一大堆和尚们平日砍来做饭的柴棍。何山急忙蹲下去，用火柴去点那堆干柴。柴倒是很干，而且都是些油浸浸的松木劈柴，却由于火柴棍子的火苗不大，急切之中，点不着柴块。刘玉堂焦急地看着何山划火柴，一边监视着朝这边追过来的四丫头。

两根火柴划过之后，柴堆仍没点着。火柴光在夜里是遮掩不住的，四丫头很快便发现了何山。她站住脚，端起手枪，略略一瞄准便击发了。

刘玉堂来不及叫何山隐蔽。他清楚地看见四丫头端起了枪。要在平时，他是能抢在四丫头开枪之前就将她击倒的，偏偏手中没有任何武器！眼下又没有一点余地做别的考虑了，刘玉堂便俯下身子，及时地推倒了何山。在这同时，四丫头的枪响了。刘玉堂只觉得有件松果子之类的东西被人甩在了自己的左臂上，根本没有撞击的分量。然而，那条左臂立刻就麻木了。

“队长！你负伤了？”何山惊叫了一声。

“胡说！快撤！”

刘玉堂拉了何山一把，迅速地朝院子后方奔了过去。那里有一座钟楼，是用大青石垒起来的。说是钟楼，其实没挂钟，只是那外形建得像一座倒扣在地上的大铁钟。钟楼很高，高过了遇仙寺内所有的建筑物。据说那是清朝时建起来藏经书用的，很坚固。炸药炸不塌，火也烧不进。在钟楼顶端，就是一间藏经的小斗室。近来那里面已经没有经书了，只是藏着一方方吹得干燥了的熏腊肉。

跑出天井，那座钟楼便耸立在院子正中间。钟楼里面有一架绳梯直上藏经的斗室。刘玉堂和何山冲向钟楼时，发现那周围竟没有土匪警戒着。这当然是求之不得的，但是他们两人心中都感到有点遗憾。如果有一两名土匪守在钟楼门口，他们还可以夺一两条枪。有了枪，占守钟楼不是更加主动了么？

来不及奢望更多了，刘玉堂率先跑到了钟楼旁。他跑得太急，一转过钟楼的墙角，突然看见一名土匪正往钟楼那扇铁门上挂锁。刘玉堂收不住脚，差点撞在了那土匪的身上。土匪吃惊地回头一看，吓得大声号叫起来。刘玉堂是什么也顾不上，举起戒棒便劈头朝他砸了下去。这时候，他才感到受了伤的左臂已经没有力气了，那戒棒砸下去时，歪歪斜斜一点准头也没有。土匪一侧身便躲开了，他立即清醒过来，飞快地从肩上取下了步枪。

何山紧紧地跟在刘玉堂身后，没容土匪端起枪来，他手中那虎腿形状的桌子腿便一前一后砸在了土匪的脑袋顶上。他甚至没有再看看土匪死没死，丢掉桌子脚便捡起了土匪的那条步枪。

“队长，你先上，我掩护！”

奇怪的是四丫头并没有追出天井来。何山掩护刘玉堂爬上钟楼之后，正纳闷土匪为什么不追过来，就听得刘玉堂在钟楼顶上大喊道：“何山！快给我枪！”

何山立即意识到了什么。他无法先把枪送上去，便攀着绳梯疾速上到了藏经室。

“收绳梯！快！”刘玉堂接过步枪，只匆匆对何山喊了一声，就伏在窗口上，居高临下地朝院子里开枪了。

四丫头其实并没有从羞恼中清醒过来。她恨透了刘玉堂，发着性子追赶着。刚要出天井，就看见钻山豹提着两条快慢机出现了。

“喂！”他冷冷地拦住了四丫头，“干得不漂亮啊！我的四丫头！”

“闪开！”四丫头红了眼，“看我去追！”

“蠢东西，你也有上当的时候么？”钻山豹匆匆地骂了一句，“他这是调开你！还有两个呢？”

四丫头愣了一下，明白上当了，“他妈的！我……”

钻山豹狠狠地瞪了她一眼，提着枪，大步流星地朝田富贵和石匠住的屋子奔了过去。

刘玉堂爬上钟楼的藏经室，朝下一看，钻山豹正好到了那间屋子的门外。屋子仍然大门紧闭，钻山豹一脚便蹬倒了那扇木门。在这同时，刘玉堂从钟楼上打响了手中的步枪。

他出击得太匆忙，钻山豹已经蹿进了屋内。在火把的照耀下，他看见屋里早已没了人影。靠外的那堵墙上，留下一个刚刚能钻进一个人的洞口。毫无疑问，屋里的人乘着混乱已经逃出去好久了。

“狗日的！坏了老子的大事！”钻山豹愤怒地吼了起来，“七雷子！带人给我去追！不要活的！快一些！”

门外的土匪害怕钟楼上的冷枪，已经伏在暗处了。听见钻山豹喊叫，那尖声尖气的七雷子便答应了一声，猫着腰跑出了院子。

刘玉堂心中估计了一下，知道田富贵他们已经突出去有一阵时间了。但他估不准，不知他们弄开洞口时用了多少时间，又不知道他们逃出院外会不会遇到意外阻击。一听七雷子去追，刘玉堂心中陡增了几分焦虑。他探出头去，却看不见七雷子的人影。再看时，就听见院子里枪声骤起。在他周围，子弹像飞蛾扑火一样击在石壁上，撞得火星乱迸。

“队长，快隐蔽！”何山使劲在下面拉了他一把。

刘玉堂只好将头缩了进来。

由于预计的计谋出现了意想不到的失误，钻山豹和四丫头突然失去了平日那冷漠的外表，变得暴躁而又凶残起来。

“妇道人家，都他妈的是祸水！”钻山豹在屋子里破口大骂四丫头，“老子瞎了眼，听你的话。这下好了！做漏了！这一次，你和老子都是无救了的！搞什么离间计！山下的刁民早同他们一条心了，是你离得了的么？”

“你懂什么？土包子！”四丫头毫不示弱，“不是骚扰石城，刘玉堂会上来么？谁让你的人没用，抓不住他？要是抓住了，把风放下山去，石城非乱不可！你的人是饭桶，还能怪我？”

“放狗屁！”钻山豹拍了一下桌子，感到受过伤的锁骨处一阵剧痛。他不由得冷静了些，“……现在就看七雷子的了。刘玉堂困在钟楼上，一条破枪，坏了老子的事。那两个逃走的角色，晓得上山的路线。七雷子要是捉他们不住……”他眼中倏忽掠过一丝绝望，“看来老子是真要……”

“真要什么？”四丫头狠狠地盯住他，寒飕飕地问道，“说下去！”

“说个屁！”钻山豹嘲讽地望了她一眼，“你当老子会自杀么？我还等你发电报派飞机来空投弹药哩。不是么？”

他不再理睬四丫头，转过脸去，恶狠狠地喊道：“独眼龙！再派五个人，去帮七雷子的忙！老子们的命就押在他手上了！”

钻山豹已经意识到七雷子很难能捉住那两个人了。他很敏感，知道上了当，然而已经晚了一步。田富贵和石匠当时也没料到事情会有那么顺利。一听见队长那边打了起来，石匠立即蹿到墙边去弄洞口，田富贵则在门内警戒着。刚刚弄开洞口，门外竟突然安静下来了，于是他们便先后钻了出去。

院子内乱成一团，院墙外的土匪岗哨并不知道里面发生了什么事。当刘玉堂从钟楼上向下打响那一枪时，田富贵已经巧妙地潜出了土匪的防线。

后来，他和石匠往山下不要命地飞跑，一路上的顺利程度几乎使他们难以相信，以至于都为这种顺利感到紧张了。顺着下坡，他们跳坎越岩，一口气便跑下去四五里路远。难道这一路都没有土匪的岗哨么？

再往下跑，田富贵和石匠便自然而然地放慢了脚步。他们明白，土匪的防守是面对山下的。刚才之所以一路上没遇到阻击，那是因为今晚的整个行动都很有突发性，土匪一时没有朝上布防。而再往前，就有土匪对山下设置的机枪阵地。他们据险设关，下山的路是封锁死了的。过这一关万万不可大意，通不过就要前功尽弃，而通过了就大功告成了。

“石匠，贴着墙壁，莫急。”田富贵叮嘱石匠说，“看清楚了再走。”

“看清哩。篾匠，就在左手下方！”石匠攀在石壁上，轻轻地说。

田富贵也看清楚了。在他们隐蔽处的左下方，有一个向前凸出去的掩体。这个掩体利用山势，正好卡住了上山的必由之路。从下面进攻，子弹无法杀伤掩体内的人，手榴弹也扔不上来，唯一有点指望的武器是迫击炮，但那也是很难发挥作用的。炮手们很难接近这个掩体，即使突过来了，也到了掩体的下方，几乎与掩体垂直。土匪扔下去一颗手榴弹就足够把炮手们杀伤了，还不说那种垂直的距离根本无法发射炮弹。田富贵是受过正规训练的，看见这么险要的关口，心里顿时沉甸甸透不过气来。

“石匠，我再托你一件事，好不？”他忽然灵机一动，问道。

“你又想干什么哩？”

“你看，我们部队就算拿到了上山路线，又怎么通过这道关口呢？从上面攻，还不要吃好大的亏？”

石匠想了想，忽然也有所发现，“篾匠，要是这上头也有我们的人，朝下打就方便了。有个把子人就要得了，不要多哩。”

田富贵点了点头，“这正是我要拜托给你的事哩。”

石匠立即悟觉到了他的意思，“你想让我留在这里么？”

“而且，不准暴露目标，蛇咬了也不准动。一直等到我们的突击队打过来时，你再突然用石块砸死守卡子的土匪。”

“哦！”石匠十分佩服富贵的这个办法。转念一想，他又不干了，“富贵，要留，你留下来。你比我沉稳得多哩。”

“那你这一次就放沉稳些嘛。”田富贵笑了笑，“送路线图，这事更紧要。我不是沉稳些么？自然是我去。晓得么？”

“不不，富贵兄弟……”

“石匠！”田富贵打断了他的话，严肃地说，“你懂得部队的规矩么？这是命令，讨不得价钱的。队长他们眼下还困在庙里，没得时间多讲了！记好，蛇咬了也莫动！”

田富贵再也不多说，拍了一把石匠的肩膀，自己便开始悄悄地向下运动。石匠一时间不知说什么好，只得伏下去。

“石匠，记住那个地方。啊？”

“……什么？”

田富贵向往地看了看远方，“蜡梅坡。”

“不不，富贵兄弟……”

石匠突然拉住田富贵，但是晚了。田富贵已经攀着石壁，像一条大壁虎，手脚灵巧地爬了下去。

在那个凸向山下的掩体内，有三四名土匪在监视着山下的道路。掩体的前端伸出来一块鸭子嘴巴一样的巨石，那上面架着一挺轻机关枪。

土匪哨兵不敢有半点马虎。这里已经是最前沿了，他们知道肩上的重量。但是他们的注意点是正前方，田富贵从他们背后无声无息地溜了下来，他们中间倒是没有一个人发觉。即使这样，田富贵下到底下之后，还是不敢贸然穿过去。毕竟有好几名大睁着眼睛的土匪，他们荷枪实弹。要说从他们面前飞不过去一只蚊子，这倒夸张了些。然而人的目标比蚊子不知大了多少倍，要想通过，是很容易被他们发现的。自己被打死了是小事，进山路线图送不出去，那就会误了全盘计划。

他静静地伏在石壁下方，心里只担心一件事情，他不知石匠脑子里分不分得出轻重缓急，会不会出于对自己的友情而意气用事。石匠毕竟不是正规部队上的人，加上现在石匠的位置很好，只要一动手，就可以掩护自己冲出去，这样就糟了。石匠是一颗定时炸弹，不能提前暴露。否则，从某种意义上说，这份路线图送下去了也不能收到圆满的效果的。

大约等了半袋烟工夫，上头并没有动静。田富贵放下了一颗吊悬着的心。石匠！好兄弟！你到底成长起来了！

忽然听见头顶上那掩体内的哨兵咋咋呼呼地喊了起来。

“有、有人下来了！”

“快！机、机枪！”

田富贵心中一紧，暗暗叫苦不迭。石匠啊石匠！你怎么回事？到底沉不住气么？

紧接着，一个尖细的声音骂了起来：“杂种！莫乱动，是老子哩！”

七雷子追来了。他一进掩体便迫不及待地问道：“刚才有人跑下了山么？”

田富贵的心忽地一沉，再也不敢耽搁。趁着哨兵正在向七雷子报告情况的空隙，他猫着腰，借着岩壁脚下那黑的山影做掩护，迅速而又敏捷地穿过了掩体下的那条小路。七雷子的声音尖细，田富贵一边向前摸，一边还听见七雷子说：“怪事！再找找看！”

眼前的局势非常危险，向下有两三百米都没有弯道，掩体的机枪火力可以随心所欲地射击这条小路上的每一个目标。而小路的右边是笔挺的峭壁，左边又是深不测底的悬崖。如果硬往前冲，任你脚步如飞，也难跑得过子弹的速度。不冲又怎么样呢？田富贵突然发现刚刚从掩体下穿过来是很草率的，他已经到了小路上，光秃秃的岩壁没半点遮掩处。他现在所处的位置，明明已经暴露在敌人的眼睛底下了。

果然，就听见七雷子在头顶上尖叫起来："在那里！打！打——！"

田富贵顿时全身的毛孔都奓开了。他没有任何选择，只得一咬牙，发了狂似的顺着小路往山下疾奔而去。

机枪的响声没有像他预料的那么快。差不多要跑出那两三百米时，他才朦朦胧胧听见了连发的枪声。他只能听得朦朦胧胧。在听见机枪声之前，他感到背上"沙沙"地被撒上了一些泥点，就像是趿着鞋在泥地里奔跑时鞋后跟带起的泥沙一样，专往背上撒。听见枪响时，他的脚已经软绵绵难得抬起来。终于他向前扑倒了。他很清醒地估计了一下，背后，大约挨了七八枪吧？……可能还多一些哩！唉，要是跑得更快一些，子弹就难得打进身体里去了！……

绑腿跑软了？是哩，倒下之后，他回头看了一眼。绑腿的布带拖在身后，莫不是踩着了他才倒下的？这么讲，自己还没被机枪打中？……打中了。狗杂种，让你打中了。胸膛内已经滚烫烫地向上翻出一股东西来，压迫得人无法透气。……要作呕……啊——这么浓的血么？……还有么？这么多？……

糊涂啊！左边不是悬崖么？田秀姑不正是带着突击队潜伏在崖下等山上送图下来么？……崖太深，莫有一百来丈深哩。

气再也接不上来了。……死不得哟！至少这一刻还死不得！

田富贵一阵晕眩之后，忽然清醒得连自己也感到惊讶了。不就是要死了么？死了有地方埋，怕什么？蜡梅坡啊！好地方！

他捡起身旁散开了的绑腿带子，再颤巍巍地从内衣口袋里摸出了那张叠得很紧的上山路线图。他的手上尽是血，胸前也是血。于是，他用绑腿带子揩那张纸条上的血。

他将绑腿带子牢牢地包好那张纸，然后，把绑腿带子拴在自己的脖子上。怕拴得不牢实，便多绕一圈，系了一个死结。

身边两尺远就是悬崖边缘，田富贵忽地焦急了。他意识到自己已经没有力气越过这两尺的距离，死亡像一座巨大的黑沉沉的岩山，已经压到了他的身上，怎么也推不开。

陡然之间，田富贵清清楚楚地看见天上裂了一道缝隙，像是闪电时那耀眼的裂缝一样。没有雷声，却有一个娇嗔而又清脆的嗓音在呼唤着他的名字。转瞬之间，他望见天穹布满了火红的蜡梅花。一朵挨一朵，一朵叠一朵，灿烂绚丽，华贵辉煌！……哦哦，那么，我也去吧！……蜡梅坡啊，好地方啊！……

七雷子后来带着人去看那尸体的时候，惊得魂飞魄散。那人必定死了！七雷子亲手往他背上打了满满一梭机枪子弹！但是尸体哪里去了呢？

七雷子在崖边想了好半天，最后冒险划了根火柴，才从地上的血迹判断出那具尸体已经跌下了悬崖。死尸也能自己翻动么？

然而，隐蔽在土匪掩体上方的石匠，却是眼睁睁地看着田富贵用神奇的力量支撑着已经死去的身体翻下崖去的。他都看见了。看见田富贵摸索着上了山路，看见他奋起疾奔，看见他被机枪子弹扫倒。还看见田富贵在生命的最后一刻用绑腿带子将带血的进山路线图牢牢地系在了脖子上……

在他眼皮底下就是土匪的掩体。他也亲眼看见七雷子是怎样托起机枪，怎样拉开枪栓，怎样扣动扳机的。石匠藏身的地方有的是石块，他可以捡起石块出其不意地砸下去，砸碎那些土匪的脑袋。在他极端愤怒的那一刻，石匠感到他有力气掀翻身边的岩柱，将掩体里的土匪碾成肉酱……他有那么一霎几乎就要呼啸而起了！

那是在他看见富贵被击中的时候。他想，现在已经前功尽弃了！要死，大家一起死吧！接着他便看见田富贵用生命的一丝回光朝自己闪了一下——他系好了图纸，滚下了悬崖……

哦！好兄弟！石匠感到自己太没有分量了！看着兄弟牺牲，自己却只能待着一动不动！

他以从来没有过的意念命令自己就在这里隐蔽好。他想着富贵的话：蛇咬了都不要动！等待着！等吧！

石匠没有等太久长时间。一个半小时左右，最多不到两个小时，田秀姑和石大爷率领的突击队便火速赶到了第一道关口前。

他们是按照那张带血的路线图突击上来的。田秀姑含着热泪，从那具血肉模糊的尸体上取到了路线图。

掩体内的土匪发现了突击队。这一次，石匠根本没容他们端起机枪来便将一块块大石头砸了下去。他疯狂了，站起来，用让人难以相信的速度一块接着一块地向下扔石头，像是机关枪打连发一样。

突击队接着便旋风一般穿过了关卡，迅雷不及掩耳地逼近了遇仙寺。

信号弹接二连三腾空而起，总攻的命令霎时到了每一支待命的部队指战员耳朵里。

于是，天子山沸腾了。

尾声

把钻山豹押下山来的时候，刘玉堂颇费了一番脑筋。倒不是害怕他会逃跑，石城附近早已聚集了成千上万的山民百姓。石大爷怒火填膺地说，那些老百姓放出话来，只等把钻山豹押到石城，他们就要活活地砸死这个罪孽满盈的匪首。

何山建议说，要不就悄悄把钻山豹押进城去，别让怒不可遏的乡亲们看见了。这个建议遭到了大家的反对，连田秀姑都坚决不同意。

后来，战士们从山下找来了一具站笼。那是过去族上处罚犯了族规的人时让人站进去示众用的。用碗口粗的杂木合成了一个长宽约一丈、高约六尺的木笼子，顶上有一个圆洞。正好枷住被示众者的脖子。

肖木匠连夜给那站笼装了两只大木轮。刘玉堂嘱咐他把木轮做得大一些，这样，站在下面的人便够不着笼子里的人了。

囚车拉进石城时，有两个排的战士紧紧护在车帮子两边。还有不少干部在前边开道时尽力说服愤怒的老乡们，他们后来嗓子全哑了。那两排战士也被乡亲们拥来拥去，身上的衣服被汗水浸透了，紧紧地贴在了皮肉上。

钻山豹似乎已经死了，在囚车顶上僵硬着失去了所有的知觉。那天出了很大的太阳，在强烈的日光下，人们发现他脸上尽是尘垢。而且，他那皮肤的白色是惨淡的，像一团发了霉的豆腐球。

连刘玉堂都没有完全料到这位飞扬跋扈、骄横无比的杀人魔王在那关键时刻忽然虚弱到了那种程度。解放军冲进遇仙寺，把七雷子、独眼龙等最后一批喽啰消灭干净之后，寻不见钻山豹和四丫头两个匪首了。刘玉堂知道他们并没有逃出遇仙寺，为了谨慎起见，他在寺院外面布下了天罗地网。然后，刘玉堂带着八个搜查小组成员，对遇仙寺的每个角落进行仔细搜查。

当刘玉堂搜到后院时，发现右侧有一条过道，进去便是“送子观音”的小殿堂。刘玉堂刚刚示意战士们分头摸索过去，就听见那小殿堂内哑闷地响了一枪。随后，又听见“噗”的一声，一个分量不够重的身体十分不情愿似的倒下了。从殿堂门口悬吊着的红色幡条下方，刘玉堂看见了那具尸体的脑袋。烫成几个大波浪形状的头发散乱了，杂丝乱麻一般盖在那渐渐由白转青的脸面上，然后，一股稠稠的血浆从乱发丛中渗了出来。

那是四丫头，她死了。从枪声判断，她是自杀的。枪声不太响，听得出是勃朗宁小手枪的声音。而且声音哑闷，显然是抵在额头开的枪。

刘玉堂正犹豫着要不要冲进去。他担心钻山豹也在里面，如果硬冲进去，那头绝望的野兽是要做垂死挣扎的。

没料到一支驳壳枪忽然从幡幕后面扔了出来。接着，又扔出来了另外一支。几把飞镖也陆续扔在了门外，最后，里面还踢出来了一支勃朗宁小手枪。那是四丫头用的。

“放心进来吧，”一个空空洞洞的声音从小殿堂内传了出来，“我……投降了哩。”

刘玉堂撩开幡幕条走进小殿堂，里面的景象使他诧异而又恶心。钻山豹跪在四丫头的尸体后面，两眼像死鱼一样，不看刘玉堂他们，却木讷讷地盯着四丫头的脸。

“不放心，就绑了我。”他又说了句，似乎还很不耐烦。

几名战士根本没有听他说的是什么，早已敏捷地扑上去，迅速而又准确地将他捆缚住了。

“站起来！”刘玉堂喝了声。

钻山豹似乎没听见，跪在那里没有动弹。两名战士走上前去，一人夹住他一条臂膀，用劲往上一托，便把他托了起来。

“是我把她打死的。”钻山豹这才抬起眼皮来，望着刘玉堂，喃喃地说，“她是个特务，是祸根。是她把乌龙山弄成了这个样子。我上了她的当，就……就把她打死了。”

“胡说！”刘玉堂咬牙切齿地揭穿着他的谎言，“你和她约好了一起自杀。她朝自己开了枪，你呢？在最后关头不敢扣扳机了！你算个什么东西？狗熊！”

钻山豹于是身子瑟瑟地发着抖，不由自主地往地上瘫倒下去。两名战士费了好大劲还架不住他。这名曾经不可一世的匪首，精神上已经彻底崩溃了。

半个月之后，乌龙山新建立的人民政府贴出了第一张布告。

钻山豹就是在那一天被镇压的。那几天连降暴雨，溪沟里发了山洪，一齐灌进了乌龙河。于是乌龙河水暴涨，翻卷起千百年沉游在河底的泥沙，一泻千里，势不可当。

乌龙山的石匠、木匠、泥匠、篾匠自动集结起来，只用了十天的时间便在石城外的蜡梅坡上建起了一座陵园。建陵园时，那山坡上人山人海。乡民百姓们自带干粮，日夜在那里尽着心意。

部队也派了很多干部战士去参加修建陵园的劳动。仿佛一眨眼的工夫，蜡梅坡便披上了白皑皑的银色大理石甲胄。

烈士们的遗体全部移到陵园内重新安葬好了。石匠牢记田富贵的嘱咐，将他和菁妹子的尸骨合作一处埋葬下去。

山里人是聪明而又勤劳的。他们在烈士的陵园周围种上了杜鹃花、山石榴、小叶枫，还有那坡上的蜡梅。种得满山遍野都是。这样，那山坡无论是春、夏、秋、冬，都有如火如炽的红色，把那洁白的大理石陵园映衬得如一座白玉建成的宫殿。

穿过陵园的牌楼，仰着望去，是几百级汉白玉台阶。拾级而上，最顶端，高耸着一座四方形大石碑。碑的正面是“剿匪胜利纪念碑”七个描了金的楷书大字，背面深深地刻下了烈士们的英名。

在碑的左侧，由地方政府刻下了一行代表乌龙山几百万人心声的话：

千秋伟业谁人铸
唯有人民子弟兵

当部队接到新的战斗任务离开时，刘玉堂发现那座碑立得非常高。他们是乘汽车沿交通线出发的。汽车开出去老远，回头看时，那座碑还历历在目。

完全离开了乌龙山区，已经进入平原地带了，田秀姑还在回头凝视着。

“你还在看什么？”何山问。

“……看那座碑。”

“走远了，看不见了。”

“我还看得见。”

“是么？”

“……是哩。那碑，立在了人们的心坎上哩。不管白天黑夜，不管走出千里万里，总是看得见的。是么？”

“是的！永远看得见的。”

“对。永远永远！”

…………

1985年8月30日初稿于长沙

1987年7月20日二稿于武昌

2011年12月30日三稿于长沙

图书在版编目 (CIP) 数据

乌龙山剿匪记 / 水运宪著. -- 北京 : 北京十月文艺出版社，2022.6
ISBN 978-7-5302-2196-9

Ⅰ. ①乌… Ⅱ. ①水… Ⅲ. ①长篇小说—中国—当代 Ⅳ. ①I247.5

中国版本图书馆 CIP 数据核字 (2021) 第 211859 号

乌龙山剿匪记
WULONGSHAN JIAOFEI JI
水运宪 著

出 版 北京出版集团
北京十月文艺出版社
地 址 北京北三环中路 6 号
邮 编 100120
网 址 www.bph.com.cn
发 行 新经典发行有限公司
电话（010）68423599
经 销 新华书店
印 刷 北京盛通印刷股份有限公司
版 次 2022 年 6 月第 1 版
2022 年 6 月第 1 次印刷
开 本 710 毫米 ×980 毫米 1/16
印 张 35.5
字 数 507 千字
书 号 ISBN 978-7-5302-2196-9
定 价 58.00 元
质量监督电话 010-58572393
如有印装质量问题，由本社负责调换。

版权所有，未经书面许可，不得转载、复制、翻印，违者必究。